मिट्टी बोल पई

मिट्टी बोल पई

बलबीर माधोपुरी

अनुवाद

सुभाष नीरव

वाणी प्रकाशन

प्रकाशन के उत्कृष्टतम 61 वर्ष

पेपरबैक पहला संस्करण : 2024
पेपरबैक दूसरा संस्करण : (सितम्बर) 2024

vaniprakashan.com

वाणी प्रकाशन
4695, 21-ए, दरियागंज, नयी दिल्ली-110 002
फ़ोन : +91 11 23273167, 23275710
शाखाएँ
अशोक राजपथ, पटना-800 004, बिहार
कॉफ़ी हाउस कैम्पस, महात्मा गांधी मार्ग, प्रयागराज-211 001, उत्तर प्रदेश
महात्मा गांधी अन्तरराष्ट्रीय हिन्दी विश्वविद्यालय, वर्धा-442 001, महाराष्ट्र
sales@vaniprakashan.in
vaniprakashan@gmail.com

Mitti Bol Pai
by Balbir Madhopuri
Translated From Punjabi by Subhash Neerav

ISBN : 978-93-5775-504-7
Novel

मूल्य : ₹ 395

सिटी प्रेस, दिल्ली-110 095 में मुद्रित

वाणी प्रकाशन का लोगो मक़बूल फ़िदा हुसेन की कूची से

अपने भाई

सूफ़ी हंस राज हंस जी

को

मिट्टी बोल पई से पहले

'मिट्टी बोल पई' की पाण्डुलिपि मेरे लापता पिता पात्र की तरह कहीं गुम हो गयी थी। उसके गुम होने के पीछे शायद कुछ हद तक मैं भी ज़िम्मेदार हूँ। इसलिए कि इसके शुरुआती सफ़ों के सफ़े मैंने भावुक होकर अपनी माँ को पढ़कर सुनाये थे और फिर...। दूसरी बात, हम गाँव के घरवाला सामान उठाकर नज़दीक के क़स्बे में ले आये थे जहाँ हमने अपना कोठा डाल लिया था।...और इसके चलते, सब कुछ इधर-उधर हो गया। हक़ीक़त यह भी है कि मैं इसे भूल ही बैठा था। और अब यह पुलिन्दा यूँ अचानक मिल गया जैसे दूसरे विश्व युद्ध के बारूदी मलबे में से ज़िन्दा कारतूस!

दरअसल, कई सालों बाद पिछले दिनों अपने बाबा की कापियों, किताबों और काग़ज़ों को उलटते-पलटते मुझे यह मिल गया।...जब बाबा के रोज़नामचे में मैंने पढ़ा, 'जो भुलाने पर भी नहीं भूलता, मैं वही रोज़नामचे में लिखता हूँ।...बीते वक़्त के बहुत सारे लोगों पर ग़ैर-इन्सानी बन्दिशों वाले ज़माने को और आगे ढोने का विरोध ज़रूरी है। धर्म-कर्म के बहाने धरती-पुत्रों का जीवन जब से सूली पर टँगा हुआ है, तब से उनके अन्दर अपनी मुक्ति के लिए जोशीली सूझ-समझ मीलों की गति से लहू में चक्कर काटती है।...बेशक ज़िन्दगी की तरह डण्डियाँ-पगडण्डियाँ आड़ी-तिरछी हैं, पर जब बहुत सारे लोग उन पर लगातार चलते हैं तो वे बड़ा राह बन जाती हैं।'

...और मैं किसी से छिपाकर नहीं रखना चाहता कि बहुत पहले लिखी इस पाण्डुलिपि को मैंने बिना किसी काट-छाँट के आपके सामने पेश करने की हिम्मत जुटा ली है। इसलिए कि बाबा मुझसे कहा करता था, 'गोरे, तेज़-तेज़ दौड़ने से पहले जिस्म के लिए कसरत ज़रूरी है। समझा?'

इतने वर्ष बीत जाने के बाद भी मुझे अपने बाबा द्वारा समय-समय पर किये ज़िक्र में फ़िक्र सुनाई देते हैं, 'वो पेड़ों पर चढ़ी आकाश-बेल को उतारो जो उन्हें दिन-रात चूसे जा रही है, जिसकी जड़ें यहाँ इस धरती में नहीं।'

...अब मुझे बाबा का कहा और भी याद आता है कि 'मिट्टी बहुत ताक़तवर है। जब इस बेज़ुबान के सीने में से उगी फ़सल लहराती है तो यूँ लगता है मानो यह कुछ कह रही है।...' मुझे अहसास हो रहा है कि मेरे बाबा जैसे धरती-पुत्र, अनथक जोधाओं की सोच के कारण अब 'मिट्टी बोल पई' है।

...सच, यह बता दूँ कि मेरा रंग गेहुँआ है, पर दादी-बाबा और घर के अन्य सदस्य मुझे 'गोरा' कहकर बुलाते हैं। हस्तलिखित पाण्डुलिपि में मैंने कई बूढ़ी औरतों-मर्दों के नाम बदल दिये हैं, पर अपना नाम नहीं।

मुझे बेहद ख़ुशी है कि मुझे अपने बाबा की संगत का सौभाग्य मिला है, वह भी दशकों तक।...और मुझे बड़ा चाव और उत्साह है कि आपको पढ़ाऊँ-सुनाऊँ, लोगों के मान-सम्मान के लिए जूझते संघर्ष कर्मियों की दास्तान। वह, जो अपने समयों के कम पढ़े-लिखे होने के बावजूद, सुहृदय, सूझवान और ज्ञानवान इन्सान हो गुज़रे और लोक मनों में बस गये।

–बलबीर माधोपुरी

1

मेरी माँ पर चादर डलवाने की बात आख़िर मेरी दादी ने चला ही ली थी। यह रात को खाने-पीने के बाद का वक़्त था।

"तेरे सोहरे (ससुर) ने परसों आ जाना है और उसके आने पर आगे का सारा कुछ सोचेंगे-विचारेंगे।" वह बार-बार कहती, "मेरे से नहीं देखी जाती तेरी ये हालत।"

तब यद्यपि मैं छोटा था, पर काफ़ी कुछ समझता था।...और मुझे अच्छी तरह से याद है कि माँ ने 'हाँ-ना' में ना सिर हिलाया और ना ही मुँह से कोई लफ़्ज़ बोला था। उसके कमज़ोर और उतरे हुए चेहरे पर किसी प्रकार के हाव-भाव नहीं थे। वह एकटक लालटेन की काँपती लौ की ओर देखती रही जो कभी सीधी लाट बनकर अडोल जलती-बलती थी। दादी थाली में रोटी और कटोरी में दाल या खट्टा डालकर अक्सर माँ के आगे रखती, पर वह उसे हाथ से पीछे खिसका देती। बीच-बीच में पानी के घूँटभरकर गिलास अपने निवारी पलंग के सिरहाने रख लेती। अचानक माँ को क्या हो गया, पता नहीं लगता था। घर के सभी सदस्य सोचते कि जिसे कभी ग़ुस्सा नहीं आता था, अब वह क्रोध में कैसे मुँह लालकर लेती है। कई बार उसका शरीर झुरझुरी खा जाता। आँगन की एक बुजुर्ग औरत ने मेरी माँ को कहा था कि कहीं पीर की ख़ानगाह पर कोई भूल तो नहीं हो गयी! क्या पता, किसी भूत-प्रेत या किसी का साया पड़ गया हो! मगर मेरी माँ अपने मुँह से ना बोलती, बल्कि ऐसा प्रकट करती कि सभी जन उसके पास से चले जायें और वह अकेली रहे।

दरअसल, माँ कुछेक दिनों से बहुत उदास, निराश, गुमसुम, उखड़ी-उखड़ी और आस-बेआस हुई दुविधा में रहने लगी थी। उसके चित्त में पता नहीं क्या-क्या विचार आते कि वह सारी-सारी रात ना सोती। उसकी पहले की भाँति लिश्कारे मारती आँखों के उलट अब वह हर समय लाल-सुर्ख़ हुई रहतीं मानो उनमें पानी सूख गया हो, ख़त्म हो गया हो। हाथ-पैरों की खुली, लम्बी और सुघड़-सुन्दर मेरी माँ के चेहरे पर ख़ामोशी ने मोटी परत चढ़ा दी थी। उसकी चुप में से जैसे सवाल बोलते हों, पर कोशिश और तलाश के बावजूद जवाब ना मिलते। सारा परिवार इसी शशोपंज में पड़ा हुआ था कि करें तो क्या करें?

ऐसे हालात में मेरी दादी की अपनी हालत भी अजीब बनी हुई थी। वह चिन्ता-फ़िक्र में पड़ी कभी आँगन में बँधे पशुओं की ओर चक्कर लगाकर फिर बच्चों की तरह बार-बार ज़िद करके पूछने लगती।

"प्यारो, मन की बात तो बता! कुछ दुखता है तो मैं दवा-दारू ले आती हूँ दौड़कर। किसी ने कुछ कहा, कोई बोली मारी, उलाहना दिया? कौन-सी शै खाने को तेरा चित्त करता है? मुझे बता..."

और दादी ने एक दिन पूछा था, "कोई बाहरी कसर हो गयी या कोई टोने-टाने के ऊपर से निकल गयी। तेरे सोहरे के आने से पहले-पहले कोई सयाना बन्दा बुला लाऊँ?"

पर इन बातों का वह कोई हुंकारा ना भरती। 'सयाना' शब्द सुनकर उसकी आँखें सिकुड़ गयीं और माथे पर बल उभर आये थे। थोड़ी देर बाद दादी मेरी माँ को फिर समझाने लगी, "देख प्यारो, यूँ हिम्मत हार कर ना बैठ। जो किसी के नसीबों में लिखा होता है, वही होता है। यूँ ना हर वक़्त दुखी रहा कर, उठ काम-धन्धा कर, देह को हिला-डुला, कोई नया रोग ना लगा बैठना। कुछ हमारी तरफ़ भी देख...तू अपने आपको सँभाल और बच्चों को भी...हम भी तेरे ही आसरे चले फिरते हैं।"

मुझे लगता कि दादी को चैन नहीं आ रहा था। वह चूल्हे-चौके का काम करती और घर-बाहर की साफ़-सफ़ाई, मगर जब मेरी माँ की चारपाई के पास आती तो पहले दुपट्टे से आँखें पोंछ कर ऐसा भ्रम देती कि किसी ने उसको देखा ही ना हो। वह अपने मन को दलीलें देती रहती, पर साथ ही बेबस नज़र आती। गाँव की या रिश्तेदार स्त्रियाँ आकर कहतीं, "बचनिये, तू ख़ुद कमर बाँधकर तगड़ी हो, तेरे परिवार पर मुसीबत पड़ी है, इसमें से निकलने का कोई उपाय सोच।" साथ ही वे मेरी माँ को सम्बोधित होतीं, "प्यारो, हौसला रख, बच्चे जवान हुए समझ! दिन फिर जायेंगे।...बताते हैं कि कूंजें महीनों इधर रहती हैं और फिर लम्बी उड़ानें भरकर

कोहकाफ़ के पार चली जाती हैं। मन पक्काकर और अपने आप पर भरोसा रख। ऐसे ना डोल, सब ठीक हो जायेगा।"

ऐसी हौसला देने वाली बातों के बाद दादी फिर वही पहले कहे बोल बोलने लग पड़ती, "हर वक़्त अन्दर ना घुसी रहा कर, बाहर निकलकर इधर-उधर चल-फिर, बदन को हवा लगे, अपना मुँह देख, पीला-ज़र्द हो गया।"

माँ ने पता नहीं इतने लम्बे-चौड़े बयान और घर में उपाय करने के नुस्ख़े सुने भी कि नहीं, वह घर के अन्दर कभी तेज़ी के साथ रसोई की ओर बढ़ती और कभी लगता कि उसके पैर मन-मन के भारी हो गये हों जिन्हें वह घसीट-घसीटकर चलती है। मैं क़रीब बैठा या लेटा देखता रहता था।...और वह किसी-ना-किसी बहाने उठ जाती और मुँह में बड़बड़ाती रहती जो हमारी समझ में ना आता। वह रात को हम दोनों भाइयों को अपने आजू-बाजू लिटा कर लेटती और दाँत पीसती कचर-कचर करती रहती थी। कभी वह दबे पाँव उठकर छन्न के खूंजे में पड़ी लाठी के सिरे पर लगे बरछे को धरती की छाती में गाड़ने के लिए पूरा ज़ोर लगा देती। बीच-बीच में वह हमारे पलंग की ओर देख लेती। कभी दरवाज़े का कुण्डा खोलकर बाहर की तरफ़ देखती। फिर एकाएक दरवाज़ा बन्द कर लेती। कई बार मेरी नींद खुल जाती। मैं डर कर चौंक जाता था, हालाँकि लालटेन जग रही होती। माँ फुर्ती के साथ मेरे पास आकर मुझे बुलाने और पुचकारने लग जाती।

उधर रात को गीदड़ और गोनां (गोंदां) पहाड़ी पर से उतर आते। गीदड़ हुआं हुआं करते, डरावनी आवाज़ें निकालते।...और मचान पर बैठा रखवाला अँधेरी और चाँदनी रातों में उन्हें दूर दौड़ाने के लिए पटाखे चलाता जिनसे चारों तरफ़ सन्नाटा पसर जाता। पहाड़ के साथ टकराई गूँजती और काँपती आवाज़ के साथ मैं माँ से चिपट जाता। इतनी चौकसी भरी रखवाली के बावजूद जंगली सूअर और अन्य जानवर ईख और हरे चारे के खेत को तहस-नहस कर जाते। खेतों के खेत सत्यानाश कर जाते। दिन के समय मुझे यूँ लगता जैसे मेरी माँ उस खेत-भूमि जैसी हो, हरियाली, ख़ुशहाली से मुक्त। कई बार रात को भेड़िये किसी भेड़, बकरी या मेमने को गले से उठाकर ले जाते, बेशक घर के लोग चौखे चेतन रहते पर ऐसी घटना घट जाने के बाद घर के लोग कई-कई दिनों तक दुखी रहते...। और ऐसे ही पता नहीं क्यों, दादी मेरी माँ को पलभर अकेला नहीं छोड़ती थी मानो चोरी किये जाने वाली चीज़ हो।

अचानक मेरा ध्यान उधर गाँव के बाहरी कच्चे राह पर चला जाता। हमारे गाँव का बाँका या कोई अन्य चरवाहा भेड़-बकरियों के रेवड़ चराने के लिए हमारे

घरों के क़रीब से चढ़ती दिशा की पहाड़ियों की ओर ले जाता। उसके दायें हाथ में बाँस की लम्बी लाठी होती और सिरे पर घोड़े के खुर जैसी तेज़-तीखी दराँती। वह फलाहों, कीकरों के पत्ते-फलियाँ, बेरियों, बकायनों, शहतूतों और पीपल के वृक्षों की टहनियाँ काटने-उतारने के काम आती। रेवड़ के बीच चमकते मुलायम बादमी रंगे, काले-सफ़ेद और चितकबरे छोटे-छोटे मेमने और छलारू इतने सुन्दर लगते कि मन करता, दौड़कर उन्हें बाँहों में भर लूँ। जब वे झुण्ड के बीचोबीच चलते हुए अपनी माँओं के थनों या दूध की थैलियों को जबरन मुँह मारते तो मेरी अपने जैसी छोटी-सी हँसी निकल जाती थी। हल्की-सी धूल-गुबार उड़ाते उन रेवड़ों को मैं तब तक देखता रहता, जब तक वे मेरी आँखों से ओझल ना हो जाते।

...इतने में दादी फिर आ जाती। और एक दिन उसने सौ हाथ रस्सा और सिरे पर गाँठ की तरह दो टूक फ़ैसला सुना दिया, "प्यारो, मेरी बात ग़ौर से सुन। जनानी के सिर पर साईं हो तो किसी की मजाल नहीं कि कोई पराया मर्द बुरी नज़र से देख ले। अभी तेरी उम्र ही क्या है! तीस की नहीं तो बत्तीस की होगी। तू ज़्यादा दुचित्ती (दुविधा) में ना पड़, और हम कौन-सा बामण और राजपूत हैं कि बन्दा मर गया तो सारी उम्र रंडेपा काटना है। अगर उनका मँगनी होने के बाद होने वाला खसम मर जाये तो सारी उम्र घर बैठी रहती हैं, चोरी-छिपे बेशक जगह-जगह मुँह काला करती रहें।"

कुछ देर बाद जैसे दम मारकर कहा, "तू अच्छी तरह समझ ले भई, उनसे हमारा कोई रीति-रिवाज़ नहीं मिलता। हमारे टब्बरों में यदि ऐसी कोई बात हो जाये तो देवर-जेठ के बिठा देते हैं।...तू मेरी बात मान और चुपचाप छोटे के बैठ जा, घर की इज़्ज़त घर में ही रह जायेगी।"

माँ ने बिना पलकें झपकाये ना कोई हुंकारा भरा और ना किसी प्रकार का इनकार प्रकट किया था। परन्तु देखने-सुनने वाले यह कहते कि कोई गहरी चोट लगी है, शायद इसीलिए दिमाग़ पहले की तरह चुस्त नहीं रहा। यह भी कहते कि देखने को तो अच्छी-भली है, पर जब किसी बात का जवाब नहीं देती तो कोई क्या बूझे! रब की रब ही जाने! मन भी समुन्दर है, किसी ने कोई थाह कहाँ पायी है।

...और जहाँ तक मुझे याद है, दो-चार दिनों के बाद गली की इक्का-दुक्का बहुएँ और बूढ़ी औरतें मेरी माँ की ख़बर लेने आयी थीं। उस समय माँ छोटे भाई की कनपटी पर अचानक लगी चोट को कोसे पानी में रूई का फाहा बार-बार डुबोकर धो रही थी। माँ ने उन्हें धीमी-सी आवाज़ में बताया था, "जब मैं अपने खेत में चरी,

गाचे के लिए राजपूत चौधरियों के खेतों के पास से गुज़र रही थी तो यह फिसलकर पत्थर पर गिर पड़ा। थोड़ी ही देर में अच्छा-भला उठकर चल पड़ा।...और मुझे अपनी होश ना रही। जैसे-तैसे गिरती-पड़ती इसको घर लेकर आयी। फिर पता नहीं क्या हुआ, यह बेहोश हो गया।"

गली में से मेरी ताई लगती एक औरत ने कहा था, "क्यों यूँ ही मकड़जाल बुनी जाती है, परेशान होने के लिए। लड़का अगर घबरा गया था तो ठीक हो ही जायेगा। हल्दी डालकर कोसा दूध पिला, दिनों में ही तन्दुरुस्त हो जायेगा ये।" माँ ने यह नुस्ख़े पता नहीं सुने थे कि नहीं। पर उसने अपनी आँखों के कोये सफ़ेद-घसमैले दुपट्टे से साफ़ किये थे और मुझे बाँहों में भरकर अपनी छाती से लगाकर लाड़ किया था।

फिर माँ और दादी ने बातें कीं कि गज्जण को जालन्धर या लुधियाना के सरकारी अस्पताल में ले चलें। माँ को मेरे भाइये की और दादी को अपने पुत्र की निशानी के साथ बेइन्तहा का मोह उनके दिलों में उछाले मारता था। अब मुझे याद आता है कि उस समय मैं आँगन में शीशम की छाया तले भाई की चारपाई के पास खेलता-कूदता उसके इर्द-गिर्द से मक्खियाँ उड़ा देता था। तेज़-तेज़ पंखी झुलाते मेरे हाथ से पंखी छूटकर भाई के नाक की कोंपल पर ज़ोर से लग गयी थी। उसका शरीर काँप गया और उसने आँखें खोलकर देखा था। माँ और दादी फुर्ती से ज़मीन पर से उठीं और 'गज्जण-गज्जण' कहकर उसे बुलाने लगीं। माँ ने उसका सिर ऊपर उठाकर पानी पिलाया। भाई ने आहिस्ता से कहा था, "मैं भी पत्थर मारा था।...डब्बू कहाँ है?"

उसने फिर आँखें बन्द कर ली थीं मानो उसको और नींद आ रही हो। बीच-बीच में माँ की ओर देखता तो उसको दौरा-सा पड़ जाता। कुछ दिनों बाद गज्जण पहले की तरह चलने-फिरने लगा। वह इधर-उधर डब्बू को खोजता जो उसकी गम्भीर चोटों वाले दिन उनके पीछे चला गया था।...डब्बू के बारे में कई दिन घर में बातें होती रहीं। अन्त में, पूरे परिवार ने सब्र कर लिया कि जिसके सफ़ेद पंजे थे, गला और मुँह-माथा सफ़ेद था, नाक काला और घने बाल थे, जो सुन्दर और आकर्षक था, फुर्तीला और गोल-मटोल था, उसको कोई पुचकार कर अवश्य पहाड़ की ओर ले गया होगा। इसी दौरान गज्जण ने मुझे बताया था, "डब्बू और मेरे पर चरी के खेत में से कोई पत्थर फेंक रहा था। आस-पास कोई बन्दा-परिन्दा भी नज़र नहीं पड़ता था। माँ चरी काट रही थी।...मैं चिड़ियों-फ़ाख़ताओं को उड़ाकर मन बहला रहा था। डब्बू कभी दौड़ता हुआ मेरी ओर आता और कभी कटी हुई चरी के ढेर की ओर जहाँ उसने माँ को देखा था। फिर उसको पता नहीं क्या हुआ कि तेज़-तेज़ चिड़ियों, फ़ाख़ताओं, घुग्गियों और कौवों के पीछे दौड़ता रहा जो 'फुर्र-फुर्र' कर उड़ जाते।

छह-सात महीनों के जवान डब्बू में उतावली और परेशानी थी। उसकी इस तरह की भाग-दौड़ मेरी समझ में नहीं आती थी। पर मैं मन-ही-मन ख़ुश होता रहा और उसको ऐसी हरकतें करने के लिए उकसाता रहा। इसी दौरान मैं गिर पड़ा था।

ख़ैर, गज्जण के होश में आने से घर का माहौल और माँ का व्यवहार बदल गया लगता था। और कुछ दिन बाद माँ अपने काम-काज में डूबी रहने लगी। वह अब हमें आम जैसी लगने लगी, पर उसके मुँह पर पहली वाली रौनक अभी नहीं लौटी थी। दादी कहती, "ना मीतू।...और ना ये हालात बनते।"

दादी अब अपने पोते की तन्दुरुस्ती के कारण ख़ुशी की रौ में अपनी छन्न और कुन्न की कमाइयों और बरकतों की बातें उत्साहित होकर बताती। दरअसल, हमारी यह छन्न गाँव के कई लोगों की छन्नों की अपेक्षा थोड़ी छोटी, पर दो-मंज़िली और छोटी कच्ची ईंटों से बनी हुई है। इसके अन्दर तीन कमरे हैं जो गर्मियों में ठण्डे और जाड़े में गरम रहते हैं। बड़े खुले दालान में सर्दियों के दिनों में पशु बाँधे जाते और उसमें मेरी दादी आदि सोया करते और एक में हम। चाचा कभी कहीं चारपाई बिछा लेता और कभी बाहर ही सो जाता। पिछली कोठरी में गेहूँ, मक्की, चावल, धान, बाजरा, छोले, मांह, मोठ और अन्य छोटा-मोटा सामान होता। रस्सी (वलिंग) पर हम सबका कपड़ा-लत्ता। छोटी पेटियाँ वग़ैरह भी वहीं पड़ी होतीं।

हमारे सारे भाईचारे के छन्न-छपर और रौंठी (दो मंज़िले) एक ही बनावट के थे। अन्दर से बाहर से, तीन-साढ़े तीन फुट कच्ची दीवारें पर बनाये गये छन्न के अन्दर की तरफ़ लम्बे-लम्बे बाँसों की कड़ियाँ डली होतीं और उन्हें सहारा दिया जाता मोटी बल्लियों, थम्भों का, जो अक्सर शीशम या शहतूत की होतीं। सरकण्डों, सरवाड़ की ढलवीं छत इतनी कारीगरी के साथ बनायी होती कि बरसातों की लम्बी झड़ियों के दौरान पानी की एक बूँद भी अन्दर ना टपकती। चारों तरफ़ बाड़ की गयी छन्न के अन्दर और बड़े खुले आँगन में माँ और दादी पन्द्रह-बीस दिन बाद गोबर-मिट्टी की लिपायी करतीं। छन्न की सामने वाली दीवार पर दादी और माँ के दायें-बायें हाथों के निशान होते जो उन्होंने उलटे तवे की कालिख पर घिसा कर छापे होते। छन्न के दरवाज़े की शाखों के पास मोर-मोरनियाँ हरे, नीले और गुलाबी रंगों के साथ बनातीं, सजातीं। चिड़ियाँ, घुग्घियाँ और तोते भी बनातीं। मैं दरवाज़े के समीप खड़ा होकर उन्हें निहारता रहता जो मेरे सिर की ऊँचाई तक मेरे सामने होते। लेकिन मोर-मोरनियों को छूने के लिए गज्जण पैरों के नीचे मूढ़े पर मूढ़ा रख ऊँचा होने की कोशिश करता। उसकी और मेरी आयु में अन्तर भी तो है!

आँगन की शीशम, बकायन और शहतूत पर से चिड़ियाँ, घुग्गियाँ या कौवे उड़-उड़कर दूसरे पेड़ों पर बैठते और कई हमारे पास आ उतरते। ज़्यादा डरते नहीं बल्कि ठीकरे में भरे पानी में से कौवे, कबूतर, सारकें, चिड़ियाँ और अन्य परिन्दे एक साथ पानी पीते। यह देखते हुए और पंछियों की आवाज़ें सुनकर मेरा छोटे तन के अन्दर का मन, मोर की भाँति नृत्य किया करता था। ...छन्न से हट कर आमों के बाग़ में मोरों को ख़ूबसूरत अन्दाज़ में नाचते कितनी-कितनी देर एकटक ग़ौर से देखता रहता कि वे पंख फैलाये रखें...। कई बार क्या, अक्सर ही, हम कई बच्चे इकट्ठे होकर मोरों के पंख चुगने के लिए तेज़ी के साथ दौड़ते। चमकते बहुरंगीय मुलायम पंख मैं छन्न के अन्दर लालटेन के क़रीब खड़े खम्भे के साथ बाँधकर रखता।

...और हम दोनों भाई छन्न से बाहर पूरब की ओर की हरियाली पहाड़ियों पर बनते-बिगड़ते साये देखते। यूँ लगता मानो धूप-छाँव आपस में कोई खेल खेल रही हों। पंछी ऊँची उड़ानें भरते, ख़ासतौर पर चील-गिद्धें पंख फैला कर उन्हें बग़ैर फड़फड़ाये-हिलाये दूर-दूर तक आती-जाती दिखाई देतीं। इतने में सूरज हमारी छन्न के शिखर पर आ जाता और हमारे साये हमारी तरह छोटे हो जाते और कई बार हम उनके साथ खेलने लगते थे। कई बार आँगन में बँधी बकरियों और मेमनों के साथ 'मैं-मैं' करके हम उनकी गर्दनों से कस कर लिपट जाते। मैं सोचता, यह मेमने बड़े ना हों और मैं इनके साथ खेलता रहूँ। इसलिए कि कुछ दिन पहले जब दो आदमी हमारे मेमनों की रस्सियाँ पकड़ कर ले गये तो बकरियों ने ज़ोर-ज़ोर से 'मैं-मैं' की। फिर वह थक-हाँफ कर ख़ामोश हो गयी थीं। वह अगले कई दिन उधर ही देखती रही थीं जिधर उनके मेमनों को ले जाया गया था। उन्हें बेचे जाने वाले दिन माँ और दादी की आँखें भी नम हो गयी थीं जैसे गज्जण को चोट लगने वाले दिन दादी ने डब्बू की तन्दुरुस्ती और सलामती की दुआ करते हुए कहा था, "डब्बू ने हमारा अच्छा साथ निभाया। उसके पिल्ले जीते रहें जो बेज़बान होते हुए भी हमारी जानों को बचाने के लिए हर वक़्त कान खड़े रखते हैं।"

मुझे याद है, माँ ने आहिस्ता से कहा था, "गोरा और गज्जण मेरे पास हैं, मुझे ज़िन्दा रखने के लिए। क्या पता, गोरे का भाइया और डब्बू किसी ने बन्द कर लिए हों। रब की रब ही जाने, ज़िन्दगी अब आस-उम्मीदों के सहारे है।" फिर वह कुछ देर बाद जैसे अपने आप से बातें करती कहने लगी, "गोरे की दादी को करेवा के बग़ैर शायद कुछ सूझता ही नहीं।"

2

अपने बाबा की मुझे दिन में कई बार याद आती। वह आमतौर पर तीन-चार और कभी-कभी छह-सात दिनों के बाद घर में घुसता। वह अक्सर बेमौसमी फल जैसे पीले रसीले बम्बइया आम, जलेबियाँ, पेड़े, पकौड़े, बेसन, बरफ़ी वग़ैरह काग़ज़ के लिफ़ाफ़े में डालकर कन्धे पर लटकते गमछे के एक सिरे से बाँधकर लाता। छोटा भाई और मैं उछल-उछलकर दादी के आगे जा खड़े होते कि जल्दी से ये सब माल खाने को हमें दे दे। इस दौरान बाबा हमारा सिर सहलाता रहता, "तुम्हारे लिए ही है मेरे पुत्रो...जीते रहो, तगड़े होवो।"

मुझे पक्का याद नहीं, शायद तब मैं पाँचवीं कक्षा में पढ़ता था। बाबा बरसातों में मुझे तेज़ बहाव वाली दो छोटी नदियाँ पार कराया करता था। घुटने-घुटने बहते नदी के पानी में से निकलते हुए मुझे अपना साँस सूखता महसूस होता। पर बाबा होशियारी के साथ धीरे-धीरे चलता रहता। दरअसल, पहाड़ की तरफ़ से खड्ड में आते बारहमासी इस पानी ने हमारे गाँव छन्ना को अपनी दो धाराओं वाली दो छोटी नदियाँ बनकर घेरा हुआ है। इनके किनारों के साथ-साथ बुंबला वाला नड़ा, खड़-खड़कां, सरकण्डा, वन फूलों वाले रंग-बिरंगे घास-बूटे और बेर-झाड़ियाँ हैं। इनके फूल-फाहे हवा में उड़ते रहते। जब लहराते तो लगता जैसे हवा में पानी की तरह लहरें उठती हों। दौड़ते ख़रगोश, तीतर-बटेर, भाँति-भाँति की चिड़ियाँ, साँप, नेवले, बगुले, फलाहों पर हवा के साथ झूलते बिजड़ियों के घोंसले देख मैं मन-ही-मन प्रसन्न होता था। मुझे कई बार याद आता कि बाबा ने एक बार कहा था, "हम ज़मीन पर छन्न डालते हैं और ये बिजड़ा-बस्ती हवा में कँटीले दरख़्तों की टहनियों के

सहारे घोंसले डालते और बसाते हैं। देख कितनी कारीगरी के साथ बिजड़ा बरसातों में घोंसले की मुलायम बुनतियाँ डाले जा रहा है।"

"बाबा, तुम बरसातों में अपनी खड्डी की तानी में फुरती के साथ लहराती बुनतियाँ डालते हो।"

"इनके अण्डे देने की रुत आने वाली है। दूसरे परिन्दों से अपने बचाव के लिए ये पोखरों, नदियों के किनारे उगे दरख़्तों की टहनियों के सहारे बड़ी जुगत के साथ...।"

"अरे भाई संगतिया, पोते को सीधा-सीधा समझा कि मंगू राम ने हमारे बचाव के लिए आदि-धरम मण्डल का घोंसला बना दिया। ज़ोरावरों से रक्षा के लिए।" पीछे से अचानक किसी ने जुमला मारा।

बाबा ने पीछे मुड़कर देखा और कहा था, "रुलदा राम, सदके जाऊँ तेरे! बिजड़ा अपनी अगली पीढ़ी को बचाने की ख़ातिर सख़्त मेहनत करता है और मंगू राम हमारी अगली औलादों के आदर-मान की ज़िन्दगी के लिए।" बाबा ने बाद में बताया कि रुलिया राम को रुलदा राम भी कह लेते हैं।

...और फिर मेरे बाबा ने गाँव के लोगों, ख़ासतौर पर अछूत बस्ती के नौजवानों के साथ मिलकर चोई (छोटी नदी) पर लकड़ी का पुल बना लिया था। हम सब बालक दौड़कर उसको पार करते और स्कूल पहुँच जाते। मुझे याद है कि गाँव के ग़रीब-गुरबे परिवारों में पढ़ाई-लिखाई के बारे में शिखरों का उत्साह था और उमंग भी। वह अब स्कूली पढ़ाई को अपना हक़ समझने लगे थे। शायद इसलिए, उनके पुरखों ने बीसवीं सदी के पहले दशक में अदालती आदेश के माध्यम से तालीम का अधिकार हासिलकर लिया था। वे बातें करते, 'बाहमणों-खत्रियों के बच्चे आर्य, सनातनी स्कूलों में और सिक्खों के खालसा स्कूलों में पढ़ते हैं, पर हमारे साथ पुरानी इन्सानी ग़ैर-बराबरी के व्यवहार और बेइन्साफ़ी पर आधारित व्यवस्था वाली परम्परा है।''

ख़ैर, इसके अन्दर किसी राज़ या रहस्य की बात नहीं, बल्कि भेदभाव की है, मेरे स्कूल में दाख़िले के समय मेरे अछूत होने और निम्न जाति का होने ने बाधा उत्पन्न की। आख़िर, मुझे माहिलपुर में चन्दा सिंह रविदासिया की ओर से चलाये जाते 'शान्ति निकेतन' में प्रवेश दिलाने का फ़ैसला हुआ था। वह पोखर के नज़दीक वाली कुइयाँ के पास दरख़्तों की छाया तले गुरमुखी पढ़ाया करता था। बाबा ने खोज-पड़ताल की और पता लगा कि वह स्कूल बन्द हो चुका है। एक दिन उसने अपने मन को तसल्ली देने के लिए कहा, "वहाँ कौन-सा कोई सर्टिफिकेट मिलना था।

चल तुझे आर्य स्कूल में पढ़ने डाल देते हैं। माहिलपुर के मोतबर बन्दे मेरे से जूती-चप्पल लेकर जाते हैं, किसी की मिन्नत-याचना करता हूँ।''

जहाँ तक मुझे याद है, अब की तरह उस समय वर्ण-धर्म से बाहर के लोग पढ़ाई का महत्त्व समझने लगे थे। वे स्कूलों के मास्टरों की धार्मिक कट्टरता, जातपात, छुआछूत, तिरस्कार, ताने-उलाहने, मज़ाक़ और अपमान आदि को सहन करते हुए हर हीले, किसी-ना-किसी तरह से बच्चों को पढ़ाना चाहते थे। बूढ़े-बुज़ुर्ग बातें करते कि कुदरत ने सबके शरीरों के अंग एक बराबर लगाये हैं और दिमाग़ खोपड़ी में डाला हुआ है। इसके साथ ही मेरे बाबा की सोच के विरुद्ध राजपूतों सहित ब्राह्मणों के दो घर उसका अपमान करते कि अछूत हमारी बराबरी करने लगे हैं। वे बिना झिझक सरेआम कहते, "यदि ये परिवार पढ़ गये तो हमारा काम-धन्धा और खेतों में काम कौन करेगा? हम चन्द्रवंशी राजपूत राजा होते हैं।"

...और पुल का दूसरा लाभ यह हुआ कि किसी को आटा पिसाना हो, तेल की घाणी निकालनी हो, रूई पिंजवानी हो या कपड़ा-लत्ता ख़रीदना हो, सबको सारे मौसमों में आसानी हो गयी। पहले-पहले बाबा की 'उलटी खोपड़ी वाला बन्दा' के तौर पर चर्चा हुई थी कि ये क्या इतना लम्बा पुल बना लेगा? बल्लियाँ-फट्टे और शहतीरें कहाँ से लायेगा? लेकिन बाबा गाँव के पाँच-सात युवकों के साथ अपना लक्ष्य हासिल करने के लिए अपने मोर्चे पर डटा रहा। वह उन्हें बताता, "मेरे हिम्मती पुत्रो, हम जंगलात महकमे के क़ानून और कुदरत के नियमों को तोड़े बग़ैर लोगों से फट्टे-बल्लियाँ माँग लेंगे। साथ वाले गाँव से भी मदद लेंगे। हमें अपनी होनहार पीढ़ी की ज़िन्दगी सँवारनी है। उनके बारे में भी सोचना है जो वनों को काटकर बेचे जाते हैं और नाम ग़रीबों का लगाते हैं। यह भी सोचना है कि हमें चरागाहों में बकरियों और गायों को चराने क्यों नहीं देते और अपने रेवड़ चरवाते रहते हैं। घरों के चूल्हे में लक्कड़ जलाने का ख़याल मन में ना लाओ। चलो, हिम्मत करो...थक जाओ तो आराम कर लेना, पर हौसला नहीं छोड़ना, छोटी राहें ही बड़ी राहों में बदलेंगी। अगर हमारी आने वाली पीढ़ियाँ कामयाब होंगी, तो तुम्हारी आज की गयी ये कोशिश उनकी तरक़्क़ी का बड़ा ज़रिया बनेगी...चलो उठो मेरे शेरो।"

यह बाबा की चितकबरी दाढ़ी की वजह से था या फिर उसकी लम्बी बातों के अन्दर की दलीलों के कारण, हमारी अछूत बस्ती के लड़के बिना हील-हुज्जत के बाबा के इशारे पर चलने लगे थे।

...और गर्मियों की छुट्टियों में बाबा कई बार मुझे अपने साथ माहिलपुर, कभी गढ़शंकर, कभी सैला खुर्द और कभी रेलगाड़ी में बिठा कर जैजों ले जाता था। गाड़ी में बहुत भीड़ होती थी। हम कई बार गाड़ी के लकड़ी वाली फ़र्श पर बैठ जाते। मैं बीच-बीच में उठकर खड़ा हो जाता और जंगली दरख़्तों और छोटी पहाड़ियों को पीछे की ओर तेज़ रफ़्तार में भागते देखता। कभी रेत के ऊँचे-ऊँचे टीले आते जिन्हें मूँगफली की हरियावल ने ढका होता। जब कहीं गाड़ी की रफ़्तार धीमी पड़ती तो किसी टीले पर तरबूज, खरबूजे, घीया-कद्दू, खीरे और टमाटर दिख जाते। जैजों स्टेशन पर उतरकर हम जैजों शहर के लिए पूरब दिशा की ओर चल देते। प्लेटफ़ॉर्म के सिरे पर रेल डिब्बों में बोरियों में भरा सामान, बाण-बगड़ और बणसू घास लादा जा रहा होता। लाखे रंग के स्त्री-पुरुष घास की गठरियों को सिरों पर उठाये तेज़ क़दमों से चल रहे होते, उन्हें बेचने-कमाने के लिए। क़रीब ही बन्दर उछल-कूद मचाते दिखाई देते। या फिर किसी की कोई खाने वाली वस्तु मुँह में कस कर पकड़े भागते दिखते। मुख्य बाज़ार से पहले बेशुमार घोड़े, खच्चरें और ऊँट बाँधे या लादे जा रहे होते। आगे खुट्टां की हट्टी से पेड़े और दूध ख़रीदकर वह मुझे पिलाता और ख़ुद भी पीता। मैं बड़ी-बड़ी, ऊँची हट्टियों के चौबारों के छज्जों पर ततैयों और मधुमक्खियों के लगे छत्तों को ग़ौर से देखता क्योंकि उन पर बैठती-उठती मक्खियाँ अपनी ओर नज़रों को खींचतीं। ऐसे ततैयों और मधुमक्खियों के झुण्ड मैंने अपने छप्पर के क़रीब वाले आम के पेड़ पर पहले ही देखे हुए थे। उस खुट्ट हट्टी के पास दूर-दूर तक फैले आम के पेड़ों की खोहड़ में से तोते उड़कर दूसरे पेड़ पर बैठ गये थे।

आपस में जुड़ी हुई ये ऊँची-ऊँची, विशाल और शानदार इमारतें मैंने देखीं। हरेक पर अंगरेज़ों और मेमों की ख़ूबसूरत तस्वीरों की जड़त या सीमेंट के साथ सँवारे नैन-नक़्श, घुँघराले बाल, मासूम आँखें और चेहरे मन को आकर्षित करते। लाल ईंटों की दीवारों में बनाये आलों और झरोखों या उनके अन्दर अंगरेज़ों-मेमों के उकरे छोटे-छोटे बुत, कई-कई रंगों के होने के कारण उन्हें लगातार देखते रहने को चित्त करता।...और साथ ही, मुझे अपने गाँव के छप्परों, पुराने घर की कच्ची दीवारों और गलियों-नालियों की याद आयी। मुझे कई बार लगता कि थोड़े-से फ़ासले पर कितनी भिन्न, रंग-बिरंगी और भाग-दौड़ वाली दुनिया है। यह बाज़ार रात-दिन सजा धजा और भीड़ से भरा रहता है। कभी-कभी बाबा और मैं यहीं पर अपने जूती-जोड़े

वाले खोखे के अन्दर सो जाते। दिन के समय गऊशाला पर साँड़ों की हरकतें मुझे बार-बार दिखतीं बेशक मैं आँखें बन्द कर लेटा रहता।

...और बाबा जब कभी मुझे अपने साथ ले जाता तो उसके सिर पर चादर में बँधी हुई जूतियों की गठरी भी होती। वह अपने खोखे वाली दुकान के आगे उसी चादर पर जूतियाँ सजा लेता। इससे आगे नाइयों, कसाइयों, धोबियों, लुहारों, कुम्हारों, झीरों और कंजरों के मुहल्ले हैं। बाज़ार में हमारी दुकान के आगे से बिल्ली-भूरी आँखों वाले, गोरे-चिट्टे भरपूर क़द-काठी वाले अधेड़ जवान गुज़रते जिनके सिरों के बाल भूरे होते। बाबा उन्हें देखकर बताता, "ये अफ़गानी पठान हैं। कई समरकन्द, सारकन्द, ताशकन्द के हैं। देख तो, कैसे हट्टे-कट्टे हैं।"

मैंने कहा, "इनकी मेहँदी रँगी दाढ़ी और सिर के बाल ऐसे लगते हैं जैसे बकरीद वाले दिनों में बकरों और मेमनों को मेहँदी और दूसरे रंगों से सजाया होता है।"

मुझे कंजर मुहल्ला, अय्याशी और मनोरंजन जैसे शब्द समझ में ना आये।

ये पठान कई बार हमारी दुकान पर रुक जाते। वो कई बार कोई जोड़ा ख़रीद लेते और कभी बिना ख़रीदे गुज़र जाते। वे कई क़िस्म की जूतियों की बात करते। दादी ने मुझे कई बार बताया और स्कूल मास्टर की तरह रटाया था कि हमारा पुश्तैनी पेशा मरे पशुओं की खालें उतारने, उन्हें पकाने और बछड़े और कट्टे की खालों की नरम नरम, अलग अलग क़िस्म की जूतियाँ बनाना है। वे रात में सोते समय बाबा द्वारा बनायी हुई गरगाबी, कुरम की जूती, धौड़ी जूती, दुखली जूती के माने हुए कारीगरों के तौर पर बातें सुनातीं। मुझे कई बार लगता कि दिन में पण्डित पोहलो राम का पीरियड और रात को मेरी दादी का पीरियड होता है जो मुझे नींद की भाँति घेरे रखता। वह आगे लड़ी से लड़ी जोड़कर बताती, "जवानी के वक़्त तेरे बाबा ने दो-तीन जोड़े अजगर की खाल के बनाकर दिये थे।" वह फिर उत्साहित होकर चाव से बताती, "तेरे बाबा ने अपने हाथों ब्याह-शादी में जाने के लिए ज़रीदार कढ़ाई वाली जूतियाँ बनाकर दी थीं। हाथों का बड़ा हुनरमन्द है तेरा बाबा। बेशक लक्की जूती, खोसा और सितारों वाली जूतियों के कारीगर रखे हुए हैं, पर अपने टब्बर की ख़ातिर अपने हाथों से जोड़े तैयार करता है।"

पलभर बाद शायद उसे कुछ याद आ जाता और वह ख़ुशी की रौ में बताती, "जैसे कई तरह की जूतियाँ हैं, वैसे ही हमारे गाँव में जातों का सतनाजा। कहते—हम राजपूत, जसवाल, डडवाल होते हैं, हम लड्डू, डोड (दोद), कटरैड़ होते हैं। कइयों का अता-पता ही नहीं, कहने को वो भी राजपूत। लड़ाई-झगड़े में सबसे आगे, प्लेग पड़े!"

बीच में टोक कर मैंने दादी से पूछा, "प्लेग?"

"तेरा दादा-पड़दादा ख़ूब क़ब्रें खोदता रहा, इन मरजाणों की।"

"क़ब्रें?"

"हाँ, जैसे मुसलमान मुर्दों को क़ब्रों में दबाते हैं।" दादी ने बताया।

"हिन्दू-सिक्ख तो अपने मुर्दों को जलाते हैं...क़ब्रों में दबाने से वो मुसलमान नहीं बनते थे?"

"गोरे, है तू बेशक बच्चा, पर सयाना होने का भरम डालता रहता है। प्लेग के कीटाणु हवा में मिलकर ज़िन्दा लोगों को बीमारी लगा देते थे। उन्हें धर्म-जात, अमीर-ग़रीब, ज़मींदार-मजूर नहीं दिखता। वे आप भी नहीं दिखते और लाखों-करोड़ों जानें लेकर भी इनका पेट नहीं भरता!"

"?" मैं दादी के मुँह की तरफ़ एकटक देखता रहा।

"धरती तो सबकी साझी माँ है। हम सब इसके धी-पुत्त हैं।" दादी ने ये कहते हुए कहा, "जब प्लेग पड़ा था तो...।" अब दादी की आवाज़ में अन्तर आ गया और उसका कण्ठ भर्रा गया।

"प्लेग की बीमारी से कहीं कम दुनिया मरी थी तब?...घरों के घर ख़ाली हो गये थे और क़ब्रें खोदने को हमारे लोग बेगार करते थे।"

"बेगार?" मैंने उतावली में दादी से पूछा।

"क्या-क्या समझाऊँ तुझे गोरे! काम की एवज़ में कुछ देते थोड़े हैं। अपने जूती जोड़े, बुनाई, गुड़ाई, कटाई का सारा काम छोड़कर मुफ़्त में काम करते हैं।"

इस दौरान माँ हमारे बीच पास आ बैठी।

"और मरे-जिन्दों का रोना-पीटना अलग...!"

"रोना-पीटना और विलाप सारा दिन कई घरों में होता।"

"जब इस तरह बन्दे मरते थे, तब भी ज़मींदारों को तरस नहीं आता था?" मैंने पूछा।

"तरस इन पापियों को कहाँ आता। रोज़ कहते थे, अब भी कहते हैं–रामनाम सत्य है, सत्य बोलो गत्य है।...बन्दे ने ख़ाली हाथ जाना है।"

"हाँ दादी, ये मैंने माहिलपुर के हिन्दुओं के मुँह से सुना है जब वे अरथी ले जाते हैं। कई बार बातें किया करते हैं, आख़िर बन्दे ने राख की ढेरी होना है, और क़ब्र में पड़ी लाश तो बिल्कुल मिट्टी में मिल जाती है।"

"गोरे, हमारे बन्दे जब इनकी क़ब्रें खोदने जाते थे, घर आकर बताया करते थे, अब वो चौधरी साला पड़ेगा उस क़ब्र में, अब नम्बरदार पड़ेगा उस क़ब्र में...हमारे परिवारों, धीओं-बहनों को जो तंग करता था।"

यह सुनकर मुझे भी अपने जैसी छोटी-सी हँसी आ गयी। लेकिन मेरी माँ बग़ैर कोई बात किये उठकर चली गयी।

ना जाने दादी के चित्त में क्या आया, कहने लगी, "और हमारे बन्दे कहते हैं, वे हमें धर्मों-जातों की तराज़ू के पलड़ों में डालकर तोलते हैं, मेहनतकश इन्सान नहीं, बल्कि हैवान से भी नीचे समझते हैं...। उनकी ऐसी सोच को पता नहीं कब प्लेग पड़ेगी।"

कुछ देर बाद फिर बताने लगी, "हैजे और तपेदिक के साथ भी टब्बरों के टब्बर ख़त्म हो गये थे।" थोड़ा रुककर कहने लगी, "वो दिन रब बैरी दुश्मन को भी ना दिखाये दुबारा!"

दादी ने अपनी बात की लड़ी फिर से शुरू कर दी, "गेहूँ को दाती (दराँती) पड़ने वाली थी एक बार। लोग एक लाश श्मशान को ले जाते और लौटते को दूसरा मुर्दा तैयार होता।"

"हैं...अ!"

"पूछ ना गोरे! ये नामुराद बीमारी कई साल रही। लाखों बूढ़े मर्द-औरत, जवान लड़के-लड़कियाँ और बच्चे पंजाब में मर गये।"

"ये कैसी बीमारी कि इतने लोग पिछले सालों में लाखों के हिसाब से मर गये!" मैंने हैरान होकर पूछा।

"इसे छूत की बीमारी बताते हैं।"

"छूत तो हमारे से ज़्यादा राजपूतों, जट्टों, सैणियों और तरखानों को लगती है, पर वो तो मरते नहीं?"

"गोरे तू तो भोला है। उनको मन का रोग लगा हुआ है और प्लेग तन को लगता है। एक-दूजे को छूत की तरह लग जाती है।"

"तो फिर हमारे गाँव में कैसे फैली?"

"गोरे, तू भी बात में से बात निकाले जाता है। ले सुन फिर...जितना मुझे आस-पास से पता लगता रहा। बंगियाँ के पास खटकड़ कलां का ब्राह्मण था राम सरन, पिछली सदी में तीन साल रहते वैसाखी वाले महीने (28 अप्रैल 1897) हरिद्वार से बहुत तेज़ बुखार में आया था और जल्दी ही मर गया। पर अगले पाँच सालों में गाँव का कोई जीव ना मरा। और ये बीरमपुर जो गढ़शंकर के पास है, वहाँ प्लेग का पता

लगा...फिर जलन्धर-होशियारपुर के गाँवों में फैल गयी। सरकार ने गाँवों के लोगों को बाहर जाने से रोका, मरीज़ों को अलग रखा कि दूसरों को छूत ना लग जाये। लोगों ने और सरकार ने मिलकर ख़ूब उपाय किये। गढ़शंकर में पुलिस को लोगों पर गोली चलानी पड़ी थी कि सारा क़स्बा ख़ाली करो।" दादी बताती गयी।

"और फिर लाखों में लोग मर गये! ओह!"

"और नहीं तो क्या? पंजाब में लाखों मरे और हुशियारपुर ज़िले में बताते हैं, प्लेग से पहले छह सालों में पैंतीस-चालीस हज़ार बन्दे मर गये थे, पचास-साठ हज़ार मरीजों का पता लगा था।"

"इतना क़हर?"

"और बताऊँ?...जब मैं नयी-नयी ब्याह कर आयी थी तो तेरे बाबा की क़द-काठी का जलवा देखने वाला था, सुन्दर, आकर्षक जवान, सुडौल शरीर, हद दरजे की फुर्ती से वज़न उठाता था। जब पच्चीस-तीस सेर की मूगली घुमाता तो उसके हमउम्र देखते रह जाते थे।" फिर उसको ना जाने क्या याद हो आया, वह फिर से बताने लगी, "सच, मैं बात कर रही थी, रोज़ होती मौतों को देख तेरे बाबा और दूसरों ने आठ-नौ क़ब्रें एक ही बार में खोद डालीं कि हमें भी चार मन दाने कमाने हैं...क़ब्रें खोदने के बदले नाशपिटे कौन-सा कुछ देते थे।"

"फिर?"

"फिर क्या? ज़मीन बड़ी सख़्त थी। क़ब्रें खोदते-खोदते सभी की हथेलियों पर छाले पड़ गये। वैसे भी, अपने कण्डी इलाक़े की ज़मीन पथरीली और लोहे जैसी है। पानी काफ़ी गहरा और कम है। हमारे गाँव जैसी नरम थोड़े हैं ज़मीन। हमारे गाँवों के इलाक़े को 'सीरोवाल' कहते हैं, जहाँ बरसातों में अपने-आप ज़मीन से सोते फूटते रहते हैं।"

"हैं!...इतना बढ़ा-चढ़ा कर ना बता अपने गाँव की दादी।"

"हैं क्या? बारह-चौदह हाथ की गहराई पर ज़मींदार कुआँ लगा लेते हैं। बताते हैं, हमारे गाँवों में फ़सलों का झाड़ भी सारे पंजाब में मशहूर है।"

"दादी क़ब्रें...?"

उसने मेरे हिसाब की रकम का जवाब जैसे पहले ही निकाल लिया हो। बीच में टोकते हुए हँसकर बोली, "कहते, तुम हम ज़िन्दों की ही क़ब्रें खोदे जा रहे हो... हम अपनी क़ब्रें ख़ुद खोद लेंगे। इस तरह जान छूटी थी हमारे लोगों की, क़ब्रें खोदने की बेगार से।"

"दादी तुझे ये सब कैसे रटा हुआ है? मैंने तो अपने स्कूल की किताबों में नहीं पढ़ा।"

"पुत्त, जब तू अभी स्कूल जाने भी नहीं लगा था, तब ऊड़ा-ऐड़ा (गुरमुखी की वर्णमाला के पहले अक्षर) मैंने ही तुझे सिखाया था कि नहीं?"

"यह तो ठीक है, पर...!"

"समझ गयी। मेरा भाइया (पिता) ग्रन्थी था। रोज़ नियम से उसने मुझे गुरमुखी सिखाई थी कि मेरे बच्चे चिट्ठी-पत्री के लायक हो जायें। और फिर तेरा बाबा शहर को आता-जाता नयी-पुरानी किताबें, अख़बारें ले आता था। 'ग़दर' और 'आदि डंका' मैं बड़े चाव से पढ़ती हूँ। वहीं से पढ़ कर पता लगा था कि कण्डी में राजपूतों वाले गाँवों और ऊपर वाली पहाड़ियों में बसते हमारे लोगों को वे भीषण गरमी के दिनों में भी छतों पर सोने नहीं देते...हमारे गाँव में इनकी संख्या कम होने के बावजूद ताक़तवर है।"

कुछ देर बाद उसको ना जाने क्या सूझा था कि बताने लगी, "तेरे बाबा ने तभी तो गाँव के बाहरी तरफ़ छन्न डाल ली थी ताकि बच्चे खुल कर खेलें-कूदें। पहले चार मरले ख़रीदे और फिर तेरे बापू के नाम चार मरले और ख़रीदकर साथ मिला लिए। इस जगह के क़ब्ज़े और मालकी के बारे में ना ही पूछ...।" दादी ने नयी पूनी कातनी शुरू कर दी जैसे दोपहर में चरखे पर पूनी कातते ऊबती-थकती नहीं थी। जब मैं उसकी ओर ग़ौर से देख रहा होता तो वह चरखे की ताँत और लम्बी कर लेती थी।

उधर तड़के से सवेर तक पड़ी बारिश के कारण पहाड़ियों की तरफ़ के आम, बरगद, पीपल, कीकर और छन्न के क़रीब वाले नाखों, अमरूदों और गलगल के बूटे निखरे हुए थे और चमचमा रहे थे। बड़ी पहाड़ी का साया छोटी पहाड़ी पर पड़ने से ऐसा लगता जैसे सूरज जल्दी छिपने वाला हो।

...और दादी की अकथ-कथा सन्ध्या के पड़ रहे अँधेरे की तरह निरन्तर जारी थी। शायद वह मेरी माँ को बताने-सुनाने की मंशा के साथ उसकी तरफ़ देखती हुई कहने लगी, "तुम्हें पता है ना कि अपनी छन्न पूरे गाँव में ज़रा हट कर और ऊँची जगह पर है। कहीं कम बखेड़ा खड़ा किया था इन बेरहमियों ने? कहते–तुमने ऊँचाई पर और सूरज के उगने की तरफ़ अपनी छन्न क्यों डाली है?...और तो और, हमारी बस्ती के घरों के अन्दर वाले आँगनों में बेटों सरीखे पाले दरख़्तों को जबरन काट कर ले जाते हैं, कहते–घरवाली जगह पर ही सिर्फ़ तुम्हारा कब्ज़ा है, मालिकी तो हमारी है।"

सवेर की रुक-रुककर हुई बरसात की तरह वह फिर बोली, "विवाहों में हमारे ग़रीब-गुरबों को पक्की रोटी करने की मनाही है। बाजा नहीं बजाने देते और ख़ुद

हमारे किसी बन्दे की पीठ पर ढोल-नगाड़ा बाँधकर उसको बजाते हैं। अपनी बेटियों को डोली में बिठा-सजा कर विदा करते हैं और हमारी धी-बेटी को पीढ़ी पर बिठा कर विदा करने को मजबूर करते हैं।" पलभर बाद भरे मन के साथ वह कहने लगी, "तब ये शोहदे हमारी धी-बहनों से भ्रष्ट नहीं होते...शामलात की तरह जब चाहें इनका चौना हरा-कचूर घास चर जायें, नासपिटे ना हो।"

ये बातें सुनकर मेरी माँ उठकर चल दी हालाँकि वह थोड़ी देर पहले आकर बैठी थी। 'क़ब्ज़ा तुम्हारा, मालिकी हमारी', 'हमारी धी-बहनों से भ्रष्ट नहीं होते' और 'शामलात' जैसे शब्दों के अर्थ मेरी समझ में अधिक ना पड़े। कभी-कभी दादी कह भी देती, "गोरे, शायद तेरे पल्ले मेरी कोई बात पड़ती भी है कि नहीं, पर मैं अपना मन हलका ज़रूर कर लेती हूँ।"

...और मेरी समझ से परे और हैरानी भरा यह भी था कि माँ को हमारे पास बैठना भारी क्यों लगता था। वह चौके में जाकर आग जलाने के लिए फुँकनी में फूँकें मारने लगी, मानो अन्दर से किसी लपट को बाहर निकालना चाहती हो। धुएँ ने उसकी आँखों को जलते-बुझते अंगारों की भाँति सुर्ख़ कर दिया था। बीच-बीच मुँह में धीमे-धीमे बड़बड़ाये जाती जैसे चूल्हे में लक्कड़-अंगार 'तिड़-तिड़' कर रहे थे। शायद वह माँ द्वारा बार-बार कोई तजवीज़ दिये जाने का नतीजा था। दादी का कहा मेरे कानों में अक्सर गूँजता है, "प्यारो, तूने क्यों ना-ना की रट लगा रखी है। अभी पहाड़ जितनी उम्र पड़ी है तेरी।"

अँधेरा गाढ़ा होने लगा। इक्का-दुक्का तारे चाँद की अनुपस्थिति में अपने अस्तित्व के लिए टिमटिमाने लगे। उधर चूल्हे में से उठती लपटों की रोशनी में हमारे साये बड़े हो गये। बकरियाँ, मेमने, 'मैं-मैं' करते और गाय-भैंस जुगाली करती दिखाई दीं।

3

‘‘गोरे...ओ गोरे...उठ जा अब।’’ बाबा ने जगाने के लिए मुझे हाँकें लगायीं। मैंने अर्धनिद्रा में थोड़ी-सी आँखें खोलीं, देखा–उसने मेरे छोटे भाई गज्जण को छाती से लगाकर उठा रखा था। इतने बड़े और भारी भाई को उठाये देख, मुझे लगा मानो बाबा ने फूल जैसी कोई चीज़ उठा रखी हो...और मैं फिर से सो गया। बाबा रात में कब घर आया, मुझे नहीं पता। उसने कमर से धोती बाँध रखी थी और उसके ऊपर झग्गी पहन रखी थी।

‘‘बेटा गोरे...इधर देख, मैं तेरे लिए क्या लाया हूँ!’’

घर के सभी सदस्य और सगे-सम्बन्धी मुझे गोरा कहकर बुलाते हालाँकि मेरा रंग साँवला है। फिर भी, दादी मेरे माथे पर कभी बायें तो कभी दायें काला टीका ज़रूर लगाती, जब सुबह मुझे स्कूल जाना होता। जब कोई स्त्री मेरे साँवले रंग को देखकर मखौल करती तो दादी उमँग कर कहती, ‘‘यह तो मेरा कृष्ण कन्हैया! जब जवान होगा तो देखना कैसे गोपियाँ इसके पीछे-पीछे घूमेंगी।’’

मुझे लगा कि ये बातें मैं अपने आर्य स्कूल के सिलेबस में पढ़ता हूँ, पर मेरा इससे कैसे वास्ता! मेरी बुद्धि में कुछ ना पड़ता और मैं इसे देखकर अधिक सोचता भी नहीं! लेकिन मैं दादी से माथे पर टीका लगवाना यह कहकर मना कर देता कि मुहल्ले में और भी लड़के-लड़कियाँ मेरे जैसे हैं; वे ऐसा स्वाँग नहीं रचते। सिर्फ़ खत्रियों-बामनों के जो बच्चे हैं, वे ही रोज़ ऐसी रस्म पूरी करते हैं या उनके माँ-बाप ऐसा प्रपंच करते हैं। वे मेरे माथे पर लगे काले टीके के बावजूद मेरे से फ़ासला बनाकर बात करते हैं, छूत बहुत मानते हैं और जात के ताने मारकर चिढ़ाते हैं।

"तुझे पर लगने लगे हैं गोरे!" दादी कभी-कभी ऐसा ही ताना मारती, पर मैं पलटकर जवाब ना देता और मेरी सोच चींटियों की क़तार की तरह तेज़-तेज़ दौड़ती रहती। मैं अपनी ऐसी स्थिति के बारे में किसी से बात ना करता। अन्दर-ही-अन्दर अपनी नीची जाति की शर्मिन्दगी की गहरी खड्ड-खाइयों में डूबता-तैरता, हटकोरे भरता रहता। अकस्मात् मुझे बाबा की पढ़ाई-लिखाई की बातें स्मरण हो आतीं और मैं फिर पंजों के बल जैसे पहाड़ियाँ चढ़ता जाता और साथ-ही-साथ, हवा के ताज़े लम्बे साँस भरता महसूस करता। मुझे लगता जैसे मैं ऊँची जगहों पर झूमता वृक्ष बन गया होऊँ!

"देख दिन सिर पे चढ़ आया, उठ मेरा पुत्र, इधर देख...।" फिर, थोड़ा रुककर बाबा ने कहा, "जा, पहले मुँह-हाथ धोकर आ।"

और फिर उसे बड़े मोह के साथ आहिस्ता-से मेरी पहली कक्षा के कायदे जैसी दो छोटी पतली-सी किताबें मुझे दीं। एक किताब में फुर्ती के साथ जो भी पन्ना खुला, वहीं से पढ़ने लगा–

"वीरो भेज के अपने बच्चियाँ नूं
ख़ूब स्कूलां दे विच पढ़ा लइये।
पढ़ विद्या क़ौम दा पता लगे
मुल्क विच विद्वान कहा लइये।"

फिर मैंने पिछला पन्ना खोला–

"नहीं किसे दे नाल है वैर साडा,
आपणे हक़ लैणे हकदार कर के।
विद्या बच्चियाँ नूं पढ़ा देणी
अगली नस्ल बचाओ इल्मदार कर के।"

और एकाएक और पन्ने पलटे–

"पढ़ो विद्या क़ौम सँभाल लइये,
पता लग जावे गल्लाँ चंगियाँ दा।
सेवक समझ के वास्ता मन्न लैणा,
मंगू राम की करना, बातां लंमियां दा।"

मेरे अन्दर विद्या हासिल करने की उतावली थी कि मैं इस दो आने की किशन स्टीम प्रेस, जालन्धर शहर से दो हज़ार प्रतियों में छपी 'आदि दुखड़े' नाम की किताब को ग़ौर से पढूँगा और समझूँगा। पढ़ाई-लिखाई को विशेष पहल देने वाली ऐसी किताब पहली बार देखी थी जो 1929–30 में कई बार छपी थी।...दूसरी

किताब मैंने बाबा से लेकर झपट्टा मारकर छीन ली। वह थी–धार्मिक विचारों के ज़रिये लोगों को एकजुट होने को प्रेरित करती किताब, जो होशियारपुर के कोतवाली बाज़ार से छपी थी। इस पतली-सी किताब को हाथ में पकड़े होने के बावजूद मैं मन-ही-मन होशियारपुर के 'शीश महल' में पहुँच गया जो मुझे मेरे बाबा ने पिछले दिनों छुट्टियों में दिखलाया था। शीश महल के मुख्य बड़े कमरों में लगे दरबार में कुर्सी पर बैठे जॉर्ज पाँचवें के सिर पर ताज़पोशी की रस्म को देखने के लिए अंग्रेज़ स्त्री-पुरुष सज-धज कर बड़ी संख्या में एकत्र हुए थे और कहीं बाग़-बगीचे, फल, फूल, बेलों वाले पौधे, जानवर और देसी बच्चों सहित। अधिकतर ख़ूबसूरत गोरी स्त्रियाँ और बिल्ली आँखों वाले जवान अफ़सर जँचते-फबते लिबासों में खड़े और लेटे पुरुषों को देखने को मेरा बार-बार मन किया। बाबा के शब्द मेरे कानों में फिर सुनाई पड़े, "गोरे, ये शीश महल अंग्रेज़ों को ख़ुश करने के लिए लाला हंस राज जैन ने बनवाया था और कारीगर दिल्ली से बुलाये थे।"

"गोरे, कहाँ खो गया?" बाबा ने झकझोरकर मेरे ख़यालों की तन्द्रा को तोड़ा। तभी दादी दूध भरे गिलास ले आयी और छोटा भाई बाबा की गोद से उतरकर मेरी चारपाई पर आँखें मलता हुआ बैठ गया और मेरे हाथों से वो किताब छीनने लगा। इस खींचतान में एक किताब के कुछ पन्ने फट गये। मैंने गज्जण के दायें गाल पर थप्पड़ मार दिया। दादी और बाबा ने हमें डाँटा। फिर हम दोनों जन चुपचाप उन्हें दूध के घूँट भरते देखते रहे। इसी दौरान बाबा उठा और छन्न में रखे अपने झोले में एक और छोटी-सी किताब निकाल लाया जो अंग्रेज़ी के ए, बी, सी, वाला कायदा था। उसमें एक-एक अक्षर के अनुसार फलों, सब्ज़ियों, पशु-पक्षियों, आने-जाने के साधनों और अन्य वस्तुओं के नाम थे। मोटे सफ़ेद काग़ज़ पर सुन्दर छपाई मैं देखता ही रह गया।

यह सब कुछ समझते हुए मैंने ख़ुश होकर दादी-बाबा से कहा, "मुझे आर्य स्कूल में नहीं पढ़ना।"

"हैं! क्यों?" उन दोनों ने अचरज के साथ मेरे मुँह की ओर देखते हुए एक साथ बोला।

"वहाँ रामायण, महाभारत, कृष्ण लीला और प्रार्थनाएँ बड़ी अजीब होती हैं और फिर हिन्दी वाला मास्टर कथा सुनाने लगता है।"

"अच्छा!"

"कहता है–हनुमान संजीवनी बूटी वाला पहाड़ एक हाथ में उठाकर हवा में उड़कर राजा रामचन्द्र के पास आ गया, लक्ष्मण को मूर्च्छा से बाहर निकालने के

लिए। ...कभी बात बताता है कि हनुमान एक छलाँग में लंका पहुँच गया। ...और मुझे इन बातों पर यक़ीन नहीं होता। और साथ के लड़के जो मेरी परछाईं भी नहीं लेना चाहते, जात के ताने मारते रहते हैं, कक्षा में अलग क़तार के फ़ासले बनाकर बैठना फिर भी मुझे इतना बुरा नहीं लगता।''

''तो फिर माहिलपुर में ही तुझे खालसा स्कूल में दाख़िल करा देते हैं।'' बाबा ने जैसे आर्य स्कूल का बदल खोज कर कहा हो।''

मोहल्ले के दो-तीन लड़के वहाँ पढ़ते हैं और मेरे साथ आते-जाते हैं। वे बताते थे कि यहाँ-वहाँ में ज़्यादा फ़र्क़ नहीं। छूत बहुत मानते हैं, अपने गाँव के राजपूतों की तरह।''

''किधर चल पड़े हो तुम? रब इन्हें सुमति बख़्शे। गुरबाणी में लिखा हुआ है, 'एक पिता ऐकस के हम बारिक।' और फिर गुरु गोबिन्द सिंह ने तो जात-पात, ऊँच-नीच और छुआछूत का टंटा की ख़त्म कर दिया ये फरमा के, 'मानुस की जात सबै एके पहिचानबो।' ज़रा देर पहले हमारे पास आकर बैठी दादी ने हमें अपना ज्ञान देकर तसल्ली की।''

''हम तो पहले ही इन सामाजिक बराबरी वाले गुरुओं के विचारों को मानते हैं। साथ वाले गाँव के गुरुद्वारे में, जिनके साथ चली फिरती है, हर अमावस-संक्रांति को, उन्हें जाकर समझा जो नित्य गुरबाणी का ज़ोर-ज़ोर से पाठ पढ़ कर सुनाते हैं और आप सुनते ही नहीं।'' बाबा अपनी दलील देने के बाद पहली बात पर आ गया, 'बेड़ा गर्क हो गया हमारे लोगों का, जैजों के कंजर मुहल्ले तो ज़मींदार, सरदार और साहूकार मुँह काला करने चले रहते हैं, वहाँ तो कोई भ्रष्ट नहीं होता, जिन अछूतों-मुसलमानों के हाथों पानी नहीं पीते, उन्हीं की बेटियों-बहनों की रालें चाटते फिरते हैं, दोगले, बेईमान ज़माने के।''

पलभर बाद बाबा ने भी दादी की तरह मन को समझाने के लिए और मेरे उतरे हुए चेहरे की ओर देखते हुए कहा, ''घबरा ना पुत्र गोरे, गुरुओं की बात है कि 'जात दा गरब करे मूरख बिचारा', अभी इनकी समझ में नहीं आया। ...और गोरे, होशियारपुर-ऊने में तो ब्राह्मणों-साहूकारों के बच्चे पढ़ते हैं, उनमें से कई तो जालन्धर और लुधियाने से आकर पढ़ते हैं कि यहाँ पढ़ाई ज़्यादा अच्छी होती है। ...और अगर ज़िला बोर्डिंग स्कूल, माहिलपुर ही दाख़िला मिल जाये, तो और बढ़िया!'' बाबा दलीलों में पड़ा ख़ुद ही सवाल करता और ख़ुद ही जवाब देता बोलता रहा।

वह अपनी सोचों की ताँतें अपनी खड्डी की तानी के धागों की तरह पकड़ता, फिर से कहने लगा, ''अगर हमारे बच्चे पढ़ जायें तो इनका क्या छिनता है? इन कामचोरों से हम कुछ माँगते हैं! वो कहाँ है ऊना, चम्बा और गगरेट। वहाँ तक जूतियों की गठरी सिर पर उठाकर ले जाता हूँ; परिवार से दूर रहता हूँ, क़हर की गरमी हो या सर्दी। मैं उस गाय की तरह सुस्त नहीं होता, कामों को करने से जो जी नहीं चुराता, चलता रहता हूँ ईमानदारी के साथ दो आने कमाने की ख़ातिर।''

बाबा को ग़ुस्से में रौब भरी बातें करते शायद मैंने पहली बार सुना। रुक-रुककर उसने बात का सिरा पकड़ा, ''साले अंगरेज़ पापी भी इनकी तरफ़ हैं, दो-टूक नहीं कहते कि ख़ुद तो और हक़ माँगते हो और इनके लिए क्यों रोड़ा बनते हो।''

बाबा को मानो रह-रह कर याद आता। दादी के साथ पिछले दिनों हुई बात साझी करता, ''जिस दिन कँवर सिंह के खेतों में मैं दिहाड़ी करने गया, वो कहने लगा, आ जा पत्थर रोड़े चुग-चुगकर खेत में से बाहर मेंड़ पर फेंकें। ऊँची-नीची ज़मीन समतल करने के लिए कराह लेंगे और फिर पाटा फेर कर ऐन बराबर कर लेंगे। पानी बचेगा, झाड़ बढ़ेगा। ...और मैंने भी कह ही दिया कि मैं तो राहों में से भी रोड़े-पत्थर एक तरफ़ फेंकता रहता हूँ ताकि बच्चे-बूढ़े बेरोक आगे बढ़ते जायें, उन्हें कोई ठोकर ना लगे। और अगर हमारे ग़रीब-गुरबों का भाईचारा भी बाक़ी सभी की तरह हो जाये और सारे लोगों की बराबर तरक़्क़ी हो तो दूसरों का क्या जाता है।''

''और बताऊँ?'' बाबा ने अपने आप आगे बताया, ''कँवर सिंह ने मेरी तरफ़ हैरान नज़रों से देखा और संटी बैल के नंगे बदन पर ज़ोर से मारी जब वह हल जोतते-जोतते रुक गया था। और वह बड़ी उम्र का बेज़ुबान तड़पकर कूदा था।'' बाबा ने अपने मुँह पर आये पसीने को सिर के साफे से पोंछा और साफे को फिर से सिर पर ढीला-सा बाँध लिया।

पलभर की ख़ामोशी के पश्चात् मानो दादी के मन का बाँध टूट गया हो। उसकी आँखों के कोये नम थे और चेहरा भावहीन। उसने हिम्मत जुटाई और बात में बात मिलाने के लिए कोशिश करते हुए कहा, ''विद्या को तीसरा नेत्र यूँ ही तो नहीं कहते, विद्या विचारी तो परोपकारी, पर इन ब्राह्मणों ने दूसरों के लिए विद्या को ताला मारकर कुंजी अपने हाथ में रखी हुई है, तभी तो राज-भाग भोगते हैं। अच्छी विद्या से अच्छे विचार फूल की ख़ुशबू की तरह चारों तरफ़ फैलते हैं। माई का कोई लाल अब विद्या के प्रकाश को फैलने से रोक नहीं सकता। वो बेरियों पर आकाश बेल की तरह चढ़े हुए हैं, जड़ें ज़मीन में नहीं, ये हमारे जैसे पेड़ों को चूसने पे लगे हैं, पाखण्डी से।''

"इन्होंने अंग्रेज़ों के साथ अन्दरखाते साँठ-गाँठ कर रखी है कि हमारे वर्ण धर्म में दख़लअन्दाज़ी ना करो, राज बेशक जैसे किये जाओ।" कहकर बाबा ने मानो दादी के विचारों का समर्थन किया हो। कुछ देर बाद उसने कहा, "छाह वेला (सुबह का नाश्ता) हो गया, ले आ दो रोटियाँ...।"

इसी दौरान हल्की बूँदाबाँदी के साथ आँधी आ गयी। आमों के पेड़, चौड़े-मोटे बरगद-पीपल, नाखें, अमरूद, गलगल और ऊँचे-लम्बे पहाड़ी वृक्ष दोहरे होकर फिर से ऊपर की ओर सिर उठाकर खड़े दिखाई देते मानो वे ख़ुद ही आस-पास को देख रहे हों।

बाबा ने आँखों के आगे हाथ को एक तरफ़ करते हुए कहा, "दरख़्त दोहरे होकर सीधे खड़े हो गये। हमारे जैसे छोटे-छोटे दरख़्त तो दोहरे होकर ज़मीन से लग जाते हैं। पता नहीं, ग़रीबों-कमज़ोरों पर ज़ुल्मों की आँधी कब रुकेगी। ये इन पापियों को कहीं उड़ाकर ले जाये जिन्होंने पोथियों के ज़रिये लोगों को दो-फाड़कर रखा है। अपना उल्लू सीधा करने को। अगर कहीं इनके ख़िलाफ़ भी ऐसी आँधी बहने लगे तो इनकी फैलाई गन्दी-दूषित हवा आसमान में चढ़ जाये।"

बारिश के बाद वृक्ष निखरे और चमचमाते दिखे। छप्पर के पास खड़े को छोटी, उनके पीछे बड़ी और उनसे आगे और ऊँची हरियाली पहाड़ियाँ दिखाई दीं और पहाड़ियों के पैरों में बड़े पाड़ वाली गहरी खाई भी, जो बरसात के दिनों में पानी से उफनती ऊँचे खेतों-टीलों को छूने की कोशिश करती है। दुआबे की ज़मीन में उर्वर मिट्टी डालती और फ़सलों का झाड़ बढ़ाने में मदद करती। आसमान से बरसते साफ़ पानी को देखकर बाबा ने कहा था, "बारिश-आँधी, धूप-छाँव, हवा, सूरज, चाँद, तारे कुदरत का कमाल है। ये नहीं देखते किसी की ग़रीबी-अमीरी, नर-मादा, मालिक-मजूर, व्यापारी-बेगारी, ऊँची-नीची जगह...।"

बाबा अपने आप से बातें किये जाता या शायद मुझे सुनाता, "इन पहाड़ियों में घूमते हुए, इनमें विचरते हुए, इन्होंने मुझे हमेशा हौसला दिया, अपने जैसा बड़ा और बहुत कुछ करने का, सहने का।"

यह सब सुनते हुए पहाड़ों में पड़ते अँधेरे और रातों के बारे में सोचकर मैं डर जाता, क्योंकि दो-तीन बार रातों को वहाँ बाबा के साथ शकीरी में रहा था। हवाओं के साथ दरख़्तों की खड़-खड़ की आवाज़ के कारण मुझे नींद नहीं आयी थी और ना ही, मैंने आँखें खोलकर आस-पास देखा था। एक दिन घुसमुसे में मुझे एक हिलता हुआ काला-सा साया डराता रहा था। लगा था, ये पेड़ नहीं, **मनुष्य है** जो

मेरी तरफ़ आहिस्ता-आहिस्ता बढ़ता आ रहा है।...और मुझे उठाकर गहरी खड्ड में फेंक देगा और इस घटना का किसी को पता भी नहीं लगेगा। उस रात शायद मुझे तड़के कहीं जाकर नींद आयी थी। सवेर को दिन चढ़े देखा तो साथ वाले घर के आँगन में गलगल का सघन पौधा हवा के साथ हिलता था।

मेरी ओर देखकर बाबा हाथ पूरब दिशा में करते हुए कहने लगा, ''वो देख ऊँचे-ऊँचे पहाड़, उन पर चढ़ने में मुश्किलें और तकलीफ़ें अवश्य आती हैं, पर गोरे, तुझे बता दूँ कि वहाँ भी पगडण्डियाँ और रास्ते हैं ...वहाँ पहाड़ों पर बाढ़ में बहते घर मैंने देखे हैं। वहाँ रहते लोगों के हौसले बुलन्द रहते हैं, पहाड़ों और उन पर ऊँचे दरख़्तों की भाँति।''

फिर बाबा के चित्त में ना जाने क्या आया, वह छन्न की ओर देखता हुआ बोला, ''गोरे, पहाड़ों का पानी और जवानी वहाँ नहीं रहते। ...तू फ़िक्र ना कर, मैं तुझे ज़्यादा-से-ज़्यादा पढ़ाने के लिए पूरा ज़ोर लगा दूँगा, उस टीले जितना ऊँचा और बड़ा।''

मैं बाबा के पहाड़ सरीखे मज़बूत, ऊँचे और चढ़ती कला वाले हौसले के बारे में सोच-सोचकर अपने आपको बड़ा और बात को समझने वाला लड़का महसूस करने लगा। सोचता कि शीघ्र-से-शीघ्र मैं बाबा की तरह बड़ा हो जाऊँ और बाबा जैसी बुद्धि मुझ में आ जाये, मैं ज्ञानवान हो जाऊँ और उसकी उम्मीदों पर खरा उतरूँ। दिल की ये बातें मैं बाबा के साथ साझी भी कर लेता, ''राजपूत चौधरी का छोटा बेटा दूसरों को सुनाकर मेरे बारे में कहता है कि जन्मते ही शूलों के मुँह तीखे।'' इस पर बाबा प्रत्युत्तर में हौसला देता रहता है, ''हाथी अपनी मस्त चाल चलता रहता है और...। तू अपनी पढ़ाई की ओर ध्यान धर।''

4

मुझे बड़े दिनों की छुट्टियाँ हुईं। पौष महीने के दिन। सर्दियों का जलवा शिखर पर। मैं स्कूल से मिला काम छन्न के अन्दर बैठकर फुर्ती के साथ करता। मेरी माँ को लगता मानो अब मैं काम-धन्धे में हाथ लगवाने योग्य होता जा रहा हूँ। वह मेरी ओर देख-देख ख़ुश होती कि मैं स्वयं माँ, पिता और अपने बाबा जैसा तन्दुरुस्त और ऊँचा-लम्बा होता जा रहा हूँ। वह मुझे दूध, दही, लस्सी, मक्खन खाने को देती और दादी अलग से पिन्नियाँ खिलाती जिन्हें देशी घी, गुड़, अलसी, बादाम, तिल, नारियल, सौंफ, गोंद-कतीरा, कमरकस, सौगी और अन्य विभिन्न प्रकार की चीज़ों के साथ मिलाकर बनाया गया होता। जिस दिन बाबा घर में होता, वह मुझे अपने साथ तेज़-तेज़ दौड़ाता-भगाता। मेरा तन-मन यूँ ताज़गी महसूस करता जैसे बारिश होने के बाद हवा शरीर के अन्दर दाख़िल होती है और अपनी गाय के बछड़े की तरह उछलता-कूदता ख़ुश होता।

स्कूल की मेरी छुट्टियाँ पाँच-सात दिन की रह गयीं तो बाबा ने मोह भरे शब्दों में कहा, ''गोरे, चल कल जैजों चलें। घूम-फिर लेना। ऊँट, घोड़े, खच्चरों और बैलगाड़ियाँ देख लेना कि जवान और बूढ़े मर्द-औरत उनके साथ कैसे पशु बनकर माल की लदाई-उतरवाई का काम करते हैं। चढ़ाई-उतरवाई को उनके पैर कैसे सर करते हैं।''

यह सुनकर मैं दुविधा में पड़ गया। एक मन करे कि ना जाऊँ और मन हो कि चला जाऊँ और सघन धुन्धें, इनके कारण बारिश जैसे चुआते वृक्ष, हवा के साथ उड़ते धुन्ध के आकर, दोपहर को उनके अन्दर से छनकर आती सूरज की किरणें,

बर्फ़ सरीखी सीना चीरती 'ठक्का', ज़मीन पर कोहरे की बिछी सफ़ेद चादर, पोखर-तालाबों के पतली परत के साथ जमते पानी, गर्मियों के दिनों की तरह झुलसी आलू की फ़सलों को देखूँ। एक सूरज पर कई ऋतुओं को देखते हुए मन कुदरत की कायनात का कायल होता और बेशुमार दलीलें देता। इतने ऊँचे दरख़्तों के शिखर पर पानी कैसे पहुँचता है? इनकी जड़ें पानी कैसे पीती हैं? इन्होंने पथरीले, रेतीले और भुरभुरी मिट्टी को कैसे जकड़ा हुआ है? साथ ही मुझे पत्थरों के खिसकने को रोकने के लिए खाइयों के क़रीब लगाये-बिछाये तारों के जाल मन में दिखाई दिये। मैं हैरान होता कि पत्तों में हरा रंग कैसे भरता है और फूलों में रंग-महक कैसे भरते होंगे? आदि के बारे में सोचकर सवाल तैयार करता कि अपने उस्ताद पोलो राम से पूछूँगा।...बाबा से भी पूछकर देखूँगा। वह जब भी वक़्त मिलता है, किताबें पढ़ता रहता है। फिर, एकाएक जाड़े के क़हर का ख़याल आता तो सोचता कि बाबा मुझे अपने संग ले जाने का दुबारा ना ही कहे तो अच्छा!

परन्तु, बाबा ने रात में सोने से पहले याद कराया, ''गोरे, वक़्त से उठकर हाथ-मुँह धो लेना, ढोले की लगाते चलेंगे।''

मैं कुछ ना बोला, पर मेरी माँ ने बिन कोई एतराज़ किये कहा, ''एक कुर्ता-पाजामा झोले में डाल दूँगी भइया।''

सवेरे को चलते हुए बाबा बीच-बीच में मुझे चौकस करता, ''अच्छी तरह कस कर लोई लपेट ले गोरे।...देख, बीच-बीच में सूरज झाँकने लगा है...हवा भी मद्धम हो गयी है।''

मैं पूर्व दिशा में दूर की ऊँची-ऊँची बर्फ़ से लदी सफ़ेद धौलधार की चोटियों को देखता। कोई चोटी किसी साँड़ की पीठ की भाँति उभरी हुई, तो कोई ऊँट की पीठ जैसी और कोई हिरण के सींगों की तरह तीखी दिखाई देती। हमारे राह के इर्द-गिर्द ख़ामोश खड़े वृक्ष यूँ लगते मानो वे सूरज की गरमाहट भरी धूप का इन्तज़ार कर रहे हों।

बाबा ने चलते-चलते मुझे कई पेड़ों के नाम बताये। यह भी बताया कि बरगद, पीपल, आम, जामुन और अन्य चौड़े पत्तों वाले दरख़्त अधिक बारिश होने में मदद करते हैं और इनकी मज़बूत जड़ें मिट्टी को बहने नहीं देतीं। मुझे लगा कि मेरे साइंस के विषय में जैसे और नयी वृद्धि हो गयी हो।...और एक पीपल के नीचे बैठकर कपड़े में लपेटकर घर से लायी मक्की की रोटियाँ हमने साग के साथ खायीं और डोल में लायी लस्सी पी।

जैजों पहुँचकर बाबा और मैंने दोनों ने मिलकर दोपहर बाद अपनी दुकान खोलकर साफ़ की। सामने वाली उत्तर-पूर्व की तरफ़ की दीवारों पर टँगी अलग-

अलग क़िस्मों की जनाना-मर्दाना जूतियों को झण्डी (झाड़न) से झाड़ा। इससे हम जूतियों के जोड़ों को बिना हाथ लगाये साफ़ कर लेते। कई बार तो मैं मज़े लेने के लिए खेलने ही लगता। दरअसल, फुट-डेढ़-फुट लम्बे बाँस के टुकड़े के एक सिरे पर कपड़े की कतरन को धागे से कसकर बाँधा होता है, जिसे हम झण्डी कहते।

अब धूप निकल आयी थी और बन्दरों की टोली हमारी दुकान से हटकर खड्ड की तरफ़ वाले हिस्से में ऊँचे-नीचे पत्थरों पर बैठी धूप सेंक रही थी। उनके पास एक सुस्त-सी गाय खड़ी थी, पर उसकी बछिया उछलती-कूदती खड्ड के किनारे चली जाती और फिर मुड़कर वापस अपनी माँ के पास आकर लाड़ में माँ की ममता हासिल करती। इस नज़ारे को देखता मैं कितनी देर तक अकेला हँसता रहता। बाबा अपने औज़ारों और पत्थर को साफ़ कर रहा था।

खोखानुमा हमारी यह दुकान जैजों के कुम्हार मुहल्ले के पास चमारवाड़े में थी। समीप ही, बरेड़ अपने हाथों चूड़ियाँ बनाते। वे भी कुम्हारों, चमारों की भाँति दुकानों के आगे चारपाइयों पर या नीचे ज़मीन पर 'दिब्ब' की चटाइयाँ बिछाकर खुले में दुकानें सजाते। थोड़ा-सा ऊपरी ओर ऊँचे हिस्से में बसते खत्रियों, भावड़ियों, ब्राह्मणों, मुसलमान गूजरों और राजपूतों की औरतें, बहुएँ, बेटियाँ-बहनें घरों का सामान और अपने लिए हार-शृंगार का छोटा-मोटा सामान लेने आतीं। उनकी चाल-ढाल में ख़ुद पर यक़ीन, उनके भरवें-गुंदवें शरीरों की तरह हुलारे मारता, उनके चेहरों पर दिखाई देता। वे आपस में खिलखिलाकर हँसतीं, पर हमारे साथ मतलब की बात भी संकोच के साथ करतीं। वे काग़ज़ के लिफ़ाफ़ों में से मूँगफली, जलेबियाँ, पकौड़े या पेड़े निकाल-निकाल खातीं और उन्हें सामने के दाँतों से छोटे-छोटे टुकड़ों में यूँ काटतीं कि कहीं उनके होंठों पर लगी सुर्ख़ी उतर ना जाये। जिन्होंने दाँतों पर दंदासा मला होता, वो ज़रा भी परवाह ना करतीं। जैनियों की गली और खन्ना परिवारों की स्त्रियाँ घाघरों, साड़ियों और सलवारों को इतनी एहतियात से ऊपर उठाकर चलतीं कि क्या मज़ाल किसी के टखने का ऊपरी हिस्सा भी दिख जाये। इसके विपरीत, वाल्मीकि मुहल्ले की औरतें अपने ऊँचे-नीचे कपड़े होने से बेख़बर बन्दों की तरफ़ सफ़ाई का काम लगातार करती रहतीं। मैं सोचता कि ठण्ड इनसे यूँ भागती होगी जैसे उस गाय की बछिया और जब हड्डियों में घुसती होगी तो दुकानदार चाय के गिलास देकर गरमाइश देते होंगे।

हमारी दुकान से थोड़ा आगे मरासी मुहल्ला और फिर कंजरख़ाना है जिसे कई लोग 'कंजर मुहल्ला' कहते। इन दोनों मुहल्लों की आपसी साँझ अपने आप में एक मिसाल है। ये एक-दूसरे के आसरे गुजर-बसर करते हैं। यहाँ नित्य मुजरा

होता है। दूर-सुदूर से आते व्यापारी, सेठ-साहूकार, जागीरदार और अन्य लफंगे, दिल बहलाते, आनन्द उठाते, इसलिए कि नोटों के बदले उनकी मेहमाननवाज़ी और ख़ातिरदारी ख़ूब होती।

अपनी दुकान के आगे खड़ा मैं कई गोरे-चिट्टे, लाल रंग से चमकते, ऊँचे-लम्बे और भरपूर क़द-काठी वाले बन्दों को एकटक देखता रहता। बाबा बिना पूछे स्वयं ही बताने लगता, ''ये जो नीली आँखों वाले अगले मुहल्ले (कंजरख़ाना) को पहलवानों की तरह आते-जाते देख रहा है न, ये अफ़ग़ानिस्तान, समरकन्द, सारकन्द, ताशकन्द, बलख़ बुखारे से व्यापार करने आने वाले पठान और मुसलमान हैं।''

बाबा बात करता-करता रुक गया। आगन्तुक ने हाज़िरी लगवाई, ''चाचा, मुँह झुकाये क्या बोले जा रहा है?''

बाबा ने चेहरा ऊपर उठाते हुए कहा, ''अगले मुहल्ले को जाते नीली आँखों वाले व्यापारियों की बात कर रहा था कि कितनी दूर-दूर से आते हैं ये...'' बाबा ने सिर में खाज करने के बाद बताना शुरू किया, ''इनके पूर्वज पहले यहाँ जैजों से माल-असबाब लेकर निकलते थे। बजवाड़ा, ऊना, मण्डी तक माल ढोते। मण्डी से ऊँट, घोड़े, खच्चर लौटते, पर ख़ाली हाथ ना लौटते। जैसे यहाँ से लादकर ले जाते, वैसे ही वहाँ से लादकर आते।...और मण्डी से ये व्यापारी आगे कश्मीर की वादी में घूमते रहते। फिर आता रोशमी रास्ता...।''

''अच्छा! चाचा हद हो गयी तेरी। सदके जाऊँ। फिर?''

''दीने, मैं भी तो इनसे सुना-सुनाया बता रहा हूँ।''

''वो तो माना पर...।''

बाबा ने बीच में टोक दिया, ''बताते हैं कि रास्ता एक तरफ़ अफ़ग़ानिस्तान को हो जाता और दूसरी तरफ़ चीन को चला जाता।'' बाबा ने सिर में हाथ की कंघी फेरते हुए बताया, ''जैसा कि ये बताते हैं कि अफ़ग़ानिस्तान के पास जाकर कोई तिराहा-सा बनता है, कोई तुर्कस्तान, उज़्बेकिस्तान और एक और मुल्क है, मैं उसका नाम नहीं ले पाता, शायद किरगिस्तान...।''

''वाह, बलिहारी जाऊँ तेरे चाचा। तेरा कोई मुक़ाबला नहीं। और अब...।''

''दीने, तूने भी व्यापार करना है जो इतने ग़ौर से पूछ रहा है?''

''चाचा जो जानकारी हो जाये अच्छा, हो सकता है, कल इनके बारे में कुछ बैंत (छन्द कविता) बना दूँ और दो-चार टके मैं भी कमा लूँ।''

''चल छोड़, ज़्यादा ना फूँक दे।...पुराने ज़मानों में हमारी तरफ़ की सरायों में रुक-ठहरकर जाते थे ये। और फिर जानवरों को भी आराम करा लेते थे।''

''मतलब, यहाँ भी और राहों में भी मौज-मेला।'' दीने ने देखा कि बाबा अपने फटे-टूटे को गाँठने (सिलने) में व्यस्त हुआ पड़ा था और उसने हाथ पर हाथ मारते हुए कहा, ''अच्छा, चाचा, मैं फिर किसी वक़्त आऊँगा।''

''और सुन जा। ...अब जब से रेल-पटरी बिछ गयी है, वे उधर से रेलगाड़ी में आ जाते हैं, जैजों में महीना-डेढ़ महीना रह कर, माल लदवा कर चले जाते हैं।''

बाबा के इस अनुभव के चलते मुझे भी जैजों रेलवे स्टेशन के क़रीब वाली डाटों वाली ख़ूबसूरत सराय का ख़याल हो आया, जहाँ मैंने इन शौक़ीन बन्दों को घूमते देखा था। मुझे किसी का कहा स्मरण हो आया कि जैजों को छोटा लाहौर कहते हैं।''

इसी दौरान एक नाजुक, नरम और ऊँची क़द-काठी वाली लड़की आयी। उसने काली घघरी के ऊपर गुलाबी रंग की कमीज़ पहन रखी थी। उसके कन्धों पर गले में लपेटा सफ़ेद दुपट्टा था जिस पर गुलाबी रंग के धागे से छोटी बूटियों की कढ़ाई की हुई थी। उसकी बड़ी और मोटी आँखों में चमक नहीं थी, बल्कि यूँ लगता था जैसे उनींदी हों या कुछ देर पहले वह सोकर उठी हों। सुस्त लगती थीं। उसने झोले में से जूती निकाली और बाबा के अड्डे पर मरम्मत के लिए रख कर कहने लगी, ''बाबा, बहुत दिनों से आये नहीं? आज भी मैं दोहरे मन से आयी हूँ।''

''गाँव चला गया था, चार-पाँच दिन, कल दोपहर के बाद आये हैं बेटा, ये मेरा पोता है गोरा।'' बाबा ने मेरा परिचय कराया तो वह मेरी ओर देखकर हलका-सा मुस्करायी। फिर वह बाबा के पास बैठ गयी, वो मियाँ के पास सलवार-कमीज़ सिलने को दे रखी है; वो भी लेनी थी।''

''अच्छा!'' पलभर बाद उस लड़की के मुँह की तरफ़ देखते हुए बाबा ने पूछा, ''बेटी, तबीयत तो ठीक है, चाल-ढाल ढीली लगती है।''

''मेरा मन नहीं लगता बाबा इस धन्धे में।'' लड़की ने अकस्मात् कोई रहस्यभरी बात शुरू की।

बाबा ने ग़ौर से उसके चेहरे की तरफ़ सवालिया निशान की तरह देखा। उसकी जूती के अन्दर और बाहर ऊपर उठाया धागा जैसे बेहरकत हो गये। मैंने संयोग से शायद पहली बार देखा कि बाबा के हाथों की नसें फूली हुई थीं मानो उनके अन्दर लहू के साथ थोड़ी-थोड़ी हवा भी भरी हुई हो। चमड़ी पर झुर्रियाँ नहीं थीं। उसकी नाक के ऊपर भौंहों के मध्य सीधी लकीरों के दरमियान की चमड़ी मोटी हो चुकी

थी मानो किसी आलम-फ़ाज़ल की हो और इस तरह की नाक के ऊपर की मोटी चमड़ी मेरे उर्दू वाले उस्ताद इल्मदीन की है।

"मैं भागकर नहीं आयी बाबा, उठाकर लायी हुई हूँ। लाहौर की हीरा मण्डी से, जिस्मफ़रोशी का सदियों पुराना धन्धा पेशे के तौर पर चलता है।"

"लाहौर तो मैं जाता ही रहता हूँ माल लेकर, जिस दिन तेरा दिल करे, मेरे साथ रेलगाड़ी में बैठकर चली चलना, मैं तुझे छोड़ आऊँगा।"

"मैं वहाँ नहीं जाना चाहती।"

"क्यों? वहाँ तो तेरे अपने रहते हैं। फातिमा।"

"अगर मैं यहाँ से भाग गयी तो दल्ले-दलालों ने मुझे वहाँ से खोज कर, मुश्कों से बाँधकर बकरी की तरह हलाल कर देना है, तवायफ़ों के अपने माफ़िये हैं बाबा।"

"अच्छा?"

"और नहीं तो क्या।...क्या-क्या बताऊँ, उन बेईमान चालबाज़ों-दगाबाज़ों का।" थोड़ा-सा रुककर कहने लगी, "जब मैं जन्मी तो मेरी माँ बताती थी कि ख़ूब ख़ुशी मनायी थी और मिठाइयाँ बाँटी थीं। और अब ...ये दिन।" फातिमा का मुँह रुआँसा और पीला पड़ गया।

"हमारे यहाँ तो लड़का पैदा होने पर ऐसी ख़ुशी मनाते हैं।" बाबा ने हैरानी के साथ बात को सहारा दिया।

"हीरा मण्डी की तवायफ़ें लड़का जन्मने पर शोक मनाती हैं कि आगे हमारा धन्धा कौन चलायेगा? जिस्मफ़रोशी के उस अड्डे पर हमारे पेशे वाली औरतों को रंडी, कंजरी, गश्ती कहकर बुलाते हैं। कई नाचने वाली हैं और वे भी सोलह से लेकर तीस-पैंतीस साल की। सारी इतलाह यहाँ से जाती है कि यहाँ के रंडीखाने में कितनी लड़कियाँ कितनी उम्र की हैं। उनका नाच, अदाएँ, पेशकारी का चिट्ठा दल्लों-दलालों की टोली को जाता है। जो आहला लगे और वह आगे ख़ास सोहबत के मोतबरों चाहे वो हाकिम हो, आहला इन्तज़ामिया हो या हमारे मज़हब का रहबर-रहनुमा, को पेश की जाती हैं।" फातिमा कंजरखाने की अन्दरूनी योजनाबन्दी और मंसूबों के बारे में खरखराती आवाज़ में बताती रही। अब उसकी आँखों में छलकता पानी बाहर बहने को उतावला था।

बाबा और मैं दोनों फातिमा की व्यथा सुनते रहे।

इतने में बाबा ने फातिमा की ज़रीदार ऊँची एड़ी वाली बादामी रंगी जूती गाँठ ली। मुझे लगा मानो फातिमा ने अपने बदन पर भोगती सज़ा का क़िस्सा सुनाकर,

हमारे साथ इन्सानियत और इख़्लाक की नयी गाँठ डालने की कोशिश की हो। मैंने देखा कि बाबा ने बेआवाज़ अपनी कतरी काली-सफ़ेद दाढ़ी पर आँखों में से चुई मोटी-मोटी जल बूँदों को अपनी लाल पगड़ी के बायीं तरफ़ लटकते सिरे से पोंछने के बाद सिर ऊपर उठाया जैसे उसने समझा हो कि हमें सारा वाकया दिखा ही नहीं।

फातिमा ने ज़रा रुककर कहा, ''जैसे हमारे मुहल्ले के पास मिरासी रहते हैं, पर उनकी औरतें जिस्मफ़रोशी का धन्धा नहीं करतीं और मर्द मुजरे के वक़्त साजिन्दे होते हैं।'' पलभर रुककर बोली, ''मुझे नर्तकी बन बुरा नहीं लगता, पर जिस्मफ़रोशी मेरी रूह को हर समय लानत देती रहती है।''

''ये बात अपनी माँ को क्यों नहीं बताती फातिमा, कि तू शादीशुदा ज़िन्दगी बिताना चाहती है।''

''वो होती तो शायद मेरी ज़िन्दगी और होती, पढ़ती-लिखती। तवायफ़ों की सभी बेटियाँ-बहनें यह धन्धा नहीं करती हैं।''

कुछ पल बाद बिना पूछे भावुक होकर और अवरुद्ध कण्ठ से और आगे बताने लगी, ''मेरी माँ को जिस्मफ़रोशी से ऐसी नामुराद बीमारी लगी कि वह पैंतीस-छत्तीस साल की उम्र में ही फ़ौत हो गयी और मैं ख़ाला के वश में पड़ गयी।...जब जवान हुई तो ख़ाला का गोद लिया हुआ पुत्र मेरे पर निगाह रखने लगा, ग़लत हरकतें करने लगा। बतौर दल्ला, ख़ाला के लिए रकमें इकट्ठी करता। क्या-क्या बताऊँ तुझे बाबा, तेरे से थोड़ी शर्म-हया आती है, पर हमारा पेशा तो सदियों पहले ही इसकी हदें लाँघ गया था।''

इस वार्ता के चलते, पिछली बार की मेरी फेरी के समय के ख़याल उभरे ...कंजरखाने के सामने वाली पीर जीजू शाह की खानगाह के पास अधेड़ उम्र के मोटे-मोटे तीन-चार लोग बातें करते सुनाई दिये थे–

''अरे वो खानगी! तौबा-तौबा! जैसे पैसे ऐंठने आयी हो।'' एक ने कहा।

''रब की कसम, नयी-नयी पड़ी है पेशे में।'' दूसरे ने कहा।

''खानगी का मतलब ही पेशे में आयी नयी जनानी से है, फिर भी बताने के लिए शुक्रिया।''

''धरम से उसका गदराया बदन, गोरी, चौड़ी फट्टीदार कलाइयों में चूड़ियाँ उसके सोने रंगे बदन जैसी हैं। वह जब मटककर चलती है तो लगता है जैसे खड्ड के पानी की ऊँची लहरें उसके शरीर पर उठ रही हों।''

तभी बन्दरों का झुण्ड दौड़ा आया था। कोई खानगाह की ओर और कोई खड्ड के पास वाले कुएँ की तरफ़ दौड़ा। मैं कंजरखाने वाली पतली गली की तरफ़ फुर्ती

से हो गया। अब मैंने दुकान की तरफ़ जाना बेहतर समझा क्योंकि मैं घूमने-फिरने के इरादे से आया था, पर बाबा को बताकर नहीं। देखा कि एक मोटी, पर चुस्त औरत अपने घर के छोटे-से ओटे पर टाँग रखकर खड़ी अपने बालों में तेल झस रही थी। कन्धे पर दुपट्टा नहीं था, इसलिए उसके अंग ओटे पर रखी टाँग की पिंडली की तरह दिखते थे। मैं शर्मिन्दा हो गया, पर गर्दन झुकाये लकीरों वाले अपने कुरते पर ऊपर-नीचे मैंने हाथ फेरा था। मैं इधर-उधर वाले घरों की तरफ़ झाँक लेता। कोई औरत बेपरवाह होकर टाँगें पसारे आँगन के अन्दर बिछी चारपाई पर अपनी लड़कियों के साथ लहसुन-प्याज छील रही थी। उनके रेशमी वस्त्र चमक रहे थे। ऊपर उठाई हुई चिक वाले एक घर के अन्दर ढोलकी, तबला-धामा, हारमोनियम और खूँटी पर टँगे घुँघरू के जोड़े ख़ामोश दिखे।

इसी दौरान, फातिमा उठी और कहने लगी, ''बाबा, दर्जी मियाँ, दुकान थोड़ा पहले ही बन्द कर लेता है, उसे थोड़ा कम दिखाई देता है, मोटे शीशे वाली ऐनक लगाता है। मैं जल्दी से कपड़े ले आऊँ, सिल दिये होंगे।''

पतले और गठीले शरीर वाली फातिमा के बारे में मैंने बाबा से पूछा, ''पहले तो कभी मैंने नहीं देखी इधर?''

''साल, दो साल से यहाँ बाज़ार में आती-जाती मेरे पास घड़ी-दो घड़ी बैठकर चली जाती है। और तू कौन-सा यहाँ रोज़ घूमता रहता है। आज पता नहीं ये अपने दुखों की दास्तान कैसे सुनाने लगी।''

हमारी बातों का सिलसिला हल्की-हल्की बहती हवा की भाँति जारी था कि फातिमा लौट आयी।

बाबा ने सलाह के तौर पर पूछा, ''और फातिमा, यहाँ दूर किसी आश्रम या मन्दिर में तेरे जाने और ठहरने का इन्तज़ाम कर दूँ? मेरे पास बहुत सारे निराश्रितों के आश्रमों वाले जूते-चप्पल लेने के लिए आते रहते हैं।''

''उनके बारे में भी सुना हुआ है। बच्चियों से लेकर सयानी उम्र की देवदासियों के साथ मन्दिरों में महन्त कुकर्म करते हैं, जैसे हमारे पीर। ...उसके लिए कम आयु की, अनछुई लड़की पेश की जाती है और फिर वह किसी के साथ शादीशुदा ज़िन्दगी नहीं बिता सकती। देवदासियाँ, महन्तों-पुजारियों की रखैलें नहीं तो और क्या हैं? हमारे मज़हब में ऐसी लड़की को 'पीर की ऊँटनी'' और तुम्हारे यहाँ 'देवदासी' कहते हैं। देवदासियों को रोटी-पानी के अलावा और कुछ नहीं मिलता, हमारी तरह जब नाजायज़ औलाद पैदा हो जाती है, उसे पालती हैं जैसे हम और फिर आगे पीढ़ी-दर-पीढ़ी मज़हब के नाम पर परलोक सुधारने के लिए उम्रक़ैद काटती हैं।

ठीक है न? इस दोज़ख़ में मेरे साथ रहती लड़कियाँ वृहस्पतिवार के वृहस्पतिवार व्रत रखती हैं, देवताओं के बड़े देवता वृहस्पति के नाम पर। उस दिन सरसों के पीले फूलों जैसे पीले वस्त्र पहनती हैं, ज़र्दा बनाकर खाती हैं, अपने गुरु देवता को ख़ुश करने के लिए कि हमें अगले जन्म में ऐसा नरक भरा जीवन ना दे। यदि दे तो इज़्ज़त-आबरू वाली ख़ानदानी ज़िन्दगी दे।''

यह सब बोलते हुए उसका गला भर आया और आवाज़ में कँपकँपाहट भर गयी। उसने मानो हिम्मत एकत्रकर अपनी बात का सिरा जोड़ा, ''हमें तो फिर भी पैसा-धेला मिल जाता है। मनमर्ज़ी का खा-पहन लेती हैं, और फिर बाबा, जनानी किसी मज़हब, जात, इलाक़े की काली-गोरी हो, उसका कोई फ़र्क़ नहीं पड़ता। हमारी हीरा मण्डी में तो अंग्रेज़ औरतों और अफ्रीका की काली औरतों से भी धन्धा करवाया जाता रहा है। शर्मिन्दगी के कौन-कौन से दुखड़े बताऊँ, मुझे दूसरों की तरह अपने बाप का नहीं पता ...मेरी माँ के जितने गाहक, उतने ही ख़सम...ऐसे में बाप का पता कैसे लगे?''

''फातिमा ज़रा सब्र रख, पीरों और पुजारियों की निन्दा करने से...।''

''तुझे नहीं पता बाबा,'' फातिमा ने बाबा को बीच में ही टोकते हुए आगे कहा, ''ये कंजरखाना जिस्मफ़रोशी का अड्डा है, हमारे लिए दोज़ख़ है, दोज़ख़, और मुल्ला-मौलवियों, मन्दिरों के महन्तों-पुजारियों और दूसरे रहबरों के लिए जन्नत है जन्नत। उन्हें हूरें यहीं मिल जाती हैं, आगे किसने देखा है! कहते हैं, मौत के बाद इन्साफ़ मिलेगा। हमारे तो आरामगाह (क़ब्रिस्तान) में सुपुर्द-ए-ख़ाक की गयी लड़कियों की पाक़-साफ़ लाशों को ताबूत के अन्दर भी नहीं बख़्शा जाता। मर कर भी इज़्ज़त नहीं मिलती।'' थोड़ी देर रुककर बताने लगी, ''ख़ुदा भी पता नहीं मर्द है या औरत। अगर रब औरत होता तो औरत के बारे में ज़रूर सोचती। ...कई बार तो मुझे लगता है कि रब बन्दे ने घड़ लिया, दूसरे के साथ ठगी, धोखाधड़ी और अपने मुफाद के लिए, हमारे जिस्मों के साथ खेलने के लिए...।''

वह अपनी आँखें दुपट्टे से पोंछने के बाद फिर अपने आप ही बताने लगी, ''ग़रीब की बहू सभी की भाभी के बारे में सबने सुना ही है और तुम्हारे मन्दिरों कें अन्दर तो मूर्तियाँ भी सुरक्षित नहीं...वो भी चोरी हो जाती हैं। वाह! तुम्हारे बेईमानों, सारा हिसाब-किताब मौत के बाद, मानो इन्होंने ख़ुद ही बनाया हो दोज़ख़-जन्नत सातवें आसमान पर।'' फातिमा निरन्तर बोलती जा रही थी जैसे क़रीब से बह रहा खड्ड का पानी।

"फातिमा, अगर तू माने तो तुझे बेटी बनाकर घर ले चलूँ, जैसी रूखी-मिस्सी हम खाते हैं, वैसी ही तू भी खा लिया करना।" बाबा ने जैसे सारी बात सुनने के बाद याचना की हो।

"नही बाबा, ये सब मुझसे नहीं होगा, अगर तेरा कहना मान भी लूँ तो और नये बखेड़े उठ खड़े होंगे। ज़िन्दगी मुझे सज़ा लगती है। ...कई बार चित्त में आता है कि उस बहती खड्ड में कूद जाऊँ या फिर कोई कुआँ ही गन्दा कर लूँ...।"

"तौबा, तौबा कर बेटी...ज़िन्दगी एक बार मिलती है, कोई और तरकीब सोच...यूँ ही ना कोई उल्टा-सीधा कारा कर बैठना, देख ले, मैं तुझे हमेशा बेटी कहता हूँ, मंगू राम की कसम...।"

फातिमा ने बाबा के मुँह की ओर देखा, पर बोली कुछ नहीं।

बाबा ने ज़रा-सा रुककर कहा, "बाबू मंगू राम बताते थे कि अमरीका की औरतों पर ज़ुल्मों के ख़िलाफ़ और उनकी हिफ़ाज़त के लिए जनानखाने बने हुए हैं ...और मैं भी देखता हूँ, अगर ऐसा कोई बन्दोबस्त हो जाये, और...।"

फातिमा ने उतावली दिखाते हुए कहा, "छोड़ बाबा, वही कुछ वहाँ अन्दर होता होगा जो बाहर होता है। जैसे यहाँ आश्रमों में रहती लड़कियों-औरतों को बड़े लोगों को भेजते हैं, वैसी ही वहाँ भी उन बेचारियों की हालत होती होगी।"

"फातिमा किसी पर ऐतबार भी कर कि...।"

बाबू मंगू राम कौन है? इस बारे में फातिमा ने ध्यान ही ना दिया। मुझे लगा, उसने शायद इसका नाम तैंतीस करोड़ देवी-देवताओं में से एक समझ लिया था। इतने हिन्दू देवी-देवताओं के होने के बारे में बाबा ने मुझे पहले कई बार बताया था।

फातिमा ने बाबा की बात अनसुनी करते हुए अपनी बात को जारी रखा, "बाबा, मैं सच कहती हूँ, कई पाखण्ड भी करती हैं कि उन्हें ये धन्धा पसन्द नहीं, पर मैं...!" यह कहकर वह मरम्मत की हुई जूती उठाकर चलने लगी।

"घबरा ना फातिमा, उस पहाड़ जितना जिगरा रख। उन पर भी रास्ते हैं जो यहाँ खड़े को नहीं दिखते। मैंने पहले भी कहा था ना...ज़िन्दगी में आये नासाज़ हालात पार करने के बाद ही सुख के झोंके मिलते हैं। तेरे ख़याल अच्छे हैं, मुश्किलों-मुसीबतों से बहुत सारे सबक लेता है बन्दा, वो बाड़ में टहकती कली है तू, जिसकी महक चारों तरफ़ फैलती है। हो सकता है, कल तू दोज़ख़ में सड़ती अपनी बहनों के लिए कुछ कर सके। इस क़ैद से तेरी मुक्ति हो जाये और कर्मों की मारी तेरी बहनों की भी।" बाबा अपनी उम्र के हिसाब से शायद फातिमा को समझाने की

कोशिश कर रहा था। बाबा ने हाथों और उँगलियों के इशारे से कहा, "देख फातिमा, तू वैसा ही कर जैसे गदरी पार्टी में रहकर वतन लौटे आदि धर्म मण्डल के बानी (संस्थापक) बाबू मंगू राम ने सामाजिक बराबरी, बराबरी के हक़-हकूक और सभी के लिए इन्साफ़ का बीड़ा उठा रखा है। चिन्ता ना कर बेटी फातमा, दिन चढ़ने के बीच रात ही तो है!"

मुझे अहसास हुआ कि बाबा की सोच-समझदारी और इन्सानी क़द्रों-क़ीमतों की तरफ़ गम्भीरता भरे विचार अपने आप पहाड़ के ऊपर वाले साफ़-स्वच्छ झरने की भाँति फूट रहे थे। यह भी महसूस होता कि बहुत कुछ मेरे दिमाग़ में पड़ गया है, पर कुछ ना भी हो बेशक, मैं जमातों के लिहाज से उम्र में बड़ा हूँ।

फातिमा ने रुककर बाबा की ओर देखा और फिर बिना कुछ बोले गर्दन झुकाकर कुछ सोचती हुई अपनी राह चल दी।

5

आज मौसम पहले दिनों की अपेक्षा साफ़ था। बादल छँट चुके थे, पर चितकबरे और कपास रंगी बादल हवा के इशारे पर इधर-उधर आकाश में तैरते नज़र आ रहे थे। 'पहाड़िया' या 'ठक्का' जिन्हें कई 'पूरबिया' कहते, की पवन-रफ़्तार काफ़ी मद्धम या बराय-नाम थी। हमारा ठिठुरना कम हो गया, पर बीती दो-तीन रातों में लक्कड़ की खोखानुमा हमारी दुकान के अन्दर 'फर्र-फर्र' आती बर्फ़ सरीखी शीतल हवा से बचने के लिए बाबा झिर्रियों-दरारों में अपने औज़ारों से कभी जमूर उठाकर उसके पिछले हिस्से से और कभी सूए से कतरनें और काग़ज़ ठूँसता रहा था।

...और कई बार रोटी राम के डेरे से रोटी खाकर बाबा के साथ दुकान की ओर लौटते हुए देखता कि इतने क़हर वाले पाले के दौरान भी व्यापार के इस मरकज़ (केन्द्र) पर सैकड़ों गधे, घोड़े और ऊँट अपनी-अपनी पीठ पर वज़न उठाये दूर-दूर पहाड़ी इलाक़ों–काँगड़ा, कुल्लू, मनाली, भुंतर, पालमपुर, अंग्रेज़ों की गर्मियों की राजधानी शिमला और आगे लेह-लद्दाख को जाने के लिए तैयार रहते। इन जानवरों के मुँह से भाप निकलकर ऊपर की ओर उठती और झाग के फाहे और थूक के कण या बूँदें नीचे गिरते, ख़ासकर ऊँटों के बक-बक करते समय। ये बेज़ुबान जानवर दिन-रात ज़ोर-ज़ोर से रेंकते और हिनहिनाते। यह सिलसिला आठों पहर जारी रहता। ऊँट बाक़ी चौपाया जानवरों की तरह सैकड़ों खूँटियों से बाँधे रहते। बैलगाड़ियाँ लादी-उतारी जातीं। इन सभी जानवरों के लिए घास की गाँठें-गठरियाँ आस-पास के गाँवों में बसते अछूत, मुसलमान गूजर और अराईं बेचने की ख़ातिर क़तारें बाँधकर चले रहते।

इन माल ढोने वाले पशुओं-जानवरों को तीन-चार साल पहले से मैं जैजों के स्टेशन पर माल की लदाई-उतराई के समय से देखता आ रहा हूँ। जब बन्दर रोज़ की तरह उछल-कूद मचाते, कोई-ना-कोई चीज़ उठा भाग कर दरख़्तों पर जा चढ़ते तो मैं अपनी हँसी रोक ना पाता, जबकि बन्दर जिसका कपड़ा या अन्य कोई चीज़ उठा ले जाता, उसका चेहरा कुम्हला जाता। जब मालगाड़ी में से उतारा नमक-तेल, अनाज और अन्य खाने-पीने का कच्चा-पक्का माल-असबाब उन बेज़ुबान जानवरों की पीठ पर लदता देखता तो मेरी आह निकल जाती और ख़ुद को झुक गया महसूस करता।...मुझे अपने गाँव के अपने मुहल्ले के लोग इन जैसे लगते जो इतना बोझ उठाकर चुपचाप चल पड़ते, ठिकाने पर पहुँचाने की ख़ातिर। मुझे सोच में गुम देख शायद बाबा मुझसे कहता, ''किन ख़यालों में खोया रहता है गोरे, खेलने-हँसने के दिन हैं तेरे, मौज-मस्ती के, कल दोपहर को हम टाहलीवाल गाँव चलेंगे।'' पलभर बाद, उसने स्वयं ही पूछ लिया, ''गोरे, तूने पूछा ही नहीं कि हमें वहाँ कौन-सा काम पड़ गया? ख़ैर, फिर भी बता देता हूँ कि वहाँ जलसा हो रहा है। ब्राह्मणों, खत्रियों राजपूतों और ज़मींदारों से सताये आस-पास के गाँवों से लोग आयेंगे।''

'अच्छा! मैं कौन-सा इनकारी हूँ। जिधर कहेगा बाबा, उधर ही तेरे संग चल पड़ूँगा।' मैंने बिना बोले ही मन-ही-मन अपने आपको सुनाकर कहा...और साथ ही मुझे ये पहाड़ियाँ, जंगल, हवा से सर-सर करते दरख़्त, उनकी टहनियाँ, असंख्य प्रकार की झाड़ियाँ, घास-खर-पतवार और पौधे बहुत प्यारे लगते हैं जैसे अपने सिर के बाल और शरीर के अंग। मुझे मन में नयी ताक़त और ख़ुशी महसूस हुई। कल यहाँ से चले जाने के चाव में जल्दी सो जाने की कोशिश करने लगा।

''तड़के हुई बूँदाबाँदी से मौसम साफ़ हो गया, गोरे।'' लौ फूटते ही बाबा ने मुझे बताया। मैं उस समय दुकान के अन्दर फट्टों वाले फ़र्श पर गद्देदार गद्दे और रज़ाई की गरमाहट में उनींदा-सा पड़ा हुआ था, परन्तु मैंने बाबा को ना बताया कि भोर के समय मुझे एक सपना आया था। और वह भी फातिमा का। मेरे मन में डर था और झिझक भी कि बाबा कहीं यह ना कह दे, ''गोरे, तुझे भी लड़कियों के सपने आने लगे, अभी तो तू केवल आठवीं में पढ़ता है...।'' मैं सपने में उस दिन की तरह फातिमा को देखकर और दूसरी तरफ़ मुँह करके अपने बालों को कंघे से बहाया-सँवारा और बाबा से चोरी-चोरी शीशा देखा था।

...और मुझे ख़ुद इस शशोपंज में पड़े की बाबा को बताने की इच्छा भारी थी कि फातिमा कहती थी, "गोरे, तेरे बाबा जैसे बन्दे उँगलियों पर नहीं पोरों पर गिने

जाने वाले होते हैं।...इसे कहते हैं, जंगल में मोर नाचा...मैंने इस अजनबी जगह पर अपरिचित व्यक्ति को इतना अपनत्व दिखाते और हमदर्दी करते और हौसला देते देखा है, मुझे बेटियों की तरह इज़्ज़त देता है, नहीं तो हमारे पेशे की औरतों को बिना मतलब कोई क़रीब भी नहीं आने देता जैसे अछूतों को ब्राह्मण, खत्री और राजपूत। गोरे, अब मैं खड्ड के बहते पानी में छलाँग लगाकर नहीं मरूँगी, बल्कि तैरूँगी और दूसरों को इससे पार लगाऊँगी।...ऊपर वाली पहाड़ी के चश्मे के फूटते पानी में नहाकर पाक़-साफ़ होना चाहती हूँ। अपनी की और अना की हुई ग़लतियाँ और अनजाने में किये गुनाहों के लिए अपने जिस्म और रूह से माफ़ी माँगना चाहती हूँ। मेरे दिल-दिमाग़ पर यह ख़्वाहिश भारी हो रही है कि मेरी हमपेशा साथिनें इस राह को हमेशा के लिए भूल जायें, बल्कि उन राहों की तलाश करें जिन पर चल कर इज़्ज़त-आबरू हासिल हो, आम लोगों की तरह।...और वो आस-पास अडोल खड़े दरख़्त मेरा हौसला बुलन्द कर रहे हैं, हालाँकि वे बोलते नहीं, पर मैं उनकी ख़ामोशी के अन्दर वाले शब्द सुन रही हूँ। अब वे मेरे लिए बेज़ुबान नहीं।...और मैंने दरख़्तों से झरते पत्ते देखे हैं और टूटती टहनियाँ भी। इन्हीं कोंपलों में से और टहनियाँ बन जाती हैं जिन्होंने दरख़्तों के तनों को मज़बूत और मोटा करना है।...समझ गया गोरे, दरख़्तों के बढ़ने-फूलने की ख़ास रुत की तरह ही हमारे दिन भी आयेंगे...दुनिया उम्मीदों के सपने पूरे होने पर टिकी हुई है।"

इतना लम्बा सपना शायद मुझे पहली बार आया।...और फातिमा की आवाज़ में ज़िन्दगी जीने का भरोसा, दल्ले-दलालों के पहाड़ से टकराने का फ़ैसला और हौसला उसकी रूह के अन्दर जोश के साथ भरा हुआ था। मैंने इस सपने को बार-बार याद किया। इसलिए भी कि मैं जब तक जिऊँ, ये मेरी रगों के ख़ून में मीलों की रफ़्तार से दौड़ता रहे।...मेरे अन्दर ज़मीर और आदर की वृत्ति कायम रहे... जिसको लेकर बाबा भी रोज़ मेरे अन्दर जज़्बा भरता रहता है। वह मुझसे समझाने के लहजे से कई बार कह चुका है कि दूसरे से अपनी इज़्ज़त की उम्मीद नहीं रखनी, पर हम यह भी नहीं चाहते कि दूसरा व्यक्ति उठकर हमारी पगड़ी उतारे या हमें अपमानित करे।

इसी दौरान, जाने की तैयारी करते हुए बाबा ने अपनी सारंगी और गज साफ़ करके चमका लिया। दरअसल, यह सारंगी बाबा की ज़िन्दगी और जान है। दिन हो या रात बाबा इसकी तारों को टुनकाकर, पूरा अन्तर्धान होकर, उनमें से निकली आवाज़ें सुनता। कभी खूँटी, कभी छोटी मेहराब और कभी बड़ी मेहराब कसता और फिर ढीली करता, सुरों को तरतीब में करता, लयबद्ध करता, बेशक दिन का थका-

हारा हो। फिर वह तानें निकालता आहिस्ता-आहिस्ता गाने लगता। सारंगी की लय में लीन हो जाता। क़रीब रखा दूध-चाय का गिलास ज्यों-का-त्यों पड़ा रहता। वह तारों पर धीरे-धीरे गज फेरने के बाद उसके नरम बालों को साफ़ हाथों के साथ बड़े सलीके से सँवारकर, उसके लिए अपने हाथों सिले लम्बे चोगे में डालकर रख देता है। यह देखते हुए मुझे याद आता कि जब मैं बहुत छोटा था तो माँ मुझे नहलाने के पश्चात् मेरे बालों को बहाती-सँवारती थी और कमीज़-पजामा पहनाया करती थी।

मुझे एक बार की बात याद है। सारंगी को मढ़ा चमड़ा गीला होकर ख़राब हो गया था। बाबा के हरसम्भव यत्न के बावजूद वह ठीक ना हुआ। दिन निकलने पर बाबा ने सारंगी और गज को उसके लम्बे चोगे में डाला और दादी से कहने लगा, ''मैं होशियारपुर कोतवाली बाज़ार जा रहा हूँ, अपनी रूह की खुराक को साथ लेकर। इसके सीने पर मढ़े इस बकरी के चमड़े पर पड़ा बाल बराबर बारीक-सा कट देखकर मुझसे बर्दाश्त नहीं होता। मरम्मत कराकर लाता हूँ।'' इतना कहकर बाबा तेज़ क़दमों के साथ बाड़ लगे किवाड़ से बाहर हो गया था।

...और दुकान को ताला लगाने से पहले उसने देसी जूतियों की छोटी गठरी और सारंगी बाहर रख ली तथा अन्य छोटा-मोटा सामान जिसे हमने अपने गाँव वाले घर से लाये थे। एक बड़ा झोला मुझे पकड़ाया और बाक़ी का सामान ख़ुद उठाने के बाद कहने लगा, ''चल भई गोरे गुरु का नाम लेकर।''

ढलानें और चढ़ाइयाँ सर करते हुए बाबा ने उत्तर-पूर्व दिशा की ओर हाथ करते हुए बात शुरू की, ''वो है कोहकाफ़, हिमालय पर्वत जिसकी तीखी-तिकोनी और ऊपर से नीचे तक बर्फ़ से लदी चोटियाँ चमचमा रही हैं...।''

चोटियों को देख मेरे मन में एकदम से औरत के शरीर के उभरे हिस्से का ख़याल हो आया और मैं अन्दर-ही-अन्दर फिर शर्मिन्दा-सा होकर रह गया। इसके साथ ही मुझे लगा मानो ये पहाड़ियाँ हमारी धरती माँ के सीने का उभार हों...। मेरे मन में ऐसे कई विचार एक के बाद एक, कल हुई बूँदाबाँदी के दौरान चमकी बिजली की तरह आये।...और इसी पल बाबा ने अपने दायें हाथ का सामान बायें हाथ में बदलते हुए कहा, ''और ये शिवालिक की बाईस धारें जिनका एक-एक राजपूत राजा हुआ करता था। इन जाति के अहंकारियों ने गुरु गोबिन्द सिंह का साथ नहीं दिया था। कहते थे, यदि तुम हमारा साथ चाहते हो तो शूद्रों को अपने से अलग कर दो।''

बाबा को बोलते हुए ना जाने क्या ख़याल सूझा, वह बताने लगा, ''गोरे, तेरे काम आने वाली तवारीख़ के वरके खँगालने लगा हूँ। गुरु गोबिन्द सिंह ने अपनी

ज़िन्दगी में चौदह लड़ाइयाँ लड़ीं, एक लड़ाई औरंगज़ेब के ख़िलाफ़ और तेरह हिन्दू राजपूत राजाओं के साथ। गुरु जी का ज़्यादातर साथ मुसलमानों ने दिया।''

''मुसलमानों ने?''

''और नहीं तो क्या! पीर बुद्धू शाह ने गुरु गोबिन्द सिंह का पूरा साथ दिया और अपने पुत्र और सैकड़ों मुरीद शहीद कराये। मलेरकोटले के नवाब शेर मुहम्मद ख़ाँ ने गुरु जी के चार लालों (साहिबज़ादों) के हक़ में 'हाह का नारा' (इन्साफ़ के लिए) लगाया था।''

''क्या?'' मैंने पूछा, ''राजपूत भी तो हिन्दू हैं, खत्रियों की तरह। उनके साथ...?''

बाबा ने बीच में ही टोककर कहा, ''हैं तो हिन्दू, पर जात-पात को कायम रखने वाले, अछूतों को नफ़रत की निगाह से देखने वाले...वह...और सरबंशदानी गुरु गोबिन्द सिंह जिसकी मिसाल दुनिया में नहीं मिलती, वह...इतना बड़ा योद्धा जिसने समाज में बराबरी, ज़ुल्म और अन्याय के ख़िलाफ़ बीड़ा उठाया था, वह ऐसे मतलबपरस्तों की चालों में कहाँ आ सकता था। आख़िर, उसने इन ऊँच-नीच, छुआछूत और जात-पात के पालकों को कह ही दिया–एक 'शबद' के ज़रिये। भूल गया गोरे! वह 'शबद' मैं अक्सर घर में और बाहर गाता रहता हूँ। वह दसम ग्रन्थ के पन्ना नम्बर 645 पर है।''

''इन ही की कृपा के सजे हम हैं, नहीं मोसे ग़रीब करोर परै।।'' मैंने तुरन्त शबद बोल कर जवाब दिया।

''शाबाश बेटा,'' बाबा ने पलभर रुककर कहा, ''ये जो खालसे के झण्डेबरदार बने हुए हैं, देखने में साफ़-सुथरे, बढ़िया पहरावे वाले हैं और इनमें से बहुत सारे पेट से बाजों वाले गुरु की शिक्षा नहीं मानते। अगर मानते होते तो हिन्दुस्तान का नक़्शा ही कुछ और होता। हमें मनुष्य जामे में यूँ दुत्कारा ना जाता...सच्ची बात तो यह है कि हमें अभी भी तुच्छ नहीं समझते!''

मैं बीच-बीच में 'हूँ-हाँ' कर देता ताकि बाबा को पता रहे कि मैं उसकी बातें लगातार ध्यानपूर्वक सुन रहा हूँ।

तभी एक बदली पहाड़ी पर झूम कर अचानक बरसने लगी। वैसे धूप भी निकली हुई थी। हम दोनों जन बरगद के एक बड़े वृक्ष तले खड़े हो गये। अब हमारे ऊपर बारिश का पानी नहीं पड़ रहा था। बाबा ने उत्साहित होकर बताया, ''गोरे, ऐसी धूप में बरसते पानी को देख कहते हैं कि गीदड़-गिदड़ी का विवाह हो रहा है।''

और मैं हल्के-से हँस दिया। हमने कपड़े में बँधी दोपहर की रोटी यहीं खायी और साथ ही, सुस्ता भी लिए।

राह के दोनों तरफ़ सघन वन जैसा मेरे अन्दर डर का घना जंगल काफ़ी पहले ही उग आया था। ...मैं बाबा के पीछे-पीछे चलता रहा। वह भी मुझे बार-बार पीछे मुड़कर देख लेता, और साथ ही मुझे सारंगी को कभी दायीं बग़ल के साथ लगा लेता और कभी बायीं बग़ल के साथ।

शायद मेरा मन लगाये रखने के लिए बाबा बात ना टूटने देता, इस सारे जंगल में, रक्खां (आरक्षित स्थान) राजपूत राजाओं ने शिकार के करने के लिए रखी होती थीं। इनमें मांसखोर जानवर रहते हैं। जैसे तूने पढ़ा ही होगा कि यहाँ बघियाड़, चीते, बेशुमार क़िस्म की खूँखार बिल्लियाँ, लकड़बग्घे घूमते रहते हैं। कई लोगों ने तो इनमें शेर भी देखा हुआ है। सरकार, दरबार से मिले राजपूत, साहूकार और बड़े ज़मींदार शिकार करते रहते हैं। जब किसी ईमानदार पुलिस अफ़सर के हत्थे चढ़ जाते हैं तो फिर जुर्माने-हर्ज़ाने भरते रहते हैं। सूअरों, गोनों, पाहड़ों और जंगली बकरे को कई आम लोग मार लेते हैं। फिर उनका गोश्त अपनी बिरादरी के घरों में बाँट लेते हैं। यदि हमारे जैसे ग़रीब लोग मरे पशु का गोश्त खा लें तो वह नीच और अछूत!

इस दौरान बाबा ने पीछे मुड़कर मेरी तरफ़ देखा और कहा, "हमारे लोग कभी चिड़िया भी नहीं मारते! कुदरत के बनाये जीव-जन्तुओं की बेहद हिफ़ाज़त करते हैं। और तो और, बिना वजह किसी को पेड़ से पत्ता नहीं तोड़ने देते। ये पेड़ उन्हें अपने बहन-भाइयों जैसे लगते हैं, पर इनके साथ ही बाँधकर उन्हें कई बार मारा-पीटा जाता है। कभी चोरी का और कभी कोई और इल्ज़ाम लगाकर, दरख़्तों की तरह नंग-धड़ंग रखा जाता है। इसीलिए तो कहा जाता है–वृक्ष बेशक बोल नहीं सकते, पर बन्दों के दुख जानते हैं।...और हाँ, मैं बात कर रहा था पत्तों की...बरसातों में जब लोग पूड़े पकाते हैं, तब ज़रूर पीपल के पत्ते तोड़ लेते हैं सारी बिरादरियों के लोग।"

ये लम्बे, अनोखे और डरावने भाँति-भाँति के अफ़साने सुनते हुए मेरा दिल दहल गया कि कहीं कोई खूँखार जानवर वन में से निकलकर हम पर ना झपट पड़े और हमें गर्दन से दबोचकर जंगली बकरे की तरह घसीटकर ना ले जाये।

जब राह में इक्का-दुक्का कोई आदमी, लोग या उनके साथ बूढ़ी औरतें हमारे क़रीब से गुज़रते तो चित्त में हौसला भर जाता। शरीर में ताक़त आ जाती।

"बाबा, तुझे ये टेढ़े-मेढ़े राह कैसे याद रहते हैं?" मैंने सहज ही पूछ लिया।

"मैं इन राहों पर चढ़ती जवानी की उम्र से चलता आ रहा हूँ। राह के दोनों तरफ़ दरख़्त मेरे जाने-पहचाने हैं, पत्थर-चट्टानें मेरी मार्गदर्शक हैं। ये मुझे कभी भटकने नहीं देते। ये मेरे रास्ते राह से मिला देते हैं, मुझे इन्होंने हर रुत में पनाह दी,

गर्मियों में छाया, सर्दियों में धुन्धों के बीच के मील पत्थर, बरसातों में छतरी बनते हैं, आँधियों में बेझिझक सहारा बनते हैं।'' बाबा ने पीछे मुड़कर मेरी तरफ़ देखा। मेरे अन्दर मानो सचमुच और अधिक ताक़त आ गयी हो। उसने अपनी चुप अपने आप तोड़ते और हुंकारे की प्रतीक्षा किये बिना कहना शुरू किया–

''यह भी ना समझना कि मुझे नये-नये रास्तों का पता नहीं। टेढ़े-मेढ़े रास्ते, उतराइयाँ-चढ़ाइयाँ, डर-भय, बन्दे के उलटे-पुलटे हालात उसका हौसला बुलन्द रखते हैं। गोरे, हमारी ज़िन्दगी में कितनी बड़ी चीज़ है कि छोटी-बड़ी पहाडियाँ हमारे साथ हैं, यहाँ कितना अमन-चैन है। ये तेज़ हवाओं की ताज़गी हमारे अन्दर पल-पल ताक़त भरती जा रही है। ख़ुश होकर आनन्द लें। ऐसे अवसर बार-बार नहीं मिलते और वो परिन्दों की उड़ानें देख, ऐसी ही तालीम बन्दे को कहाँ से कहाँ ले जाती है। हाल की घड़ी, तू सिर्फ़ कुदरत के गीत सुन, परिन्दों की आवाज़ें सुन कितनी सुरीली हैं।''

थोड़ी देर दम मारने के बाद बाबा ने फिर अपनी बात की लड़ी जोड़ी–गाँठी मानो वह ज़ूतियों की मरम्मत करते समय टाँके पर टाँका जोड़ा करता है। ज़रा भी ग़लती नहीं और टाँके-सिलाई यूँ लगाता कि पहली सिलाई या जुड़ाई का कतई पता ना लगता। वह बताने लगा, ''वो पथरीली पहाड़ियों के बीच बड़ा-सा तालाब देख कितना सुन्दर लगता है। यहाँ कई क़िस्म के परिन्दे आकर डेरा लगाते हैं।... तुझे छम्भ भी दिखाऊँगा किसी दिन, जहाँ दुनिया भर के रंग-बिरंगे पखेरू हैं। पता नहीं कहाँ-कहाँ से आते हैं–तीतर, चकोर, चिड़ीमार, मच्छीमार...देखते ही आनन्द आता है, कुदरत के करिश्मे का।...ये होशियारपुर का डी.सी. अंग्रेज़ इस तरह के बड़े जायज़े लेता रहता है, पटवारी, कानूनगो और तहसीलदारों को इस तरफ़ लगाये रखता है।''

बीच-बीच में मुझे लगता जैसे बाबा मेरी अपेक्षा अपने आपको अधिक सुना रहा है, ख़ुद तैयार की जुगराफिया किताब। वह पहले मुझे बता चुका था कि किताबें, पोथियाँ और ग्रन्थ जब समय मिलता है, पढ़ लेता हूँ। लेकिन, मैंने बहुत कुछ अपने कसब (कारीगरी के पेशे) के कारण ही सीखा है, कोरे अनपढ़ों से लेकर खाते-पीते लोगों से जो मेरे बिना बुलाये स्वयं ही जूतियों-चप्पलों की ख़ातिर आते रहते हैं।

कभी मुझे लगता कि बाबा इतना पढ़ा-लिखा नहीं, पर ये इतना सब कुछ कैसे जानता है! जंगली जानवरों, पशुओं, पंछियों और वृक्षों के बारे में इतना भर कैसे रटा हुआ है। चलते-चलते मुझे अहसास हुआ कि क्या हुआ कि चार दिन मेरे पढ़ाई से टूट गये, बाबा ने मेरे भूगोल और साइंस वाले पाठ को दुहरा दिया है और मैंने इसे

पक्की तरह याद कर लिया है। ध्यान इधर-उधर होने से जो कुछ नहीं सुन सका, उसका पछतावा नहीं। वह इसलिए क्योंकि बहुत सारे नज़ारे मेरे ज़हन में गहरे बस गये हैं।

''बातें करते, चलते हुए ऐसे ही रास्ता तय होता है गोरे, और साथ ही थकान भी महसूस नहीं होती। सच, एक बात तो बतानी ही भूल गया, बारिश होने पर जिस बरगद के पेड़ तले हम खड़े हुए थे, उसके पूरब दिशा वाले वन में तीन-चार महीने पहले आग लग गयी थी। रात में ऊँची उठती लपटों की लौ अमावस की उन रातों में आसमान पर चितकबरे बादलों तक आग लगी दिखती थी। बताने वाले तो यह भी बताते हैं कि पहले अन्दर-ही-अन्दर से जंगल को काट-बेच लिया और फिर बाद में आग लगा दी।''

वह ख़ामोश हो गया मानो बात करने के लिए ताक़त इकट्ठी कर रहा हो। उसने कहा, ''बताते हैं कि पशु-पक्षी और जानवर इधर-उधर दौड़ने लगे, कई राहों में आ गये, प्यास से हाल-बेहाल। कई इन ज़ालिमों के पत्थरों-लाठियों का शिकार हो गये...और कुछ दूर के जंगलों में पनाह लेने के लिए मजबूर हो गये।''

अब बाबा की आवाज़ सामान्य नहीं थी, पर उसने कहा, ''और जब अंग्रेज़ डी.सी. होशियारपुर को सूचना मिली तो उसने राजपूतों और उसके चहेतों पर पुलिस लेकर चढ़ाई कर दी। उनकी अच्छी ख़बर ली और जब फेंटा चढ़ाया तो उन्होंने सच्चाई उगल दी। डी.सी. ने उनसे नाक से लकीरें खिंचवाईं और जुर्माने अलग किये।'' कुछ क्षण चुप रहने के पश्चात् बाबा ने पीछे की ओर देखा और कहने लगा, ''हुंकारा तो भरा कर, मैं इतनी देर से आप ही बोले जा रहा हूँ।''

''मैंने 'हूँ' करके बाबा की तरफ़ देखा, पर डर मेरी रगों में दौड़ रहा था। बाबा के दिल में पता नहीं क्या आया, वह पीछे मुड़कर देखते हुए व्यथा साझी करते कहने लगा, ''गोरे, पता नहीं, मैंने तुझे पहले भी कहा था कि नहीं, दरख़्त को काटना बड़ी हिम्मत और दिल-गुरदे का काम है। जब इनके सीने पर कुल्हाड़े का वार होते देखता हूँ तो मुझे अपनी छाती पर चोट लगती महसूस होती है, मेरा दिल काँप जाता है... बेईमानों ने आग लगा दी...कहर बरसा दिया।''

यह सुनते ही मेरा दिल एक बार फिर दहल उठा।

यह सारी हक़ीक़त सुनकर मैं हैरान-परेशान सा लम्बे-लम्बे साँस लेने लगा, मेरा दिल धक-धक करने लगा। मेरी आँखों कें सामने जंगली बकरे, गोनां और सूअर दौड़ते, जंगली बकरे और अन्य जानवरों को बन्दे निशाना लगाकर पत्थर बरसाते दिखाई देते, पर बाबा को इसका तनिक भी पता ना लगा। इसी दौरान दो कुत्ते भागते

हुए मेरी नज़र पड़े। मुझे यक़ीन हो गया कि कोई गाँव आने वाला है। मैंने बाबा से पूछा, ''अभी और कितनी दूर है टाहलीवाल?''

''बस ये आने वाले गाँव से अगला।''

''फिर भी कितना वक़्त लगेगा?''

''क्यों? थक गया गोरे? फुर्ती से मेरी तरह लम्बे क़दम भर। पानी और पीना है तो पी ले, रोटी खाकर तूने पानी भी नहीं पिया था।''

मैं बाबा को बता ना सका कि थकान तो एक तरफ़ रही, मैं तो वन, उसमें लगी आग और पक्षियों-जानवरों की हालत के बारे में सोचकर ही ख़ौफ़ खाये जाता हूँ। दिन छोटे होने के कारण सूरज छलाँगें लगाता छुपने के लिए उतावला था, मानो वह भी दिनभर चलते-चलते थक गया हो या फिर अँधेरा उसका पीछा कर रहा था।

''ले भई गोरे, मंज़िल आ गयी समझ। वो दिख रहा है गाँव, वे है टाहलीवाल...।''

मेरे चेहरे में जैसे रौनक आ गयी। यहाँ अब शुरुआती सफ़र जैसी उतराई-चढ़ाई नहीं थी बल्कि रास्ता समतल था। मामूली-सा तो ऊँचा-नीचा था, आस-पास के खेतों की तरह। वाकई इस गाँव के चारों ओर टाहली (शीशम) के पेड़ों का जमघट था। फलाह के दरख़्तों पर बिजड़ों के घोंसले हवा में लहरा रहे थे।

''गाँव भी आ गया, पर हम अभी भी चले जा रहे हैं।'' मैंने उतावला होकर पूछा।

''बेटा, हमारे आदि-धर्मियों के घर गाँव के पश्चिम में होते हैं...हम उधर ही जा रहे हैं।''

''पश्चिम की ओर?''

''हाँ, तुझे कैसे समझाऊँ...ब्राह्मणों के बनाये चार वर्ण हैं। हम उनमें से किसी में भी नहीं आते। इसलिए हमें अछूत मानते हैं। तुझे भी तो स्कूल में नित्य दुत्कारे जाने का पता ही है। ये राजपूतों के गाँव हैं। अपने आपको ऊँचा समझते हैं, पोथियों में लिखे अनुसार हमें इन चारों वर्णों की सेवा करने का अधिकार दिया हुआ है।''

फिर, बाबा के मन में पता नहीं क्या आया, वह अपने आप कहने लगा, ''मैं मंगू राम की कसम खाकर कहता हूँ गोरे कि यदि हम सबके सब मिलकर ब्राह्मणों के वर्ण-धर्म से छुटकारा पाने के लिए दिन-रात लगे रहें तो आने वाला वक़्त 'कम्मी-कमीनों' और कारीगर बिरादरियों का होगा, इस मिट्टी के जायों का, जिनका धरती, धन और धर्म छीन लिया गया, इन बाहर के मुल्कों से आये धाड़वियों ने...।''

बातें करते-करते अब जिस मुहल्ले की गलियों में हम दाख़िल हुए, उसके घर भी हमारे गाँव जैसे थे। कच्चे कोठे, सरकण्डों की छतों वाले और ढलवें आकार

के छन्न-छप्पर जो किसी तरतीब में नहीं थे बल्कि ऊँची-नीची जगहों पर छोटे और बड़े आकार वाले। आँगनों में बँधी भैंसें, गायें, बकरियाँ और 'मैं-मैं' करते उनके मेमने। उनके इर्द-गिर्द नंगे पाँव घूमते बच्चे, बुज़ुर्ग चादरों खेसियों की बुक्कल मारे चारपाइयों पर बैठ हुक्का गुड़गुड़ाते दिखे, एक-दूजे की तरफ़ हुक्के की नली सरकाते अधेड़ और बुज़ुर्ग। क़रीब ही चूल्हे पर चढ़ी हाँडियों में पकते साग। किसी नवब्याहता बहू के दोनों हाथों के बीच थप-थप की आवाज़ के साथ, आहिस्ता-आहिस्ता गोल-गोल शक्ल में उसके सीने की ओर घूमती सोने-रंगी मक्की की रोटियाँ देख, मुझे माँ और दादी याद आ गयी। मुझे अपनी थकान उतरती लगी।

बाबा ने एक गली की छन्न के बाहरी किवाड़ के आगे और फिर दरवाज़े से काफ़ी पहले खाँसा। आँगन में बैठे दो-तीन जन फुर्ती के साथ उठे और आपस में ऊँची आवाज़ में कहने लगे, "ले भाई, आ गया संगतिया।"

"जै गुरदेव महाराज!" उन्होंने बाबा से सामान पकड़ते हुए फतह बुलाई।

"धन्न गुरदेव भाइयो, धन्न गुरदेव!"

"आज हम बड़भागी हो गये...।"

घर के सदस्यों ने हमारा सामान छन्न के अन्दर टिकाया और फिर हमें अपने साथ अन्दर ले गये। वह हाल-चाल पूछने के पश्चात् मेरे बारे में जानने को उत्सुक थे। बाबा ने उनकी इच्छा को भाँपते हुए, ख़ुद ही हँसते हुए बताया, "ये मेरा पोता है, इसका नाम गोरा है।"

"शाबाश बेटा, बाबा का साथ देने लगा।" उनमें से एक ने मेरी पीठ थपथपाते हुए कहा। साथ ही, मैंने महसूस किया कि इस गाँव में ये वे घर हैं जहाँ बाबा आकर ठहरा करता है। तभी इतने अपनत्व के साथ छन्न से बाहर ही हमारा इतना आदर-सत्कार हुआ। इन लोगों के साथ कोई रिश्तेदारी नहीं। पर आपसी भाईचारे से भरी साँझ के कारण गर्मजोशी भरी आवभगत है।

तभी शक्कर घुले गरम दूध के दो गिलास हमारे लिये लाये गये। हमने जल्दी-जल्दी पी लिए तो हमारे शरीर में गरमाहट आ गयी। आस-पास के घरों में बाबा के यहाँ आने के बारे में शायद पहले ही पता था। उनके सन्देशे आ गये कि हम ग़रीबों के ख़ैर-ख़्वाह अन्न-जल छक लें, फिर वे आते हैं दर्शन करने।

समय कोई अधिक नहीं हुआ था, पर ठण्ड और अँधेरा एक साथ ही लोगों को अपने-अपने घरों में रज़ाइयों की गरमाहट लेने को मजबूर कर रहे थे। कुछ समय बाद पाँच-छह अधेड़ उम्र के आदि-धर्मी आकर बारी-बारी से बाबा की टाँगें जबरन दबाने लगे।

"चाचा, तू तो आदि-धरम मण्डल बनने के वक़्त से बाबू मंगू राम के साथ काम करता है, मुझे यह बात समझ में नहीं आती कि हिन्दू, सिक्ख, मुसलमान, ईसाई हमारे जैसे हैं...और तो और, हिन्दू हमें हिन्दू कहते हैं, पर हमारी परछाईं लेकर राज़ी नहीं।" बड़ी उत्सुकता के साथ आगे झुके कत्थई रंग वाले बन्दे ने अपने मुँह से सहजता और धैर्य के साथ खेसी को नीचे सरकाकर बाबा की तरफ़ मुँह करके पूछा। वह घर का मुखिया था। इसी दौरान मुझे लालटेन की लौ सीधी ऊपर को जलती नज़र आयी।

"भुल्लिया, सामाजिक क़ानूनों वाली पोथी मनु स्मृति के अनुसार चार वर्ण हैं–ब्राह्मण, क्षत्रिय, वैश्य और शूद्र। शुरू-शुरू में ये वर्ण-धर्म जिनको वर्ण-व्यवस्था कहते हैं, ये काम-काज की बुनियाद पर चलते रहे। शूद्र पहले तीन वर्णों की सेवा के लिए।...बाद में इन कामों को जन्म के साथ जोड़कर जात-पात का विस्तार कर दिया गया। इसके साथ लोगों के अन्दर वर्गों को बाँटकर एक-दूसरे के ख़िलाफ़ नफ़रत भरी गयी। हमें मनुष्य में नहीं अमनुष्य में शुमार किया गया। यदि सच पूछो तो जात-पात की वजह से अब हम इन चार वर्णों से बाहर हैं। ये हमें अछूत कहते हैं। ये सारे दो जन्मे हैं!"

"दो जन्मे भी होते हैं? वो कैसे?"

"भुल्लिया, तुम्हें आद-धर्म की सोच और हज़ारा राम पिपलांवाला का कहा बताने जा रहा हूँ कि हिन्दू, मुस्लिम और सिक्ख दो जन्मे हैं। इन्हें द्विज कहते हैं... मिसाल देकर बताता हूँ जैसे हिन्दू का पहला जन्म वो है जब वह पैदा होता है और फिर जब पाँच गोपी अर्थात् गाय का दूध, मक्खन, घी, दही, मूत्र पीकर जनेऊ पहनने का संस्कार किया जाता है तो वह पक्का हिन्दू बन जाता है। यह उसका दूसरा जन्म होता है। मुसलमान का पहला जन्म वह है जब वह पैदा होता है और जब वह खतना यानी सुन्नत कराकर कलमा पढ़ता है तो वह पक्का मुसलमान बनता है यह उसका दूसरा जन्म माना जाता है। इसी प्रकार, सिक्खों के लड़के का पहला जन्म तब होता है, जब वह पैदा होता है और जब पाँच कक्के यानी केश, कंघा, कड़ा, कछहरा और किरपान धारण करके अमृत छकता है, तब उसका दूसरा जन्म होता है।"

"...और फिर हम कहाँ खड़े होते हैं?" बाबा की टाँगें दबाना छोड़ एक काली दाढ़ी में इक्का-दुक्का सफ़ेद बालों वाले दुबले-पतले से व्यक्ति ने पूछा।

"तुम भी जानते हो कि हम ना खतने करवाते हैं, ना कलमा पढ़ते हैं, ना पाँच गोपी करके जनेऊ धारण करते हैं और ना ही पाँच कक्के धारण कर अमृत छकते

हैं। हम कुदरत के नियमों को मानते हुए जैसे पैदा हुए, वैसे ही रहते हैं। इसीलिए हम एक जन्मे हैं! समझ गये?''

''चाचा, लगते हाथ यह भी बता कि आदि-धर्म का सही-सही मतलब क्या है?'' भुल्ले ने अपने नुक्ते को ना भूलते हुए बाबा से पूछा।

''देखो भई, सीधा-साफ़ मतलब यह है कि हम हिन्दुस्तान के असली बाशिन्दों की औलाद हैं। आदिवासी का मतलब यूँ समझो कि हम आदिकाल से यहाँ के रहने वाले हैं। हमारे लोगों के समाज का नाम आदि समाज है...समझ गये?''

मुझे लगा, मानो मेरा बाबा किसी स्कूल की कक्षा को पढ़ा रहा हो। इसी दौरान, मुझे स्कूल में उर्दू पढ़ाते अपने उस्ताद इल्मदीन का चेहरा मन में दृश्यमान हुआ जो सबक पढ़ाते हुए पूछा करता है, ''समझ गये?'' कुछ देर बाद, मुझे अहसास हुआ कि इन सवालों-जवाबों का कोई अन्त होने वाला नहीं। मैंने एक तरफ़ होकर रोटी खायी और फुर्ती से रज़ाई खींचकर अपने ऊपर ओढ़ ली। पल में ही नींद ने मुझे अपनी गिरफ़्त में ले लिया और मेरे तन-मन पर सवार हो गयी क्योंकि वह काफ़ी देर से मुझे घेर लेने की कोशिश में थी। मुझे नहीं मालूम मेरे बाबा की जमात जिसे मैं कई बार 'संगत' कहा करता हूँ, कब अपने घरों को गयी होगी!

6

तड़के जब मैंने रज़ाई में से मुँह बाहर निकालकर देखा तो बाबा साथ वाली खाट पर पड़ा हल्के-हल्के खुर्राटे भर रहा था जबकि मैं चाकू की भाँति इकट्ठा हुआ पड़ा था। मेरे सोने की यह आदत है, इसका कारण सर्दी की ठण्ड नहीं। कुछ देर बाद रज़ाई की गरमाहट के कारण मुझे फिर नींद आ गयी।

''बेटा गोरे, उठ जा अब, सूरज चढ़ गया।'' बाबा ने नित्य की तरह मुझे जगाने की कोशिश की। दो-चार बार दायें-बायें करवट लेकर आख़िर में मैं उठ ही गया। इस घर के मेरे हमउम्र लड़के ने मेरी तरफ़ दो काटी हुई दातुनें आगे बढ़ा कर दीं–एक फलाह की, एक नीम की। मैं छन्न से बाहर निकलकर खुरे के पास जा फलाह की दातुन चबाने लगा। मीठे-मीठे स्वाद वाली इस दातुन को सामने के दाँतों पर बार-बार रगड़कर फेरता रहा। फलाह की टहनी से बनी दातुन का अब गोल-गोल, बारीक बालों वाला ब्रश बन गया, जैसा मेरे ड्राइंग मास्टर राम चन्द के पास है, जिसको घुमा कर और लकीर खींचकर वह गोल-गोल फूल और मोटे-चौड़े हाशिए बड़े-से चार्ट पर बनाया करता है।

आँगन के एक सिरे पर उपलों के ढेर में सूखी-गीली पाथियों में से गोबर की महक आ रही थी। छन्न के आँगन में पशुओं के मूत्र की अपनी क़िस्म की गन्ध फैली हुई थी।

इसी दौरान मैंने देखा कि रात वाले बन्दों में से एक जो थोड़ा कुबड़ा था, खँखारता हुआ दो हिस्सों में बँटे छप्पर यानी पिछली तरफ़ गाय, उसकी बछिया, तोकड़ भैंस, दो बकरियाँ और उनके मेमनों को बारी-बारी से बाहर वाले खूँटों से

बाँध रहा था। जब एक बकरी ने जाते हुए मेंगनें कर दीं तो मैं मन-ही-मन हँस पड़ा, पर दातुन मुँह में से निकालने को मजबूर हो गया।...और मैंने देखा कि वह कुबड़ा आदमी जब खँखारता था तो छप्पर के अन्दर से निकलती-घुसती और आँगन में चूल्हे के पास चक्कर लगाती उसकी बहू फुर्ती के साथ बिलांद भर घूँघट निकाल लेती। उसी क्षण मुझे अपनी माँ का ख़याल आया कि वह भी बाबा के खाँसने पर या उसको आँगन में घूमता देख, सब कुछ भूल कर फुर्ती के साथ मुँह पर पल्ला कर लेती है।

हमारी तरह सुबह का नाश्ता छकने के बाद आँगन में आ जुड़ बैठे लोग बाबा से कोई-न-कोई बात जानने की उतावली में थे। उनके कपड़े पुराने, घिसे हुए, मैले थे और छीजे हुए पाजामों में से उनकी पतली-मोटी टाँगें आर-पार दिखती थीं। कइयों ने तो धोतियाँ बाँध रखी थीं। ऊपर छाती वाला हिस्सा उन्होंने चादरों या खेसियों के साथ ढका हुआ था।

"चाचा, अपने सन्तों-गुरुओं की कोई बात सुना" भुल्ले ने रात की तरह अब भी पहल करके, बहाने के साथ बाबा से शूद्रों और अछूतों का गहरा प्रसंग छेड़ दिया।

"बल्ले तेरे भुल्ले! तू नहीं भूला गुरुओं को...पर यह कथा-कीर्तन जलसे वाली जगह पर करेंगे।...सुख से, दिन आज अच्छा लग गया, भरपूर गिनती में आदि-धर्मियों के पहुँचने की उम्मीद है।"

"अच्छा, जैसी तेरी मर्ज़ी चाचा।"

इस छोटे-से सवाल-जवाब के दौरान बाबा ने अपनी सारंगी को सुर में करने के लिए एक बार फिर तारों को सुर मिलान यन्त्र से टुनका दिया और उन पर गज फिरा कर मानो दुबारा अभ्यास कर लिया। फिर उसने सफ़ेद कुर्ता-पाजामा पहनने के पश्चात् सिर पर लाल रंग की पगड़ी बाँधी जो उसके चेहरे पर ख़ूब जँच रही थी। उसने अपनी भरवीं-जँचती दाढ़ी को ठोढ़ी और गालों पर बार-बार अच्छी तरह बिठाया। उसने अपने हाथों से बुनी सफ़ेद काली डिब्बीदार चादर को बदन पर लपेटा और फिर मूँछों को ताव दिया। लगता था, जैसे वह बहुत बड़े जश्न में हिस्सा लेने के लिए पूरे चाव और उत्साह के साथ जा रहा हो। उसकी चुस्ती-फुर्ती और आँगन में इधर-उधर चलते हुए उसकी फुर्तीली चाल सभी को हैरान करने वाली थी।

कुबड़ा होकर चलते घर के बड़े-बुज़ुर्ग आदमी ने अपनी बहू से कहा, "बेटी पीतो, संगतिये के लिए दो घूँट चाय बनाकर दे। हमारे लिए भी घूँट-घूँट बना लेना। जल्दी से चूल्हे पर पानी धर दे।"

पशुओं वाले हिस्से में साकों, कव्वों, घुग्गियों और चिड़ियों ने उतारा किया। वे पंछी फुर्ती के साथ चलते और अपने जैसी छोटी-छोटी उछल-कूद करते खुरे की तरफ़ जाते। कई तो एक साथ उस तरफ़ उड़ानें भरते जहाँ कुछ देर पहले बाबा ने और मैंने गरम पानी के साथ हाथ-मुँह धोया था। यहीं रात में घर की औरतों ने मिलकर हमारे जूठे बर्तन माँजे-धोये थे। समीप ही, एक छोटे सूखे दरख़्त पर बैठी चिड़िया जिसके पंख हल्के काले, सलेटी रंगे थे, पूँछ लम्बी थी, चोंच भी, आँखों के इर्द-गिर्द पीले गोल दोहरे घेरे थे, सिर धड़ से ज़्यादा काला था और नीचे का हिस्सा सफ़ेद-मटमैला था। किसी छोटे-से परिन्दे की इतनी ऊँची और एक ही साँस में बोलने की ताक़त मैंने शायद पहली बार देखी-सुनी। वह चिड़िया एक ही जगह बैठी अपनी धुन में जुटी रही और उड़कर भी ना गयी। मुझे लगा, मेरे बाबा की लगन, दृढ़ निश्चय और थकावट रहित ज़िन्दगी भी उसी चिड़िया जैसी है। कोई सुने अथवा अनसुना करता रहे, पर वह अपनी सोच और लोच पर पहरा देकर तसल्ली महसूस करता है।

...और हम अपना सामान उठाकर चलने लगे तो घर के कुबड़े बूढ़े ने हुक्म के तौर पर कहा, "भुल्ले, संगतिये की सारंगी को उठा ले।" मैंने देखा कि ऐसा कहने वाले कुबड़े व्यक्ति के दाँत धुआँखे हुए पड़े थे, शायद हुक्का पी-पीकर।

गाँव के बाहरी चौरस्ते के पास बहुत बड़ा मैदान लोगों की भीड़ से भरा पड़ा था। कई लोग बातें कर रहे थे कि हम रात को ही, साथ वाले गाँव में अपने रिश्तेदारों के आ गये थे कि सवेरे ठण्ड होने के कारण कहीं देर ना हो जाये।

ऊँचे चबूतरे के पीछे वाले हिस्से में तिकोनी लाल-नीली डिब्बियों वाली कनातें थीं। चबूतरे पर मेज़ों की लम्बी पाल पर लाल रंग का चमचमाता सिल्की कपड़ा बिछाया हुआ था जिसकी लटकती झालर बहुत ख़ूबसूरत लगती थी। कुछ नौजवान लड़के, जो मेरे साथ आयु में थोड़े बड़े लगते थे, ने लाल पगड़ियाँ पहन रखी थीं और कमर में लाल रंग की ही पेटियाँ बाँध रखी थीं। वे फुर्ती के साथ चबूतरे के पास जाते और कभी कनात के पीछे चले जाते।

इसी दौरान एक ट्रक आया। उसमें से एक दरमियाने क़द का गोरा-चिट्टा व्यक्ति जिसने सिर पर कश्मीरी टोपी पहन रखी थी, उतरा। वह तेज़ क़दमों से पण्डाल के अन्दर आया। लोग उसके स्वागत में पहले ही उतावले खड़े थे। अपने दोनों ओर इन लोगों को हाथ हिलाकर शुक्रिया अदा करता वह व्यक्ति देखने में मेरे बाबा का हमउम्र लगता था। हो सकता है, मेरा बाबा उससे दो-चार साल बड़ा

हो। उसके पीछे और कई नौजवान और बुज़ुर्ग चबूतरे पर पहले खड़े हुए और फिर कुर्सियों पर बैठ गये। पलभर के छोटे-से परिचय और जलसे के मंसूबे का खुलासा करने-कराने के बाद एक व्यक्ति ने ऐलान किया, "साथियो, सबसे पहले हमारे संगीत मण्डली के नौजवान आदि-धर्म का क़ौमी गीत गायेंगे।"

आदि-धर्म के ख़ास वर्दीधारी नौजवान मण्डली ने हारमोनियम, चिमटा और ढोलकों की सुरीली तानों के साथ गीत गाना शुरू किया:-

छड्ड झगड़ा रंगा लै लाल पगड़ा।
धरम नूँ नहीं छड्डणा, हो जा तगड़ा।

इस मुखड़े को जोशीली आवाज़ में सुनते ही उपस्थिति जन-सूमह में मानो नया जोश भर गया। ठण्ड के बावजूद उनके अन्दर गरमाहट आ गयी। लोग 'आदि-धर्म की जय के जयकारे' लगाने लगे। पण्डाल के अन्दर का सारा जन-समूह अपने अन्दर उथल-पुथल महसूस करता दिखता था।

चबूतरे पर खड़े होकर दायें हाथ को हवा में ऊपर-नीचे करता व्यक्ति लोगों को शान्त रहने की विनती कर रहा था। फिर उसने बड़े भावुक शब्दों में कहा, "बहनो और भाइयो, अब आपके सामने मुंशी झण्डू राम अपनी मशहूर कविता आज फिर सुनायेंगे। आओ झण्डू राम...।" कवि ने फतह बुलाने के पश्चात् जोशीले अन्दाज़ में बिना पढ़े अपनी नज़्म सुनाई जिसे मैंने बाबा के रोज़नामचे में से उतारा था, जिसके नीचे लिखा हुआ था, 'आदि डंका' 11 जून, 1931। कविता इस प्रकार थी–

आदि-धर्मियो शेर जवान वीरो, जत्थेबन्दियाँ ख़ूब तैयार कर लो।
जित्थे सुणे तकलीफ़ बिरादरी ते, उत्थे मोर्चे ला के सुधार कर लो।
इस जीवणे तो सानूं मौत चंगी, तुसी मौत दे नाल प्यार कर लो।
तकिया किसे दा दिओ त्याग झण्डू, परमानन्द नूं अपणा यार कर लो।
आदि-धर्मियो धर्म ते डट जाओ, भावें खड़ी हो फ़ौज जंगीआं दी।
बुजदिल, मकार ना बणो वीरो, तुसी अंश हो शेर मरदंगिआं दी।
तन मिथ्या आत्मा अमर जाणो, सरोत पई सानूं सत्संगियाँ दी।
झण्डू राम हुण पिच्छे परतणा नी, भावें चल पए तेग फरंगियाँ दी।
मतलब वास्ते प्यार पए पावंदे ने, खेल खेल दे पए शतरंजियाँ दी।
ख़बरदार हो जाओ आदि वीरनो ओए, धोखा दिंदी ए गल्ल बेरंगियाँ दी।
राग समझ अरंभ दे विच आवे, मरदंग वज्जी ते तार सुरंगियाँ दी।
आद-धरम दी जै बुलन्द झण्डू, धूड़ उड्ड जाणी सभ तंगियाँ दी।

बेशुमार तालियों की गूँज में अधेड़ उम्र का कवि स्टेज से उतर सामने वाली पहली क़तार में जा बैठा। मंच संचालन ने बताया, ''अब आदि-धर्म के लिए बिना तनख्वाह काम कर रहे कारकुन संगतिया आपके सामने आदि गुरुओं के लिखे 'शबद' गायेंगे।''

भीड़ ने जैकारे गुँजाते हुए मेरे बाबा के स्वागत में तालियाँ बजायीं। मैं यह सारा नज़ारा वहाँ से एकटक देखता रहा जहाँ मैंने जूतियाँ चादर पर तरतीब में सजाकर बेचने के लिए रखी हुई थीं।

तभी, बाबा ने सारंगी को अपनी छाती के साथ लगाकर गज को दायें हाथ में पकड़ा। फिर कुर्सियों और मेज़ों के आगे लोगों की ओर मुँह पर बैठते हुए हाथ जोड़े। मानो उनका धन्यवाद करते हुए अपने गाने की अनुमति ले रहा हो। अब उसने बहुत ही सहज अवस्था में श्लोक/शबद का गायन प्रारम्भ किया–

ऐसा चाहूँ राज मैं जहाँ मिले सभन को अन्न।
छोट बड़ो सभ सम बसें, रविदास रहे प्रसन्न।

फिर मेरे बाबा ने सभी को मुखातिब होकर कहा, ''अब मैं आदि-गुरु सद्गुरु रविदास महाराज का एक 'शबद' आपके सम्मुख रखूँगा जो आदि-ग्रन्थ के पन्ना 1106 पर दर्ज है।" ज़ोर से बोलो गुरु रविदास महाराज की जय–

ऐसी लाल तुझ बिन कउन करै।।
ग़रीब निवाजु गुसइया मेरा माथै छत्र धरै।।1।।रहाउ।।
जा की छोति जगत कउ लागै ता पर तुंही ढरै।।
नीचहु ऊच करै मेरा गोबिन्दु काहू ते न डरै।।1।।
नामदेव कबीरू तिलोचनु सधना सैनु तरै।।
कहि रविदासु सनहु रे सन्तहु हरि जीउ ते सभै सरै।।2।।1।।

बाबा ने जब पूरी खुमारी में 'शबद' को गाया तो लोग सत्कार के तौर पर जैकारे छोड़ने लगे। मेरे पास खड़े तीन-चार लोग बातें करते हुए कहने लगे, भाई संगतिये ने सारंगी के ज़रिये बातें करा दीं "...वाह-गुरु वाह-गुरु नीचहु ऊच करै, मेरा गोबिन्द काहू ते ना डरै।''

''एक शबद और...एक शबद और जी।'' कई आवाज़ें एक साथ हवा में उठीं। प्रबन्धकों ने अपने कारकुनों के 'हुक्म' को स्वीकार करते हुए एक और शबद गायन के लिए मेरे बाबा से विनती की।

बाबा ने सारंगी की खूँटी को आगे-पीछे घुमाते हुए मेहराबों को एक बार फिर सुरों में किया, मानो किसी नयी जुगत के साथ उसे शबद गाना हो। उसने सारंगी पर

आहिस्ता-आहिस्ता गज फिराते हुए कहा, ''बहनो और भाइयो, अब जो शबद मैं प्रस्तुत करने जा रहा हूँ, वह आदि-गुरु कबीर साहिब का है और राग गउड़ी में पन्ना 324 पर दर्ज है। ध्यान से सुनो जी–

गरभ वास महि कुलु नही जाती।।
ब्रह्म बिन्दु ते सभ उतपाती।।1।।
कहु रे पण्डित बामन कब के होये।।
बामन कहि कहि जनमु मत खोये।।1।।रहाउ।।
जौ तू ब्राह्मण ब्रह्मणी जाया।।
तउ आन बाट काहे नहीं आया।।2।।
तुम कत ब्राह्मण हम कत सूद।।
हम कत लोहू तुम कत दूध।।3।।
कहु कबीर जो ब्रह्मु बिचारै।।
सो ब्रह्मणु कहीअतु है हमारै।।4।।7।।

मैं पंजों के बल उचक-उचक कर बाबा को सारंगी की सुरों में समाया देख उत्साहित होता रहा कि किसी प्रकार बाबा को मेरे मन में उसके बारे में उछालें मारती ख़ुशी और प्रशंसा का पता चल जाये। इस कम उम्र में मुझे अपना क़द हाथ भर ऊँचा हो गया लगा। मन-ही-मन मुझे एक और ख़याल आया कि बाबा की आम बोलचाल और उसके बाणी-कीर्तन में ज़मीं-आसमान का अन्तर है। उसका उच्चारण स्पष्ट और शुद्ध है, मानो सचमुच बहुत पढ़ा-लिखा हो।

जूतियाँ ख़रीदने मेरे पास आये अन्य लोगों ने बाबा के गायन को लेकर चर्चा की, ''भाई संगतिया जितना सारंगी का उस्ताद है, उतनी ही उसकी दमदार सुरीली आवाज़ है।'' एक ने दूसरों को सुनाकर बताया।

''भई, इतना रियाज़ पता नहीं कैसे करता होगा, जूती-जोड़े का भी कुशल कारीगर है।'' दूसरे पतले-लम्बे और छोटी-छोटी आँखों वाले व्यक्ति ने कहा।

बाबा की तारीफ़ें सुनकर मैं और ज़्यादा जोश में आ गया। मेरे मुँह से अपने आप निकला, ''वो मेरा बाबा है और मैं उसका पोता गोरा हूँ। बाबा के हाथ की बनायी ये जनाना-मर्दाना जूतियाँ मैं बेच रहा हूँ।''

वे अनजान बन्दे मेरी तरफ़ आश्चर्य से देखने लगे।

''अच्छा! मासूम बछड़े को हाली बना रहा है तेरा बाबा।'' उस छोटी आँखों वाले व्यक्ति ने मेरे भविष्य को लेकर पता नहीं नुक्ताचीनी की या चल रहे आन्दोलन

का भरपूर हुंकारा देने के लिए बाबा की प्रशंसा की। फिर, उसने मुझसे चौहधी (छह नम्बर) जनाना जूती बग़ैर मोल-भाव किये ख़रीद ली। शायद वह जानता था कि हम बिना मुनाफ़े के लागत-ख़र्च पर ही जलसों में ये कारोबार करते हैं।

इस दौरान स्टेज पर ऐलान हुआ कि अब आपको आदि-धर्म के संस्थापक और ग़दर पार्टी में रह चुके खाड़कू कारकुन बाबू मंगू राम मुखातिब होंगे। बड़ी संख्या में दरियों पर नीचे बैठे लोग खड़े हो गये जिनमें अछूतों सहित अराईं, भराईं और दीनदार दिखने वाले भाईबन्द हाज़िर थे। फिर वे बैठ गये।

मध्यम क़द और गठीले-भरवें शरीर वाला, देखने में तेज़-तर्रार, अछूतों का रहनुमा उठा और तकरीर करने लगा–

''आदि-धर्मी बहनो और भाइयो, सबसे पहले मैं तुम सबका शुक्रिया अदा करता हूँ कि तुम सब हमारे एक शब्द के निमन्त्रण पर दूर-पास से चलकर इतनी ठण्ड में आये हो। इसके लिए मैं तुम सबको ख़ुशामदीद कहता हूँ।

''साथियो, तुमने मरदम-शुमारी में इतनी बड़ी तादाद में अपने आपको आदि-धर्मी लिखवाया, किसी की धौंस नहीं मानी। उसके लिए आदि-धर्मी मण्डल की ओर से आपका एक बार फिर धन्यवाद।...तुम्हारे बुलन्द हौसले और निश्चय के साथ अपनी जीत हासिल करने के लिए जो क़ुर्बानियाँ तुम कर रहे हो, वह हमारी आने वाली सन्तानों की रहनुमाई करती रहेंगी। क़ुर्बानियों के साथ ही क़ौमें ज़िन्दा रहती हैं। सो, हमारे ही आदि-धर्मी भाई झगड़ू राम फिरोजपुर और रला राम लुधियाना की शहादतें व्यर्थ नहीं जायेंगी। लैलपुर (लायलपुर) जिले के गाँव अट्टी में एक मासूम लड़की का इस ख़ार में क़त्ल कर दिया कि उसके परिवार ने मरदम-शुमारी में अपने आपको आदि-धर्मी लिखवाया था। गाँवों में हमारी दरबन्दियाँ की गयीं, घरों के आगे काँटे बिछाये गये, जंगल-पानी घरों के अन्दर और छतों पर करने को मजबूर किया गया। हिन्दुओं-सिक्खों के अकथ और असह्‌ अत्याचारों के बावजूद तुम सब आदि-धर्म मण्डल के साथ अडिग खड़े रहे। निडर होकर क़ौमी काम को आगे बढ़ाने में तन, मन और धन से मदद कर रहे हो।''

बाबू मंगू राम ने अपनी तकरीर को बीच में रोककर सफ़ेद कमीज़ के ऊपर काले रंग की पहनी जैकेट में से एक काग़ज़ निकाला। लोग उतावले होकर गर्दनें ऊपर उठाकर देखने लगे। कई पैरों के बल उकड़ूँ होकर बैठ गये और बेसब्रे होने लगे कि वह आगे बोलें। काग़ज़ की तहों को खोलते हुए बाबू जी ने पुनः तकरीर शुरू की।

''साथियो, तुम्हारी बेगार जो सैकड़ों साल पहले शुरू हुई, उससे हमें मुक्ति पानी है। हमें हिन्दुओं, सिक्खों और मुसलमानों की तरह बराबर के हकूक हासिल

करने हैं। अब हम अपनी क़ौम को इनका खाजा (खुराक) नहीं बनने देंगे। 'इन्तकाले अराज़ी ऐक्ट' को ख़त्म कराना है जिसकी वजह से हम आज अपने पैसों से घर बनाने योग्य ज़मीन भी नहीं ख़रीद सकते। हम इस मुल्क के असली बाशिन्दों की औलाद हैं। हम इस देश के मालिक हैं। पर आर्य लोगों ने अपनी स्वार्थी कुचालों से हमें जात-पात और छुआछूत के कोढ़ के ज़रिये पशुओं से भी बदतर बनाया। यह हमारी क़ौम के लिए लानत है। सारे समाज पर कलंक है। यह समाज को लगा घुन है...जो अंग्रेज़ों से आज़ादी माँगते हैं, हम उन ग़ुलामों के गुलाम हैं। अंग्रेज़ों की तरह बाहरी देशों से आकर इन्होंने हमारे लोगों का जीना हराम किया हुआ है। हमें ग़ुलाम बनाये रखने के लिए अगले-पिछले जन्मों की दम्भी चालों के भ्रम-जाल में फँसाकर हम पर ज़ुल्म ढाया जा रहा है।

''शिखर का झूठ है कि रब ने कुछ लोगों को अव्वल दर्जे का, किसी को दोयम दर्जे का और किसी को निचले दर्जे का बनाया है। गुरु रविदास ने सच फरमाया, 'दोम ना सेम एक सो आही।।' सो, कुदरत धरती पर सभी जीव-जन्तुओं, पशुओं-पंछियों और मनुष्यों के साथ कोई भेदभाव नहीं करतीं। कोई श्रेष्ठ नहीं, ना कोई नीचा।''

बाबू जी ने पलभर तकरीर रोकी, पानी का घूँट भरा जैसे पानी पी-पीकर तर्क बताने की योजना हो। उन्होंने हाथ में पकड़ा काग़ज़ एक बार फिर सीधा किया, मगर उसमें से अभी तक देखा कुछ नहीं था। उस निडर नेता की धड़ल्लेदार ज़ोरदार और निर्भीक तकरीर लोगों के दिलो-दिमाग़ में उतर रही लगती थी।

बाबू मंगू राम ने फिर से तकरीर शुरू की, ''सच कहूँ तो हम तिहरी ग़ुलामी ढो रहे हैं, एक हिन्दू समाज की, दूसरी हिन्दू राजाओं की और तीसरी अंग्रेज़ हुकूमत की।...जागो मेरे भाइयो, एकजुट होवो, अपनी बड़ी गिनती होने के कारण अपनी ताक़त को समझो। हिन्दुओं-सिक्खों से उम्मीद ना रखो कि वे तुम्हें अपने बराबर के हक़ देंगे, हमें अपनी क़ौम के लिए अंग्रेज़ सरकार को इन्सानी हकूक दिये जाने के लिए मजबूर करना है।''

दूर-दूर के गाँवों से आकर पण्डाल में बैठे लोगों के अन्दर हैरानी-परेशानी की लहरें उछालें मारतीं, उनको जैसे बेचैन करतीं लग रही थीं। लगता था जैसे उन्हें ग़ुलामी और आज़ादी के मायने सचमुच में समझ आ गये हों और वे सामाजिक समानता की ख़ातिर कुछ भी कर गुज़रने को तैयार हों। एक बार फिर पानी का घूँट भरने के पश्चात् और टोपी ऊपर-नीचे कर उसके नीचे उँगलियाँ फिराते सेब जैसे लाल रंग के बाबू मंगू राम ने हाथ में पकड़ा काग़ज़ सीधा कर लिया और कहा, ''साथियो, अब तुम्हें मैं अपना लिखा एक बैंत सुनाना चाहूँगा–

मेरे हमउम्र साथियो और बुज़ुर्ग वीरो,
हमारी क़ौम के क्यों मन्दे हाल हो गये।
पशुओं की भाँति भटकते फिरते,
धक्के खाते हुए को कई काल हो गये।
हमारी गिनती है सात करोड़ भाइयो,
पैदा तुम भी जग के साथ हो गये।
लोग सुखी और तुम हो दुख सहते,
दुखों की तरफ़ ना दोस्तो ख़याल हो गये।
हमारी आ के ग़रीबी ने गर्दन तोड़ी,
ढोर खींचतों के पीठ लाल हो गये।
दुख, भूख, मुसीबतें सहते हुओं के,
हाड़ मांस के बुरे हाल हो गये।''

मुँह-ज़बानी सुनाते हुए मंगू राम ने कहा, ''गुस्ताख़ी माफ़, मैं पूरा बैंत नहीं सुनाऊँगा, बीच में से छोड़कर सुना रहा हूँ–

बुरा हाल ना सूझती बात कोई,
सिर पर दुख और भूख काल हो गये।
भाइयो सब मुसीबतें दूर हों,
पढ़ विद्या, क़ौम सँभाल हो गये।
कण्डा मार लो ख़रगोश से अब तो,
जॉर्ज पंचम रछपाल हो गये।
हिन्द में धर्मात्मा पुरुष जितने,
हमारी मदद को हमारे साथ हो गये।
मेहरबान सरकार का राज सिर पे,
मंजूर शाही कमीशन के
आगे सवाल हो गये।
अगर अब भी वक़्त सँभाला ना
मंगू राम फिर नीच चण्डाल हो गये।''

(इस बैंत को मैंने अपने बाबा की एक बही जैसी किताब में से उतारा है और कुछ बन्द छोड़ दिये हैं, क्योंकि वे कवि ने नहीं सुनाये थे। मैं अपने बाबा का शुक्रगुज़ार हूँ कि बैंत सुनते हुए जो मुझे याद नहीं रहा, उसे उसकी किताब में से लेकर यहाँ लिखा है।)

इस कविता के समाप्त होते ही मंगू राम की प्रशंसा में नारे लगने लगे। आदि-धर्म के जैकारों के साथ आसमान गूँज उठा, मानो बेज़ुबानों के मुँह में ज़ुबान लौट आयी हो। लगता था जैसे सदियों से दबी-कुचली जनता को ऊपर उठाने के लिए वे उतावले हों। धुन्ध-बादल का अब कोई नामोनिशान नहीं था। स्टेज के पीछे वाले दूर के पहाड़ और अधिक साफ़ और चोटियाँ निखरी हुईं यूँ लगतीं मानो मंगू राम की सोच-विचार के समर्थन में ऊँची दीवार बनकर खड़ी हों, नफ़रतों के बहते दरिया को रोकने के लिए।

पण्डाल के अन्दर लोगों की ऐसी उत्सुकता मैंने पहली बार देखी थी। मैं सोचने लगा, यदि बाबा मुझे अपने संग ना लाता तो मुझे ऐसी सामाजिक संरचना की अहम जानकारी प्राप्त नहीं होती। अब मैं ये सारी ऊँची और सुच्ची बातें, अपने साथ पढ़ते लड़कों के संग साझा कर सकता हूँ जो प्रकृति के सिद्धान्तों के ख़िलाफ़ लोगों के एक धड़े द्वारा ऊँच-नीच और जात-पात को पहल देते हुए लड़ने-मरने को तैयार रहते हैं। मेरे विचार आने वाले समय की ओर सरपट दौड़ते, जैसे मैंने जैजों की व्यापार मण्डी में एक मचलते घोड़े को देखा था। घोड़ा मालिक के नियन्त्रण में नहीं आ रहा था। और फिर, वह सीधा सींख की तरह खड़ा हो गया था। यह सोच मैं अपने आप हँस पड़ा और क़रीब खड़ा एक व्यक्ति मेरी तरफ़ ताकने लगा था, मगर बाद में घोड़े के नंगे बदन पर चाबुक की बौछार हुई थी। मन-ही-मन देखी इस घटना की वजह से मुझे अपने गाँव के अपने भाईचारे के कई लोग दिखाई दिये। मुझे गाँव का नाम याद आया जो राजपूतों के खेतों में भैंसे की तरह काम करता, भैंसे की भाँति ही मर गया था।

...और फिर मंच पर ऐलान हुआ, ''साथियो, बाबू जी के तूफ़ानी दौरे का अगला जलसा सन्तोखगढ़ में होगा। जो भाई-बन्धु जाना चाहते हों, वे बाहर खड़े ट्रक या लॉरी में बैठ सकते हैं...जलसा ख़तम होने के बाद ये दोनों गाड़ियाँ तुम्हें टाहलीवाल, गढ़शंकर और माहिलपुर छोड़ देंगी।''

मैं बाबा की ओर बढ़ा।

''गोरे, हो सकता है, तेरा मन ना हो जाने का, पर हम चलेंगे, मंगू राम ने मुझे बुलाकर कहा है कि तू ज़रूर चल हमारे साथ...।''

''चारों जूती जोड़े बिक गये।'' मैंने बताया।

''बहुत अच्छा। हाथ ख़ाली हुआ, जेब भर गयी।'' बाबा के चेहरे पर अब और अधिक रौनक थी।

× × ×

सन्तोखगढ़ में भी राह के दोनों तरफ़ खड़े ज़िन्दगी से सताये ग़रीब-गुरबे अपने प्रिय नेता का बेसब्री के साथ इन्तज़ार कर रहे थे। भीड़ के अन्दर कई लोग ऐड़ियाँ उठा-उठाकर उस तेज़-तर्रार रहनुमा की एक झलक देखने के लिए उतावले थे। और, बाबू मंगू राम अपने साथियों के साथ तेज़ क़दमों से आगे बढ़ रहे थे–बराबर-बराबर। लगता था जैसे कोई फ़ौजी अफ़सर 'गार्ड ऑफ़ ऑनर' का मुआयना कर रहा हो।...शायद, वे ये पैग़ाम देना चाहते थे कि हम इकट्ठा होकर चलें, एक तरफ़ चलेंगे तो रास्ता बन जायेगा। रास्ते बनाने पड़ते हैं, उन ग़रीबों-असहायों के लिए जिनके लिए पहले नहीं थे।

यहाँ भी टाहलीवाल की तरह मंच पर मेज़-कुर्सियों की सजाई हुई क़तारें थीं। मंच पर घण्टी की तरह खनकती आवाज़ ने ऐलान किया कि "सब सज्जन शान्त हो जायें ताकि हम आज के जलसे के सारे सिलसिले को योजना के अनुसार सम्पन्न कर सकें।...और साथियो, अब आपकी खिदमत में मण्डल के गुरबाणी वाले नामी सेवादार संगतिया जी आदि-गुरुओं का यश, उनकी बाणी द्वारा करेंगे। आओ भाई संगतिया जी, आपका बहुत-बहुत स्वागत।"

बाबा पहले ही सुर में की सारंगी संग मंच पर लोगों की ओर मुँह कर, पालथी मारकर बैठ गया। उसने खूँटी की तारों को कसा और एक-दो को ढीला किया। उन पर गज फिराया और अपने मुँह पर लाल पगड़ी का एक सिरा!

"भाइयो, अब सतगुरु कबीर जी महाराज का एक पद आदि-ग्रन्थ में से सुनाऊँगा। सब मिलकर ज़ोर से बोले–आदि-धर्म की जय!

अवलि अलह नूर उपाइया कुदरत के सब बन्दे।।
एक नूर से सभु जगु उपजिआ, कौन भले, को मन्दे।।
लोगा भरमि न भूलह भाई।।
खालिकु खलक खलक महि खालिकु पूरि रहियो सब ठांई।।रहाउ।
माटी ऐक अनेक भाँति करि साजी साजनहारै।
ना कछु पोच माटी के भांडे ना कछु पोच कुंभारै।।2।।
सभ महि सचा ऐको सोई, तिस का कीआ सभु कछु होई।।
हुकमु पछानै सु ऐको जानै बन्दा कहिए सोई।।3।।
अलहु अलखु न जाई लखिया गुरि गुड़ु दीना मीठा।।
कह कबीर मेरी संका नासी सरब निरंजनु डीठा।।4।।3।।"

(यह शबद भी मैंने बाबा की बही में से 'लग-मात्रा' सहित बाद में उतारा है।)

बाबा द्वारा यह पद गाने और समाप्त करने की देर थी कि लोगों ने खड़े होकर

अपना आदर-सम्मान इससे पहले हुए जलसे की तरह ही प्रकट किया। उपस्थित लोग देखने में ग़रीबी के सताये और सामाजिक बनावट की प्रचलित रस्मों और नियमों से दबे-कुचले लगते थे। सच प्रत्यक्ष दिख रहा था कि मानो ज़िन्दगी के मारे हुए लोग एक जगह इकट्ठा हुए हों। 'कुदरत के सब बन्दे', सुनकर उनके अन्दर जैसे किसी गहर-गम्भीर विचार का संचार हो गया हो। और अब उनके चेहरों पर मुस्कान थी कि उनकी मन्दहाली और कंगाली के लिए ज़िम्मेदार ज़मींदारों को कुदरत ने बराबर बनाया है। टाहलीवाल से हमारे साथ आये रुलदा राम ने तो अपने पास बैठे व्यक्ति को यहाँ तक कह दिया, ''अब मुझे यूँ लगने लगा है कि बन्दों ने ज़्यादातर अपने लाभ के लिए घड़ बना लिया। अगर सच है तो मेरे पास मकान डालने के लिए ज़मीन क्यों नहीं! यदि फिर, राणे का ख़ानदान जागीरदार क्यों है और हमारा टब्बर उसका नौकर क्यों? सरकारें इनकी इतनी हिफ़ाज़त क्यों करती हैं। हमारी दो-कौड़ी की क़ीमत नहीं! कमाकर हम देते हैं और ये शहर में जाकर गाँववाली की बुराइयाँ करते हैं, नित्य घोड़े पर चढ़कर जैजों को और कौन से काम के लिए चक्कर लगाते हैं।''

फिर वह तल्ख़ी में शायद और कुछ कहने लगा था कि साथ बैठे व्यक्ति ने कुहनी मारकर कहा, ''अब चुप भी हो जा।''

रुलदू के पास बैठे कइयों ने मेरी तरह उसके मुँह की ओर देखा जिसके कत्थई मुँह पर बेतरतीब-सी खिचड़ी दाढ़ी, मैल जमे पीले-पीले खुले-खुले दाँत, चमकती आँखें और सिर पर लाल पटके का मुंडासा बँधा हुआ था।

मंच पर से फिर गुज़ारिश की गयी, ''साथियो, आपसी घुसुर-फुसुर बन्द करो। हम तुम्हारे जज़्बे और जोश को समझते हैं। फ़िलहाल शान्ति का दान बख़्शो।''

पलभर बाद प्रबन्धक ने फिर बताया, ''बहनो और भाइयो, आपको बताते हुए ख़ुशी हो रही है कि हमारे मुमताज प्रधान जिन्होंने दुनिया देख रखी है, अमरीका में रहते हुए ग़दर पार्टी के लिए बुलन्द हौसले वाले सिपाही के तौर पर दिन-रात एक किया, हिन्दुस्तान को आज़ाद कराने के लिए हथियार स्मगल करते हुए पकड़े जाने पर फाके काटे, जेलें काटीं, तोप के साथ उड़ाये जाने के यत्नों के बावजूद वह हमख़याल विदेशियों द्वारा जी-जान से किये गये यत्नों से बच निकले। जंगलों में छिपकर रहने के बाद सात-आठ साल पहले हिन्दुस्तान पहुँचे, देश के बाशिन्दों की औलादों के हालात देखकर पंजाब पहुँचे और इन्होंने आपके लिए हक़, सच और इन्साफ़ का बीड़ा उठा रखा है।''

इसी दौरान स्टेज पर बैठे एक व्यक्ति ने, बोलते हुए व्यक्ति को संकेत किया। यह संकेत शायद बात को छोटी करने का था।

"साथियो, मैं बता रहा था कि मैं अपने उस महान, लियाकत के हिसाब से बहुत बड़े नेता जो अभी पचास के भी नहीं हैं, के विचार धैर्यपूर्वक सुनें और अपने मन में बसा कर उन्हें अमल में लायें। सो, मैं ज़्यादा वक़्त ना लेता हुआ आदि-धर्म मण्डल के संस्थापक बाबू मंगू राम से निवेदन करता हूँ कि वह आपसे मुखातिब हों।"

मंच पर बीच वाली कुर्सी पर बैठे बाबू जी जब उठे तो उनके स्वागत में टाहलीवाल गाँव के पण्डाल की तरह जुटी लोगों की भीड़ एकदम-से उठकर खड़ी हो गयी। उन्होंने दायें हाथ से दो-तीन बार बैठने का इशारा किया और साथ ही तकरीर शुरू की–

"आदि-धर्मी बहनो और भाइयो, जाड़े की ठिठुराती ठण्ड में आपके आने का मण्डल की ओर से और अपनी ओर से हार्दिक स्वागत करता हूँ। अपनी आदि-धर्मी क़ौम के रौशन भविष्य के लिए आप सभी एकजुट हुए हो, अगर इसी प्रकार हमारी एकजुटता, लोहे की लट्ठ रहे तो हम एक दिन अवश्य आज़ाद हो जायेंगे। हमारे पास खोने को कुछ नहीं, पर हम हासिल ज़रूर कर लेंगे, अपनी इज़्ज़त-आबरू और इन्सानी हकूक। और वो ग्यारह मील दूर जैजों के पापी राजा जैसवाल का क़िला ध्वस्त कर दिया लोगों ने, ये जैलदार, जागीरदार, सफ़ेदपोश और चौधरी आपके सामने किस खेत की मूली हैं! हमें इस बेगारी से छुटकारा पाना है। हम बढ़इयों, लुहारों, चमारों, चूढ़ों, कहारों, कुम्हारों, नाइयों, धोबियों को गाँव के कम्मी-कमीन बनाकर रखा हुआ है, अपनी सेवा के लिए। और इसके एवज़ में मिलता क्या है? रबी-खरीफ़ की फ़सल के हिसाब से एक मन के पीछे एक सेर अनाज? मरे पशु हम उठायें और बदले में मालिक के दो-तीन जोड़े जूतियों के बनाकर दें? ब्याह-शादियों, ग़मी-ख़ुशी के वक़्त आदमी हम इकट्ठे करके लायें, मुफ़्त में काम करें! भाइयो, हमें इस लानत से मुक्ति पानी है, जल्दी से जल्दी! मैं बताना चाहता हूँ कि जितना समय अमरीका में रहा, देखा कि अफ़्रीकी देशों के वहाँ बसते काले लोग जिन्हें मण्डियों में पशुओं की भाँति बेचा जाता था, वे संघर्ष की राह पढ़े हुए हैं। वे अपने लोगों को एकजुट होने, पढ़ने और संघर्ष करने के लिए हल्लाशेरी देते रहते हैं। वे वहाँ की अदालतों में मुक़दमे लड़ते और जीतते हैं! वे भी हमारी तरह अपने-अपने मुल्कों में वहाँ के मूल बाशिन्दे हैं। वहाँ उन्हें 'फर्स्ट नेशन' कहते हैं। यहाँ की तरह आर्य नस्लों यानी गोरों ने काले लोगों और अलग-अलग देशों से आये

मज़दूरों पर ज़ुल्म ढाया हुआ है। जैसे यहाँ हमें गन्दे-मन्दे, बेसमझ, जंगली और नीच-कमीन कहकर दुत्कारा जाता है, वहाँ भी यह बोल-कुबोल सुनने को मिलते हैं। पर वहाँ काले लोगों का मेल-मिलाप बहुत है, वे बड़ी विजय हासिल कर रहे हैं। वे अपने मुल्क में मुट्ठीभर राज करते हाकिमों को ललकार रहे हैं, कि आसमानी बिजली तभी कड़कती है, जब कहीं गिरती है, वार करती है। बेइन्साफ़ी कहीं भी हो, इन्साफ़ को ख़तरा हर जगह है।''

इसी दौरान एक आदमी ने मंगू राम को पीतल का गिलास पकड़ाया, उसमें से भाप निकल रही थी। एक घूँट भरने के बाद उसने आगे कहा, ''आप भी चाय पीकर जाना साथियो, मैं बात कर रहा था कि वे गोरों को चुनौती दे रहे हैं कि तुम हमारे ऊपर बिना वजह ज़ुल्म कर रहे हो। जैसे इधर वर्ण-धर्म वाले कह रहे हैं कि ईश्वर ने शूद्रों को तीन वर्णों की सेवा करने का अधिकार दिया हुआ है। वहाँ भी गोरे कहते हैं कि गॉड ने हमें सबसे ऊपर रखा है और कालों को हमारी सेवा के लिए बनाया है। सो, ये नस्लें दंगों-पंगों के साथ हमारे बीच फूट डालकर अपना उल्लू सीधा कर रही हैं। इन्होंने हमारी साढ़े पाँच हज़ार साल पुरानी गौरवमयी तहज़ीब का नामोनिशान मिटाने के लिए हड़प्पा, मोहनजोदड़ो और लोथल शहरों का सत्यानाश कर दिया जिनके खँडहरों ने हमारी इन्सानी तहज़ीब को अपनी छाती में छिपाकर अभी भी रखा हुआ है।...और साथियो, हमने भी वैसी ही इन्सानियत के ख़िलाफ़ बनायी इस लुटेरी वर्ण-व्यवस्था को नेस्तनाबूद करना है। हम हड़प्पा के रहन-सहन, उन्नत साझी खेती, नहाने के साझे तालाबों, बढ़िया शानदार भवन-निर्माण के लिए उपाय करेंगे। ख़बरदार करना चाहूँगा अपने बहन-भाइयों को कि हमें नदियों में डुबकियाँ लगाने की ज़रूरत नहीं क्योंकि हम पाप झेल (सहन) रहे हैं। जो पाप करते हैं, वही उनमें अपने पाप धोते हैं और फिर वहाँ से बर्तनों में जल भर लाते हैं, उन पापों का घरों में दुबारा छिड़काव कर लेते हैं।...मेरे भाइयो, आप लालची या स्वार्थी नहीं, आप लोक जन का भला करने वाले अमन पसन्द लोग हो, पर आपको धर्म और जाति के नाम पर ठगा जा रहा है।...और आप भूखे रहकर दूसरों का पेट भरने वाले हो, उठो, कोशिश करो, अपने बराबरी के हक़-अधिकार हासिल करो! भाइयो, याद रखो, ग़ुलाम क़ौमें ही राज तख़्त उलटाया-पलटाया करती हैं। घबराओ मत, मन-चित्त दृढ़ रखो, हाथ में ना आने वाला नरम पानी भी सख़्त चीज़ों, चट्टानों को गला देता है।''

चाय के घूँट भरने के पश्चात् मंगू राम ने कहा, ''भाइयो, एक बात करना भूल गया कि जब मैं दूसरे मुल्कों से 1925 में हिन्दुस्तान आया और दक्खिन के रास्ते मुझे पंजाब में आना था, मैंने देखा कि मद्रास और मालाबार के इलाक़ों में अछूतों

की स्थिति बहुत दयनीय थी, जिसके ज़िम्मेदार वहाँ के नमुद्री, नायर और पुलाइया हैं। हिन्दू डॉक्टर बीमारी की हालत में उनको दवाई नहीं देते, जिन राहों से होकर उच्च जाति के लोगों को जाना होता है, वहाँ से अछूत नहीं गुज़र सकते।...उनके साथ गुलामों वाला सलूक किया जाता है। उनसे पशुओं की तरह खेती-बाड़ी का काम लिया जाता रहा, मालिक जब चाहता, उसे दूसरे दोस्त मालिक के पास भेज देता, उन्हें तोहफ़े के तौर पर अपने दोस्तों को या मन्दिरों को दे देता, ज़मीन की भाँति उन्हें ख़रीदा-बेचा जाता रहा। भाइयो, ये जो बात आपके साथ साझी कर रहा हूँ, वह पुरानी नहीं है। इस हालत को देखते हुए स्वामी विवेकानन्द ने क़रीब 35 साल पहले (1897 ई.) में एक तकरीर में कहा था...।'' इतना कहकर बाबू मंगू राम ने फुर्ती के साथ अपनी जैकेट में से एक काग़ज़ निकाला और पढ़ना प्रारम्भ किया–

''हाँ, उन्होंने कहा था–'संसार के किसी हिस्से में ऐसा दुराचार नहीं देखा, जैसा मालाबर के इलाक़े में पराइया जाति के ग़रीब आदमी के साथ होता है वह उस जगह से नहीं गुज़र सकता, जहाँ से सवर्ण जाति के लोग गुज़रते हैं।...पर तब सब ठीक हो जाता जब निम्न जातियों वाले इंग्लिश या मुस्लिम नाम रख लें। ऐसा सोचने वाले सब पागल हैं और उनके घर पागलख़ाना है।' ''

थोड़ा-सा रुककर बाबू जी ने कहा-

''मेरा भाषण हमारे दुखों-दर्दों की सदियों पुरानी लम्बी दास्तान की तरह लम्बा हो गया, जिसके लिए मैं क्षमा चाहता हूँ। पर कहना चाहूँगा कि मेरा यह भाषण आपकी तकदीर बदलने के वास्ते है। ग़ुलामी और आज़ादी के मायने समझो, बच्चों को पढ़ाओ, ग़ुलाम क़ौमों की इसमें मुक्ति है। जो करना है, आज करना है। कल पर नहीं छोड़ना। कल भी, आज ही रहेगा...।''

पण्डाल में बैठे लोग खड़े होकर तालियाँ बजाने लगे। मंगू राम ज़िन्दाबाद और आदि-धर्म की जै के नारे आसमान में गूँजते रहे। इसी दौरान मंच को संचालित कर रहे व्यक्ति ने कहा, ''आज के इस जलसे की समाप्ति हम अपने एक कारकुन द्वारा मण्डल के लिए की गयी अनथक सेवाओं की ख़ातिर उसको सम्मानित करके करेंगे, जिसने ना दिन देखा, ना रात, हर जलसे-जुलूस को कामयाब बनाने के लिए दीवारों, दरख़्तों, पहाड़ों और पत्थरों पर दूर-दूर तक जाकर इश्तिहार लगाये। अपने सामर्थ्य के अनुसार जो लोगों को अमानवीय और तरक़्क़ी के रास्ते बन्द करने वाली वर्ण-व्यवस्था के विरुद्ध अपनी मीठी और सुरीली आवाज़ में आदि-गुरुओं की बाणी के ज़रिये प्रचार कर रहा है जिसने निडर और निर्भय होकर अपने आदि-गुरुओं के सन्देशों को हरकारा बनकर फैलाने के काम को निर्विघ्न करने का बीड़ा उठा रखा है। वह है हमारा सत्कार योग्य भाई संगतिया।''

उपस्थित जन-समूह ने फिर आसमान गुँजाऊ नारे लगाये। मैं पंजों के बल उचक-उचक कर सारा नज़ारा देखता रहा। मेरा अपना दायाँ हाथ अपने आप मुट्ठी बनकर ऊपर हवा में उठ गया।

तभी, बाबा ने मंच पर खड़े होकर लोगों के आगे हाथ जोड़ धन्यवाद किया।... और आदि-धर्म के संस्थापक और सचिव ने बाबा की जैकेट के ऊपर ऐन सीने पर आदि-धर्म का बैज लगाया जो पीतल का होने के बावजूद सोने जैसा चमकता था।...इसके साथ ही, बड़े आदर के साथ आदि-धर्म की बैल्ट और लाल पगड़ी उपहारस्वरूप प्रदान की गयी। कितनी ही देर तक तालियों की गड़गड़ाहट गूँजती रही। मेरे मन में ख़याल आया कि यदि दादी यहाँ होती तो उसके पैर ज़मीन पर न लगते। हालाँकि वह नित्य बाबा को ऊँचा-नीचा बोलती रहती है और वह इसके जवाब में बस हँसकर टाल जाता है। फिर, अकस्मात् मुझे फातिमा की याद आयी कि अगर वह ये नज़ारा देखती तो वह एक बार दोबारा कहती, ''देखा गोरे, मैं कहती थी ना कि तेरे बाबा जैसे लोग उँगलियों पर नहीं, पोरों पर गिने जाने वाले लोग होते हैं।''

यह सोचते हुए गर्व से मेरी छाती मानो चौड़ी होकर तन गयी हो। मंच की ओर अपने बाबा की तरफ़ फुर्ती के साथ बढ़ा कि उसके इर्द-गिर्द जुड़ी इतनी भीड़ को दोनों हाथों से एक तरफ़ करते हुए किसी प्रकार बाबा को बाँहों में भर लूँ।

7

छन के अन्दर से जब मैं आँगन में दाख़िल हुआ तो बाबा अपनी मौज में धीरे-धीरे गा रहा था–

छोड़ के देश दुआबा,
अंबियों को तरसेंगी... ।

बाबा ने फिर ऊँचे सुर में ये बोल तेज़ी के साथ गाने शुरू किये–

जेठ-हाड़ में आम बहुतरे, सावन जामुन पील्हां।
रांझे अगर तू आ जाये, डाल के पिटारी में कील्हां।

और दादी पास ही छोटे-मोटे काम करती, कभी इधर और कभी उधर आ-जा रही थी। शायद वह भी मद्धम सुर के जादू में सम्मोहित हो गयी थी।

मुझे देखकर बाबा ने मेरी तरफ़ मुँह कर, छप्पर के क़रीब वाले आम के पेड़ की ओर इशारा किया और कहा, ''गोरे तेरी पढ़ाई की मेहनत को भी बौर पड़ने वाला है जैसे उस आम के पेड़ को पड़ा हुआ है, और इसके अन्दर फल भी छिपा हुआ है।''

''महीना भर रह गया, और आठ-दस दिन में इम्तिहान होने हैं और 31 मार्च को नतीजा भी आना है।'' मैंने बताया।

''जो ये दिन बचे हैं, इनमें दिन-रात एक कर दे गोरे, मेरी बात समझने की कोशिश कर कि कामयाबी के शिखर पर चढ़ने के लिए कोई सीधा रास्ता नहीं होता। इसके लिए छोटी-छोटी सीढ़ियाँ चढ़नी पड़ती हैं। उछल-कूदकर आगे नहीं बढ़ा जा सकता। एक बात और पल्ले बाँध ले–खाने-पीने का ख़याल रखना, कम खाने से

बन्दे को कुछ नहीं होता, यूँ ना लालच में दादी की बनायी पिन्नियाँ और आलतू-फ़ालतू खाये जाना, तन्दुरुस्त रहना। आयी समझ?''

बाबा ने अब फिर मेरे उस्ताद पोलो राम की तरह अपनी लम्बी बातचीत के अन्तिम शब्दों पर ज़ोर देकर शारीरिक शिक्षा का नया सबक दिया।

मैंने सिर झुकाकर बाबा की हाँ में हाँ मिलाई। दादी घूमती-फिरती थोड़ा रुककर कहने लगी, ''तन्दुरुस्ती तो कुदरत की नियामत है, बूर (बौर) फग्गण (फ़रवरी) में पड़ता है जब ठण्ड कम होना शुरू होती है और चैत-बैसाख में फल बन जाता है। अगर चैत-बैसाख में कमबख़्त आँधी-तूफ़ान आ जायें तो अंबियाँ पकने से पहले ही झड़ जाती हैं।...और मैं तो अपने आँगन के 'दोनों पेड़ों' की मन्नतें माँगती रहती हूँ कि इन्हें कुछ ना हो।'' ऐसा बोलती-बोलती दादी अपने ऊपर ओढ़ी लोई को बायीं ओर से खिसका कर आँखों और मुँह पर फेरती और ढुसकती छन्न के अन्दर चली गयी।

मुझे लगा जैसे दादी को मेरे पिता और चाचा की अचानक याद आ गयी हो या फिर हम दोनों भाइयों की, क्योंकि मैं अक्सर सुनता रहता हूँ कि 'मूल से ब्याज' प्यारा होता है। मेरी माँ और दादी मेरे छोटे भाई के लगी चोट के बाद भावुक हो जाया करतीं और आँखें भर लिया करतीं, जबकि वह अब सातवीं कक्षा में होने वाला है।

यह सब देख-सुनकर बाबा और मैं खड़े-के-खड़े रह गये, हैरान-परेशान हुए। कुछ देर चुप रहे। बाबा ने माहौल में तनी ख़ामोशी को तोड़ते हुए कहा, ''गोरे, जब से तेरा बापू लापता है, तब से ही तेरी दादी रब को कोई-न-कोई गहरा ताना मार अपना चित्त हल्का करती रहती है।''

हम फिर थोड़ी देर चुप हो गये। मेरे मन में बार-बार आता कि बाबा से विस्तार के साथ बापू के बारे में पूछूँ। तभी, बाबा ने पुनः बात शुरू की, ''गोरे, सख़्त मेहनत ही बन्दे को ज़िन्दगी में कामयाबी हासिल करने के लिए हल्लाशेरी देती रहती है और फिर एक दिन वह चोटी पर चढ़ जाता है। यदि पढ़ाई की लगन तुझे इसी तरह लगी रही तो समझ ले कि तूने आसमान छू लिया।''

मैंने अन्दर-ही-अन्दर सोचा कि बाबा ने मेरा मन दूसरी तरफ़ करने या अपने ख़याल को ध्यान में रखकर मेरी ज़िम्मेदारियों के बोझ से भरी पंजाली मेरे गले में डालने को उतावला है या फिर पढ़े-लिखे व्यक्ति के तौर पर मुझे देखने का इच्छुक है। शायद इसीलिए वह मुझे माहिलपुर थाने और गढ़शंकर की तहसील में काम करते हाकिमों के हुक्मों और उन पर हुई तामील के बारे में बताता रहता है।

''तुझे अपने मन की बात बताऊँ, गोरे?'' बाबा ने मेरी ओर देखते हुए ख़ुशी में बहते हुए कहा, और बात जारी रखते हुए बोला, ''तू जितना मर्ज़ी पढ़, आला

अफ़सर बन जा, फिर हम दस का क्या, बीस नाख़ूनों की कमाइयों से आमों का बाग़ ख़रीद लेंगे या किसी ज़मींदार के नाम पर थोड़ी-बहुत ज़मीन ख़रीदकर उसमें बाग़ लगा लेंगे। माहिलपुर और गढ़शंकर तक के कंढी इलाक़े में कहीं भी ज़मीन मिल जाये, सस्ती-से-सस्ती।''

बाबा की उम्मीद भरी भविष्य की योजनाएँ सुनकर मैं अपने हौसले को बुलन्द रखने की कोशिश के तौर पर कुछ कहने ही लगा था कि बाबा ने अभी-अभी बहने लगी हवा की तरह बताना शुरू किया, ''तुझे शायद पता नहीं गोरे कि शिवालिक की सारी पहाड़ियों में आमों के दरख़्त हैं, तू ऐसा समझ कि माहिलपुर से चढ़ती दिशा की पहाड़ियों की तरफ़ को आठ मील और माहिलपुर से गढ़दीवाल क़रीब तीस मील लम्बे हिस्से में आमों के बाग़-ही-बाग़ हैं।''

''अच्छा। इतने लम्बे इलाक़े में आमों के बाग़ ही हैं?''

''और तो और, इना बाग़ों में आमों की बेशुमार क़िस्में हैं।''

''हैं...?'' मैंने हैरान होकर बाबा की ओर देखा और साथ ही इनके बारे में और जानना चाहा।

बाबा ने छन्न की दीवार के साथ खड़ी चारपाई को बिछा कर और उसकी बाही पर बैठते हुए बोला, ''ले, सुन गोरे इनके नाम–संधूरिया, शहतिया, सौंफिया, संवरी, मिश्री, लँगड़ा, छल्ली, खट्टा, खरबूजा ललेर, लैची, पंज पाप, पेड़ा, पतासा, पीला आम, काला आम...।''

बाबा मानो आमों के और नाम याद करने के लिए रुका हो। इस बीच मैंने पूछा, ''इतनी क़िस्में?''

बाबा ने माथे पर बायें हाथ की पहली उँगली रखकर दिमाग़ पर ज़ोर डाला और बताने लगा, ''और नाम याद आ गये–सरू, हरहर, रड़ा (बहेड़ा), ककड़ा, भद्दण, भदौड़िया, पत्थर, दहीं, मुरब्बा, नोनिया, किहालू...।''

बाबा द्वारा आमों की क़िस्मों के लगातार नाम गिनते देख मुझे पहली कक्षा के समय का अलफ़, बे, पे, ते, से और फिर दादी की सिखाई ऊड़ा, ऐड़ा, ईड़ी, सस्सा, हाहा की पैंतीस अक्षरी वर्णमाला मन में सहज ही सुनाई देने लगी।

''अभी तो और याद आ जायेंगे...।''

''बाबा इतने आम! ये कहाँ खपते हैं?''

''गोरे, तूने परसों देखा नहीं, जब टोकरों के टोकरे, पेटियों की पेटियाँ जैजों के स्टेशन पर लद रही थीं। यहाँ के आम ज़्यादातर अमृतसर, लाहौर और अन्य बड़े

शहरों को भेजे जाते हैं। गाँवों में बेचने के लिए कई लोग बाग़ों में से सीधे ख़रीद लाते हैं।'' बाबा ने अपनी धुन में और आगे बताते हुए कहा, ''गोरे, कुछ ही दिनों में आमों के इस बौर को फल पड़ जायेगा और मैंने बीस-पच्चीस पेड़ों का बाग़ ठेके पर ले लिया है। ध्याने से!''

''इस बार कहाँ लिया?''

''चन्देली! माहिलपुर के पास अपने गाँव से मुश्किल से दो-ढाई मील है। चन्देली-बंबेली गाँव साथ-साथ हैं।''

''चन्देली का पीता मेरे साथ पढ़ता है...बाबा, मैं तो आगे...'' मैं इतना ही बोल पाया था कि वह कहने लगा, ''गोरे देख, जब तेरे इम्तिहान की मेहनत का फल सामने आयेगा, उसके बाद ये सिलसिला शुरू होगा...और बैसाखी के इर्द-गिर्द कई बार बारिश-आँधी आ जाती है, फल झड़ जाता है, अपने गाँव वाला पाटा इन आमों की खुरजियाँ खच्चर पर लाद कर गाँव-गाँव बेचता रहता है, लोग इसका अचार डाल लिया करते हैं। वैसे भी कच्चे आमों को तोड़कर बेचते रहते हैं।''

इसी दौरान, दादी पीतल के गिलासों में चाय ले आयी जो अन्दर से कलई किये होने के कारण ऊपरी हिस्से से चाँदी की तरह चमकते थे। बाबा ने अपने मज़ाक़िया स्वभाव के अनुसार हँसकर कहा, ''बचनिए, आज तो बड़ी दयालु लगती है जो बिना अर्ज़ किये ही ठण्ड में गरमाहट का बन्दोबस्त कर लायी!''

''कोई लाज-शरम किया कर! मैंने तो सोचा था कि इतने देर से लड़के के साथ दिमाग़ खपाये जाता है, चलो चाय का घूँट पिला दूँ।''

दादी ने सिर की चादर को अच्छी तरह लपेटते हुए कहा, ''पता नहीं क्या-क्या मंसूबे बनाता-तोड़ता रहता है, पढ़ लेने दे लड़के को और चार जमातें।''

''फ़िक्र ना कर बचनिए, सारे काम करने हैं, पढ़-लिख ले, अपनी ज़मीन ख़रीदेंगे, बाग़ लगायेंगे।''

''अजन्मों के नाम ना रखे जा...पैसा ना धेला, जैजों का मेला", दादी ने तर्क दिया।

''देख बचनिए, एक बार सारा सिलसिला पूरा हो जाये, बाग़ से कमाई अच्छी-ख़ासी हो जाती है। बाग़ लगाने के बाद पाँच-छह साल पेड़ों को पानी देना पड़ता है, आठ-नौ साल के होते हैं तो फल देना शुरू कर देते हैं। बारह साल के पेड़ तो बहार ला देते हैं और तीस साल का होने के वक़्त आम बड़े-बड़े लगते हैं और फल भी ख़ूब पड़ता है। बस, कमाई-ही-कमाई! एक पेड़ मनों के हिसाब से फल देता है। और तेरे से कौन-सा कुछ छिपा है...।''

''तेरी नेक नीयत को मुरादें...यह तो बता भई लड़का कब पढ़ाई पूरी करेगा, कब नौकरी लगेगा और कब तू ज़मीन ख़रीदेगा।...कब बाग़ लगेगा और कब फल...।'' दादी ने दलील दी।

''बचनिए, मैं कहाँ बूढ़ा हो गया? अगर तू कहे तो फिर ललवाण चला जाऊँ, जहाँ चमड़े की पकाई, रंगाई और फिर इन खालों से भाँति-भाँति की चीज़ें बनती हैं। और, वहाँ अपने सगे-सम्बन्धी भी हैं और भाईचारा भी सुख से बहुत बसता है। राजस्थान से बांगड़ी हिरणों और कटाल (भैंस का बच्चा) की, गोका-माझा खालें बहुत आती हैं पहाड़ों में से और मलेरकोटला से। शेख़ और खोजे ख़रीद लाते हैं और हमारे जैसे कारीगरों की कोई कमी नहीं। चमड़े का सारा कारोबार और दारोमदार हमारे हाथ में है। बहुत माल निकलता है पटियाले, दिल्ली, बहावलपुर और दूसरी जगहों को।''

''हूँ...!'' कहकर दादी ने एक शब्द में समर्थन किया।

पलभर की ख़ामोशी के बाद बाबा की बातचीत का रुख फिर आमों के बाग़ों की ओर हो गया और चारपाई से उठता हुआ मुझे मुख़ातिब होकर कहने लगा, ''गोरे, अमीरों-ज़मींदारों के बाग़ सैकड़ों किल्लों में हैं। उनमें सेब, सन्तरे, अंगूर, अमरूद, फालसे हैं पर ज़्यादा फल देने वाले आम हैं। पता नहीं कहाँ से ऐसी नस्लें लाते हैं। जैजों, ऊना, माहिलपुर, होशियारपुर और दूसरे शहरों-क़स्बों में इनके नाशपाती, आड़ू, रसभरी, गलगल, अलूचे, दाख, मुनक्का, शादक, चकोतरा, खरबूजे, तरबूज के खेत-के-खेत हैं। जब पकते हैं, झट बेच आते हैं, जहाँ लिखा होता है–आज नकद, कल उधार।''

बाबा जैजों वाली माल गाड़ी के इंजन की भाँति लगातार रफ़्तार पकड़ बोले जा रहा था। और जानकारी प्राप्त करने की चाहत के साथ मैंने बाबा की तरफ़ देखा तो वह फिर से बोलने लगा, ''बताते हैं कि कई पेड़ डेढ़-दो सौ साल का हो जाने के बाद भी फल देते रहते हैं, पर वे ज़्यादा बढ़िया नहीं होता।''

बाबा थोड़ा रुककर और मद्धम-सी आवाज़ में, गहरी सोच में पड़ा पुनः कहने लगा, ''बचनिए, दुनिया में पुराने पेड़ों और मनुष्यों को कौन पूछता है? जिनका कोई लाभ नहीं, पर हमारे मुल्क में उन बासी, पुरानी मनगढ़न्त क़िस्से-कहानियों की बड़ी अहमियत है, हज़ारों सालों से उन्हें बरकरार रखा जा रहा है, आस्था के नाम पर जिसका ना कोई सिर, ना पैर। मुल्क की तरक़्क़ी में रोड़ा नहीं तो और क्या है ये ऊँच-नीच, छुआछूत और जात-पात। मैं तो कहता हूँ कि जैसे पुराने बाग़ों को काट

कर ख़त्मकर दिया जाता है, वैसे ही ऐसे ज़ालिमाना रीति-रिवाज़ों का बीज नाश क्यों नहीं किया जाता कि बड़ी मौज कर ली लोगों में फूट डालकर। अब तो अपनी चौधराहट के लिए बाकियों को बलि ना चढ़ाये जाओ।''

''तेरा भी ये धुन्ध के बादलों की तरह पता नहीं लगता। तेरा मन भी हवा की रौ जैसा है, जिधर को हवा बही, उधर को धुन्ध उड़ गयी, बात कोई चल रही होती है और ले किसी और तरफ़ जाता है।'' दादी ने बाबा को बीच में रोकते हुए कहा।

''वो तो है! मैं बात कर रहा था कि अपने इलाक़े के लोग दुआबे के देसी आमों के बारे में बातें करते हैं कि ये बम्बई और मालदा के आमों से अलग हैं, पर किसी भी तरह कम भी नहीं...और बचनिए, हमने कौन-सा बैठे रहना है, और कुछ नहीं तो लड़कों की जायदाद ही बन जायेगी।''

''मैंने पहले भी कहा था भई, अजन्मों के नाम नहीं रखा करते...ज़मीन के हक़-हकूक और बाग़ लगाने के दावे बाँधकर बैठा है...हद हो गयी तेरी भी।'' यह कहकर दादी चारपाई पर से उठी और चूल्हे-चौके की ओर जूठे बर्तन उठाकर चल दी।

''बचनिए, तुझे सौ बार बताया कि जैसे अमावस के बाद पूर्णिमा का चाँद निकलता है, वैसे ही हमारे लोगों के भी दिन फिरेंगे। ग़ौर से सुन मेरी बात। वो नूर महल के गाँव सिधमा मसदी के एक आदि-धर्मी, जो अपने गाँव के ज़मींदारों के साथ ऑस्ट्रेलिया चला गया था, को वहाँ पढ़ाई की क़ीमत का अहसास हुआ। उसने अपने पुत्र पुन्नू राम को पहले एक मौलवी के स्कूल गाँव चूहेकी में पढ़ने डाला। जब लड़के ने प्राइमरी स्कूल पास कर लिया तो उसको आर्य मिडल स्कूल में दाख़िल करवा दिया। जब शहर के अन्दर के हिन्दुओं को पता लगा कि ये तो अछूतों का लड़का है, तो दबाव डालकर उसका स्कूल में से नाम कटवा दिया। फिर पुन्नू राम के दादा ने अदालतों का दरवाज़ा खटखटाया और आख़िर में लाहौर हाई कोर्ट ने दाख़िले का फ़ैसला सुनाया। हमारे लिए इसी तरह स्कूलों के दरवाज़े खुले! मुझे याद है कि ये 1905 की बात बतायी जाती है।''

मुझे लगा, बाबा मानो वर्ण-धर्म पर चारों तरफ़ से हो रहे हमलों की गाथा गाने लगा हो। दादी हालाँकि अडोल खड़ी थी, पर उसके दायें हाथ पकड़े बर्तन नीचे खिसकते ज़रूर दिखे और बायाँ हाथ हल्का-सा ऊपर उठा, पर बेहरकत-सा!

''बचनिए, हमारे मंगू राम ने लड़के-लड़कियों की बेहतर पढ़ाई के लिए वज़ीफ़े, जायदाद के बराबर के हक़-हकूक, डेढ़ करोड़ एकड़ ख़ाली पड़ी ज़मीन आदि-धर्मियों को देने, बेगार को हमेशा के लिए ख़त्म करने की ख़ातिर किये जी-

तोड़ जतन और मण्डल के दबाव तले दो क़ानून पास तो हुए हैं, पर हाकिम परवाह नहीं करते। सो, अब हमने साथ के साथ मनु-स्मृति को ज़ब्त कराने की दृढ़-निश्चय कर लिया है, जिससे हमारे लोगों का जीवन, ब्राह्मणों द्वारा स्थापित नरक से भी ज़्यादा बुरी हालत में है।''

दादी ने जैसे हरुफ़-ए-तहजी (वर्णमाला) के हरफ़े-अतफ़ का इस्तेमाल करते हुए कहा, ''यही तो मैं कहती हूँ कि तुझे घर का उतना फ़िक्र नहीं, जितना इन सबका है। तुझे अब या रात को कोई रुक्का-सन्देशा आ जाये कि बाबू जी ने फलानी जगह जाना है और तू वहाँ पहुँच, फिर तो उस वक़्त तू हमारी एक नहीं सुनता और सारंगी उठाकर चल पड़ता है।...और गुरुद्वारे का भाई, जोगा सिंह पेशावर वाले की साखी सुनाया करता है कि वो चौथी लाम बीच में छोड़कर गुरु के हुक्म की तामील करने के लिए उठ पड़ा था...।''

''किसी भी क़ौम को कामयाबी उसके पैरोकार ही दिलाते हैं, वे कभी पीछे नहीं हटते, बचनिए! मेरी आज की कही बात याद रख, जैसे वो सूरज चमकने लगा है और गरमाहट महसूस हो रही है, अगर हम भी इसी तरह दिन-रात अपनी क़ौम की बेहतरी के लिए जुटे रहे तो ज़मीन-जायदाद के हक़ लेकर बाग़ भी लगायेंगे और बेगार की ग़ुलामी भी ख़त्म करायेंगे। हम किसी का हक़ मारने के हक़ में नहीं, ना ही हमारे मण्डल की लहर किसी के बरख़िलाफ़ है, हम अपने कुदरती इन्सानी हक़ों को हासिल कर के बड़ी आबादी को इन्साफ़ दिलाना चाहते हैं।''

यह बोलते-बोलते बाबा की निगाह छन्न से दूर खेत की तरफ़ गयी जहाँ हमारा डब्बू लापता हो गया था।...और पत्थर से फिसलकर मेरे छोटे भाई के सिर में गहरी चोट लगी थी और माँ को बड़ा सदमा। उसने दादी और मुझे शीघ्रता से उधर देखने के लिए हाथ का इशारा किया।

''देखा, काठ के गड्डे आगे जुते दोनों बैलों ने अपने-अपने सींगों के सहारे जूए को हल्का-सा ऊपर झटका मारकर उन्होंने अपनी गर्दनों पर टिका लिया।''

मेरे देखते-देखते कारिन्दे ने फुर्ती के साथ गाचा-बरसीन (हरे चारे) की गाँठें झुके हुए गड्डे पर लाद लीं।...फिर बैलों ने गर्दनें ऊपर उठायीं और मालिक ने जूए के दोनों तरफ़ किल्लियाँ (अरलीआं) फँसा दीं...और बैल गड्डा खींचने लगे।

''गोरे, इसे कहते हैं, तन-मन से ग़ुलामी, बेगार-मुफ़्त में काम करना, आगे से विरोध ना करना, यह हमारी क़ौम की गर्दन पर पंजाली जूआ नहीं तो और क्या है?...और फिर भी, जगह-जगह दुत्कार, गाली-गलौज, धौल-धप्पा, ज़बर-जनाह

और...हमारी क़ौम के कान में पड़ चुकी है, उसमें से लहू टपक रहा है, तब भी गड्डा खींच रहे सारे समाज के बोझ का। हमारा तो वो हाल है बचनिए–

रुख रोण उजाड़ां दे
साडा दुख सुन के
रोंदे पत्थर पहाड़ां दे।

(वृक्ष रोयें उजाड़ों के, हमारा दुख सुनकर, रोते पत्थर पहाड़ों के)

यह कहते हुए बाबा के नाक की कोंपल और मुँह लाल हो गये। बाहर को उभरी हुई कंठिका दो-तीन बार ऊपर-नीचे हुई मानो ख़ुश्क गले को तर करने की कोशिश हो रही हो। बाबा की हालत देखकर मुझे अन्दर-ही-अन्दर महसूस हुआ जैसे कोई बर्फ़ का सख़्त टुकड़ा सर्दियों में भी पिघल जाता है।

× × ×

बरसात के दौरान जब जूतियों-चप्पलों की बिक्री, कारोबार में मन्दी आ जाती है और मरम्मत का काम मन्दा पड़ जाता है तो बाबा घर के गुज़ारे के लिए आमदनी का कोई दूसरा बन्दोबस्त तलाशता। ठेके पर बाग़ ले लेता या दूसरा कोई धन्धा करता। अधिक बारिश के दौरान वह छन्न के अन्दर लगायी खड्डी पर बुनाई का काम कर लेता। वह खद्दर की खेसियाँ, चौहतियाँ, चादरें और लहरिये तौलिये बुनता जिनमें अलग-अलग नमूने डले होते। कई लोग कहते, "भाई संगतिया, तूने तो बड़े-बड़े कारीगरों को भी पीछे छोड़ दिया।"

इस बात का अहसास मुझे अब हुआ। मैंने कई बार देखा कि बाबा काग़ज़ों पर पहले पेंसिल से ख़ाके खींचता और बाद में उनके अन्दर रंग भर कर उन्हें ग़ौर से देखता रहता।...कई प्रकार के बेल-बूटे, फूल, दरख़्त, सामान ढोते, खेतों में काम करते बच्चे, बुज़ुर्ग, बूढ़ी औरतें और मर्द, पशुओं-पंछियों के चित्र उसने बनाकर सँभाल रखे होते जिन्हें वह रात के समय या फुर्सत के पलों में बनाता। एक चित्र मुझे बार-बार याद आता। मेरे पूछने पर बाबा ने समझाया था कि धरती पर कोई ऐसा जीव नहीं जो भूख पर क़ाबू पा सके। जब कीटाणुओं को खाने के लिए कुछ नहीं मिलता, तो वे एक-दूजे को ही खा जाते हैं। 'समझ गया?' कह उसने बात ख़त्म की। मुझे अच्छी तरह पता है कि कई चित्र तो उसने महीनों में तैयार किये थे।

बाबा के बनाये चित्रों में स्त्रियों के खुले घाघरे-घाघरियाँ, सलवारें, कमीज़ें, मर्दों के सिरों पर आड़े-तिरछे मुंडासे, बेतरतीब दाढ़ियाँ, खुले-डुले कमीज़-पाजामे, तंबे-धोतियाँ, बिना धोतियाँ और नंगे पाँव स्त्री-पुरुष, नंग-धड़ंग बच्चे, पट्टीदार

कच्छों में खेतों में काम करते लाखे रंग के लोग, भेड़-बकरियाँ और चरवाहे और आस-पास के प्राकृतिक दृश्यों को देख बाबा की हुनरमन्दी पर मैं बलिहारी जाता। उसने एक चित्र में अपनी छन्न, बाहर की ओर आँगन में बना चूल्हा-चौका, आम के दो जवान पेड़, शीशम, बकायनों के नीचे नाँद और भैंसें-गायें, बकरियाँ और उनके मेमने और उनमें से एक को उछलता-कूदता देख मैं सोचता कि काश! बाबा मुझे भी यह सब कुछ सिखा दे। मैं अर्ज़ करता रहता, पर वह जवाब में कहता–तेरी यह पढ़ने की उम्र है। कुछ और बड़ा हो जा, फिर इसे सीखने-सिखाने की बात करेंगे।...वह अपने ये काम बहुत कम ही किसी को दिखाता और छन्न की पहली और आख़िरी मंज़िल पर अपने ये कलाकारी काम करता रहता और घर से जाते समय उसके दरवाज़े को छोटा-सा ताला लगाकर लम्बी डोर में डाली चाबी दरवाज़े के पास ठुँकी कील पर टाँग देता।

ख़ैर, बाबा सिल्क का भी अच्छा बुनकर है और थानों के थान दिनों में ही उतार लेता और उन्हें माहिलपुर, आदमपुर, होशियापुर और जैजों में देकर आता अर्थात् जहाँ से कच्चा माल लाता, वहीं दे आता। सिल्क की तानी या थान इतने हल्के होते कि मैं अकेला ही इनकी उठाई-गिराई कर लेता। आँगन या राह में तानी तानने, पाण चढ़ाने और नलियों को बटने के काम में मेरी दादी, मेरी माँ और चाचा मदद करते। जब बाबा जैजों की दुकान पर या अपनी क़ौम का काम करने चला जाता तो दादी, माँ और चाचा खड्डी बुनते रहते, जैसे बाबा समझाकर गया होता, वैसी ही बुनाई करते। इस प्रकार ज़्यादा मेहनती स्वभाव के कारण गुज़ारा अच्छा होता रहता। हमारी बिरादरी के अधिकतर परिवार यही काम करते, पर उनके शारीरिक तौर पर दुर्बल, कमज़ोर, खाने-पीने को रिज़क का अभाव और बीमारियाँ उनका पीछा ना छोड़तीं। इलाज के लिए मामूली देसी दवाइयों तक भी पहुँच ना होने के कारण, कुदरत के करम का इन्तज़ार करते रहते। और कई अधेड़ आयु के मरीज़ अधबीच में ही अपनों का साथ छोड़ जाते। अपने मुहल्ले के हालात और हालात के बारे में अभी शायद मैं और उधेड़-बुन में पड़ा रहता, यदि दादी आकर ना बताती, ''गोरे, तेरा बाबा तड़के ही घर से चला गया था और कहता था...।''

''किधर? और क्या कहकर गया?'' मैंने उत्सुकता के साथ पूछा।

''रात को कोई बन्दा रुक्का दे गया था कि बाबू मंगू राम का जलसा है।''

''कहाँ?''

''घुंडरावां गाँव बता रहा था, ये पहाड़ की तरफ़ काँगड़े ज़िले में पड़ता है।''

''अच्छा! इतनी दूर!''

"तेरा बाबा बताता था कि पंजाब में छुआछूत और जात-पात को मानने वालों के गढ़ ज़िला काँगड़ा और होशियारपुर हैं।"

"मुझे बाबा ने बताया था कि इस बीमारी का शिकार सारा हिन्दुस्तान है।"

"वो तो है, पर ये मूर्ख राजपूत किसी ग़रीब-गुरबे आदि-धर्मी को चैन से बैठने-उठने कहाँ देते हैं।...और बताता था कि तहसील नूरपुर के गाँव घुंडरावां के आदि-धर्मियों ने बाबू जी को अपने गाँव में बुलाकर जलसा तय किया था। गाँव में और दूर-दूर के इलाक़ों में जलसे के इश्तिहार लगाये और बाँटे। पर रजवाड़े ज़मींदारों को यह बात पची नहीं कि अछूत होकर जलसा जुलूस कैसे निकाल सकते हैं। पहले तो तू तू-मैं मैं हुई कि ये सारी हरकतें राजपूतों की शान के ख़िलाफ़ हैं।"

"वह कैसे? कैसे राजपूती शान? वे अपने घर, हम अपने घर।" मैं बीच में ही बोल उठा। पर दादी अपनी रौ में बोलती गयी, "और वे आदि-धर्मियों को तंग करने लगे, छप्पड़ों (पोखरों), तालाबों से पानी भरती औरतों के घड़े तोड़ दिये, राह बन्द कर दिये। जब ये ग़रीब लोग तीन-चार मील दूर दरिया से पीने के लिए पानी लाने लगे तो उन्होंने वहाँ से भी रोक दिया। आख़िर, मजबूर होकर, रोते-पीटते वे अपनी जन्मभूमि छोड़ पठानकोट जाकर रहने लगे।"

"कहने को अपनी धरती, अपना मुल्क। सुनकर तो यह लगता है कि इन धाड़वियों, लुटेरों, सीनाज़ोरों की ही चढ़त है, मारते-कूटते हैं और रोने भी नहीं देते। बाबा कहता था कि ये विश्व जंग जैसे हालात हैं।"

दादी भरे मन से फिर बोली, "तो और क्या! जब आदि-धर्म मण्डल, जालन्धर को पता चला तो बाबू मंगू राम अपने साथ कुछ और साथियों को लेकर काँगड़े के डी.सी. से मिले। बार-बार जारी किये हुक्मों के बावजूद राजपूत उनकी हुक्म-उदूली करते रहे। फिर, बाबू मंगू राम लाहौर जाकर पंजाब के कमिश्नर (सर फ़ज़ल हुसैन) से मिले, जो अफ़सर हुक्मों की परवाह नहीं करते थे, जब उन्हें डण्डा चढ़ाया गया तो उन ग़रीबों को दुबारा लाकर घुंडरावां में बसाया गया।...ऐसे निकम्मे-नकारे लोग हैं, जात के अहंकार में डूबे, गाँवों में बहुत सारी वारदातें करते रहते हैं, मर जाणे!"

दादी को यूँ लगातार बोलते सुनकर मुझे लगा मानो उसके अन्दर बाबा बोलता हो जो बरसाती झरने की तरह उफनता-उछलता बहता रहता है। इसी दौरान मैंने दादी से पूछा, "और बाबा वहाँ चला गया?"

"नहीं, कहता था कि मुकेरियाँ वाले जलसे में जाना है। उसके बाद जलसा आदमपुर के क़रीब गाँव चोमे में है, जो तक़रीबन सारा ही आदि-धर्मियों के गाँव तल्हण (नज़दीक जालन्धर छावनी) की तरह है।"

"तो फिर दादी, हम दोनों चलें आदमपुर, भोगपुर।"

"चले चलेंगे। साथ ही, तेरे मामाओं से मिल आयेंगे। तब तक तो तेरे इम्तिहान भी ख़तम हो जायेंगे।"

मुझे चाव चढ़ गया। ननिहाल जाकर छोटे भाई और नानी से मिलने के बारे में सोचने लगा कि कौन-सी घड़ी हो, जब मेरे पक्के पेपर हो जायें और छोटे भाई गज्जण के भी। दरअसल, जब से मेरे छोटे भाई के सिर में चोट लगी है, वह कई बार ज़ोर-ज़ोर से डब्बू को आवाज़ें लगाने लगता है और गाँव के एक-दो ज़मींदारों को उनके नाम ले-लेकर अबा-तबा बोलता रहता है। कई बार तो गालियों की बौछार कर देता है। इसी बात को लेकर गाँव के एक अधेड़ राजपूत ने सारे मुहल्ले के सामने कहा था, "जन्म लेते ही शूलों के मुँह तीखे...अपने वारिस को दबकाकर रख, नहीं समझे तो हमें समझाना आता है।"

वह बोलता, डराता-धमकाता हुआ गड्डे पर बैठ बैलों के नंगे बदन पर संटी मारता आगे निकल गया। साथ में, यह भी कहता गया, "तेरी सारंगी भी तार-तार कर दूँगा जिसके माध्यम तू हमें बुरा-भला बोलता रहता है।"

बाबा को कुछ कहने का अवसर ना मिला और पूरे मुहल्ले के लोग एक-दूजे की तरफ़ देखते हुए धीरे-धीरे बात्तें करते और निराश-सा होकर अपने-अपने घरों को चले गये। नये पंगे-दंगे की सम्भावना से डरकर बाबा ने मेरे मामाओं से मिन्नत-याचना की और मेरे छोटे भाई की पढ़ाई उनके गाँव में कराने का फ़ैसला किया था। और, पता नहीं कौन-कौन-सी बातों का आपसी रंज था जिसकी वजह से हमारे परिवार और उस राजपूत ज़मींदार के साथ सदैव लड़ाई-झगड़े, खींचतान और तकरार आदि का डर बना रहता था।

8

''लोग सौ बातें करते हैं, जितने मुँह उतनी बातें, किसका-किसका मुँह पकड़ें...और तू बेफ़िक्र होकर चलता रह, कभी जालन्धर, कभी आदमपुर, भोगपुर, होशियारपुर, फिरोज़पुर, लैलपुर और लाहौर! बना फिरता क़ौम का बड़ा सेवादार, उठाये घूमता है हर वक़्त आदि-धर्म को जैसे छाती से सारंगी को।'' दादी एक ही साँस में तल्ख़ी से बाबा को मुख़ातिब होकर बोले जा रही थी। दादी की ऐसी गुस्सैल ज़बान मैंने दूसरी या तीसरी बार सुनी थी। दादा रात में रोटी-पानी के वक़्त घर में आया था और वह भी पाँच-सात दिन बाद।

''क्यों उखड़ी कुल्हाड़ी की तरह उछल-उछल पड़ती है बचनिए, तेरे ही सिर पर उड़ा फिरता हूँ।'' बाबा ने जैसे दादी की तारीफ़ करते हुए अपने बचाव का पक्ष पेश किया।

''ना, तुझे और कब अक्ल आयेगी जबकि सारा सिर सफ़ेद होने वाला है।''

''क्यों ताने मारे जाती है बचनिए...।''

''तुझे ये ताने लगते हैं! घर की तरफ़ तेरा ज़रा भी ख़याल है कि क्या हो रहा है? घर में जीव कैसे रहते हैं? दुख-सुख, क्या-क्या हम यहाँ झेलते रहते हैं! ऊपर से, घरों से थोड़ा हट कर घर है!...'' दादी बीच में टोककर बाबा पर बरसे जा रही थी।

''तू फ़िक्र ना कर बचनिए, मैं अब...!'' बाबा कच्चा-सा होकर बोला।

''आठ-दस दिन बाद अब तू घर में घुसा, आगे फिर साइयों-बधाइयों पर, और...!'' दादी का चढ़ा पारा उतर नहीं रहा था।

''देख बचनिए, पेट तो गधे भी ढेरों पर से गन्द-मन्द खाकर भर लेते हैं, पर ग़रीब-गुरबों और अपने भाईचारे के लिए कोई-कोई ही आगे आता है।''

''क्या वजूद है इनका, और तू आ गया बड़ा साहूकार जो इन सबकी गरजें पूरी कर देगा और इज़्ज़त-आबरू सब को दिला देगा!...तानियाँ तो तेरी वैसी-की-वैसी पड़ी हैं। आगे बढ़कर घूमता बड़ा सूरमा अखाड़े में, समाज को इन्साफ़ दिलाने। कौन पूछता है अछूतों को? जूती जोड़े बनाने और गाँठने को तेरे पास वक़्त नहीं, हम करें तो क्या करें?'' मुझे लगा जैसे जैजों के स्टेशन पर खड़ी मालगाड़ी के डिब्बों में से अलग-अलग क़िस्म के सामान की तरह दादी के ग़ुस्से भरे डिब्बे ख़ाली हो रहे हों।

''बचनिए, बाबू मंगू राम ने दिन-रात एक...।''

दादी ने फिर बीच में ही बात काट दी और कहने लगी, ''उसके टब्बर की कुन्नां सारी बिरादरी से ज़्यादा हैं, मुल्तान चूनी मण्डी तक रेलगाड़ियों में उनका कच्चा माल जाता है। भाइयों का चमड़े का कारोबार चूहड़पुर (देहरादून) तक फैला हुआ है...तू उनकी बराबरी करता है?...हमारा अपना टब्बर छोटे-छोटे जीव-जन्तु, छोटा पशुओं के लिए पट्ठा-चारा करे, घर के छोटे-मोटे काम करे, सौदा-पत्ता माहिलपुर से ढोये और खड्डी पर देर रात तक कपड़ा बुने, किधर-किधर हो वो?...'' दादी का मुँह रेल-इंजन की भाँति दगता-तपता लाल हो गया।

बाबा की हालत जो कुछ दिन पहले ख़ासी मज़बूत थी, बहुत पतली और असहाय हुई लग रही है। उसने हिम्मत बटोरकर कहा, ''बचनिए, घर तो तू ही चला रही थी। हर बात का बन्दोबस्त करता हूँ, बन्दों की तरह जिगरे के साथ बड़े-से-बड़े नाढू शाह (जैजों के कपूर ख़ानदान का बड़ा व्यापारी) हो या नाढू ख़ाँ (खाड़कू-लड़ाकू) के साथ माथा भिड़ाने से तू पीछे नहीं हटती, मुझे तेरे पर फखर है कि तू...।''

दादी फिर बीच में ही टोककर भड़क उठी, ''पिछले दिनों घूमता रहा पूना पैक्ट का विरोध करने, कहता–लखनऊ में मूल निवासियों ने गिरफ़्तारियाँ दीं। कहता–हाथ काटकर दे दिये, अपनी ग़ुलामी कायम रखने के लिए! कहता–दोहरी वोट के कारण एम.एल.ए. की सीटें बढ़ानी हैं, मंगू राम ने मरण-व्रत रखा हुआ है कि अगर गांधी हिन्दुओं की गिनती बढ़ाने की ख़ातिर मरण-व्रत रख सकता है और अछूतों को मिला सकता है तो हम अपनी क़ौम की बेहतरी के लिए मर-मिटने का जतन क्यों ना करें। कहता है–हिन्दू हमारे नाम पर हमारे हक़ खाये जा रहे हैं, लॉर्ड लोथियन कमेटी ने बहुत अच्छा फ़ैसला दिया था अछूतों के लिए। पर उल्टा हो गया।''

बाबा ने फिर कहा, ''बचनिए, ज़रा मेरी भी सुन ले कि...''

''तेरी क्या सुनूँ। ये पिछले दिनों का क्या हमें भूला है कि गांधी हमें 'हरिजन' बुलाता है कि तुम देवदासियों की औलाद (ब्राह्मणों और ज़मींदारों की अवैध सन्तान) हो, हम मुज़ाहरे कर रहे हैं, सरकार के कान पर जूँ नहीं रेंग रही, तब तू दस दिन बाद घर में घुसा था।...हम घर में जैसे चाहे रहें, पर पहाड़ों से आते जानवर और भी खूँखार होकर डराते रहते हैं'', दादी ने थोड़ा रुककर थूक अन्दर निगलकर, दिन की बढ़ रही धूप की गरमाहट में तपिश का अहसास कराते हुए कहने लगी, ''मुझे तेरे प्रोग्रामों का क्या नहीं पता? मैं 'आदि डंका' नहीं पढ़ती?''

दादी का ग़ुस्सा थमने को नहीं आ रहा था। पता नहीं, और कितनी देर बाबा के साथ लड़ती-झगड़ती रहती, यदि मेरा बड़ा मामा छज्जू और मामी ना आ जाते। दादी ख़ामोश हो गयी। मुझे लगा, मानो बिन बादल बारिश की बौछार हो गयी। मुझे बीच-बीच में यह भी याद आया यह वैसी ही बात हुई जैसे मेरा उस्ताद इल्मदीन वक़्त की परवाह ना करते हुए अपना सबक हमें देता रहता है और यह सिलसिला तफ़रीह (आधी छुट्टी) तक भी चला जाता है।

जब मैंने अपने मामा-मामी का चरण-स्पर्श कर लिया और दादा-दादी ने कुशल-क्षेम पूछ लिया तो मामा ने सहज ही कहा, ''भई गोरा तो ईश्वर की कृपा से सुन्दर जवान हो गया, अच्छी क़द-काठी निकाली है।''

यह सुनकर मैंने नज़रें झुका लीं और अन्दर-ही-अन्दर उत्साहित हो गया। तभी, बड़े मोह और अपनत्व के साथ मामा फिर बोले, ''किसी की नज़र ना लगे हमारे गोरे को। जी भर कर और दबाकर खाया-पिया कर, घर के कामों में हाथ बँटाया कर, आलसी नहीं बनना। और ख़ूब मन लगाकर पढ़ाकर, मेहनत ही बन्दे...।''

''अपने बाबा के साथ ही चला फिरता है, छुट्टी वाले दिन, कभी जैजों की दुकान पर, कभी होशियारपुर और कभी...।'' दादी ने बीच में ही अपनी तंज भरी बात की।

बाबा ने जवाब में कहा, ''घर से इधर-उधर जायेगा तो सौ नयी बातों का पता लगेगा कि लोग कैसे दिन-रात मजूरी करते हैं। कई चीज़ें तो यह ऐसी देख लेता है जो इसकी पढ़ाई में भी मदद कर सकती हैं।''

''सीधे नहीं कहा जाता कि गोरे के बिना चित्त नहीं लगता।'' दादी ने अपनत्व भरा निहोरा मारा।

इसी दौरान माँ ने मुझे संकेत से चौके में बुलाया। उसने गिलासों में चाय डाली और मुझे थाली में रखे पेड़े ले जाने के लिए कहा। इन्हें बाबा रात में लाया था।

मैंने थाली मामा और बाबा की चारपाई पर बीचोबीच रख दी क्योंकि मामा पैताने की ओर खिसक गया था। उसने सिर पर लपेटा परना थोड़ा ऊपर-नीचे किया और खुले-से सफ़ेद कमीज़-पाजामे को सँवारकर चाय का गिलास नीचे ज़मीन पर से उठा लिया। घूँट भरने के बाद मामा ने बात शुरू की, ''मासड़, तेरी हद दरजे की मेहनत को मैं प्रणाम करता हूँ। उस दिन तुमने क्या ग़ज़ब का 'शबद' गाया था–

बता ओ पण्डित ज्ञानी, कौन चाम से न्यारा?
चाम का ब्रह्मा, चाम का विष्णु, चाम का सगल पसारा।
चाम का अम्बर, चाम की धरती, चाम का है जग सारा।
चाम का चन्दा, चाम का सूरज, चाम का नौ-लख तारा।
चाम के योगी, चाम के भोगी, चाम का गुरु तुम्हारा।
कह रविदास सुन ओ पण्डित, चाम का नहीं गुरु तुम्हारा।''

मामा ने ज़रा दम मारकर फिर कहा, ''मासड़ जी, इससे पहले दो श्लोक भी बहुत सिफ़त वाले सुनाये जो मुझे पहले भी याद थे–

रविदास एक ही नूर ते, जिमी उपजिओ संसार।
ऊँच नीच किह बिध भए, बामण अते चमार।

... ...

बामण और चमार में, रविदास ना अन्तर जान।
सब में एक ही जोत है, सब घट एक भगवान।''

बाबा का हुंकारा सुने बग़ैर ही मामा ने और आगे कहा, ''मुझे नहीं पता, तू कब इतना वक़्त निकालकर तस्वीरें बनाता है? चोमे वाले जलसे में तेरी बनायी और आदि-धर्म मण्डल को पेश की गुरु रविदास महाराज की तस्वीर देखकर मेरा मन किया कि तेरे आगे होकर तेरे चरणों पर माथा टेकूँ। लोगों ने इतने जैकारे लगाये, ऐसा लगा, आसमान ही गूँज उठा हो। और...।''

''छज्जू, ये कुदरत की किरपा है, मेरे हाथ-वश में क्या है! तुझे बताऊँ कि गुरु रविदास महाराज की तस्वीर बाबू मंगू राम, मास्टर लाल चन्द वाल्मीकि और सेठ लभ्भू राम (सूची गाँव, जालन्धर) बनारस से लेकर आये थे, 1928 के आस-पास। मैंने उन दिनों ही गुरु महाराज जी की ओर से बख़्शे अपने हुनर के साथ अलग-अलग रंगों में गुरु जी की शोभा बढ़ाने के लिए इसको निखारा और चमकाया था। और ये जो तस्वीर मण्डल को पेश की है, ये मेरे नये ख़याल से है जिसमें गुरु जी के हाथ में या गले में कोई माला नहीं है, सन्तों-महापुरुषों की भाँति शान्त-चित्त होकर

सिंहासन पर विराजमान है, सिर के ऊपर आभा-मण्डल के तौर पर गोल सुनहरी छत्र है। उनकी दाढ़ी काली है और सिर के काले बाल पीछे की तरफ़ हैं। सफ़ेद कुर्ते के ऊपर लाल रंग की चादर है, इस लिबास में गुरु जी बहुत जँचते हैं, क्योंकि चेहरे का इलाही नूर, आँखों में शान्ति का सन्देश नज़र आता है।''

''मासड़ जी, गुरु जी के दायें कन्धे और नीचे से बायें कन्धे पर पड़ी और नीचे की ओर लटकती चादर की सिलवटें, गुरु जी का उपदेश की मुद्रा में उठाया दायाँ हाथ ऐसा भ्रम पैदा करता है, मानो कोई सचमुच में हू-ब-हू महापुरुष बैठा हो, बस जान ही नहीं हो।...और मासड़ जी, इतनी बड़ी सभा का यह नज़ारा देखकर मैं हैरान रह गया! मैं सोचने लगा कि किस तरह मैं तुम्हारे पास पहुँचूँ और हाज़िर आदि-धर्मियों को बताऊँ कि यह संगतिया मेरी सगी बहन का ससुर है। पर वह पल, वे शब्द मेरे शरीर के लहू में आज भी बार-बार घूमते लगते हैं। मुझसे रहा नहीं गया और मैंने घरवाली से कहा, चल मासड़-मासी और साथ ही बहन प्यारो को मिल आयें।''

दादी और मामी मेरी तरह बड़े ग़ौर से बाबा को और मामा को बातें करते सुनती रहीं और साथ-साथ चाय के घूँट भी भरती रही थीं। माँ, दादी और मामी की चारपाई के पास पीठ किये बैठी चाय पी रही थी।

''छज्जू, मैंने पहले भी कहा था और अब भी कहता हूँ कि यह सब गुरु महाराज की कृपा है। अपने मुँह से तारीफ़ करनी शोभा नहीं देती; फिर भी बताता हूँ कि गुरु जी ने समाज की बेहतरी के लिए जिस तरह का ज्ञान दिया, वह जीते-जी पार उतारने वाला है। उन्होंने अपनी बाणी में लिखा है–'सो कत जानै पीर पराई।। जा के अन्तरि दर्द न पायी।।' ''

मामा साथ-साथ चाय के घूँट भरता और बाक़ी जनों की तरह उसने भी पेड़े का स्वाद लिया। मामा ने साफे के छोर से मुँह साफ़ करते हुए दादी की ओर देखकर कहा, ''मासी, मासड़ के उस दिन के आदर-मान में मण्डल ने जो बातें कीं, सुनकर लोगों में जोश भर गया।''

फिर मामा ने भावुक-सा होकर और अपनी जगह से उठकर दादी और बाबा के पैरों को हाथ लगाया और कहने लगा, ''मासी, यह सारा कुछ तेरे कारण है, वह पूछ कैसे? सारे टब्बर और रिश्तेदारी-बिरादरी की सारी ज़िम्मेदारी तू सँभालती है। शादी-ग़मी के मौक़े हर जगह तू हाज़िर रहती है, क़बीलदारी का सारा बोझ तूने उठा रखा है।...तेरी तारीफ़ तो मासड़ ने चोमे के जलसे में भी की कि गुरु की मेहर और घरवाली के सहयोग के कारण ही यह सब कुछ हो रहा है।''

दादी का दिली अपनत्व उसकी आँखों के रास्ते बाबा की ओर उमड़-उमड़ पड़ता दीखता था। वह हल्का-सा मुस्करायी जिसे बाबा ने भी देख लिया। दादी ने इशारे से भर ताना मारा, "गुणी ज्ञानी तो सुख से बड़ा है, पर घर की ज़रा भी फ़िक्र नहीं।''

''मासी, ऐसे बन्दे कौन-सा रोज़ पैदा होते हैं, जो सबकी भलाई की सोचते हैं। पूरा परिवार, सगे-सम्बन्धी और रिश्तेदार तेरा जस गाते हैं कि तूने सारी ज़िम्मेदारी अपने ऊपर उठा रखी है, तभी तो मासड़ बाहर के सारे काम भुगताये जाता है। और फिर है भी बहुत फुर्तीला, तन्दुरुस्त है, किसी की अच्छी-बुरी में नहीं आता, काम से काम, ख़ुद कष्ट सहकर दूर-दूर चलकर जाता है या कभी-कभी गाड़ी-बस में, पर तुम्हारी मौजें लगा रखी हैं।'' मामा ने लगातार बाबा की प्रशंसा का पुल बाँधा।

''छज्जू काका, ध्यान से सुन, मैं तो कहता हूँ भई, बिना कोई बोझ लिए जहाँ तक हो सकता है नेकी करो, आराम भूल जाओ। एक बात यह भी कि बोझ लिए बिना काम भी पूरा नहीं होता। मेरा तजुर्बा सुन, मैं थक जाता हूँ तो आराम कर लेता हूँ, पर जब तक वह काम पूरा ना हो, मैं उसका पीछा नहीं छोड़ता। काम चाहे जूती-जोड़े का हो, चाहे काग़ज़ पर कोई तस्वीर बनानी हो, लगातार सोचता रहता हूँ। अगर इतनी मेहनत करने का ख़याल सिर में ना हो तो कामयाबी कैसे मिल सकती है।''

''चलो ख़ूब प्रशंसा-शलाघा हो गयी। तुम जीते, हम हारे, और बताओ?'' दादी ने पता नहीं ताना मारा या फिर बाबा की बड़ाई की। वह कोई और बात करती, मामा ने अपनी ओर से शायद नयी जानकारी देने की कोशिश की, ''मासी, यह बात तो माननी पड़ेगी कि सबसे पहले आदि-गुरुओं ने तो समाज की थोथी-बोदी मर्यादाओं,कर्मकाण्डों, ऊँच-नीच, जात-पात को लोहे में लगा जंग समझा। अगर लोहे को उसका जंग ना लगे तो लोहा हमेशा मज़बूत बना रहे।''

मामा ने पलभर की ख़ामोशी के बाद फिर बात शुरू की, मानो उसे कुछ याद आ गया हो, ''और यह सोलह आने सच है कि आदिगुरु रविदास, गुरु कबीर, सतगुरु नामदेव और ऋषि वाल्मीकि का प्रचार बाबू मंगू राम ने किया और कराया।''

''उसने भाई ग़ुलामी-आज़ादी को समझ लिया था और ग़रीबी-अमीरी को देखा हुआ था। जात-पात, छुआछूत का कलंक तो उसने बाल उम्र में स्कूल में पढ़ते वक़्त ही भोग लिया था।'' बाबा ने जैसे एक और विषय को अपनी बातचीत में शामिलकर लिया।

थोड़ी देर बाद, उसने लड़ी जोड़ी, शहीद भगत सिंह ने भी आज़ादी, सामाजिक और सियासी मुद्दों के कारण क़ुर्बानी दी। उसका एक मज़मून था–'अछूत का सवाल'। उसमें उसने लिखा था कि तीस करोड़ की आबादी में से छह करोड़ लोगों को अछूत कहा जाता है, उसके स्पर्श मात्र से धर्म भ्रष्ट हो जाता है, मन्दिरों में जाने से देवताओं के नाराज़ होने का डर, कुँओं से पानी भरने से उनके अपवित्र होने का डर। वह कहता–बीसवीं सदी में ऐसी बातें करते हुए शर्म आती है। भगत सिंह ने पूछा कि ऊँचे कुलों के ग़रीब लोग गन्दे नहीं रहते! माँएँ बच्चों का गन्द साफ़ करने से अछूत हो जाती हैं? सो, इन्हें गन्दे-मन्दे, नीच, अछूत ना कहो, इन्हें इन्सानी हकूक मिलने चाहिए।''

''यह मेरे से पता नहीं कैसे छूट गया। कहाँ छपा था?'' मामा ने उत्सुकता प्रकट की।

''दरअसल, भगत सिंह 'विद्रोही' नाम के अधीन लिखता था और जिस लेख की मैं बात करता हूँ, वह 'किरती' पत्रिका में 1928 में छपा था।''

''कमाल ही हो गया। इतनी छोटी उम्र का इतना समझदार और सुलझा हुआ! ऐसे इन्सानी हक़ों के पहरेदार के तो पाँव धो-धोकर पीने को दिल करता है।...और मासड़ जी, तेरे भी कि तूने अपनी याद का पन्ना फुर्ती के साथ खोल दिया मेरी ख़ातिर।'' मामा ने अचरज के साथ यह सारी जानकारी हासिल की।

''और बताऊँ? भगत सिंह ने आदि-धर्म मण्डल का ज़िक्र किया था, तुम क़ुर्बानियों भरा अपना इतिहास देखो, तुम पर इतना ज़ुल्म हो रहा है कि तुम मनुष्य श्रेणी से बहुत नीचे हो, अपनी ताक़त पहचानो और बग़ावत कर दो, इकट्ठे होकर अपनी ग़ुलामी की ज़ंजीरों को काट दो...।'' बाबा अपने आप जोश में बोलता चला गया। मामा बाबा की तरफ़ देखता रहा, मानो उसे कोई अद्भुत चीज़ मिल गयी हो, क्योंकि वह स्वयं भी चार लोगों के बीच अपने ज्ञान और समझदारी का प्रदर्शन करता रहता है। उसने 'हैं! हैं!!' बोलकर जैसे ढीली चूल का फाना ठोका हो।

बाबा ने ज़रा दम लेकर कहा, शायद उसको कुछ और याद आ गया था, ''गुरु रविदास महाराज ने तो सदियों पहले ग़ुलामी के बारे में लिखा था–

पराधीनता पाप है, जान लेहु रे मीत।।
रविदास दास पराधीन से, कौन करे है प्रीत।।

... ...

पराधीनता को दीन क्या, पराधीन बे-दीन।।
रविदास दास पराधीन को, सभ ही समझे हीन।।''

"सारी बातें आज ही करनी हैं, कोई कबीलदारी की ख़ैर-ख़बर भी ले लो, तुम्हारा क़िस्सा-कोता तो ख़त्म होता नहीं लगता!" दादी ने अपनी दलील दोहराई। मगर साथ ही मुझे डपट दिया, "तू भी अपना कुछ पढ़ लिया कर, बैठा रहता है बातें सुनने, जैसे इनका इम्तिहान देना हो। जा, चला जा, अपने बाबा के कमरे में।" फिर बाबा की तरफ़ देखकर कहने लगी, "तूने भी कुछ ज़्यादा ही लाड़-प्यार में बिगाड़ रखा हुआ है।"

बाबा छन्न के बाहर आँगन में 'खुरे' की तरफ़ धूप में चुपचाप बैठे तीन-चार कबूतरों की तरह ख़ामोश हो गया। मुझे लगा मानो वह भी कबूतर हो जो जगह-जगह पैग़ाम लेकर इधर-उधर फुर्ती के साथ जाता रहता है।

कुछ और सुनने से पहले ही मैं उठ खड़ा हुआ। बाबा ने चौकस करते हुए कहा, "गोरे, ख़याल रखना और मेरे काग़ज़ों को ना छेड़ना।"

× × ×

मैं ना चाहते हुए भी उठा और बाबा के ऊपर चौबारे वाले कमरे को चढ़ती मोटे-मोटे पायदानों वाली कच्ची सीढ़ी छलाँगें लगाता चढ़ गया और कुण्डा खोलकर अन्दर जा घुसा। मैंने बाबा की खाट पर बिखरी किताबें, हस्तलिखित काग़ज़ और एक बड़ी मोटी कॉपी देखी। उसे मैं उलट-पलटकर पढ़ने लगा। उसके पहले पन्ने पर मोटे-मोटे गुरमुखी अक्षरों में लिखा हुआ था–'रोज़नामचा! संगतिया, गाँव–छन्नां, थाणा–महिलपुर, ज़िला-होशियारपुर'। उर्दू में भी कॉपी के इस पन्ने के बीचोबीच दो पंक्तियों में शब्द ख़ूबसूरत मोतियों की मानिंद जड़े हुए थे। अगले पन्नों पर अलग-अलग जलसों, जुलूसों, मुज़ाहरों, सरकारी अफ़सरों से मिलने और उनसे हुई बातचीत के विवरण तारीख़ों सहित, ख़ुशी-ग़मी, राजपूतों और ऊँची जातियों द्वारा निम्न-हीन जातियों पर तारीख़वार ज़ुल्मों का दर्ज किया हुआ था। मेरे मन में आया कि इन सबकी नक़ल अपनी कॉपी पर उतार लूँ, उस वक़्त जब बाबा घर में नहीं होगा। कुछ रुक्के देखे जिन पर बाबा को आदि-धर्म मण्डल की बैठकों, जलसों के लिए बुलावा था। इन सभी रुक्कों पर सम्बोधित शब्द इस प्रकार थे–'मानयोग श्रीमान संगतिया जी।' पूरी-अधूरी तस्वीरें, रंगों की शीशियाँ, ब्रश, मोटे-मोटे लम्बे-चौड़े रंग-बिरंगे सलीके से रखे चार्ट, कैंचियाँ, ब्लेड, चाकू और पेन-पेंसिलें एक मेज़ पर पड़े थे। मन करता, मैं भी इनसे काग़ज़ों पर अपनी माँ, पिता, छोटे भाई, दादी और बाबा की तस्वीरें बनाऊँ, या नज़दीक के बाग़ों में बोलते और नृत्य करते मोरों, आमों-अमरूदों को ठूँगते तोतों, उड़ते पंछियों, तेज़ हवाओं और आँधियों से

झुक-झुककर दोहरे होते पेड़ों को रंगों के साथ नहीं, तो पेंसिल के साथ उकेरकर, बनाकर देखूँ। यह सब देखते, सोचते मुझे अपना ड्राइंग मास्टर रामचन्द अचानक फिर याद हो आया।

यहाँ एक थमले के सहारे बाबा की सारंगी, सफ़ेद मगर घसमैले लिबास में खड़ी थी, मानो अपने अन्दर की तान और धुन के ज़रिये झनझनाहट छेड़े जाने वाले हाथों की प्रतीक्षा में थी। जब मैंने इस सारंगी के ऊपरी हिस्से में अपने लाइनदार कच्छे के नाड़े जैसी डोरी को देखा, उसे खोला तो तुरन्त पहचान गया कि यह वही सारंगी है जिसे बाबा होशियारपुर से ठीक कराकर लाया था। यह कई बार नीचे छन्न में भी बड़ी थम्बी के पास खड़ी की जाती है, लालटेन के पास। मेरा मन किया कि मैं भी इस पर गज फेरकर कोई तान निकालूँ, पर हिम्मत ना हुई, क्योंकि आवाज़ सुनकर बाबा ने हवा की भाँति फुर्ती से ऊपर आ जाना था।

इसी दौरान रौंठी के एक कोने में गिरा एक सफ़ेद चार्ट दिखा। मैंने उठाया और देखा। इस पर बनी तस्वीर के बारे में बाबा से सुना हुआ था। मुझे याद आया कि बाबा आँगन के अन्दर पशुओं की धूल-मिट्टी पर लकीरें खींचकर कोई मूरत गज्जण को दिखा रहा था। जब तक मैं उनके पास पहुँचा तो अचानक हवा के छोटे-से चक्रवात में वह सब कुछ उड़-मिट गया। और बाबा ने बताया–यह साइकिल है। दो पहियों वाला, इसकी काठी पर बैठकर बन्दा पैडल मारकर इसे चलाता है, बड़ा तेज़ चलता है।''

पिछले दिनों भी बाबा ने मुझे कहा था, ''गोरे, थोड़ा फुर्सत में हो ले, तुझे होशियारपुर शहर के बाज़ार वकीलां में लेकर चलूँगा, विलैत से साइकिल आते हैं, अमीर बन्दों में से कोई-कोई ख़रीद लेता है। बड़ी दुनिया देखने आती है साइकिल को।''

''बाबा, मुझे भी ले दे साइकिल, मैं उस पर स्कूल जाऊँगा।'' मैंने ज़िद की।

''रब-रब कर गोरे, पूरे पाँच सौ का है ये...पहली विश्व जंग के वक़्त से पहले 45 रुपये का था और जंग के वक़्त से ये पाँच सौ का हो गया। जालन्धर रेलवे स्टेशन पर ये साइकिल बिकते हैं, वहाँ भी यही क़ीमत है।''

''तो बाबा फिर हम कब लेंगे साइकिल?''

''बेटा, मेरी पहुँच में नहीं, चादर अभी छोटी है।''

''बड़ी कर ले...।'' मैंने शीघ्रता से सहज ही कह दिया।

''और कैसे कर लूँ? दिन-रात जूतियों-चप्पलों का काम करता हूँ, आमों के बाग़ की रखवाली करता हूँ।'' बाबा कई बार कुदरत के ग़ुस्से की बात करता कहता,

"अगर आमों को पड़ गया तेला[1] तो संगतिया रह जायेगा वेहले-का-वेहला।"

"इसका कोई इलाज नहीं बाबा?" मैंने उदास-सा होकर फिर भी कह ही दिया।

"कुदरत के आगे किसका ज़ोर, यहाँ तो बन्दे का ही भरोसा नहीं, इन्होंने लोगों में फूट डालकर छुआछूत और जात-पात की बीमारी फैला रखी है चारों तरफ़, यही काबू में नहीं आ रही। कोई काले-गोरे और अपने-अपने मुल्कों का इलाक़ा बढ़ाने, दूसरे कमज़ोर देशों पर धौंस जमाने, लूट-खसोट करने पर लगा हुआ है। बन्दा अपनी जड़ें छोड़कर जाये तो जाये कहाँ?"

"तू फ़िक्र ना कर गोरे...।" बाबा ने मुझे तसल्ली दी कि तेरी इच्छा पूरी होगी–एक-न-एक दिन।

× × ×

इस बातचीत के साथ ही मुझे पिछले साल की और उससे कुछ साल पहले की मिली-जुली और अग्गड़-पिछड़ सपने जैसी याद घटना के तौर पर मेरे मन में उभरी जो मुझे बार-बार याद आती रहती है। इसके गड्ड-मड्ड होने की वजह मुझे स्वयं कोई समझ नहीं है, पर वह इस तरह था सारा क़िस्सा–

दादी अमावस-संक्रांति के दिन बहुत बार साथ के तौर पर मुझे अपने संग मील-सवा मील के फ़ासले पर पश्चिम की ओर पड़ते गाँव कुल्लियाँ ले जाया करती। वह गुरुद्वारे की छोटी इमारत के बाहर बैठी, बाणी पढ़ते पाठी के साथ-साथ ख़ुद भी मुँह से धीरे-धीरे बोलती रहती। उसने बहुत सारी बाणी रटी हुई थी जैसे मैंने स्कूल की किताबों की इबारत और कविता। वह ध्यान लगाकर कीर्तन सुनती और मुझे पालथी मारकर चुपचाप बैठने के लिए बार-बार इशारे करती। कभी-कभी मैं आहिस्ता से उठकर गुरुद्वारे के आगे बड़े से राह में छोटे-छोटे कंकड़-पत्थर दूसरे पत्थरों पर मारकर उत्साहित और ख़ुश होता। एक बार किसी का फिरनी के कच्चे राह के किनारे फेंका गया टूटा-फूटा टायर मुझे मिल गया था। मैं उसे गोल-गोल दौड़ाता कितनी ही दूर निकल गया तो दादी दुहाई देती मेरे पीछे-पीछे दौड़ी आयी थी। मैं खड़ा हो गया। उसने मेरी दायीं कनपटी पर तमाचे जड़ दिये। मैं गुरुद्वारे के बाहर पहली वाली जगह पर टिककर बैठ गया था। अरदास के समय खड़े होकर मैं भी 'साध-संगत' के साथ बोलने लगा था–

तू ठाकुर तुम पहि अरदासि।।
जीउ पिंडु सभु तेरी रासि।।

---

1. फसल को पड़ने वाला एक कीड़ा।

तुम मात पिता हम बारिक तेरे।।
तुमरी कृपा महि सूख घनेरे।।

अरदास की समाप्ति के बाद दादी ने बड़े गर्व के साथ कहा, ''गोरे, तू तो भाई से भी ज़्यादा जल्दी-जल्दी बोल गया सारी अरदास।''

दरअसल, मुझे यह ज़बानी रटी हुई थी। वह इसलिए कि माहिलपुर स्कूल में पढ़ते लड़के राह में आते हुए कई बार अपने आप यह प्रार्थना बोलते रहते थे।

और गुरुद्वारे के अन्दर प्रसाद बाँटने के समय भाई अपने साथ लाये सेवादार को पहले प्रसाद देता और वह आगे उधर से थोड़ा-सा अगले बन्दे की अँजुरी में फेंकता। दादी कड़ाह-प्रसाद को माथे से लगाती, पर मैं फुर्ती के साथ मुँह में डाल लेता। उस दिन मैं सोचता रहा कि किस घड़ी दादी यहाँ से चले और मैं टायर को तेज़-तेज़ गोल-गोल घुमाऊँ। उस हाथ भर के डण्डे से जिसको मैंने टायर के पास छिपाकर सरकण्डे के झाड़ में रखा था। उस टायर की मरम्मत बाबा ने अपनी रम्बी, आर, सूए और धागे से मेरे सामने की थी।

बिना चारदीवारी या बाड़ के गुरुद्वारे को दूर से माथा टेकने के बाद चलते समय दादी ने कहा था, ''गोरे, चल तेरी जीतो दादी के घर की ओर होकर चलते हैं।''

मैंने टायर और डण्डा उठाया और हम जीतो दादी के घर की तरफ़ चल दिये थे। आगे-आगे टायर, उसके पीछे मैं और पीछे दादी। जब आगे या पीछे से कोई गड्डा, हरनाड़ी, पशुओं का झुण्ड या भेड़-बकरियों का रेवड़ आता तो दादी मुझे एक तरफ़ हो जाने की दुहाई देती हुई ख़बरदार करती।

असल में, जीतो दादी, मेरी दादी के चाचा की बेटी है और उसका रिश्ता मेरी दादी-बाबा ने अपने रिश्ते में किया था। कहने का अर्थ यह कि बाबा ने अपनी बुआ के बेटे से उसका रिश्ता किया था। इसलिए ये दोनों ही मायके में इकट्ठी ही आतीं-जातीं। अब उन दोनों के गाँव हालाँकि पास-पास हैं, पर साल-छमाही एक-दूजे के पास रह भी लेती हैं। बड़ी आदर-सत्कार की बातें किया करतीं–

''हमारे सीरोवाल के गाँवों में पानी तो रब ने जैसे ज़मीन के ऊपर ही रखा हुआ है, बरसातों में हम बिना रस्सी के अपने कुएँ से पानी की बाल्टियाँ भर लेती हैं। जब हम ज़मीन पर पैर मार-मारकर खड़ी होती हैं, तो पानी की धारें बहने लगती हैं। ये होशियारपुर की हद जहाँ से हमारा जालन्धर शुरू होता है, भोगपुर से तीन मील से लेकर आठ मील की चौड़ाई के अन्दर के गाँवों को तभी तो सीरोवाल कहते हैं। बारीक-बारीक पानी के सोते फूटते रहते हैं। बताते हैं कि जालन्धर ज़िले के सारे इलाक़े से कहीं ज़्यादा सीरोवाल में फ़सलों का झाड़ निकलता है। इन पहाड़ियों

से पानी लुढ़ककर उधर जाता है तो गोबर की ढेर सारी खाद की तरह फ़सलों को लगता है।...और इधर कण्डी इलाक़े में बरसातों में पानी ख़ूब उछालें मारता फिरता है, पर ज़मीन बरानी, मतलब बरसात के पानी के आसरे रहती है। पीने के पानी की भी तंगी, जैसे खाडरे में दूध की होती है।''

जीतो दादी कई बार हँसकर कहती, ''भई सीधा कह कि ये ज़मीन तोकड़ भैंस जैसी है जो कभी-कभार दूध देती है।...और थोड़ा और पहाड़ियों की तरफ़ जायें तो जनानियाँ बेचारी एक क़तार में चली फिरती हैं, पीने का पानी ढोने के लिए। ये मुसलमान राजपूत और हिन्दू राजपूत ऊँटों, घोड़ियों और खच्चरों पर पीतल की गागरों और मश्कों में पानी ढोते रहते हैं।...अपना तो फिर भी अच्छा भई, इतना बड़ा कुआँ खड्ड के पास है, तो क्या हुआ अगर पानी भरने की बारी ब्राह्मणों, राजपूतों, जट्टों, नाइयों और झीरों के बाद आती है। और फिर हमारे बाद पानी के छींटें मारकर कुएँ को भी तो वे ही सुच्चा करते हैं।'' पिछलत बात कहकर जीतो दादी हाथ पर हाथ मारकर हँस पड़ती।

मेरी दादी को जैसे अचानक कुछ सूझा हो, ''हमारे सीरोवाल के गाँवों में छोटे-छोटे सोते चाहे टिब्बों-टीलों में बहते हों, चाहे दूसरी जगहों पर साफ़ पानी हम चुल्लू भर पी लेते हैं, जैसे बाटियों (बड़ी कटोरियाँ) से पीते हैं।''

गुरुद्वारे के भाई की लम्बी अकथ कथा की भाँति मेरी दादियों की 'राम कहानी' भी ख़त्म ना होती। एक कथा बीच में ही छोड़कर दूसरी के 'बचन बिलास' शुरू हो जाते।

''बचनिए, एक बात बताऊँ?'' मेरी दादी ने जैसे काफ़ी सोचने-समझने के पश्चात् दादी जीतो से कहा।

''क्या? बात।''

''गुरुद्वारे के आँगन में जट्टी बता रही थी कि...।'' कहकर दादी ने अपना बायाँ हाथ आहिस्ता से माथे पर रखा।

''क्या बताऊँ, संकोच-सा आता है।''

''बात कर कि तू भी भाई की तरह साखी वाली बुझारतें डाले जायेगी।'' दादी जीतो ने उतावली होकर कहा।

''बता रही थी भई, ये गढ़शंकर वाला जुगिन्दर सिंह रंडी हुई बहू के साथ शादी कराने वाला केस लाहौर की बड़ी अदालत में जीत गया। बताती थीं कि ब्राह्मणों और राजपूतों ने उसके ख़िलाफ़ अपील डाली हुई थी। उससे पहले वह होशियारपुर की अदालत में भी हार गये थे।...कहते हैं, जुगिन्दर सिंह ने अदालत को बताया कि

हम जट्ट शूद्र होते हैं, हमारा हिन्दू रीति-रिवाज़ों से कोई लेना-देना नहीं। बता रही थी कि बहू दूसरे गोत्र की है और ससुर किसी और गोत्र का। और धीमी आवाज़ में एक-दूसरे को बताती थीं भई वे तो कब से औरत-आदमी की तरह रहते थे, विवाह करा के। जट्टों की पंचायत ने लिख कर इजाज़त दे दी थी, विवाह कराने की।''

मैंने देखा कि दादी जीतो ध्यानपूर्वक सुनती रही और सिर में खाज करती रही। मेरी दादी का अखण्ड-प्रवाह पुनः शुरू हो गया।

''एक जट्टी ने बताया, वे तो दोनों जने लड़के के मरने के बाद ही पति-पत्नी की तरह रहते थे, विवाह ही बाद में हुआ। फिर कहती, चलो, उसकीं भी रोटी पकती हो गयी। उसकी अपनी औरत को मरे भी चार-पाँच साल हो गये हैं।''

''बचनिए, तू ज़रा मेरी...।'' दादी जीतो ने बीच में बोलने की नाकाम कोशिश की, क्योंकि मेरी दादी तो जैसे साँस भी लेना नहीं चाहती थी। वह फिर ना रुकने वाली और ना ख़त्म होने वाली कथा कहती गयी, ''जब जट्टों की पंचैत ने हाथ काट कर दे दिये थे कि हमारे भाईचारे को कोई एतराज़ नहीं तो फिर दूसरी धिर का वकील जिसको सारे पण्डित-पण्डित कहते हैं, उसकी अदालत के सामने कोई पेश ना गयी...और बता रही थीं कि हिन्दू औरतों के लिए भी कोई क़ानून थोड़े है कि रंडी होने के बाद विवाह नहीं करा सकती। ये तो यूँ भी रुकावटों के लिए बैठे हैं बामण कि आती-जाती दर्शन देती रहे।'' दादी के बोल मुँह से निकलते समय उसके इक्का-दुक्का दाँतों का ऊपरी जबड़ा अपने आप नंगा हो गया।

''बचनिए, मैंने तो सोचा था भई, तुझे दम दिलाऊँ, पर तू तो जैसे दरी बुनती-बुनती बेल-फूलों के साथ मोर-मोरनी के जोड़े की निकटती के रंग-बिरंगे धागों की बुनती ही डालने बैठ गयी हो।'' दादी जीतो ने इतना कहकर एक बार फिर हाथ पर हाथ मारकर ऊँची आवाज़ में कहा।

''बता रही थी भई, रब की किरपा से अब बेटा भी है।''

''लगातार बोलने की, लगता है, शर्त लगा के आयी है।'' दादी जीतो ने मखौल में कहा। पलभर रुककर उसने कहा, ''बहन, तुझे आज पता लगा, अब तो बेटा भी छह-सात महीने का हो गया। सच, मैं बताती हूँ, उस वक़्त कोटे में भूचाल आया था।''

''दूर क्या जाना, तेरा जेठ बताता था, भई वह बीस-बाईस सालों का था जब ये काँगड़े में भूचाल आया था, कोई तीस हज़ार बन्दा मरा था। तब प्लेग की बीमारी भी ज़ोरों पर थी।''

''किधर चल पड़ी बचनिए? इसको कहते हैं, इधर की उधर मारना...और वे दूसरा लड़का जनमने की बातें करती होंगी, अभी जट्ट शूद्र होते हैं, वे हमारे कम्मी-

कमीनों के साथ कहाँ खड़े होते हैं, उल्टा हमारी धीओं-बहनों की इज़्ज़त को हाथ डालते हैं। हमारे और उनके तो श्मशान भी साझे नहीं, वे तो ज़मीनों के मालिक हो गये और हम उनके खेतों में बेगारी, मजूरी करते हैं।'' दादी जीतो ने मेरी दादी को मानो चल रही असली बात की तरफ़ लाने की कोशिश की।

''जीतो, अगर तुझे पहले ही सब कुछ पता था जुगिन्दर सिंह के मामले का तो तूने मुझे बताया क्यों नहीं? और मैं अपनी बहूरानी को बताती-समझाती।''

''बचनिए, सच-सच बता, तू मुझे मिलने आयी है कि शूद्रों, जट्टों और ब्राह्मणों का आगा-पीछा खोदने?''

''चल छोड़ फिर, चल मेरे साथ। तेरे जेठ को बताकर आयी थी कि आज जीतो को लेकर आऊँगी।''

जीतो दादी की निगाह अकस्मात् टायर पर पड़ी, कहने लगी, ''गोरे, सैकल तो महिपालपुर, आदमपुर और भोगपुर में इक्का-दुक्का दिखता है, तूने टैर कहाँ से ले लिया?''

तब मैं अपने ध्यान में टायर को तेज़-तेज़ चलाता दौड़ता गया था। अब जबकि मैं काफ़ी बड़ा हो गया था, पर मुझे बीच-बीच में यूँ लगता जैसे मैं गज्जण से छोटा हूँ, जो छोटे बच्चों वाली हरकतें कर रहा हूँ। 'छोटा ही हूँ अभी भी' सोचकर मन की तसल्ली कर ली। पीछे दोनों दादियों की ओर उड़ती-सी नज़र डालकर और दम लेने के लिए किसी पेड़ के छाया तले रुकता। देखता कि आस-पास के खेतों को कई औरतें और मर्द झुककर कटे हुए आलुओं के बीज खेतों में दबा-दबाकर तेज़ी के साथ पीछे को हट रहे थे। कुछ मज़दूर सब्ज़ियों और दालों के इर्द-गिर्द अपने-अपने कामों में व्यस्त दिखते। कोई अकेला आदमी ही आगे-पीछे चारे की गाँठें बाँधकर गड्डे पर लाद रहा था।

दोनों दादियाँ जब मेरे साथ आ मिलीं, तब तक मैं दरख़्तों की टेढ़ी-मेढ़ी क़तार के पास पथरीली-सी ज़मीन पर से साफ़ पानी के कई चुल्लू पी चुका था, जो दो-तीन दिन पहले पड़ी बरसात का था। मेरा खद्दर का कुर्ता और लाइनों वाला कच्छा यूँ भीगा हुआ था मानो थोड़ी देर पहले ही बारिश की बौछार उन पर हुई हो।

घर के क़रीब पहुँचकर मैं और तेज़ चाल से चलने लगा था जैसे जैजों से लौटता रेल इंजन ढलान की ओर रफ़्तार पकड़ता है। मैं तेज़ी के साथ आँगन की बाड़ का किवाड़ खोलकर अन्दर जा घुसा मानो कोई बड़ी जंग जीत कर आया होऊँ और मेरे पीछे आहिस्ता-आहिस्ता चली आतीं मेरी दादियाँ!

9

गेहूँ की कटाई समाप्त होने के बाद कच्चे घर की अन्दर-बाहर की दीवारें, आँगन के चूल्हे-चौके, और ओट को मेरे बाबा और चाचा ने दो दिन लगाकर कूची से कली की। दीवारें चमक उठीं। दादी ने घर के दरवाज़े को खद्दर के पौचे और सोड़े के पानी के साथ बार-बार धोकर उस पर जमी मैल की परत को पूरा एक दिन लगाकर साफ़ किया। दरवाज़े के दोनों पल्लों पर चार-चार चौकोर खाने, उन्हें आपस में बाँटती मोटी लकड़ी की पट्टियाँ, कीलें, चौगाठ, सेरू, दरवाज़े को लगा कुण्डा, मेरे मन को आकर्षित करता, जो जंग से बचा हुआ है। बाबा इसको दो-चार महीनों बाद मिट्टी के तेल से साफ़ करता रहता है।...और दादी ने दरवाज़े में बने महराबनुमा आले, जो दो-मुँहे दीये रखने के लिए बने थे, साफ़ किये। जब कली पूरी तरह ख़त्म हो गयी तो पहले की तरह तवे की उल्टी तरफ़ की कालिख से अपने गीले हाथ रगड़कर उन्हें दीवार पर छाप दिया। मोर-मोरनी, बेल-बूटे रंगदार बनाये और सजाये जबकि इस सारे काम में दो-तीन दिन लग गये। मेरी माँ ने चूल्हे-चौके और आँगन में गोबर-मिट्टी लीपकर, उसे सँवारकर उनके रंग-रूप को एक अलग ही शान दे दी।

आँगन की बाड़ के पौधों को ख़ूबसूरती के लिए काटा-छाँटा गया। कई बड़े पौधे छाँटे-छाँगे गये। गुलाबों के पौधे फूलों से भरे हुए थे जिनकी वजह से उनकी कई टहनियाँ झुकी हुई दिखतीं। बाड़ के अन्दर कई कँटीले थोहरों पर सफ़ेद और लाल फूल, कुछ पहाड़ी पौधे, लम्बे-लम्बे, पतले-पतले तनों वाले हवा से इधर-उधर झूमते। मेरे कुरते के बटनों सरीखे उनके शिखरों पर लगे छोटे-छोटे बहुरंगी फूल महकें बिखेरने में किसी से कम न लगते।

गली-मुहल्ले और गाँव की बूढ़ी स्त्रियाँ और पुरुष आपस में घुसर-फुसर करते कि शायद विवाह की तैयारियाँ हो रही हैं। टोलियाँ बनाकर बातें करते, 'चलो, घर की बात घर में ही रह जायेगी।'

कोई कहता, "चलो, परदेदारी भी हो जायेगी।"

मेरे संग पढ़ने जाते लड़कों में से एक ने पूछ ही लिया, "गोरे, सुना है तेरे चाचा का ब्याह होने वाला है, जो छन्न इतनी चमका ली; खर से छप्पर बना ली। यार बरसात होगी तो पानी नीचे को टपक-टपककर गिरेगा।" दूसरे लड़के ताली बजाकर हँस पड़े थे।

मैंने कोई जवाब नहीं दिया था और मुझे ज़्यादा पता भी नहीं था और था भी। इसे लेकर मैंने घर के किसी सदस्य के साथ कोई बात ना की। पर अन्दर-ही-अन्दर सोचता रहा कि चलो मेरे चाचा के विवाह की बात कर रहे थे और इसमें हँसने वाली भला कौन-सी बात है? दो-चार दिन पश्चात् मन पर बोझ बनकर बैठी यह रम्ज़, आँगन के दरख़्तों पर से गिरते पत्तों की भाँति कहीं दूर चली गयी। कच्चे घर के रंग-रूप को कुछ दिन बाद तक भी आते-जाते बूढ़े स्त्री-पुरुष खड़े होकर देखते।

"भई संगतिया, घर के छप्पर बड़े बढ़िया बनाये हैं।" गाँव वाले हमारे घर जिसे हम कोठा कहते, के पास वाले हमारे पड़ोसी तारू ने एक दिन आँगन के किवाड़ के पास साफ़-सफ़ाई करते बाबा से कहा।

बाबा ने बिना बोले अपने हाथ उसकी तरफ़ बढ़ाते हुए उन पर सूखे खर से आये गहरे चीरों पर बँधी पट्टियों को दिखाया।

"चल, आठ-दस दिन और लग जायेंगे, ठीक होने पर, पर बच्चों के लिए पाँच साल के लिए सुख हो गया। और फिर, तेरे लिए तो कोई काम मुश्किल नहीं। तेरी हिम्मत हमें हौसला देती है।"

"तारू, हम सब जन जीने की ख़ातिर ये सब कुछ करते हैं, बस ज़िन्दगी हवा-पानी की तरह चलती रहे और...।" बाबा सिर के मुँडासे से सिर और मुँह पर आया पसीना पोंछते हुए आधी-अधूरी बात करते हुए गाय की खुरली (नाँद) की तरफ़ बढ़ा और हाथ से इशारा किया कि वह थोड़ा रुककर अभी आता है।

तारू बाबा ने बात जारी रखते हुए कहा, "गोरे, तेरे बाबा को रब ने बड़े हुनर बख़्शे हैं। सन और मूँज की रस्सियाँ बटकर ख़ुद चारपाइयाँ बुन लेता है, कुप्प यह बाँधता रहा, पेड़ू (दाने यानी अनाज सँभालकर रखने के लिए कोठी) बना लेता है, सर्दियों में शहतूत की पतली टहनियों से टोकरे बना लेता है और आगे तेरे चाचा को भी सारा हुनर सिखा दिया।"

"तारू और सुना, आज इधर कैसे आना हुआ।"

"भाई, मैं तो तेरी मेहनत की दाद देता हूँ।"

"जिन्हें कोई कसब नहीं आता, या जो आलसी होते हैं, वे ज़िन्दगी ढोते हैं। दूसरे के आसरे होने से तो रिज़क कमाने के लिए कोई धन्धा ज़रूरी है तारू।"

"शाबाश भाई संगतिया तेरी हिम्मत और मेहनत के...।" कहता हुआ तारू बाबा चल दिया, हालाँकि मेरा बाबा चाय-पानी पीकर जाने के लिए उसे कहता रहा।

फिर अचानक रुककर कहने लगा, "तूने चाय-पानी पूछकर अच्छा किया, पर संगतिया, बुरा ना मानना, तेरे पास तो मरने की भी फुर्सत नहीं, तू हर वक़्त चलता नहीं, दौड़ता नज़र आता है, जैसे पहाड़ में पाढ़ा (जंगली बकरा) मारने जा रहा हो या फिर तेरे पीछे कोई खूँखार जानवर दौड़ा आ रहा हो। संगतिया, मैं अन्दर-ही-अन्दर तेरे से खीझता रहता हूँ कि मैं तेरे जैसा क्यों नहीं।"

इसके साथ ही मुझे दादी के बोल याद आ गये, "इसके पैरों में बल्लियाँ बँधी हुई हैं। वह बन्दा कहीं टिककर नहीं बैठ सकता। हर वक़्त यूँ काहिली में चला फिरता है जैसे तेज़-तेज़ दौड़ता भेड़िया उसके पीछे पड़ा हो।"

...और इस बातचीत के बाद मुझे ख़ुद महसूस होने लगा कि बाबा रात को सोता भी है कि नहीं? जब कोई कहता–संगतिया, उम्र से पहले ही बूढ़ा दिखने लगा। इस पर वह जवाब देता, "अपनी ज़िन्दगी में किये कामों के साथ जीना होता है कि साल के गजों से उम्र की गिनती करते?" मुझे बाबा के कहे शब्द याद आते, जब वह पहाड़ीं नदी या खड्ड की ओर हाथ मारकर कहता, "ज़िन्दगी वो पानी के बहाव जैसी है।...अब पानी को बाँध नहीं लगना, पानी बेज़रूरत चीज़ों-वस्तुओं को अपने साथ बहा ले जाता है।"

अपने बारे में सोच-सोचकर मैं अन्दर-ही-अन्दर दलीलें बनाता-तोड़ता हूँ कि किसी तरह मैं भी बाबा जैसा फुर्तीला और सयाना-समझदार हो जाऊँ।

तभी, मेरी दादी हमारे पास आ गयी। बाबा ने अपने मन की रौ में कहा, "हमारे घर को देखने वाला अब देखता ही रह जाता है, बचनी!"

"टब्बर के लोगों ने पूरी मेहनत से लिश्काया-चमकाया है दीवारों को।" दादी ने प्रत्युत्तर में उत्साह में भरकर मानो 'हाँ' में 'हाँ' मिलायी।

"चलो, अब जब मर्ज़ी मेहमान आयें, कोई फ़िक्र नहीं।"

"पर, प्यारो तो अभी भी शशोपंज में झिझक भरी बातें करती है।"

"कोई बात नहीं, उसे और समझा-बुझा कि घर की बात घर में ही रह जायेगी।"

''मैं तो बहुत दिन-रात यही बात करती हूँ। कहती है, गोरे का बापू लापता है, कोई दूसरी ख़बर थोड़े ही मिली है, लोग आशाओं पर ज़िन्दगी गुज़ार देते हैं।"

''बात तो उसकी समझदारी वाली है, पर जवान बेटे और बहू का अब क्या करें।...दूसरा हल नज़र नहीं आता।''

दादी-बाबा की यह बातचीत मैंने तब सुनी जब मैं दो-तीन क़दम दूर बकरियों को अपने हाथों शहतूत की लम्बी टहनियों को नीचे झुकाकर उसके पत्ते खिला रहा था। वे काहिली-काहिली उन्हें चबा-चबाकर खा रही थीं। साथ ही मुझे ख़याल आया कि मेरे स्कूल के हमजोली क्यों हँस रहे थे, मेरे चाचा के विवाह को लेकर।...जब मैंने अकस्मात् दादी को देखा तो वह कह रही थी, ''ऊँट ना खावे अक्क (आक), बकरी ना चावे दक्ख'' पर अब मैं इसका अर्थ और इसके पीछे का रहस्य निकालने के योग्य हो चुका था।

जब यूँ मेरी पीठ बकरियों की तरफ़ हो गयी तो वे मेरी टाँगों पर धीरे-धीरे सींग रगड़ने लगीं। और दादी ने शायद यह प्रभाव देने की कोशिश की कि जैसे कोई बात ही ना हुई हो या सुनी हो।

पहले इस मसले को लेकर संग पढ़ते और स्कूल में इकट्ठा जाते समय लड़कों के बोल-कुबोल दिन की धूप की भाँति रातों में भी परेशान करते रहे थे। सोचता कि यदि अब किसी और ने कुछ गन्दा-मन्दा बोला तो उसके साथ भिड़ जाऊँगा, फिर झगड़ा बेशक कितना भी बढ़ जाये! मैं रातों में आँगन में चारपाई पर लेटा तारों को सरकते देखता रहता।...और अब जब से भी दादी-बाबा की वार्तालाप अपने कानों से सुनी है तो अपनी माँ का कम बोलना, चुप रहना या बीच-बीच में गुस्से की गहरी गुफ़ा में चले जाना, ये सब सोचकर मेरा मन पसीजने लगता। बादलों की ओट से निकले चाँद की तरह ख़याल फिर से चमकने लगते कि हिम्मतकरके किसी प्रकार माँ से उसके चित्त के अन्दर की बात पूछूँ कि वह किन सोचों में गुम रहती है? बापू के लापता होने की पहले की तरह अफ़सोस भरी बात भी ना होती। जिस अधेड़ राजपूत ज़मींदार ने मेरे छोटे भाई गज्जण और बाबा को 'तेरी सारंगी भी तार-तार कर दूँगा' धमकी दी थी, उसे दादी-बाबा ने कहीं दिल पर तो नहीं लगा ली? दादी पहले भी कई बार कह चुकी है, ''ये ऊँची जातों वाले भेड़िये हैं, गऊओं के भेष में।...'' और एक बार दादी ने जब कहा था, ''बहू-बेटी सबकी साझी'' तो मेरी माँ ने एकदम पूछा था, ''राजपूतों और जट्टों-ज़मींदारों के लिए भी?'' माँ ने आगे से कहा था, ''हम नहीं किसी की धी-बहनें?'' दादी कुछ नहीं बोली थी, पर वह हैरानी

भरी नज़रों से मेरी माँ की तरफ़ देखने अवश्य लगती थी, मानो वह माँ की दलील की हिमायत कर रही हो।

इसी दौरान, तोतों की एक डार तीर की तरह तिकोन बनाती सिर के ऊपर से गुज़र गयी थी।

''बहू-बेटी सबकी साझी, हमारे साथ मज़ाक़ नहीं तो और क्या है? कहते कुछ, करते कुछ हैं नाशपिटे, आग लगे इन बेशर्मों को।'' अपनी माँ को ऐसे ग़ुस्से भरे शब्द बोलते पहले अधिक ग़ौर से नहीं सुना था। पलभर चुप रहने के बाद उसने कहा, ''अगर धीएँ-बहनें सबकी साझी हैं तो हमारी बेटियों की डोली, पीढ़ी पर ले जाने के लिए क्यों मजबूर करते हैं और उनकी बेटियों की डोली हमारे बन्दे ले जाते हैं, वे भी आठ आदमी। वे राह में डोली को ज़मीन पर नहीं रख सकते, बस कन्धे बदल जाते हैं। उन्हें घी-शक्कर वाली रोटी भी सबसे पहले खिला देते हैं कि लक्कड़वाहे डोली उठाकर आये हैं। साथ में पैसे देते हैं। अपने लड़के के लिए भी ख़ासा डोला उठवाते हैं। नज़दीक के गाँव में ब्याहने जाना हो तो चार कहार, दूर के गाँव जाना हो तो आठ। पशुओं से बदतर हमारा जीवन, दोगली बातें, साझी धीयों-बहनों की बातें।'' माँ भी आज अपने दिल की बातें बिना रुके यूँ किये जा रही थी, जैसे हमारे गाँव के बाहर छोटी नदी के लगाया बाँध अचानक पहाड़ से आये तेज़ पानी से पलभर में बह गया था और उसने उफनते हुए अपना पुराना रास्ता खोज लिया था। मेरे बाबा द्वारा हड़प्पा और मोहनजोदड़ो के बारे में बताया ख़याल, एकाएक दिमाग़ में कौंधा कि हमारा मूल की ओर देखने का रास्ता मंगू राम दिखा रहा है।

बिन बादल बिजली चमकने की भाँति ख़याल आया कि बात कहाँ से शुरू हुई और किधर को चली गयी। साथ ही, मुझे मेरा चाचा याद आ गया। वह मेरे बापू से पाँच-छह साल छोटा है। गाँव के कई लोग मज़ाक़ में कहते हैं, ''बचनी ने अपने बेटे को 'बिआड़' (अधिक उम्र का अनब्याहा लड़का) रखा हुआ है, जान-बूझ कर।'' जितने मुँह उतनी बातें सुनने को मिलतीं। दादी-बाबा कहते, ''दराँती को एक तरफ़ दाँतें होते हैं और दुनिया को दोनों तरफ़। नातेदारों के इन शब्दों की दिन-रात सीने में आरी चलती है। गुलेल के निशाने की तरह फोड़े जा रहे हैं हम। जैसे ये राजपूतों के वो पहाड़ी वाले बन्दे मासूम और भोले कबूतरों को शिकार बनते हैं, मारकर खाते हैं, ताक़त बढ़ाने की ख़ातिर।''

इस तरह हमारे परिवार के लोगों के मनों के अन्दर, नित्य होती ऐसी बातों ने सघन जाल बुन लिया था। सभी इस जाल में से निकलने के उपाय कर रहे थे। लोगों का 'राम रौला' बाहर की गरम तपिश की तरह सता रहा था। इन्हीं बातों को सोचते

हुए एक दिन दोपहर को मेरा छोटा भाई दौड़ते हुए किवाड़ खोलकर आँगन में आया और ठण्डक देती छन्न में आ घुसा। पीछे-पीछे बड़ा मामा और मामी आ गये। मैंने फुर्ती के साथ गज्जण को बाँहों में भर लिया और फिर वह दौड़कर समीप खड़ी दादी के पास गया, और फिर माँ के साथ जाकर लिपट गया। संयोग से उस दिन बाबा भी घर पर ही था। वह गज्जण की आवाज़ सुनकर ऊपर 'रौंठी' से उतरकर हमारे पास आ गया।

इतने में मैं बाहरी चौके के पास रखी घरेटणी[1] के अन्दर रखे घड़े में से ठण्डे पानी के गिलास भर लाया। दादी ने हम दोनों भाइयों को ऊपर 'रौंठी' में चले जाने को कहा और साथ ही हाथ का इशारा भी। गज्जण मेरे से पहले सीढ़ी चढ़ गया।

कुछ देर बाद मैं आँगन के कोने में बने खुले खुरे की तरफ़ हाजत के लिए गया। देखा कि बाबा मेलू की घरवाली माई चिन्ती छन्न से बाहर आती कह रही थी, "तू मेहमानों की आवभगत कर बचनिए, मैं फिर किसी दिन चक्कर लगा जाऊँगी।"

माई चिन्ती चलती-फिरती सारे गाँव की ख़बर लेती और सबको नयी ख़बरें सुनाती रहती है। यहाँ तक कि आस-पास के दो-तीन गाँवों की भी ख़बर रखती। वह थोड़ा-सा कुबड़ाकर चलती। वह नाक में तोतली ज़ुबान बोलती। कभी-कभी सर्दियों या फिर अन्य दिनों में हमारे घर आती और आग तापने के बहाने चूल्हे की मिट्टी कुरेद लेती, छोटी-छोटी डलियाँ मुँह में इधर-उधर करके स्वाद लेकर मुँह के अन्दर चबाती-चूसती रहती। और फिर, आहिस्ता से हाथ झाड़कर, सिर के पल्लू से मुँह साफ़ करती। जो औरत चाय-पानी के साथ उसकी आवभगत करती, उसको वह गाँव और आस-पास की सारी गुप्त ख़बरें सुनाती। वह दाई का काम करती थी। उसे मालूम होता था कि अगले दिनों में या महीनों में किसके घर में ख़ुशी आने वाली है। किसके घर में लड़की पैदा होने पर झगड़ा हुआ या कुट-मार हुई। राजपूत स्त्रियों के कई क़िस्से वह मसाले लगाकर नस्र करती कि कौन अपने देवर-जेठ के साथ रहती है और कौन ससुर के साथ, क्योंकि बेटा तो फ़ौज में है। उसके आने से पहले हमल गिराने के लिए काढ़ा पीती हैं। कौन बाँझ है और उसने कहाँ-कहाँ मुँह काला किया है, कितने झरनों का पानी पिया है, पर पेट फिर भी ना फूला। किस आदमी की छाती में ज़ोर नहीं। यह कहकर वह हाथ पर हाथ मारकर हँस पड़ती। इन्हीं बातों के कारण गाँव में उसका दूसरा नाम 'फिरकी' पड़ा हुआ है।

---

1. मुर्गियों के छते हुए दड़बे की तरह, पर आगे से खुली जगह जिसके अन्दर रेता बिछाकर रसोरे से ढका घड़ा रखा होता है।

मुझे उसका धीमे-धीमे चलना और बेआवाज़ पैर रखना याद हो आया। वह हमारे गाँव वाले घर की सीढ़ीनुमा गली की चढ़ाई चढ़कर आया करती थी। हमारी इस छन्न के लिए ऊबड़-खाबड़ राह है और भीड़ी चढ़ाई है। वह अपने कूबड़ की परवाह किये बग़ैर हाँफती हुई दर-दर पहुँच जाती है। मुझे याद है जब उसने बिना पूछे बताया था, "राजपूत, ब्राह्मण, सुनार और सैणी स्त्रियाँ जब जनेपा और मालिश करा लेती हैं तो अपने और अपने जनेपे वाले मंजे पर पानी की छींटों से मारकर छूत मिटा लेती हैं और फिर तू कौन और मैं कौन? बीच-बीच में मुझे ख़याल आता कि जनेपे के वक़्त रब की दात लड़की हो या लड़का, सबसे पहले तो मेरे हाथों में आता है। नया और सही-सलामत जीव देख मुझे चाव चढ़ जाता है और जब वह बड़ा होता है, वही जात का ताना मारने लग जाता है।...कैसे-कैसे रोग लगे हैं बन्दे को।"

यूँ, माई चिन्ती कइयों पर लाँछन लगाती-धोती रहती है। ना मालूम उसके चित्त में क्या आया, उसने ज़रा-सा रुककर कहा था, "मैं दाई हूँ, मुझसे किसका पेट छिपा है!" वह बताने लगती, "बसती रहें राजपूतानियाँ, जो देखते ही हाँक लगाने बैठ जाती हैं–'री चिन्ती, आ जा दो पल मेरे पास दम मार ले...' दही-लस्सी के साथ मक्की की दो रोटियाँ खिला देती हैं। चलने लगती हूँ तो गुड़ या सूखी रसद, अनाज-दालों से झोली भर देती हैं। रब इनका भला करे।"

...और जब नाक में बोलती तो हमारी हँसी छूट जाती है और हम छिप-छिपकर उसके स्वाँग उतारते। कई बार वह अच्छा-बुरा बोलती नाक की सीध में चलती रहती और निगाह नीचे रखती ताकि राह-गली के ऊँचे-नीचे पत्थरों से ठोकर ना खा जाये।

माई चिन्ती को लेकर अपनी स्मृतियों को बा़र-बार इकट्ठा करने में लीन मैं आँगन वाले शीशम की छाया तले अभी खड़ा ही हुआ था कि मामा छन्न में से बाहर निकलकर उधर बढ़ा जिधर से मैं आया था। तभी, गड्डे की 'चीं-चीं' मेरे कानों में पड़ी। मैं किवाड़ की तरफ़ फुर्ती से बढ़ा। पहिये के साथ गोल-गोल घूमते अर देखकर मेरी निगाह भी उनके साथ-साथ घूमती और मन ख़ुश हो उठता। फिर मेरी नज़र गड्डे के पीछे रस्सी से बँधी ऊँटनी पर पड़ी जो ऊपर की ओर मुँह उठाये चली जा रही थी, पर उसकी नाक में नकेल थी, शायद इसलिए वह सीधी गड्डे के पीछे-पीछे चल रही थी। हमारे गाँव के कई राजपूत ज़मींदारों के पास ऊँट हैं। वे हल जोतने, रहट चलाने, ख़राश (काफ़ी बड़े पाटों वाली चक्की) चलाने, पीठ पर दोनों तरफ़ खुर्जियों में पानी से भरी मश्कें ढोने के साथ-साथ माल-असबाब खींचने-ढोने के काम में मालिक की मदद करते। और जब अचानक मेरी नज़र बैलगाड़ी के आगे जुते बैलों पर पड़ी तो उनमें से एक लाखे रंग वाले बैल के कन्न पड़ गयी थी।

उसमें से रिसता लहू देखकर मेरा दिल दहल गया। बचपन का वो दिन याद कर मेरा तन-मन कँपकँपा गया जब मैं छोटी नदी के किनारे पैर फिसलने से उसके गहरे पानी में गिर पड़ा था और मेरा तन-मन उखड़ने लगा था। मैं डर गया था। मुझे मुहल्ले के दीपे की अकस्मात् याद हो आयी जिसे खेतों में दिल का दौरा पड़ गया था और उसकी लाश चारपाई पर डालकर लायी गयी थी।

कुछ देर पश्चात् मैं बिल्कुल ठीक हो गया। बाबा के कहे शब्द मुझे मेरे कानों में सुनाई दिये, ''गोरे हमारी ज़िन्दगी भी इन पशुओं जैसी है। गर्मी, सर्दी और चौमासों में काम करो, धौल-धप्पा खाओ और गन्दा-मन्दा सुनो। ये मासूम बेज़ुबान जानवरों पर क़हर बर्दाश्त नहीं होता जब उनके कमची के आगे लगा लोहे का तीखा-मोटा सूआ चुभा कर ज़मींदार और ज़्यादा तेज़ी से काम लेना चाहते हैं।'' इसके साथ ही कई वृद्ध मर्द-औरतों के चेहरे मेरे ज़हन में उभरे जिनके पैर नंगे, नाममात्र बदन पर कपड़े, दुर्बल चेहरे, बुझी-बुझी आँखें होतीं और काम के अलावा जिनकी कोई सोच नहीं होती, कोई सपना नहीं होता, जैसे मेरा बाबा सोये हुओं को जगाने में जुटा हुआ है। बाबा का कहा एक वाक्य और याद आया, ''हम आँखों पर खोपे बँधे बैल हैं। हम वो ऊँट-बैल हैं जिनकी आँखें ढकी होती हैं।''

इसी दौरान मामा ने दूर से ही ऊँची आवाज़ में कहा, ''अभी भी बाहर ही घूमे जाता है इतनी धूप में....चल, अन्दर चल।''

तभी, परने से बँधा एक सिर बाड़ और किवाड़ के ऊपर से हमारे आँगन में झाँकने लगा। मैंने पहचान लिया कि यह तो माहिलपुर का रुलदा राम है जो टाहली गाँव के जलसे में बाबा को आगे बढ़कर मिला था। मैंने जल्दी से जाकर किवाड़ खोला। मैंने दौड़कर फ़ौरन बाबा को बताया तो वह फुर्ती से उठकर दरवाज़े की ओर लपका।

''जै गुरदेव, भाई संगतिया।''

''धन गुरदेव, रुलदा राम! आ जा अन्दर बैठते हैं।''

मैंने पानी लाकर पिलाया। नये आये मेहमान ने रुक्का निकाला। बाबा अपने मुँह में बुदबुदाता रहा, जब उसने काग़ज़ दोहरा करके कुरते की बग़ल वाली जेब में डालते हुए रुलदा राम की ओर मुँह कर पूछा, ''बता भाई, क्या खायेगा?''

''चाय पी लूँगा, दोपहर की रोटी मैं खाकर चला था।'' थोड़ी देर बैठने और छोटी-मोटी बात करने के बाद वह चला गया। बाबा उसके संग बातें करता किवाड़ तक गया। मैं भी उनके पीछे-पीछे गया।

"आदि-धर्म की इन्सान पक्षीय सोच, उस पहाड़ से माथा भिड़ाने वाली बात है, भाई संगते।" रुलदा राम ने पहाड़ की तरफ़ इशारा करते सहजता के साथ कहा।

"अगर अपने लोगों के हित, सरबत के भले की पहुँच और इन्सानियत से इश्क़-मुहब्बत बनी रही तो हम भी फरहाद की तरह इन पहाड़ियों में से मैदानी इलाक़ों में प्रेम-प्यार से भरी नहर बहा कर ही रहेंगे।"

रुलदा राम ने रुककर बाबा की ओर देखा मानो वह पूरब दिशा वाली पहाड़ियों को ग़ौर से निहार रहा हो।

"मेरा तो ईंट-पत्थर जैसा पक्का यक़ीन है कि पानी जैसी तरल चीज़ नफ़रतों के पहाड़ को भी खिसका देती है। वक़्त लगता है। रुलदा राम याद है ना जैजों वाली खड्ड को बन्दा छलाँग लगाकर पार कर लेता था और आज...। सो, वक़्त अब हमारे हक़ में है। आदि-धर्म लहर बन गयी है। सरकार, दरबार में हमारी पूछ होने लगी है। हमें बुलन्द हौसले के साथ अपने हक़-इन्साफ़ के लिए जूझना चाहिए।"

"हमें गर्व है मंगू राम पर। उसने वोट का हक़ दिला दिया। स्कूलों में बच्चों को पढ़ने और वज़ीफ़े लेने के हक़ ले दिये।...वोटें भी बस अब आयी समझो, पहली बार वोट डालेंगे। पासा पलट देंगे। अब हम तिहरी ग़ुलामी से छुटकारा पाने के लिए लामबन्द होंगे, सामाजिक बराबरी के लिए डण्डा-झण्डा उठायेंगे हिम्मत से। तू अपनी सारंगी बग़ल में लटका ले, लेकर आदि-गुरुओं का नाम, चल पड़ रुक्के की तारीख़ के मुताबिक़।" रुलदा बुलन्द हौसले के साथ बोलता चला गया। पता नहीं उसको क्या सूझा, उसने बाबा का हाथ पकड़कर कहा, "अच्छा फिर संगतिया, मैं चलता हूँ, मुझे अभी दो रुक्के और पहुँचाने हैं।"

मैंने देखा, दुबले-पतले शरीर वाले इस लाखे रंग के आदमी के आगे चलने-बढ़ने की उमंग, उसकी बातचीत की फुर्ती और तेज़ चाल में से हुलारे मारती दिखती थी। वह भी मेरे बाबा की तरह आदि-धर्म की सोच का अनथक और आठों पहर पहरा देने वाला कारिन्दा है।

इसी दौरान, भेड़-बकरियों का बड़ा रेवड़ धूल उड़ाता गुज़रा। चितकबरे छेले और रंग-बिरंगे मेमने मुझे बचपन की तरह अब भी अच्छे लगते। मन होता कि उनको फिर से बाँहों में भरकर उनके साथ खेलूँ।

छन्न की तरफ़ जाते बाबा ने कहा, "मिहरदीन के रेवड़ में से हमारे गाँव के चौधरियों ने कई बार भेड़ें-बकरियाँ चोरी कीं और यह समझता रहा कि कोई भेड़िया उठाकर ले गया। जब शाम को बाड़े में घुसते वक़्त इन्हें गिनता तो पता

चलता...इसका लड़का ख़ुद शीशम-नीम के नीचे सो जाता और रेवड़ का ख़याल ना रखता।''

''और बाबा रुक्के में क्या लिखा है?'' मैंने चलती बात बीच में टोककर पूछा।

''गोरे, तू ज़्यादा सवाल ना कराकर। अभी और बड़ा हो ले, और पढ़ाई कर ले। अगर तू मेरी बात मान ले तो मैं तेरी दादी के तानों से बचा रहूँ, नहीं तो वह सुनाती रहेगी कि आप तो आदि-धर्म की गाड़ी पर चढ़ गया, अब पोते को भी अपने साथ बिठाने की ख़ातिर डिब्बे की ज़जीर खींचता फिरता है।''

बाबा और मैं, दोनों एक साथ हँसे। उधर दादी ने हमारी इस हरकत को भाँप लिया। मेरे मामा, मामी, माँ और दादी सभी बातों में व्यस्त थे और जैसे हमारी ही प्रतीक्षा कर रहे थे। बाबा ने मुझे ऊपर रौंठी में जाने का इशारा किया और कहा, ''कल बात करेंगे।''

...और मैं फुर्ती से सीढ़ी चढ़कर रौंठी में गया और बाबा के रोज़नामचे को उठाया। उसमें महीनेवार और तारीख़वार दर्ज बाबा की व्यस्तताओं का सिलसिला देखा जो इस प्रकार था–

– जून : 11-12 जून, आदि-धर्म का सालाना जलसा। गाँव-मुगोवाल, ज़िला-होशियारपुर के आदि-धर्म स्कूल में बड़ा भारी दीवान। दिन : इतवार और सोमवार।
– 18 जून को बूटां मण्डी, जालन्धर में बजेगा आगामी चुनाव का बिगुल।
– 25 और 26 जून को दसूया और मुकेरियाँ में जलसा।

यह सब पढ़ते हुए मेरी सोच को यूँ ब्रेक लगी जैसे सैले और जैजों रेलवे स्टेशन पर गाड़ी रुकती है। मेरे मन में ख़ुशी की लहरें उठीं, जैसे हमारी छन्न के पूरब की तरफ़ वाले तालाब में हवा से ख़ूबसूरत घुमावदार बिना आवाज़ किये उठती हैं।

गज्जण अपने ध्यान में बाबा द्वारा बनायी तस्वीरों को उलट-पलटकर देख रहा था। एक तस्वीर मैंने उसके हाथ से पकड़कर देखी : पृष्ठभूमि में छोटी-छोटी, उनके पीछे बड़ी और उनके भी पीछे और ऊँची-ऊँची पहाड़ियों की चोटियाँ यूँ दिखती थीं मानो किसी आरे के बड़े-बड़े दाँते हों। इन पहाड़ियों के बीच की ख़ामोशी मुझे अपनी माँ की चुप जैसी लगती और हवा में हिलते-झूमते दरख़्त की भाँति उसकी हरकत आँगन में दिखती, पर चुप इसके बेज़ुबान होने जैसी।

मैं मन-ही-मन बहुत देर से सोच रहा था कि बाबा के पास जाऊँ। तभी, दादी ने हाँक लगायी, ''गोरे, दोनों नीचे आ जाओ।''

सभी सदस्यों को चुप देखकर मैं हैरान रह गया कि इनके पास बातों का ज़खीरा कैसे ख़त्म हो गया?...बाबा की ओर पीठ कर मूढ़े पर बैठी माँ कभी

बायें हाथ के तो कभी दायें हाथ के नाख़ून अपने आगे के दाँतों से कुतरती।...फिर उन कुतरे हुए नाख़ूनों को अपने बड़े से घूँघट में देखती। दादी की चाल में पहले से अधिक फुर्ती दिखाई दी। अब बाबा और मामा सहज-स्वभाव धीमे-धीमे बातें करने लगे।

''घर की इज़्ज़त घर में रहे। कहते हैं, दराँती को एक तरफ़ दाँते होते हैं और दुनिया को दोनों तरफ़।'' दादी के ये शब्द मेरे कानों में पड़े जब वह मेरी माँ के क़रीब से होकर छन्न से बाहर निकलने लगी।

सूरज अस्त होने को उतावला था। भेड़-बकरियों के रेबड़ घरों को लौट रहे थे। उनकी चाल, 'मैं-मैं' और मिमिआहट से लगता था मानो वे भी अँधेरे से डरते हों। उनके मज़बूत खुरों से धूल का गुबार ऊपर उठता दिखता और उनका वजूद इस गुबार में खो जाता। इसके साथ ही मुझे अपने गाँव के आस-पास के कम्मी-कमीनों की याद जबरन आ जाती, जिनकी इतनी बड़ी दुनिया में मनुष्य के तौर पर कोई पहचान नहीं, सिर्फ़ भेड़-बकरियों की तरह खाल उतरवा रहे हैं।

जब रातों में ऐसे ख़यालों की छानबीन करता तो हक़ीक़त कुछ हद तक साफ़ होती दिखती। बाबा का कहा याद आता है, ''गोरे, काफ़ी बड़ा होकर स्कूल में दाख़िल हुआ, तेरी उम्र अब इतनी कम नहीं। चीज़ों को समझने, उनको शिद्दत के साथ याद रखने और उनमें लगातार तेरी दिलचस्पी से तू बड़ी उम्र वालों के बराबर का हो गया लगता है।'' मेरे मन में अमावस की रात वाले उन तारों का ख़याल उभरता, नुक्ता एक–बाबा की हस्तलिखित चीज़ें किसी जादू की भाँति मेरी सोच-समझ में मदद करती हैं। नुक्ता दूसरा–बाबा के साथ-साथ रहते हुए हमेशा ऐसी बातें साझी होती हैं, जिन्होंने मेरे दिल-दिमाग़ में अच्छी-ख़ासी जगह घेर रखी है। तीसरा नुक्ता–यह सोच में आता है कि मुझे गुढ़ती (घुट्टी) ही सामाजिक सरोकारों की मिली हैं। दादी बेशक बाबा और अब मुझे भी, सौ बातें कहती रहती है कि तुम दोनों एक-दूसरे की ख़ुशामद करने की होड़ लगाये रखते हो, पर अन्दर से तो वह भी नित्य अपमानजनक घटित होती घटनाओं को पढ़-सुनकर परेशान और दुखी रहती है।

...और अगली सवेर मामा और मामी ने अपनी विदायगी के समय से पहले हम दोनों भाइयों का सिर सहलाकर प्यार दिया और फिर हमारी माँ को। मामा ने किवाड़ के पास पहुँचकर मेरी दादी और दादा को आख़िरी शब्द की तरह कहा, ''फ़िक्र ना करो, सब ठीक हो जायेगा; बस हमारा भाइया (बापू) महीने-बीस दिन में ठीक हो जायें।''

•

"गुरु महाराज तन्दुरुस्ती बख़्शे। विवाह-कुड़माई के तय दिन तो फ़ौजी की छुट्टी के गिनती के दिन हैं, बीतते पता ही नहीं चलता।" दादी ने जवाब में कहा।

मैंने पीछे मुड़कर देखा। माँ छन्न के दरवाज़े के पास अपने लम्बे और गोल आकार के घूँघट के दोनों सिरों को बाहर की तरफ़ फैलाकर उसके अन्दर से मानो दूर-अन्देशी के साथ देख रही थी। इसके साथ ही मुझे अचानक एक बात सूझी कि आजकल गज्जण और मुझे स्कूल की छुट्टियाँ हैं, गज्जण माँ और दादी के पास रहे और मैं बाबा के साथ चला जाऊँ। जलसे देखूँ-सुनूँ। और दसूया, मुकेरियाँ के छंभ (झील की तरह पानी-जंगल) जिनके बारे में बाबा ने मुझे बता रखा कि वह भाँति-भाँति के पंछियों और जानवरों की बड़ी पनाह है।...आँगन की शीशम की छाया तले खड़े मैंने बाबा से अचानक ही पूछ लिया, "बाबा, हमें कल वाली बात करनी थी।"

"गोरे, मुझे पता है, तू दसूया-मुकेरियाँ जाना चाहता है जहाँ के छंभों के बारे में मैंने एक बार बताया था। पर इतनी दूर...।"

"बाबा मैं माहिलपुर जाते देखता हूँ, जब 1935 में नये स्कूल में दाख़िला लिया था, तब रोपड़ से आती कच्ची सड़क पर ईंट-रोड़े पड़े थे, वो अब तारकोल वाली पक्की सड़की में बदल गयी है। तुम्हें क्या पता नहीं कि उस पर लॉरी तेज़ रफ़्तार से दौड़ती है। जैसे माहिलपुर से सैला पाँच मिनट में, वैसे ही होशियारपुर, दसूया, मुकेरियाँ को दो घण्टों में पहुँच जाती है। और फिर अब कौन-सा बरसाती नाले चढ़े हुए हैं।" मैं लम्बे तर्क देकर बाबा को मोम की तरह पिघलता देखने को उतावला था।

"बात तेरी ठीक है गोरे, पर मैं तो दीवानों-जलसों में मसरूफ़ हो जाऊँगा, और फिर ऊपर से इतनी गरमी है, लू चल रही है, मेरे पुत्त इतनी ज़िद ना कर।"

"बाबू मंगू राम, सन्त राम आज़ाद, हज़ारा राम पिपलांवाला की तकरीरें नहीं सुन पाऊँगा...और फिर छंभों, वहाँ के जानवरों-पंछियों को देखने की मेरी ख़्वाहिश...!"

"तू मन छोटा ना कर। उनके बारे में मोटा-मोटा मैं तुझे बता देता हूँ, रौंठी में चल...नक़्शे से देखकर समझाता हूँ...ये दसूया और टाँडा के बीच दलदल का इलाक़ा है। या तू ऐसा समझ कि हिम्मतपुर से शुरू होकर दो मील चौड़ी पट्टी साथ-साथ कपूरथले ज़िले को जाती है। इसके अन्दर कई छंभ हैं।"

"इतने छंभ!" मैंने पूछा।

"और नहीं तो...इधर देख, यहीं से पहले बियास दरिया बहा करता था।" बाबा ने नीचे बिछाये नक़्शे पर उँगली रखते हुए बताया, "शिवालिक की पहाड़ियों का

पानी कई बरसाती नदियों और नालों में होता हुआ बियास दरिया में जा गिरता था। इस ज़मीन पर पहाड़ी पानी दूर-दूर तक पणाह बिछा देता, टेरकीआणा से नरैणगढ़ छंभ, मूनकां वाला छंभ, जहूरा छंभ। इस बारे में कथा मशहूर है कि जनमेजय ने 'सर्प कुण्ड' तैयार कराये और उनके नाश के लिए यज्ञ कराये।'' बाबा ने स्वयं ही कहा, ''चल छोड़ इसे...आगे देख! और ये है काला बाग़ छंभ, मुकेरियाँ के पश्चिम में। इन छंभों में से लोग कई क़िस्म की मछलियाँ पकड़ते रहते हैं।'' बाबा ने नक़्शे को गोल-गोल लपेटते हुए जानकारी दी।

यह सुनते ही मुझे अपनी छन्न के पूरब में चाँदी रंगे चमचमाते तालाब के किनारे मछलियों का शिकार करने को एक टाँग पर खड़े बगुले मन-ही-मन दिखाई दिये। मैंने ख़ुशामद-सी करते हुए कहा, ''और जंगली जानवरों, पक्षियों के बारे में भी कुछ बता दो, बाबा।''

''फिर कभी बात करेंगे, अब ज़्यादा बोलने का मेरा मन नहीं गोरे।''

''तुम बूटां मण्डी ले चलना। मेरा बड़ा मन है जालन्धर देखने का।''

''इसके बारे में हम सोच लेंगे।'' बाबा के इस भरोसे के बाद मैं मन-ही-मन ख़ुश हुआ।

''तुम्हारी ज्ञान-गोष्ठी ख़त्म हुई कि नहीं अभी। आ जाओ, दोपहर हो गयी, रोटी तो खा लो।'' दादी ने हाँक-सी मारी।

''भई हरी चटनी, अचार, कढ़ी-चावल और रोटी का स्वाद आ गया, बचनिए,'' बाबा ने दादी के ख़ुश्क बोलों को भाँपते हुए मानो उबाला मारती कढ़ी पर पानी का छींटा मारा।

''ज़्यादा चिकनी-चुपड़ी बातें ना किया कर। मेहमान आकर चले गये, पर तूने कोई सलाह-मश्विरा नहीं किया कि आगे क्या करना है, कैसे करना है, कब कौन-सा काम करना है!...उठाये घूमता है हर वक़्त सारंगी, समाज का काम करता फिरता है, कभी घर के काम के बारे में भी सोच लिया कर।''

''चिन्ता ना कर बचनिए, प्यारो के भाई-भाभी ने तसल्लीबख़्श भरोसा दिलाया है। और तू ज़्यादा मन पर ना लगाया कर।'' बाबा ने पिछले कुछ समय से बढ़ाई अपनी दाढ़ी पर दोनों हाथ ऊपर से नीचे लाते और दबाते हुए कहा।

''जो मैं पूछती हूँ, उसका जवाब कब देगा?'' दादी ने बायें हाथ पर दायाँ हाथ मारकर, उँगली ऊपर उठाकर पूछा।

''मैं बाबू मंगू राम के जलसे भुगता आऊँ और तब तक प्यारो का बापू भी ठीक हो जायेगा।''

"मैं भी बाबा के साथ जाऊँगा। जालन्धर शहर भी जाऊँगा।" मैंने बीच में टोक कर, दादी की तरफ़ देखते हुए कहा। दादी ग़ुस्से में मेरी तरफ़ झपटी तो मैं पीछे हट गया। मैंने फिर याचना-सी की, "दादी, मुझे स्कूल की छुट्टियाँ हैं, जा लेने दे बूटां मण्डी...मेरा चित्त करता है आदि-गुरुओं की बाणी का शबद-कीर्तन सुनने को।"

"जाओ फिर, जो मर्ज़ी करो, कहते हैं, पुत्र-पोते ही बाप-दादा की जगह लेते आये हैं, तू तो अभी ही खानदान का नाम चमकाने को तड़प रहा है।" दादी जैसे अपने तीरों का कोई निशाना चूकने नहीं देना चाहती थी। वह मुँह में बड़बड़ाती दरवाज़े से बाहर हो गयी।

"गोरे, तू दिल थोड़ा ना कर, तेरी दादी को मना लूँगा।"

शाम के वक़्त बाबा, चाचा और मैं पशुओं की नाँद के पास आँधी से टूटकर गिरी शीशम के तने पर बैठे बातें कर रहे थे।

"माँ आज ग़ुस्से में है, पता नहीं क्यों मूड ख़राब है।" चाचा ने हमें सुना कर कहा।

"बात तो वह सोलह आने सही करती है। पर हम अपने हिसाब से सोचते हैं कि क़ौम के लिए ज़िम्मेदारी का काम भी हो जाये और घर का भी।"

"अब कौन से मंसूबे बनाये जाती है तिकड़ी?" दादी ने हमारी तरफ़ आते हुए कहा।

"इतनी गरमी में इतनी गरम क्यों हो रही है बचनिए! हौसला रख, सारे काम पूरे हो जायेंगे। तेरा तो रब पर बड़ा भरोसा है। थोड़ा-बहुत हम पर भी कर ले।" बाबा ने नरम शब्दों की बौछार की जैसे कुछ देर पहले हमने पशुओं के पास आँगन में पानी का छिड़काव किया था ताकि मिट्टी ना उड़े।

इसी दौरान, रुलदा राम आ पहुँचा। बाबा ने कहा, "सुख हो...।"

कुशलक्षेम पूछने के पश्चात् उसने रुक्का निकाला और बोलकर बताया, "बाबू जी के दसूया-मुकेरियाँ के जलसे में फेरबदल हो गया है।"

"अच्छा!"

"नये प्रोग्राम के अनुसार पिपलांवाला और बूटां मण्डी के जलसे ही होंगे। पता लगा कि बाबूजी को कहीं दूसरी मीटिंग में जाना है, शायद लखनऊ...।"

"वहाँ पिछले साल मई महीने में कई बार गये, धर्म बदलने के मामले को लेकर।" बाबा ने मस्तक पर ज़ोर डालकर याद करते हुए बताया।

"रुलदा राम, तुमने सही कहा, हिन्दुस्तान में अछूतों को दलित भी कहते हैं, हरिजन कहने का हमने बड़ा विरोध किया था। मेरे पास हिन्दुस्तान (हिन्दी दैनिक)

की कुछ कॉपियाँ हैं जिसमें धर्म-परिवर्तन मसले को लेकर छपा था। रात में अख़बारों और काग़ज़ उलट-पलटकर पढ़ता था। और बताऊँ?''

''इसमें पूछने वाली कौन-सी बात है, भाई संगतिया। ज्ञान की कोई नयी जानकारी ही मिलेगी।''

''मुझे याद है और पक्का पता था कि ये 2 मई, 24 मई, 26 मई और 14 अप्रैल, 1936 की अख़बारें हैं। 'आज' हिन्दी दैनिक की 26 मई की कॉपी भी मेरे पास सँभालकर रखी हुई है।'' बाबा ने कुरते की जेब में से काग़ज़ निकालकर पढ़ा। साथ ही ज़िक्र किया, ''मुझे बदलाव के मसले पर पहले हुईं दलित कॉन्फ्रेंसों की ब्यौरेवार बात कहीं करनी है कल।...लखनऊ से छपी हुईं ख़बरें।''

बूरी भैंस ने अपना सिर लकड़ी की नाँद में मारा तो मेरा ध्यान उधर चला गया। पशु नाँद में रखे काले नमक के दोनों डलों को चाट रहे थे।

''बाबू मंगू राम की सौगन्ध, रब झूठ ना बुलाये, आफरीन भई संगतिया तेरे, इतना कुछ सँभाल रखा है तुमने।''

''यार, ये तो कुदरती सबब बना ये काग़ज़ का पुर्ज़ा।'' बाबा ने कहा।

''अच्छा फिर इजाज़त दे भाई...चाय-पानी भी पी लिया।''

''अब तो दिन ख़ूब बड़े हैं, और फिर कौन-सा दूर जाना है। ज़रा...।''

रुलदा राम हमारे पास से उठ खड़ा हुआ। किवाड़ के बाहरी तरफ़ दो कुत्ते भौंके और फिर एक-दूसरे पर फुर्ती से झपटकर एक-दूसरे की गर्दन मुँह में डालने-खींचने लगे। इस दौरान, चाचा ने उन्हें एक ज़ोर का दबका मारा। दूसरे मुहल्ले का आया कुत्ता पिछली टाँगों में पूँछ घुसाकर दौड़ पड़ा और बीच-बीच में पीछे मुड़-मुड़कर देखते हुए आँखों से ओझल हो गया। मगर हमारे घरों की तरफ़ का कुत्ता हमारी शह पर उसके पीछे काफ़ी दूर तक गया। वह भी पीछे मुड़कर हमारी तरफ़ देख लेता। आगे उसकी भी हद पार करने की हिम्मत ना पड़ी।

''यह राजपूत चौधरियों का कालू है। इधर आवारा घूमता रहता है।'' चाचा ने हँसकर बताया।

''जीतू यह तो जग-ज़ाहिर है कि कुत्ते भी अपनी-अपनी बस्तियों और मुहल्लों में महदूद रहते हैं। दूसरे बस्ती-मुहल्ले वाले को अपनी बस्ती में घुसने नहीं देते।''

''अच्छा हुआ हमारे मुहल्ले के कुत्ते उधर नहीं गये, नहीं चौधरी लोग लाठियाँ निकाल लेते कि तुम्हारे कुत्ते...।'' चाचा ने कहा।

"बाबू मंगू राम बताया करते हैं, भई, मद्रास की तरफ़ तो कुत्तों पर सख़्त पाबन्दी है। अछूतों की बस्तियों की तरफ़ दीवारें खड़ी कर रखी हैं ताकि कुत्ते इधर-उधर ना जा सकें।...फिर भी, जानवर हैं, दीवार फाँद कर एक-दूसरे की तरफ़ रात-दिन घूमते रहते हैं...हद हो गयी! कुत्तों को कोई कैसे रोके?" बाबा ने बात को विस्तार दिया।

"हैं! यक़ीन नहीं होता।" रुलदा राम ने अचरज प्रकट किया।

"और सुनो फिर, रावलपिंडी इलाक़े की, वहाँ के बड़े गाँवों में मुसलमान अपने आपको राजाओं से कम नहीं समझते। कई जगह तो मुहल्लों का नाम ही 'राजा मुहल्ला' है।"

"वह कैसे?" रुलदा राम फिर बाबा की आँखों में आँखें डालकर बोला।

"तगड़ी ज़मींदारी, अच्छा नौकरी-पेशा। पूरा दबदबा क्योंकि वे नम्बरदार, ज़ैलदार भी ख़ुद ही हैं। जो हिन्दू या खत्री सिक्ख दुकानदारी करते हैं, एक तरह से उनके रहम पर हैं। मंगू राम की सौगन्ध यदि मैं झूठ बोलूँ, अगर राजा मुहल्ले का कोई कुत्ता बाज़ार में आ घुसता है तो ये दुकानदार उठकर खड़े हो जाते हैं कि पीछे-पीछे राजा तो नहीं आ रहा, जबकि उस मुहल्ले का बन्दा बहुत बार आता भी नहीं था।" बाबा ने तब्सिरा किया।

"ये तो गज़ब कही भाई, पर किसी गाँव का नाम तो बता।" मैं भी जाता रहता हूँ लाहौर से आगे।"

"रावलपिंडी ज़िले के बड़े गाँव धमियाल के बाज़ार में जूती-चप्पल रेलगाड़ी से देने जाता रहा हूँ, बड़े ग्राहक थे मेरे वहाँ के दुकानदार। मैं इस व्यवहार का चश्मदीद गवाह हूँ, रुलदा राम।"

"वाहेगुरु-वाहेगुरु...!"

"इसका मतलब कि कई जगहों पर कुत्तों का हमारे वाला हाल है...और कई जगह कुत्तों का चौधरियों वाला रुतबा।"

"यही तो समझ से परे है हमारा सामाजिक ढाँचा, रुलदा राम।"

तभी, रुलदा राम किवाड़ से बाहर हो गया।

मैंने पूरब की ओर देखा। चाँद पहाड़ियों में से निकल आया था। शायद पूर्णिमा वाले दिन थे। रात में जब मैं लालटेन की रोशनी में पढ़ता तो मेरी आँखों के आगे ऐसे कुत्ता-नज़ारे आ जाते। अपनी ननिहाल वाले गाँव में जट्टों के बड़े और खुले घरों के आँगनों में कुत्ते आम तौर पर ही घूमते दिखाई देते और चूल्हे के पास भी।... फिर, पता नहीं कब मुझे नींद आ जाती।

10

"...और फिर सारी बात तय हो गयी चादर डलवाने की बचनिये?" दादी जीतो ने एक दिन शाम के वक़्त हमारे घर आकर चाय-पानी पीने के बाद बात शुरू की।

"अभी दिन तय नहीं हुआ, वैसे सारी बात पक्की हो गयी है। प्यारो को उसके भाई-भाभी ने समझा दिया था कि ज़्यादा ज़िद ना करे।"

"अच्छा!...और फिर?"

"फिर कहने लगी, कोई बुरी ख़बर थोड़े मिली है अभी...।"

"बात तो बहन उसकी भी सही है।"

"हमारा चित्त भी पूछो बहन...हम भी तो छाती पर पत्थर रख कर चले फिरते हैं।" दादी ने आँखों के कोये ओढ़नी के पल्लू से पोंछते हुए कहा।

"दिन कब का तय हुआ, कुछ बताया?"

"कुछ दिन रुकना पड़ेगा, प्यारो के बापू की तबीयत ठीक नहीं।"

"चलो, बरसातों से पहले-पहले काम निपटा लो।"

"जीतो, तुझे बिना बताये थोड़े ही करेंगे चादरअन्दाजी का कारज?"

"और तुझे रस्मों का तो पता ही होगा कि सब कुछ कैसे करते हैं। मैंने यह रस्म कभी होती हुई नहीं देखी।" दादी ने पूछा।

"मैंने अपनी आँखों से देखी है ये रस्म।" दादी जीतो ने बड़े भरोसे के साथ बताया।

"उस दिन तुझे यहीं होना है, फिर भी मोटा-मोटा बता दे, क्या-क्या करना होता है।" दादी ने ऐसे लहजे में कहा मानो वह आगे का पता लगाकर चिन्तामुक्त होना चाहती हो।

"बहन, हमारे रिवाज़ हिन्दू-सिक्खों से नहीं मिलते।"

"इतना तो मुझे भी पता है कि ब्राह्मणों-राजपूतों की जनानी राँड़ हो जाये तो किसी दूजे संग नहीं बैठती, चाहे कम उम्र की हो, सारी उम्र रंडेपा काटती है, सिर पर सफ़ेद दुपट्टा ले के।" दादी ने आँखें बन्द कीं और दोनों हाथ जोड़कर माथे से लगाते हुए बताया।

"वैसे चाहे सौ पत्तनों का पानी पीती फिरें...बड़े झरने फूटते हैं जैसवालों की पहाड़ी धार में मण्डी तक।" दादी जीतो ने सुनी-सुनाई को हँसकर आगे बढ़ाया।

"बताते हैं भई, पहले ऐसी राँड़ औरतों को आदमी की लाश के साथ ही चिता में धक्का दे देते थे और बाद में कहते थे–सती हो गयी...बता, किसका चित्त करता है मरने को?" दादी जीतो ने सिर से नीचे खिसक आये पल्ले को अच्छी तरह टिकाते हुए थोड़ा-सा खाँसकर थूक को अन्दर उतारते हुए कहा, "सती-सवित्तरी हो ज़ाती है ऐसे? इतना क़हर होता रहा औरतों पर, बचनिये। अगर बाबा नानक औरतों के ख़िलाफ़ होते ज़ुल्मों की आवाज़ ना उठाता तो अत्याचार कहाँ कम होने थे। अब सिक्ख अन्दर घुसकर जनानी को जो मरज़ी कहते रहें, पर सामने थोड़े ना कुछ कहते हैं।"

"हाँ, ये तो वैसे ही है जैसे जट्ट और खत्री गुरुद्वारे के अन्दर गुरुओं की महिमा, जस करते रहते हैं, जात-पात के ख़िलाफ़ गुरबाणी के बखान करते हैं और हमें गुरु ग्रन्थ को माथा नहीं टेकने देते। जैसे इन्होंने गुरु ग्रन्थ को भी अपनी ज़मीन की तरह अपने नाम करा रखा हो।" दादी ने खँखारकर थूक का लौदा अन्दर सटकते हुए कहा, "मंगू राम ठीक कहता है भई कि माँ-बाप का फ़र्ज़ है, वो जवान विधवा बेटी को अपने घर में ना रखें, बल्कि उसे जल्दी से ब्याह दें। विधवा बेटी को घर में बिठाना अपयश कराना है। वह तो बार-बार कहता है–बेटियों और बेटों का बराबर का हक है जायदाद पर।"

"और ये ऊपर वालीं आग लगी फिर भी नहीं बोलतीं...कहती हैं, पति परमेश्वर है।" जीतो दादी ने कहा।

"और परमेश्वर क्या ज़ुल्म करने को होता है? वो तो मेहरबान है, सभी का भला करने वाला।"

"ये 'पति-परमेश्वर', ये मर्द आख़िर है तो औरत का पूत। और कहीं ये आसमान से टपका है?" जीतो दादी ने ऊँची आवाज़ में कहा।

"कोई कहता है, फलांने 'परमेश्वर' का बाप नहीं, कुँआरी को बालक हो गया।" दादी जीतो हँसी, फिर बोली, "शुक्र है, कहीं मुझे परमेश्वर नहीं पैदा हुआ, नहीं तो मैं भी परमेश्वर की माँ बन जाती, पर ब्याह नहीं होना था।"

पलभर की ख़ामोशी के बाद उसने कहा, "कथा बाँचने वाले बहुत कुछ बताते हैं। कहते हैं, जनौर उड़ता जाता था और उसकी एक बूँद सीधी फलानी के मुँह में गिरी और उसको गर्भ ठहर गया।" इतना कहकर जीतो दादी ख़ुद ही हँस पड़ी।

"बहन, हमें बच्चे कैसे जन्मे, हमें पता है, कुदरत से बाहर कुछ नहीं...झूठ, दम्भ या पाखण्ड की कोई हद थोड़े होती है!"

"ये नाँद पर बँधी गायों, भैंसों और बकरी की तरफ़ निगाह डाल...गलियों में कुत्ते-बिल्ले नित्य देखते हैं, सारे जीव-जन्तुओं की बढ़ोतरी कुदरत करती है। बताते हैं भई, धरती पर जनानियों-मर्दों की आबादी आधी-आधी है, ऐसे ही पशुओं-पंछियों और दूसरे जीव-जन्तुओं की। ये पत्थरों में से भगवान खोजते लोगों की बुद्धि पता नहीं क्यों पत्थरों जैसी हो गयी है।" दादी जीतो ने अकथ-कथा को जारी रखते हुए कहा।

"जीतो, अब तू बाक़ी की बातें छोड़ और चादर डालने वाली सारी रस्म समझा मुझे।"

"और मैं बात करती थी कि सिक्खों वाला भी हमारा रिवाज़ नहीं। जट्ट सिक्ख और खत्री भाईचारे के लोग बारात ले जाकर भी विवाह कर लेते हैं, फेरे करते हैं, डोली या डोला लाते हैं जैसे कुँआरे लड़कियों-लड़कों का होता है।" जीतो दादी ने दम मारकर अपना प्रवाह बाहर बहती गरम हवा की तरह जारी रखते हुए कहा, "खत्रियों-भापों की तो बात ही छोड़ दे, वे तो बट्टा-सट्टा (आदान-प्रदान) कर लेते हैं।"

"क्या! बट्टा-सट्टा?"

"तो और क्या नहीं...बहन अपनी धी, भाई के बेटे को ब्याह देती है और...। कई बार तो मुझे लगता है कि इनका यह रिवाज़ मुसलमानों वाला है।"

"ऐसा रिवाज़ कहते हैं, मद्रास की तरफ़ है। मंगू राम बताया करते हैं, वहाँ यह रिवाज़ अपने भाईचारों में भी है।...वह यह सब कुछ मनीला से हिन्दुस्तान के सूबों में से होकर पंजाब आते समय देखते आये थे।" दादी ने सुनी-सुनाई बतायी।

"बेशक बच्चे भी हों?"

"इनका हिसाब न्यारा ही है। वैसे कई तो घर की इज़्ज़त घर में रखते हुए रिश्तेदारों की हाज़िरी में चादरअन्दाज़ी कर लेते हैं। बताते हैं, चादर डालने की रस्म

गुरुओं के वक़्त भी थी। उन्होंने बड़ा समझाया कि गृहस्थ इज़्ज़त का निशान है, विधवा होने की सूरत में औरत को मर्द के बग़ैर अकेली रहने की सज़ा नहीं मिलनी चाहिए। जन्मना, मरना तो कुदरत का उसूल है।" दादी ने जीतो दादी को रोककर कहा, "तू हमारी बात कर।"

"और हमारे कौन-सा ब्राह्मण से दिन निकलवा कर दिन और वक़्त तय करते हैं। बीच में कोई बिचौला तो होता नहीं कि शगन-व्यवहार करने को कहे। आपस में बैठ कर सलाह-मश्विरा कर रस्म पूरी कर लेते हैं।"

"नये कपड़े बहू को पहले पहनाने होते हैं कि बाद में?"

"देख, ना पीढ़ा-पटरा कूदना, ना फेरे और ना सिंधूर डालना होता है क्यों कि बहू विधवा होती है। जब चादर डालने की रस्म हो जाये, फिर वह रंड़ापे वाले निशान हटा देती है। सफ़ेद दुपट्टा उतार कर नये कपड़े पहनती है, सुर्खी-बिन्दी लगाती है, पूरी सज-धज कर बैठती है।" फिर जीतो दादी ने जैसे याद करते हुए कहा, "चादर, लड़के वालों की होती है, चाहे हरी, लाल या किसी भी रंग की हो।"

"बस इतना कि और भी कुछ करना होता है?" दादी ने यूँ पूछा जैसे चाहती हो कि वह कोई चीज़ भूल ना जाये।

"रुपया-रुपया तो लड़के-बहू के हाथ रखना ही होता है। ये निशानी होती है भई कि सारे बन्दोबस्त हो गये हैं। मुँह मीठा भी कराना होता है...और सच, लड़के-बहू की रजामन्दी अपनी भाईचारे में रिश्तेदारों के मोतबर बन्दों की हाज़िरी में पूछी जाती है, बेशक सब कुछ दोनों परिवारों ने तय किया होता है।"

"और फिर?"

"जब लड़का-बहू सबके सामने हाँ कर देते हैं तो बहू का बाप और लड़के का बाप खड़े हो जाते हैं। फिर उन दोनों के सिरों पर चादर फैलाकर डाल देते हैं कि आगे परिवार फले-फूले। साथ ही, दोनों जनों के सिर आपस में जोड़ देते हैं। इसको कहते हैं, चादर डालने की रस्म।" दादी जीतो ने एक माहिर बन्दे के तौर पर बताया, "भापों-खत्रियों में इस रस्म को 'करेवा' कहते हैं, यू.पी.-सी.पी. में 'कराओ' या 'चादर-ओढ़ना'।"

"अच्छा! तुझे इतना कुछ कैसे पता जीतो?"

"हमारे गाँव वाली ब्राह्मण औरतें बहुत कुछ बताती रहती हैं, जब मालिशें कराती हैं। कसम रब की बहन, एक ने तो एक दिन यह भी कह दिया, 'तुम्हारे बन्दों में बड़ा ज़ोर होता है, हमारे तो बस फुस्स...' पूछ ना तू...और मैं अपने ध्यान उसका पेट मलती रही और धरन निकालने की कोशिश करती रही चुपचाप।"

“अच्छा! म्लूका और काबल, तभी उनके घर और राजपूतों के घर लकड़ियाँ फाड़ने गये रहते हैं वक़्त-बेवक़्त, कुल्हाड़े और आरे उठाये।” दादी ने ताईद करते हुए फाना ठोंक कर ज्यों मन-ही-मन अपनी जानकारी के साथ तसल्ली महसूस की।

जीतो दादी ने जैसे दम मार लिया हो। फिर कहने लगी, “तभी तो कहती हूँ–ब्राह्मणी के पूत, कोई जिन्न, कोई भूत।” थोड़ी देर बाद उसे पता नहीं क्या सूझा, बोली, “और किसलिए किसी के पोतड़े टटोलने, बन्दा निन्दा-चुगली से पापों का भागी बनता है। और सच में बहन, मैंने अपने गाँव में चादर डालने की रस्म होती देखी हुई है, जब ताये बंते ने भुल्ली पर चादर डाली थी।...तुझे यहाँ ब्याह कर आयी को तीन-चार बरस हो गये थे।” जीतो दादी लगातार बोलती गयी जैसे छन्न के अन्दर आकर उसने पानी का बड़ा गिलास एक ही साँस में पी लिया था।

ज़रा रुककर उसने कहा, “और बताऊँ?...ताये बंते को लड़के पूछते थे कि तेरी भी मुंज कूटी यानी फेरों के वक़्त तेरी सालियों ने भी तेरी पीठ पर मुक्के मारे थे किसी साली ने? और पता है, आगे से ताये ने हँस-हँसकर क्या कहा था? कहता–मुझे मुंज कूटी-कटाई मिल गयी, ना फेरे, ना जूती छिपाई, ना डोला आया, ना मुकलावा (गौना) लाये, घर का काम घर में ही बन गया। और तो और लड़का मिल गया पला-पलाया। ये बातें करते और हँसते ताया के मुँह से थूक की बूँदें निकलती रहीं–ना तम्बू, ना कनातें, ना खट और ना ही किसी ने कहा कि रब ने जोड़-मेल करा दिया या फिर, जिसने लड़की दे दी, पीछे क्या रख लिया।”

“वाह रे ताया।” कहकर दादी ज़ोर से हँस दी।

जीतो दादी ने थोड़ा और विस्तार दिया, “ये भी बताती हूँ भई कि दो जनों का एक ही चादर में गुज़ारा हो गया, चाचा गंडू ने कहा था।”

दादी ने हँसते हुए माथे पर बायाँ हाथ रखा। पर जीतो दादी ने अपने मज़मून का दुहराना जारी रखा जैसे हमारा मास्टर इल्मदीन हमें सबक याद कराता है।

“रिश्तेदारी-भाईचारे को, बहू की ओर से आये मेहमानों को रोटी-पानी खिलाना पड़ता है, मुझे तो बस इतना भर याद है बहन...।” जीतो दादी ने अपनी वार्ता को जैसे अन्तिम स्पर्श दिया हो।

इसी दौरान बाबा खँखारता हुआ अन्दर आ गया। ख़ामोशी ने माहौल पर जैसे चादरअन्दाज़ी कर ली। मैं जल्दी से उठा और बाबा के लिए घड़े में से ठण्डे पानी का कड़े वाला गिलास भर लाया जिसमें वह दूध पिया करता।

“गोरे, तुझे तो मैंने पढ़ने के लिए कहा था।” दादी ने पूछा।

"उधर ओट में चटाई बिछाकर पढ़ता था।" मैंने बड़ी विनम्रता भरे लहजे में बताया।

"पढ़ता था कि सोया हुआ था? ज़रा भी हलचल नहीं हुई।" दादी ने फिर पूछा, पर तभी बाबा ने दाढ़ी पर हाथ फेरते हुए पूछा, "जीतो, क्या ज्ञान-गोष्ठी चल रही थी?"

"बहन ने जो पूछा, मैंने बता दिया, जितना मुझे पता था।"

"और यह भी बता दिया कि मनु महाराज के बनाये क़ायदे-क़ानून हमारे समाज में नहीं चलते। और जब हिन्दू हमारे बीच से नहीं और हम उनके बीच से नहीं तो फिर झगड़ा कैसा? हमारे कोई कोई परिवार ब्राह्मण से पूछे बग़ैर कोई काम नहीं करते और बदले में उनके घर जाकर बालण के लिए लड़कियाँ चीरते हैं, कभी पशुओं को चारा-पानी डालते हैं, बेगार का जूआ इन्होंने अपने गले में डाल रखा है।"

"आते ही तबसरा शुरू! ज़रा साँस तो ले ले, हर वक़्त...।" दादी ने हल्की-सी तल्ख़ी वाली सलाह दी जिसमें से चुप रहने की हिदायत ज़्यादा उभरी।

"औरतों का भी हमारे वाला ही हिसाब है। ज़ोरावर का सात बीसे सौ...औरत मरी को चार महीने नहीं बीतने देते, दूसरी ले आते हैं, यहाँ ना मिले तो यूपी-सीपी से कुदेसण मोल ले आते हैं, मानो औरत गाय-बकरी हो।"

बाबा ने गिलास का बाक़ी बचा पानी पीने के बाद फिर कहा, "मैं पहले भी कहा करता था कि हमारा मुल्क बेगाने हाथों में पड़ा हुआ है जहाँ मर के भी मुक्ति नहीं मिलती, हमें ज़िन्दों को इन निठल्लों, ख़ाली बैठकर खाने वालों से छुटकारा नहीं मिलता, कहते–मरने के बाद मुक्ति मिलेगी। इनका मनघडन्त नरक तो जीते-जी यहाँ भोग रहे हैं।"

"पानी पी-पीकर इन्हें कोसने लगा रहा कर। अपनी सोचों के घोड़े पर उछल कर सवार ना हुआ कर, राजपूत चौधरियों की तरह। कभी कबीलदारी के बारे में भी सोच लिया कर।" दादी ने फिर बाबा के बड़बोले होने को लेकर शिकायत की जिसकी गवाह जीतो दादी और थोड़ा-थोड़ा मैं था।

ख़ैर, घर के किसी प्राणी के कहने से पहले ही उठकर मैं बाहर चला गया। बाँका बकरियों वाला अपने रेवड़ के पीछे-पीछे बायें कन्धे पर लम्बी लाठी रखे अपनी रौ में गाता चला जा रहा था–

कूंजे पहाड़ दीये
कदी पा वतनां वल फेरा...

यह सुनता-सुनता मैं जस-का-तस खड़ा हो गया और उसने नया गीत शुरू कर लिया–

बन्तो बण बकरी
बाँका बणदा तूत दा मोछा।

पतले, लम्बे और अधेड़ और घसमैले कपड़े पहने बाँके के बराबर-बराबर दो कुत्ते बड़ी होशियारी के साथ अपनी गर्दनों को घुमा आगा-पीछा और आस-पास देखते चले जा रहे थे। उनकी लटकती जीभों में से लारें गिर रही थीं। और बाँके की आवाज़ हवा में मिलकर मद्धम-मद्धम सुनाई दी जैसे धूल के गुबार में गुम हुआ उसका रेवड़।

× × ×

...और सप्ताह भर बीत जाने के बाद भी मेरे दिमाग़ में से बूटां मण्डी में सड़ाँध मारता और हवा के रुख के अनुसार दूर-दूर तक दुर्गन्ध फैलाता उस पोखर ना निकला जिसके बारे में सोचकर मुझे अपना दम घुटता महसूस होता। सोचता कि वहाँ बसते लोग कैसे रहते होंगे? यह नरक नहीं तो और क्या है? जब बूटां मण्डी की कुन्नें, बाँसों-बल्लियों पर बनाये टँगनों पर लटकती खालें, उनके अन्दर भरी कीकर की छाल और छोटा-मोटा बहुत कुछ, उनमें से चुआता नसवारी रंग का पानी देख-देखकर मुझे घिन्न आती। सुनी हुई बेशुमार बातें याद आतीं।

शेखों और खोजियों का चमड़े के कारोबार पर पूरा क़ब्ज़ा था, वे हैदराबाद दक्खिन और आगरा-अवध तक माल बरामद करते हैं, लाहौर-अमृतसर और कलकत्ते को चमड़े की बनायी बढ़िया वस्तुओं के साथ साथ जूतियाँ बरामद करते हैं। और बाबा का बताया और आँखों देखा मुझे याद आया कि गढ़शंकर तहसील में पड़ने वाले अनन्दपुर में चमड़े के बक्से, शृंगार केस बनते हैं। इन कामों में कई नेपाली भी लगे हुए हैं। चमड़े की रंगाई चमार, चरसां, कूप्पां या तेल ढोने वाले बर्तन और जूते वहाँ बनाते हैं, ललवाण और पोसी गाँवों में यह व्यवसाय लगभग आख़िरी साँसों पर है। यह ख़याल भी मन में उभरता कि मुसलमान मोचियों को 'सिराज' कहते हैं जिसने मेरे ज्ञान में नया इज़ाफ़ा किया था।

इन सोचों का काफ़िला ना ख़तम होने वाला महसूस हो रहा था कि अचानक बाबा जैजों की दुकान से दो-तीन दिन बाद घर आया। पानी पीने के उपरान्त उसने पूछा, "कैसे रहा बूटां मण्डी का फेरा?"

मेरी ख़ामोशी को ताड़ते हुए बाबा ने आदतन दाढ़ी पर हाथ फेरते हुए आँखों के इशारे से फिर पूछा।

"मेरी आँखों और नाक में से बूटां मण्डी के पोखर और कुन्नां वाली खालें और खालों की लगती बोली (निलामी) वाली मण्डी की बदबू अभी नहीं निकली।"

बाबा खुल कर हँसा। दादी ने हमारी इस हरकत को देख लिया। बाबा ने कहा, "गोरे, सुन फिर बूटां मण्डी के बदबू की बात...गाँव की लड़की बूटां मण्डी में ब्याही गयी और...।"

"हूँ...।"

"वो अपने नाक पर दुपट्टा बार-बार रखती और सास से कहती, तुम सफ़ाई नहीं रखते, हर जगह से बू आती है।" बाबा मुस्कराकर बताता गया।

"फिर...?"

"फिर क्या?...वो दो-ढाई महीने खालों-गूँठों को रोज़ाना दो-तीन बार माँजा मार मारकर साफ़ करती रही।"

"अच्छा! फिर तो..."

बाबा ने बीच में टोकते हुए कहा, "वो नयी ब्याही लड़की जोश में भरकर बताती घूमे कि देखो, मैं इतनी साफ़-सफ़ाई की है तब जाकर कहीं ये बू आनी हटी है।"

"हैं...अ!"

"हैं...क्या? उसे लगता था कि ये सब कुछ मेरी साफ़-सफ़ाई से ही हुआ है। पर वह बेचारी क्या जाने कि वह तो बू की आदी हो गयी थी।" बाबा दलील भरा अपना बयान देकर हाथ पर हाथ मारकर हँसा। साथ ही उसकी थूक के बारीक बारीक कण हवा में मिल गये।

"तुझे यही कुछ सूझता है गोरे के बाबा, कभी...?" दादी ने पूछा, पर उसके शब्दों में पहली वाली तल्ख़ी नहीं थी।

"तू फ़िक्र ना कर बचनिए! आज सोमवार है, इतवार में अभी बहुत दिन हैं। सौदा-पत्ता और दूसरा सामान कल-परसों माहिलपुर से ले आयेंगे।"

"और तेरा समधी अब...उस दिन तो तू मुँह-अँधेरे ही जैजों को चल दिया था।"

"तुझे बताया ना भई कि अब वो काफ़ी ठीक है, जालन्धर से आते हुए गोरा और मैं आदमपुर रात रहे थे। इसका मामा बताता था, कंदोले वाले हकीम ने कह दिया है कि अब दवा-दारू की ज़रूरत नहीं, बस, कमज़ोरी है।"

...और दादी बाहर को खुली रसोई की ओर चली गयी। बाबा बताने बैठ गया, "गोरे, बूटां मण्डी के कारण हम लोगों को रोज़गार मिला हुआ है, पका हुआ चमड़ा वहाँ से ले आते हैं और घरों में जूती जोड़ा, घोड़ियों, ऊँटों, खच्चरों की काठियाँ,

लगामें, धलियारे (पशु के मुँह और गर्दन में फँसा रस्सा), पट्टे, खोपे वग़ैरह बनाकर दे आते हैं।'

बाबा कुछ देर रुककर कहने लगा, "पहले जब आलमी जंग लगी थी तो हमारे लोगों को फ़ौजी छावनियों से बड़ा काम मिला, कई सेठ-साहूकार बन गये। जो पंजाबी अंग्रेज़ों की फ़ौज में उनके लिए मर-मिट गये, उनके वारिसों को ज़मीनें मिल गयीं और उनमें से कई दूसरे मुल्कों में बसने लगे। उन्हीं दिनों जब 1914 में जंग लगी तो बाबू मंगू राम अमरीका में 'ग़दर पार्टी' की किताबें कंपोज करता, दफ़्तर का काम दौड़-दौड़कर करता, करतार सिंह सराभा के साथ 'ग़दर' के परचे डाक में बाक़ी लोगों को भेजता। स्वयं पढ़ता, दूसरों को 'ग़दर' पढ़वाता था। तभी तो पार्टी ने उसको हथियार हिन्दुस्तान ले जाने वाले तीसरे मिशन की टीम में भेजा था।"

"पर बाबा उसका क़द छोटा, ठिगना-सा था और कारनामे इतने बड़े!...।" मैंने सहज ही पूछा।

"योद्धों में इन्साफ़ की ख़ातिर जूझने और मर-मिटने के लिए दिलगुर्दा बड़ा चाहिए। क़द-काठी की बात नहीं होती। वह दिलेर, हिम्मती, निडर और अपने लक्ष्य को प्राप्त करने के लिए जान हथेली पर रखकर चलते हैं।...गुरु गोबिन्द सिंह की सोच-समझ, चुस्ती-फुरती, हक़-सच के लिए उनका सारा परिवार शहीद हो गया, पर वे डोले नहीं, बल्कि सारी प्रजा को अपना समझा। और जर्मन वाला हिटलर भी ठिगना है जो पिछले दिनों वहाँ का तानाशाह बनने के लिए उतावला हुआ पड़ा है। बताते हैं कि बड़ा ख़तरनाक है वो।"

बाबा पता नहीं क्यों सारा पढ़ा-विचारा मेरे दिमाग़ के किसी खाने में पक्का बिठाना चाहता था, जैसे उसने अपनी उर्दू, पंजाबी की किताबों, क़िस्सों, तवारीख़ों पर अपने हाथों से ज़मीनी हक़ीक़तों से जुड़ी रंगदार तस्वीरों को तरतीब से लक्कड़ की अलमारी में लाकर टिकाया हुआ है।

कुछ देर ख़ामोश रहने के पश्चात् बाबा ने समझाने की जुगत के तौर पर कहा, "गोरे, याद रख, शक्ल-सूरत, क़द-काठी और कपड़े-लत्ते से इन्साफ़परस्त और बहादुर बन्दे को कोई फ़र्क़ नहीं पड़ता। बुजुर्ग कहा करते हैं, लक्कड़ बेशक टेढ़ी हो, बढ़ई सीधा होना चाहिए। समझ गया मतलब?...सो, ग़रीब-गुरबे समाज के सुधार का सोचने वाले व्यक्ति का ध्यान कर...यह बात बाबू मंगू राम पर लागू होती है। जो तेरे-मेरे जैसे होते हैं, उन्हें लोग कहते हैं–दाल रोटी खा और नाक की सीध में जा! समझ गया, टेढ़े-मेढ़े और गड्ढों-टीलों वाली राहों के राही आस-पास पगलाये

घूमते जानवरों की परवाह नहीं करते। हमें भी इतने अँधेरों और घने दरख़्तों, खड्ढों और नदी-नालों को पार करने के लिए हिम्मत करनी पड़ती है।"

यह लम्बी-चौड़ी बयानबाज़ी मैं ग़ौर से सुनता। वृक्षों और जंगलों के ज़िक्र के कारण बाबा के बोल मेरे कानों में सुनाई दिये, "पेड़ों के गीत सुनकर मेरे दिल में रोशनी हुई।" मुझे याद है, तब हम दोनों जन रात को जैजों वाली अपनी दुकान को जा रहे थे। इसका मतलब मैं यह ही समझ सका कि पेड़ों का गरमियों, सर्दियों, तूफ़ानों, बेशुमार बारिशों को सिर पर झेल लेना, अँधेरे-सवेरों में हमारे राहनुमा प्रेरणा और ताक़त के सोते हैं।

बाबा को रह-रहकर याद आता तो वह कहता, "जगत में घास खाने वाले जानवर मांसाहारी जानवरों से बचने के लिए एक-दूजे की मदद करते हैं, अपनी जान जोखिम में डालकर।...और ये दो टाँगों वाले अपने ही लोगों के ख़िलाफ़ मज़हबों और जातियों के नाम पर नफ़रत फैलाकर लड़ाते-भिड़ाते रहते हैं और क़त्लोग़ारत के मंसूबे बनाते हैं।" इतना सब बोलने के बाद वह फिर कहने लगा, "गोरे, अंग्रेज़ों के राज में सूरज नहीं छिपता, धरती के पूर्व से लेकर पश्चिम तक उनकी हुकूमत है, उन्होंने इन्सान की बेहतर ज़िन्दगी के लिए सड़कें, साइकिल, बसें, गाड़ियाँ, कारें, जहाज़, दवाइयाँ, चश्मे, दूरबीनें, चुम्बक, बन्दूकें, काग़ज़, किताबें तैयार किये, समुद्र की गहराई और वो दिखते पहाड़ों की ऊँचाई नापी। पर हिन्दुस्तानियों ने भूत, प्रेत, चुड़ैल, स्वर्ग-नरक, अगला जन्म, पिछला जन्म, ऊँच-नीच, जात-पात, छुआछूत, और पता नहीं क्या-क्या खोज लिया!...अंग्रेज़ों ने समझ लिया कि ज़िन्दगी एक बार मिलती है, इसको ख़ुशी-ख़ुशी जियो, और हमारे यहाँ स्वर्ग की ख़ातिर जीते-जी नरक भोगते हैं...!"

मैं प्राय: अवाक् रह जाता कि बाबा देखने को कितना साधारण-सा बन्दा लगता है, पर ज्ञान के पक्ष से मेरे उस्तादों को मात देता है। मैं मन-ही-मन ख़ुश होता और गर्व अनुभव करता कि मेरा बाबा मोची और छोटा-सा कारोबारी होकर कैसे अपनी सोच-समझ के धागे के साथ लोगों को आपस में गाँठने-जोड़ने के विचारों का प्रकटीकरण करता है। इसलिए मैं बाबा की कही बातों को रात के समय जब समय मिलता, घर में फ़ालतू पड़ी बहीखाते वाली किताब में लिख लेता और उसे छिपा-छिपाकर रखता कि घर के किसी सदस्य के हाथ ना लग जाये। इन सोचों में मैं शायद अभी पड़ा ही रहता यदि दादी मुझे और बाबा को ऊँची आवाज़ में झिड़कती हुई ना कहती, "सूरज अस्त हो गया, पर तुम्हारी वार्तालाप ना ख़त्म हुई।"

इसी दौरान बाड़ वाले किवाड़ की 'चीं-चीं' की आवाज़ सुनाई दी और मैं आँख के फेर में वहाँ जा पहुँचा। मेरी छोटी मामी और मेरा छोटा भाई आ पहुँचे थे। उन्हें देखकर मुझे चाव चढ़ गया। गज्जण के मलेशिये का नया झग्गा और उसके नीचे पाजामा देखकर मैंने मन-ही-मन कहा, 'गज्जण, तूने तो बड़ी टौर निकाली है।' उसके पैरों में बाबा की बनायी लक्की जूती थी जो बाहर वाली किवाड़ की तरह ही 'चीं-चीं' करती थी। वह दौड़ता और हाँफता हुआ आकर माँ से जा चिपटा। फिर जल्दी-जल्दी दादी और बाबा को बारी-बारी से अपनी छोटी बाँहों के घेरे में लेने लगा। मैं उसे ऐसा करता देख मन-ही-मन झूम उठा।

मामी ने सभी को 'राम सत' की जगह इस बार भी 'जै गुरदेव' बुलाया। दादी ने हाथ के इशारे से धीमे स्वर में बोल कर गज्जण की सेहत के बारे में पूछा।

"अब ठीक रहता है, पर दस-बीस दिन में ज़ोर-ज़ोर से डब्बू को आवाज़ें लगाने लगता है और तुम्हारे गाँव के राजपूतों का नाम लेकर बुरा-भला बोलता रहता है...दवाई तो रोज़ देते हैं। महीनेभर की दवाई इकट्ठी ले आते हैं हकीम से।"

"वैसे क्या कहता है हकीम?" दादी और माँ ने पूछा।

"कहता था कि दिमाग़ पर गहरी चोट से सूजन है, ठीक हो जायेगी, थोड़ा वक़्त लगेगा। वैसे पढ़ने में बहुत होशियार है।"

"शुक्र है रब का...जल्दी तन्दुरुस्त हो।" कहकर दादी ने धरती को नमस्कार किया।

इसके पश्चात् बातचीत शुरू हो गयी। दादी के बैठने-खड़े होने और आँगन में इधर-उधर फुर्ती के साथ चलने-फिरने से मुझे अहसास हुआ कि उसकी बहुत पुरानी इच्छा परसों को पूरी होने वाली है। इस दिन की प्रतीक्षा वह सालों से करती आ रही थी। शायद उसको पिछला बहुत कुछ बिसर गया था और भविष्य ही ख़ूबसूरत बनकर दिख रहा था, पर मेरी माँ के चेहरे पर कोई हाव-भाव नहीं था। बस, ख़ामोशी के साथ ही उसकी साँझ और बातचीत थी।

× × ×

और आज सारा दिन छन्न को एक बार फिर अन्दर-बाहर से, चूल्हा-चौका, आँगन की बाड़ और उसका किवाड़, यहाँ तक कि पशुओं की नाँदें भी साफ़ की गयीं।

माँह-मोठ की दालों को फटककर, सँवारकर, उनमें से कंकड़-पत्थर निकाले गये। ज़रदे के लिए बासमती चावलों में से छिलके वाले धान चुगे गये। खट्टे और कढ़ी के लिए लस्सी दादी सवेरे-सवेरे गली के घरों से माँग लायी थी। बाबा और

चाचा चावल पकाने के लिए देग और बर्तन पहले ही 'आदि द्वारे' से ले आये थे।

"बचनिए, गली की लड़कियों-बूढ़ियों को कहना था कि ज़रा तड़के जल्दी आकर दाल, सब्ज़ी और रोटी-पानी का काम करें।" बाबा ने सलाह दी।

"कह आयी थी। वे सभी मिल-जुल कर सारा काम सँभाल लेंगी। फिकर वाली कोई बात नहीं।"

माँ के चेहरे से ख़ामोशी की परत अभी भी ग़ायब नहीं हुई थी। उसकी चाल-ढाल में कोई फ़र्क़ नहीं पड़ा था। यद्यपि घर के बाक़ी प्राणी कल के जश्न के लिए ख़ुशी-ख़ुशी तैयारी में लगे हुए थे। दादी आँगन में चलती नहीं, तैरती नज़र आ रही थी। उसका मुँह अभी पोपला नहीं हुआ था और वह बार-बार मेरी माँ से कहती, "घर औरतों के, नाम मर्दों के, पल्ले बाँध ले प्यारो।"

तभी, मेरे कानों में घुँघरुओं की आवाज़ पड़ी। देखा कि बकरी के दोनों मेमने चाचा के हाथों से रस्सियाँ छुड़ा कर उछलते-कूदते चौके की तरफ़ दौड़ते हुए आये जहाँ माँ रात की रोटी का बन्दोबस्त करने में जुटी थी।

वह रुआँसी आवाज़ में धीमे-धीमे गा रही थी—

जांदिआ कालिया कागड़िया, मेरा लै सुनेहड़ा जा।
आखीं तू मेरे कंत नूं वे, तेरी नार तां बन्धड़ी जा।

मैं बिना आहट किये चुपचाप पीछे छन्न के अन्दर चला गया। मेरी माँ का विलाप सुनकर मेरा अपना मन पसीज उठा। माँ बहुत बार अकेली रहना पसन्द करती।

ख़ैर, देर रात तक बातें होती रहीं। पर गज्जण और मैं स्कूलों, मास्टरों, किताबों, वर्दियों और संग पढ़ते जट्टों, राजपूतों और मुसलमान राजपूतों के लड़कों के रवैये, जातों, छुआछूत की बुराई करते रहे। मुझे मंगू राम और अपने बाबा का कहा बार-बार याद आया कि जाति का अहंकार, मन का रोग सारे हिन्दुस्तान में फैला हुआ है। उनका दबदबा, उनकी धौंस और लड़ाई-झगड़े ज़िन्दगी में साँसों की तरह अहम बने हुए हैं। यह भी याद आया कि यह सब कुछ सहन करते हुए हमें अपने लक्ष्य को हासिल करना है। जैसे बगुला ध्यान और धीरज के साथ अपना शिकार करता है। साझा लक्ष्य है, पढ़ना-लिखना कि पढ़ाई से बन्दे की वृत्ति-प्रवृत्ति बदल जाती है। वह इन्सानियत का पहरेदार हो जाता है। ऐसा सोचते हुए पता नहीं हम कब नींद की आगोश में चले गये।

11

उधर गज्जण को खेलते-खेलते पता नहीं क्या हुआ कि वह शरारतें करने लगा। वह अपने स्कूल का साथ लाया बस्ता बग़ल में लटकाकर शोर मचाता दरवाज़े से बाहर भाग गया। दादी उसके पीछे हाँकें मारती दौड़ी। कुछ देर बाद मैं भी उनके पीछे दौड़कर गया। दादी और मैं वहीं के वहीं रुक गये जब हमने राजपूतों के मुहल्ले की ओर से रोने-पीटने की आवाज़ें सुनीं। हमारी बस्ती के अन्दर पुरानी घर की गली के मोड़ पर खड़ी बूढ़ी स्त्रियाँ दुखी चेहरों के साथ धीमे-धीमे बातें कर रही थीं।

"इससे तो चौधरी कँवर सिंह का छोटा लड़का हमेशा की नींद सो जाता जो नित कोई ना कोई खुराफात किये रखता है, महीने-बीस दिन कोई ना कोई कुकर्म करता रहता है, मरजाणा।" चिन्ती ताई के बोलों से लगता था जैसे वह किसी की मौत का इन्तज़ार करती हो।

"पहले उसका बाप बेगानी जनानियों की सलवारें सूँघता फिरता था। अब कैसे झुककर चलता है, टुटपैणा। यूँ ही थोड़े कहते हैं लोग कि जिस कमान में से ज़्यादा तीर-अन्दाज़ी होती है, वो कमान जल्दी दोहरी हो जाती है। समझ ली बात! अब उसके बुरछे (बेटे) खुराफात करने से नहीं हटते। रब गिन-गिन कर बदले लेगा इनसे, अति उठा रखी है इन पापियों ने, कोई शर्म-ह्या नहीं कि गाँव की बहू-बेटी है।" छुआरे की शक्ल और चुँधी आँखों वाली एक माई ने जैसे गुस्से से भरा हलफिया बयान दिया। ज़रा देर बाद वह कहने लगी, "चौधरी ने भी कीड़े पड़ कर मरना है।"

दादी गज्जण को चुप रहने के लिए कहती रही। पर इसके विपरीत वह झोले में से अख़बार निकालकर ज़ोर-ज़ोर से पढ़ने लगा–

"आदि-धरमी बहनो और भाइयो,

मरदमशुमारी के वक़्त तुमने ऊँच-नीच के ज़ुल्मों को बर्दाश्त किया। जात का घमण्ड करने वाले पटवारियों ने तुमसे हिन्दू-सिक्ख लिखवाने में कोई कसर नहीं छोड़ी थी। पर तुम शेर बनकर डटे रहे और अपने आपको आदि-धर्मी लिखवाया और कहवाया। अब चुनाव आने वाले हैं, तुम फिर एकजुट होकर लोहे की लट्ठ का सबूत दो। तुम क़ौम की बेहतरी के लिए अभी से कमर कस लो और उल्टे मुँह गिराओ जात के अहंकारियों को। हम तुम्हारे साथ हैं। हमें तुम्हारे पर गर्व है।"

दादी गज्जण के मुँह के आगे बार-बार हाथ रख कर उसे चुप कराती और बाँहें पकड़ती। पर वह फुरती के साथ पाँच-सात क़दम दूर हटकर फिर ऊँची आवाज़ में हाथ में पकड़ा अख़बार पढ़ने लग जाता–

"घुंडरावां की घटना को याद करो आदि-धरमी भाइयो, हम इस देश के मालिक, हम मूल निवासी आज दूसरों के अधीन हो गये हैं, उठो अपने हकों के लिए, इन्सानियत के लिए और जोर-ज़ुल्म को मुँहतोड़ जवाब दो। पूना पैक्ट के तहत मिली आठ की आठ सीटों को जीतो। ज़मीन की मालिकी के हक़ माँगो। बिना रोये माँ भी बच्चे को दूध नहीं देती। उठो, मंगू राम शेर की तरह गरज रहा है। तुम सब उसका साथ दो। आद धर्म की जै जैकार करो।"

गज्जण की इस हरकत से गली का मोड़ चुनाव प्रचार का मरकज़ बन गया लगता। इतने में बाबा तेज़ क़दमों से भागता आया और गज्जण के हाथ से अख़बार छीनकर उसे बाँहों से पकड़कर जल्दी-जल्दी घर की ओर ले चला। और मैं भी उनके पीछे-पीछे क़दम रखने लगा। सामने से आता तारू बाबा मानो राह रोककर खड़ा हो गया और पूछने लगा, "संगतिया, बताते हैं कि चौधरी का बड़ा बेटा कई दिनों से लुधियाने अस्पताल में दाख़िल था, पर रात को गुज़र गया।"

"क्या बीमारी लगी जो इतनी जल्दी...?" बाबा ने पूछा हालाँकि गज्जण बोले जा रहा था, पर उसकी आवाज़ पहले की तरह दमदार नहीं रही थी।

"कोई कुछ कहता है तो कोई कुछ। बताते हैं कि घोड़ी पर चढ़ा जैजों को चला रहता था। कोई छूत का रोग कहता है, कोई वी डी, मुझे मंगू राम की सौगन्ध संगतिया, इसके बारे में कोई इल्म नहीं कि यह नामुराद बीमारी क्या होती है।" तारू बाबा ने कहा।

"अच्छा!"

"सच, यह भी सुना था कि अपनी बिरादरी की किसी जनानी ने कुछ साल पहले उसके पेट में दराँती दे मारी थी, तब वह ठीक हो गया था। मगर बीमारी फिर जाग उठी थी साल-छह महीने पहले। और उसके कारण जान चली गयी।" तारू बाबा ने एक और खुलासा किया।

"अच्छा!" कहकर बाबा वहाँ से आहिस्ता-आहिस्ता चल दिया क्योंकि गज्जण अभी शान्त नहीं हुआ था।

× × ×

"बचनी, ऐ बचनी, फ़ौरन उठो। ओ जीतू, प्यारो बच्चों को सँभालो...किसी ने घर को आग लगा दी है।" बाबा ने दुहाई दी।

"आग बुझाओ लोगो, आग बुझाओ...जल्दी आओ।" बाबा ने गली-मुहल्ले की ओर मुँह करके ज़ोर-ज़ोर से हाँकें लगायीं।

हम सब पानी की भरी बाल्टियाँ, डोलू और पतीले बाबा और जीतू चाचा को पकड़ाते गये। वे उछाल-उछाल कर पानी जलते घर से निकलती लपटों पर फेंकते रहे। उन्होंने सबसे पहले छन्न् के पास जलती लकड़ी वाली जगह पर पानी डाला, ताकि कहीं छन्न को आग ना लग जाये। बाबा के चाचाओं-तायों के बेटे और बस्ती के लोग पलों में आकर अपनी-अपनी जगह से आग बुझाने की कोशिश में फुर्ती से जुट गये। कोई पशुओं की नाँद के पास वाली मिट्टी-रेता की ढेरी में से मिट्टी खोदकर आग पर डालने लगा।

हमारे छोटे-से गाँव के बहुत सारे लोग बाबा की ऊँची, तेज़ और घबराई हुई आवाज़ सुनकर आये। चाँघ और बाहती राजपूत भी ऊँची-ऊँची लपटों को रोकने में मदद करने लगे। आख़िर, सभी के ज़बरदस्त यत्नों से आग पर नियन्त्रण पा लिया गया। गली में खड़े लोग दादी-बाबा को दिलासा देने वाली बातें करने लगे -

"इतना अनर्थ नहीं करना चाहिए।" किसी ने कहा।

"रब का शुक्र है कि जान-माल का नुक़सान नहीं हुआ।"

किसी अन्य ने कहा।

"लोग बाहर सोये होने के कारण संगतिये और बचनी की आवाज़ें सुनकर बेतहाशा भागे आये।" एक अन्य ने कहा।

"इतना बड़ा छप्पर जल कर राख हो गया। अमावस की इस रात में हमारे गली-मुहल्ले तक रोशनी हो गयी। हम फिरनी की तरफ़ दौड़े और यह देखकर दंग रह गये।" तारू बाबा ने उदास मन के साथ कहा।

"जब छप्पर के जलने की तिड़-तिड़ की आवाज़ सुनी तो मैं फुर्ती से उठा। कोई आदमी हाथ में जलती लकड़ी पकड़े फुर्ती के साथ छन्न की तरफ़ जा रहा था। मैंने चारपाई के पास पड़े पत्थर बरसाये तो वह जलती लकड़ी वहीं फेंककर चोई की तरफ़ की ढलान पर उतर गया। उसने आँगन की ओर मुँह नहीं किया, नहीं तो मैं पहचान लेता।" बाबा ने मदद के लिए आये लोगों को जानकारी के तौर पर बताया।

"अभी पाँच-सात दिन पहले ही तो सब कुछ सँवारा था। हमने किसी दुष्ट का क्या बिगाड़ा था? अपना कमाते, अपना खाते हैं। किसी के साथ वैर-विरोध नहीं। अगर मेरा घरवाला ग़रीब-गुरबों के लिए हक-सच की बात करता है तो किसी के शूल क्यों उठता है? हमने किसी की कौन-सी ज़मीनें छीन लीं? अपनी बहुओं-बेटियों की इज़्ज़त-आबरू तो सभी को जान से अधिक है। मैं तो कहती हूँ, फिर से प्लेग पड़ जाये इन कमबख्तों को, और जीते-जी क़ब्रें खोदें हमारे लोग इनके लिए।" दादी रोष में भरी अपनी व्यथा सुनाये जा रही थी।

"भाइयो, तुमने आकर हमें बचा लिया, नहीं तो आग के आगे किसका ज़ोर चलता है।" बाबा ने शुक्राने भरे अल्फाज़ कहे।

"संगतिया, तू अब दिल छोटा ना कर। जो करेगा, सो भरेगा। हम भी कहने को राजपूत हैं, दो-दो किल्ले खेती नहीं हमारे पास। अराइयों की तरह, तुम्हारे जैसे ही हम हैं। तुम्हें पता ही है कि ये जैसवाल राजपूत हमारे साथ कौन-सी साँझ रखते हैं, तुम्हारे-हमारे लिए खाता-पीता राजपूत और भूखा रंघड़ एक जैसा है। तू हिम्मत ना हार, लगा रह अपने निशाने की ख़ातिर।" महिंगा चांघ बाबा को अपने मन की बताते हुए दूसरों के साथ वहाँ से आकाश के नक्षत्रों की तरह किवाड़ की तरफ़ खिसक गया।

...और बाबा लालटेन उठाये छोटी नाँद के पास खड़े पशुओं की ओर हो गया जो अभी भी डरे-सहमे और चौकन्ने हुए इधर-उधर देख रहे थे। फिर पता नहीं उसके चित्त में क्या आया और वह ढारे की तरफ़ से होता हुआ छन्न के पिछवाड़े चला गया। मैंने अपनी चारपाई पर बैठे-बैठे देखा कि अब उसका दूसरा हाथ ख़ाली नहीं था।

गज्जण तारों को देखता हुआ मुँह में बड़बड़ा रहा था, "मेरा डब्बू इन्होंने ही मारा जब हम माँ के साथ खेतों में चारे के लिए गये थे।" मैं उसके साथ चारपाई पर लेट गया, पर उसे भी धीरे-धीरे नींद अपने आगोश में ले रही थी।

× × ×

दोपहर को गढ़शंकर का छोटा थानेदार और सिपाही दनदनाते हुए हमारे आँगन में आ घुसे। शीशम के पेड़ की छाया तले बिछाई कुर्सी पर थानेदार बैठ गया और दोनों सिपाही खड़े रहे। देखते-देखते हमारा मुहल्ला और आधा गाँव इकट्ठा हो गया। जब थानेदार ने इशारा किया तो सिपाही भी चारपाइयों पर बैठ गये।

"संगतिया, तुझे ये किसका कारा लगता है?" थानेदार ने पूछा।

"जनाब, मुझे मंगू राम की क़सम, किसी पर शक नहीं।" बाबा ने हाथ जोड़कर कहा।

"तुम्हें नहीं पता नये पुलिस कप्तान और डी.सी. का। अगर हमें कोई सुराग ना मिला तो ये दोनों हमारी पेटियाँ उतरवा लेंगे। बोलो, जल्दी बोलो! डरने की ज़रूरत नहीं।" थानेदार ने फिर पूछा।

बाबा दबे पाँव चुपचाप छन्न के अन्दर गया और उन्हीं पैरों से लौट आया। उसने गमछा और जूती का एक पैर, दोनों थानेदार के सामने लाकर रख दिये।

"ये माल कहाँ से मिला?" थानेदार ने हैरान होते हुए रौबदार आवाज़ में पूछा।

"जनाब, ये छन्न के पिछवाड़े से मिले। मैंने उस अनजान आदमी पर पत्थर बरसाये थे। गमछा उस अमरूद की सूखी टहनी में फँसा हुआ था और ये जूती का एक पैर आगे जाकर मिला, जहाँ से वह आदमी खड्ड से नीचे उतर गया।

तभी तारू बाबा ने बरामद हुए माल को ग़ौर से देखा और आगे बढ़कर गमछे को फैलाकर देखने के बाद बोला, "ऐसा ही काला-सफ़ेद चारखाना गमछा कल शाम मैंने राजपूत चौधरी के छोटे लड़के के सिर पर बँधा देखा था और यह धौड़ी की पंदरी जूती का पैर...। जनाब, मंगू राम की सौगन्ध, मुझे यह हरकत...।" वह रुक रुककर बोलता ख़ुद ही ख़ामोश हो गया।

"तारू, आगे बोल, तुझे कुछ नहीं होगा।" कुछ देर बाद उसने फिर कहा, "जल्दी बोल, नहीं तो मुझे ज़ुबान खुलवानी आती है।"

"चौधरी के टब्बर से माथा लगाना, हम ग़रीबों में हिम्मत नहीं, पर...।" तारू बाबा का बयान सुनकर सारा जमावड़ा हैरान रह गया मानो उन सभी को उसके द्वारा बरामद किये माल की शिनाख़्त पर सोलह आने यक़ीन हो गया हो।

इसी दौरान थानेदार ने उठकर खड़ा होते हुए एक सिपाही को इशारा किया, "चौधरी को कहकर आ, कल थाने में हाज़िर होवे अपने बेटे के साथ। नहीं तो परसो हथकड़ी लगाकर थाने ले जायेंगे।"

लोगों के चेहरों पर तसल्ली की चमक आ गयी। महिंगा चांघ कह रहा था, "संगतिया कौन-सा चुप होकर बैठने वाला है। जब मंगू राम को पता लगेगा, वो चारों तरफ़ तारें खड़का देगा।"

रात से जुड़े-बैठे नज़दीकी, सगे-सम्बन्धी और रिश्तेदारी-भाईचारे के लोग आँगन वाले शीशम के पेड़ की पूरब दिशा में बिछे साये की तरह पश्चिम की ओर खिसक गये। सभी के कयास और हसरतें धरी-धराई रह गयीं।

...और रात में सोने तक हमारे परिवार के साथ हुई ज्यादती और ज़ुल्म की बातें होती रहीं। दादी ने मेरी माँ से कहा, "प्यारो, हमेशा हिम्मत और हौसले में रहना सीखो, किसी की धौंस नहीं सहनी और ना ही किसी की ग़ुलामी मंजूर करनी। ज़रूरत पड़ी तो हम चौधरियों की हाय-हाय उनकी गली में जाकर करेंगे। अगर चौधरी ऐसे ही मचले रहे तो गढ़शंकर थाने में जाकर इन्साफ़ के लिए फ़रियाद की ज़ोर-शोर से दुहाई देंगे। ग़रीब-गुरबे के हक़ में कौन नहीं खड़ा होगा! हम बिरादरी की औरतों का जत्था ले जायेंगी। और अब तो हुकूमत भी हमारी सुनने लगी है, मंगू राम यूँ ही थोड़े कहता कि अंग्रेज़ हमारे लिए न्याय की बात सोचने लगे हैं।"

दादी का बयान शायद अभी ना ख़त्म होता यदि बाबा बीच में टोककर ना कहता–

"पूरब दिशा की पहाड़ियों का सोचो, वहाँ ख़ामोशी है, वहाँ एक हांक मारो तो ऐसा लगता है जैसे उसके पीछे बेशुमार आवाज़ें आ रही हों। उनके बीच बहती नदियाँ ज़िन्दगी के लगातार बहाव का अहसास कराती हैं और टेढ़े-मेढ़े राह बनाती थमती नहीं हैं। ऊँची चट्टानों से टक्कर लेती है, निचले इलाक़ों में कंकर लाकर फेंकती हैं। जैसे आदमपुर की ज़मीनों में यहाँ से बहकर गये छोटे-छोटे पत्थर... और नहीं तो स्टेशन वाले हिस्से में देख लो। सो, वक़्त लगता है, फ़िक्र ना करो मेरे परिवार के लोगो, तसल्ली रखो।" लगा कि बाबा पिछले दिनों की तरह किसी चुनाव जलसे का प्रचार कर रहा है।

दादी और बाबा आपस में बातें करते एक-दूजे को हौसला देते मालूम होते जैसे कोई क़िला फतह करना हो। बाबा की कही बात मुझे अचानक याद आ गयी, "जसवाल (राजपूत) के सवा दो सौ साल पहले जैजों में बनाये क़िले को पहले महाराजा रणजीत सिंह ने जीता। बाद में, अंग्रेज़ों ने, फिर वह क़िला ध्वस्त कर दिया जिसके सिर्फ़ टूटे-फूटे बुर्ज ही दिखाई देते हैं।...पर वर्ण-धर्म का आकाश को छूता हिमालय पर्वत और जात-पात की उसकी धारायें पता नहीं कब ध्वस्त होंगी।" कहता हुआ बाबा उठकर रौंठी की तरफ़ चला गया। सोये हुए गज्जण के साथ लेटे हुए मेरी उबासियाँ और तेज़ हो गयीं। कुछ ही पल में पता नहीं मैं भी कब नींद की नदी में बह गया।

12

दादी और बाबा ना जाने किन हिसाब-किताब में पड़े कब तक बतियाते रहे, पर गज्जण और मैं पशुओं की नाँद के पास बिछी चारपाई पर जा लेटे। चावल-कढ़ी की भरी थालियाँ दोनों भाइयों द्वारा खाने के कारण चढ़ा आलस्य और गर्मियों की स्कूली छुट्टियों में उस्तादों-शागिर्दों की तरह बारीक मच्छर भी तक़रीबन ग़ायब था। शायद इसीलिए हमें नींद तुरन्त आ गयी।

...सवेर को मुँह-अँधेरे बाबा हमारी चारपाई के पास आया। मुझे हिलाकर कहने लगा, "गोरे, जल्दी उठ जा। तुझे आज बजवाड़े छोड़ आऊँ।"

मैंने आँखें मलते हुए बाबा की ओर देखा तो उसने सहज ही कहा, "दो-चार दिन पहले भी अपनी मासी के पास रह लेगा तो क्या हो जायेगा।"

...और फिर बाबा और मैं दिन चढ़ने से पहले माहिलपुर पहुँच गये। अब मेरे स्कूल का राह भी मेरे पैरों में लग चुका था। पहले दादूवाल, फिर भानो, उसके आगे चब्बेवाल, कैम्प और फिर छोटे बजवाड़े को जाते राह के दोनों तरफ़ उगे सरकण्डों की सरसर, शीशम के घने झुण्डों में से आती डरावनी आवाज़ों के साथ मैं पहले की तरह ना घबराता। चब्बेवाल का चौ होता, या चग्गरों का, बारिश हो या ना हो, वे हमेशा बहते रहते। आम दिनों में ही उनमें बारहमासी सोते फूटते रहते और साफ़-स्वच्छ पानी सहज गति के साथ शान्त होकर बहता रहता। जब हमारी तरफ़ धूप निकली होती और पहाड़ में पानी बरस रहा होता तो ये दोनों चौ पानी से लबालब हो जाते। लोग इनके दोनों ओर पानी के उतर जाने की प्रतीक्षा करते रहते।

कई लोग अपने घरों को लौट जाते। पानी का उफान उतरता तो कई बूढ़ी स्त्रियाँ और पुरुष अपनी-अपनी जूतियाँ एक हाथ में पकड़ लेते और दूसरे हाथ से सलवार या पाजामा ऊपर की ओर मोड़कर नेफे में खोंस लेते। यदि किसी के पास गठरी होती तो वह सिर पर टिकाकर एक हाथ से उसे पकड़कर चौ को पार करता। कई जगहों पर चौओं का पाड़ काफ़ी लम्बा और चौड़ा देखकर मैं बड़ा जिगरा कर पानी में उतरने के बारे में मन-ही-मन सोचता।

"गोरे, फुर्ती से क़दम उठा।" बाबा तेज़-तेज़ चलते हुए मुझे अपने पीछे तेज़-तेज़ चलने को कहता। फिर उसने कहा, "कुदरत के नज़ारे देख गोरे, वो हरियाली पहाड़ियाँ, और यहाँ इन पहाड़ी नदियों के स्वच्छ पानी को जानवर-जनौर पीते हैं, और आस-पास शीशम के वृक्षों के सघन झुण्ड।" उसने फिर कहा, "गोरे, अपने कंढी इलाक़े में मील भर का रास्ता तय करो तो चौ आ जाता है...एक-एक मील पार चौ। कई चौ बरसातों में किनारों के बीच में बहते और कई पानी से आफरे किनारों से बाहर निकल उछाले मारते हैं।" यह कहकर वह फिर बोला, "दौड़कर आ जा मेरे पीछे बेटा।"

मैं लम्बे-लम्बे क़दम भरने लगा। बीच-बीच में मुझे गज्जण की याद आती कि उसको सोये हुए को छोड़कर बिना उससे बोले और लाड़ किये आ गया। वह उठकर मुझे इधर-उधर देखता होगा और उसको क्या पता कि मैं कहाँ का कहाँ पहुँच गया हूँ। यदि बस में आते तो कैम्प कभी का पहुँच चुके होते। इसी दौरान बाबा को पता नहीं कैसे महसूस हुआ, वह कहने लगा, "गोरे, लगता है, तू थक गया। तेरी चाल धीमी हो गयी है। आ जा उस शीशम की छाँव तले थोड़ा दम मार लें।"

हम दोनों ने रोटी खायी और चौ के स्वच्छ जल को ओक में भरकर पिया।

हमारी बातचीत चल ही रही थी कि सामने से आते एक आदमी और औरत ने हल्का-सा झुककर कहा, ''भाई संगतिया जै गुरदेव! यहाँ कैसे बैठे हो? ...हम अपनी बेटी को भी पंजीरी देकर आ रहे हैं।''

बाबा ने आदर से कहा और नाती होने की बधई दी और कहा, "शायद तुझे पता हो रुलदा राम कि हमारा घर फूँकने की कोशिश की गाँव के चौधरी ने, मगर गुरु महाराज ने बचा लिया। बस्ती-मुहल्ले और चांघों-बातियों ने उस आधी रात में मिलकर आग को बुझा दिया। अब मामला गढ़शंकर थाने में पहुँचा हुआ है।"

"क्या? हद हो गयी? मंगू राम की क़सम अगर पता लगता तो मैं चार आदमी लेकर पहुँचता। और क्या ये सारी बात बाबू मंगू राम को पता है?"

"पता लगा है कि वह लाहौर गया हुआ है। असम्बली में कोई दूसरा मसला उठाना होगा। अपने सारे एम.एल.ए. भी वहीं पहुँचे हुए हैं।"

"हो सकता है। देख ले, भाई संगतिया, उसने सारी कबीलदारी एक तरफ़ रख कर क़ौम का आगा-पीछा सँवारने के लिए दिन-रात एक किया हुआ है।" रुलदा राम ने बात को आगे बढ़ाया।

"बताते हैं कि सिकन्दर हियात खान ने 1937 की इस पहली तवारीखी असम्बली समेत सरकार की वफ़ादरी की शपथ उठाने के बाद उसने बाबूजी से कहा कि वह उसके पास ही कुरसी खिसका लें।"

"मैंने भी सुना था। फिर वो फ़ौज का कप्तान रहा। चलो अब वज़ीरे-आज़म बन गया।"

"...हूँ। और बाबूजी ने बिना बोले कुरसी उलटी करके सिर पर रख ली। कहने लगे, हमारे लोगों को असम्बली में कुरसी मिल गयी, पर मेरा समाज आज भी बेगार करने के लिए मजबूर है और घर-कोठा डालने लायक ज़मीन का उन्हें हक़ मिलना चाहिए।...बीती बैसाखी से आठ दिन पहले जब शपथ उठाने की रस्म हुई तो मैं भी और लोगों के साथ असम्बली हॉल के बाहर खड़ा था।"

"अच्छा-अच्छा। हाँ, आ गया याद, तू गया था। बताते हैं कि सिकन्दर हियात खान बड़ा नर बन्दा है, उसके लिए हिन्दू, सिक्ख, मुसलमान, आदि-धरमी सारे एक बराबर हैं। न्याय पसन्द हद दरजे का है।" रुलदा राम ने जानकारी साझी की।

"और संगतिया, तू अपने पोते को...?"

बाबा ने बीच में ही टोकते हुए कहा, "मैंने सोचा कि पता नहीं थाने के कितने चक्कर लगेंगे, इसको इसकी मासी या ये कह लो कि इसकी बुआ के पास बजवाड़े छोड़कर शाम तक अपनी दुकान पर जैजों पहुँचना है। गाहक लौट-लौट जाते होंगे, जिनका माल तैयार पड़ा है।"

"इसकी मासी भी और बुआ भी?"

"बात ये हुई थी रुलदा राम, हमारी अपनी हँसती-बसती बेटी तेइये (हर तीसरे दिन चढ़ने वाला बुख़ार) के ताप में गुज़र गयी और हमारे दामाद का बाप कहे कि भाई संगतिया, हमारा घर उजड़ गया, तू कहीं से देखभाल कर हमारे बेटे का घर बसा दे, अभी उम्र ही क्या है, कहाँ हाथ फूँकता फिरेगा। ये समझ कि हमारी बहू की छोटी बहन हमारी धर्म की बेटी भी है।"

"अच्छा-अच्छा।"

हम सभी ने एक-दूजे से विदायगी ली। मेरे बाबा की उम्र के रुलदा राम की घरवाली जो सारा समय हमारी तरफ़ पीठ कर घूँघट निकाले बैठी थी, ने चलते समय मेरे सिर पर हाथ फेरकर मुझे प्यार दिया। वह पश्चिम की ओर और हम पूरब की

तरफ़ चल दिये। मैंने देखा, हमारे साये हमसे थोड़ा-थोड़ा आगे-आगे चलते दिखाई देते मानो हम उनका पीछा कर रहे हों। कोई इक्का-दुक्का सामने से आता राहगीर हमारे क़रीब से चुपचाप गुज़र जाता। और सामने घोड़े पर चढ़ा सवार देखकर बाबा ने कहा, "एक तरफ़ हो जा गोरे, जानवर का पता नहीं होता।"

घुड़सवार के आगे बढ़ जाने के बाद जैसे उसने मुझे भी एड़ी लगायी और कहा, "जल्दी-जल्दी पैर रख, कौन-सा ज़्यादा राह रह गया?" थोड़ी देर बाद उसने कहा, "गोरे, शायद तुझे पहले बताया है कि नहीं, जिस सर अमीर चन्द हाई स्कूल, बजवाड़े तू पढ़ता है, उसी में बाबू मंगू राम पढ़ा करते थे।"

"हैं...!"

"और नहीं तो क्या...उन्हें पढ़ने से रोकने के लिए वर्ण-धर्म वालों ने बड़ी पाबन्दियाँ लगायीं और दिक्कतें खड़ी कीं।"

"अरे! अगर कोई कम्मी-कमीन पढ़-लिख जायेगा तो किसी को क्या तकलीफ़?" मैंने हैरान होकर दलील के साथ नया सवाल किया।

"मंगू राम को गर्मियों में धूप में और सर्दियों में छाया तले बैठकर पढ़ना पड़ता था। स्कूल के कुएँ में से पानी नहीं पीने देते थे, ब्राह्मण मास्टर उसको सबक नहीं दिया करता था। छूत ज़्यादा ही मानता था।"

"और फिर?"

"अगला फिर भी स्कूल की जूनियर और सीनियर पास कर गया। वो भी अच्छे-खासे नम्बर लेकर, स्कूल में पढ़ते उसके विद्यार्थियों से भी ज़्यादा। स्कूल की पढ़ाई में विघ्न डालने के लिए मार-पिटाई, जाति के ताने, छुआछूत और बहुत अत्याचार हुआ।...अब अंग्रेज़ों ने सख़्ती की हुई और तेरे जैसे पढ़ने लगे हैं, पहले से ज़्यादा फ़र्क़ पड़ने लगा है।" बाबा चलते हुए लगातार बोले जा रहा था। यह सुनकर अहसास हुआ कि मैं कितना ख़ुशनसीब हूँ कि अपना टाट-बोरी अलग बिछा लिया तो क्या हुआ? हूँ तो कक्षा के कमरे में ही।"

"ले भई गोरे, आ गया बजवाड़ा खुर्द, तेरी मासी का गाँव।"

"खुर्द का मतलब छोटा होता है और कलां का मतलब बड़ा। पर मशहूर बजवाड़ा के तौर पर ही है, चाहे छोटा और चाहे बड़ा है। अगली बात बता कि जहाँ बजवाड़े में तू पढ़ता है, उसके बारे में कुछ जानकारी है तुझे?"

"लड़के बताते हैं कि गुरु गोबिन्द सिंह जी की दूसरी पत्नी माता सुन्दरी यहाँ पैदा हुई थी। और जो संगीत का जाना-माना गज़नी-अफ़ग़ान का बैजू बावरा था, वो दूर-दूर तक मशहूर हो गया था। फिर बैजू बावरा का नाम धीरे-धीरे बजवाड़ा पड़

गया और वो जो ऊँचा क़िला दिखाई देता है, वह शेरशाह सूरी के हुक्म से बना था। उसका जन्म भी यहीं हुआ था। बाद में, महाराजा रणजीत सिंह ने इस पर क़ब्ज़ा कर लिया था।''

"शाबाश मेरे बेटे। यह सब कुछ तूने कैसे रटा हुआ है?"

"इतिहास का हमारा मास्टर भी यहीं का ही है, वह बड़े चाव के साथ बताता रहता कि ये क़िला अफ़ग़ान मुसलमान बादशाह शेरशाह सूरी ने बनवाया था।"

"बलिहारी जाऊँ तेरे ओ मेरे होनहार बेटा।"

"माता सुन्दरी का गुरद्वारा भी है। मैंने एक दिन लड़कों के साथ घूमते हुए दूर से देखा था।" मैंने बाबा को बताया।

"अब मुझे तेरे बारे में कोई चिन्ता नहीं, गोरे। तू उस ऊँचे क़िले की तरह हमारे परिवार के लिए मज़बूत स्तम्भ बनेगा। मुझे यक़ीन हो गया। तुझे दीन-हीन नहीं होना, शर्मिन्दगियों का मुक़ाबला करते हुए तू ऊँचे पहाड़ पर नहीं तो छोटी पहाड़ी के शिखर को ज़रूर सर कर लेगा। जीता रह मेरे पलेठे पोते।"

बाबा ने मुझ पर सचमुच किसी चट्टान जैसा भरोसा कर लिया और उसके मोम जैसे नरम बोल मेरे अन्दर दौड़ते लहू में तेज़ गति से घूमते महसूस होने लगे। मैं मन-ही-मन छोटी पहाड़ियों की कभी किसी चोटी पर और कभी शेरशाह सूरी के क़िले की सबसे ऊँची फ़सील पर बिना वक़्त गँवाये उछलता-कूदता चढ़ता जाता। यानी दसवीं के बाद और आगे की कक्षाएँ पास करूँगा। बाबा के कहे बोल याद आते, "चढ़ती कला का मतलब अपने ज़हन में बसा ले और इस पर आठ पहर पहरा दे...ज़िन्दगी में यह तरक़्क़ी का राज़ है, आयी समझ गोरे?"

मुझे बार-बार भ्रम होता कि बाबा मेरी तरफ़ मुड़-मुड़कर देख रहा है और जैसे मेरे चेहरे पर किसी इबारत को पढ़ने की कोशिश में हो। मेरी बेहतर ज़िन्दगी के लिए बाँधे बड़े दावे और खरा-खोटा परखने के लिए कसौटी भी उसकी अपनी ही थी। ख़ैर...ऐसी ही बातें करते हम अपनी मंज़िल पर पहुँच गये। मासी ने मुझे देखकर ख़ुशी जताई और प्यार के साथ मुझे अपनी बाँहों में भर लिया। तभी बाबा ने पूछा, "पारो, गोरे का मौसा और तेरा ससुर आज किधर गये हैं?"

"वो बहादरपुर महन्तों के जंगल में दरख़्त काटने गये हुए हैं। वन काटकर खेती के लिए खेत बनाने हैं।"

चाय-पानी पीने के बाद बाबा ने बताया, "बेटी पारो, मैं चलता हूँ। मैं एक-दो दिन जैजों रुककर गाँव जाऊँगा। ये जो वारदात के बारे में बताया है न, उसकी पैरवी करनी है।" यह कहने के साथ उठते हुए बाबा ने मुझे कहा, "गोरे, बरसात के बाद

तुझे लेने आयेंगे। ये चौ जिन्हें पार कर हम आये हैं, जब बरसात में गरजता हुआ चढ़ता है तो इसका बहाव जैजों वाली रेलगाड़ी से ज़्यादा होता है, तू ज़्यादा इसके किनारे के क़रीब ना जाना, घर से बाहर खड़े होकर ही इसका नज़ारा देख लिया करना, देख इसका पाड़ कितना चौड़ा है।"

बाबा हालाँकि मेरे पर जान कुरबान कर रहा था, पर मुझे लगा कि अपने पिता की अनुपस्थिति में मेरी अगली ज़िन्दगी के सामने भी मुश्किलों के बड़े-बड़े दरिया बहते होंगे जिन्हें पार करना या फाँदना आसान नहीं होगा। और फिर, मैं जाते हुए बाबा की पीठ और उतावले पैरों को देखता रहा मानो वक़्त के विरुद्ध उसने चलने की शपथ ली हो।

× × ×

...और बरसात के ख़त्म होने के बाद और दशहरे की छुट्टियों से पहले मैं दहलीज़ में खड़े होकर बाबा को तेज़-तेज़ आता देख उसकी तरफ़ बेतहाशा दौड़ पड़ा। उसके हाथ से छोटे-मोटे सामान से भरा बड़ा झोला पकड़ा। तभी बाबा ने उत्साह में भरकर मुझे अपने कलावे में ले लिया। दशहरा हालाँकि 14 अक्तूबर को था, पर वह चार दिन पहले ही इतवार को आ पहुँचा था।

हाल-समाचार जानने-बताने के बाद बाबा ने कहा, "बेटी पारो, गोरे ने और मुझे अभी जाना है।"

"बापू, आया कब और जाने की बात पहले ही कर दी।" मासी ने जब पूछा तो मुझे दादी का कहा याद हो आया, "पता नहीं इसके पैरों में बिल्लियाँ बँधी हुई हैं कि पलभर कहीं नहीं टिकता और ना किसी को टिकने देता है।"

रोटी-पानी खाते-खिलाते मासी ने पूछा, "बापू, चौधरी को थानेदार ने बुलाया था गढ़शंकर?"

"बुलाना ही था। उसे पता था कि मैं मंगू राम के आदि-धर्म का प्रचारक और कारिन्दा हूँ। पुलिस तो उसके नाम से थर-थर काँपती है!...और कई मोतबरों ने बीच में पड़ कर चौधरी के लड़के से माफ़ी मँगवा दी, पशुओं का ढारा बनाने के लिए सरकण्डा, घास-फूस और बल्लियाँ दिलवा दीं और थोड़ा-सा मुआवज़ा। चौधरी ने भी पंचायत के सामने थाने में कहा कि मेरी औलाद अच्छी नहीं निकली...और एक अपने कुकर्मों के कारण चल बसा, मेरी धौली दाढ़ी बरबाद कर दी।...और मुझे लगा जैसे उसके अहंकार की चट्टान किसी तौदे की तरह खिसककर भुरभुरी मिट्टी बन गयी हो। फिर सभी ने मुझे कहा, संगतिया, मिट्टी डाल अब इस बात पर, जो हो गया, सो बीत गया।"

"चलो फिर भी गाँव में रहना है। आगे से वो सोचें कि अपनी पगड़ी अपने हाथ है।"

"अब कान में डाले भी नहीं चुभेंगे...पर यह भी सच है, जैसे अपने गाँवों में कहते हैं ना कि कुत्ते की पूँछ को चाहे बारह साल नली में डालकर रखो, वह सीधी नहीं होती।"

"वो तो ठीक है। रोज़-रोज़ के झगड़ों और क्लेशबाज़ी से तो अच्छा है कि बात इज़्ज़त-मान के साथ ख़त्म हो गयी।" मासी ने बात निपटायी।

...मैं तो आदि-धर्म के किसी कारकुन की तरह बिल्कुल तैयार होकर बैठा था। बस, बाबा के हुक्म की तामील करनी बाक़ी थी जैसे वह अपने प्रधान मंगू राम की किया करता है।

"गोरे, ले भाई गुरु का नाम और चलें जैजों दुकान पर, कल सुबह या परसों गाँव की तरफ़ चल देंगे।"

"रात रुक लो, और सभी से मिल लो।" जब हम चलने को हुए तो मासी ने कहा।

"बेटा तेरा ससुर मिल ही गया था और हमारे साथ घटे मामले में पूछ-बता भी गया था।...अच्छा फिर बेटी तू बैठ, हम चलते हैं।"

"गोरे, चौ पार करके पिछले साल वाले उस राह चलेंगे जहाँ तू रंग-बिरंगी छोटी-छोटी चिड़ियाँ, चक्कीराहे, तीतर-बटेर, ख़रगोश, नील गायें, जंगली बकरे देखते चलना। कई बार वे राहों में घूमते रहते हैं।"

ख़ुशी की लहर मेरे तन-मन में इस प्रकार भर गयी जैसे गरमी में कोई बदली बरस गयी हो। इसके साथ ही बाबा ने मेरी पढ़ाई, मास्टरों के रवैये और दशहरे-दीवाली के बारे में पूछा। पर मैं पिछली बार जब पूरी गरमी थी और अब बदले मौसम के कारण ना गरमी, ना सर्दी के बारे में सोच रहा था कि बाबा ने बात आगे बढ़ायी, "गोरे, दशहरा-दीवाली आर्य लोगों के त्योहार हैं, पूरब की तरफ़ हमारे मूल निवासी महिषासुर जैसे जोधाओं को मारने के जश्न मनायी जाते हैं, वो भी पूरे पाँच दिन, धनतेरस से शुरू होकर भैया दूज के साथ ख़त्म...। छोटे-बड़े शहरों में बसते अपने लोग देखादेखी आर्यों की नक़ल करते अपने आपको उच्च जाति का होने का प्रपंच करते हुए अपने भाईचारे को अच्छा-बुरा बोलते रहते हैं।"

इस दौरान हम खच्चरों और ऊँटों के काफ़िले पीछे छोड़ आये। शायद उन पर ललवाण से चमड़े की पकाई और रंगी खालें, घोड़ों की काठियाँ, जूतियाँ वग़ैरह थीं। इनमें से खालों की बू जबरन नाक को चढ़ती जाती थी। शायद इसलिए भी बाबा मेरे

अन्दर तेज़ चलने के लिए बार-बार जोश भरता था। पर मैं खच्चरों पर लदे वज़न के बारे में सोचकर ख़ुद को नीचे की ओर झुकता महसूस कर रहा था कि बाबा ने बताया, "ये सारा माल फिरोजपुर, लाहौर, झंग-सियाल, मुल्तान और चूनी मण्डी के लिए गाड़ी में जैजों स्टेशन लादा जायेगा।"

मैंने महसूस किया कि बाबा सफ़र की थकान का ख़याल रखते हुए बात की कड़ी नहीं टूटने देता था, पर मुझे तो सहज ही नयी-नयी बातों की जानकारी मिलती जाती थी। ख़ैर, हम पुरानी बसी, बछोही, ललवाण, कई पहाड़ी नदियाँ-झरने और कई फूटते सोतों वाले ऊँचे-नीचे राहों को नापते ऊँची पहाड़ी पर ख़ूब बसते जैजों शहर की अपनी दुकान पर जा पहुँचे। सूरज अस्त हो रहा था और इधर चाँद नीले-निखरे आसमान में पहाड़ियों के वृक्षों के ऊपर आ गया था। मेरे मन के शीशे पर फातिमा का सुस्त और मुरझाया चेहरा उभरा। पिछली बार मिलते समय बाबा से कहा याद आया, "जब लोगों के लिए रात पड़ती है, हमारा तब दिन चढ़ता है। तुम्हारा कारोबार दिन-दिहाड़े होता है, हमें आठों पहर दरवाज़े खुले रखने पड़ते हैं।" ये सोचते हुए मेरे मन में उसके लिए हमदर्दी जागती और तरस आता। यह सब कुछ मैं बाबा को चाहते हुए भी बताने में संकोच करता रहता।

यद्यपि दस मील का रास्ता तय करके मैं थक गया था, पर अपनी दुकान के सामने बिछी खाट पर लेटे मैं चाँद को लगातार देखता रहा। उस पर एक धब्बा दिखता। पता नहीं क्यों फातिमा बार-बार याद आयी और चाँद के ऊपर का धब्बा, उसकी शक्ल मुझे हिरणी की तरह दिखती जो चाँद के गोल चेहरे से बाहर खुले आसमान में जाने के लिए मचलती लगती। पर मैं अपने सोचों के दायरे जो चाँद जैसे थे, में घूम रहा था और पता नहीं चाँदनी रात में नींद ने कब आँखों के आगे अँधेरे का परदा खींच दिया, जैसे दिन के समय बाबा गरमी से बचने के लिए दुकान के दरवाज़े के आगे चादर का परदा तान देता है।

मुझे रात में सपने आते और दिन के समय जब मैं अकेला होता या स्कूल में पढ़ते हुए और मासी के गाँव में रहते हुए मुझे अपना गाँव बार-बार याद आता। आँख झपकने से पहले मैं मन-ही-मन वहाँ पहुँच जाता। माँ, दादी, गज्जण और माहिलपुर स्कूल में पढ़ते लड़के मेरे सपनों में आते। गाँव के दोनों ओर बहती पहाड़ी नदी, उस पर बाबा द्वारा लोगों के साथ मिलकर बनाया लकड़ी का पुल-रास्ता, खड्ड के अन्दर वाले गड्ढों में डुबकियाँ लगाता दिखाई देता। रंग-बिरंगे छोटे-छोटे पंछियों को पकड़ने की ख़ातिर मैं उनके पीछे भागता और इतने में वे ऊपर उड़ जाते। घर के आगे की फिरनी के दोनों तरफ़ शीशम, बकायनों और शहतूत के वृक्षों की क़तारों

के नीचे गाँव के हमउम्र लड़कों के साथ कंचों की नक्का-पूर और 'बारां टाहणी' आदि खेल खेलता महसूस करता। घरों से दूर हटकर हड्डा-रोड़ी पर उड़ती गिद्धों का स्थायी ठिकाना वहाँ के रुण्ड-मुण्ड हुए दरख़्त बताते। कुत्ते उन्हें भगाने के लिए बार-बार कोशिश करते और मृत पशुओं की हड्डियों के पिंजर खींचते-नोचते मुझे दिखते। पर मैं बाबा को कभी अपने मन की भनक ना लगने देता, बल्कि यह साबित करने के ख़याल में रहता कि मैं बड़ी मज़बूती के साथ पढ़ाई में जुटा हुआ हूँ। चाहे मन अन्दर से अपने परिवार के सदस्यों के पास जाने को डोलता रहता।

...और बाबा द्वारा मुँह-अँधेरे उठकर टहलने की डाली आदत के कारण मैं जैजों के दर्रे के पास ठण्डी-ठण्डी रेत पर चलता ताज़गी को अपने अन्दर भरता हुआ अनुभव करता। थोड़े-थोड़े ऊँचे और बिछे हुए घास की ओस पर छप-छप करता, मगर वह घास कुचले जाने के बाद भी पलभर में ही ऊपर उठ जाता। मुझे बाबा की कही बात याद आ जाती–ज़िन्दगी को जीना कुदरत से सीखो, घास की तरह कुचले जाने पर भी हमें सिर ऊपर उठाकर आगे बढ़ना है। इसी दौरान ऊँटों, खच्चरों और गधों के काफ़िले लेह-लद्दाख, कुल्लू, मनाली, भुंतर, मण्डी और अन्य मण्डियों के लिए जा रहे हैं जिनके लिए दिन-रात एक बराबर थे। उनकी पीठों पर माल से लदी जीन-काठियाँ और उन पर बेहिसाब बोझ देखकर मेरी फिर आह निकल गयी, जैसे बजवाड़ा-बछोही से आते हुए ललवाण के पास देखा था। और बाबा ने बताया था, "गोरे, तुझे बताऊँ कि सनातनी ग्रन्थों में इन बेज़ुबान जानवरों को शूद्र की जद में रखा गया है। और तो और, शहद की मक्खियाँ जो मिलकर एक छत्ते में रहती हैं, उन्हें भी रानी मक्खी और दासी मक्खी में बाँटा हुआ है। गुरु रविदास महाराज का शबद है–

" सतसंगति मिलि रहीयै माधुउ
जैसे मधुप मखीरा।"

बाबा कई बार अपने मन की रौ में आया साईं बुल्ले शाह का कलाम गाने लगता–

"चल बुल्लिया चल उत्थे चलिए, जित्थे सारे अन्हें।
ना कोई साडी जात पछाणे, ना कोई सानूं मन्ने।"

...ख़ैर, बोझ उठाये ले जाते जानवरों के काफ़िले के उलट दुकान की तरफ़ आते हुए मुझे लगा मानो शरीर की ताज़गी अब नया बोझ उठाने के और क़ाबिल बना रही है। मैं अधिक पढ़ाई और अधिक कमाई को लेकर और अधिक सोचने लगा।

बाबा ने मुझे काली-सफ़ेद लकीरों वाले आधी बाँह के लम्बे कुरते और सफ़ेद खुले पायजामे को देखकर कहा, "गोरे, बड़ी शान में आ रहा है। खड्ड के गहरे तालाब के किनारे नहाकर आया लगता है, कपड़े वहीं ले गया था?"

मैं 'हाँ' कहकर दुकान के अन्दर टँगे आईने के आगे खड़ा होकर मुँह-सिर सँवारने लगा। पर मैं तो अपने विचारों में सवेरे-सवेरे ऊँचे-नीचे उड़ते परिन्दों को देख-सुन रहा था। हालाँकि मनुष्य की भाँति सुर निकालने वाले उनके तन्तु नहीं हैं, पर वे कुदरत के गायक बन जाते और बाबा भी उनकी संगत कर लेता। वह खोखे की दीवार पर टँगी जूतियों के पास वाली खूँटी पर से सारंगी उतारता, उसकी खूँटियाँ कसता। इसी दौरान मेरा चित्त करता कि बाबा को बताऊँ कि मुझे उस जंगल के सपने आते हैं जिसे आग लगायी गयी थी, शिकार करके मारी गयी उन जंगली बकरियों, नीलगायों, अपनी मौत तक गधों, खच्चरों और ऊँटों की तरह बोझ ढोते मेरे गाँव और अन्य गाँवों की बस्ती के लोगों के, क़हर की धूपों के साथ झुलसे कमज़ोर शरीर, कम उम्र के बावजूद बुढ़ापे का भ्रम डालते चेहरे, पैरों की चौड़ी बिवाइयाँ और उनके अन्दर से दिखती कालिख, पैरों जैसे खुरदरे हाथ दिखाई देते।

कुछ देर बाद गहरे तालाब के पानी जैसी आँखों वाले इक्का-दुक्का पठान बाबा के अड्डे के पास खड़े होकर पिशौरी खुस्सा, शेरवानी खुस्सा, पिशौरी सैंडिल, पठानी जूती के काले-भूरे या तांबई रंग के जूते पॉलिश कराने आते और जाते गये। बीच-बीच मैं बाबा को उसके मददगार के तौर पर कोई पॉलिश की डिबिया या कोई औज़ार पकड़ाता। इसी दौरान मुझे शीशे में भ्रम-सा पड़ा कि फातिमा तेज़ क़दमों से आगे निकल गयी है। मैंने बाहर की तरफ़ झाँका। चाल-ढाल से वही लगी, पर पीठ की तरफ़ से क्या पता चलता है...और फिर बाबा ग्राहकों को भुगताकर पकाये हुए चमड़े को अड्डे पर रखकर रम्बी से काटने लगा। बीच-बीच में वह पत्थर की सिल पर रम्बी को दोनों तरफ़ से तेज़ी के साथ धार तेज़ करता। वह कितना एकाग्रचित्त होकर अपने काम में जुटा हुआ था, मानो वह मेरी उपस्थिति को भी बिसर गया हो। जब एक साया उसके अड्डे की सिल पर पड़ा तो उसने निगाह ऊपर उठाई। मैंने अचानक बाहर की तरफ़ देखा।

''बाबा, तेरा भी हुनर न्यारा...पहले काटता है, फिर जोड़ता है, फिर सीता है और फिर नयी-नयी वस्तुएँ तैयार करता है।'' फातिमा ने आते ही बाबा का ध्यान अपनी ओर खींचा।

''देख ले, साया भी क्या शै है, ना कोई रंग-रूप, ना शक्ल, ना वज़न। दिन के वक़्त धूप के मुताबिक़ छोटा-बड़ा हो जाता है और रात को चाँद की चाँदनी या फिर

दीये या लालटेन की रोशनी में दीवार पर पड़ता है, जैसे कोई वृक्ष, मनुष्य, जानवर, पक्षी हिलता है, वह भी हिलता है।'' बाबा ने उसी लहजे में फातिमा को ख़ुशामदीद किया और पूछा, ''फातिमा, क्या ले आयी?''

''जनानियों वाला छोटा-मोटा काम है। थोड़ी देर पहले यहाँ से गुज़री थी, तब ये सफ़ेद सलवारों-कमीज़ों, नीली-नीली आँखों वाले बुरशे (पठान) खड़े थे...मैं रुकी नहीं।'' फातिमा ने अपना हिजाब मुँह से नीचे खिसकाकर उसे ठीक किया। वह शायद हमें बेगाने बन्दों की तरह नहीं समझती थी, इसलिए।

दरअसल, फातिमा हमारी खोखानुमा दुकान की लम्बाई के बराबर बने तीन पायदानों को चढ़ने की बजाय, दूसरे पायदान पर बैठ गयी। पहले की भाँति पुराना क़िस्सा छेड़कर कहने लगी, ''कभी औरत जात को भी निजात हासिल होगी बाबा कि तेरी बनायी जूतियों की तरह सबके पैरों तले ही घिसती रहेगी?''

''बेटी, तू उदास ना हुआ कर और ना चित्त थोड़ा किया कर! हिम्मत रख, देख हम सभी की बेगार करते हैं और ऊपर से ये पेशा करते हैं। नंगे पैरों को काँटों, ठोकरों, गर्मी-सर्दी से बचाने के लिए दिन-रात काम करते हैं, और लोग हमें कितना बुरा बोलते हैं, हमसे नफ़रत करते हैं, और अपने क़रीब फटकने नहीं देते।''

''बाबा, हमारा पेशा...! और बताऊँ, पिछले दिनों चकला चलाती उस सैंतलबाज (औरत) से कहा कि मैं उन सारी रंडियों का कपड़ा-लीड़ा धो दिया करूँगी, दाल-सब्ज़ी ज़ायकेदार बना दूँगी, ख़ाली वक़्त में पढ़ लिया करूँगी, तू बस मुझे रोटी-कपड़ा दे देना...मैं उसे बहुत कहती हूँ कि मेरा एक ही पेट है, गाय की तरह चार नहीं, पर मेरी कोई नहीं सुनता।''

यह सुनते ही मुझे पिछले दिनों आया सपना मेरे अन्दर धूप की किरण की तरह चमका। फातिमा बाबा के संग बातें करती दिखी, मुझे उस पर दया-सी आयी। तभी, बाबा अपनी धुन में सारंगी की तान के साथ गाता सुनाई दिया–

बेगम पुरा सहिर को नाउ।।
दूखु अन्दोहु नही तिहि ठाउ।
नां तसवीस खिराजु न मालु।।
खउफ़ु न खता ना तरस जवालु।।

...और बेशक मैंने दुकान के पास ही चूल्हे पर चाय चढ़ा रखी थी, पर अपना ध्यान बाबा और फातिमा की बातचीत पर केन्द्रित किया हुआ था। इसी दौरान बाबा ने मेरी तरफ़ देखा और पूछा, ''गोरे, बनी नहीं अभी?''

मुझे लगता, फातिमा भेड़ियों के चंगुल में फँसी बकरी है जो हर रोज़ जिबह

हो रही है और ख़ून की एक बूँद भी बाहर नहीं निकल रही जैसे उसके दोनों चश्मों में से फूटते झरने अन्दर-ही-अन्दर समा जाते हैं और किसी को दिखाई नहीं देते।

''फातिमा, तू भी उस मुर्गी जैसी है...।''

''मुर्गी जैसी?...'' फातिमा ने उतावली होते हुए पूछा।

''जैजों स्टेशन पर एक अंग्रेज़ किसी को बता रहा था पिछले दिनों कि मुर्गी अंडा देने से पहले उसको रोज़ाना पचास बार हिलाती है कि कहीं उसकी ज़र्दी खोल से ना चिपक जाये।...मेरे कहने का मतलब है कि तू ऐसे ही अपना दुख-सुख हमारे साथ साझा कर लिया कर, तेरा मन भी इधर-उधर हो जायेगा और दिल दुखी होने से बच जायेगा।''

फातिमा ने चेहरे पर उभरे हाव-भाव को छिपाने के लिए अपने लम्बे और ढीले से काले बुर्के को सिर से पैरों तक ठीक से नीचे की ओर लटकाया। चाय पीने के बाद ख़ाली गिलास मुझे पकड़ाती हुई बोली, ''मैं परसों आऊँगी बाबा।''

''हमें परसों को गाँव चले जाना है और तेरा भी जुम्मा!''

''मेरा कैसा जुम्मा, जुम्मा तो ये जो अभी गये आसमानी आँखों वाले उनका है।'' उसकी आवाज़ में नहोरा-सा था। बाबा ने बताया, ''हमें सत्रह को पिपलांवाला जाना है।''

''कौन-सी सत्रह?''

''सत्रह अक्तूबर उन्नीस सौ सैंतीस, दिन इतवार, और बता?''

''अभी पिछले से पिछले इतवार तो वहाँ गया था।'' फातिमा ने थोड़ी हैरानी प्रकट की।

''हाँ, तीन अक्तूबर को गया था, तालीम महकमे का वज़ीर मियाँ अब्दुल हाये आदि-धर्मियों-अछूतों के सामाजिक और माली हालात की जानकारी लेने आया था। होशियारपुर के क़रीब पिपलांवाले के आम के बाग़ में बहुत बड़ा शामियाना लगा था और हज़ार से ज़्यादा आदि-धर्मी जालन्धर, होशियारपुर और आस-पास के ज़िलों से आये थे।''

''अच्छा! लाहौर से कोई आया? मेरे अपने-पराये हुए लोगों के शहर से?'' फातिमा ने बेताबी के साथ पूछा जैसे वह भी बाबा की मुहिम का हिस्सा बनना चाहती हो।

''सारे वज़ीर वहीं रहते हैं...और फातिमा उसने हिन्दुस्तानी में बोलते हुए कहा कि मैं पंजाब सरकार और वज़ीरे-आज़म सर सिकन्दर हयात ख़ान की तरफ़ से अपने पिछड़े, अछूत भाइयों के गहरे सरोकारों के बारे में फ़िक्रमन्द हूँ। मैं अछूतों-हरिजनों को ब्राह्मणों और सैयदों के बराबर रुतबा देने के हक़ में हूँ। अल्लाह, वाहेगुरु, ईश्वर

की नज़र में मुझे अपने और अछूतों में कोई फ़र्क़ नज़र नहीं आता।...पंजाबी क़ौम कई भाईचारों के साथ मिलकर बनी है और आदि-धर्मी क़ौम का हिस्सा है।'' बाबा बताता रहा। सच तो ये लगता, जैसे वह तकरीर करने की रौ में हो।

''और सुन फातिमा, मियाँ अब्दुल ने कहा है कि आदि-धर्मी मकान के बुनियाद में लगी ईंटों जैसे हैं जिनके कारण इमारत छत तक खड़ी है। इसकी सँभाल बड़ी ज़रूरी है, नहीं तो सारी इमारत नेस्तोनाबूद हो जायेगी।...पंजाब सरकार उसके अफ़सर-मुलाजिम कठिन घड़ी में इस भाईचारे की मदद करते हैं और अधिकार रहित फिरके के लिए इन्साफ़ करते हैं।...वह कहता है कि मुल्क तब तक तरक़्क़ी नहीं कर सकता जब तक सब अपने आपको भाई-भाई नहीं समझते।...उसने तो यह भी कहा कि जब वह अपने इन भाइयों को हरिजन कहता है तो इसका मतलब यह नहीं कि ये सौतेले भाई हैं, बल्कि भाई हैं, एक ही माँ-बाप की औलाद।''

यह सब बोलते हुए बाबा ने इशारे से पानी का गिलास लाने को कहा।

एक ही साँस में पानी पीने के बाद उसने जल्दी-जल्दी बोलना प्रारम्भ किया। मुझे लगा, जैसे वह सोच रहा हो कि कहीं वह कोई नुक्ता भूल ना जायें। तभी फातिमा दुबारा बैठ गयी और उसने हिजाब नीचे सरका लिया। अब उसकी आँखों में चमक थी।

''और मैं बता रहा था कि तालीम के वज़ीर ने यहाँ तक कह दिया कि सरकार आदि-धर्मियों के बच्चों को प्राइमरी तक मुफ़्त पढ़ाई, मिडिल तक आधी फ़ीस और जब बच्चे कॉलेज में पढ़ें तो उन्हें ख़ास वज़ीफ़े दिये जाने की इच्छुक है। यदि हिन्दुओं, मुसलमानों और सिक्खों की शिक्षा संस्थाएँ आदि-धर्मियों के बच्चों को दाख़िला देने से इनकार करती हैं तो सरकार उसका गम्भीर नोटिस लेगी और ज़रूरत पड़ती है तो उन संस्थाओं को बन्द कर देगी। सरकार आदि-धर्मियों को रुपये में से दो आने देगी, मतलब सरकार में उनकी हिस्सेदारी होगी।'' यह कहकर बाबा जो अपने अड्डे पर पालथी मारकर बैठा हुआ था, उठकर पैरों के बल बैठ गया। उसने अपनी पगड़ी के बायें कोने पर से लटकते सिरे से अपना मुँह साफ़ करते और ख़ुश होते हुए कहा, ''और सुन बेटी फातिमा...।''

इतना कहकर बाबा ने मेरी ओर भी देखा कि मैं ग़ौर से सुन रहा हूँ या नहीं। उसने पुनः बताना शुरू किया, ''जब वज़ीर ने आदि-धर्मियों के अपने घर हों, दूसरे भाईचारों के साथ अच्छे सम्बन्ध रखने और अपने पैरों पर आप खड़े होने का ज़िक्र किया तो पण्डाल में बैठे आदि-धर्मियों के चेहरे खिल उठे।''

बाबा की जैसे अपनी मूँछें खड़ी हो गयी थीं और वह बड़े गर्व के साथ बोला, "और रात को होशियारपुर के ज़िला बोर्ड हॉल में पचास ख़ास आदि-धर्मियों को बुलाकर मियाँ अब्दुल हाये ने खाना खाया। पहले कई आदि-धर्मी लीडरों ने तकरीरें कीं और पंजाब सरकार का धन्यवाद किया।"

"और बाबा, तुमने भी वहाँ अपना गायन किया।" फातिमा ने मुस्कराते हुए पूछा।

"नहीं, ऐसा कोई प्रोग्राम नहीं था वहाँ, यूँ तो सारंगी मेरे पास ही थी।" उसने खोखे की दीवार पर टँगी सारंगी की ओर संकेत करते हुए कहा।

"तो फिर...?"

"फिर क्या? मैं भाँति-भाँति का खाना खाता रहा। उसके स्वाद के बारे में सोचकर मेरे मुँह में पानी भर आता है।"

फातिमा ने बीच में टोकते हुए पूछा, "वहाँ औरतें भी थीं?"

"वज़ीर के भाषण के समय पिपलांवाले में बहुत सारी औरतें थीं, पर रात के खाने के वक़्त कोई नहीं थी।" बाबा फातिमा के सवाल पर ख़ुद ही हैरान रह गया।

"वैसे तो बड़ी बातें करते हैं कि दुनिया में आधी आबादी औरतों की है...।"

"तेरी बात सही है, फातिमा। शूद्र और औरत का दर्जा एक जैसा है। यदि गुरु नानक की लोग सुन लेते तो सारे समाज में ख़ुशहाली की साँझ बन जाती। और तो और, सिक्खों का हमारे साथ व्यवहार हिन्दुओं वाला है।...छुआछूत और जात-पात के ख़िलाफ़ और सामाजिक बराबरी के लिए संघर्ष में हमारे अनगिनत साधू-सन्तों ने शहादतें दीं। ख़ैर...और ये जो वज़ीर आया था, ये हमारे लोगों के हक़-हकूक की वकालत करता है, वैसे भी बताते हैं कि बहुत बड़ा वकील रहा है। था लुधियाने का और पेशे के कारण जा बसा लाहौर। वह मंगू राम, हज़ारा राम पिपलांवाला, राम चन्द खेड़ा, सेठ किशन दास, मास्टर गुरबंता सिंह और ऐसे ही कई लोगों के साथ यूँ घुल-मिलकर बातें करता था, जैसे वे उसके परिवार के सदस्य हों। मंगू राम का भाषण भी सुनने वाला था, जब उसने अफ्रीकियों और हिन्दुस्तानियों के साथ अपने-अपने मुल्क में होती ज़्यादतियों का ज़िक्र किया। विस्तार से विवरण देकर बताया कि वहाँ गोरे कहते हैं कि ईश्वर ने काले लोगों को हमारी सेवा के लिए पैदा किया है। जैसे यहाँ कहते हैं कि शूद्र और औरतें, ब्राह्मणों और दूसरों की सेवा के लिए हैं। अमरीका में काले-गोरे की नस्ल और यहाँ वर्ण-धर्म की आड़ में हमारे लोगों को मनुष्य ही ना समझे जाने की मानसिकता के और भी कई हवाले दिये।"

बाबा ने फिर पानी पिया। बताया, ''मंगू राम ने एक और खरी बात कही जो लोग अपने बुज़ुर्गों के ग़लत फ़ैसले पर पहरा देते हैं या अपने किये गुनाहों पर पछताते नहीं, वे इन्सानी दर्जे के क़ाबिल नहीं।...कोई बात नहीं, हमारा भी वक़्त आयेगा! अगर अन्याय हो रहा है तो हम न्याय के लिए जूझ रहे हैं। आदि-धर्म आसमानी बिजली की तरह चमक रहा है और गरज भी रहा है।...ख़ैर...!'' बाबा ने पुनः अपने आप पूछ लिया, ''फातिमा, ऊब-थक गयी लगती है, चल फिर कभी सत्संग कर लेंगे।''

''और बाबा, अब यह बता कि सत्रह को क्या कर-करा रहे हैं?''

''जो कुछ अब तक करते आ रहे हैं, वही कुछ करना है कि हमारे ग़रीब-गुरबे, वर्ण-धर्म की मार झेलते लोगों का सुधार हो जाये।...अच्छा बेटी फातिमा, मैं बोलते-बोलते थक गया हूँ, और तू भी जाकर आराम कर ले।''

''मुझे उर्दू का कायदा-किताब ला कर देना, ताकि मैं भी तुम्हारे जैसा इल्म और सूझ हासिल कर सकूँ।''

''पक्का लाऊँगा और सिखाऊँगा भी। फातिमा, दरअसल औरत की ज़िन्दगी पच्चीस साल के बाद ही शुरू होती है...समझी?'' बाबा ने फातिमा की उर्दू सीखने की इच्छा को पूरा करने का यक़ीन दिलाया।

मैं पहले की तरह लगातार चुप रहा। पढ़ाई-लिखाई के बारे में बाबा की सोच, चाहत, बेताबी का ख़याल आते ही मेरे मन में नयी जानकारी, अपने और दूसरे देशों के अन्दर के हालात, लोगों के रहन-सहन, नदियों-नालों और जंगलों को लेकर मेरे अन्दर ख़ुद-ब-ख़ुद विचार उभरे।...बाबा मेरे लिए कॉपियों-पेंसिलों, रबड़ों, रंगों, स्याही-दवातों की कभी कोई कमी नहीं आने देता।...पता नहीं फिर भी क्यों मुझे अपना बापू बार-बार याद आता कि यदि वह हमारे पास होता तो मैं भी फातिमा की तरह किताबों की फ़रमाइशें करता और वह उत्साह में ख़ुश होकर मुझे नये कपड़े, स्कूल की वर्दी और बहुत कुछ छोटा-मोटा सामान बिना कहे ही ला दिया करता। फिर मेरे पैर ज़मीन पर नहीं लगा करते। अपने बापू का दुख मैं अपनी माँ की तरह किसी को ना बताता कि वह मेरे सपनों में आता है और मुझे लाड़ जताता रहता है। अब हालाँकि मैं इतना बड़ा हो गया हूँ, पर मैं अभी भी वैसा ही बलूर और बच्चा-सा हूँ जब वह मुझे, गज्जण और मेरी माँ को माहिलपुर ले जाकर मुसलमानों के मुहल्ले में ले जाता, जहाँ गन्धक के बने पटाखे या आतिशबाजियाँ दशहरे-दीवाली के दिनों में ख़रीद देता था। अपनी सामर्थ्य से अधिक ख़र्च करता। भराईं लोग ढोल-नगाड़े बजाते, ख़ुद ही लुड्डियाँ डालते अक्सर मुझे दिखाई देते। मुझे याद है कि बापू ने

मेरी माँ को दोनों हाथों में चूड़ियाँ चढ़वा कर दी थीं। दंदासे (दातुन) के लिए सूखी दोहरी की हुई छालों की दातुनें लेकर दी थीं। मैं अब भी जब, हिन्दू कसाइयों को लोग झटकई और मुसलमानों को कुठीक कहते हैं, उन कसाइयों की दुकानों के अन्दर खाल उतरे बकरों को लटकते देखता हूँ तो मेरा दिल दहल जाता है।...और अच्छी प्रकार याद है कि बापू ने मुझे उठाकर बाज़ार पार कराया था। गज्जण को माँ ने अपनी बायीं बग़ल में उठा रखा था।

''गोरे, किन ख़यालों में खोया हुआ है?'' बाबा ने मुझे उसके अड्डे पर रखे भाँति-भाँति के रंगों की पॉलिश, धागों और औज़ारों को एकटक देखता देखकर अचानक पूछा। मेरे मुँह पर ख़ामोशी थी, पर मैं ज़हन की यादों की बाढ़ में बहा जा रहा था।

इसी दौरान फातिमा ने उठते हुए हिजाब को ठीक किया और बुर्के को सँवारते हुए अपने जाने की बग़ैर कुछ बोले मानो इजाज़त माँगी हो।...मैं खोखे में से बाहर निकला। देखा कि कंजर मुहल्ले की तरफ़ से एक कुठीक तीन बकरियों को पकड़े आ रहा था। रंग-बिरंगे रंगों, फूलों वाले परांदों को देखकर बाबा बोला, ''जिन बकरियों को ग़ुलाम अली गली-बाज़ार में घुमा रहा है, यह एक-दो दिन की मेहमान हैं। जिबह करने से पहले ग़ुलाम, अल्लाह-ताला से माफ़ी माँगेगा, उनके पैर छुएगा, प्यार करेगा, फिर रो देगा।''

ये सुनते ही मुझे माहिलपुर के बाज़ार में उलटे लटके बकरे फिर दिखाई दिये। ...और अपनी ख़्वाहिशों के ख़िलाफ़ जिबह होती फातिमा का रुदन मुझे अपने अन्दर सुनाई दिया। पता नहीं क्यों उसकी शक्ल-सूरत मेरी मासी में बदलती दिखाई देती रहती है; शायद उनके नयन-नक़्श परस्पर मिलते होने के कारण।

''हमारे हिन्दू कसाई बकरे की गर्दन पर पानी लगाकर एक ही बार में गँड़ासे से सिर धड़ से अलग कर देते हैं, फिर कहते हैं–हो गया झटका। होशियारपुर के घण्टाघर के पास गोश्त की दुकान है जिसके बाहर लिखा हुआ है–'झटका महा प्रसाद'; तुझे पढ़वाया तो था जब पिछले दिनों हम शीश महल बाज़ार में से होकर वहाँ गये थे।'' बाबा ने बताया और मन-ही-मन ये सब देखते हुए घिन-सी महसूस हुई।

''बाबा, मैं अभी आया, मण्डी की तरफ़ चक्कर लगाकर।'' मैंने बाबा से कहा और कहते ही चल पड़ा, पश्चिम की ओर जिधर शीशम, आम और पीपल के छतनारी वृक्ष थे। अभी कुछ ही दूर गया था कि मैं वहीं लौट आया जहाँ घोड़ों और बैलों को ज़मीन पर गिराकर और लिटाकर उनके खुरों में नालें ठोंकी जा रही थीं। ये मेरा कैसे दिन चढ़ा था कि उदासी की लहरें मेरे मन में ऊँची-ऊँची उठ रही

थीं। यह सोचते हुए मैं दुकान पर वापस आ गया। बाबा अपनी सारंगी को साफ़ कर रहा था और अपने आप से ही बोले जा रहा था, "बड़े दिन हुए हाथ लगाकर नहीं देखा, मेरी जान!"

मैंने आते ही बोरी के ऊपर दरी बिछाई और लेट गया। फिर पता नहीं, कब मेरी आँख लग गयी शिखर दोपहरी।

13

अपने गाँव में हफ़्ता-दस दिन रहकर आये को क़रीब डेढ़ महीना हो गया था, पर मेरा मन अभी भी छोटे भाई गज्जण, माँ, दादी, बाबा और आँगन में नाँद के पास बँधे पशुओं के पास दिन-रात चक्कर लगाता और मेरा आपा, मुझे कभी अन्दर, कभी बाहर जाता दिखाई देता है। इस बार मेरी माँ ने मेरे साथ अपने दिल की बेशुमार बातें साझी कीं। एक दिन तो उसके सब्र का बाँध ही टूट गया और आहें भरकर बताने लगी, ''बेटा गोरे, मेरे मन में तेरे बापू को लेकर सोचों की काँग वो पहाड़ जितनी ऊँची चढ़ती रहती है। पूरब की तरफ़ जो खड्ड है, उसके बरसाती पानी की लहरें लगता है, मेरे दिल में घरकर चुके प्यार-मुहब्बत के ख़ज़ानों को बहा ले जाने की ताक में हैं। तेरा बापू मेरी साँसों के ज़रिये मेरे दिल में धड़कता है, जिसकी धक-धक मुझे मेरे कानों में सुनाई देती है। उसकी यादों की मथनी मेरे दिल पर हर समय घूमती है।"

पलभर बाद माँ ने कहा था, ''रब जानता है कि वह कहाँ और कौन-से हाल में है, पर मुझे बार-बार उसका भचक्क (भ्रम) पड़ता है, जब मैं अन्दर या चूल्हे-चौके की तरफ़ जाती हूँ।...तेरा बापू मुझे कहता सुनाई देता है–'प्यारो, आम की चटनी बना लेना आज, छिछा ठण्डा करके रखना, खट्टा थोड़ा गाढ़ा बनाना और बीच में गुड़ डाल लेना, मक्की की रोटी कढ़ी के साथ बड़ी स्वाद लगेगी।' कभी कहता–'चल, तुझे जैजों घुमा लाऊँ रेलगाड़ी में, साथ में बच्चे भी झूटे ले लेंगे गाड़ी के, बन्दरों की कलाबाज़ी देखेंगे तो हँस-हँसकर दोहरे हो जायेंगे। पेड़े खायेंगे और ऊँटों, घोड़ों, खच्चरों को देखकर ख़ुश होंगे।' " फिर, पता नहीं उसके चित्त में क्या

आया, वह उठी और पानी का गिलास गटागट पीने के बाद बोली, ''बेटा गोरे, रब की किरपा से अब तेरे दाढ़ी उतर आयी है, इसलिए तेरे साथ दिल की बातें साझी कीं कि तेरे बापू के साथ मेरे रूह का रिश्ता है, उसके बग़ैर ना मैं कुछ और सोचती हूँ और ना ही कोई दूसरा ख़याल मेरे चित्त में है।''

इसी दौरान दादी ने आते ही कहा था, ''फूलों की ख़ूबसूरती और जनानी की सुन्दरता, उनके वैरी होते हैं। यूँ तो नहीं पर्दे-बुर्के का रिवाज़ पड़ा।'' दादी ने नवारी पलंग पर बिछी चादर की सलवटें दूर करते हुए अपनी ही धुन में कहा था, ''प्यारो, गरम पानी भी आग को बुझा देता है। बड़ों का कहा ग़ौर से सुन कि ढलानों के पानी ढलानों को ही जाते हैं।''

मुझे उस दिन माँ के यह कहने पर कि मेरे दाढ़ी उतर आयी है, ऐसा लगा, मैं सयाना हो रहा हूँ। ख़ैर, कुछ समय पहले दादी द्वारा मेरी माँ की, की गयी तारीफ़ें एकाएक मुझे याद हो आयी, ''मेरी बहू प्यारो, आज तक मेरे आगे तो क्या, गली-मुहल्ले या रिश्तेदारी में भी ऊँचा-नीचा नहीं बोलीं, ना ही दूसरी औरतों की तरह किसी की बुराई करती है, ना ही चुगली। किसी की अच्छी-बुरी बात में नहीं आती। आने-जाने वालों की ख़ूब सेवा-टहल करती है, कभी माथे पर बल नहीं डालती। बड़े नेक चाल-चलन की है...रब ऐसी बहू-बेटी सब को दे...पर रब ने उसको और हमको पता नहीं क्यों सज़ा दी कि मेरा सरू जैसा बेटा...। बलिहारी हैं प्यारो के, हमें कभी डोलने नहीं दिया, कहती–फ़िक्र ना करो, गोरे का बापू एक-न-एक दिन आ जायेगा।''

दादी के दिल के दुख की अमुक व्यथा क्या उस दिन शायद और भी जारी रहती यदि बाँके बकरियों वाले के रेवड़ में से निकलकर एक तगड़ा-सा बकरा हमारे आँगन की बाड़ के किवाड़ में सींग मारकर खटका ना करता। उसने हमारी बाड़ी की हरियाली को मुँह मारने की कोशिश की, पर दादी ने पहले ही उसे दूर भगाने के लिए शोर मचाया और डण्डा उठा लिया। बाँका अपने रेवड़ के पीछे, लाठी उठाये-उठाये अपनी मस्ती में गाये जा रहा था। आज जो वह गा रहा था, वो बोल मैंने पहले भी कई बार सुने थे, जब हम हमउम्र लड़के उसके रेवड़ की भेड़-बकरियों और कुत्तों के साथ खेलते पीछे-पीछे चला करते थे।

मैं देखता कि पहले जो रेवड़ लम्बे राह पर इकट्ठा होकर चलता रहा था, पहाड़ी पर पहुँचकर उसकी भेड़-बकरियाँ झुण्ड में बाँटकर, दूर-दूर बिखरकर चरने लगतीं। चलते समय अपने मुँह नीचे झुकाकर चलने के बजाय यही भेड़-बकरियाँ

छोटे-छोटे पौधों, झाड़ियों के पत्तों को जल्दी-जल्दी मुँह मारतीं और हरे-हरे घास को रौंदती दिखाई देतीं। बाँका कई बार लेटे-लेटे सो जाता, पर उसके दोनों कुत्ते रेवड़ की रखवाली करते रहते।

बाँके की न्यारी और प्यारी आवाज़ के बोल मेरे कानों में सुनाई देते–

'मुच्छ बाँके मरद सोहे, नैण बाँकी गोरियाँ।
दुध बाँकी महिं (भैंस) सोहे, चाल बाँकी घोड़ियाँ।।'

...मैं जब अकेला होता, मुझे माँ याद आती। मुझे मेरी सोचें, मासी के घर के आगे पीपल पर लगे छत्ते की मधुमक्खियाँ लगतीं जो कभी दूर उड़ जातीं, कभी छत्ते के पास भिनभिनाती रहतीं। ऐसे देखे हुए नज़ारों को याद कर मुझे लगता जैसे मेरा मन तरह-तरह की सोच का एक छत्ता हो। अन्तर बस इतना है कि वह किसी को दिखलाई नहीं देता। अपनी माँ और दादी का ख़याल आते ही मेरा मन उतावला पड़ने लगता कि बड़े दिनों की 25 दिसम्बर से हो रही छुट्टियों से एक दिन पहले ही गाँव चला जाऊँ। पहली जनवरी को शनिवार है और साल 1938 के पहले दिन अपने गाँव छन्नां में जाकर रहूँ। मैं इन ख़यालों के बहाव में पता नहीं कब तक डूबता-तैरता रहता, अगर मासी किनारे लगाने वाली ख़ुशख़बरी ना बताती, ''गोरे, परसों सवेरे-सवेरे तैयार हो जाना। तेरा मासड़ और मैं तेरे साथ छन्नां चलेंगे।''

मैं मन-ही-मन ख़ुश होकर उछलने लगा। मुझे लगा मानो मेरी सोच के पहिये वैसे ही थम गये हों, जैसे सिग्नल ना मिलने के कारण रेलगाड़ी जैजों के स्टेशन से पहले रुक जाती है।...दरअसल, मैं हवा में उड़ने लगा। कभी ख़ुद को दादी के साथ माहिलपुर की ओर जाता देखता, कभी बाबा का कहा याद आता, ''गोरे, तेरा पड़दादा कहा करता था, मैं वक़्त के ख़िलाफ़ सारी उम्र जूझता रहा, पर अब वक़्त मेरी लगामें कसकर पकड़ रहा है। ज़िन्दगी का तज़रुबा अपनी जगह है, पर अपने शरीर की बेबसी का कोई क्या करे।...'' थोड़ी देर बाद बाबा ने कहा था, ''बड़ी उम्र में बन्दा अकेला ना रहे, मजबूरियों-कठिनाइयों की तेज़ बहाव वाली खड्डों का पार करना और पहाड़ी रास्तों को तय करना सरल नहीं है। साथ ही ये भी कहता–संगतिया, जब तू मेरे पास होता है तो मेरी हिम्मत और मेरे हौसलों में बेइन्तहा ताक़त आ जाती है।''

बाबा की इस खोज भरी हक़ीक़त का अता-पता कई दिन बाद मिला था कि मेरा पिता अब नहीं है और उसके हौसले और ताक़त का मैं ही स्रोत हूँ। बरसाती खड्ड के तेज़ बहते पानी की तरह बुढ़ापे की ओर बढ़ रहे बाबा के लिए मैंने अपने आपको एक बड़ी चट्टान-सा महसूस किया जिस पर सारे परिवार का हक़ हो।

...और फिर शनिवार को हम तीनों ने शाम के वक़्त पहुँचकर अलख जगाई। बाबा आँगन में नाँद के पास कई सालों से गिरी पड़ी शीशम पर डिब्बी वाली खेसी लपेटे बैठा अख़बार पढ़ रहा था। पीली-सी दिखती मध्यम आकार की अख़बार को नीचे रखते हुए बाबा हमारी तरफ़ बढ़ा।

सरसरी राज़ी-ख़ुशी पूछने-बताने के बाद मासी ने झोले में से शहद की भरी दो बोतलें निकालीं जिनके बीच गलो की डण्डियाँ रखकर उन्हें कस कर आपस में बाँधा हुआ था ताकि आपस में टकराकर टूट ना जायें। मासी ने दादी को बोतलें पकड़ाते हुए कहा, ''माँ ये शहद है, सर्दी में खाँसी के वक़्त और ये गलो ताप-बुख़ार के मौक़े पर दवा के तौर पर काम आ जायेगा।''

''बेटी, तेरा भेजा शहद अभी थोड़ा-सा बचा हुआ है, अब बेशक ना लाती।'' दादी ने जैसे इन शब्दों के साथ शुक्रिया अदा किया हो।

''हमने कौन-सा मोल लिया है? बहादुरपुरिये महन्तों के जंगल काटते हुए इन्होंने तीन-चार महीने पहले चुआया था। बहुत सारे मधुमक्खियों के छत्ते लगे होते हैं वहाँ।''

इसी दौरान मैंने अपने झोले में से निकालीं उर्दू, हिसाब और अंग्रेज़ी की कॉपियों-किताबों को दुबारा झोले में डाल लिया। यह झोला मैं सारे रास्ते कभी बायें कन्धे से दायें कन्धे और कभी दायें से बायें कन्धे पर लटकाता हुआ आया था। मासी और मासड़ के हाथों में दूसरा सामान था।

इतने में माँ ने गरम-गरम चाय के गिलास हम सबको पकड़ा दिये। मासड़ ने मेरे बाबा को मुखातिब होकर पूछा, ''सुना मासड़ा, अपनी दुकानदारी की, आज काम पर नहीं गये? बड़ा डूबा हुआ था पढ़ने में जैसे गोरे की तरह पेपर देने हों। जब शहर को गड्डों पर दरख़्तों के तने या टाल पर लक्कड़ लेकर जाता हूँ, वहाँ तेरी तरह लाला लोग बड़े ग़ौर से पढ़ते हैं अख़बार...।''

बाबा सुनकर थोड़ा-सा मुस्कराया और कहने लगा, ''जैसे तुम्हारा पूरा परिवार वन काटने और दरख़्तों के टुकड़े करने लगा हुआ है, इधर मंगू राम जन-जन को सँवारने और जोड़ने में लगा हुआ है। रही अख़बारों की बात, ये मेरी रूह की ख़ुराक है जैसे मेरी सारंगी। सारंगी की सुर और लय, दरअसल मेरे दिल की धड़कन है। इसके सुरों में से मेरे आदि-गुरुओं की बोल-बाणी निकलती है। उनके ज्ञान, इहलाम के इज़हार के लिए सारंगी मेरे साँसों की तरह साथी है।''

''मेहमान इतनी दूर से थककर आये हैं, चाय पी लेने दे...तेरे ये टंटे तेरी अपनी तारीफ़ की तरह ख़त्म होने वाले थोड़े हैं।'' दादी ने बीच में टोकते हुए कहा।

''कोई नहीं मासी...मासड़ बता फिर क्या कहती हैं अख़बारें?'' मासड़ ने मेरी दादी को कहते हुए बाबा से नया सवाल किया।

''पंजाब असेम्बली में हमारे एम.एल.ए. लोगों ने आदि-धर्मियों के हक़ में बेशुमार मुद्दे उठाये हैं, अछूत बच्चों को मुफ़्त पढ़ाने, वज़ीफ़े दिलवाने, स्कूलों के होस्टलों में अछूत बच्चों को रखकर पढ़ाने, घर योग्य जगह ख़रीदने के हक़, बाहरी मुल्कों में जाने की इजाज़त और...।''

''अच्छा-अच्छा! शिक्षा से हमारी क़ौम का सुधार होगा, यह तो पत्थर पर लकीर है, और...।'' मासड़ ने बाबा से उत्सुकता के साथ पूछा।

''बेटा, और तो तू पूछ ही ना।''

''क्यों?''

''जैसे पहले विश्व जंग लगी थी, वैसे आसार फिर बन रहे हैं...जर्मन वाला हिटलर जब से तानाशाह बना है, उसने दुनिया का जीना हराम किया हुआ है। कहता है, धरती पर एक ही क़ौम है, दुनिया पर राज करने के लिए...ऐसे-ऐसे उलटे-सीधे नारे अपनी नाज़ी पार्टी के ज़रिये उछालता रहता है...कभी कहेगा, हम सारे जर्मनों को एक करेंगे। मैं पचास का होने वाला हूँ, मैं अब जंग चाहता हूँ, पचास-पचपन का होकर नहीं...।''

''क्यों अगम्य की बातें करे जाता है?...सारा दिन पहाड़ी पर बैठा जूते-चप्पल का काम करता है और ख़बरें ऐसा नस्र करता है जैसे वहीं से होकर आया हो।'' दादी ने ताना मारा।

''आदि डंका नहीं पढ़ता मैं...मंगू राम बार-बार कहते हैं कि ये आर्य टोला हिटलर के वंश से है, सारी दुनिया में फैला हुआ है ये...मरकज़ी एशिया और यूरोप में जा-जाकर।'' बाबा बोलता रहा।

''ज़रा दम मार ले...मेहमानों को बातचीत कर लेने दे, तू अपना ख़बरनामा बाद में सुना देना।'' दादी ने तल्ख़ी में बाबा को चुप कराने के लिए सुझाव देते हुए कहा।

''तू नहीं पढ़ती मेरे बाद 'आदि डंका' और अख़बारें...तभी तो तू अपने आगे किसी को एक नहीं गिनने देती।''

''तेरे साथ कौन माथा भिड़ाये...पर रब का वास्ता अब...।''

''सत्य बचन बचनी...करो बातें।'' बाबा ने जैसे हाथ खड़े कर दिये।

चाय वाले गिलास उठाकर मैंने चौंके में रखे और सीधा छन्न के चौबारे में जा चढ़ा। देखा कि बाबा के रोज़नामचे वाला बड़ा रजिस्टर खुला पड़ा है। मैं उमंग और उत्सुकता से पढ़ने लगा, ''मैं अपनी शेष ज़िन्दगी में लोगों की बेहतरी के लिए हर

काम करने को दिन-रात जूझता रहूँगा। मेरे ज़हन में हर वक़्त गुरु कबीर की वाणी मेरे कानों में गूँजती है–

सूरा सो पहचानीयै जु लरै दीन के हेतु।
पुरजा पुरजा कटि मरै कबहू न छाडै खेतु।।

मेरी उम्र और सेहत इस बड़े लक्ष्य के सामने इतने गहरे मायने नहीं रखते। पारिवारिक झमेलों के बावजूद इससे भागकर आरामपरस्त ज़िन्दगी के लिए किसी ढोंगी रास्ते का सहारा नहीं लूँगा। मैं उन बेहया लोगों में शामिल नहीं हो सकता जो समाज के कोढ़ और कोहज का पता होते हुए भी इससे आँखें मूँद रहे हैं।...शर्मिन्दगी आदमी को बीमारी से पहले मार देती है बशर्ते वह उसको समझता हो। जो लोग इस सब से नावाकिफ़ हैं या चेतन नहीं, वे माफ़ करने योग्य हैं।''

और फिर मैंने उससे अगला पैरा पढ़ा–

''आदमी के काम ही उसको अमर कर देते हैं। मंगू राम के ग़दर पार्टी में बहादुरी भरे कारनामों के कारण और हिन्दुस्तान के बेज़ुबान और भूमिहीन लोगों को इन्सान का दर्जा और इन्सानी हकूक दिलाने के लिए छेड़े संघर्ष के कारण ही उसे सदैव याद किया जाता रहेगा...।''

इसी दौरान मुझे किसी के सीढ़ी पर चढ़ने की आहट सुनाई दी और मैं फुर्ती के साथ बाबा की बनायी तस्वीरों को ध्यानपूर्वक देखने लगा। पर कोई भी अन्दर ना आया। मैंने दरवाज़े की दहलीज़ में खड़े होकर बाहर की तरफ़ झाँका। कोई भी नहीं था मेरे सिवा। बाहरी पाले की अपेक्षा मैं अन्दर वाले पाले से ज़्यादा काँपने लगा। और फिर एकाएक मुझे सूझा कि मैंने कौन-सा बाबा का कोई काग़ज़-पत्र ख़राब किया है; फिर मैं अपने आपको अन्दर-ही-अन्दर क्यों कोस रहा हूँ। और फिर बाबा तो स्वयं मुझे किताबें, कॉपियाँ, भूगोल और इल्म का ज्ञान बढ़ाने वाली छोटी-छोटी किताबें लाकर देता है। बाबा की इस सूझ के बारे में सोचकर मेरे अन्दर गरमाहट-सी आ गयी।

इस तरह बाबा के बारे में सोचते हुए मैं रौंठी से नीचे उतर आया। देखा कि मेरी माँ और मासी आपस में मुँह-से-मुँह जोड़कर बातें कर रही थीं। उनके उतरे हुए चेहरों से लगता था जैसे शिखर दोपहरी की धूप ढल चुकी हो और आस-पास पसरी हलकी-सी धुन्ध उसको अपने में जज़्ब करने को उतावली हो। मुझे लगता है कि मेरी माँ अपने भरोसे पर अपने हिस्से की लड़ाई आप ही लड़ती रहती है। वह मेरी दादी और बाबा की पुरानी सलाह का लगातार विरोध कर रही हो। उसे याद है कि उसने एक दिन दादी के पास अपना रोष प्रकट करते हुए कहा था, ''जब गाय-भैंस

को प्यास लगती है तो वह रस्सा तोड़ती है, अगर भूख-प्यास ही नहीं तो बाँधकर पानी क्यों पिलाते हो। मुझे सौ बार आप कहे जाओ कि निस्संग होकर बोलती हूँ, लोक-लाज की ख़ातिर आपके कहे में आकर मैं अपनी रूह की आवाज़ कैसे दबा लूँ? पशुओं के ढारे में लगाई आग से ही सबक सीख लो कि कुदरत जोकर रही है, शायद उसमें ही कोई भलाई है। शैतानों, ज़ालिमों को शायद इस उलटे काम के लिए कुदरत ने भेजा हो कि जाओ जाकर, काम में विघ्न डालो।...अब ये समझो कि हमारी छन्न बच गयी।'' इन आख़िरी शब्दों पर माँ ने ख़ास ज़ोर दिया था। लेकिन दादी-बाबा छन्न की तरह अपनी आस-उम्मीदों की दोहरी-तिहरी मंज़िलें लगातार खड़ी किये जा रहे थे।

इसी दौरान बाड़ के किवाड़ पर खड़का हुआ। मैंने फुर्ती से छन्न से बाहर देखा और उधर की तरफ़ बढ़ा। गज्जण ने दौड़कर आते ही मेरी कमर को अपनी बाँहों में लपेट लिया। मामा और मामी पीछे-पीछे आँगन में आ गये।

जब हम सबने अन्न-पानी छक लिया तो दादी ने हम दोनों भाइयों को हुक्म दिया कि रौंठी में जाकर सो जाओ। हम बाबा की चारपाई पर रज़ाई को अच्छी तरह ओढ़-लपेट कर लेट गये। गज्जण थका होने के कारण मेरे से पहले सो गया। मैं लालटेन की रोशनी में बाबा के काग़ज़ों को खँगालने और उन्हें पढ़ते पता नहीं कब सोया।

तड़के मेरी नींद खुल गयी। दरअसल, मुझे सपना आया था और मैं भौचक होकर उसे याद करने की कोशिश करने लगा, ''एक भेड़िया हमारी बकरी को गर्दन से पकड़कर खींचता हुआ खड्ड की तरफ़ ले गया। बकरी की पिछली टाँगें घिसटती हुई दिखाई दीं, पर उसकी मैं-मैं की आवाज़ नहीं निकल रही थी। उसके मेमने लगातार मैं-मैं करते रहे। फिर बाबा की आवाज़ सुनाई दी, ''ज़ुल्म को बर्दाश्त करना ग़ुलामी की निशानी है गोरे! हम लाखों-करोड़ों की गिनती में ग़ुलाम हैं। उसने सारंगी की खूँटियाँ कसते हुए कहा—इसमें से ग़ुलामी के ख़िलाफ़ आज़ादी की आवाज़ें निकलती हैं...तू मेरे बारे में ज़्यादा सोचा ना कर। तेरी दादी वो ऊँची पहाड़ियों जैसे बोल बोल देती है। वह अपनी जगह ठीक कहती है कि सारंगी उठाकर जलसे-जुलूसों में जाया रहता हूँ और तेरे बाप को खोजने का मैंने कोई ख़ास उद्यम नहीं किया। पर गोरे, तू यक़ीन कर, मैं पहाड़ से लेकर लाहौर, मुल्तान और पिंडी तक उसको खोजता रहा हूँ।''

...और मैं फिर सो गया।

''गोरे, तेरे बापू के बारे में सोच-सोचकर परेशान होना स्वाभाविक है, पर लोगों

के पास ना जाने कहाँ-कहाँ जाकर कितना दुख रोया। मंगू राम और उसके साथियों के दुखों की दास्तान सुनता तो मेरा हौसला बुलन्द हो जाता। अगर वे सारा क़िस्सा सुनाते हुए रो पड़ते हैं या ये सब कुछ सुनकर या याद करके मैं रो लेता हूँ तो ये सारे आँसू मेरे दृढ़ निश्चय को नहीं तोड़ते बल्कि उसे बुलन्दियाँ प्रदान करते हैं। गोरे, कूड़े-करकट में से भी कोंपल फूट पड़ती है और फिर पौधे को हरा-भरा रखने वाली ज़िन्दगी बख़्शती है।...मेरा बेटा बहू दोनों फलों वाला दरख़्त है। उनकी वीरानी हमारी पतझर हैं। 'मेरा बेटा लाओ खोज कर' के जवाब में बाबा कहता है–ज़िन्दगी जीना कोई मज़ाक़ थोड़े है; तुम्हारी उदासियों-ग़मियों ने मेरा हौसला बुलन्द रखा। फ़िक्र ना करो, अब कुछ करूँगा।...हम अपनी अगली पीढ़ियों के लिए शूरवीरता से जूझते हैं।''

''मैं कमज़ोर दिल हूँ, बाबा! मुझे ऐसा कुछ सुनना तो अच्छा लगता है, पर...।''

''सभी सोचते हैं कि भगत सिंह या मंगू राम जैसे सूरमे पैदा होने चाहिए, पर हमारे घर में नहीं।...अभी तू पढ़-लिख।...और क़लम के सिपाही तो बहुत ताक़तवर होते हैं, निहत्थों को अपने विचारों के हथियार पकड़ाते हैं। सभी गुरु गोबिन्द सिंह नहीं बन सकते कि ज़ुल्म के ख़िलाफ़ बेधड़क होकर 'ज़फ़रनामा' लिखें और जंगे-मैदान में अपने साहिबज़ादों की शहीदियाँ भी देखें।...गोरे, गंगू हर जगह मौजूद हैं।... मेरे बेटे तू अपनी सोच के घोड़ों की लगामें कसकर पकड़े रखना। मैं तेरे साथ हूँ।''

इसी दौरान, दादी ने हमें ख़बर दी, ''गोरे के बाबा, माहिलपुरिया रुलदा आया है।''

मैं उठकर बैठ गया। हैरान हुआ कि मुझे इतना लम्बा सपना आया। मैंने सपने को बार-बार याद किया कि कहीं भूल ना जाऊँ। मैंने रौंठी की खिड़की खोली। देखा कि धुन्ध के बावजूद सूरज का आकार दिखने लगा था।

14

बरसातों के बाद दशहरा-दीवाली की मेरी छुट्टियाँ भी मासी के घर ही बीतीं। बाबा की सख़्त हिदायतें बार-बार मेरे कानों मे गूँजतीं।

''गोरे, बिना कोई उपाय किये रोटी की बुरकी भी मुँह में नहीं पड़तीं, अगर तू परिवार की और अपनी प्रगति करना चाहता है तो अपना मन पढ़ाई में लगा, अपने आप को और बदल, पढ़ाई के बग़ैर ज़िन्दगी नहीं बदलती। मास्टर तुझे एक-एक शब्द, एक-एक पंक्ति और एक-एक सफ़ा पढ़ाते हैं, तभी तू पूरी किताब रट लेता है। रोज़ाना की छोटी-छोटी चीज़ों के हासिल होने पर ही ज़िन्दगी ख़ुशहाल हो सकती है। गोरे, मेरी बातें याद रखना कि तू अपनी पढ़ाई या अपनी तरक़्क़ी का मुक़ाबला किसी के साथ ना किया कर, समझ गया? याद कर कि जैज़ों से एक-एक क़दम आगे उठाने पर ही हमारा सफ़र ख़त्म हुआ और हम अपनी मंज़िल यानी घर पहुँचते रहे।''

ये ख़याल अपने गाँव छन्नां को जाने की बेसब्री के आगे ऊँची-ऊँची पहाड़ियाँ बन खड़े हो जाते। कभी मेरे मन में विचार आता कि बहादुरपुरिये महन्तों वाले जंगल के दरख़्तों का मासी का परिवार काटता और उनके मोछे बनाता है। फिर उनके दरवाज़े, खिड़कियाँ, बाले और शहतीर तराशे जाते हैं जो घर का श्रृंगार बनते हैं। वैसे भी वक़्त ने मेरे जीवन के सालों की पट्टियाँ चीरी हैं जिन्होंने मुझे धैर्य रखना सिखाया और अपने जीवन को सँवारने की गुंजाइश बढ़ाई है। मैं सोचता, मुझे रेलगाड़ी की रफ़्तार से आगे बढ़ना चाहिए। घर के मोह-प्यार के सिग्नल अच्छे इशारे हैं, पर...।

इसी उधेड़-बुन में पड़े को मासी ने शायद भाँप लिया था। वह कहने लगी, ''गोरे, तू कई दिनों से कह रहा है कि मैं अकेला ही गाँव को चला जाऊँगा, मगर सयाने कहा करते हैं, नज़दीक जाना हो तो किसी को साथ ले जाने का इन्तज़ार नहीं करना चाहिए, और अगर दूर जाना हो तो कभी अकेले नहीं जाना चाहिए। और फिर तुझे पता भी है कि राह भी कितना डरावना है।''

मैं बताना चाहता था कि मैं अकेला नहीं जा रहा, मेरे सँग चन्देली वाला पीता भी जायेगा।

फिर मासी के मन में ना जाने क्या आया, कहने लगी, ''दो-चार दिन बाद चलेंगे।''

''अच्छा!'' मैंने दबे स्वर में कहा।

अभी एक दिन और एक रात ही बीते थे कि मैंने बाबा को सवेरे-सवेरे आते देखा। मेरे अन्दर ख़ुशी की लहरें उठीं जैसे पहाड़ी नदी में फूटते सोतों के पानी पर हवा के साथ छोटी-छोटी शान्त लहरें मन को सुकून देती हैं।...बाबा के बायें कन्धे पर कपड़े में लपेटी सारंगी लटक रही थी।

हाल-चाल पूछने बताने के पश्चात् बाबा ने मासड़ और मासी को बताया, ''रात नारे-डाडे था। लभ्भू राम ने जलसा कराया, बड़ा हिम्मती और दिलेर बन्दा है।'' बाबा ने सूचना के तौर पर बताया कि ''चन्देली वाला लैची राम भी अपने पोते के साथ आने वाला है। उसका पोता भी गोरे के स्कूल में ही पढ़ता है।''

सुबह का नाश्ता-पानी हो गया तो मासड़ ने सहज ही बाबा से पूछा, ''सुना फिर देश और दुनिया के बारे में कुछ।''

बाबा तो जैसे पहले ही सब कुछ बताने को बिल्कुल तैयार बैठा था, ''क्या बताऊँ बेटा, पहले विश्व युद्ध की तरह अब फिर लड़ाई लग गयी है। कोई मुल्क किसी एक की हिमायत में धड़ा बनाकर खड़ा हो रहा है तो कोई किसी दूसरे की। मुल्क दो धड़ों में बँटते जा रहे हैं।''

सब हक्के-बक्के रह गये। मासी ने तुरन्त कहा, ''मरने तो ग़रीब माँओं के पूत ही हैं।''

''अब क्या हो गया उस हिटलर को जिसके बारे में पहले भी बताया था।'' मासड़ ने पूछा।

''रात को बड़ी लम्बी-चौड़ी तकरीर की बाबू मंगू राम ने, बड़े पते की बातें बतायीं कि जर्मनी ने पोलैंड पर चढ़ाई कर दी, फिर सोवियत यूनियन ने पोलैंड पर

धावा बोल दिया। महीने के अन्दर-अन्दर विजय पा ली और फिर पोलैंड का इलाक़ा आपस में बाँट लिया। चीन और जापान के बीच तो पहले ही जंग छिड़ी हुई है। ब्रितानवी हुकूमत हिटलर और दूसरे मुल्कों के साथ अमन-शान्ति पर समझौते के यत्न कर रहे हैं।...धर्म से, अति उठा रखी है हिटलर ने।''

''और क्या कहा?'' मासड़ के इस प्रश्न के साथ मानो बाबा को अपनी वार्तालाप का और अवसर मिल गया।

''हाँ सच। मंगू राम ने अपनी तकरीर यहाँ से शुरू की–

''भाइयो, जनगणना फिर शुरू होने वाली है। जिसकी तैयारी अभी से शुरू कर दो, अपने बच्चों को पढ़ाने के लिए जी-जान से मेहनत करो, इन्सानी अधिकार प्राप्त कराने के लिए हमारे सारे एम.एल.ए. हुकूमत के साथ बातचीत करते रहते हैं। उसी बातचीत का परिणाम है कि तुम अब चार मरले ज़मीन कोठा डालने के लिए ख़रीद सकते हो।...अंग्रेज़ हुकूमत ने ज़ैलदार, सफ़ेदपोश और नम्बरदार रखे हैं। ख़ुद सरकारी कारिन्दे बनकर अवाम की जासूसी करते हैं और आगे बड़े अफ़सरों को बताते हैं। ख़बरदार रहो, अपने हक़ों को हासिल करने के लिए चौकन्ने होकर संघर्ष करो।...महाराजा रणजीत सिंह ने गाँवों में क़िले बनाये थे, किसलिए...सोचो-विचारो।''

बाबा का तब्सरा तब ख़त्म हुआ जब बाहर वाले दरवाज़े पर से आवाज़ आयी, ''भाई संगतिया...भाई संगतिया।''

मैं फुर्ती के साथ बाहर गया। उस बुज़ुर्ग व्यक्ति के साथ पीते को देखकर मैं ख़ुशी में झूम उठा।

''आ भई लैची राम, घूँट-घूँट चाय पीकर चलते हैं।'' बाबा ने मंजे पर से उठकर मेहमान के साथ हाथ मिलाते हुए कहा।

''भाई कल के जलसे में मंगू राम ने हद कर दी!'' पीते के बाबा ने मेरे बाबा की ओर मुँह कर ख़ुद ही कहना शुरू कर दिया, ''मंगू राम ग़दर पार्टी का पुराना मिशनरी है, ग़दर का जोश उसकी रगों में दौड़ता है, शहरों में बड़े लोगों, लाहौर में वज़ीरों और वज़ीरे-आज़म के साथ उठता-बैठता है, पूरी ख़बर रखता है, बड़ा ही बेआराम बन्दा है, ग़रीब-गुरबों के लिए फ़रिश्ता।''

पीते के बाबा ने चाय का गिलास मुँह की ओर ले जाते हुए आगे कहा, ''भाई संगतिया, तेरा भी जवाब नहीं। गुरबाणी गाकर अँधेरों मनों में रोशनी भर दी रात में। सुन्दर समां बाँधा।''

"तो फिर चलें सज्जनो अब?" बाबा ने जैसे इजाज़त लेने के लिए कहा।

...राह में चले आते पीते और मुझे, आगे कहाँ और किस स्कूल में पढ़ाने को लेकर बातें होने लगीं। मेरे बाबा ने कहा, "गोरे को जालन्धर से इंटर कराने की सोचता हूँ। होशियारपुर और ऊना भी पढ़ाई के मामले में ठीक हैं, पर जालन्धर इनसे भी ऊपर बताते हैं।"

"मैं पीते को हॉस्टल में रखकर ऊना में पढ़ाऊँगा। बाद में विलैत भेजने की सोचता हूँ।"

"अच्छा! मैं घर में सलाह करूँगा कि दो साल बाद गोरा भी बाहर निकल जाये।"

पीता और मैं अपने-अपने बाबा के पीछे चलते रहे। हम सुनते रहे, उनकी योजनाएँ, उनके मंसूबे। हम एक-दो जगहों पर सुस्ता कर फिर चलने लगे और चलते गये।

जब चमड़े की दुर्गन्ध आनी शुरू हुई तो मैंने समझ लिया कि ललवाण गाँव आने वाला है। तभी, बाबा ने यह कहकर ख़ामोशी तोड़ी, "पशु मरने के बाद भी हमें और हमारे परिवार को ज़िन्दा रखते हैं।" फिर शायद उसको अपने कारोबार की याद हो आयी, "यहाँ की कुन्नों में चमड़ा पकाकर खालों से चमड़े की भाँति-भाँति की वस्तुएँ बनायी जाती हैं और उन्हें पंजाब, मुल्तान और हैदराबाद दक्षिण तक भेजा जाता है।"

मुझे एकाएक आँखों से देखा और बाबा का कहा याद आया कि मुल्तान सदियों पुरानी सूफ़ी दरगाहों के लिए प्रसिद्ध है और साथ ही, दो-चार अन्य सच्चाइयों को लेकर जिन्हें 'चार गागियाँ' के तौर पर जाना जाता है–गरमी, गरद, गदा (फ़क़ीर)। और गोरस्तान। 'गागा' या 'गधे'...यह सोचकर मैं मन-ही-मन हँसा पर बाबा ने अपनी ताड़ती नज़र से देखते हुए पूछा, "हँसा क्यों गोरे?"

"गधे...।"

"तूने ग़ौर से नहीं सुना। 'गधे' नहीं 'गदे' शब्द है जिसका अर्थ है–फ़क़ीर। हमारे यहाँ की 'माँग कर खाने वाली क़ौम' जैसे नहीं। समझ गया न!"

मुल्तानी पंजाबियों की बोली को मुल्तानी या 'सरायकी' कहते हैं। यह सोचते हुए मेरे ज़हन में आसमानी बिजली की चमक की भाँति यह विचार आया कि बाबा का सारा इल्म मेरे तन-मन में रच जाये जैसे रेते में पानी जज़्ब हो जाता है। इन विचारों में खोये हुए की जब तन्द्रा टूटी, पीते का बाबा कह रहा था, "संगतिया, तू सही कहता है कि पशु मरने के बाद भी रोज़गार देते हैं। हड्डियाँ, खालें हमारी

रोटी का वसीला बनते हैं और लोगों के लिए सुख-सुविधाओं का ज़रिया। पर ये जो पशुओं की बलि देते हैं, यह पाप है–निरा पाप और तो और, ग़रीब-गुरबों के मुँह से दूध-दही छीनते हैं।''

''कुदरती मौत तो सबने मरना है, पर ये तो धर्म के नाम पर बेज़ुबानों के साथ ज़ुल्म है, लैची राम।'' मेरे बाबा के मुँह से भारी-सी आवाज़ में ये बोल निकले।

और जब हम ललवाण से माहिलपुर-जैजों राह वाले चौराहे पर पहुँचे तो बाबा ने कहा, ''अच्छा भई लैची राम, हम दो-चार दिन जैजों में रहेंगे, कारोबार भी देखना है, कारीगरों ने कल माल देने आना है।''

''ठीक है भाई संगतिया, बातचीत करते राह अच्छा तय हो गया। मैं थोड़ा बेफ़िक्र इसलिए रहता हूँ कि मेरा लड़का मेरे बाद सारा काम सँभाल लेता है, पर तेरे साथ हाथ बँटाने वाला कोई नहीं।...मुझे भी दो-चार दिनों में बिल्टियाँ करानी हैं फिरोज़पुर, लाहौर और पिंडी की। कारीगर और दुकानदारों के सन्देशे पर सन्देशे आ रहे हैं।''

...और फिर हम जैजों स्टेशन के क़रीब सराय के आगे पीपल के नीचे बैठ गये। ''ये पीपल अब चौंतीस-पैंतीस साल का ख़ूब जवान हो गया, गोरे! जब ये रेल की पटरी बिछी और स्टेशन बना, उससे भी पहले हरजीआणा के इस चाय वाले पण्डित ने लगाया था। छोटी-छोटी पहाड़ियों को काटकर पटरी के लिए रास्ता समतल करने के लिए बहुत सारी लेबर काम करती थी। देख ले, तब से ये बन्दा पकौड़े तलता है, जलेबियाँ निकालता है जिनका कोई सिरा नहीं मिलता, मीठी चाशनी और नमकीन सेवियों के पूर निकालता और साथ ही, दूध जैसी चाय पिलाता।''

इसी दौरान एक अधेड़ औरत आयी। उसने कुरती और घघरी पहन रखी थी, पर सिर पर दुपट्टा नहीं, बल्कि पतली-सी चादर ओढ़ रखी थी। उसके बालों की जटाएँ हवा में उधर हो जातीं, जिधर वह झटके से अपनी गर्दन हिलाती। उसने दुकानदार पण्डित को बड़े अनोखे अन्दाज़ से चाय का कप और मट्ठी देने को इशारा किया। फिर अचानक दर्द भरी आवाज़ में गाने लगी–

कोई छपरी छाँ वाली
कित्थे लुकावां जिन्दगी
लख वे गुनाहां वाली

वह तेज़ क़दमों से स्टेशन की ओर गयी। लोग उसकी तरफ़ लगातार देखते रहे। वह फिर गाती हुई वापस आयी–

किन्हे मेरे बांगलू दा शीशा तोड़िया
किन्हे मेरा लौंग धरिया ओ।

आपूं चढ़ गिया चंबे दे चुगानां
छोहरी बदनाम होइया ओ।

गाती-गाती वह औरत चाय-मट्ठी लेकर नीम के पेड़ की छाया तले जा बैठी। चाय वाले पण्डित ने बाबा को बताया, ''ये काँगड़े की तरफ़ की जनानी है, संगतिया। राजपूत चौधरी ने इस पर शक किया और घर से बाहर कर दी।....अब बावरी हुई फिरती है। जब सामान्य होती है तो सब कुछ बता देती है। उस समय इसकी बातचीत से कोई कह नहीं सकता कि इसके दिमाग़ में नुक्स है।''

''ये तो फिर बेचारी के साथ अन्याय हुआ।'' इसके बाद बाबा ने दबी आवाज़ में कहा, ''यह तो सीता माता की बहन ही हुई कोई।''

मैंने देखा, बन्दर उछलते-कूदते इधर-उधर दौड़ते सबका ध्यान अपनी तरफ़ खींच रहे थे। कोई टोला स्टेशन की रेल की पटरियाँ फाँदता जंगल के अन्दर जा रहा था और कोई सराय के पास वाले राह को पार कर वन में। कुछ गेरुए रंग के कपड़े पहने साधू जैसे दिखते बन्दे रेलगाड़ी से उतरकर जैजों के पास वाले मन्दिरों की ओर पहाड़ी को चढ़ने की जुगत में थे। ऐसे ही कुछ और मंगतों की टोलियाँ अपने रैन-बसेरों की ओर जा रही थीं, मगर उनके बग़लों में लटकाये थैले तेज़ चलने में बाधा उत्पन्न कर रहे थे। हवा के छोटे से झोंके की तरह बाबा का कहा मुझे याद आया, 'किस-किस के पैर छुएँ, सन्तों की भीड़ चलती।'

और जब हम जैजों की पहाड़ी पर चढ़ गये तो देखा कि खूँटियों से बँधे ऊँट बक-बक कर रहे थे, घोड़े हिनक रहे थे और गधे हेंक (हींग) रहे थे। कई जानवरों की पीठों पर सामान लादा जा रहा था और कइयों की पीठ पर से उतारा जा रहा था। पंडों (पांडिआं) की फुर्ती में दिन-रात वाला फ़र्क़ दिखाई ना देता। कोई गैस के झड़े मैंटल की जगह नया मैंटल लगा रहा था और कोई उसमें मिट्टी का तेल भर रहा था। बन्दरों की टोली पता नहीं कहाँ जा छिपी थी सूरज की तरह। ये नज़ारे देखते-देखते हम अपनी दुकान पर जा पहुँचे और साफ़-सफ़ाई करने में जुट गये। मैंने कपड़े वाला झाड़न बाहर निकाला। दरमियाने क़द, पक्के रंग और सिर-मुँह पर बिखरे और बेतरतीब बाल, बदन पर मैला कुरता और पाजामा और पैरों से नंगा, जल्दी में आया आदमी बाबा को पुकारने लगा, ''चाचा संगतिया, चाचा संगतिया।

बाबा ने जूतियों पर झाड़न मारना छोड़ उसकी तरफ़ मुँह घुमाकर देखा और पूछा, ''क्या बात है दीने, बड़ी लोर में लगता है?''

''दाल मूँगी, औरत गूँगी...। बड़ा समझाता हूँ भई! रात ख़त्म होने पर ही दिन चढ़ता है...पर मेरी एक नहीं सुनती। आख़िर मैंने भी कह दिया, औरत पर यक़ीन

आग जैसा होता है।'' वह और कुछ कहता, बाबा ने सलाह दी, ''दीने, बोल-कुबोल नहीं बोला करते।''

''चाचा, तेरे से कैसा छिपाव! मरासण दोपहर की अबा-तबा बोली जाती है। चार-पाँच दिनों से मुजरे वालों ने ढोलकी-बाजा बजाने के लिए नहीं बुलाया। ज़्यादा गाहक ना मिले होंगे।...चाचा, तू ही बता कि मैं क्या करता इसमें...साये होने तक जीजू शाह की दरगाह के अन्दर बरगद तले बैठा रहा।'' बोलते-बोलते उसने एक तरफ़ होकर थूका और फिर कहने लगा, ''कहती है तेरे मुँह से बास आती है।... दो हाड़े (पेग) लगा लिए तो क्या क़हर टूट गया। मैं तो अपना राँझा राज़ी करने के लिए कभी-कभी घूँट लगा लेता हूँ। पीकर भी मैं साज़ों और आवाज़ों का रियाज़ करता रहता हूँ। अच्छा चाचा, तू और बातें ना बताना-पूछना। तू वो सारंगी उतारकर बजा, मेरा गाने का चित्त करता है। तू तो जानता ही है, साज़ मेरी ज़िन्दगी है, जान है, बेशक गाने-बजाने का काम नहीं मिला, मेरी जान उनमें ही अटकी है।''

''दीने, गृहस्थ जीवन में बहुत कुछ होता रहता है। ग़ुस्सा कढ़ी के उबाल जैसा होता है...थोड़ी देर का। ठीक फिर औरत-आदमी का कैसा झगड़ा!''

''चाचा सारंगी नहीं उतारनी-बजानी तो सुन फिर–
आओ जानी कम्म करिये, ना कम्मां बाझ मजूरीयाँ।
खण्ड बाझ ना शरबत मिट्ठे, घे बाझ ना चूरीयाँ।
भाइयां बाझ ना बाहां ते ना, रिज़क बाझ मगरूरीयाँ।''

बाबा ने दाद देते हुए 'बहुत ख़ूब दीने' कहा। दीने ने तर्ज़ बदली और शुरू हो गया–

"दो पत्तर अनारां दे
साडा दुख सुन के,
रौंदे पत्थर पहाड़ां दे।"

यह सुनते ही एकाएक मुझे माँ का ख़याल आया जो बाहर की दुनिया से ख़बरदार रहते हुए अन्दर ही कोई जद्दोजहद करती रहती है। और बर्फ़ के टुकड़े की भाँति धीरे-धीरे पिघलती रहती है। उसका वह पिघलना, क्षरित होता किसी को नहीं दिखता। इसी दौरान मेरे कानों में बाबा की आवाज़ पड़ी, ''दीने, हम अभी-अभी आये हैं, तू फिर किसी वक़्त आ जाना, फिर बजायेंगे और गायेंगे भी। अब घर जा और कोई नया बखेड़ा ना शुरू करना।''

दीना बिना बोले अपने सिर में उँगलियाँ फिराता अपने मुहल्ले की राह पड़ गया। बाबा ने फिर बात शुरू की, ''बाबा नानक ने यूँ ही तो नहीं कहा था-'नानक

दुखिया सब संसार'। सो, गोरे, जीना भी एक हुनर है जैसे मैं खड्डी के धागों में से कपड़ा तैयार करता हूँ। फ़ौज के लिए बुने मेरे तौलिये देखे हैं न? और ये शानदार जूतियाँ देख ले, उस चमड़े की खाल से बनायी हैं, अलग-अलग नमूनों की।'' वह बोलता हुआ रुक गया और मेरी तरफ़ देख पूछने लगा, ''सुन भी रहा है कि अपनी किताबों के रट्टे लगाने में ही गुम है?''

मैं मुस्कराया। बाबा ने पुनः बात शुरू की, ''गोरे, देखा जाये तो ज़िन्दगी सादा जी जा सकती है, पर लोगों ने इसको रब जैसा गोरखधन्धा बना रखा है। अगर ब्राह्मण टोला मतलबपरस्ती त्याग दे तो हमारी ये छोटी-सी ज़िन्दगी भी स्वर्ग बन सकती है। दूसरी हक़ीक़त यह भी है कि इसके रहम की उम्मीद के साथ ज़िन्दगी आसान कब होगी? पहले ही सदियाँ बीत गयीं। सो, हमें अछूतों में ताक़त, मज़बूती और हौसला-बुलन्दी लाने की ज़रूरत है। स्मृतियों द्वारा बनायी हमारी ज़िन्दगी पहाड़ों के रास्तों की तरह कठिन घाटी है।''

बाबा पहले दिनों की अपेक्षा आज मेरे आने वाले समय को लेकर अधिक ही बोलता रहा, निरन्तर। मैंने बीच में टोककर कहा, ''हम रोटी कब खायेंगे, बाबा?''

''ओ गोरे, ज्यादती हो गयी! सयानों ने यूँ ही थोड़े कहा है–पेट ना पड़ी रोटी, सारी बातें खोटी।...करता हूँ प्रबन्ध।''

रात में सोते समय बाबा ने मुझे एक सलाह के तौर पर कहा, ''गोरे, सुख से अपना अच्छा बढ़िया गुज़ारा चलता है। मैं सोचता हूँ, तुझे अमरीका भेजें। जालन्धर से सीधी रेल कलकत्ता और वहाँ से समुद्री जहाज़ में सिंगापुर और वहाँ से चीन और समुद्र के रास्ते अमरीका।...मैं बाबू मंगू राम से बात करूँगा। ख़ुद ही तेरा हवाला आगे दे देगा। वहाँ पढ़ते भी रहना और काम भी करते रहना।''

मुझे चाँद की चाँदनी में बाबा का मुँह हाथों और उँगलियों के साथ अपनी तज़वीज की पुष्टि करता लगता। वह मुझे परदेस भेजने के मंसूबे बनाता। उसने थोड़ा दम मारकर कहा, ''गोरे, और बताऊँ?...डॉ. आम्बेडकर वहीं से पढ़कर आया और मंगू राम ने कालों-गोरों से समाज में न्याय और बराबरी की बातें सीखीं। वह बताया करते कि काले लोग कहते हैं, आख़िर, हमें दुश्मनों के कहे शब्द याद नहीं रहेंगे पर अपनों की ख़ामोशी नहीं भूलेगी।''

मैं बाबा की, मेरी ज़िन्दगी को सँवारने की दलीलें ग़ौर से सुनता रहा। वह ख़ुद ही आगे बोला, ''यदि अब से पूरी चौदह सदियों पहले ह्वेन सांग चीन से पहाड़ी राहों से होकर हमारे इस इलाक़े में आ सकता है तो अब तेरे जैसे जवान लड़के के लिए दस हज़ार मील का सफ़र क्या मायने रखता है? आदि-धर्म का एम.एल.ए.

गोपाल सिंह खालसा अमरीका छोटी उम्र में ही चला गया था। तू भी हिम्मत कर, दिल कड़ा कर। अगर आगे जाने के लिए सिंगापुर में रुकना भी पड़ गया तो चिन्ता वाली बात नहीं। वहाँ आदि-धर्मियों ने केरबाओ रोड पर आदि-धर्म खालसा मण्डल का गुरुद्वारा बनाया था–1931 की जनगणना के बाद। और अब, अभी दो साल पहले से उसका नाम 'जीवन सुधार सभा' है। हमारे सिक्खों ने अपने ख़िलाफ़ दूसरी सिक्ख जातियों द्वारा किये गये दुर्व्यवहार के कारण उसे बनाया था। तू वहाँ रह सकता है।''

अब मैं भी बाबा की ओर मुँह कर अपनी चारपाई पर बैठ गया। बाबा ने आख़िर पूछ ही लिया, ''गोरे, मैंने इतनी लम्बी-चौड़ी बातचीत तेरे साथ की, पर तूने कोई हुंकारा नहीं भरा। अगर तेरा मन मानता है तो तेरी माँ और तेरी दादी से सलाह कर लूँगा।''

''बाबा, जैसा तुम सब कहोगे, मैं वैसा ही कर लूँगा। मैंने छोटे-छोटे परिन्दों को उड़ान भरते देखा है। अपनी गाय के बछड़े को पैदा होने के बाद उसे अपने पैरों पर खड़ा होता भी देखा है...और फिर, जैसा तुम फ़ैसला करो।''

''तेरे सदके जाऊँ मेरे बेटे! तू यहाँ के नरक में से निकल और बाक़ी बाद में देखा जायेगा।'' बाबा ने उठकर मेरी पीठ पर थपकी दी और अपनी चारपाई पर लेट गया।

बाबा द्वारा बार-बार बताये अनजान रास्तों, अदृश्य समुद्र, परायी धरती पर अपने लोग, मेहनत की क़द्र, क़ानून का राज, आदमी धर्म के लिए नहीं, के बारे में सोचते-सोचते पता नहीं कब मैं नींद की नदी की गहराइयों में चला गया।

15

"बचनिए, मुझे कहना नहीं चाहिए, पर ये विश्व युद्ध शुरू होने से अपने कारोबार में बढ़ोतरी बड़ी तेज़ी से होने लगी है।" एक दिन दोपहर की रोटी खाने के बाद हम सारा परिवार सिंधूरी आम चूस रहे थे, जब बाबा ने हमें सुनाकर कहा।

"कोई ढंग की बात कर...सरबत का भला माँग, हम भी धीयों-पूतों वाले हैं।" दादी ने सलाह देने की तरह कहा।

"बचनिए, ये लड़ाइयाँ-झगड़े कौन-से हमारे वश में हैं। धर्मों, नस्लों, जातियों के नाम पर हुकूमतें ऐसे पंगे खड़े करती रहती हैं और मैं बताने वाला था कि ललवाण में अपने ठेके वाले कारीगर फ़ौजियों के बूट, कमर की पेटियाँ, राइफ़लों और पिस्तौलों के बैल्ट, कवर और पानी के लिए मश्कें बनाने में दिन-रात काम करते हैं। ऐसे ही अपने गाँव और साथ वाले गाँवों के अन्दर अपने जुलाहों को कच्चा माल मुहैया कराने के लिए इन्तज़ाम किया हुआ है। वे भी फ़ौज के लिए तौलिए, अस्पतालों के लिए खद्दर की चादरें और अंग्रेज़ों के मतलब के सिल्क और मलमल के थानों के थान उतारे जाते हैं। बचनिए, सच्चाई यही है कि जंग के कारण चार पैसे आने लगे हैं।" बाबा अपने स्वभाव के अनुसार लगातार बोलता गया।

"पैसा ही सब कुछ हो गया। दुनिया मरती तो मरे।"

"हो तो ज़ुल्म रहा है, पर लोगों को काम-धन्धा भी मिल रहा है। बताते हैं कि गोरे-बिल्लों ने अपने मुल्कों में औरतों को गाड़ियों-मोटरों की डरैवरी-कंडक्टरी और

अस्पतालों के लिए नर्सों को ट्रेनिंग दी है। मर्दों के लिए सरकार ने सख़्ती की हुई है कि वे फ़ौज में भर्ती हों।'' बाबा मेरे इतिहास वाले उस्ताद की तरह वक़्त को उल्टा-सीधा चक्कर देने की महारत में जुटा रहा।

''है...अ? बन्दे मरते हैं और नौकरियाँ मिल रही हैं! क्या उल्टा ज़माना आ गया।'' दादी और बाबा की बातचीत मेरी माँ, चाचा और मैं सुनते रहे।

''बचनिए, कल गोरा और मैं होशियारपुर के बाज़ार 'वकीलां' जाकर साइकिल ख़रीद लायेंगे। जंग लगने के कारण क़ीमतें बढ़ गयी हैं। जालन्धर रेलवे रोड पर भी साइकिलों की यह क़ीमतें हैं। रोज़ाना सैकड़ों लोग देखने आते हैं।''

यह सुनते ही मेरी आँखों के सामने बाबा द्वारा आँगन में बँधे पशुओं के पास कुछ बरस पहले रेत पर साइकिल का बनाकर दिखाया चित्र उभर आया। मैं सोचता, मेरे पास साइकिल हो और मैं फुर्ती के साथ उछलकर उस पर चढ़ जाऊँ। सपने में मैंने कई बार ख़ूब साइकिल चलायी है। वैसे भी होशियारपुर-जालन्धर में मैंने कई लोगों को साइकिल चलाते देखा था। बाबा बताया करता था कि होशियारपुर में सबसे पहले एक मिस्त्री ने साइकिल ख़रीदी थी। जब वह रौबीला सरदार बीच-बीच में हाथ छोड़कर साइकिल चलाता तो लोग देख-देखकर हैरान होते और ख़ुश भी।

''गोरे का तो बहाना है। सीधा कह कि सारंगी उठाये घूमता रहेगा कभी कहीं और कभी कहीं, हवा से बातें करता।'' दादी ने अपनी दलील टाहर की तरह दी।

''बचनिए, ऐसी बातें ना किया कर।...और फिर अब बुढ़ापा मेरे ऊपर छलाँगें मारता सवार हो रहा है। गोरा अब इतना भी बच्चा नहीं। आगे इसी ने सारा कारोबार सँभालना है। लाहौर, पिंडी और मुल्तान तक अपने माल के गाहकों के साथ इसकी वाक़फ़ियत करा दी है। वहाँ से महीने, दो महीने बाद उगाही कर लाया करेगा अपने बड़े मामा के साथ। वहाँ हमारे पुराने और पक्के गाहक हैं। यूँ तो वे आप ही माल ले जाते हैं, पर कभी जाना भी पड़ जाता है...दूसरी बात जंग लगी होने की वजह से हमें पहले अपने ऑर्डर जालन्धर छावनी को भुगताने होते हैं।...और गोरा यहाँ आस-पास साइकिल पर जाकर बिल्टियाँ करा दिया करेगा।'' बाबा ने अपने कारोबार की बढ़ोतरी की तजवीज़ और जुगत विस्तार से समझायी।

''क्यों गोरे की जान जोख़िम में डालने को तुला है? कभी कहता है, विलैत भेजना है, कभी कहता है–अमरीका भेजना है पढ़ाई के लिए! कहाँ गये तेरे वो मंसूबे?'' दादी ने बाबा पर काठी डालने की कोशिश की।

मगर इससे आगे दादी-बाबा की कोई बातचीत मुझे ना सुनाई दी, बल्कि बचपन में बाबा द्वारा मरम्मत किये टायर के तेज़-तेज़ चलाने का नज़ारा अकस्मात् याद आ

गया। बाबा की बातें मन में उभरीं कि साइकिल पहले-पहल शिमला में दो लोगों ने ख़रीदीं। जब वे माल रोड पर शाम के वक़्त साइकिल चलाते तो लोग उन्हें देखने आते। होशियारपुर और जालन्धर में साइकिल एक ही समय में आयी। मेरी सोच का चक्र उस समय थम गया जब इसी दौरान किसी ने दरवाज़े पर दस्तक दी, जिसे बादलों की गरजना और चमकती आसमानी बिजली के कारण थोड़ा भिड़ा रखा था। चाचा ने दरवाज़े का एक पल्ला खोला।

"आ भई रुलदा राम। बड़े दिनों बाद चक्कर लगाया। आ जा पहले अन्न-पानी छक।" बाबा ने स्वागत करते कहा।

"लगता है, कोई ख़ास ही बातचीत कर रहे हो सारे।" रुलदा राम ने सहज ही पूछा लिया।

"हिटलर की विश्व जंग के इन्सानियत के ख़िलाफ़ ज़ुल्मों की बात कर रहे थे कि कैसे तोपों, बमों से वह क़हर बरसा रहा है। बताते हैं कि अब उसके ख़िलाफ़ कई मुल्क खड़े हो गये हैं। दो धड़े बन गये हैं। एक धड़े में जर्मनी, जापान, इटली, हंगरी, बुल्गारिया वग़ैरह और दूसरे धड़े में ब्रतानिया, रूस, चीन, फ्रांस, दक्षिणी अफ्रीका हैं।"

"बताओ, क्या अनर्थ हुआ जाता है! कहीं काले-गोरे का झगड़ा, कहीं जात-पात और ऊँच-नीच का। जब गुरु गोबिन्द सिंह ने इस सारे झगड़े और घमण्ड का निपटारा कर दिया कि 'मानस की जात सबै ऐकै पहिचानबो' तो बाक़ी क्या रह गया!" रुलदा राम ने अपनी सामाजिक सूझ पेश की।

चारपाई पर पड़ी अख़बार देखते हुए रुलदा राम ने अख़बार पढ़कर सुनाने का इशारा किया।

"रुलदा राम, ले तू आप ही पढ़ ले 'आदि डंका; मैं ज़रा...।" बाबा ने अख़बार पकड़ाते हुए कहा।

"तू आप ही पढ़कर सुना भाई संगतिया, और फिर तेरे पढ़ने की रफ़्तार ज़्यादा है।"

"अच्छा, सुनो फिर सब। मेरे पास 6 मई, 1942 का अख़बार है–

– रूसी फ़ौजें अपने वतन को आज़ाद करने के लिए मैदान में निकल आयीं।

– मॉस्को में एम. स्टालिन की ज़ोरदार तकरीर।

– 'नाज़ी दरिन्दों को अच्छी तरह सबक दिया जायेगा।

"वाह, भई वाह!" कहते रुलदा राम ने हवा में बाँह ऊपर उठायी और कहा, "भाई संगतिया, तकरीर पढ़ कर सुना दे।"

''मॉस्को : 1 मई–आज स्टालिन ने मज़दूरों के एक भारी जलसे में कहा कि जर्मन फ़ौजों के दाँत खट्टे हो गये हैं और अब इनका कामयाब होना कठिन है और लाल फ़ौजों ने इन्हें अच्छी प्रकार से पीछे हटाया है। जर्मन शहरी लोगों पर तो अच्छी तरह ज़ुल्म कर सकते हैं मगर लाल फ़ौजों के मुक़ाबले दिल छोड़ देते हैं और नाज़ी, बकरियों की तरह आगे चलने लगे हैं। आपने कहा कि हम अपने देश के लिए लड़ रहे हैं और आज़ादी की हिफ़ाज़त करेंगे। हमें दूसरों के झुग्गे बर्बाद नहीं करने। हमारा मक़सद अपने देश को जर्मनों के ज़ुल्म से बचाना है, जब तक जर्मनी फ़ौजें हथियार ना फेंक दें, हम इनका एक-एक आदमी मौत के घाट उतार देंगे।''

''भाई, स्टालिन ज़रा नहीं घबराता।'' रुलदा राम ने बीच में टोक कर पूछा, ''रूसी फ़ौजों की ख़बर भी है?''

''हाँ, वो भी साथ ही पहले सफ़े पर है...। वे यों है–

– रूसी फ़ौजें जर्मन की बड़ी दफाई लाइन तक पहुँच गयीं।

– वस्ती मुहाज़ पर ज़ोरदार हमले।

– जर्मनों को खदेड़ दिया।''

बाबा ने रुककर बताया, ''ये ख़बर लन्दन से है।''

''यह भी सुना दे संगतिया, मेहरबानी करके।''

''अच्छा, चलो ये भी सुनो।'' बाबा ने कहा।

''जर्मनी रेडियो ने जर्मन हाई कमांड का एक बयान सुनाते हुए कहा कि एक रूसी फ़ौजी दस्ता किरच के शमाल वाले जंगी मुहाज़ में जर्मनों की बड़ी दफाई लाइन के क़रीब पहुँच गया है। बस्ती मुहाज़ पर रूसी फ़ौजों ने कई बार तोपों से गोलाबारी की। रेडियो स्टार के हवाले से बताया गया कि वस्ती मुहाज़ के एक सेक्टर में रूसी फ़ौजों ने ज़ोरदार हमला किया और जर्मन फ़ौजों को पीछे भगा दिया। बहुत सारा नुक़सान उठाकर मग़रब की तरफ़ भाग गये।'' बाबा ने ज़रा-सा दम लेकर कहा, ''और भी ख़बरें हैं–दरिया-ए-ईरावती के मुहाज और माण्डले मुहाज की। वो भी कामयाबी वाली।''

''संगतिया, विश्व जंग का तब्सरा सुनाकर, मेरे लिए ख़ासतौर पर तूने बड़ा काम किया। मेहरबानी।'' साथ ही रुलदा राम ने बताया, ''हाँ, हमारे शहर में भी ऐसी ही बातें करते थे लाला लोग...चल, बाक़ी की बातें फिर करेंगे, तू यह बता कि तेरे पोते के वलैत जाने का क्या हुआ?''

''वही सोच-विचार कर रहे हैं। जंग छिड़ी होने के कारण हर तरफ़ ख़तरा ही ख़तरा।''

"पर संगतिया, तेरा काम तो पक्का है। अगर पोता ना भी बाहर जाये तो तेरा काम-धन्धा सँभाल ले।" रुलदा राम ने सलाह दी।

"लड़ाई कौन-सा हमेशा लगी रहेगी? आख़िर अमन-शान्ति हो ही जायेगी। और, यह थोड़ा और सयाना हो जायेगा, फिर भेज देंगे।" बाबा ने बताया।

"बाबा, तुमने ख़ुद ही तो कहा था कि परिन्दों को कोई उड़ना नहीं सिखाता, उन्हें लम्बी परवाज़ें भरने के लिए अपने परों पर भरोसा होता है।" मैंने अपना दृढ़ इरादा और हौसला प्रकट किया।

"बलिहारी रे गोरे तेरे पर...।" दादी ने मेरी तरफ़ देख और कहकर जैसे मेरे ऊपर पूरा यक़ीन कर लिया।

इसी दौरान तेज़ हवा से बाहर बारिश का हल्का-सा छर्राटा और अन्दर ठण्डी हवा का फर्राटा घुस आया।

"बेशक सेहत-क़द-काठी से गोरा ठीक है, पर है तो अभी बालक ही।" दादी ने जैसे बाबा की तरह किसी बूट में कलबूत फिट किया।

"ख़ैर, अच्छा सोचा। ...अच्छा भाई संगतिया, यह बता कि इस बार जनगणना में कितने लोगों ने अपने आपको आदि-धर्मी लिखवाया?"

"क्यों, याद भूल गया जो इतने दिनों बाद पूछ रहा है! मंगू राम ने पिछले साल आदि-धर्म के दफ़्तर में बताया तो था कि क़रीब तीन लाख लोगों ने अपने आपको आदि-धर्मी लिखवाया।"

"हाँ-हाँ, बताया था पिछले साल, आ गया याद।" यह कहते हुए रुलदा राम उठा।

"भाई संगतिया, उस दिन के जलसे में ख़ुशी राम परदेशी, बियास गाँव वाले की मुँह ज़बानी सुनाई कविता मुझे नहीं भूलती।

उठ सोये जाग तू शेरा, ज़ुल्म ज़ालिम से हम हटा देंगे।
आद-धर्मी मज़हब लिखवाने के बदले, कसम रब की जान गँवा देंगे।।
चूढ़े और चमार सब भाई हमारे, रविदासियों में मिलाते रहना।
ख़ुशी राम परमात्मा सुनेगा हमारी, मुख से जै गुरदेव बुलाते रहना।
भील, भंजड़े, सैंसी, गधीले मिल के, आद वंश आज़ाद करा देंगे।
आद धर्म लिखवाने की ख़ातिर, कसम रब की जान गँवा देंगे।"

"बहुत बढ़िया! यह नज़म 'परदेशी' की 'आदि डंका' में भी छपी थी।" बाबा ने बताया।...और बाबा के पोते मैं गोरे ने यह कविता बाबा के काग़ज़ों में से नक़ल की हुई है।

उसने बाहर दहलीज़ के पास जाकर आसमान की तरफ़ देखा और कहा, "भाई संगतिया, आसमान साफ़ हो गया। हवा के कन्धे पर चढ़ा बादल बिना बरसे आगे बढ़ जाता है, जैसे गांधी का अछूतों को सामजिक तौर पर ऊपर उठाने का बार-बार दिया भरोसा...! अच्छा फिर, अब मैं चलता हूँ।" फिर रुलदा राम ने हँसते हुए 'छन्न' से बाहर पैर रखते हुए पूछा, "सच भाई संगतिया, चुनाव भी आने वाला था, कुछ पता लगा?"

"प्रधान जी, बाबू मंगू राम ने बताया था कि सरकार ने चुनाव मुल्तवी कर दिये हैं, अब बड़ी जंग के बाद ही असेम्बली के चुनाव होंगे।"

"संगतिया, कबीलदारी में कई बार बन्दा कई बातों में पिछड़ जाता है।" उसने पलभर रुककर कहा, "सारे काम ज़रूरी हैं भाई।" और फिर वह धीरे-धीरे पैर आगे बढ़ाने लगा।

"यार मैं पूछ ही नहीं सका कि आज इतने दिनों बाद इधर कैसे चक्कर लगाया?"

"दोहता-दोहती आये हुए थे, उन्हें छोड़कर आया हूँ, उन्हें गाँव।"

"अच्छा-अच्छा! मैं भी आऊँगा किसी दिन तेरी दुकान पर। बाबू मंगू राम के भी कई सन्देशे आये कि जब फुर्सत हो, आकर मिल जा।"

"अच्छा इन्तज़ार करूँगा।" कहकर रुलदा राम ने विदा ली।

× × ×

"गोरे को जब से साइकिल क्या मिला है, ये तो टिकता ही नहीं। चक्कर लगाता फिरता है ननिहाल के, कभी बजवाड़े वाली मासी के और कभी कहीं....।" दादी ने अपनत्व भरा ताना मारा।

"दादी, मुझे साइकिल का चाव तो है, पर मैं इसको बाबा के अनुसार कारोबार के लिए कभी माहिलपुर, ललवाण, कभी जैजों और कभी होशियारपुर रेलवे रोड पर माल लेने-देने की बात करने जाता हूँ।" मैंने दादी को बताने की कोशिश की कि मैं शौक़िया तौर पर साइकिल नहीं चलाता।

"पुत्त, मैं तो यूँ ही मज़ाक़ करती थी। वैसे मैं चित्त में सोचती रहती हूँ कि तू गया अपने बाबा पर है जो हर वक़्त मन में दौड़ती सोचों की तरह देह को भी दौड़ाये फिरता है।"

"दादी, काम-धन्धे के लिए गया सगे-सम्बन्धियों के यहाँ भी हो आता हूँ।... होशियारपुर रेलवे रोड पर रेलू राम जिसको सब 'लाला' कहते हैं, उसके कारिन्दों

के साथ अपने जूती-जोड़े और दूसरे माल को लाहौर भेजने की साँठ-गाँठ कर आता हूँ। और फिर, बाबा के लिए 'आदि डंका', 'फ़ौजी' अख़बार और दूसरे ट्रैक्ट ले आता हूँ।'' मैंने साइकिल 'छन्न' के अन्दर से निकाल, उसके दोनों पहियों में पम्प से और हवा भरते हुए अपनी माँ और दादी को बताया।

इसी दौरान बाबा आ पहुँचा। एक ही साँस में पानी का गिलास पीने के बाद कहने लगा, ''गोरे, अब तू ही सँभाल, ज़्यादा कारोबार।''

''बाबू मंगू राम ने कोई काम सौंप दिया।'' मैंने पूछा।

''ऐसा ही समझ ले...बात ये है कि बिल्लियों को अब हमारी जरूरत पड़ गयी है। उन्होंने दो-ढाई महीने पहले, पहली मार्च 1943 को सेकेंड पंजाब रेजिमेंटल सेंटर में चमार बटालियन खड़ी कर दी है। मंगू राम ने अपील की है कि अपने जवान लड़कों को इसमें भर्ती कराओ।...और मैं दुआबे के गाँवों वाली अपनी बस्तियों में जाकर लड़कों को भर्ती कराने के लिए कुछ दिन लगाऊँगा।'' बाबा ने अपनी योजना बतायी।

दादी और मेरी माँ पहले की भाँति ख़ामोश रहीं। बाबा फिर ख़ुद ही बताने लगा, ''पिछले दिनों में ज़्यादा वक़्त मुल्तान और रावलपिण्डी में लग गया। इसलिए, कई बातों में पिछड़ गया। ख़ैर, पछताने वाली कोई बात नहीं। गोरे के छोटे मामा, बजवाड़े वाला मौसा और नाज़के वाले अपने रिश्तेदारों-फ़क़ीर राम आदि हैं, उनमें से कम-से-कम एक-दो लड़कों को भर्ती कराना है। बचनिए, तेरे माँ-बाप के लड़के अच्छे जवान हैं...मैं एक-दो दिन में लगाता हूँ चक्कर। दिहाड़ी-बेगारी से जान छूटे उनकी।''

''लड़के तो जवान हैं, पर लड़ाई में जान हथेली पर धरने वाली बात है।'' दादी ने जंग के बुरे नतीजों को लेकर सोचते हुए कहा।

''यह भी सोच कि हिन्दुस्तान की फ़ौज में हमारे लड़के पहली बार भर्ती हो रहे हैं। अंग्रेज़ हुकूमत ने हमारे जवानों पर भरोसा किया कि वे अपने आपको अव्वल दर्जे का सिपाही साबित कर रहे हैं। इनकी हथियारों के बारे में महारत की समझ हैरान करने वाली है। पढ़ाई और खेलों में इनकी बहुत दिलचस्पी है।''

यह बोलते-बोलते बाबा ने आगे कहा, ''गोरे, अपने 'घोड़े' पर कपड़ा मार ले, होयें फिर सवार और बिल्टियाँ करा आयें।...पम्प याद से झोले में डाल लेना।'' बाबा ने फिर दादी की ओर मुँह करके कहा, ''बचनिए, रोटियों के साथ आम का अचार रख देना।''

दादी उठकर बाहर चली गयी। माँ तो पहले ही रसोई में जा चुकी थी। कुछ देर बाद वे दोनों फिर छन्न के अन्दर आ गयीं। हमने किसी के आने की हल्की-सी पदचाप और फिर बातचीत सुनी। देखा मेरा छोटा मामा और मामी आये थे।

''बड़ी लम्बी उम्र है जग्गू तेरी, तुझे अभी याद करते थे।'' बाबा ने राज़ी-ख़ुशी पूछने के बाद कहा।

''मासड़, देख ले फिर हाज़िर हो गया। वो भी पहली गाड़ी से। सैले उतरकर बस पकड़ी।...और बताओ, कैसे याद करते थे?''

''दरअसल, सिर्फ़ हमारे लोगों की पिछले दिनों 'चमार बटालियन' बनी है और मैं सोचता हूँ, तू उसमें भर्ती हो जा। तनख़्वाह के साथ इज़्ज़त-मान ख़ूब मिलता है फ़ौजियों को।''

''धन्यभाग! जब कहे, जहाँ कहे, वहाँ पहुँच जाऊँगा, मासड़।'' पलभर की ख़ामोशी के बाद मामा ने पूछा, ''ऐसी और भी रेजिमेंट हैं?''

''मंगू राम बताता था कि महाराष्ट्र के महारों की महार रेजिमेंट, जाटों की जाट रेजिमेंट और राजपूतों की राजपूत रेजिमेंट हैं...।''

''ऐसे ही बाहमनों की रेजिमेंट भी होगी?''

''मंगू राम बड़ी जानकारी रखता है ऐसी, मैंने भी यही बात पूछी थी उससे।''

''फिर?''

''बताता था कि अवध के नवाब वज़ीर की हुकूमत के समय अंग्रेज़ों ने नवाब की सेवा के लिए ब्राह्मणों की रेजिमेंट बनायी थी। साल भर बाद ईस्ट इंडिया ने बदल दी। फिर पंजाब रेजिमेंट की बटालियन बन गयी।...और आख़िर दम तोड़ गयी।''

''अच्छा, मासड़, यह बता कि तुझे इतना सब कहाँ से पता रहता है?'' मेरे मामा ने हैरान होकर पूछा।

''जग्गू मैं 'फ़ौजी' अख़बार 'आदि डंका' और इनसे पहले 'ग़दर' अख़बार पढ़ता रहा हूँ। वो अख़बारें मैंने अभी भी सँभालकर रखी हुई हैं। और फिर, मंगू राम बहुत कुछ बताता रहता है।''

''अच्छा! तो फिर ब्राह्मण रेजिमेंट ख़त्म हो गयी।''

''हाँ, उसका शंख बोल गया था...।'' बाबा ने माथे पर हाथ रखकर सोचने के पश्चात् कहा, ''बीस-बाईस साल पहले, शायद 1922 में। और ब्राह्मण ख़ुद कहाँ लड़ता है, वह तो लड़ाना जानता है–समाज को बाँटकर, युगों-युगों का मक्कार... ग़रीब-गुरबों पर ज़ुल्म ढाहता-कराता।''

लगातार इतना सुनने के बाद दादी ने माथे पर बल डालकर और बाबा से मुख़ातिब होकर कहा, "हम तुम्हारी तरफ़ मुँह उठा-उठाकर देखी जाती हैं कि अब बात ख़त्म होती है, अब ख़त्म होती है...पर तू तो...जो रह गया, वो भी बता देना था कि मंगू राम को अमरीका में रहते हुए, ग़दर पार्टी में जोश और फुर्ती से काम करते आज़ादी और ग़ुलामी के मायने समझ में आ गये थे। उसने अंग्रेज़ों को बताया था कि हम आदि-धर्मी लोग तीन तरह की ग़ुलामी करते हैं–हिन्दू राजाओं की, हिन्दू समाज की और अंग्रेज़ हुकूमत की...। रब का वास्ता, अब उठकर गाय-भैंसों को चारा-पानी डाल, रँभा रही हैं, भैंस कैसे उछल-कूद किये जाती है। उठ अब...हम भी मेहमानों के साथ कबीलदारी की कोई बात कर लें।"

"बचनी, तोर मोर मन मानियो...।" बाबा पहले की तरह दादी से मखौल करके उठ खड़ा हुआ।

"अपने लाडले पोते को साथ लेकर जा, जो हर वक़्त कान खड़े करके सबकी बातें सुनता रहता है।"

मेरी नज़र एक बार फिर अपने 'घोड़े' पर पड़ी। मुझे याद आया कि कुछ साल पहले बचपन में, उस दिन रौंठी से उतरकर नीचे आँगन में आया था। सोचता रहा था कि बाबा को यूँ ही साइकिल की चिन्ता में डाल दिया। मैं मन-ही-मन सोचने लगा था कि बाबा कितनी मेहनत कर रहा है। अपने हुनर का मुज़ाहरा कर रहा है। वक़्त बर्बाद किये बिना समाज को बेहतर बनाने के लिए पूरा ज़ोर लगा रहा है। यह सोचकर मैंने बाबा से माफ़ी माँगने का विचार बनाया था। मुझे याद है कि फिर मैं सोचते-सोचते बाड़ के किनारे के पास चला गया था। देखा था कि पेड़-पौधों पर पतझड़ के बाद उनकी कोंपलों के पत्ते अब काफ़ी बड़े होकर चमक रहे थे। मुझे ख़याल आया था कि मेरी माँ की ज़िन्दगी में भी बहार आ जाये, अगर मेरा लापता बापू सुख-शान्ति के साथ घर लौट आये। तभी यह ख़याल भी आया कि आँगन में आम के पत्ते तो अवश्य झरते हैं, पर पौधे पर कोई पतझड़ नहीं आती, सारी उम्र हरा-भरा रहता है। यदि मेरा बापू आ जाये तो हमारा घर फिर से...। ये सोचते हुए मेरा मन अन्दर-ही-अन्दर भर आया और आँखें बहुत देर तक नम रही थीं। बीच-बीच में मुझे यह भी लगता कि मेरी माँ के अलावा घर का कोई अन्य सदस्य शायद ही उम्मीद करता है कि मेरा बापू...।

और अकस्मात् मेरी नज़र ने छन्न के अन्दर झाँका। दादी, मामा, मामी पता नहीं कौन-सी इतनी लम्बी बातें कर रहे थे जो ख़त्म होने में ही नहीं आ रही थीं, जैसे मेरी माँ के चेहरे पर से उदासी ख़त्म होने का नाम नहीं ले रही। वह अधिकतर ख़ामोश

रहती। उस पर ग़ुस्सा यद्यपि भारी रहता, पर वह उसे कभी ज़ाहिर ना होने देती। वह पता ना चलने देती कि उसके मन में क्या-क्या ज्वार-भाटे उतरते-गिरते रहते हैं। मैं छन्न के अन्दर भी ना गया, पर मैंने देखा कि मेरी माँ भी बातचीत में हिस्सा ले रही थी। मैं बाबा के पास पशुओं की तरफ़ चला गया।

इसी दौरान मुझे चूल्हे की ओर से बासमती चावलों और कढ़ी के पकने की महक आयी। मेरी भूख और अधिक चमक उठी, लेकिन दादी बाबा के दिये गये 'हुक्म' की उदूली ना करता हुआ मैं चुपचाप रौंठी की सीढ़ी चढ़ गया।

सोचने लगा कि लाहौर और मुल्तान जाने का सबब जल्दी-से-जल्दी बनाऊँ। लाहौर शहर के बारे में बाबा का बताया याद आया कि पुराने लाहौर के बारह दरवाज़े हैं और एक 'मोरी' है। मुझे याद है कि मैंने पूछा था, "मोरी का क्या मतलब है?" उसने बताया था कि उच्च जातियों के हिन्दू नहीं चाहते थे कि अछूत भी उनके आने-जाने वाली राहों से होकर आयें-जायें। इसलिए साढ़े पाँच फुट का दरवाज़ा अछूतों के लिए बनवाया गया। यही 'मोरी' दरवाज़ा फिर संकट के समय हाकिमों और हमलावरों के प्रयोग में आया। भागने-दौड़ने और क़ब्ज़े के लिए भी ...और अनारकली बाज़ार भी देखूँ। मासी ने कई बार बताया था कि बजवाड़े वाले गुलज़ारी लाल को यहाँ का धनी राम अपनी 'भल्ला शू कम्पनी' में ले गया है। बताते हैं कि उनको सब 'मास्टर' कहते हैं और वह जूतियों के नमूने बनाता है। है भी वह अंग्रेज़ों जैसा और टौहर भी उनकी तरह रखता है। तेरी दादी के माँ-बाप उसके सास-ससुर हैं, माधोपुर।

इन्हीं सोचों की लड़ी चन्देली गाँव के लम्बे-चौड़े बाग़ों की तरह समाप्त होने में नहीं आ रही थी। अब बाबा के अनारकली और जूतियों की महिमा वाले सारंगी पर गाये गीत बार-बार मेरे ज़हन में आये जिन्हें मैं गुनगुनाने लगा–

हिन्दू हो के जुत्तियाँ बेचे
मत्त मारी गयी दल्ले की
पीली हट्टी भल्ले की

... ...

शहर लहौर, अनारकली
ते वेख भल्ले दे टुल्ल
किन्नी सोहणी शै दा मंगदा
किन्ना थोड़ा मुल्ल।

दिन भर उमंग और ख़ुशी के साथ काम करने के बाद रात को सोते समय अचानक मुझे अपनी माँ की वैराग्य भरी आवाज़ में गाये टप्पे याद हो आये। यही कारण था कि मुझे नींद नहीं आ रही थी। मैंने भुलाने की कोशिश की, पर दो टप्पे मुझे बार-बार याद आ जाते–

कोठे ते गलासी ऐ
आये दीआं लक्ख ख़ुशियाँ
तुर गये दी उदासी ऐ।

... ...

तेरे प्यार की सुंह मैंनूं
रब्ब मैंनूं भुल्ल जावे
भुल्ल जावाँ जे मैं तैनूं।

मुझे लगा, मेरी माँ ने ये टप्पे शायद उस फौजण से सुने थे जो अपने गाँव को जाते समय कुछ देर के लिए अपने बेटे के साथ हमारे आँगन की शीशम तले बैठ गयी थी। उन माँ-बेटे को मैंने पानी पिलाया था। उन्होंने और कोई पूछ-पड़ताल किये बिना गिलास फटाफट ख़ाली कर दिये थे। फिर माँ ने मुझे 'छन्न' के अन्दर जाने के लिए इशारा किया था और वे दोनों तब तक आपस में बातें करती रही थीं, जब तक साये ढल कर लम्बे नहीं हो गये थे।

...मैं अपनी माँ और पिता को लेकर लगातार सोचता रहता। पिता के बारे में कोई ख़ैर-ख़बर सुनाई ना देती। पर सोचों का कोई क्या करे? फिर ख़याल आया कि सोचों में से ही विचार उपजते हैं। सोच-विचार ही किसी संकट, आफत को समाप्त करने के लिए राह-दिशा बनते हैं। इन विचारों ने मेरी आँखें खोल दीं, जबकि नींद अब मेरे ऊपर आसमान में बादल की घटा की तरह चढ़ती जा रही थी।

16

दूसरे विश्व युद्ध का समय लोगों के सामने बरसाती बाढ़ की तरह आया जिसमें माझा, दुआबा और कण्डी इलाक़े की जवानी बह जाने के लिए मछली की तरह तड़प रही थी। 'चमार रेजिमेंट' बन जाने के कारण आदि-धर्मियों के नौजवान लड़के ब्रितानवी हुकूमत की तरफ़ से लड़ने-मरने के लिए उतावले थे। जालन्धर, लायलपुर, सियालकोट, पठानकोट, गुरदासपुर, जम्मू, धर्मशाला, काँगड़ा, चम्बा और मण्डी के नौजवान आदि-धर्म मण्डल के प्रधान बाबू मंगू राम मुग्गेवाल के उत्साह भरे जोश के साथ फ़ौज में भर्ती होने को उतावले हो गये थे। वे अपनी ग़रीबी के दलिद्दर शिद्दत से मिटाने की ख़ातिर नज़दीकी ज़िला छावनियों में जाकर भर्ती होने के लिए एक-दूसरे के साथ योजनाएँ बनाते दिखते। इसके बावजूद मैं अपने बाबा के कारोबार को बढ़ाने और शिखरों पर पहुँचाने के लिए हर समय साइकिल दबाये रखता। कई बार खाने-पीने के समय घर लौटता। एक दिन इतनी देर हो गयी कि रेलू राम की दुकान में होशियारपुर रहना पड़ा। संयोग यह बना कि बाबा भी सारंगी के साथ अचानक वहाँ आ पहुँचा।

मेरा तन-मन एक बार फिर हवा में उड़ा कि बाबा मेरे साथ है। बाबा भी यहाँ रहने के इरादे से आया है, पर जब उसने दो जनों के रहने के बारे में सोचा तो उसका मन दुविधा में पड़ गया।...बाबा की और रेलू राम की आपसी साँझ भी पुरानी है। रिश्तेदारी में दूर-पास का समधीपना है। बात यह कि मेरे बाबा और रेलू राम की आपस में बनती है। इसलिए भी कि दोनों जन आदि-धर्म मण्डल के बग़ैर तनख़्वाह

के कारिन्दे हैं। हम बेशक एक और एक ग्यारह हो गये, पर हमारे मेज़बान ने सलाह दी, "भाई संगतिया, यूँ ही ना जाने की ज़िद कर। बरसाती नालों का भी पता नहीं कि कितने चढ़े हों। होशियारपुर वाला धोबी नाला तो किनारों से बाहर उछाले मारता था, दोपहर के वक़्त। और फिर अब काफ़ी झुटपुटा हो गया है, सवेरे चाहे पौ फटते ही चल देना। यहाँ रहने की या रोटी-पानी की तंगी है तो बता!"

"यूँ तो छोटा लड़का घर ही है, फ़िक्र वाली कोई बात नहीं।"

"अच्छा संगतिया, तू यह बता कि मंगू राम ने आदि-धर्मियों की बस्तियों में क्या-क्या बातें कीं?"

"तू बातें छोड़ दे, अब दुआबे वाले गाँवों के राह अपने लड़कों से भरे हुए सीधे फ़ौजी छावनियों की तरफ़ जा रहे हैं। मंगू राम ने अपनी तकरीरों में साफ़-साफ़ कहा, "आदि-धर्मी भाइयो, कोई वक़्त था, मैं अपने साथियों के साथ गोरों को हिन्दुस्तान से बाहर निकालने के लिए असला-बारूद हिन्दुस्तान को स्मगल करने में शामिल था। वजह यह कि ग़दर पार्टी के कारिन्दे के तौर पर पार्टी की विचारधारा का मेरे ऊपर बहुत असर हुआ। उसमें हिन्दुस्तान के सामाजिक ढाँचे को रद्द करते हुए हम नये समाज के निर्माण के लिए सभी हिन्दुस्तानी मिलकर यत्न कर रहे थे। इसकी मिसाल आज भी कोई अमरीका में स्टाकटन गुरुद्वारे की लाइब्रेरी में लगी फ़ोटो और नामों की फ़ेहरिस्त में देख सकता है। देश की आज़ादी में भाग लेने वाले कारकुनों में हिन्दू, सिक्ख, मुसलमान और अछूत भाईचारे में से मैं मंगू राम गुरुद्वारे के अगले मेम्बरों में से था। भाइयो, वह गुरुद्वारा ग़दरी सरगर्मियों का गढ़ था। कभी ऐसी मीटिंग, धर्म-जात और इसकी हलचल में बाधा नहीं बनते थे। हम बुलन्द आवाज़ में अपने वतन की प्रगति के लिए गीत गाते–

छुआछूत का कोई ख़याल नहीं,
हमें परख ना चूहड़े चमार वाली।
हिन्दुस्तान वाले सभी हैं भाई,
रीत रखनी नहीं मक्कार वाली।
ख़ातिर हम आज़ादी की जंग करना,
दूर करनी अब रस्म बेगार वाली।
ग़दर के बाद 'मामला' माफ़ सबको,
खेती करेंगे, मौज बहार वाली।"

"अरे! ये सारी तुकें तो 'ग़दर की गूँज' में से हैं। मंगू राम ने कई बार बता रखा है कि इस किताब के उसने अक्षर-अक्षर को जोड़ा-सँवारा था प्रेस में।" रेलू राम ने कहा।

आगे तो सुन।" वह हँसते हुए बताने लगा, "चल अब तू अपनी सारंगी बजाये चल। आदि-धर्म की इन तानों को मैं तरसता रहता हूँ।"

"...और मैं भी...।"

"चल अब प्रसंग चलता रख। ये पिछले 'ग़दर' में अपने शहीदों के बारे में सुनकर मेरा सीना और चौड़ा हो गया। चल, अब कोई दूसरी ऊँची तान निकाल...।"

"...और मंगू राम ने कहा था, "मुझे दूसरों की तरह लगता रहा कि रूस जैसा सियासी ढाँचा हमारी दहलीज़ों पर है। अमेरिका रहते हुए मैंने पहली बार अपने आपको बराबर और आज़ाद इन्सान के तौर पर देखा। और दूसरी तरफ़ अंग्रेज़ हमें 'हिन्दू स्लेव' और 'डर्टी हिन्दू' जैसे निरादर भरे ताने मारते। और इधर हमारे देश के लोग, उनमें से बहुत सारे अछूतों के साथ दुर्व्यवहार करते हैं। भाइयो, ये सोचने और ग़ौर करने वाले नुक्ते हैं। यदि मैं इससे भी पहले की बात करूँ, 1857 के ग़दर की, जो ग़दर पार्टी की बुनियाद बना। उसमें हमारे कई लोग शहीद हुए, जिनमें गंगू मेहतर, बल्लू मेहतर, बाँके चमार, चेत राम जाटव, गुरु बख़्श पासी, बीरा पासी और अन्य कइयों को फाँसी हुई। हमारे इन योद्धाओं की शहादत के गीत किसने गाये? हमारी अछूत वीरांगनाएँ महावीरी देवी, भंगी और उसके साथ बाईस भंगी औरतें अंग्रेज़ों के ख़िलाफ़ दल बनाकर लड़ती हुई शहीद हुईं। इनकी शहादत के यशगान कब गाये जायेंगे?"

बाबा और लाला रेलू राम एक-दूजे की ओर पलभर देखते रहे। बाबा ने फिर तकरीर शुरू की, "मंगू राम ने पुरज़ोर अल्फ़ाज़ में कहा कि अंग्रेज़ हुकूमत से फ़ायदा उठाओ, पढ़ो, नौकरियाँ हासिल करो, अपनी योग्यता पेश करो और सवर्ण जातियों का शिकार ना बनो बल्कि अपना रुतबा बनाओ। अपनी आने वाली सन्तानों की बेहतरी के लिए तगड़े जतन करो। तुम्हारे पास छिनने-खोने के लिए कुछ नहीं... और फिर मंगू राम ने थोड़ा दम लेकर कहा था, जो हमारे संग छुआछूत, जात-पात और बेगार के ख़िलाफ़ थे, उनमें से अब कइयों में उसके विरोध में बोलते गले नहीं सूखते। 'देश-सेवक' पढ़ लो...कहता–सरकार के हाथों की कठपुतलियाँ हैं...अगर आदि-धर्म मण्डल पहले अपने हिन्दी भाइयों से हक़ माँगता और यहाँ से निराश होकर कमीशन के पास जाता तो हम समझते कि आदि-धर्म मण्डल की सेवा हो

रही है।...ऐसे ही, खालसा बिरादरियों के ख़िलाफ़ उन्होंने मोर्चा खोला हुआ है। हिटलरी फरमानों की तरह बमबारी करते हुए उनको हम पर तरस नहीं आता। जो आज़ादी के नाम पर हमें सहकारिता, सामाजिक-आर्थिक समानता का मेनीफेस्टो पढ़ाते थे, उन्होंने आज हमें अपना दुश्मन समझ रखा है।...ख़ैर, हमें इन सारी चालों को समझते हुए तरक़्क़ी करनी है। आज अंग्रेज़ हमारे हिमायती हैं, फ़ायदा उठाओ। सरकार-दरबार में आदर-मान हासिल करो, इससे आगे का फिर सोचेंगे।...आख़िर, जीत तुम्हारी होगी।''

''अरे! तूने तो सारा भाषण सुना दिया, पर मंगू राम के मुँह से सुनने से मैं रह गया भाई संगतिया...और हमारे जैसे कभी नहीं जान सकते कि हमारे नेता मंगू राम को आदि-धर्म का बीड़ा उठाने के लिए कितनी कठिनाइयाँ पेश आयी होंगी और गांधी जैसे थूक के 'बड़े' बना-बनाकर अछूतों के आगे फेंकते हैं और अमल में ठन ठन गोपाल ही है।''

''भई, मोटे-मोटे नुक्ते ही बता सका, पर वो जोश और बुलन्द अल्फ़ाज़ याद करके मेरा दिल करता कि आठों पहर और शिद्दत के साथ आदि-धर्म मण्डल की मानवीय विचारधारा का ही प्रचार करता रहूँ।'' कहकर बाबा ने अपनी लाल पगड़ी को ठीक किया।

''तेरी जोश भरी तकरीर सुनकर मुझे लगता है कि मुझे वहाँ होना चाहिए था।'' पलभर रुककर रेलू राम ने कहा, ''तू अब कहीं थोड़ा वक़्त देता...।''

''गृहस्थ भी देखना पड़ता है।...हमारी औलादों ने ही इस जद्दोजहद को आगे ले जाना है, बढ़ाना है।'' यह कहकर बाबा ने पगड़ी को सिर पर फिर सही तरीक़े से टिकाया। ''सो, हालात को देखते हुए हम अंग्रेज़ हुकूमत की हिमायत कर रहे हैं।...और बताऊँ रेलू राम?...मंगू राम ने अपनी एक लम्बी कविता में से कुछ बन्द भी सुनाये।''

''कौन-सी नज़्म थी? उसकी ज़्यादातर कविताएँ तो मुझे यूँ ही याद हैं।'' रेलू राम ने पूछा और बताया भी।

''एक तो वही थी...आदि-धर्म मण्डल बनने के बाद पहले सालाना जलसे वाली, जो 11-12 जून, 1927 को मुग्गेवाल गाँव में आदि-धर्म स्कूल के भारी दीवान में सुनाई थी।''

''अच्छा-अच्छा, समझ गया,'' और फिर रेलू राम ख़ुद ही सुनाने लगा।

''अजे है वेला जागणे दा,
करो अग्गे सरकार फरियाद वीरो।

इक आसरा रख भगवान वाला,
दूजी बादशाह दी इमदाद वीरो।
...   .
राज रहे अटल बरतानियां दा,
करो अग्गे भगवान फरियाद वीरो।
सरकार तुल्य ना कोई गमख़ार साडा,
ढूँढ़ देखिया आद जुगाद वीरो।
वली अहद तशरीफ़ है लाण वाले
सुनण दुखियाँ दी फरियाद वीरो।
हक़ देणगे रख इन्साफ़ अग्गे,
दिन रात करना धन्नवाद वीरो।
मंगू राम और चन्द फरियाद करदे,
मिट जाणगे सब फरियाद वीरो।
हिन्दू आपणे ताईं ना मूल कहिणा,
आद धरम नूँ रखणा याद वीरो।''

''बल्ले-बल्ले रेलू राम, तेरा तो कोई जवाब नहीं।''

''और तूने क्या सुनाया फिर सारंगी पर मंगू राम के साथ जगह-जगह जाकर?''

''कबीर साहिब का 'शबद' और गुरु रविदास के दोहे सुनाये थे।''

''अच्छा, कौन-कौन से?''

''पहले सुने हुए हैं तूने।''

''फिर भी बता दे...।''

''गुरु कबीर का मशहूर दोहा–

गगन दमामा बाजियो परियो नीसानै घाउ।।
खेतु जु मांडियो सूरमा अब जूझन को दाउ।।
सूरा से पहिचानियै जु लरै दीन के हेत।।
पुरजा पुरजा कटि मरै, कबहू न छाडै खेतु।।''

और इसके बाद एक शबद जगह-जगह गया। ढोलकी बजाना अपने कई लड़के जानते हैं।''

''चुन-चुन कर बढ़िया दोहे गाये।...और गुरु रविदास के दोहे और दोहे गाये जो गुरु ग्रन्थ से बाहर हैं।''

"और वह भी दो-चार सुना दे। हमारे लिए अपने बड़ों की सारी बाणी पक्की है।"

"लो महाराज, वो भी सुन लो–

रविदास एक ही बूँद सौं, सभी ही भइउ विस्थार।
मूरख हैं जो करत है, बरन, अबरन विचार।।

... ...

रविदास जनम के कारनै, होत न कोउ नीच।
नर कूं नीचकरि डारि है, ओछे करम की कीच।।

... ...

जात पाँत के फेर मंहि, उरझि रहई सभ लोग।
मानुषता कूं खात रहई, रविदास जात का रोग।।

... ...

ऐसा चाहूँ राज मैं, जहाँ मिले सबन को अन्न।
छोट बड़ो सभ सम बसैं, रविदास रहैं प्रसन्न।।"

इस ना समाप्त होने वाली अटूट बातचीत को सुनते हुए मुझे लगा कि यह 'जगराता' रातभर चलेगा।

"हमारे इन पुरखों का कोई जवाब नहीं। इन्सानियत के लिए बहुत बड़ा 'हाय का नारा' लगाया उन्होंने। जातियों और ऊँच-नीच ने मुल्क का भट्ठा बिठा दिया।" लाला रेलू राम बोला।

इस दौरान लाला रेलू राम को ना जाने क्या सूझा, वह अचानक उठा और लौटे पैर कपड़े में लिपटी कोई शै ले आया। उसने उसको खोला और दिखाते हुए कहा, "अडोल्फ हिटलर का ख़ुद का ज़िन्दगीनामा। हिन्दुस्तान में ज़ब्तशुदा किताब है। हिटलर ने यह 1923 में हैस्स को बोल-बोलकर लिखवाई थी जब वह हुकूमत का तख़्ता पलटवाने की नाकाम कोशिश में जेल के अन्दर था। पहले यह दो भागों में 1925 और 1926 में छपी। और अब लगभग दस साल पहले 1933 में एक जिल्द में छपी, जब हिटलर ने अपनी सियासी चढ़त के कारण राजसी ताक़त हथिया ली।"

"और भाई, तूने कहाँ से ले ली ये?"

"पूछ ना संगतिया।"

"फिर भी...।"

"पता नहीं कौन यह किताब चोरी-छिपे हमारे गाँव वाले घर की ताकी से बैठक में फेंक गया और साथ ही, जाते-जाते ख़बरदार कर गया, सरकार जिसके पास यह किताब देखती है, उसे पकड़कर ले जाती है।"

"भाई, मैंने तो पहली बार देखी है!"

"पढ़ ले, वापस कर देना फिर।...ऐसे ही लपेटकर ले जाना।"

हिटलर की जीवनी हाथ में लेकर देखने और पढ़ने की इच्छा बहुत हुई, मगर बाबा चुपचाप और लगातार किताब का आगा-पीछा ग़ौर से पढ़ने लगा। रोटी के साथ आमों के खाये-पिये 'छिच्छे' से नींद ज़ोर मारने लगी। मैं दूसरे कमरे में बिछे मंजे की तरफ़ देखने लगा। लाला रेलू राम ने मुझे सलाह दी, "वो मंजे पर सो जा, अभी हम जागेंगे।"

मेरी छोटी-सी हँसी निकल गयी। शायद लाला रेलू राम और मेरे बाबा को मेरी इस हरकत का पता नहीं लगा था। नहीं तो बाबा मुझसे मुखातिब होकर अपनी तकरीर शुरू कर देता कि जब सयाने लोग बात करते हैं तो उनकी बातों को ध्यान और धीरज से सुना करते हैं, सलीके से उनका आदर-मान करते हैं। आयी समझ, गोरे? और दाँत निपोरने वाला मैं शर्मिन्दा हो जाता।

ख़ैर, मैं यद्यपि अभी सोने के लिए सोच रहा था, पर मुझे यूँ लगा जैसे मैं लाहौर-मुल्तान वाली रेलगाड़ी में बैठा जा रहा होऊँ। पिछले सफ़र याद आये। वृक्ष, मनुष्य, पशु-पंछी, नहरें और पोखर पीछे दौड़ते दिखाई दिये, पर बाबा और मैं आगे की ओर सरपट दौड़ते जा रहे थे, अपनी मंज़िल की तरफ़!

17

लाहौर और मुल्तान जाने की मेरी चाह कई दिनों से हद दर्जे तक बढ़ी हुई है। मन-ही-मन उन दोनों बड़े शहरों के बाज़ारों में चक्कर लगाता रहता हूँ। मेरे ख़यालों में लाहौर में आमों के बाग़, शालीमार बाग़ और अन्य हरियाले बग़ीचे, क़रीब से बहता रावी दरिया, लाहौर क़िला, पुराना क़िला, दाता का दरबार, महाराजा रणजीत सिंह का महल, ये सब दिखाई देते। और...शहर के बीच से शान्त बहती नदी में झाड़-तिनका तैरता ना दिखता। कुछ देर पहले देखे ये नज़ारे बार-बार मेरी नज़रों में आ जाते। स्कूलों, कॉलेजों, मदरसों की शानदार इमारतों के बारे में सोच-सोचकर मुझे जैजों याद आ जाता। अन्तर केवल इतना है कि जैजों के बाज़ारों में हरेक दुकान और इमारत की दीवारों के आलों-झरोखों में किसी-न-किसी अंग्रेज़ या महारानी की मूर्ति बनायी हुई है। उन मूर्तियों की बनावट में अंग्रेज़ हुक्मरानों की बिल्ली और नीली आँखें, भूरे बाल और चेहरे बहुत चुस्त हैं। कई जगहों पर रंगदार दीवार-चित्र हैं जो लाहौर में दिखाई नहीं पड़ते। जब लाहौर के खुले-भीड़े बाज़ारों का ख़याल आता तो मुझे कलानौर याद हो आता। इस बारे में मेरे मन में शीशे के अन्दर का अक्स और ज़्यादा गहरा हो गया, जब बाबा की एक रिश्तेदार औरत ने वहाँ जाने पर मुझसे कहा था, ''क्या देख रहा है, पुत्तर?...यहाँ हमारे लोग कहा करते हैं–

जिस नीं वेखिआ लाहौर
उह वेखे कलानौर।"

इस दौरान मुझे कई बोलियाँ, टप्पे और गीत याद आये जिनको बाबा अपनी सारंगी के सुरों में गाता था। फिर धीरे-धीरे उसकी आवाज़ सुरों में ही समा जाती थी। मैं ज़रा-सी भी हिल-जुल ना करता, बल्कि ऐसा दिखावा करता जैसे मैं भी उसमें लीन हो गया होऊँ। ऐसा आलाप और ऐसे सुर बाबा ने पिछले दिनों भी लगाये थे–

उच्ची वगे रावी कोई, नीवीं तां झनां ऐ।
भाइयां बाझ ना जोड़ियां,
कोई पुत्तरां बाझ ना मां ऐ।

इन्हीं ख़यालों में खोये हुए को अचानक एक बात सूझी कि जब लाहौर जाना ही है तो क्यों ना बाबा को कहकर रेलवे बिल्टियों वाला काम, अपनी दुकान का लेन-देन, ललवाण, माहिलपुर और अन्य जगहों का काम जल्दी-जल्दी निबटा दूँ।... ताकि बाबा को मेरे बाद कोई कठिनाई ना हो। इन कामों को अमल में लाने के लिए मैंने और बाबा ने सलाह-मशविरे के कई दौर चलाये और फिर एक दिन रात को बाबा ने अपनी दाढ़ी सँवारते हुए मेरी पीठ थपथपाई और मुझे शाबाशी देते हुए कहा "गोरे, चल भई कल दुकान पर चलें...माल का हिसाब-किताब लगाकर बिल्टियों के बारे में सोचें और कारीगरों को दो हफ़्तों का पैसा दें।"

अगली सवेर मैं जैजों के लिए साइकिल दौड़ाता रहा। हमने रामपुर झज्जोवाल और चक्क नरियाल की छोटी नदी (बरसाती नाले) पार करने के लिए अपनी जूतियाँ उतारीं। मेरी जूती भी बाबा ने एक हाथ में पकड़ ली। हम दोनों ने पाजामा ऊपर उठाकर नेफों में खोंस लिए। साइकिल मुफ़्त में धुल गया। और जब ललवाण के चौरास्ते से काफ़ी आगे जाकर चढ़ाई आरम्भ हुई तो हम साइकिल से उतरकर पैदल चल दिये। बाबा ने ज्यों ख़ामोशी का लम्बा रास्ता तय करते हुए कहा, "हमारा कारोबार और आलमी जंग अब शिखर पर है। अख़बारें निर्दोष लोगों के मरने, फ़ौजियों की शहादतों, उनके नक़लो-हरकत की तस्वीरों से भरे होते हैं, ख़ासतौर पर शिमले वाली फ़ौजी अख़बार। बताते हैं कि हज़ारों फ़ौजी अंग्रेज़ों की तरफ़ से लड़ते हुए शहीद हो गये हैं। दुनिया को मारकर नस्लपरस्ती और इस पर घमण्ड करने की साज़िशें हैं।" मैंने देखा, बाबा का चेहरा मायूस-सा हो गया था।

"बाबा, कई लोग कहते हैं कि सरमायेदारी और नस्लपरस्ती का झगड़ा बहसबाज़ी और खींचतान ना ख़त्म होने वाली मानसिकता है। बेशक अख़बारों को ध्यानपूर्वक पढ़ने की कोशिश करता हूँ, पर ये बातें मेरे सिर के ऊपर से निकल जाती हैं।" मैंने बाबा से साफ़गोई के इरादे से पूछा।

"गोरे, तू अख़बारों को ध्यान से पढ़ाकर। मंगू राम के साथ बातचीत करके, किताबें और अख़बारें पढ़कर जो मेरी समझ बनी हुई है, उसे मैं तेरे साथ साझा कर सकता हूँ। तू ऐसा समझ कि वह राज जिसमें मुल्क का व्यापार, ज़मीन-जायदाद और कारख़ाने, मालिकों के निजी हाथों में हों, वे मनमाने ढंग से मुनाफ़ा कमाएँ... और नस्लपरस्ती का मतलब है, अपनी नस्ल के लोगों को अव्वल दर्जे की क़ौम के तौर पर पेश करना...तानाशाही ताक़त के ज़रिये अपने विरोधियों को दबाकर रखना।"

"...और रूस को समाजवादी मुल्क कहते हैं, यह भी मेरी समझ से परे है।" मैंने अपनी दुविधा का समाधान करना चाहा। इसलिए कि, मुझे पूरा विश्वास है कि उसके दिमाग़ में पड़े ज्ञान ग्रन्थ में से कोई वाक्य सुनने को अवश्य मिलेगा।

"गोरे, बड़ा होशियार हो गया है तू...ख़ैर, इसे भी इस तरह समझ कि जिसके अन्दर कामगारों-मज़दूरों को पूरी आज़ादी हो और हर शै के मालिकाना हक़-हकूक हुकूमत के पास हों। ज़मीन-जायदाद सबकी साझी हो।"

बाबा ज़रा-सा रुककर बोला, "गोरे, हम बाबा-पोता भी कैसे बन्दे हैं जो हर वक़्त देश-दुनिया के व्यवहार की बातें करते रहते हैं। ...और कई लोग बस दारू पीने, ताश खेलने और आवारागर्दी की ज़िन्दगी को ही ऐश समझे जाते हैं।...और हम एक-एक साँस का सदुपयोग करने में लगे रहते हैं।"

मैंने बाबा से पीने के लिए पानी माँगा। उसने मेरे हाथ से साइकिल पकड़ी और अपनी बग़ल से सारंगी उतारकर मेरे बायें कन्धे पर टाँगने की कोशिश की। हम चलते रहे। फिर उसने दायीं तरफ़ जैजों स्टेशन के ढलान वाले रास्ते पर होते वक़्त साइकिल में हल्की-सी ब्रेक दबाई। दुकानदार पण्डित को चाय के लिए बोलकर वह सीधा स्टेशन के डाटों वाले बरामदे से होकर प्लेटफ़ार्म पर चला गया। थोड़ी-सी भीड़ के बावजूद मैं उसकी तरफ़ निरन्तर देखता रहा कि बाबा कितने तेज़-तेज़ क़दम उठा रहा है। अब उसने अपनी पगड़ी को सिर पर ठीक से बिठाया और सही किया। कुरते की बग़ल वाली जेबों को टटोला और पाजामे के नेफे को पकड़कर ऊपर उठाया।

इसी दौरान घर से निकाली, पागलों जैसा जीवन व्यतीत करती पिछली बार वाली राजपूतनी औरत मेरे पास आयी और मेरे साइकिल को बड़े ग़ौर से देखने लगी। साइकिल अपने स्टैंड पर खड़ा था, उसने हाथ के साथ पिछला पहिया ज़ोर से घुमा दिया। तेज़-तेज़ घूमते पिछले पहिये को देख उसने ज़ोर-ज़ोर से हँसते हुए कहा, "पहियों में तो तारें हैं ही नहीं।...मैं हूँ, वो है ही नहीं।"

पलभर बाद वह एक 'टप्पा' गाने और दुहराने लगी–

''सुहरे कैद कट्टी, ना चोरी, ना डाका!''

फिर वह घूम-घूमकर गिद्धा डालने लगी और साथ-साथ गाने लगी–

"लालू वे गुज़रा, वे घोड़ी किल्ला पुटा आयी आ
वे घोड़ी किल्ला पुटा आयी आ
उह तेरी की लगदी, वे जिहड़ी सुत्ते नूं जगा आयी आ
वे सुत्ते नूं जगा आयी आ।"

...और फिर लोगों का छोटा-सा मजमा जुड़ गया। वह कभी पैर आगे और कभी पीछे करती। हाथों की ताली बजाती, कभी झुककर सिर से ऊपर हाथ ले जाती। उतनी सी जगह में चक्कर लगाती। उसने गिद्धे का अपना गीत जारी रखा–

"लालू वे गुज़रा, वे छज्ज भरियां भूकां दा
वे छज्ज भरिया भूकां दा
छड्ड ना जाईं सोहणिया, वे इह पिंड राजपूतां दा
वे इह पिंड राजपूतां दा।"

फिर वह चुपचाप खड़ी इधर-उधर देखती रही। गिद्धे का अखाड़ा ख़ाली हो गया। मैं भी ख़ामोशी के साथ साइकिल के पास पड़े पत्थर पर बैठा रहा। फिर पता नहीं उसके चित्त में क्या आया। उसने मेरे सिर पर हाथ रखा, ''जीता रह पुत्र... जवानी बनी रहे।''

मैं हैरान रह गया। मुझे लगा मानो उसके अन्दर से मेरी दादी और मेरी माँ दोनों एक साथ बोली हों। इतने में चाय वाले पण्डित ने उसे इशारे से चाय का कप पकड़ा दिया। फिर उसने मुझे भी चाय के लिए हाथ का इशारा किया। तभी, बाबा आ गया और बताने लगा, ''मालगाड़ियाँ लादे जाने वाला प्लेटफ़ार्म हालाँकि पौना मील के क़रीब लम्बा है, पर मैं दूर से निगाह मार आया हूँ। प्लेटी पर माल की गाँठें उठाने वाले लगे हुए हैं।''

''और हमें भी बिल्टियों की तैयारी में एक-दो दिन लग ही जायेंगे।'' मैंने पलटकर कहा। माल ठिकाने पर पहुँचाने जाते ऊँटों की छनकती सिक्कों की माला और बैलों की घण्टियाँ मुझे फिर सुनाई दीं।

''हाँ, वक़्त तो लगना ही है।....चाय पीकर, शरीर में हरकत आ गयी...चल फिर, लगा ऐड़ी 'घोड़े' को।''

योजनाएँ, मंसूबे बनाते-गिराते हम अपनी दुकान पर पहुँच गये जहाँ कारीगर हमारी पहले से ही प्रतीक्षा कर रहे थे। देखते-देखते, हिसाब-किताब, लेन-देन और

अगला माल तैयार करने की जुगतें तय हो गयीं। बातें करते- करते बीच में छोटा-सा चक्रवात आया। मेरे मन में भी ख़यालों का एक झोंका आया, फातिमा को लेकर। पास में बहते खड्ड के पत्थरों के साथ टकराते, उछलते पानियों की तरह। मुझे एक के बाद एक वे दृश्य याद हो आये। जब मैंने पिछली बार उसको देखा था। उसने गुलाबी रंग की पूरी आस्तीन वाली लम्बी कमीज़ पहनी हुई थी और उस पर मेल खाता दुपट्टा ले रखा था जिस पर सुनहरी बूटियाँ थीं। वह जँचने वाले कपड़े बड़े चाव से पहनती है। वैसे, वह कई बार पौनी बाजू और आधी बाजू के बादामी रंग के, कभी काशनी और कभी काले-सफ़ेद रंग के सूट पहनती है। कई बार दूर से फातिमा की चाल-ढाल और बात करने का अन्दाज़ निरा मेरी मासी जैसा है। उसकी तरह ही हर शै को टकटकी लगाकर देखती और बात को ध्यान से सुनती है। अपनी पतली उँगलियों और लम्बे हाथों को और बार-बार पता नहीं क्यों देखती रहती है। मानो वह अपनी हथेलियों पर कुछ गुम हो गये को तलाशती हो। फिर, स्वयं ही ख़ुश हो लेती है और परेशान भी हो जाती है। एक दिन फातिमा ने बाबा से कहा था, "अपने उसूलों पर कायम रहते हुए ज़िन्दगी व्यतीत करना काँटेदार झाड़ियों में से होकर गुज़रना है। और हमारे उसूल...।"

यह सुनकर बाबा और मैं फातिमा के मुँह की ओर देखते रह गये। मेरी समझ में बिल्कुल नहीं आया कि शब्दों की यह डार हवा में उड़कर किस तरफ़ गयी थी। फातिमा मेरी तरफ़ हालाँकि बीच-बीच में देख लेती, पर मैं कई बार गर्दन झुकाकर या इधर-उधर देखकर उनकी बातें सुनता रहता हूँ।

फातिमा को लेकर मन में ख़यालों की बौछार भादों के इक्का-दुक्का छर्राटे की भाँति होती रहती। मैं बीच-बीच में सोचता कि बाबा से कहूँ और बताऊँ कि तुम अक्सर कहते हो कि पंछियों के पीने से पानी जूठा नहीं होता...और यदि फातिमा का अपने धन्धे में मन नहीं लगता तो...वैसे तो, इन्सानियत और औरत के पक्ष में बयानबाज़ी के अम्बार लगाता नहीं थकता। मेरे दिल में ऐसे सवाल उठते और उनके जवाब सूझते। परन्तु मैं बाबा के साथ बात करने से झिझक जाता कि शायद उसको हिन्दू-मुसलमान फिरके का कोई डर हो। फिर सोचता कि हम तो हिन्दू नहीं। उनके साथ हमारा कोई लेना-देना नहीं और ना ही उनके घरों में मेरी मासी या बुआ है। और फिर बहुत सारे मुसलमान हमारे लोगों में से ही बने हैं। हम हिन्दुस्तान के बाशिन्दे हैं। पता नहीं मैं और कितनी देर सोच के भँवर में पड़ा रहता यदि अचानक बाबा मुझसे यह ना कहता, "गोरे, मेरी ज़िन्दगी की शामें उस सूरज की तरह...।"

मैंने जल्दी-से बीच में टोकते हुए हँसकर कहा, "बाबा, सूरज अभी इतना नहीं ढला। किरणें अभी बड़ी दमदार हैं...काम बता।" यह सुनकर उसका गेहुआँ चुस्त-दुरुस्त चेहरा एक बार फिर चमका जैसे बादलों में सूरज।

"गोरे, मैं सोचता हूँ कि...।" बाबा बोलता-बोलता एकदम यूँ चुप हो गया जैसे उसके अड्डे पर जूती की मरम्मत कराने कोई ग्राहक आ गया हो। कुछ देर बाद वह फिर जूती को तोपे से तोपा लगाने की तरह बोला, "गोरे, मैं सोचता हूँ कि लोग तो पहले ही ज़िन्दगी के मारे हुए हैं और ऊपर से हैंकड़बाज़ आदमी दूसरों पर कैसे अपनी सरदारी की धौंस जमाने के इरादे से ज़ुल्म ढाहता ज़रा भी तरस नहीं खाता।...समझता है, अपने यहाँ कैसी मारामारी मची हुई है, बन्दा, बन्दे को नज़दीक नहीं फटकने देता। ऐसा ही हिटलर ने दुनिया को फाड़कर रख दिया। ये जात-पात, ऊँच-नीच, रंग-नस्ल का भेदभाव नहीं तो और क्या है?"

थोड़ा रुककर उसने मेरी तरफ़ देखा, फिर कहा, "गोरे, मैं कई बार सोचता हूँ कि तेरे साथ ऐसी बातें कम करूँ या ना ही करूँ। फिर सोचता हूँ कि अपने मन में उतार-चढ़ाव की बातें फिर और किसके साथ करूँ? यह ख़याल खड्ड के पानियों की तरह उछाल मारते रहते हैं और मैं बेबस होकर तेरे साथ बातें करने बैठ जाता हूँ।"

"बाबा, तुम ख़ुद तो कहते हो कि अब हमारा गोरा बीस साल का हो गया... और सारा काम-धन्धा सिखा दिया, सौंप दिया, कभी कहता, मैं अपनी उम्र के हिसाब से बालक होते ही सयाना हो गया था।...और अब कारीगरों के साथ-साथ व्यापारी भी मेरे ऊपर भरोसा करते हैं...तुम मेरे साथ बातें करते रहा करो। मैं तुम्हारा दिल से बहुत शुक्रगुज़ार हूँ बाबा।"

बाबा ने भरपूर नज़रों से मेरी तरफ़ देखा जिनमें 'अब कोई फ़िक्र नहीं गोरे' की चमक थी।

इसी दौरान, दीना बादल की तरह आ गरजा, "चाचा संगतिया, मरासन आज फिर वो आसमान में चढ़ी बदली की तरह मेरे पर बरसने को पूरी तरह तैयार खड़ी है। मैं इस बाँस की तरह बहुत झुकता हूँ, पर वो तो टुकड़े करने पर उतारू है। इन दिनों चींटियों के बिल भी दिखाई नहीं देते। और तू ही बता, कहाँ ले आऊँ मुजरे का मज़ा लेने वाले लोग जिनकी हमें बोली भी समझ में नहीं आती–सुन्दर, लम्बे-चौड़े जिस्मों और नीली आँखों वालों की।"

"दीने, हौसला रख, रुतें बदलती रहती हैं।"

''इधर तो कब की रुत मुँह फेरे बैठी है और वन काँप रहा है।...एक पल बधाई वाली तान निकालती है तो दूसरे पल मातम के वैण डालने बैठ जाती है।''

''दीने, तुम दिन में रात ना कर लिया कर।'' यह कहकर बाबा अपने अड्डे से उठा और उसने दीने को धकेलते हुए उसके मुहल्ले की गली में भेजा।

''चाचा, दो हाड़े (पेग) ज़रूर लगा लेता हूँ, पर किसी को कुछ कहता थोड़े हूँ मैं।''

वह अपनी कमर में लपेटी हरी तहमद को नेफे से पकड़कर ठीक करता- करता गली में, हल्के से बहते पानी की तरह आगे बढ़ गया। बाबा कुम्हारों की दुकान पर खड़ा होकर बातें करने लगा।

आसमान से मोटी-मोटी बूँदें टपकने लगीं। मगर मेरे मन में फातिमा को लेकर बूँदाबाँदी होने लगी। बाहर रखे सामान को दुकान के अन्दर करता मैं सोचता कि चार दिन हो गये हमें यहाँ आये हुए। बिल्टियों का काम ख़त्म हो गया; माल भी समझो आगे पहुँच गया। और तो और, हमारा यहाँ से जाने का वक़्त भी हो गया, पर फातिमा नज़र नहीं आयी। इसी बीच बाबा ने कहा, ''गोरे थोड़ी-सी चाय बना। मीठा-पत्ती तेज़ रखना और दूध ज़्यादा डालना।''

बूँदाबाँदी बन्द हो गयी। मैंने गिलासों में चाय उड़ेलकर सामने देखा। फातिमा एकदम बादलों में से निकले सूरज की किरण की भाँति चमकी। उसका गुलाबी-बादामी रंगा चेहरा पहले की अपेक्षा चुस्त दिखा। मेरे हाथ थोड़ा-सा काँप-से गये, पर चाय गिलासों से बाहर गिरने से बच गयी। उसने हिजाब पहले ही खिसकाकर सिर पर टिका रखा था और बुर्का पहन ही नहीं रखा था।

''बेटी, आज तो बड़ी तरोताज़ा दिखती है।'' बाबा ने ख़ुशामदीद के तौर पर कहा।...और मैंने चाय के दो गिलास बाबा के अड्डे के क़रीब रख दिये। मैं अपना गिलास उठाकर पायदान के एक कोने में बैठ गया।

''बाबा, काफ़ी जद्दोजहद के बाद मैंने पिछले दो-ढाई महीने से रसोई का सारा काम सँभाल लिया है। और बाक़ी सब से छुटकारा मिल गया।''

''शाबाश! जहाद के बजाय जद्दोजहद से मसला सुलझ जाता है। रब आगे भी भली करेगा।''

''बाबा, तुमने मंगू राम की बात बतायी थी ना, वह नुक्ता मेरे ज़ेहन में बैठ गया और नतीजा अब सामने है। मैंने पिछले दिनों में कई चक्कर लगाये, पर तुम्हारी दुकान उस हिजाब ओढ़े खड़ी औरत जैसी थी।''

यह सुनते ही बाबा ने मुस्कराकर जैसे अपना रोज़नामचा खोल लिया हो। बाबा ने उसको विस्तार के साथ जलसे-जुलूसों में अपनी लगाई हाज़िरी और कारोबार को लेकर जानकारी दी। बाबा ने मेरे द्वारा काम की ज़िम्मेवारी सँभाल लेने की बात भी बतायी। फातिमा ने मेरी तरफ़ सरसरी नज़र से देखा, पर मैंने शरमाकर नज़रें झुका लीं।

"फातिमा, अगर तुझे दो-चार दिन की फुर्सत मिले, तो चल अपने गाँव में घुमा लायें।" बाबा की तजवीज़ सुनकर मैं मन-ही-मन ख़ुशी में नाच उठा और मैंने चाय की चौखी मिठास महसूस की।...और दुकान के पास कुछ दिन पूर्व उछलती-कूदती बछिया का दृश्य मेरी आँखों के सामने आ गया।

"चलूँगी किसी दिन बाबा तुम्हारा दौलतख़ाना देखने। गोरे की अम्मी के लिए तोहफ़े के तौर पर मुल्तान से लायी छींट की सुथ्थन (सलवार) और दिल्ली से मँगवाई सिल्क की कमीज़ लेकर जाऊँगी। मेरे इन पहने हुए कपड़ों के साथ वाले अनसिले सूट हैं।" फातिमा ने अपनत्व के साथ कहा।

'मुल्तान' शब्द सुनते ही मेरे मन का मोर फिर नृत्य करने लगा। लाला रेलू राम के कारिन्दे गलाबू का बताया मेरी आँखों के आगे धुँधला-धुँधला घूमने लगा–मुल्तान शहर। गलाबू अक्सर एक बात छोड़ता, दूसरी पकड़ लेता। पिछली मुलाक़ात में उसने हद कर दी। पहले उसने सियालकोट के पास झंग शहर की ना ख़त्म होने वाली कहानी शुरू कर ली कि वहाँ घोड़े की लगामें, धलियारे, नकेलें, काठियाँ, रकाबों के तस्में जिन्हें रकाब-दुवाल कहते हैं, बड़े शानदार बनते हैं। वहाँ अपने लोगों के साथ-साथ चोटी के मुसलमान कारीगर हैं। इस अकथ कथा को स्वयं ही नकेल डालते हुए वह रावलपिंडी की दाना मण्डी के बारे में हैरान करने वाली बातें निराले अन्दाज़ में बयान करने लगा कि वहाँ सुधे मुसलमान हैं। सलवारें, कमीज़ें, पाजामे, धोतियाँ पहनते हैं और सिरों पर टेढ़ी-मेढ़ी सफ़ेद-काली पगड़ियाँ-पग्गड़ बाँधते हैं। गेहूँ, कपास, भाँति-भाँति का अनाज, दालें, सब्ज़ियाँ, पशुओं के लिए काले-सफ़ेद नमक के डले बिकते हैं। वह मण्डी की वस्तुओं की ब्योरे भरी बयानबाज़ी इतने कलात्मक ढंग से करता कि सुनने वाले को यूँ लगता मानो वह वहाँ मुनीम लगा हो। मैं अन्दर-ही-अन्दर सोचता कि मुल्तान के लम्बे सफ़र के लिए ऐसा तेज़-तर्रार, बातूनी, बातों-बातों में ही चीज़ों-वस्तुओं के नमूने-नक़्शे दिखाने वाला बड़ा काम आयेगा। इसलिए वह मुझे असलियत भरी रंगत के लिए रंग-बिरंगे धागों के साथ फूल-पौधे की बुनती में माहिर लगा।

घोड़े की खींची लगामों की तरह सोचों की पूनियाँ कातता मन तब रुका जब फातिमा उठकर खड़ी हो गयी और कहने लगी, ''बाबा, गोश्त-शोरा तो मैंने सुबह ही पका लिया था...और अब बस रोटियाँ ही सेंकनी हैं। फिर आऊँगी किसी दिन। अच्छा रब राखा।''

फातिमा की चाल पहले से ज़्यादा फुर्तीली थी।

तभी, लाला रेलू राम अचानक आ पहुँचा। फतह बुलाने और ख़ैर-ख़बर पूछने के बाद रेलू राम ने पूछा, ''भाई संगतिया, मैं सोचता हूँ कि दो-चार दिन बाद गोरा और गलाबू लाहौर और मुल्तान का लेन-देन कर आयें। तू गोरे की चिन्ता ना कर, गलाबू बड़ा होशियार है।''

''गोरा तो कई दिनों से जुगतें भिड़ाने बैठा है।'' बाबा के ये शब्द सुनकर यूँ लगा, जैसे किसी ने अँधेरे में टॉर्च की रौशनी फेंकी हो। मेरे दिल की धड़कन पिछले दिनों में ख़रीदे टाइम-पीस की तरह टिक-टिक करने लगीं। ख़याल आया कि जल्दी से घर पहुँचकर अपने मुल्तान जाने के बारे में माँ और दादी को बताऊँ।...और आती-जाती फातिमा को बाबा ख़ुद ही जूतियों के तले के साथ तला जोड़ने की तरह सारी बात बता देगा।

इसी दौरान, रेलू राम ने बड़े मुहब्बती लहजे में कहा, ''भाई संगतिया, तू मुझे अपने पास ठहरने की ज़िद ना कर, आज रात मुझे खन्नों की कोठी के क़रीब फूल नाथ औगड़ के दर्शन-दीदार करने हैं। वे अपनी रिश्तेदारी में से है। पता लगा है कि फूल नाथ यहीं डेरा लगाने के लिए चक्कर लगाता है, औगड़ नाथ के नाम पर। मैं वहीं सो जाऊँगा। तू गोरे को इतवार वाले दिन होशियारपुर ले आ सवेरे-सवेरे। पहली गाड़ी से जालन्धर चले जायेंगे और वहाँ से फिर लाहौर वाली गाड़ी पकड़ लेंगे।'' यह कहते हुए रेलू राम की नज़र बाबा के अड्डे के क़रीब पड़े काग़ज़ों के पुलिन्दे पर पड़ी। उसने उठते हुए पूछा, ''संगतिया, ये 'आदि डंका' कब की है?''

बाबा पहले से ही लालटेन जलाने का जुगाड़ कर रहा था। उसने रोशनी की तरफ़ अख़बार करते हुए बताया, ''ये है...29 अप्रैल, 1942 की। काग़ज़ों को उलटते-पलटते वक़्त हाथ लगी।''

''अच्छा-अच्छा! पहले सफ़े पर कोई नज़्म लगती है।'' रेलू राम ने ग़ौर से देखते हुए पूछा।

''हाँ, चरण सिंह सफ़री की है।''

"मैं जानता हूँ, बोदलां का है, गरना साहब के पास, आदि-धर्म का प्रचारक है।" फिर बताने लगा, "संगतिया काम-धन्धे में कई अख़बारें-रसाले पढ़ने से रह जाते हैं।...ख़ैर, मेहरबानी कर सुना दे, क्या लिखा है?"

बाबा पढ़ने लगा।

"**नोट :** यह नज़्म कवि ने जंग को जाते सिपाही को देखकर लिखी।"

"अच्छा भाई, नज़्म सुना भी अब कि...।"

"लाला जी, यह भी 'आदि डंका' से ही पढ़कर बोला है।"

बाबा ने शीर्षक पढ़ा, "अपना ही देश प्यारा है।" फिर चित्त में ना जाने क्या आया, कहने लगा, "गोरे, तू पढ़, मैं भी सुनना चाहता हूँ।"

मैंने एक आज्ञाकारी पुत्र की तरह बाबा के हाथ से अख़बार पकड़ी और हरकत में आ गया। मैं बड़े तरीक़े-सलीके से जोश के साथ पढ़ने लगा–

"ओह देश बचावण तुरिया ए, देखो ना रब्ब दिआं रंगां नूं!
भूरे विच बन्हीं जांदा ए, उठदे होए मन-तरंगां नूं!
कोई नवीं विआही छड्ड तुरिया, कोई तुरिया छड्ड के मंगां नूं!
किसे मार दुहत्थड़ भन्न लिया, आह सूहीआं-सूहीआं बंगां नूं!

बाबा ने बीच में टोकते हुए कहा, "गोरे, नज़्म लम्बी है, तू आख़िरी बन्द सुना दे।" मैंने सफ़े के आख़िरी बन्द पर उँगली रखी और पढ़ने लगा–

"जद ऐस पंजाबी सूरे दा, विच रण दे खण्डा खड़केगा!
जर्मन दा सीना कंबेगा, जापान दा सीना धड़केगा!
जद खूंन डुल्हदा धरती ते, जा शेर पंजाबी भड़केगा!
उस धक्कड़शाही हिटलर दा, लेह ताज पैरां विच रड़केगा!"

"जीता रह भई सफ़री। शायरों, लेखकों का बड़ा न्यारा काम है। ग़रीब-गुरबों का हौसला बुलन्द रखते हैं।...और संगतिया, वो दोहरी की हुई अख़बार है कि यूँ ही काग़ज़ों का पुलिन्दा?" रेलू राम ने उत्सुकता के साथ पूछा।

"आजकल जब चमार रेजिमेंट के जोश, उत्साह और फ़ौजियों के लड़ मर मिटने की बातें करते हैं तो पिछले चिट्ठे याद आ जाते हैं।" बाबा ने अख़बारों का पुलिन्दा सीधा करते हुए सहज ही कहा। देखते ही रेलू राम ने हैरानी के साथ पूछा, "फ़ौजी अख़बार?"

"पूरे-का-पूरा पुलिन्दा, बड़ा सँभालकर रखा हुआ है!"

''रेलू भाई, तुझे पता ही है कि जहाँ कहीं जाना होता है, वहाँ बातचीत करनी पड़ती है। जिन दिनों में अपने लड़के भर्ती कराये थे रेजिमेंट में, ये अख़बारें उन्हें हल्लाशेरी देने का बड़ा ज़रिया बनीं।''

''हमारे बच्चे इसमें से विक्टोरिया क्रॉस जीतने वाले फ़ौजी शूरवीरों की तस्वीरें काट-काट कर दीवारों पर चिपकाते रहते हैं।'' रेलू राम ने बताते हुए पूछा, ''वो तो बहुत पुरानी अख़बारें लगती हैं! ख़स्ता हालत में...।''

''हाँ, बहुत ही पुरानी हैं।'' बाबा ने बहुत सारी अख़बारें उलटीं-पलटीं, और उनमें से एक छाँटकर बोला, ''लो जी, यह है तक़रीबन चौंतीस साल पुरानी यानी 30 अप्रैल, 1910 की।''

''है...अ...?'' रेलू राम ने पहले की तरह अपनी हैरानी प्रकट की।

''हाँ, भाई! इसमें लिखा हुआ है–'रविदासिया सिक्खों की फ़ौज में छह लाख इकहत्तर हज़ार सात सौ आदमी हैं जो अपने आपको रविदासिया कहते हैं।' '' बाबा थोड़ा रुककर और मेरी तरफ़ देखकर कहने लगा, ''गोरे, यहाँ से आगे पढ़ या मोटी-मोटी बात बता दे।''

मैंने अख़बार पकड़ी। सार पढ़ा, ''रविदासिया सिक्ख रियासत महाराजा पटियाला, फलौर रियासत, मलेरकोटला, और दूसरे गाँव में ज़मीनों के मालिक हैं। लुधियाना, अमृतसर के शहरों और बहुत सारे गाँवों में ज़मीनें और धर्मशालाएँ हैं। रविदासिया सिक्खों का चक्क नम्बर 38, जंगपुर, डाकघर-ख़ास, तहसील-उकाड़ा, ज़िला-मिंटगुमरी है। इस गाँव में एक साल की पेंशन तीस हज़ार रुपया आती है। साढ़े तीन-तीन मुरब्बे नम्बरदार को और दो-दो सरदारों को और एक-एक दूसरों को हैं।''

''हद हो गयी यार! हमारे बन्दे किसी से कम बहादुर थोड़े हैं!'' लाला रेलू राम की हैरानी की रेल लगातार दौड़ी जा रही थी। उसने मेरी तरफ़ देखा, पूछा, ''कुछ और भी लिखा हुआ है आगे!''

''उभ्भेवालिये सरदार नन्द सिंह अकेले का गाँव बँधा हुआ है। इसके अलावा, दूसरे सौ-सौ, पचास-पचास बीघे वाले रविदासिये सिक्खों के पंचों के नाम लिखें तो एक भारी भरकम पोथा बनता है। यह अंग्रेज़ों के राज में ही नहीं, बल्कि सिंघों के समय की वफ़ादारी और ग़ज़ब की बहादुरी के साथ जंग लड़ते रहे हैं।''

''हमारे लिए गर्व करने की और सिर ऊँचा करके चलने वाली बात है।'' रेलू राम की आँखें रेल इंजन की बत्तियों की भाँति चमकती दिखाई दीं।

बाबा ने बीच में बोलते हुए कहा, "अगर तुझे और जानकारी चाहिए तो छोटी-सी सैंतीस पन्नों की किताब है–'भगत बाणी की खोज-लेखक व प्रकाशक-जसवंत सिंह उर्फ़ हरिदास जी...।"

"भाई संगतिया, तुझे तो ऐसा मसाला रोज़ चाहिए।" रेलू राम ने हाथ बढ़ाते हुए दुविधा ज़ाहिर की।

"तू फ़िक्र ना कर, मेरे पास इसकी एक कापी और है।" बाबा ने प्रसन्न होकर बताया।

"और बाबा, तुम्हारी लिखी 'जागो' माहिलपुर जलसे में लोगों ने ख़ूब सराही थी।" मैं बीच में बोला।

"कौन-सी गोरे?" बाबा रेलू राम ने उतावला होकर पूछा और मेरी तरफ़ देखा।

"वो 'चमार रेजिमेंट' में लड़के भर्ती कराते समय और आदि-धर्मियों के हक़-हकूक के लिए थी।" मेरे बाबा ने बताया।

"लगते हाथ सुना दे गोरे, मैं भी सुन लूँ।"

"इसीलिए तो गोरे ने बताया। सुना दे गोरे गाकर। मैं सारंगी बजाता हूँ साथ में।" बाबा की जैसे इच्छा साज़ बजाने की थी। तारें कसी गयीं।

"सुण सुत्तिया आद-जहाना, बई हुण जागो आयी आ।
धरती-धरम ने खोहे तेरे, रोटी दे लल्ले संझ-सवेरे।
तू आपणे देश बगाना, बई हुण जागो आयी आ।
हड़प्पा सभ्यता वाजां मारे, ग़ुलामी जूला गलों तू लाह दे,
पा 'छत्तियां' नाल याराना, बई हुण जागो आयी आ।
धरम परिवर्तन कर-कर देखे, तूं चौथे पौड़े ऐथे-उथे,
सभ दा रिहां निशाना, बई हुण जागो आयी आ।
तेरे घर विच घुप्प हनेरे, महिल-मुनारा लिश्कां मारे,
तेरी क़िस्मत इक बहाना, बई जागो आयी आ।
अंग्रेज़ां चमार रजमंट बणाई, मंगूराम भरत कराई,
बदल रिहा ज़माना, बई हुण जागो आयी आ।"

"बल्ले तेरे गोरे! शाबाश! अपने बाबा पर गया है। तेरा भी सुर बढ़िया है।" चढ़ती कलां में रह और बाबा की संगत का आनन्द ले।"

लाला रेलू राम जो पहले दुबारा बैठ गया था, फिर खड़ा हुआ। उसने अपना झोला उठाया, और बोला, "भाई संगतिया आज तेइरा गफ़ा (तीन गुणा) मिल गया।

दुर्लभ हक़ीक़तें और विचार सुनने को मिले, पढ़ने के लिए इतना सारा मसाला ले चला हूँ। अब सन्त फूल नाथ को मिल लूँगा। और कारोबार की बात भी तय हो गयी कि गोरा और गलाबू आते इतवार को मुल्तान जायेंगे।''

यह सुनते ही मुझे लगा मानो रेलू राम ख़ुद ही ख़यालों की पटरी पर दौड़ती रेल पर सवार था तभी इतना शुक्रिया अदा कर रहा था। मेरी नज़र उस ठिगने से व्यक्ति का पीछे करती रही। जलते गैस के हंडों की रोशनी में खन्नों की कोठी की तरफ़ को पहाड़ी की ऊँचान चढ़ता रेलू राम मुझे यूँ लगा जैसे जैजों स्टेशन की पटरी पर पहाड़ से सामान लेने जाता कोई ठेला हो। और मैं अकेला ही हँसता हुआ दुकान की ओर मुड़ गया।

18

जब हमने लाहौर से मुल्तान के लिए गाड़ी बदली तो गलाबू ने सारा सामान बड़ी ज़िम्मेदारी और सलीके के साथ टिका लिया। खिड़की के पास हम आमने-सामने वाली सीटों पर बैठ गये। गलाबू ने जूती में से अपना दायाँ पैर निकाला। पीछे की ओर टेक लगाने के बाद उसने बताया, ''गोरे, मुल्तान यहाँ से 200 मील के क़रीब है, पाँच घण्टे लग जायेंगे। गाड़ी धूल उड़ाती जायेगी और गर्द और बढ़ा देगी। रात तक पहुँचेंगे। हम स्टेशन के मुसाफ़िरख़ाने में या फिर किसी नज़दीकी सराय में जा टिकेंगे। तू बेफ़िक्र होकर बैठ अब।''

मैंने गलाबू की हाँ-में-हाँ मिलाते हुए कहा, ''तुझे तो सारे इलाक़े का पता है... जहाँ कहेगा, वहीं रह लेंगे।''

कुछ देर बाद मैंने देखा, गलाबू सुस्त हो गया और फिर नींद की गाड़ी में झूले लेने लगा। मगर मुझे बाबा का बताया बार-बार याद आया कि झनां (चिनाब नदी) के किनारे-किनारे बसे मुल्तान में गर्मियों में कड़ाकेदार गर्मी और सर्दियों में क़हर भरी ठण्ड पड़ती है। हालाँकि वहाँ बरगद, पीपल, बकायन, पीले आमों के बाग़, कई क़िस्म की हरियाली खजूरें, झाड़ियाँ बेशुमार हैं, पर बन्दा कुदरत के आगे बेबस है। गेहूँ, कपास, ईख और धान अधिक होते हैं। ईश्वर की कृपा से नहरें बहुत हैं, पर गर्मी से राहत नहीं मिलती। फिर उसकी सुनाई कहावत मुझे एकाएक याद आयी–

''चहार चीज़ मस्त तोहफ़ा-ए-मुल्तान।
गरद, गरमा, गदा-व-गोरिस्तान।''

इसका अर्थ भी बाबा ने समझाया था कि मुल्तान की चार चीज़ें मशहूर हैं–हर वक़्त उड़ती मिट्टी, गर्मी, फ़क़ीर और मकबरे। बड़े-बड़े क़ब्रिस्तान।

बीते दिनों के दौरान की गयीं इन बातों में मन निरन्तर गोते मारता रहा और किसी गोताखोर की तरह कोई-न-कोई चीज़ मुल्तान के बारे में निकाल लाता। बाबा का और बाबा रेलू राम का बताया स्मरण हो आया कि मुल्तान मुल्तानी पंजाबियों का बहुत बड़ा शहर है। मुसलमान, हिन्दू और सिक्ख सभी पंजाबी। गुरुद्वारों में जाने वाले मुसलमान गुरु नानक को अपना पीर मानते हैं। सूफ़ियों का लोगों पर इतना गहरा असर है कि वहाँ सदियों पुरानी रंग-बिरंगी आलीशान दरगाहें हैं जिनके नमूने अलग-अलग हैं। सात सौ साल पुरानी बहौदीन ज़करिया की दरगाह, शाही ईदगाह मस्जिद, शाह रुकन-ए-आलम, शम्सुद्दीन सब्ज़वरी और नीली ईंटों वाला मक़बरा शाह गरदेज़ है। बाबा ने एक और ताक़ीद की थी, ''एक दिन बेशक और लग जाये, पर ये सब कुछ देखकर आना।''

इसी दौरान गलाबू ने अधखुली आँखों से मेरी तरफ़ देखा। फिर सीधा-सा होकर पालथी मारकर सीट पर बैठ गया। इससे पहले उसने लकड़ी की लम्बी बेंच जैसी सीट पर चादर दोहरी करके बिछाई। उबासी लेते हुए उसने पूछा, ''ये थोड़ी-थोड़ी देर बाद कॉपी निकालकर क्या पढ़ता रहता है? कुछ ख़ास है?''

मैं चुप रहा। मैं मन में बोला, 'इस कॉपी में लिखा एक-एक शब्द मेरे बाबा का दिया तोहफ़ा है। यह लफ़्ज़ मेरे सफ़र के साथी हैं, मुल्तान शहर देखने के लिए अगुआई करने वाले।' मैंने कॉपी को झोले में डालते हुए गलाबू को बताया, ''अंग्रेज़ों का बनाया घण्टाघर देखना है, बताते हैं कि किसी हवेली को गिराकर बनायी थी ये शानदार इमारत।''

''मैं बहुत बार गुज़रा हूँ वहाँ से, दिखा दूँगा तुझे।'' यह कहकर गलाबू ने जूती पहनी और हाजत के लिए मर्दाना पेशाब घर की ओर चला गया। जब वह लौटकर आया तो वह अकेला नहीं था। पहले मुझे भ्रम-सा पड़ा और मैं हैरान रह गया कि ये कैसे गाड़ी में! उसने आते ही तपाक से पूछा, ''सदके जाऊँ, तेरे गोरे, तूने अब बाबा की सरदारी सँभाल ली है। भाग लगे तुझे! गुरु पीर तुझे तरक्कियाँ बख़्शे...तेरा चारों तरफ़ जस हो।''

मैं जवाब में कुछ कहता कि उसने ख़ुद ही आगे कहा, ''गोरे, पहचाना नहीं?''

''हद हो गयी! पहचाना क्यों नहीं ताया! मैं तो ये सोचता था कि तू इधर कैसे।''

"तेरे बाबा को बताकर आया हूँ कि मरासिन टिकने नहीं देती। और मैंने सोचा भई पीरों-फ़क़ीरों की दरगाहों से ख़ैर-मिहरें ले जाऊँगा। यहाँ के अमीरज़ादे बड़ा सबाब-पुन्न करते हैं। और फिर मेरा यहाँ कौन-सा ख़र्चा होना है। टिकट और किराया नहीं, बेटिकट आया हूँ। ...तेरा पता चला, मेरा हौसला बढ़ गया। फ़िक्र उतार दी तुमने, दो वक़्त की रोटी तेरे पल्ले से खायेंगे मालिक।"

"वो कोई मसला नहीं। देखो कुदरत ने इकट्ठे सफ़र करने का सबब बना दिया, वो भी मुल्तान तक।" मैंने सहजता से कहा।

"मुल्तान के बाज़ारों और मज़ारों को देखकर बड़ा सुकून मिलता है। तुम परसों दोपहर तक अपना काम निपटा लेना, फिर हम शाही ईदगाह के पास मिलेंगे। कल मैं कहीं और किसी दरगाह पर तूंबा बजाकर माँग लूँगा।"

थोड़ा रुककर फिर कहने लगा, "और ये छड़ा मलंग गलाबू देखे जा रहा है, पर फूटता कुछ नहीं।" दीना ने पास बैठे गलाबू की तरफ़ रुख़ करके कहा।

"मैंने सोचा, बड़ा भाई अपनी बात पूरी कर ले।"

मैंने देखा कि वे दोनों पुरानी वाकफ़ियत वाले बातूनी सज्जन बातों में मशगूल हो गये हैं। साथ वाली सीटें ख़ाली होने के कारण मैं कमर सीधी करने के लिए टेक वाले हिस्से की तरफ़ कमर करके लेट गया। गलाबू और दीना नहले पर दहला हैं। वे हाथ पर हाथ मारकर हँसते, पर मैं चुपचाप बेहरकत लेटा रहा। इसी दौरान दीने ने पूछा, "गलाबू, तू कभी गुलाब भरी शीशी का ढक्कन भी खोलता है कि ख़ुशबू ही सूँघता रहता है।"

मुझे अब समझ में आया कि गलाबू जब हाजत के बहाने गया था, वहाँ उसको दीना मिल गया और उन दोनों ने रसभरी, लाल परी या सौफिया ज़रूर गट-गट करके चढ़ाई होगी। गलाबू के झोले में कुछ अधिये और ऐसा ही छोटा-मोटा सामान मैंने देखा था।

"कहाँ बात छेड़ ली दीने तूने? मेरी भरजाई फलालैण की नरम मुलायम कुरती है, जितनी धोते जाओ, उतनी ही गफ (मोटी) हुए जाती है।"

"और मेरी मसासिन मन की मौजन। कभी कोई सुर निकालती है और कभी कोई...उसको सुर में लाने के लिए रियाज़ करना पड़ता है।"

इसी दौरान मैं सीधा होने के लिए हिला तो वे एकदम ख़ामोश हो गये जैसे स्टेशन पर गाड़ी ब्रेक लगाती हैं।

"गौरे अभी और सो ले...पता नहीं कितने चक पीछे छोड़ आये हैं। कादिरपुर अब आया है, पूरा घण्टा और लग जायेगा।"

× × ×

अगली सुबह गलाबू और मैं अपने कारोबारियों के साथ हिसाब-किताब के लिए बाज़ार नापने लगे। लम्बे भीड़े बाज़ार में जनाना-मर्दाना कपड़ों के नये-नये रंग के नमूने, छींट, डोरिया-दुपट्टे, लहँगे, चूड़ियाँ, हार-शृंगार के सामान, पठानी फतूहियाँ, हारमोनियम, तबले, ढोलकें, छैने, चिमटे और अन्य साज़ों से भरी दुकानें, जूतियों के बेशुमार नमूने देखकर मैं होशियारपुर का शीश महल, बाज़ार वकीलां बार-बार अपने मन में देखने लगा। उनकी तरह ही तंग गलियाँ और खुली नालियाँ। लाहौर के बाज़ारों और इसमें मुझे कोई फ़र्क़ नज़र ना आया। यह देखकर मैं मन-ही-मन हैरान होता रहा और ख़ुश भी। इस दौरान, गलाबू ने कुहनी मारकर बताया, ''देख, बादलों में से चाँद कैसे चमक रहा है।''

मैंने एकदम से आगे की तरफ़ देखा। ऊँची-लम्बी और भरवें जिस्म वाली तीन-चार औरतें बुरके और हिजाब में लिपटी हुईं सामने से आ रही थीं। फिर, गलाबू के चित्त में पता नहीं क्या आया, वह कच्चा-सा होकर कहने लगा, ''गोरे, ग़ुस्सा ना करना, मेरे मुँह से यूँ ही निकल गया।''

मैं नीची नज़रें किये चलता रहा।

हम अपने व्यापारियों की दुकानों पर जाते रहे। हमारे वे स्थायी ग्राहक एक ही बाज़ार में होने के कारण, हमारा काम आसान हो गया था। रेलू राम की जूती-जोड़े, काठियों, लगामों, धलियारियों वाला एक व्यापारी कहीं गया हुआ था, इसलिए मुलाक़ात की बात दो दिन आगे पढ़ गयी। गाय, भैंस, भेड़, बकरी, ऊँट, चोरी-छिपे मारे हिरणों की खालों का व्यापारी इस बाज़ार के सिरे पर था। हमने खजूर खाते हुए सजा-धजा और अच्छी सोहबत वाला बाज़ार अपनी नज़रों से छान मारा। आख़िर, शेख़ों और खोजियों के कारोबार वाले गढ़ में पहुँचे। मुझे बूटां मण्डी, जालन्धर एकाएक याद हो आयी क्योंकि सिर में गन्ध चढ़नी काफ़ी पहले से शुरू हो गयी थी।...ख़ैर, शेख़ ने मेरे बाबा का हाल-चाल पूछा। पहले उसने आमों के रस का एक-एक गिलास पिलाया। फिर उसने अधेड़ आयु के ठिगने मगर शरीर से मज़बूत कारिन्दे को बुलाकर दोपहर का भोजन अपनी रिहायश से लाने का हुक्म दिया। इसके बाद, शेख़ मुहम्मद जमील ने हमें अपने यहाँ रुकने की गुज़ारिश की कि दो-चार दिन हमें अपनी मेहमान-नवाज़ी का अवसर दो। बोला, ''संगतिये का पोता आया है और हम चार दिन ख़ातिरदारी करके भेजेंगे। दरगाहों का शहर दिखायेंगे।''

दरअसल, मुहम्मद जमील को मैंने एक-दो बार जैजों में देखा था। रौबदार सूरत, भरवीं क़द-काठी, सुन्दर नयन-नक़्श वाले चेहरे पर सफ़ेद लम्बी भरपूर दाढ़ी,

दूधिया-दाँतों की दन्त पंक्ति, नीचे के एक दाँत पर सोने का चढ़ा खोल, सिर पर क्रोशिये की कढ़ाई वाली मोतिया-रंगी टोपी और ख़ुशमिज़ाज शख़्स को देख-सुनकर मैं अन्दर-ही-अन्दर ख़ुश हो गया। उसने तख़्तपोश पर से उठते, दो घोड़ा बोसकी की पहनी सलवार-कमीज़ को ठीक करते और काली फतूही को नीचे की ओर खींचते हुए पूछा, ''तुम्हारा सामान कहाँ है?''

''स्टेशन वाले नाढ़ू ख़ाँ की सराय में।'' गलाबू ने बताया। मुहम्मद जमील ज़ोर देता रहा कि वह सामान मँगवा लेगा और सवेरे ईदगाह के लिए ताँगा कर देगा। मगर गलाबू बात घुमाकर बोला, ''जनाब, परसों चक्कर लगायेंगे। गोश्त-शोरा के साथ रोटी और इतना कुछ खिला दिया...और फिर आपके शहर में ही है शेख़ साहब...।''

जब शेख़ आपस में बोलते तो हमें उनकी कई बातें समझ में ना आतीं, पर जब वे हमारे साथ बात करते तो हमारी ही बोली में बोलते। गलाबू अपनी जगह ठीक था कि बिना मतलब किसी को क्यों तकलीफ़ दें। दूसरी हक़ीक़त यह भी थी कि गलाबू शाम के समय ही सोचने लगता कि सूरज जल्दी से किसी आम की तरह नीचे गिर जाये। सच बात तो यह कि मेरा अपना चित्त भी उन बुज़ुर्गों के पास रहने को नहीं किया।

ख़ैर, शेख़ के पास बैठे व्यापारी और सेठ-साहूकार बातें करते रहे।

''मुल्कों की आपस में छिड़ी जंग और पता नहीं कब तक जारी रहेगी। पाँच सालों में कई मुल्क तबाह हो गये, बेशुमार बेकसूर इन्सान और हैवान फनाह हो गये, हवा-पानी को जगह-जगह आग लगी हुई है। हिटलर का अहंकार, उसकी अपनी क़ौम सारे जहान में ख़ूबसूरत, खरी और अव्वल। रूस ने नस्लपरस्तों को थामा, रूसियों की संसार-अमन की सलामती के लिए शहादतें, जंग के मैदान में ऊँचे उठते धुएँ की तरह बढ़ती महँगाई की बातें होती रहीं जबकि हमारे सहित वहाँ छोटे कारोबारी और कारीगर माल लेने, ले जाने के लिए बैठे हुए थे। और हमें पता ही ना लगा कि कब अँधेरा उतर आया। हमने घूमने-फिरने और अन्य जगहों को देखने की अपनी इच्छा बताकर उनसे विदा ली।

शेख़ ने जैसे ना चाहते हुए हमें 'रब-राखा' कहा और वायदे के मुताबिक़ फिर आने की ताकीद की। फिर उसने कहा, ''मेरा मगरिब की नमाज़ का वक़्त हो गया, मैं अल्लाहू-अकबर की रहमतों-बरकतों के साथ सलात अल फजर (सूरज निकलने से पहले), सलात अल-ज़हूर (दोपहर के वक़्त), सलात उल-असर (शाम को) की अज़ान मस्जिदों पर लगे लाउडस्पीकरों से सुनी, पर ख़ुद नहीं पढ़ सका। ख़ैर, अब मगरिब की नमाज़ पढ़ूँगा। अच्छा, रब-राखा।''

यूँ इस्लाम में अज़ान-नमाज़ और उनके बारे में पहली बार जानकारी भरा पता लगा। जैजों और अन्य गाँवों में होती अज़ान में अधिक जाना-सुना ही नहीं था।

अब बाज़ार लालटेनों की लौ और गैस-हंडों की रोशनियों में और ज़्यादा चमकता हुआ लगा। सामने से तीन-चार स्त्रियाँ फुर्तीली चाल से आती पता नहीं क्या बातें कर रही थीं। जब क़रीब से गुज़रीं तो गलाबू ने तुरन्त मुझे कुहनी मारकर कहा, ''एक तो इन्होंने बड़ा अन्धेर मचा रखा है और अँधेरे में वो गैस की दूधिया रोशनी की तरफ़ लिश्कारा मारती हैं।...जहाँ से गुज़रती हैं, इत्र-फुलेल की ख़ुशबुएँ बिखेरती जाती हैं, अपने जैजों जैसी हैं। इन जैसियों का रात के वक़्त दिन चढ़ता है और कई तो दिन में ही तारे देखती-दिखाती हैं।''

मैं चुपचाप चलता रहा। गलाबू ने फिर कहा, ''हूँ-हाँ तो किया कर। तू अभी अलक बछड़ा है, पर जूआ खींचने लायक तो हो ही गया है! ज़्यादा लजाया-शरमाया ना कर। तू मन में क्या लड्डू फोड़ता है, मुझसे कुछ छिपा थोड़े है, मैं क्या इस उम्र से नहीं गुज़रा?''

और मैंने 'हाँ' कहा। फिर गलाबू के चित्त में ना जाने क्या आया, कहने लगा, ''गोरे, सवेरे शाही ईदगाह को चले चलेंगे। नाढ़ू ख़ाँ की सराय स्टेशन और ईदगाह के बीच है, मुश्किल से दो मील, और साथ ही मुल्तान-लाहौर जरनैली सड़क देख लाना। ठीक है, रौनक मेला देखते चलेंगे, बाज़ार छानते।''

धीरे-धीरे बातें करते हम सराय के बाहर रोटी के लिए खान के ढाबे में जा घुसे। नज़दीक की मस्जिद से अज़ान की आवाज़ आयी। खान ने फुर्ती से सिर पर टोपी रखी और हाथ छाती पर रखकर खड़ा हो गया, पर उसके कारिन्दे इस सब से बेपरवाह होकर अपना काम करते रहे। मेहमानों (ग्राहकों) की ख़ातिरदारी करते रहे। जब हमने एक-एक नान खा लिया तो गलाबू ने सहज ही कहा, ''ले भई गोरे, पढ़ी गयी इशा (रात की) नमाज़। चल फिर अब लें, दिन के देखे नज़ारों के सपने।''

× × ×

''गोरे, रब ख़ैर करे। काली-सफ़ेद धारियों वाली कमीज़, सफ़ेद पाजामा, पैरों में सुनहरी तिल्लेदार जूती, ऊँची क़द-काठी, सुन्दर चेहरा, तीखे नयन-नक़्श और काले-स्याह बालों के कारण निरा रईसजादा लगता है...विलायती मेमों का भरम डालती नखरीली नारों ने लगता है उस चिनाब के बहते पानियों से अदाएँ सीखी हैं।'' गलाबू ने फिर हँसकर कहा, ''तुझे सही-सलामत घर पहुँचाना मेरी ज़िम्मेदारी है। समझ गया शौक़ीन लड़के!''

जब मीलभर से अधिक रास्ता तय हो गया तो गलाबू ने बड़े पक्के कौलों पर डाले गये दरम्याने छप्पर के नीचे चलती एक दुकान की तरफ़ इशारा करके कहा, ''उस तनेजा ढाबे में सुबह का नाश्ता करते चलें, गोरे।''

''गलाबू भाई, जब लोगों को हमारे जैसे ग़रीबों की जात का पता लग जाता है तो फैंटा चढ़ा देते हैं।''

''पर जब मैं आता हूँ, कभी किसी ने कुछ नहीं पूछा।''

''गलाबू, ग़ुस्सा ना करना, देखने को तेरा हुलिया हिन्दू भी लगता है और मुसलमान भी।''

''गोरे, तुझे भी ताना मारना आ गया।''

''गलाबू, यहाँ आकर मुझे बाबा की बतायी बातें बार-बार याद आ रही हैं कि मुसलमानों की दुकान से अन्न-पानी छक लेना, और कहीं ना घुसना।''

''?''

''बाबा बताता था, मुल्तान ज़िले के चकों में आदि-धर्म मण्डल के कुछ मैम्बर हैं और मुल्तान शहर में भी। लैलपुर में तो बहुत ही ज़्यादा। शायद पहले चुनाव की बात है। डिचकोट के पूरन चन्द मलंग के पास उसका रिश्तेदार और आदि-धर्म का वर्कर गया। मलंग आवभगत के लिए मेहमान को रोटी वाली दुकान पर ले गया। रोटी खाने के बाद मलंग ने पैसे दिये। थोड़ी देर बाद दुकानदार को पता चला कि मलंग क़रीब के चौक में मोची है तो वह पगलाये कुत्ते की तरह उन दोनों के पीछे दौड़ पड़े। ख़ासी मारपीट के बाद उन्होंने भ्रष्ट हो गये बर्तनों के पैसे लिए।...हालाँकि हमारे चेहरों पर नहीं लिखा हुआ है, पर इन सिरफिरों से बचना अच्छा है।'' मैंने विस्तार से बताया।

''गाँवों में ज़मींदारों के ज़ोर-ज़ुल्म देखते-सुनते रहते हैं, पर शहरों में भी यही प्लेग फैला हुआ है!'' सिर खुजलाने के बाद गलाबू ने कहा, ''गाँवों-घरों में इनकी औरतें रोटियाँ बनाती-पकाती और शहरों में ख़ुद हाथ जलाते औरतों-मर्दों के हुक्म के मुताबिक़ रोटी-पानी परोसते हैं।'' गलाबू ने मुस्कराते हुए कहा।

''बाबा मंगू राम जैसे कमर कसकर हमारे ग़रीब-गुरबों की ज़िन्दगियाँ सुधारने में लगा हुआ है, हम एक दिन ज़रूर अपनी इस सामाजिक ग़ुलामी से छुटकारा पा लेंगे।''

''गोरे, दिल दहलता है, ऐसे वाक़यात देख-सुनकर।'' गलाबू ने चिन्ता प्रकट की।

इसी दौरान हमने 'ख़्वाज़ा पीर' ढाबा देखा और उसके अन्दर बैठकर दो-दो कीमा पराँठे दही के साथ खाये। दुकान के बाहर बैठे कुत्तों को हम पराये नहीं लगे और हम नाक की सीध में सड़क किनारे चलते गये। मैंने देखा कि गलाबू ने आती-जाती जनानियों पर किसी तरह का कोई फिकरा ना कसा, बल्कि पहले के उलट नज़रें झुकाये चलता रहा मानो किसी ठोकर से बचने के लिए आगे देखकर क़दम उठा रहा हो।

हम चलते रहे। किसी से ईदगाह का रास्ता पूछा तो उस राहगीर ने बताया, "वो घण्टाघर पर जाकर पूछ लेना।"

"गोरे, हम बातें करते-करते ग़लत सड़क पर पड़ गये थे।" गलाबू ने चुप्पी को तोड़ा।

"कोई बात नहीं, यह भी देख चलते हैं। गाड़ी में आते समय जो कॉपी मैं बार-बार देखता था, उसमें बाबा का बताया घण्टाघर भी है।"

"अच्छा!...गोरे अनपढ़ बन्दा भी पशुओं जैसा होता है।" गलाबू ने अपनी चिन्ता प्रकट की।

"ज़्यादा पढ़कर भी ज़्यादा अक्ल थोड़े आ जाती है? और तुझे उतना भर पढ़ना आता ही है जितने से तेरा और लाला रेलू राम के कारोबार का काम चल जाये।"

"वाह भई वाह! कितनी बड़ी, शानदार इमारत और वो भी तक़रीबन चिनाब के किनारे, ऊँची जगह पर। अंग्रेज़ों के कई काम अक्ल को दंग कर देने वाले हैं।" गलाबू ने गुलाबी-लाल आभा बिखेरती सफ़ेद डाटों वाली इमारत की घड़ी और गुम्बद को देखते हुए कहा।

मैंने झोले में से कॉपी निकाली। लिखने लगा, "घण्टाघर 1884 में बना। इसे बनाने में चार साल लगे। यह इमारत अहमद ख़ाँ की हवेली के खँडहरों पर बनायी गयी। यह हवेली मुल्तान पर क़ब्ज़े के समय पूरी तरह नष्ट हो गयी थी। घण्टाघर का नाम नार्थबरूक पर रखा गया जो हिन्दुस्तान का 1872-1876 तक वायसराय रहा।"

"गोरे, लगता तू सारी इबारत लिखकर ही हटेगा।" गलाबू के मन की रौ कल जैसी हो गयी। वह बात मेरे साथ करता, पर उसकी नज़र चारों तरफ़ घूमती।... मैंने मन-ही-मन स्वयं को अमृतसर के घण्टाघर के पास खड़ा महसूस किया, जहाँ घण्टाघर की सड़कें और बाज़ार ऐन मुल्तान जैसे हैं। यहाँ अधिकतर स्त्रियाँ बुरकों में, पुरुष सलवारों-कमीज़ों में थे और अमृतसर में औरतों और मर्दों के सिरों की रंग-बिरंगी शान कुछ अलग ही दिखाई दी जैसे इस इमारत के गुम्बद। इसी दौरान, कई मुल्तानी, पिशौरी, लाहौरी, रावलपिंडी के सिक्ख सरदार बूटियों वाली पगड़ियाँ

बाँधे अपने कारोबार के लिए घूमते दिखे। मेरा मन किया कि उनके संग बातें करूँ, पर हिम्मत ना पड़ी। और आगे गये तो कुछ छोटी लड़कियाँ 'भंडा-भंडारिया' खेलती दिखाई दीं। उनके पास ही चार अन्य छोटी लड़कियाँ बैठी-बैठी 'गेंद-गीटे' खेलने में व्यस्त नज़र आयीं।

''गोरे, दोपहर होने वाली है। दीना इन्तज़ार करता होगा।''

''चलते हैं वीरे...अज़ा खाना-ए-फातिमा के दीदार करके और वो क़िला कोहना कासिम बाग़ देखकर चलेंगे।''

''अच्छा...उधर ऊपर को देख, सुई पर सुई चढ़ गयी है।...इधर की औरतों ने रेब पजामियाँ और ऊपर काली-सफ़ेद धारियों वाली ऊँची-नीची कुरतियाँ-कमीज़ें पहन रखी हैं और मेमों ने घुटनों से थोड़ा नीचे तक खुली काली घघरियाँ और उनके अन्दर से गोरी पिंडलियाँ लिश्कारे मारती हैं। ऊपर वाली कुरतियों के खुले गले, पैरों में ऊँची एड़ी के फीते वाले सैंडल...छोटे-छोटे क़दम यूँ उठाती हैं जैसे किसी को पटा लेना हो, जैसे पैरों में ज़ंजीर पहनी हो। अगर इनमें से कोई जनी मुफ़्त में नौकर रख ले तो मैं समन्दर क्या, सात समन्दर पार भी चला जाऊँ।''

गलाबू की बात कई बार ख़ामोशी में से बोलती। चौराहे की सड़कों के सजे हुए बाज़ारों, दुकानदारों और साजो-सामानों के देखने के बाद हम ताँगे में बैठ गये। गलाबू ने धीरे-से कहा, ''धर्म से ख़ुशबुएँ, इन सड़कों पर फुहार बनकर बरस रही हैं। आगे वाले पूरे के पूरे ताँगे में मेमें और उनके 'मेमने' जा रहे हैं। रब का शुक्र है कि हवा का रुख़ पीछे की तरफ़ है।''

''गलाबू शान्त होकर बैठा रह; फिर बात करेंगे।''

''गोरे, तू भी अपने बाबा पर गया है। वह फुर्सत के वक़्त सारंगी बजाता रहता है और बीच तालाब में नहाकर आ जाता है, यह भी नहीं सोचता कि पास में ताज़ा साफ़ पानी बह रहा है, उसी में डुबकी मार ले।''

''भाई, चुप हो जा, मिन्नत करता हूँ।'' यह कहकर मैंने दूसरी तरफ़ मुँह कर लिया। दरअसल, घर से चलते समय ही मेरे मन में अपने पिता के मुल्तान की गर्द में गुम हो जाने वाली सोचों का तूफ़ान आया हुआ है। उसके पैरों के निशान दिन-रात बहती हवाएँ पता नहीं किधर उड़ा ले गयीं। मेरी माँ पर जो बीती, उसके सिर पर टूटे दुखों के पहाड़ को वही जानती है या उसका ईश्वर। दादी-बाबा उसको बड़ा हौसला देते रहते हैं। मेरे चाचा के साथ बिठाने, चादर-अन्दाज़ी के चले विचार-विमर्श उसके धैर्य और दृढ़ विश्वास के आगे हवा के झोंके में उड़ चुके हैं। वह मुझे बता चुकी है कि हमारे आँगन की बाड़ में बोक बकरों ने मुँह मारने की कोशिश की, हमारा डब्बू

जहाँ भी होता, उछलने-कूदने लगता, इधर-उधर दौड़ता-भागता...डब्बू जिसने ख़ुद पत्थरों की मार सह कर मेरे सिर का दुपट्टा फटने नहीं दिया। माँ अक्सर मुझे कहती है, "गोरे, तेरे बापू ने मेरे दिल-दिमाग़ में घोंसला डाल रखा है। उसके प्यार का मुझे अहसास होता रहता है। और मैं ख़ुद ही बुनी इन सोचों के इस मकड़जाल में से बाहर नहीं निकलना चाहती। मैं अन्तिम साँस तक उसका इन्तज़ार करूँगी।'' कहकर वह चुप हो गयी थी। परन्तु वह कई बार पछताती कि उसकी कमबख़्त ज़बान के बोल कहीं सच ना हो जायें। मुझे याद है कि माँ ने उस लड़के वाली राजपूत फौजण को बताया था, ''मैं तो बहन हँसी-मज़ाक़ करती रहती थी अपने घर वाले के साथ और एक बार मज़ाक़ करती ने कहा था–

काले कोल मंजा नहीं डौहणा
लिश्के ते पै जू बिजली।''

मैंने यह सुन लिया था, पर इसका अर्थ अब समझ में आ रहा है। मुझे याद है कि वे दोनों जनी हल्का-सा मुस्कराने के बाद एकदम उदास हो गयी थीं।

इन ख़यालों में खोये मेरी आँखें नम हो गयीं और मुझे अपने आस-पास, सड़क पर होता शोर-शराबा जैसे सुनाई ही ना दिया। मुझे लगा, मानो माँ ने मेरा सिर सहलाया हो और कहा हो–''गोरे, अब तू रब की किरपा से जवान हो गया है, दाढी उतर आयी है, मुझे किसी तरह की कोई चिन्ता नहीं। छोटा भी पल गया, तन्दुरुस्त हो गया। मेरी रब के आगे यही विनती है कि तेरा बापू मेरी साँसों में बसा रहे। लोग तो उम्मीद पर उम्रें गुज़ार लेते हैं।''

इसी दौरान गलाबू ने मेरी बग़ल में कोहनी मारी जिससे मेरी सोचों के घोड़े की लगामें खींची गयीं। ''अगला ताँगा ईदगाह के आगे रुक गया। देख, मेमें और उनके 'मेमने' कैसे चुस्ती-फुर्ती के साथ छलाँगें लगाते उतर रहे हैं। मेमें निरी चन्दन की पोरियाँ, महकें बिखेरतीं। धर्म से, बहुत फबते हैं ये गोरे, सुन्दर-मनमोहक कपड़ों में।'' गलाबू अपने ख़यालों की पतंग लगातार उड़ाये जा रहा था, पर उसके हाथ में कोई डोर नहीं थी।

''गोरे, हो सकता है, मैं ठरकी क़िस्म का लगता होऊँ, पर मैं वाहियात नहीं। मैं बिल्कुल अकेले ज़िन्दगी ढोने के लिए मजबूर हूँ।'' गलाबू ने अपनी सफ़ाई में कहा।

तभी, ईदगाह के सामने ताँगे में से उतरते हुए मेरी निगाह दूर तक लम्बी बनी डाटों, मेहराबों, गुम्बदों और बड़े-बड़े दरवाज़ों वाली शाही ईदगाह पर जा टिकी। ऊँची दीवारें बुनियाद से हरे रंग की, खम्भे मिट्टी रंगे और सफ़ेद, बीच में नीली टाइलें और किंगरेदार नीली टाइलों की मुँडेरें देख-देखकर मैं हैरान रह गया। अन्दर

आँगन में गये तो नीम, शीशम, बरगद, पीपल और खजूर के पेड़ इसकी ख़ूबसूरती बढ़ाने के लिए खड़े नज़र आये। एक देसी बाशिन्दा गोरों को बता रहा था, ''सात गुम्बदी यह मस्जिद क़रीब दो सौ साल पहले मुग़ल बादशाह मुहम्मद शाह ने बनवायी थी। यह हिन्दुस्तानी-इस्लामी यानी मुग़लई इमारत कला को ध्यान में रखकर बनायी गयी थी।''

इस बीच, गलाबू ने मुझे हाथ के इशारे से अपने पास बुलाया और एक नीम के पेड़ की तरफ़ उँगली की, जिधर कई लोग बैठे और खड़े दिखे। मैंने महसूस किया कि बेज़ुबान संकेत कैसे शब्द बोल देते हैं और कितने ताक़तवर होते हैं ये संकेत। देखा कि अपने दीने ने मजमा-मजलिस किसी दीवान की तरह लगा रखी है। हम भी इस ढाणी में जा हाज़िर हुए। दीना सचमुच किसी सूफ़ी दरवेश की तरह मस्ती में बिना रुके गाये जा रहा था–

''ना कर बन्दिया मेरी मेरी, ना तेरी, ना मेरी।
चार दिनां दा मेला, फेर मिट्टी दी ढेरी।''

यह काफ़ी गाने के बाद उसने दूसरे बोल उठा लिए–

''बुल्ले नूं समझावण आइयां, भैणां ते भरजाइयां।
मन्न लै बुल्लिया साडा कहिणा, छड्ड दे पल्ला राइयां।
... ...
जिहड़ा सानूं सैयद सद्दे, दोज़ख मिलण सज़ाइयां।
जो कोई सानूं राईं आखे, बहिश्तीं पींघां पाइयां।''

यह सुनते ही दानी लोगों ने बाबा बुल्ले शाह के कलाम और दीने की सुरीली आवाज़ की क़द्र करते हुए नीचे ज़मीन पर बिछाई हरी चादर पर दुवन्नियाँ, चौवन्नियाँ और अठन्नियाँ रखनी शुरू कर दीं और ईदगाह को सिजदा किया। इस दौरान गलाबू ने कहा, ''गोरे, मेरी जूती का तला थोड़ा उधड़ गया है और कीलें पैरों में चुभ रही हैं। हम बाहर किसी मोची से इसकी मरम्मत करा लें, और माँ का दीना थोड़ा और भीड़ लगा लेगा।''

मैंने आधे मन से उसके पीछे चलते हुए कहा, ''गलाबू भाई, तू जूतियों के बीच रहता है, फिर तेरी जूती का ये हाल!''

''गोरे, सीधा-सीधा कह कि गलाबू तुझे जूतियों की कमी नहीं।'' उसने बात को हँसी में लेते हुए कहा। हम ऊँची-लम्बी और चौखी फैली हुई नीम के नीचे मोची के पास उसके कच्चे चबूतरे पर जा बैठे। वह जूती की मरम्मत करता मेरा मुँह ग़ौर से देखता रहा। अब उसने गरगाबी के दूसरे पैर में हाथ फेरकर टटोलकर देखा कि

इसमें भी कोई कील उभरी हुई तो नहीं। गलाबू की गरगाबी को बूढ़े मोची ने पॉलिश करके उसकी तरफ़ बढ़ा दी और मुझसे पूछा, ''किस इलाक़े से आये हो जवानो?''

''दुआबा–होशियारपुर से।'' हम दोनों एक साथ बोल उठे।

''जीते रहो।'' उसने मुझसे पूछा, ''बेटा, ग़ुस्सा ना करना, मैं एक बात जानना चाहता हूँ।''

''पूछो बजुर्गो, जो चाहो पूछो।'' मैंने जवाब में कहा।

''तेरा बाप तुम्हारे साथ रहता है?''

''नहीं।''

''फिर!'' थोड़ा रुककर कहने लगा, ''एक आदमी का चेहरा-मोहरा हू-ब-हू तेरे पर है। चालीस-पैंतालीस साल का है वो। पागलों की तरह घूमता रहता है। उसकी बढ़ी हुई दाढ़ी में इक्का-दुक्का सफ़ेद चमकते बाल उसकी ख़ूबसूरती को बढ़ाते हैं।''

''हैं अ?...वह तो दस-बारह साल पहले इसी शहर में लापता हो गया था।'' मैं मन-ही-मन बोला और चौकन्ना होकर इधर-उधर देखने लगा। गलाबू ने भी मोची की तरह हैरानी के साथ मेरी तरफ़ देखा। मैंने बेसब्र होकर कहा, ''बाबा, जल्दी से आगे बोल।''

''बेटा, उस मनहूस दिन अचानक आँधी-पानी बहुत आया था। बेशुमार पेड़ टूटे थे और वो सामने वाली पुरानी नीम का एक टहना टूटकर उस आदमी पर गिरा था। लोगों ने मिलकर उसे टहने के नीचे से निकाला। इसी ईदगाह में उसकी दवा-दारू के साथ लोगों ने उसकी सलामती की दुआयें कीं। महीनों तक नेक दिल इन्सानों ने उसकी टहल-सेवा की, पर वह आज तक बोल नहीं सका। अब वह रमते जोगियों की तरह कभी किसी दरगाह पर और कभी किसी दरगाह पर चला जाता है। कई बार भूल-भटक भी जाता है। लोग उसको जरनैली सड़क वाली मुल्तान जेल से आते ताँगों में बिठाकर यहाँ छोड़ जाते हैं। कई उसे दरवेश कहकर बुलाते हैं।''

''और अब कोई पता-ठिकाना?'' मैंने पूछा।

''नहीं मेरे बेटे...दो-तीन दिन से तो देखा नहीं। हो सकता है, अभी आ जाये या पाँच-दस दिन बाद आये।...वह यहाँ बैठा-बैठा मेरे इन औज़ारों को हिलाते-डुलाते इनके साथ खेलने ही बैठ जाता है। हल्का-हल्का मुस्कराता रहता है मानो इनके साथ बातें कर रहा हो।''

''अब उसको कैसे ढूँढ़ें?'' मैंने फिर उत्सुकता के साथ पूछा।

''बेटा, रब तुम्हें बरकतें दे, नेमतें बख़्शे। बेटा, मैं क्या बताऊँ? दस-बीस दिन यहाँ डेरा लगाओ या फिर चार-पाँच जन मिलकर दरगाहों, गलियों, बाज़ारों

में तलाश करो। वो बैठे हैं तीन-चार कुत्ते, जब वह इधर आता है तो ये उसके पीछे घूमते रहते हैं।'' मोची ने अपनी लम्बी दाढ़ी खुजलाते और मुँह पर साफ़ा फेरते हुए बताया।

मैं ख़यालों में किसी परिन्दे की भाँति तेज़ी से उड़कर अपने गाँव अपनी माँ, दादी और बाबा के पास जाता। सोचता कि काश, मुझे सचमुच पंख लग जायें और मैं किसी सारस की तरह लम्बी उड़ान भरकर घरवालों को जाकर ख़बर कर दूँ या घरवालों को अपने साथ ले आऊँ। यदि वही बन्दा मेरा बाप है तो हो सकता है, मेरी माँ को पहचान ले और मुँह से बोल उठे। हो सकता है, वह मुझे भी पहचान ले और उसको मेरी याद आ जाये कि माहिलपुर, जैजों, आदमपुर या होशियारपुर जाते हुए वह हमें कितनी सारी चीज़ें खिलाया करता था। कई बार हमें स्कूल छोड़ने जाता तो हमें उठाकर चोअ (पहाड़ी नदी) पार कराया करता था। कई बार हम दोनों भाइयों और माँ को गाड़ी में ले जाकर जैजों के मशहूर पेड़े खिलाकर ख़ुश हुआ करता था। बाग़ों का और चमड़े, जूतियों का उसने सारा काम सँभाल रखा था। यदि वही व्यक्ति मेरा बाप हुआ तो हम उसका जालन्धर-लुधियाना में इलाज करायेंगे। अब हमारे पास किसी चीज़ की कमी तो है नहीं!

''गोरे, मैं तो सोचता हूँ, हम आज ही रात की गाड़ी चढ़ जायें। दो-चार दिनों में तेरे भाइये को जानने वाले दो-चार लोगों को लाकर सारा शहर छान मारें।'' गलाबू ने शायद मेरे मन की स्थिति को देखते हुए कहा। इन्हीं सोच-विचार में पड़े सुबह से शाम हो गयी। हम सराय की ओर पैदल चलते आगे बढ़ रहे थे, पर हमारी नज़रें क़रीब से गुज़रते लोगों पर होतीं या फिर सड़क के दोनों तरफ़ वाले बाज़ार की तरफ़ बापू को तलाशतीं।

''ओ गोरे, हम तो भूल ही गये कि अपना दीना वहाँ हमारा इन्तज़ार करता होगा। चल मुड़, और साथ ही तेरे भाइये की सारी बात उसे भी बताकर आयें।'' गलाबू को एकदम यूँ सूझा जैसे अब बारिश की तेज़ बौछार। हम दरख़्त के नीचे थोड़ी देर खड़े हो गये और फिर पीछे ईदगाह की तरफ़ मुड़ गये।

× × ×

हम दो-तीन दिन लगातार सड़कें छानते रहे, पर बापू का कुछ पता ना चला। हम निराशा की गहरी खाइयों में गोते खाने लगे। हम अपनी सोच के घोड़े सरपट दौड़ाते। मुझे बार-बार लगता कि गलाबू मेरा हमदर्द है और इस समय डूबते को तिनके की तरह सहारा है। दरअसल, वह मेरे बापू का पुराना परिचित है। हमारी निराशा, आशा में बदलती प्रतीत होतीं, आख़िर गलाबू ने अपने घोड़े को लगाम दी। मेरी सोच के

थमते ही उसने कहा, "गोरे, यदि मेरी माने तो गाँव लौट चलें। हम यहाँ हफ़्ता-दस दिन रहने का बन्दोबस्त कर आयें। और तू कुछ उदास-सा लगता है।"

"गलाबू भाई, चित्त तो मेरा भी यही करता है। बाबा कहीं हमें ढूँढ़ने ना आ जाये कि इतने दिन हो गये, लौटे नहीं। यह ना हो, वो यहाँ आ जायें और हम लाहौर या जालन्धर की गाड़ी में चढ़े हों।"

"चल फिर कल मुल्तान छावनी से रात वाली गाड़ी का टिकट कटायें और रवाना हों। तड़के तक हम लाहौर पहुँच जायेंगे। स्टेशन पर हाथ-मुँह धोकर चाय-पानी पियेंगे और नाश्ता जालन्धर पहुँचकर करेंगे। उस वक़्त होशियारपुर और जैजों को जाने वाली गाड़ियाँ लगी होती हैं।" पलभर रुककर कहने लगा, "देख ले गोरे, रेलगाड़ियाँ कैसे बिछुड़ों को मिला देती हैं! सफ़र के किराये में देसी-विदेशी मेमें मुफ़्त में देखो। बताते हैं कि जब हिन्दुस्तान में पहली रेलगाड़ी सौ साल पहले बम्बई में चली तो पाँच फुटी महारानी विक्टोरिया उसमें बैठी थी। पिछले दिनों लाला रेलू राम के पास अख़बार में उसकी फ़ोटो छपी देखी थी। वह पाँच फुटी तलवार सीधी सीना ही चीरती है। धर्म से निरी परी।" गलाबू की रेल अपनी तेज़ रफ़्तार से दौड़ी जा रही थी।

आख़िर, मैंने टोकते हुए कहा, "और गलाबू भाई, हम अपने लेन-देन का हिसाब-किताब दिन दिन में ही कर लें।" मैंने सलाह के तौर पर कहा, पर उसने मुँह दूसरी तरफ़ करते हुए कहा, "बिल्ली को चूहों के सपने।"

मैं पहले की तरह चुप हो गया। मगर उसका कहा मैंने सुन लिया था। मुझे लगा जैसे मैंने अपनी बात कहकर लाल बत्ती का सिग्नल दे दिया और उसके मन की रौ में विघ्न पड़ गया था।

× × ×

स्टेशन के प्लेटफ़ार्म से मैंने वक़्त कटने के लिए 'दि ट्रिब्यून' ख़रीदी। गाड़ी के थोड़ा लेट होने के कारण हम अपने झोले फ़र्श पर रखकर बेंच पर बैठ गये। 'हिन्दू पानी', 'मुसलमान पानी' के घड़े दूर से ही आवाज़ें लगाते नज़र आये। दोहरी तह की अख़बार को मैंने ज्यों-का-त्यों पढ़ने के लिए दोनों हाथों के बीच पकड़ा ही था कि गलाबू ने पूछा, "ये अख़बार अभी भी एक आने की है या डेढ़ आने की?"

दरअसल, मैं ग़ोर से अख़बार में छपी उन तस्वीरों को और नक़्शे को देख रहा था जिनमें साझी फ़ौजों की चढ़त को और क़ब्ज़ा किये शहरों को दर्शाया हुआ था। तभी, गाड़ी की सीटी बजी और हम फुर्ती के साथ अपना सामान उठाकर अन्य लोगों की तरह गाड़ी में चढ़ने के लिए उतावले हो गये।

रेलगाड़ी में बैठे या लेटे हुए मेरे ख़यालों के डिब्बे के साथ डिब्बे जुड़ते चले गये। सोचता, जब अपनी माँ, दादी और बाबा को बापू के जीवित होने के बारे में बताऊँगा, तो उनके दिलों में ख़ुशी ऐसे फूटेगी जैसे गाँव के पास बहती पहाड़ी नदी की रेत में से चश्मे फूटते हैं।

...और गाड़ी को बाज जैसे पंख लग जायें जो बिना किसी स्टेशन पर रुके मेरे गाँव जाकर ही रुके। या फिर जंगी जहाज़ बन उड़ जाऊँ जिसे मैंने अख़बार के पन्ने पर आसमान में उड़ता देखा था। मैं सोच में सैकड़ों बार गाँव के चक्कर लगा आया। मुझे कितनी देर अहसास ही नहीं हुआ कि गलाबू भी मेरे समीप बैठा है।

''गोरे, सोते वक़्त ज़्यादा सोचों में ना उलझा कर। बन्दे को नींद पूरी आ जाये तो समझो घोड़ा अगले दिन के लिए तैयार-बर-तैयार खड़ा है।...और फिर, अपने पास पैसा-धेला है, बारी-बारी से सो लेते हैं। पहले तू सो ले, फिर मैं आँख लगा लूँगा।'' गलाबू ने नसीहत के साथ सलाह दी।

''भाई, मुझे आज नींद नहीं आ रही, और तेरी आँखों में लाली दिखती है।... जैसे तू कहता है, चल सपने लें और...।''

''आँखों में लाली रड़कती है। तू नहीं जानता इन भेदों को। ख़ैर....।'' कहकर उसने बैठे-बैठे अपने मुँह पर खेसी ओढ़ ली। कुछ देर बाद आस-पास बतियाती, ऊँघती और खर्राटे भरती सवारियों को देख-देख नींद ने मेरे ऊपर सवारी कर ली। मैं 'माल' वाला झोला गलाबू और अपने बीच रखकर सोने लगा। पता ही ना चला कब लाहौर पहुँच गये। वहाँ से हम जालन्धर-अम्बाला गाड़ी में चढ़े। गाड़ी सैकड़ों मुसाफ़िरों को अपने अन्दर बिठाकर आँख के फेर में मीलों का रास्ता तय करती जा रही थी। जब गहरी धुन्ध दिखी तो गलाबू ने बताया, ''गोरे, बियास पहुँचने वाले हैं। उफनता लम्बा-चौड़ा दरिया धुँधला-सा दिखेगा और रेलवे पुल का खड़ाक दरिया के पानी-सा शोर मचाता सुनाई देगा।''

ख़ैर, सूरज अस्त होने से पहले हम गाँव की सीमा में पहुँच गये। गलाबू बाँके बकरियों वाले के साथ बातें करने लगा। आँगन में इधर-उधर घूमती माँ ने मुझे देख लिया और दौड़ती हुई किवाड़ खोलने आयी। उसने मुझे बाँहों में भींच लिया। मैं रुआँसा हो उठा, पर मुझसे बोला नहीं जा रहा था। यह नज़ारा देख दादी भी धीरे-धीरे चलकर पास आ गयी और बोली, ''मेरा पुत्त परदेस से आया है, उदास हो गया है। है तो बच्चा ही ना।''

''मेरा बापू ज़िन्दा है।'' मेरे मुँह से ज़ोर से निकला।

यह सुनने की देर थी कि माँ और दादी ने मुझे अपनी बाँहों में कस लिया और रोने लगीं। दादी ने मोह-ममता में भावुक और उत्साहित होते हुए कहा,

''शुक्र है कि ज़िन्दगी के मारे हमारे टब्बर में फिर से जान आ जायेगी! पर मेरा बेटा है कहाँ?''

उसी समय, गलाबू आ गया और मुझे माँ और दादी की बाँहों में से अलग करते हुए कहने लगा, ''फ़िक्र ना कर चाची, तेरा पुत्त हैगा! चलो अन्दर, बैठकर सारी कहानी बताते हैं।''

19

हम यानी मेरी माँ, दादी, चाचा और मैं तीन-चार दिन, दिन और रात योजनाएँ बनाते, रद्द करते रहे कि कब और कौन-कौन मुल्तान जायेगा। आख़िर, अपनी सोचों को अमली जामा पहनाने के लिए हम मिलकर इस बात पर राज़ी हुए कि मेरा बाबा, बड़ा मामा, गलाबू और मैं बापू की खोज-ख़बर के लिए शीघ्र ही मुल्तान जायेंगे। प्रतीक्षा अब सिर्फ़ बाबा की है जो हमारे घर आने वाले दिन ही सवेरे मंगू राम के जलसों में शामिल होने के लिए चला गया था।

दादी ने बताया था, ''गोरे, तेरा बाबा बताकर गया था कि लम्बे सफ़र पर जा रहा हूँ। जब गोरा आ जाये तो कहना कि जैजों और ललवाण का चक्कर लगा ले।''

इसी दौरान मेरी माँ ने कहा, ''अपने बड़े मामा को सारी ख़बर देकर आ। कहना कि पाँच-सात दिनों में आ जाये।'' ये शब्द माँ के चेहरे पर उम्मीद की चढ़ी परत को दर्शाने लगते।

मैंने देखा कि उसके तन-मन में हद दर्जे की चुस्ती-फुर्ती ने वासकर लिया है। वह दाल-रोटी बनाने-पकाने, बर्तनों को धो-माँज कर चमकाने, अन्दर-बाहर की साफ़-सफ़ाई, चीज़ों-वस्तुओं को और अधिक सँवारने में व्यस्त रहती। मेरे बापू के राज़ी-ख़ुशी आने की उम्मीद ने उसको रात-दिन बढ़ रही ठण्ड में अच्छी-ख़ासी गरमाहट दे रखी थी।

मैं शायद अभी और इन ख़यालों में खोया रहता यदि चाचा मुझसे मुख़ातिब होकर ना कहता, ''गोरे, मेरे भाइये (बापू) ने पता नहीं कब आना है, तब तक तू

गलाबू को ख़बर कर कि अपनी तैयारी रखे।'' फिर उसको एकदम जैसे कुछ याद आया और शीघ्रता के साथ उठता हुआ कहने लगा, ''गाय कई दिनों से नाँद के इर्द-गिर्द घूमती, उठती-बैठती परेशान है, नये बछड़े-बछड़ी के धरती पर आने का अभी हुक्म नहीं हुआ।''

चाचा के पीछे-पीछे दादी बाहर को चल दी जैसे गाय अपने पहले बछड़े के पीछे चली रहती थी।

माँ मुझसे विस्तार से पूछती कि वह मोची तेरे बापू के बारे में और क्या-क्या बताता था? मेरे बापू की सेहत, चलना-फिरना, कपड़ा-लत्ता, जूती, गर्मी-सर्दी से बचाव और ना जाने उसके पास कितने ही सवाल थे जिनके जवाब वह तफ़सील से सुनना चाहती थी। वह पहले की तरह गुमसुम-सी, थकी-हारी या घुटनों के इर्द-गिर्द बाँहें लपेटी ना बैठी रहती, बल्कि खड़ी होकर कमर के दोनों ओर हाथ रखकर बातें करती और सुनती। मुझे लगा कि इतने सालों से आँखों से दूर हुए अपने पति का उसे कितना सहारा मिल गया है, सिर्फ मोची की बात मेरे द्वारा बता देने भर से। बीच-बीच में यह ख़याल आसमानी बिजली की भाँति चमका कि यदि वह मेरा बापू ना निकला तो मेरी माँ के मन की क्या हालत होगी? मैं ऐसे बेलगाम ख़यालों के आगे बार-बार बाँध लगाने की कोशिश करता।...वह मोची, हमारे परिवार के लिए जुगनू बन चुका है। पिछले अँधियारे सालों में पहली बार अचानक चमका है।

दादी को देखता और सोचता कि वह अब फिर हमसे चोरी-छिपे अकेली रोने लगी है। वह बाबा को कोसती कि सारंगी उठाकर चला रहता है। उसकी बातों और मुँह के हाव-भाव से महसूस होता कि बाबा को अबा-तबा बोलेगी कि पोता ख़ुशख़बरी लाया है और वह उसे सुनने के लिए घर में नहीं है। आये तो सही, अगले ही दिन भेज देना है मुल्तान। सतगुरु आप कृपा करेगा। ज़िन्दगी में हमने कौन किसी का बुरा किया है! फिर, ख़ुद ही कहने लगती कि ''गोरे, अगर तेरा बाबा तेरे घर लौटने के वक़्त घर पर होता, तो वह रात में ही अपना झोला और कम्बल उठाकर चल देता। उसको भी मेरी तरह सपने आते रहते हैं कि मीतू आज आदमपुर गया, आज होशियारपुर गया और फ़लाना-फ़लाना काम कर आया।''

× × ×

आख़िर, बाबा और मैं अकेले ही मुल्तान की ओर चल दिये। नाना का दमा और अधिक बिगड़ने और फेफड़ों में तकलीफ़ रहने के कारण मामा हमारे संग ना चल सका। गलाबू, भुंतर और मण्डी में जूती-जोड़ा और अन्य माल लेकर गया होने

के कारण हमारे साथ ना जा सका। कुछ दिन बाबा की प्रतीक्षा में और कुछ इस सिलसिले की भाग-दौड़ में व्यर्थ चले गये। बाबा बेशक तेज़ क़दमों से चलता, मगर उसके मन में धैर्य और उसके हाव-भाव सहज अवस्था वाले रहते।

बाबा ने और मैंने जालन्धर से लाहौर के सफ़र के दौरान कोई ख़ास बातें ना कीं, पर जब जैजों-जालन्धर वाली पहली गाड़ी में बैठे थे तो बाबा ने विश्व युद्ध, अपने कारोबार और मंगू राम की अनेक तकरीरों में से चुनिन्दा विचार ज़रूर साझे किये थे। मुझे उसके मनुष्य जीवन के बारे में नज़रिया बार-बार याद आया, "गोरे, ज़िन्दगी बड़ी क़ीमती है; हमें इसे यूँ ही व्यर्थ नहीं गँवाना चाहिए, बन्दा है तो सब कुछ मुमक़िन है। मीतू इस वक़्त वन में अकेले वृक्ष जैसा है। ऐसे ही कोई-कोई वृक्ष सूख-सड़ जाता है, बेशक उसके चारों ओर हरे-भरे वृक्ष लहराते होते हैं। सो, गोरे जहाँ तक हो सके बन्दे की ज़िन्दगी बचानी-बनानी हमारा इन्सानी फ़र्ज़ है। हमें लड़ाई-झगड़ों के ख़िलाफ़ रहना है और बन्दा बन्दे का दारू वाली बात को आगे बढ़ाना है। हुए-बीते नेक लोगों को दुनिया हमेशा याद रखती है। समझ में आया?" सोच के इन्हीं भँवरों में पड़ा हुआ था कि बाबा ने लाहौर स्टेशन पर पहुँचने के बाद धीमे-से कहा, "गोरे, यहाँ से 'फ़ौजी' अख़बार और 'अजीत' ले आ। दो-तीन पुरानी मिलें तो वे भी ले आ।"

अख़बारें हाथ में पकड़े आते मुझे देखकर बाबा की आँखों में चमक आ गयी और चेहरे पर रौनक। तभी, मुल्तान छावनी वाली गाड़ी आ गयी और हम फुर्ती के साथ उसमें जा चढ़े। बाबा 'फ़ौजी' अख़बार की सुर्खियाँ जल्दी-जल्दी बोलकर पढ़ने लगे–

– लाल फ़ौजों के हवाई जहाज़ों ने जर्मन शहर पर अग्नि-बम फेंके।

– रोमानिया ने साझी फ़ौजों के आगे घुटने टेके।

– अमरीका-ब्रितानिया ने पोलैंड को हथियार भेजे।

– सोवियत फ़ौजों द्वारा ताबड़तोड़ हमले जारी।

– अमरीका और जापान ने बहुत सारे जहाज डुबाये।

फिर उसके मन में पता नहीं क्या आया, उसने दोनों अख़बारें तह कर अपने बड़े-से झोले में डाल लीं। मैंने देखा कि कुछ समय पहले की अपेक्षा बाबा का चेहरा अब उतरा हुआ है। फिर उसने झोले में से खेसी निकाली और उसे लपेटकर यूँ बैठ गया मानो किसी सोच-विचार में पड़ गया हो। मैं अपने वाले डिब्बे की सवारियों की तरफ़ देखने लगा। कई औरत-मर्द एक-दूजे से धीरे स्वर में लड़-झगड़ रहे थे। बच्चे खाने की चीज़ें या खिलौने माँगते हुए बिलख रहे थे। अन्धे और अंगहीन लोगों की

दो-तीन टोलियाँ रब का वास्ता देते हुए, लोगों के बेटों-बेटियों के लिए ऊँची आवाज़ में दुआएँ करते पैसे माँग रहे थे। इक्का-दुक्का आदमी बीड़ियों या सिगरेट का धुआँ निकाल रहा था जैसे रेल इंजन का धुआँ!

"भाई साहब, तबीयत तो ठीक है? अख़बारें पढ़ने के बाद गुमसुम होकर बैठ गये।" बाबा के साथ बैठे एक बुज़ुर्ग ने पूछा।

"ठीक हूँ जनाब...पर सोचता हूँ कि सरमायेदार मुल्कों और नस्ल-परस्तों ने लोगों का जीना हराम किया हुआ है। जहाज़ और हवाई जहाज़ बनाये जाते हैं, बम बरसाये जाते हैं। निर्दोष बन्दा मर रहा है, ना उसका कोई कसूर, फिर भी ज़ुल्म का शिकार।"

"वही लाहौरियों के शौक़ की तरह मुर्गों की लड़ाई...कोई मरे, कोई जीये। बात दुरुस्त है भाई कि बाशिन्दा किसी भी मुल्क का हो, है तो इन्सान ही। सवाल यह है कि हैकड़बाज़ हुकूमतों का कोई क्या करे। जो क़ौम, मज़हब और इलाक़े का वास्ता देकर अमन-चैन के साथ रहते लोगों को आपस में लड़ा-धमका रहे हैं।...औरतों की इज़्ज़त महफ़ूज़ नहीं। ख़ुदा का क़हर पड़े ऐसे काफ़िरों पर।" यह कहकर उस मज़बूत क़द-काठी वाले बुज़ुर्ग ने अपने सिर पर पहनी मख़मली बर्फ़ जैसी सफ़ेद पगड़ी के नीचे बायें हाथ से खाज की। फिर, दोनों हाथों से पगड़ी से मेल खाती दाढ़ी को सँवारा। मूँछें उस्तरे पर ताज़ा क़ुर्बान हुई लगती थीं।

मौजूदा हालात पर तब्सरा जारी रहने के कारण कई मुसाफ़िर इस चर्चा में शामिल होने के लिए उतावले थे। बाबा ने बुज़ुर्ग व्यक्ति को धीमे से बताया, "बात करते हुए शर्म आती है।"

"फिर भी हम मुसाफ़िर हैं–नदी नाम संजोगी मेले...पता नहीं, फिर कभी मिलना भी है कि नहीं।"

बाबा ने हिम्मत बटोरते हुए बताया, "इन्सान इन्सान नहीं रहा। हैवान बन गया!"

"?"

"जर्मनों की फ़ौजों ने लोगों की बहन-बेटियों को भी नहीं बख़्शा। उनकी इज़्ज़त मिट्टी में मिला दी।"

"?"

वह बुज़ुर्ग सवालिया निगाहों से देखता यूँ लगता था कि मेरा बाबा विस्तार से उन काली करतूतों का ज़िक्र करे। परन्तु बाबा का मन भरा हुआ था। उसने इशारे से मेरे से पानी माँगा।

"बहन-बेटियाँ सबकी साझी होती हैं मेरे अजनबी दोस्त! उनकी इज़्ज़त-आबरू महफूज़ रखना इन्सानी फ़र्ज़ है।" उस बुज़ुर्ग ने बाबा के कन्धे पर हाथ रखते हुए कहा, "अख़बार में कुछ पढ़ा है?...बात साझी कर तू मेरे हमउम्र।"

बाबा और वह बुज़ुर्ग जो पहले एक-दूजे को 'आप' कहकर सम्बोधित हो रहे थे, अब 'तू' कहकर मुख़ातिब होने लगे।

"दरअसल, साझी फ़ौजों का भी एक सिपाही दस्ता जर्मनों के घर दनदनाता जा घुसा। घर में दो औरतें; जिनमें एक नरम उम्र की लड़की और दूसरी दरमियानी उम्र की थी। पापियों ने लड़की को पकड़ लिया।" भारी आवाज़ में यह कहते हुए बाबा थोड़ा रुका और फिर बताने लगा, "उस औरत ने मिन्नतें कीं, हाथ जोड़े कि "यह मेरी बहन की बेटी है। यह छह महीने की थी जब वह मर गयी थी। मैंने इसे बेटी की तरह पाला। तुम्हारी हवस पूरी करने के लिए मैं हाज़िर हूँ, पर इसको छोड़ दो...!" फिर भी उन्होंने उन दोनों को ना बख़्शा। फिर क्या था, दोनों ने अगले दिन का सूरज नहीं देखा। ख़ुदकुशी करने से पहले उन्होंने जंगबाज़ों के नाम चिट्ठी लिखी–"अगर धरती फट जाती तो हम उसमें दफ़न हो जातीं।" यह कहते हुए बाबा ने अपनी पगड़ी के छोर से आँखों के कोये पोंछे। साथ बैठी सवारियों के दुखी चेहरे नीचे झुक गये।

"जो लोग मुहब्बत और जंग में सब कुछ को जायज़ ठहराते हैं, उन्होंने अन्याय का तराज़ू पकड़ा हुआ है। लाख लानतें ऐसे विचारवान लोगों को। सरेआम इज़्ज़त उतारी जा रही है। ग़रीब मार हो रही है और इसकी निन्दा करने वाला कोई नहीं। मासूम, निर्दोष हद दर्जे का ज़ुल्म बर्दाश्त करते हुए बहुत कुछ अपने साथ ही क़ब्र तक ले जाते हैं। कोई कहाँ फ़रियाद करे?" उस बुज़ुर्ग ने कहा और बहुत देर से ख़ामोश बैठे मुसाफ़िरों ने 'हाँ' में 'हाँ' मिलाई।

"ऐसे गुनहगारों को ना कोई शर्मिन्दगी महसूस होती है और ना ही कोई दुख या पछतावा। पता नहीं किस मिट्टी के बने हैं ये लोग।" एक अन्य मुसाफ़िर ने अपनी हाज़िरी लगवाई।

"ऐसे पापियों को काँधा देने के लिए चार आदमी ना मिलें, दोज़ख़ में सड़ें।" यह कहकर उस बुज़ुर्ग ने पगड़ी को अपने सिर पर अच्छी तरह टिकाया।

"और दूसरी तरफ़ सदियों पहले हुए गुरुओं, पीरों और सूफ़ी-सन्तों के उपदेशों को लोग अपनी ज़िन्दगी में ढालने की कोशिश करते हैं।" मुझे लगा, बाबा ने बियास दरिया पर बने रेल पुल की तरह लोगों के बीच एक पुल बनाने का जैसे यत्न किया हो।

"लोगों के ख़िलाफ़ साज़िशें, मंसूबे बनाना, चोंच लड़ाने के ज़रिये अपनी चौधराहट कायम रख रहे हैं हमारे ये रहनुमा। ज़रा भी नहीं सोचते कि लोगों की ग़रीबी दूर करें, तालीम मुहैया करायें, गुज़र-बसर अच्छी हो जाये।" बाबा के साथ बहुत देर से वह बुज़ुर्ग पालथी मारकर बैठा बातें करता-करता, टाँगों को लटकाकर जूती को आगे-पीछे करता पैरों में पहनता कहने लगा, "लो भई, पहुँचने वाले हैं मुल्तान छावनी।"

यह सुनकर हम भी हरकत में आ गये। कुछ देर बाद जंक्शन पर थे जहाँ एक रेल आती थी, एक जाती थी। बाबा को उस बुज़ुर्ग ने आपस में हाथ मिलाते हुए एक-दूसरे को कहा, "कुदरत ने चाहा तो फिर कहीं मुलाक़ात होगी।...अच्छा, रब-राखा गोरे।"

उस बुज़ुर्ग ने जब कहा तो मैंने उसके पैरों को हाथ लगाया। उसने मेरे लिए ख़ैर-मेहर और बरकतों के लिए दुआयें कीं। रेलों की भाँति हम भी अपने-अपने ठिकानों के लिए रवाना हो गये। मैंने देखा, जो बच्चे खाने की चीज़ों और खिलौने माँगते-माँगते और रोते-रोते सो गये थे, वे अपने माँ-बाप की उँगली पकड़े फुर्ती के साथ चले जा रहे थे।

× × ×

हमने चार-पाँच दिनों में मुल्तान शहर के अन्दर शाही ईदगाह, गुलाबी-सफ़ेद रंग वाला घण्टाघर, फ़व्वारा चौक के नज़दीक माई महारबन का मक़बरा, मुल्तान क़िला, ख़ूनी बुर्ज, लाहौरी गेट, दिल्ली गेट, सूरज कुण्ड मन्दिर, जैन मन्दिर, और अन्य प्रसिद्ध स्थान और सड़कें छान मारीं। किसी आदमी को सड़क पर खेसी-कम्बल लपेटे चला जाता देखते तो हम उसकी तरफ़ ग़ौर से देखना शुरू कर देते। दो-तीन बार तो हम अपने आप में ही शर्मसार हो गये जब किसी को आहिस्ता-आहिस्ता चलते जाते को ग़ौर से देखने लगे। क़रीब जाकर पता चला कि बुर्के में ख़ुद को ढके चली जाती वह तो कोई जवान-जहान स्त्री है!

"गोरे, हमारे दुआबे की तरह ही इस दक्खिनी पंजाब के शहर में ठण्ड पड़ती है, ज़्यादा फ़र्क़ नहीं।" बाबा ने दो-चार क़दम चलने के बाद कहा, "चलो, उन बेचारियों ने हमें कुछ नहीं कहा।"

मैं बाबा की बातों का हुंकारा 'हूँ-हाँ' में भरता गया, पर मेरा ध्यान गोश्त बेचने वालों की दुकानें गुज़र जाने के बाद सब्ज़ी बेचने वालों के क़रीब 'उड्ड-उड्ड चिड़िये', 'रस्सी टप्पा' और 'कोटला छपाकी' खेलती छोटी लड़कियों की टोलियों

की तरफ़ था। मुझे याद आया कि गज्जण और मैं कैसे 'समुंदर पैंडा' या बुर्द लगाकर दूसरे हमउम्र लड़कों के साथ दौड़ा करते थे। कई बार मेरा बापू मुझे दौड़ाता-भगाता ख़ुद भी मेरे साथ दौड़ा करता था।

ख़ैर...बातें करते और आस-पास ताड़ती नज़रों से देखते चले जा रहे थे कि कहीं मेरा बापू दिखाई दे जाये। हम उसे रात की गाड़ी पकड़कर घर ले जायें। सारे परिवार पर टूटा दुखों का पहाड़ ख़ुशियों और आनन्द के लोगड़ के पहाड़ में बदल जायेगा। माँ जो छिप-छिपकर गाती रहती है–

'जिंदे कक्ख ना सैंहदिये नी
तैनूं चुक्कणा पिआ पहाड़।'

यह गीत उसकी ज़ुबान पर से हमेशा के लिए ग़ायब हो जायेगा; बापू के आ जाने पर।...एक पल मुझे ख़याल ही ना आया कि बाबा भी साथ-साथ चल रहा है। मैं तो बस अपने बदन पर ओढ़ी खेसी की बुक्कल का वज़न और सिर पर सोचों को उठाये चला जा रहा था।

"गोरे, मैं तो सोचता हूँ, कल उस मोची के पास फिर चक्कर लगायें। रब के रंगों का क्या पता! शायद कोई अता-पता लग जाये।" बाबा के इन शब्दों से जैसे मेरी तन्द्रा टूटी।

सराय में पहुँचने के बाद हम योजनाएँ बनाते रहे कि पहले कहाँ जायें और बाद में कहाँ। थके होने के कारण नींद का आना स्वाभाविक था, पर बाबाकरवटें बदलता रहा। शायद, नींद उसके क़रीब नहीं फटक रही थी। उसकी बेचैनी की वजह मैं जानता हूँ, वह यह कि बापू अभी तक नहीं मिला।

अगले दिन हम जल्दी ही उठ गये और दोपहर से पहले अपने धन्धे वाले शेख़ों-व्यापारियों के पास जा पहुँचे। यादों में बसी बूटां मण्डी एकाएक याद आ गयी और उसकी गन्ध मेरी नाक और सिर में जा चढ़ी। कारोबार सम्बन्धी बातचीत, लेन-देन और ख़ातिरदारी हासिल करने के पश्चात् हम ईदगाह की ओर जाती टूटी-सी पतली-इकहरी सड़क पर चल दिये। बार-बार यह भरम पड़ता कि सड़क के दूसरी तरफ़ मेरा बापू है। बाबा भी सोचों में डूबा हुआ लगा, जब उसने बात शुरू की, "गोरे, हम अपने लापता सदस्य के लिए तंग-परेशान हुए फिरते हैं और उधर हज़ारों-लाखों निर्दोष लोग उजड़ते, बर्बाद होते, लापता होते हुए, बमों-तोपों से मरे-मारे जा रहे हैं। कैसा ज़माना आ गया!"

"कुदरत की मार तो आदमी झेल लेता है बाबा...। पिछले दिनों, वो कौन-सा मुल्क या शहर है?...हाँ, तोनांके, जहाँ हज़ारों लोग भूचाल में मर गये। जापानी बड़े

आफरे फिरते हैं, कुदरत वहाँ क़हर बरसा रही है पिछले दिनों सैकड़ों-हज़ारों लोग भूचाल में मर गये। सुनामी के बारे में भी कुछ बताया था तुमने...।'' मैंने बाबा की कही और अख़बारों में पढ़ी बातें साझी कीं।

''बताते हैं, जापानियों ने हमारी रेजिमेंट के साथ माथा भिड़ा रखा है, कोहिमा-मणिपुर बॉर्डर पर। जापानियों ने पहले बर्मा पर क़ब्ज़ा किया, फिर कोहिमा में आ गये। मंगू राम बताता था कि 'कोहिमा वार' वाटर लू से भी ज़्यादा ख़तरनाक है। कुदरत का क्रोध फैला हुआ है। पानी जगह-जगह तबाही मचाये हुए है। बाढ़ें आती हैं। शिखर की ठण्ड है। सारा पहाड़ी इलाक़ा है। बेशुमार नदियाँ-नाले। जोंकों, साँपों और मच्छरों का भी अन्त नहीं। महामारियाँ फैली हुई हैं। हमारे जवान बीमार हुए पड़े हैं। राशन की सप्लाई नहीं हो रही और भूखे पेट ही लड़ने को मजबूर हैं। बाँस की कोंपलें उबाल और भून कर खाते हैं। घास उबालकर खा रहे हैं। आई.एन.ए. वाले जापानियों की मदद कर रहे हैं! हद हो गयी! देशभक्ति के नाम पर अंग्रेज़ों की आड़ में आर्य क़ौम की मदद यानी जर्मन की सीधी मदद?'' बाबा का यह भाषण शायद अभी जारी रहता, पर हम ईदगाह के बाहर नीम के पेड़ तले छोटे-से थड़े पर मोची के अड्डे पर जा पहुँचे। बुज़ुर्ग मोची ख़ुद वहाँ नहीं था, पर औज़ार हाज़िर थे।

''जान-माल की बड़ी तबाही हो गयी है। अच्छा हो, अभी बेईमान सियासतदान लोगों की ख़ातिर सफ़ेद झण्डे फहरा दें।'' यह बात बाबा ने कही ही थी कि बुज़ुर्ग मोची आ गया।

हमारा ख़ैर-मकदम करते हुए मोची ने कहा, ''भाई जान, दुनिया उम्मीद पर टिकी है। दिल छोटा ना करो। अल्लाह की रहमतों-बरकतों पर यक़ीन रखो...बेहतर होगा अगर आप खुले दिनों में आओ। अभी दिन छोटे हैं। बन्दे को धुन्ध और ठण्ड में पहचान पाना मुश्किल होता है।''

''आपकी बात दुरुस्त है भाई साहब, पर हमारे लिए अब एक-एक दिन पहाड़ जितना है।'' बाबा ने जैसे अपने दिल की बात कही।

''आप रब पर और मेरी समझ-पहचान पर यक़ीन रखो। वह बन्दा है गोरे का बाप। पूरा इस पर ही है शक्ल-सूरत से। मेमों की तरह मेरे पास कैमरा हो तो फ़ोटो उतार लूँ। फ़िक्र ना करो, मैं वो मस्जिद के मौलवी या इमाम को गोरे के बापू का हुलिया बताकर मस्जिद के अन्दर लगे लाउडस्पीकर पर इत्तला सब तक पहुँचा दूँगा। पिछले पन्द्रह सालों से 'अधान' (जन्म सम्बन्धी रस्में) या 'इकमाह' (नवजन्मे के कान में कहना) आदि रस्मो-रिवाज़ स्पीकर के ज़रिये ही किये जाते थे। मैं

गुज़ारिश करूँगा कि वे अपने बन्दे की इत्तला इससे कर दें। उम्मीद है कि वह मान जायेगा। एक और बात मेरे मन में आती है कि जालन्धर शहर का कोई पता छोड़ जाओ, जब भी मेरे पास अपना फरजन्द (बेटा) आयेगा, मैं उसको अपने पास रखने की कोशिश करूँगा और आपको तार कर दूँगा।'' बुजुर्ग मोची ने अपनत्व प्रकट करते हुए सलाहें दीं।

''बड़ी सही बात की। हमारे होशियारपुर की शाही मस्जिद में भी लाउडस्पीकर अब से क़रीब पन्द्रह साल पहले अज़ान और नमाज़ के लिए लगे थे।'' बाबा ने बताते हुए ख़ुशी ज़ाहिर की, ''हम हैरान होते थे कि इतनी ऊँची आवाज़ कैसे सुनाई देती है!''

आख़िर हमने पत्थर क्या, यहाँ का पूरा सुलेमान पहाड़ दिल पर रखकर अपने देश दुआबा को लौटने का फ़ैसलाकर लिया।

20

वापसी में हम होशियार के स्टेशन पर उतरकर लाला रेलू राम की दुकान पर पहुँचे। दिन छोटे होने के कारण हमने पहले ही वहाँ ठहरने का मन बना रखा था। ठण्ड में गर्माहट भरा स्वागत महसूस हुआ जब चाय से भरे पीतल के गिलास गलाबू ने लाकर हमारे सामने रख दिये। पकौड़ियाँ और बेसन की बर्फ़ी खाते और चाय के घूँट भरते हुए शरीर में एकदम फुर्ती आ गयी और थकान उतरती लगी।

''और फिर कुछ अता-पता लगा बेटे का?'' बाबा रेलू राम ने बात शुरू की।

''थोड़ी पूछ-पड़ताल और दरियाफ़्त की। हुलिया, रंग-ढंग, क़द-काठी और हाथ-पैरों पर बताये निशानों से तो लगता है कि वह मीतू ही है। बताते हैं कि कोई उसको, लाहौर, पंजा साहिब, ननकाणा साहिब या किसी दरगाह पर जाने के लिए रेलगाड़ी में बैठाकर ले जाता है और कोई कहीं। वह इशारों के साथ ज़िद करता है कि उसे ईदगाह ले चलो।'' बाबा ने बताया।

''क्या मालूम उसके चित्त में आता हो कि कोई उसको ढूँढ़ने आये।''

''बताते हैं कि बीच-बीच में पल, दो पल ठीक-सा रहता है।'' बाबा ने बुज़ुर्ग मोची की बात दोहरायी।

''भाई संगतिया, हिम्मत ना हारो, तलाश का सिलसिला जारी रखो। अगर इतनी पुख़्ता जानकारी मिली है तो समझो लड़का अपना सही-सलामत है। देर-सवेर उसके मेल-मुलाक़ात की ख़ुशख़बरी आ जायेगी।'' लाला रेलू राम ने मानो उम्मीदों से लदी रेलगाड़ी दौड़ाई। फिर उसने मेरी तरफ़ देखकर कहा, ''गोरे, ना तुझे घबराने की

ज़रूरत है, ना ही बाक़ी टब्बर को। जब भी मिलने का सबब बन गया, सबकी रगों में दौड़ती उदासी अमन-चैन में बदल जायेगी। मेरी तरफ़ से सबको दिलासा देना।''

इसी दौरान एक लड़का पत्रिकाएँ-अख़बारें पकड़े आया। दो-तीन दिन की इकट्ठी अख़बारें पकड़ाते हुए कहने लगा, ''लाला जी, गुस्ताख़ी माफ़, ठण्ड से मेरी तबीयत कुछ नासाज हो गयी थी और मैं आपके मुहल्ले की अख़बारें बाँट नहीं सका। मैंने सोचा, अब ठीक हूँ तो इकट्ठी ही...।''

''कोई बात नहीं बच्चू। रब तुझे तन्दुरुस्त रखे।'' रेलू राम ने उस लड़के को दुआयें दीं।

''मुल्तान में क़हर की ठण्ड है। बसन्त पंचमी पिछली अट्ठारह जनवरी को थी। कहने को ही है कि बसन्त आयी, पाला उड़न्त। बसन्त का महीना, डेढ़ महीना बीत गया, पाला अभी भी तोड़े जा रहा है।'' मैंने भी बीच में बोलकर अपनी उपस्थिति दर्ज करायी।

बाबा और रेलू राम अख़बारें पढ़ने में व्यस्त हो गये। मेरे बापू की तलाश को लेकर तरकीबें ग़ायब हो गयीं। उन्हें ख़ामोशी में अपनी-अपनी अख़बार पढ़ते देखकर मैंने भी एक अख़बार उठा ली। पढ़ने लगा–

''लाल फ़ौज का पोलैंड पर क़ब्ज़ा।''

''जर्मन हवाई फ़ौज द्वारा फ्रांस, बेल्जियम और नीदरलैंड के साझे हवाई अड्डों पर ताबड़तोड़ हमले।''

मैं 'फ़ौजी' अख़बार पढ़ता रहा। दूसरी तरफ़ बैठे लाला रेलू राम ने अचानक देखते हुए कहा, ''पिछले दिनों की अख़बार पढ़े जाता है, ये ले ले।''

अख़बारों की मोटी-मोटी छानबीन करने के बाद वे दोनों जन आपस में रूसी फ़ौजों और नाज़ियों के हमलों से कारख़ानों की तबाही, निर्दोष लोगों के जान-मान के नुक़सान, बड़ी संख्या में यतीम हो रहे बच्चे, बग़ैर देखभाल के बीमारियों से मर रहे बूढ़े, विधवा औरतों की दयनीय हालत, हालात के मारों के पागलपन में वृद्धि, तबाह हो रही फ़सलें, भुखमरी, महँगाई, कंगाली, घर-घर होते विलाप और चीख-पुकार का तब्सरा लगातार करते रहे।

रोटी खाते हुए उन दोनों ने फ़ौजी छावनियों के क़रीब रहते या छावनियों के साथ जुड़े आदि-धर्मियों के व्यवसाय, कारोबार की माली हालत में सुधारों, और उनके मानवीय अधिकारों के ज़िक्र की शुरुआत की।

"पहले विश्व युद्ध में हमारे आदि-धर्मियों के कारोबार में चोखी वृद्धि हुई।... उन्होंने अपना काम-धन्धा दूसरी रियासतों-प्रान्तों तक बढ़ा लिया। वे अपने आप को 'सेठ' कहलवाने लगे। जालन्धर की बूटां मण्डी, फिरोज़पुर, मुल्तान, चून्नी मण्डी, यू.पी. सी.पी., कलकत्ता शहरों में तगड़े कारोबार जमा लिए। मंगू राम के ख़ानदान के लोग यू.पी. में जाकर कारोबार कर रहे हैं।" बाबा रेलू राम ने बताया।

"हक़ीक़त है, रेलू भाई कि आदि-धर्म मण्डल को उन सेठों ने कामयाब करने में बड़ी मदद की। उनकी मुलाक़ात दूसरे व्यापारियों के साथ हुई। उनके अन्दर नयी चिनगारी जगी और अपने लोगों के अन्दर हक़-हकूक हासिल करने के लिए हल्लाशेरी दी।"

दूसरे कमरे में से बार-बार झाँकते गलाबू ने अपने पास आने का इशारा किया। मैं उठा और उसकी तरफ़ बढ़ा। उसने पूछा, "तेरे बापू का तो सुन ही लिया। तू यह बता कि इस फेरी के समय मेमें देखीं? मुझे अभी तक उनके चेहरे ख़्वाबों में दिखते हैं।"

थोड़ा-सा रुकने के बाद गलाबू ने फिर अपने मन की बात आगे बढ़ायी, "गोरे, तुझे रब की सौगन्ध, ये सारी बातचीत तेरे और मेरे बीच है। उधर बैठे बूढ़ों को ना बताना, नहीं तो कल लाला मुझे इस घर की ड्योढ़ी लाँघने नहीं देगा। अब मैं लाहौर, रावलपिंडी, झंग और मुल्तान तक गाड़ियों में सफ़र करता हूँ। इधर-उधर जाते-आते कारोबारी और मुसाफ़िर मुझे अच्छी तरह जानते-पहचानते हैं। और बताऊँ, लाहौर के खानदानी कंजरों के ना कभी हाथ आया और ना ही जैजों के कंजरों के।"

"भई, मुझे तो नींद ने घेर रखा है।" कहकर मैं अपने बाबा वाले बिस्तर पर जा लेटा। दोनों बाबा जंगबाज़ों पर और जंग खाई ज़मीर वाले लोगों पर अपने बोल-कुबोल की मिसाइलें दागे जा रहे थे।

"गोरे, नींद आ रही है तो सो जा। मैं भी लगा हूँ लेटने। सवेरे जल्दी उठकर चल पड़ेंगे।" बाबा ने हुक्म जैसी सलाह दी।

"अच्छा!" कहकर मैंने लम्बी तान ली।

× × ×

जब हम अपने घर पहुँचे तो देखा कि दादी आँगन में धूप में बिछाई चारपाई पर लेटी हुई थी। उसने हमें आते देख लिया था, पर पिछली बार की तरह वह धीरे-धीरे उठकर भी ना आयी।

बाबा ने मुझे सुनाते हुए धीमे से कहा, "कहीं फिर ना दमे ने घेर लिया हो तेरी दादी को?"

दादी की सवालिया नज़रों ने मानो हमसे हमारे जाने के समय वाला पुराना सवाल किया। बाबा ने अपनी मुल्तान फेरी का रोज़नामचा ना सुनाकर पहले दादी का हाल-चाल पूछा और कहा, ''बचनिए, फ़िक्र ना कर, अपना मीतू वो पहाड़ से आते पानी की तरह राह बदलता रहता है। शुक्र है कि बह रहा है। खुले दिनों में फिर जायेंगे। मीतू के हाथ-पैरों की जो निशानियाँ उस मोची ने और दूसरे लोगों ने बतायीं, वे बिल्कुल सही हैं। थोड़ा और हौसला रखो सभी।''

यह सुनते ही दादी की देह में जान पता नहीं कहाँ से आ गयी। उसके उठकर बैठने की कोशिश सफलता में बदल गयी। उसने अपने सवालों से हमारे अन्दर गरमाहट ला दी। एक-एक बात यूँ पूछती गयी जैसे कोई पुलिस वाला लापता हुए आदमी के बारे में मुकम्मल पूछताछ करता है। इसी दौरान मेरे ज़हन में बाण की चारपाई पर बैठे सरदार भगत सिंह की तस्वीर उभरी जिसमें गोपाल सिंह पन्नू पुलिस अफ़सर के तौर पर पूछताछ कर रहा है।

तभी मेरी माँ पानी भरे गिलास थाली में रख लायी। उसने अपने दुपट्टे से घूँघट निकाल रखा था। मैंने माँ से थाली पकड़ी, बाबा के आगे की ओर दादी से पानी के लिए पूछा। कुछ देर बाद मैंने अपने सफ़र के सामान वाले झोले उठाये और छन्न के अन्दर रखने चला गया। मेरे पीछे-पीछे मेरी माँ आ गयी जैसे हमारी गाय अपने बछड़े के पीछे लगी रहती है। उसने पूछा, ''गोरे, कुछ पता लगा?''

''बताने वाले हुलिया बताते हैं कि हाथों-पैरों पर...।'' मैं बता रहा था कि माँ ने बीच में टोककर उतावली में पूछा, ''यह भी बताया किसी ने कि उसके बायें हाथ के बीच की उँगली में गाँठ-सी है? और बायें पैर के अँगूठे के पास कटे का निशान है?''

यह सुनकर मैं ख़ुशी में उछला और मैंने माँ को बाँहों में भर लिया। और फिर उसकी आँखों में पानी की बाढ़ आ गयी जैसे गाँव के पूरब में पहाड़ी नदी बरसात में अपने किनारों से बाहर आने को उतावली रहती है। माँ मुझे ख़ुद ही बरसाती नदी की तरह तेज़-तेज़ बहती लगी मानो चिनाब की तरह मुल्तान को जाने के लिए बेसब्री में हो।

''माँ हमें हौसला, धीरज और बड़ा जिगरा रखना चाहिए।'' मैंने सलाह के तौर पर कहा।

''हौसले और बड़े दिल ने ही मुझे इस आस और उम्मीद तक पहुँचाया। शुक्र है, मुझे दिलासा देने योग्य मेरा पुत्र हो गया। अच्छी औलाद के सिर पर आदमी बड़े-से-बड़ा दुख झेल लेता है।'' मुझे लगा मानो माँ ने मुझे ज़िम्मेदारी भरे सबक का एक बार फिर अहसास कराया हो।

...और मैं फिर दादी-बाबा के पास आँगन में आ बैठा। वे मेरे उतरे चेहरे और माँ के फक्क हुए मुँह की बातें कर रहे थे।...दादी ने दुहराया, "गोरे, बड़ा दिलासा देती हूँ और तू भी अपनी माँ को समझा-बुझा कि इतनी क़ीमती ज़िन्दगी ऐसे बर्बाद नहीं किया करते। रोने-धोने की बजाय सब्र-सन्तोष का पल्ला कस कर पकड़े रखे।" उसने पानी का घूँट भरने के बाद फिर कहा, "उसे यह भी कह कि जो हर वक़्त अकेली वैराग में बैठी गाती रहती है, उसको त्याग दे। वह धीरे-धीरे गीत गाती रहती है, पर मन मेरा भी कचोटा जाता है।"

मैंने हैरान होकर दादी की ओर प्रश्नसूचक नज़रों से देखा जैसे उसने हमें देखा था जब हम आये थे। वह ख़ामोश रही, पर मैं इन्तज़ार करता रहा कि वह गीत के बोल बताये। बाबा भी चौकन्ना हुआ बैठा दिखाई दिया। पलभर बाद दादी बोली, "आ गया याद–

उठदी बैंहदी दे मेरे निकलण हौके।
भुल्ल गये मैनूं घर के चूल्हे-चौके।
रहिन्दा नित तेरा ई ध्यान वे।
तेरी सौंह सूली टँगी मेरी जान वे।"

इसी दौरान बाबा बोल पड़ा, "हम सबकी जान सूली पर टँगी हुई है। टूटों को गाँठने वाले गुरु रविदास महाराज पर भरोसा रखो।"

तभी माँ, जिन पीतल के गिलासों में हमें पानी पिलाया था, उनमें दूध ले आयी। बाबा ने मेरी माँ को मुख़ातिब होकर कहा, "बेटी, हम सब तेरे साथ हैं। इतने लम्बे अर्से तक तेरा पक्का यक़ीन ज़रा नहीं डोला...शुक्र है ईश्वर का, अब उम्मीद बँध गयी है। जिस दिन हमारा बेटा मिल गया, हम जालन्धर-लुधियाने और ज़रूरत पड़ी तो दिल्ली-आगरे तक उसका इलाज करायेंगे...हम अपने मामूली से पेशे में अब कारोबार को लेकर कहाँ से कहाँ पहुँच गये हैं।...टूटों को गाँठने वाले पर यक़ीन रखो।"

यह सुनते ही मुझे महसूस हुआ कि बाबा के शब्दों-विचारों में कितना अन्तर आ गया है। यह भी कि बाबा को कितना बढ़िया दिलासा देना आता है। जीतू चाचा सुकून में बैठा दिखा, जो पहले बीच-बीच में कोई पूछ-पड़ताल करता रहा था। इसी दौरान माँ ख़ाली गिलासों को अपने भरे मन से उठाकर छन्न के अन्दर ले गयी। चाचा पशुओं की नादों में हाथ मारने के बाद उनकी प्यास बुझाने के लिए पानी पिलाने की जुगत में लग गया। और दादी गर्मागरम चाय पीकर चुस्ती में आ गयी और

पिछले दिनों की भाँति बात की लड़ी से लड़ी जोड़ती गयी जैसे चींटियों की क़तार अपने माल गोदाम को जा रही हो। उसकी आवाज़ और चाल में थोड़ी फुर्ती आ गयी। घर के सन्तोषप्रद हालात बाबा और मेरे लिए और अधिक ताक़तवर हो गये।

अन्न-पानी छकने से लेकर रात को सोने तक मेरे बापू की तलाश की योजनाएँ बनती-ढहती रहीं। अन्त में, बाबा ने मेरी माँ और दादी को बताया, "बचनिए, हम मुल्तान का चप्पा-चप्पा छान मारेंगे और जहाँ भी कोई बतायेगा, वो जगह भी... कल से अपना कारोबार देखेंगे। गोरा, उगाही के लिए निकलेगा और मैं कारीगरों के पन्द्रह दिनों के हिसाब-किताब के लिए जैजों जाऊँगा। और पन्द्रह-बीस दिनों को गेहूँ की कटाई शुरू हो जायेगी और कारीगर गाँवों को लौट जायेंगे। बचनिए कायम हो...हम कुछ दिन घर नहीं आ सकेंगे। जीतू के घर में होने के कारण हमें पीछे की परवाह नहीं रहती।"

"काम दिन-रात करो, पर मेरा बेटा ढूँढ़कर लाओ।" दादी ने जैसे बाबा के आगे मेरी माँ का वास्ता भी खरखरी आवाज़ में दिया हो।

बाबा अपनी कह-सुनकर आँगन में बिछी चारपाई पर जाकर लेट गया और चाचा और मैं पशुओं के पास बिछी चारपाइयों पर। पूर्णिमा में अभी दो दिन शेष थे और रात साफ़ और निखरी हुई थी जिस वजह से तारे कम दिखाई देते। अचानक एक छोटी-सी बदली ने चाँद को ढक लिया और बेशुमार तारों ने अपना वजूद दिखाया, मानो वे मेरे बापू की उम्मीदों के लिए टिमटिमा रहे थे। ये देखते-देखते नींद ने मुझे अपनी गिरफ़्त में ले लिया।

× × ×

रेतीली और वर्षा के पानी पर निर्भर रहने वाली गेहूँ की फ़सल को देखकर मुझे अपनी माँ याद आती। रबी की फ़सल के साथ अछूतों और भूमिहीनों के घर भी गेहूँ के दानों का छोटा-सा ही हिस्सा आता है; यह ख़याल भी मन में उभरता। हम अब गेहूँ की कटाई के लिए 'लावी' या ठेके पर अपने या बाहरी गाँव ना जाते। गेहँ की गहाई (थ्रेशिंग) के साथ भी हमारा कोई वास्ता ना रहा। बस, बैलों या झोटों के साथ फल्हे के गोल-गोल चक्कर क़हर की धूप में लगाना देखकर दिल दहलता। मैं साइकिल चलाता धूप या गर्मी को सहन करता लम्बे रास्तों को पीछे छोड़ता जाता। ललवाण, बजवाड़ा, जैजों नापता हुआ होशियारपुर के छोटे-मोटे ऑर्डर ले आता और उन्हें पूरा भी करता। बीच-बीच में लाला रेलू राम को फतह बुला आता। जब कभी लाला जी कहीं गये होते तो गलाबू मुझे जबरन बिठा लेता। कभी जैजों, कभी

लाहौर और कभी मुल्तान के अपने रेल के सफ़र और शहरों के अपने दिलचस्प रंगीन क़िस्से सुनाने के लिए उतावला हो उठता। कभी बाँका बकरियों वाले की बात शुरूकर लेता कि वह अपने मन की रौ में गाता है–

''मेरी बकरी चरा लिया देवरा
मैं ना तेरा हक़ रखदी।''

...और फिर एक दिन बाँका बताने लगा, ''मैंने भी मज़ाक़ में कह ही दिया–

''काला दिओर कज्जल दी धारी
अक्खियाँ विच पा रखदी।''

गोरे, यह सुनते ही बाँके के धुआँखे दाँत अचानक दिखाई दे गये थे।''

मुझे लगा कि गलाबू बेशक शहर में काम करता है, पर मन उसका गाँव की गलियों में ही घूमता है और बाँके की बकरियों की तरह सोच को चरता रहता है।... और मेरे बैठे-बैठे अख़बार वाला लड़का आ गया। गलाबू ने उसको देखते ही कहा था, ''लाला जी, कहीं गये हुए हैं; कल ले जाना।'' मुझे याद आया कि बाबा ने कहा था, 'फ़ौजी' अख़बार, उर्दू या अंग्रेज़ी जो भी मिले, लेते आना।''

''बाबा, कई बार एक भी अख़बार नहीं मिलती। अगर कहो तो...।'' इतना सुनते ही बाबा ने कहा था, ''मैं कौन-सा तुझे शिमला से लाने के लिए कह रहा हूँ, जहाँ वह छपती है। मिल गयी तो ठीक, नहीं तो किसी दूसरे से मँगवाकर पढ़ लूँगा।''

दरअसल, जब उर्दू वाली अख़बार ना मिलती तो मैं अंग्रेज़ी वाली अख़बार ख़ुद पढ़कर उसका सार बाबा को बता देता।

''गोरे, किस गोरी के ख़याल में गुम हो गया।'' गलाबू ने मुझे गर्दन झुकाये चुपचाप बैठा देखकर कहा, ''गोरे, लोग नज़रों को भी पढ़ लेते हैं, तू इसलिए तो आँखें झुकाकर नहीं बैठा?''

गलाबू के इन शब्दों ने मुझे उठ जाने को मजबूर कर दिया और मैं साइकिल की तरफ़ बढ़ा कि तभी लाला रेलू राम आ गया। उसने पूछा, ''सुना भई गोरे, तेरे कारोबार का क्या हाल है...भाई संगतिया को पता लग गया होगा कि अपनी चमार रेजिमेंट के जवान शहीद हो रहे हैं। कोहिमा बॉर्डर पर। अख़बार में आ गया।''

''क्या?...मैं कई दिनों का घर से तीसरी बार कारोबार के लिए निकला हुआ हूँ...अगर एक अख़बार दे दो तो मैं अपने बाबा को दे दूँगा। उसने ताकीद की थी लेकर आने की।''

''गोरे, ले, ले जा तू...मैंने पढ़कर कौन-सा किसी जलसे में तकरीर करनी है।'' लाला रेलू राम में अपनी मुहब्बत का इज़हार किया। मैंने 'जय गुरदेव' कहकर

अख़बार, हैंडिल के साथ झूलते झोले में डाल लिया और उछलकर साइकिल पर सवार हो गया। गलाबू दरवाज़े की ड्योढ़ी से नीचे वाली थड़ी पर खड़ा था। उसने आँख दबाते हुए कहा, ''गोरे, अँधेरे से ज़्यादा ना डरा कर। ...जानवरों जैसे दो टाँगों वाले खुराफ़ाती कुत्ते पूँछ चड्डियों को दबाकर घूमते-फिरते हैं। समझ गया, अंगरेज़ों का राज है, किसी महाराजे का नहीं।''

मैंने गलाबू की ओर देखा और साइकिल का पैडल घुमाने के लिए दायें पैर पर ज़ोर डाला। उसने अपना हाथ रेलगाड़ी के गार्ड की झण्डी की तरह हिलाते हुए कहा, ''गोरे, वन में तो अकेला दरख़्त भी ना हो। देखना, कहीं बिन-ब्याहा ही ना रह जाना। समय से अपना प्रबन्ध कर-करा लेना।''

मैं साइकिल चलाता, गलाबू के बारे में सोचता रहा कि उसको अकेलेपन ने घेरा है। वह बग़ैर पत्तों वाले दरख़्त जैसा है जिसकी डालियाँ और टहनियाँ तो हैं, पर उन पर पत्ते नहीं हैं। अगर थे तो उन्हें बाँके की कोई बकरी तो नहीं चर गयी! अब मुझे गलाबू के मन-बहलाव वाले हँसी-ठट्ठे, मज़ाक़ और उदासियों के गहरे राज़ समझ में आने लगे।

इसके साथ-साथ मुझे अपनी दादी, बाबा, माँ और पिता के बारे में ख़याल सड़क के दोनों ओर के सघन पेड़ों की तरह लगे, जो घने सायेदार थे और लगातार मेरे साथ-साथ चलते जा रहे थे। जब पहाड़ी नदी-नालों को पार करना होता तो मैं जूती और पाजामा उतारकर झोले में डाल लेता और साइकिल को बायें कन्धे पर टाँग लेता। एक बार बीचोबीच में मुझे यह अहसास भी हुआ और बाबा का कहा याद भी आया कि मैं परिवार और कारोबार की ज़िम्मेदारियाँ अपने कन्धों पर उठाने और ढोने के योग्य हो गया हूँ। छोटे नदी-नाले पार करते हुए मुझे महसूस होता कि अब मुश्किलों के पत्तण पार कर सकता हूँ। मुझे मेरा बाबा अपना रहनुमा लगता जो पारे की भाँति नहीं डोलता, बल्कि अन्धेरगर्दी के समयों में निर्भय होकर दुर्बल-कमज़ोर भाईचारों के बीच हिम्मत और हौसला बढ़ाने के लिए 'बाणी' और तकरीर के ज़रिये कहता है, ''आओ हम मिल-जुलकर समाज के दुश्मनों द्वारा अपनी तरक़्क़ी की राहों में बिछाई बारूदी सुरंगों को हटाएँ।'' उसने एक और बात कही थी जो मेरे मन में रैन-बसेरा करके बैठी है, ''जैसे पहले विश्व युद्ध में और अब दूसरे विश्व युद्ध में कबूतरों के ज़रिये जासूसी हुई है या हो रही है, वैसे ही हमारे भोले-भाले लोग ज़हनी ग़ुलामी कर रहे हैं। हमारे अपने ही गोरों और अमेरिकियों के खुफ़िया महकमों के कबूतरों की तरह ताबेदार **हैं–**ज़मींदारों और सरकारों के।''

इन्हीं सोच-विचारों में **खोया** मैं माहिलपुर पहुँच गया। एक मन करता कि गाँव

चला जाऊँ और दूसरे पल चित्त करता कि जैजों बाबा के पास दुकान पर जाकर अपना रोज़नामचा साझाकरूँ। मैं माहिलपुर के चौराहे के बायें हाथ खड़े होकर फ़ैसला लेने के हिसाब-किताब में डूबा था। आख़िर, मैंने साइकिल को चन्देली-जैजों की ओर मुड़ने वाले राह पर कर लिया। चन्देली गाँव के सघन आमों के बाग़ों के क़रीब से होकर गुज़रते हुए, उन बाग़ों में से आती महक भरी हवाओं से मेरे मन को न्यारा नज़ारा और जोश मिला। मैंने लम्बे-लम्बे साँस भरे। मुझे लोगों का कहा बार-बार याद आया कि फलों का राजा-आम! बाबा ने एक बार बताया था कि आम से चवालीस प्रकार की वस्तुएँ तैयार होती हैं, पर मुझे अचार, चटनी, छिच्छा, अमचूर, मुरब्बे और कई क़िस्म के रस ही याद आये। इस दौरान चन्देली गाँव का हमख़याल लैची राम दिखाई पड़ा। मैंने साइकिल से उतरकर उसके आगे होकर फतह बुलायी। उसने पहचानते हुए कहा, ''गोरे, पहचाना ही नहीं जाता। अच्छा क़द निकाल लिया, सुन्दर तन्दुरुस्त जिस्म बना लिया। और दाढ़ी भी आ गयी अब तो! ख़ुश रह बेटा।''

मैं हल्का-सा मुस्कराया। उसने पूछा, ''अपने बाबा के पास जा रहा है? बड़े दिन हुए मेरी भी मुलाक़ात नहीं हुई। अपने बाबा से कहना कि लैची राम याद करता था। आता-जाता मुझे मिल जाये।''

''मैं सन्देशा दे दूँगा, बाबा!'' कहकर मैंने साइकिल का हैंडिल सीधा किया ही था कि उसने हैरानी के साथ बताया, ''पता लगा कि अपने लोगों की रेजिमेंट के कुछ जवान शहीद हो गये हैं!''

''हाँ, अख़बारों में भी आया है।'' कहकर मैंने ख़बर की तसदीक की।

''बेड़ा गरक हो हिटलर का जो दुनिया को बे-मतलब मारता जा रहा है।''

''अच्छा फिर बाबा, जय गुरदेव!'' कहकर मैंने अपनी दायीं टाँग घुमाकर साइकिल के पैडल पर रखीं...हालाँकि हल्की-सी चढ़ाई शुरू हो चुकी थी, पर मैं साइकिल खींचता गया। अब मेरा साया मेरा ही साथ छोड़ गया था। इक्का-दुक्का मज़दूर या देरी से घर लौट रहा कोई राही या फिर कोई औरत-मर्द स्टेशन से निकलकर अपने गाँवों के राह को नापने को उतावले थे जो उनकी तेज़ चाल बता रही थी। दिन की उलट अब एक भी बन्दर टोला नज़र ना आया। यदि दिखाई दिया तो सिर्फ़ साधुओं का टोला, जो बायीं ओर की पहाड़ी पर बने डेरे की ओर बढ़ रहा था। यह देख अचानक मेरी हँसी निकल गयी, तभी मेरे मन में जुगनू की लौ की तरह कुछ सूझा–

'किहदे किहदे पैरीं हत्थ लावां
सन्तां दे वग्ग फिरदे।'

फिर, अपने गाँव की बस्ती में से मेरी भाभी लगती मेलो ने अपने मज़ाक़िया स्वभाव के साथ एक साधू के संग मसख़री की थी–

'चन्द करवा दे वे साधा
मंगवें आटे दा।'

...और पहाड़ी की चढ़ाई की तरह मेरे मन की रौ भी चढ़त में थी। जैजों पहुँचने तक दीया-बत्ती का समय हो गया था। कारोबारी और व्यापारी पहले की तरह ऊँट, घोड़े, खच्चरों और गधों पर बोझ लदवा और उतरवा रहे थे। जलते गैस के हण्डों की साँय-साँय हो रही थी। बेशुमार रोशनी से कारिन्दों और जानवरों के साये बड़े-छोटे बनते जो जैनियों की बहुमंज़िला इमारत पर दिखाई देते। यूँ रात में भी दिन चढ़ा रहता। मैं साइकिल चलाता चढ़ाई चढ़ता गया। आगे दीना और पहलवानी क़द-काठी वाला ढिडल मगर चुस्त आदमी आते दिखे। दीने ने मेरे बराबर आकर खड़े होते हुए कहा, "गोरे, कल मिलते हैं। आज अपने इस दिल दरिया लाहौरिये ख़ानदानी कंजर बागदीन ने दावत दी है...और अभी दो-दो पेग लगाये हैं, इन्होंने हुक्म किया कि पहले पाँच-सात मीठे पान-पत्ते ले आयें और शोरे के बाद में खायेंगे...चाचा की दुकान शायद बन्द पड़ी है, या हो सकता है, घूमने-टहलने निकला हो।"

मैंने देखा, जब दीने ने अपने साथी के ख़ानदानी कंजर होने के बारे में बताया तो बागदीन ने मूँछों पर हाथ फेरा था, बेशक ताब नहीं दिया था...और वह सहज ही गर्व से कहने लगा, "आज की तरह जब कभी अकेला हो या मन ना लगा करे तो हमारे पास आ जाया कर। मेरी जवान बेटियाँ हैं, तुझे अकेलेपन का ज़रा भी अहसास नहीं होने देंगी।"

यह सुनकर मैंने कई बार नज़रें झुकाईं, पर मुँह से एक शब्द ना बोल सका। तभी दीने ने कहा, "चौधरी साहब, आओ चलें, गोरा थका हुआ लगता है।...गोरे, तू चल, साइकिल पर झूटे ले, गाड़ी के झूटे फिर कभी ले लेना।" इसी दौरान बागदीन ने एक तरफ़ होकर खँखारकर थूका। फिर वो दोनों जन आगे की ओर चल दिये जिधर से मैं आया था।

...दीने की बात सही निकली। दुकान में ताला लगा हुआ था। ख़ैर, तसल्ली थी कि एक चाबी मेरे पास थी। मैंने साइकिल दुकान के अन्दर किया और निचली पहाड़ी की ढलान वाली राह पर चल दिया जो रोटी राम के डेरे को जाता है। मैं बाबा के बारे में सोचता गया, वह गाँव गया होगा या मंगू राम के पास मुग्गोवाल। हो सकता है, वह ललवाण गया हो, चमड़े का काम करते अपने कारीगरों से मिलने। और फिर कई बार शेख़ और खोजे, चमड़े के अलग-अलग नमूनों के आम

और तिल्लेदार जनाना-मर्दाना जूतियाँ जोड़े, जनाना पर्स, हार-शृंगार की छोटी-बड़ी डिब्बियाँ-डिब्बे, घोड़ा काठियाँ, लगामें, मश्कें और अन्य वस्तुओं के ऑर्डर देने आते हैं। बाबा वहाँ पहले पहुँच जाता है और ये व्यापारी घोड़े भाड़े पर लेकर बाद में पहुँचते हैं। हमारा कारोबार आजकल इतना अच्छा चल रहा है कि ऑर्डर भुगताने में कठिनाई आ रही है। बाबा, कहीं माहिलपुर ना गया हो, ज़मीन का सौदा करने।... वह कई बार कहता कि छुआछूत के कारख़ाने अपने गाँव में से निकलकर माहिलपुर में या गढ़शंकर में कोठा डाल लें।...आगे बच्चे पढ़-लिख जायें और मंगू राम की तरह अपनी क़ौम की बेहतरी के लिए सोचें।...बीच-बीच में कहता है कि आमदनी हो रही है, तभी ऐसे ख़याल ज़हन में आते हैं। रुपये-पैसे के आगे वर्ण-धर्म और जात-पात की छवि थोड़ी फीकी पड़ जाती है।

डेरा रोटी राम से रोटी खाने के बाद दुकान पर लौटकर मैंने देखा कि जूतियों, औज़ारों और सारंगी पर धूल जमी हुई है। लगता था, बाबा चार-पाँच दिनों से यहाँ नहीं आया। मैंने थोड़ी-बहुत साफ़-सफ़ाई की। चारपाई को झाड़कर उस पर दादी की बुनी दरी-चादर बिछा ही रहा था कि बाबा ने आ अलख जगाई। मैं आगे बढ़कर बाबा से लिपट गया।

''गोरे, इतना उदास ना हुआ कर। हिम्मत कर। हम ख़ुशी-ग़मी के मुश्किलों भरे दौर में से गुज़र रहे हैं। उम्मीद का पल्ला नहीं छोड़ा करते, एक दिन हम अपने कारोबार की बड़ी नहीं तो छोटी चोटियाँ ज़रूर सर कर लेंगे। बस, मेरा पुत्त और तेरा भाइया (पिता)...।'' यह कहकर उसने मेरे शरीर में सूरज के अन्दर आ-आकर जलती गैसों की भाँति नयी शक्ति भरकर मेरा हौसला और मज़बूत कर दिया।

मेरी सोच मुझे एक बार फिर मुल्तान शहर की सड़कों पर चलती-फिरती दिखाई दी। बाबा की कही बातें याद आतीं, ''जब कोई चीज़ हमारे पास होती है तो हमें उसकी क़ीमत का अहसास नहीं होता, और जब वह हमारे पास ना रहे तो उसकी कमी और याद बार-बार आती है। ...गोरे, तू अपने अन्दर की ज़िन्दगी जीना सीख, तभी अपने परिवार, कारोबार की और तेरी तरक़्क़ी होगी। तू अपनी कारोबारी योग्यता पर भरोसा रख, जैसे सूरज उदय होने से लेकर अस्त होने तक धूप-उजाला बिखेरता रहता है।...यदि हमारे पास इतनी भी तालीम ना आती तो हम समाज में परिवर्तन लाने के जो मंसूबे बाँधते हैं, उनका ख़याल भी हमारे चित्त में नहीं आना था।...तू यह ना सोचा कर कि फलाने ने सुन्दर कपड़ा-लत्ता पहना हुआ है तो उसके पास ज़िन्दगी की बेहतरी के लिए ख़याल भी उतने ही सुन्दर होंगे।...ग़रीब और मजबूर आदमी के

पास भी बेहतर विचार हो सकते हैं।...और, मैले और पुराने कपड़े के अन्दर मेरी ये पुरानी सारंगी का जलवा और जादू न्यारा है, समझ गया, मैं क्या कहना चाहता हूँ।''

थोड़ी देर बाद जब मैं अपनी सोचों को इधर-उधर ढोता अपने आप में लौटा तो बाबा ने कहा, ''गोरे, जा पहले रोटी खाकर आ!''

''चल अच्छा! कभी उसे पैसा-धेला भी दिया कि मंगतों की तरह...।''

''बाबा, तुमने आप ही समझाया हुआ है कि ना निठल्ला बैठकर मुफ़्त माल खाना है और ना ही माँग कर! और मैं जो भी बनता है, चढ़ावा चढ़ा देता हूँ।''

''और हाँ गोरे, मैं घर का चक्कर लगा आया हूँ। सब ठीक-ठीक है...और हमें मंगलवार को आदमपुर जाना है, मंगू राम का रुक्का आया है। समीप के गाँव बुधवार को कोई दीवान या सभा रखी गयी है। बीच के दो दिन में तू मुल्तान और रावलपिंडी की बिल्टियाँ करा ले।''

''वो तो ठीक है, पर लेबर अभी गाँवों से नहीं लौटी।'' मैंने बताया।

''कोई बात नहीं, तू चक्कर लगा लेना, फिर देखते हैं।''

ख़ैर, दिनभर धूप में चक्कर लगाता रहा, तीन आदमी मिल गये। मैंने पैकिंग वाली पेटियाँ तैयार करा लीं। अगले दिन दोपहर तक ख़ाली हो गया। देखा कि बाबा के पास फातिमा बैठी थी। उसने मेरी तरफ़ देखकर कहा, ''गोरे, तेरे बाबा को कई बार कहा कि मुझे अपना गाँव दिखा दे।''

''जब मरज़ी, वैसे भी देखने को तू मेरी मासी जैसी लगती है।'' मैंने बताया तो वह और खुल-सी गयी।

''मैंने पिछले दिनों में कई चक्कर लगाये, पर बाबा तो अपने कारोबार के चक्कर में पूरा चकरी बना रहता है, मिला ही नहीं।''

''कोई नहीं बेटी, थोड़ा काम भुगता लें, फिर लेकर चलेंगे।...तू बता कि अब कायदा पढ़ लिया, सीख ली उर्दू और गुरमुखी।'' बाबा ने पूछा।

''अब बेशक किताबें पढ़वाकर देखे ले!''

''शाबाश मेरी बेटी! और सेहत वग़ैरह कैसी है?''

''अब रूह को सुकून है, खाना बना दिया और पढ़ लिया। वक़्त मिला तो इधर का चक्कर लगा लिया। अल्ला ने क़रीब होकर सुनी मेरी फ़रियाद!''

''बहुत ख़ूब, रब्ब तुझे बरकतें बख़्शे।'' बाबा ने जैसे उसके भविष्य के लिए दुआ की हो।

फिर फातिमा ने उठने से पहले हिजाब अपने मुँह पर चढ़ाया और चल दी। बाबा ने भी अपनी पगड़ी को सिर पर अच्छी तरह बिठाया। मुझे लगा, उसको गर्व

अनुभव हो रहा था कि फातिमा ने पढ़ना सीख लिया था, उसके दिये कायदों से। बाबा ने सारंगी को झोले में से बाहर निकाला और कपड़े को बाहर झाड़ने के लिए ले जाते हुए बोला, ''पहली गाड़ी पकड़ लेंगे और बूटां मण्डी के खोजियों और शेख़ों से कच्चे-पक्के माल का ऑर्डर ले आयेंगे।''

''और हिसाब-किताब भी कर लेंगे।'' मैंने सलाह के तौर पर कहा।

दरअसल, बूटां मण्डी की 'कुन्नें' और अंग्रेज़ी के 'वी' अक्षर की शक्ल के लकड़ी के डण्डों पर टँगी खालों में से चुआते लाल रंग के पानी, कीकर के पानी से भरी इन खालों को क़तार में तरतीबवार टँगा देखकर अच्छा लगता, पर सिर को चढ़ती सड़ान्ध का कोई इलाज नहीं जो चारों ओर मीलों तक फैली हुई है। तहें लगी खालों की धाकें और उनकी लगती बोली के साथ सारे पक्षों को होते मुनाफ़े के साथ यह बू शायद कपूर की तरह दूर उड़ गयी लगती। काली-सफ़ेद लम्बी, मेहँदी रँगी दाढ़ियों वालों को देखकर मैंने बाबा से आहिस्ता से पूछा, ''इनके माथों पर दो उँगल लम्बी और पोर भर चौड़े कालिख के निशान हैं, जैसे दादी मेरे छोटे होते माथे पर कभी दायें और बायें काला टीका लगा देती थी।''

''ये पाँच नमाज़ी मुसलमान हैं! इनमें से कोई शिया और सुन्नी फिरके का है जिनके बारे में बाबा बुल्ले शाह ने कहा था–

'बेद किताबां पढ़ पढ़ थक्के
सिजदा करदियां घस गये मत्थे।'

...और बाबा ने जैसे भाँप लिया कि मैं ननिहाल जाने को उतावला हूँ और दुर्गन्ध से मुक्त होने के लिए भी।...और फिर हम मण्डी से स्टेशन के लिए जाते ताँगे पर बैठ गये।...सूरज छिपने से पहले हम आदमपुर दुआबा पहुँच गये।

शाम होने के बावजूद खादी भण्डार के अन्दर-बाहर रौनक-मेला शिखरों पर था। यह सब कुछ देखते हुए बाबा ने बताया, ''गोरे, अब से 20 साल पहले 1925 में गांधी ने इस खादी भण्डार का मुहूरत किया था। बताते हैं कि इसके अन्दर दो हज़ार लोग काम करते हैं। सात कीले में है ये कारख़ाना। मैं भी पहले यहीं अपने बुने थान लेकर आया करता था।''

यदि सड़क पार ना करनी होती तो बाबा की बात शायद ना टूटती। और फिर मैं तेज़-तेज़ क़दम उठाने लगा। बाबा ने कहा, ''वो ऊँचे टीले वाला ऊँचा-लम्बा बरगद का पेड़ करतारपुर से भी दिखता है।''

''हाँ, बताते हैं और मैंने भी देखा है, इसके घने फैलाव के कारण ही इसके नीचे अँधेरा रहता है। बरगद की दाढ़ी के साथ जगह-जगह बने इसके स्तम्भ हैं। लोग वहाँ बिना मतलब जाने से डरते हैं।''

इस तरह बातें करते-करते हम पोखर के क़रीब रांगड़ियों (चमड़ा रंगने वाले चमार कहे जाते लोग) के मुहल्ले की गली में मैं तेज़-तेज़ अपनी ननिहाल के घर में जा घुसा और पीछे-पीछे बाबा।

मैं स्टेशन से लेकर घर तक बाबा का बच्चों की तरह ना ऊबना, ना थकना, ना टिककर बैठने का स्वभाव और चुस्त-दुरुस्त चाल देखता और साथ-साथ सोचता–काश! मेरे अन्दर भी इस लम्बी दौड़ के घोड़े जैसी ताक़त आ जाये।...मैंने कई बार हाथ धोए, नाक में पानी लेकर बार-बार छिनका कि दिन के समय की दुर्गन्ध दिमाग़ में से बाहर निकल जाये। रोटी खाने के पश्चात् मैंने गुड़ माँग कर खा लिया।

बाबा ने सोने से पूर्व अपनी आदत कें अनुसार अगले दिन का चिट्ठा बताया, "गोरे, सुबह का नाश्ता करके स्टेशन पर जा बैठेंगे, मंगू राम और उसके साथियों का इन्तज़ार करेंगे।" फिर उसने अपनी सारंगी को नीचे से उठाकर पास में पड़ी ख़ाली चारपाई पर रखते हुए मेरे मामा को कहा, "काफ़ी समय हो गया है, बाक़ी बातें सुबह उठकर करेंगे।"

यह सुनते ही मामा दालान में से उठा और उसने चारपाइयाँ आँगन में बिछा दीं। दिन की गरमी रात की हल्की-हल्की हवा ने भुला दी। मैं नाना परिवार के साथ बातों में लगा रहा, पर नींद ने आकर पहरा देना शुरू कर दिया।

अगली सवेर सैकड़ों आदि-धर्मी हमारी तरह स्टेशन पर अपने नेता मंगू राम की बड़ी बेसब्री के साथ प्रतीक्षा करते दिखे। रेलगाड़ी आती देख, दरख़्तों की छाया तले बैठे लोग खड़े हो गये। गाड़ी रुकते ही नारे-जैकारे हवा में गूँजे। दो-चार पलों के स्वागत के बाद बाबू मंगू राम मुग्गोवाल, हज़ारा राम पिपलांवाला ड्राइवर के पास और बाक़ी हमारी तरह ट्रक के पीछे चढ़कर बैठ गये। लाला रेलू राम को देखकर बाबा चहक उठा। कुछ मिनट बाद ट्रक एक गाँव में जाकर रुका। किसी ने कहा, "लो भाइयो, पहुँच गये हम नाज़का गाँव!"

तम्बू तने देखकर पता लग गया कि हमें इनके अन्दर जाना है। बिछी हुई दरियों पर हम जा बैठे, जहाँ पहले ही काफ़ी लोग बैठे अपने नेता का इन्तज़ार कर रहे थे। एक प्रबन्धक ने बाबा के पास आकर आगे चलकर बैठने की गुज़ारिश की। उधर हज़ारा राम सेक्रेटरी ने माइक में कहा, "जै गुरदेव, धन्न गुरदेव के साथ सभी का स्वागत।"

इतनी ऊँची आवाज़! मैंने इधर-उधर देखा। शीशम की एक टहनी जो दो भागों में बँट गयी थी, के बीच दो लाउडस्पीकर पूरब-पश्चिम की ओर मुँह कर फँसाये और बाँधे हुए थे। स्पीकर में से फिर आवाज़ आयी, "बहनो और भाइयो, आज

का यह इकट्ठ चमार रेजिमेंट के बहादुर जवान रक्खा राम जो महीनाभर पहले 27 मार्च को शहीद हो गया, की याद में रखा गया है और हम सब यहाँ इकट्ठे हुए हैं। वक़्त की वब्ज़ को महसूस करते हुए मैं भाई संगतिया को एक 'शबद' गाने की गुज़ारिश करता हूँ।''

बाबा पहले ही सारंगी सुर में करके बैठा था। उसने गुरु कबीर का 'शबद' गाना शुरू किया–

''सूरा सो...'' बाबा ने एक अन्य 'शबद' गुरु रविदास का गाया और उसके साथ नाज़का गाँव के ही मेरी उम्र के दो लड़के ढोलकी और छैणे बजाते रहे–

'माटी को पुतरा कैसे नचत है।
देखै देखै सुनै बोलै दउरित फिरतु है।'

बाद में सेक्रेट्री ने बताया, ''अब हमारे सभी के रहनुमा और ग़दर पार्टी के सरगरम कारकुन रहे बाबू मंगू राम आपसे मुखातिब होंगे...आदि-धर्म मण्डल के प्रधान मंगू राम जी।''

कश्मीरी-टोपी पहने मंगू राम ने तकरीर शुरू की–

''बहनो और भाइयो,

जैसा कि आपको बताया गया है कि हुकूमत की तरफ़ से कोहिमा-बर्मा बॉर्डर पर हमारी चमार रेजिमेंट तैनात है और पूरी बहादुरी के साथ लड़ रही है। हिटलरी क़हर को बर्दाश्त ना करते हुए कुदरत का रुख़ बन्दे को बड़ी सज़ा दे रहा है कि वह रौब, चौधरहट और अहंकार और स्वयं को ऊँचा और सच्चा कहाने वाले ज़ालिमों का ख़ातमा करने में लगी हुई है। बीमारियाँ, महामारियाँ पूरी दुनिया में फैली हुई हैं। भूख और दुखों की दास्तान ना ख़त्म होने वाली है। मासूम लड़कियों, स्त्रियों की इज़्ज़त मिट्टी में मिलाई जा रही है। बच्चे-बूढ़े, अपाहिज़ भी बख़्शे नहीं जा रहे। दवाइयाँ मिल नहीं रहीं और महामारियाँ नियन्त्रण में नहीं आ रहीं।...भाइयो, कोहिमा बॉर्डर पर हमारी रेजिमेंट के जवान सिर-धड़ की बाज़ी लगा रहे हैं। वहाँ खड़े और बहते पानियों के जंगे-मैदान में जोकों, साँपों और मच्छरों ने अपनी छावनियाँ डाल रखी हैं।...और अब ठण्ड और बाढ़ ने अपने क़हर का चौबीस घण्टे पहरा लगा रखा है। हमारे जवान वाटरलू की जंग से भी बदतर हालात में लड़ने-मरने के लिए मजबूर हैं।...मुझे बताते हुए गर्व हो रहा है कि हमारे जवान पीठ पर नहीं छाती पर गोलियाँ खा रहे हैं।''

बोलते-बोलते मंगू राम ने एक बक्सा जो छोटे-से मेज़ पर रखा हुआ था, की ओर इशारा करते हुए कहा, ''भाइयो, यह बक्सा इस गाँव के शहीद रक्खा राम

वल्द वधावा राम और माता अतरी के लाल का है। यह पिछले दिनों दो फ़ौजी पहुँचाकर गये हैं। बक्से पर लिखा हुआ है–रक्खा राम, सर्विस नम्बर–22501 और उसी दिन अपने इस शहीद के साथ माया राम भड़साली, तहसील-ऊना भी शहीद हुआ जिसका सर्विस नम्बर–22788 है। हम परसों उस शहीद को भी श्रद्धांजलि देने जायेंगे।''

मैंने देखा कि बक्से के ऊपर चौड़े चौकोर बक्कल वाली कमर की पेटी भी पड़ी थी।...इसी दौरान, मंगू राम ने पानी के घूँट भरने के बाद बताया, ''यह रेडियो रक्खा राम की दूसरी निशानी है जिसे वह पिछले साल लाया था; पीछे से तार आ गयी और वह उसी वक़्त मोर्चे के लिए रवाना हो गया था।''

इसी बीच रक्खा राम का भाई बीच में बोल उठा, ''यह रेडियो बजता है। हम सुनते रहते हैं।''

जन-समूह में बैठे बहुत से लोगों ने रेडियो देखा ही नहीं था। उनका ध्यान मंगू राम के भाषण से हट गया या कम हो गया और उन्होंने माँग की कि रेडियो सुनाया जाये। वे भी देखें कि उसके अन्दर से बन्दा कैसे बोलता है। रक्खा राम के भाई फकीर चन्द ने बाबू मंगू राम की तरफ़ यूँ देखा जैसे वह रेडियो का बटन दबाने की आज्ञा ले रहा हो। मंगू राम ने हाथ के संकेत से 'हामी' भरी। आवाज़ आने में वक़्त लगा मानो रेडियो गरम हो रहा हो। रेडियो में से जनाना आवाज़ आयी जो किसी के पल्ले नहीं पड़ी। पर मंगू राम और हज़ारा राम फुर्ती से रेडियो के पास गये और हैरान होकर ग़ौर से सुनने लगे।...फिर उन्होंने हँसकर तालियाँ बजायीं। सभी हक्के-बक्के रह गये कि यह क्या हुआ!

''भाइयो, शहीद रक्खा राम और उसके साथियों ने जर्मनी के नाज़ी तानाशाह हिटलर को परसों यानी 30 अप्रैल को आत्महत्या कर लेने के लिए मजबूर कर दिया। जो दुनिया को फनाह करने में एक पल व्यर्थ नहीं जाने देता था, वह स्वयं बर्लिन में एक बुज़दिल की मौत मर गया। उसने पहले अपनी पत्नी और कुत्ते को ज़हर दिया और फिर ख़ुद खा लिया और साथ ही अपनी खोपड़ी में गोली मार ली।'' मंगू राम बोल रहे थे कि–

''शहीद रक्खा राम अमर रहे-अमर रहे!''

''शहीद रक्खा राम अमर रहे-अमर रहे!'' के नारे हवा में गूँजे।

''साथियो, एक और हक़ीक़त आपके साथ साझी करना चाहता हूँ कि शहीद रक्खा राम का भाई ठाकर एक अन्य रेजिमेंट में था और उसे भी पिछले दिनों गोली

लगी और वह नाज़ुक हालत में से बाहर निकल आया है; बच गया है। सो, यह बहादुर योद्धाओं का परिवार है। हम इस परिवार के लिए नारा लगायेंगे–

''शहीद रक्खा राम अमर रहे-अमर रहे!
हमारा ठाकर ज़िन्दाबाद-ज़िन्दाबाद।''

हज़ारा राम पिपलांवाला ने उठकर सामने बैठे लोगों से अनुरोध किया कि वह कृपा करके शान्त हो जायें और अपने महबूब नेता की तकरीर सुनें। मंगू राम ने पुनः बोलना प्रारम्भ किया, ''साथियो, हिटलर का मरना दुनिया के लिए बहुत ख़ुशी की ख़बर है।...हम अन्याय के ख़िलाफ़ अपनी जंग जारी रखेंगे।''

''आदि-धर्म ज़िन्दाबाद!'' के नारे हवा में ऊँचे हुए। मंगू राम ने तकरीर जारी रखते हुए कहा, ''साथियो, आपको बताते हुए ख़ुशी हो रही है कि इस जंग के दौरान हमारी क़ौम का फ़ौज में शामिल होना पहली बार हुआ है। बताते हुए गर्व महसूस हो रहा है कि इसमें साठ फ़ीसदी हमारी बिरादरी पंजाब से और चालीस फीसदी यू.पी. से हमारी क़ौम के लोग हैं। फ़ौज में हमारा समावेश इसलिए हुआ कि अंग्रेज़ हुकूमत को पता है कि जो क़ौम वर्णधर्म समाज की ग़ुलामी करने से सदियों से इनकार करती लड़ाई लड़ रही है, यहाँ के बाशिन्दे होने के कारण, वे कितने बहादुर होंगे, जापानियों के साथ टक्कर लेने के लिए। हमारे जवानों पर अपनी मातृभूमि की रक्षा के लिए स्टील जैसा कवच चढ़ा हुआ है। सो, हम शहीदों के लिए एकत्र हुए हैं। हम रक्खा राम के परिवार के साथ पूरी तनदेही के साथ खड़े हैं।''

मंगू राम ने हवा में हाथ हिलाते हुए हाथ जोड़कर अपना भाषण समाप्त किया। लोगों ने 'शहीद रक्खा राम अमर रहे-अमर रहे!' और 'आदि-धर्म ज़िन्दाबाद' के नारे लगातार लगाये।...अब हज़ारा राम ने भी हाथ जोड़कर लोगों का शुक्रिया अदा किया। लोग धीरे-धीरे खिसकने लगे और कई खड़े होकर आपस में बातें करने लगे। बाबा ने भी अपनी सारंगी बायें कन्धे पर टाँग ली।

21

"गोरे, घण्टाघर से अख़बार लेते हुए शाही ईदगाह को चलेंगे। हफ़्ता हो गया अख़बार नहीं देखी। पता नहीं, देश-दुनिया में क्या हो रहा है?" बाबा ने कहा।

मैं फ़ुर्तीले क़दमों से बाबा से थोड़ा आगे चलते हुए दो अख़बारें ख़रीद लाया। मैंने उतावला होते हुए बाबा को उत्साह में भर कर बताया, "पिछले सोमवार, दो सितंबर को दूसरी विश्व जंग के खातमे का ऐलान हो गया।"

"वाह! इस ख़ुशख़बरी की प्रतीक्षा दुनिया को काफ़ी समय से थी, जब हिटलर मर-मरा गया था, अपनी बीवी और कुत्ते के साथ।...और, हीरोशिमा और नागासाकी पर फेंके एटम बमों ने जापान की कमर तोड़ दी जो पड़ोसी मुल्कों को क़ब्ज़ा लेने के सपने देखता था।"

बाबा ने अख़बार मेरे से लेकर वहीं खड़े होकर पढ़ने शुरू कर दिये। वह आहिस्ता-आहिस्ता बोल रहा था, "सोवियत संघ और चीन का सबसे ज़्यादा जान-माल का नुक़सान हुआ। जापान के लाखों शहरी लोग मारे गये। साझी फ़ौजों की विजय।"

फिर वह अख़बारें बेचने वाले के पास ईंट पर रखी ईंट के ऊपर बैठकर अख़बार फैलाकर जैसे अध्ययन करने लगा। अब वह ख़ामोश-सा इधर-उधर देखता, अख़बार पढ़ता और तस्वीरें देखता रहा। एटम बमों से शहरों में से उठते धुएँ के बादलों और आम शहरी लोगों की मौतों की तस्वीरों के साथ दो-दो पन्ने भरे देख दिल छाती में से निकल-निकल जाता। बीमारियों और भूख के मारे बच्चों-बूढ़ों

के मुरझाये और हड्डियाँ निकले चेहरे और अन्दर धँसी आँखें देखकर मन में गहरे अफ़सोस के ख़याल उठते।

इस दौरान, सलवार-कमीज़ों वाले दो-तीन सरदार और लम्बी दाढ़ियों वाले सिरों पर टोपियाँ पहने लोग बातें करने बैठ गये। एक ने बात शुरू की, ''क्यूँ भाई, जंग तो ख़त्म हो गयी, पर लोगों के साथ कमाया विश्वासघात और इसके ज़ख़्म सदियों तक नहीं भूलेंगे। क्या कमाया हिटलर ने! अपना मुल्क तबाह कर लिया और दुनिया फनाह कर छोड़ी। अपने लाखों बाशिन्दे मरवा दिये और करोड़ों दूसरे मुल्कों के भी। बेड़ा गर्क हो इन लीडरों का, गाते फिरते हैं–हमारी क़ौम, हमारी क़ौम। कहते हैं–हम जन्मे ही दूसरे मुल्कों पर हुकूमत करने को हैं। दूसरों को मारकर हुकूमत? अल्ला, इनको अक्ल बख़्शे।''

बाबा के चेहरे पर ऊपरी इबारत पढ़ते हुए मुझे लगा कि वह लोगों के दुख-दर्दों की लम्बी दास्तान में अपनी भागीदारी चाहता है; पर वह ख़ामोश रहा। जब काफ़ी समय बीत गया तो मैंने बाबा से पूछा, ''अख़बार में राहतभरी सुर्ख़ियों के साथ-साथ धूप भी बहुत अच्छी लगती है।''

''गोरे, अच्छा मज़ाक़ किया है तूने, पर अब दो मिनट रुक जा...बस ये...।''

चलने लगे तो गलाबू ने ताँगे से उतरते मुझे देख लिया और फुर्ती से आगे बढ़कर मुझे बाँहों में भर लिया। फिर उसने बाबा को माथा टेका। अचानक मुलाक़ात होने के कारण वह मारे ख़ुशी में बताने लगा, ''मैं कल रात ही आया हूँ। परदेश में मिलकर मुझे और चाव चढ़ गया है।''

''पर गलाबू, तू इधर कैसे?'' बाबा ने पूछा।

''ये कचहरी रोड, अब्दाली रोड और कोटला मुहल्ले में सात-आठ बड़े थोक-व्यापारी हैं लाला जी के। ऑर्डर लेने आया हूँ। और जिधर तुम शेख़ों और खोज़ियों को कच्चा माल मुहैया कराते हो, उस बाज़ार में हमारे बहुत बड़े ग्राहक हैं, उनको कच्चा माल देना था। पैसा-धेला ये कई बार पहले ही पहुँचता देते हैं।'' गलाबू लगातार बोलता गया।

''गलाबू, बड़ी दूर तक मार है तेरी।'' बाबा ने आश्चर्य में भरकर कहा।

''नौकर होकर नखरा क्या चाचा? जिधर मालिक ने कह दिया, तो उधर को चल पड़ा। दो रोटियाँ खानी हैं, होशियारपुर नहीं तो लाहौर, रावलपिंडी, या फिर मुल्तान में खा लीं। अपना बोरी-बिस्तर बँधा रहता है।'' फिर जैसे सचेत हो गया हो, ''मैं अपने दोनों झोले उठा लाऊँगा, तुम कहाँ रुके हो?''

''जहाँ हम पहली बार रुके थे।'' मैंने बताया।

''चाचा, इस बार मैंने दीने मरासी के साथ, साथ बनाया है। वह ईदगाह चला गया माँगने। मैं भी शाम को वहाँ पहुँच जाऊँगा।''

''जैजों-दुआबा इकट्ठा हो गया आज मुल्तान में।'' बाबा ने कहकर अपनी पगड़ी पर दोनों हाथ आगे से पीछे की ओर दो बार फेरे।

इसी दौरान शहर के ऐतिहासिक स्थल देखने वालों की मोटर आयी जिसमें से कई गोरे और गोरियाँ उतरीं। फिर घण्टाघर के सामने खड़े होकर उसको देखते रहे। एक दाढ़ी वाला देसी लड़का उन्हें बोलकर और इशारों से बताता गया। कुछ देर बाद वे उधर के बाज़ारों की ओर चल दिये जिधर गलाबू को जाना था। गलाबू ने जाते-जाते हाथ के साथ इशारा करते हुए हँसकर, कहा, ''शाम को मिलते हैं फिर चाचा।''

और, हम भी ईदगाह के बाहर अपने हम-पेशा और अपने ख़ास मददगार के पास जा बैठे। अब उसने अपने ग्राहकों के लिए थड़े को थोड़ा और बना-सँवार लिया था। उस मोची बाबा ने दुआ-सलाम के पश्चात् बताया, ''वह लड़का निरा छलिया है। कल दोपहर से पहले आया था...मेरे पोते ने बताया। मैं बाज़ार से मरम्मत का सामान लेने गया हुआ था। और वो फिर पता नहीं किधर चला गया। अल्ला का शुक्र है कि सही-सलामत है। रब बरकतें बख़्शे।''

बाबा और मैं बेसब्रे हो उठे कि किसी तरह हमें पता लग जाये और हम अपने खोए हुए जीव का पता-ठिकाना ढूँढ़ सकें। मोची बाबा ने मानो हमारे चेहरों को पढ़ लिया हो। वह भावुक हो गया और उसके अपने सिर के साफे से अपनी आँखें और फिर मुँह साफ़ किया। मुझे अपने पिता के बारे में ख़याल आता है कि उसका ईदगाह आना-जाना धूप-छाँव की तरह है। फिर मोची बाबा का पिछली बार का कहा याद आया, ''पंछी और दरवेश एक जगह नहीं टिकते।'' हमारी उदासी और ख़ामोशी को भाँपते हुए वह अपने ठीये पर से उठा और छप्पर के नीचे चलती चाय की दुकान के अन्दर होकर आया। आते ही कहने लगा, ''संगतिया भाई चाय लेकर आ रहा है लड़का।...और आज तुम बाबा-पोता हमारे मेहमान होवोगे।''

''वाह! शुक्रिया भाईजान। फिर कभी सबब बना तो तुम्हारे दौलतखाने ज़रूर चलेंगे।'' फिर बाबा ने याचना भरी आवाज़ में सलाह दी, ''भाईजान, अगर तुम मेरे बेटे को बहला-फुसला कर अपने घर में रख लो, जब भी वह तुम्हारे पास आये और हमें इत्तला...।''

इस पर मोची बाबा ने कहा, ''क्यों नहीं संगतिया...रमते जोगी का क्या पता किधर बह जाये पानी की तरह।...तुम मेरी सलाह मानो, अगर तुम मेरे साथ नहीं जा

सकते तो अपने गाँव चले जाओ। अपने गाँव का पता मुझे दे दो, जब भी वह मेरे वश में आ गया, मैं तुम्हारे बेटे को लेकर अपने पोते के साथ आ जाऊँगा। वह तो गोरे की तरह जवान है।''

''वह तो ठीक है, पर बार-बार अकेले घर लौटते हुए भी महसूस होता है कि...।''

''संगतिया, ऐसा ना सोचो, घरवालों को समझाओ। इतने बड़े शहर के बाज़ारों और मज़ारों में आदमी को तलाश करना आसान नहीं। ऐसी जगहों पर बेशक आदमी पास के किसी कोने में बैठा हो।...और तुम सारी ज़िम्मेदारी मेरे पर छोड़ दो। रब की रहमतों पर यक़ीन रखो।''

मैंने दोनों बुज़ुर्गों के गम्भीर बने चेहरों की ओर देखा। मैंने अपने बाबा को इशारे से सहमति दी। बाबा ने अपने अन्दर की जेब में से कुछ रुपये-पैसे निकाले और मोची बाबा को देने की कोशिश की। लेकिन उसकी आँखें नम हो गयीं। उसने कहा, ''गोरे का बापू मेरे साथ किसी तरह जाने को मान जाये, मैं इस दरगाह पर नियाज़ बाँटूँगा।''

मेरे बाबा के दिल में पता नहीं क्या आया और वह फुर्ती के साथ उठा और अपनी पगड़ी उतारकर मोची बाबा के सिर पर रखने के लिए आगे बढ़ा। उधर, मोची बाबा ने भी अपना साफ़ा उतारकर मेरे बाबा के सिर पर धर दिया। बाबा ने कहा, ''नूरदीन, मेरा कोई भाई नहीं था, पर आज मिल गया। अब हम धर्म भाई बन गये हैं।''

नूरदीन बाबा ने मेरे बाबा को बाँहों में भर लिया और मुझे भी खींचकर अपने साथ लगा लिया। हमारी आँखों में पानी छलक आया। मुझे नूरदीन बाबा का कहा याद आया, ''अगर आज गोरों की तरह मेरे पास कैमरा होता तो मैं फ़ोटो खींच लेता।'' ये पल ऐसे थे कि हम तीनों जनों की आँखों में से ख़ुशी, अपनत्व और इन्सानी हमदर्दी के आँसू बहने लगे। नूरदीन बाबा के चित्त में ना जाने क्या ख़याल आया कि वह एक सेर लड्डू ले आया। हमने आपस में बाँटकर खाये और फिर आते-जाते लोगों का मुँह मीठा कराया। लड्डू क्यों बाँटे, इस बारे में हमने किसी को कुछ नहीं बताया। हालाँकि शाम उतर आयी थी लेकिन वहाँ से हिलने का किसी का मन भी ना हुआ। नूरदीन बाबा के बार-बार कहने पर मेरे बाबा ने कहा, ''भाईजान, रब ने चाहा तो अगली बार घर में ज़रूर रुकेंगे।''

आख़िर, नूरदीन बाबा ने कहा, ''रब राखा भाई संगतिया...रब राखा गोरे।''

बाबा सारी राह बातें करता रहा, ''गोरे, इन्सानियत कभी नहीं मरती। बन्दा

बन्दे का दारू है। बन्दा किसी भी देश, धर्म, नस्ल, जाति या किसी भी बोली का हो, उसके अन्दर नेकी और अच्छाई के गुण हालात में से बनते हैं। हर किसी के साथ अच्छे सुलूक और इन्साफ़ के लिए। बन्दे ही फ़रिश्ते बनकर इन्सानी ज़िन्दगी की क़द्र और शान बढ़ाते हैं।'' मुझे लगा, बाबा के खरखरे बोल मद्धम सुर के जादू सरीखे थे।

हम जहाँ ठहरे हुए थे, हम उस सराय के दरवाज़े के सामने पहुँचे। गलाबू अपने बोरी-बिस्तर के साथ पहले ही सामने खड़ा था। कहने लगा, ''देख ले चाचा, रब ने हमारे मिलने का सबब बना दिया। और मेरा काम भी पूरा हो गया।'' फिर उसने धीमे स्वर में मुझसे कहा, ''सामान टिकाकर बाहर घूमने चलेंगे। और मैं तुझे वो बातें बताऊँगा जो तूने आज तक नहीं सुनी होंगी।''

''गोरे, क्या खुसर-फुसर करने लगे। चलो आराम करें और कल जाने की तैयारी करें।'' बाबा ने सहज ही कहा।

हम बिना ना-नुकर किये फुर्ती से आगे बढ़े और कमरे के ताले की चाबी घुमाई। सोने से पहले बाबा ने बात शुरू की, ''गोरे, अब तुझे तेरा एक और बाबा मिल गया। आते-जाते, जैसा मन करे मिल, दुख-सुख का साझीदार बन वे अपने घर सुखी बसें और बुलन्दियों पर पहुँचें।''

थोड़ा चुप रहने के बाद वह बोला; ''गोरे, जाकर माहिलपुर में ख़रीदी ज़मीन पर पक्का मकान बना लें। मेरा इरादा है कि ठेका नबिये मिस्त्री को दे दें, हाथों का बड़ा सच्चा है और उसके साथ काम करते लड़के भी बहुत फुर्तीले हैं। और फिर गाँव की रोज़ के लड़ाई-झगड़े से पीछा छूटेगा। बीच-बीच में गाँव में चक्कर लगाते रहेंगे।''

''बाबा, वहाँ तो आस-पास मुसलमानों के घर ज़्यादा हैं।''

''हमें क्या कहते हैं! सारे पंजाब में ही हिन्दुओं, सिक्खों से मुसलमानों की आबादी ज़्यादा है। वे अपने घर राज़ी रहें और हम अपने घर...।''

इन कल्पित तजवीज़ों के साथ हम अपने कल्पित मकान को बनाते रहे। इस दौरान, गलाबू बाहर से घूम-फिर कर चुपचाप अपनी चारपाई पर पड़ गया। बाबा ने मेरी तरफ़ हाथ का इशारा किया जिसका अर्थ मैंने यह समझा कि गलाबू तो पहले ही गाड़ी चढ़ गया।

बाबा ने घूँटभर पानी पीकर, नूरदीन बाबा वाले सिर पर बँधे साफे की छोर से मुँह साफ़ किया। वह साफे को बार-बार देखता रहा मानो कोई गुम हुई चीज़ मिल गयी हो। उसकी आवाज़ यद्यपि भारी हो गयी थी, पर उसने स्वयं को सँभालते हुए

कहा, ''गोरे, जब जैजों से चले थे तो पंजाब में सूबों में चुनाव का बिगुल बज चुका था और जगह-जगह बातें हो रही थीं।...पहुँचकर हालात देखेंगे और उसके मुताबिक़ तू मुझे थोड़े दिन की छुट्टी देना और ख़ुद सारा काम सँभाल लेना।'' बाद में, ना जाने क्या सूझा, बताने लगा, ''मुल्तान ज़िले में आदि-धर्म के दस मेम्बर हैं, ईंट जैसे पक्के और सोने जैसे खरे। वे सब अलग-अलग चकों में रहते हैं। यदि मुल्तान शहर में होते तो मैं अपने बेटे की तलाश में उनकी मदद ले सकता था। वज़ीरा मल अपना ख़ास बन्दा है।...ख़ैर, अब नूरदीन सब देख लेगा।''

मुझे लगा कि बाबा के दिल में बेशुमार ख़यालों ने भरपूर जगह क़ब्ज़ा रखी है जिन्हें वह साझी करके सुकून महसूस करता है। फिर उसने स्वयं ही कह दिया, ''गोरे, कई बार मैं सोचता हूँ कि तुझे दाद दूँ कि तू मेरी बातें बड़े ध्यान से सुनता और उन्हें अमल में लाता है। शाबाश मेरे बेटे, सो जा अब। सवेरे बेशक थोड़ा दिन चढ़े उठना। लाहौर से रेल तो रात वाली मिलेगी। घर वाले भी बेसब्री से इन्तज़ार करते होंगे।''

× × ×

जब होशियारपुर स्टेशन से बाहर निकले तो सड़क पर लोगों का लम्बा सैलाब देखकर हम हैरान रह गये। बहुतों ने सिर पर लाल पगड़ियाँ बाँध रखी थीं। और बाँहें हवा में उठा रखी थीं। थोड़ा-सा आगे बढ़कर देखा तो हवा में नारे गूँजते सुनाई दिये–

''जीतेगा भई जीतेगा-मंगू राम जीतेगा!''
''ज़मींदारा पार्टी-ज़िन्दाबाद!''
''आदि-धर्म मण्डल-ज़िन्दाबाद!''

लगता था, लोग अमन-शान्ति के ज़रिये हिन्दुस्तान के अन्दर हिटलरी नफ़रत के ख़िलाफ़ दूसरे विश्व युद्ध के बाद अपने मुल्क के अन्दर एक और जंग लड़ रहे हैं। सामाजिक समानता के लिए, इन्सान और इन्सानियत के लिए, हक़-हुकूक़ के लिए! इस जुलूस में मुसलमान भाईचारा बड़ी संख्या में दिखाई दिया। अब यह जुलूस जलसे की शक्ल में बदल गया। स्टेशन के सामने वाली ख़ाली जगह में लोगों की बहुत बड़ी भीड़ जमा थी और तम्बू-स्टेज लगे हुए थे। हज़ारा राम पिपलांवाला माइक के आगे खड़ा हुआ। लोगों ने नारे-जैकारे फिर लगाये। हज़ारा राम ने अपने दोनों हाथ छाती के बराबर करके लोगों की तरफ़ आगे-पीछे किये कि वे कृपा करके बैठ जायें। उसने ऐलान किया, ''साथियो, अब आपके सामने आदि-धर्म मण्डल के नौजवान मिलकर क़ौमी तराना गायेंगे।''

इसके पश्चात् उस गीत मण्डली ने आदि-धर्म मण्डल के प्रधान बाबू राम की प्रशंसा और हरमन प्यारा होने के बारे में लोक गीत की तर्ज़ पर एक अन्य गीत ख़ूबसूरत अन्दाज़ में गाया। मूला सिंह के विरोध में जो मंगू राम के विरुद्ध चुनाव लड़ रहा था। गीत का मुखड़ा इस प्रकार है–

'गड्डी आ गयी टेशन ते
परे हट तू मूलिया
सानूं मंगू राम देखण दे।'

इस जोशीले समूह-गान के बाद हज़ारा राम ने लोगों को बताया, "अब ग़दर पार्टी के जोधा, आदि-धर्म के रूहे-रवां और होशियारपुर पश्चिम से यूनियनिस्ट पार्टी के उम्मीदवार बाबू मंगू राम आपसे मुख़ातिब होंगे।"

मंगू राम ने आकर माइक पर अपना दायाँ हाथ रखा जिसको एक कारिन्दे ने उनके बराबर ऊँचाई पर कर दिया था। नारों-जैकारों से आकाश एक बार पुनः गूँजा। उन्होंने तकरीर प्रारम्भ की–

"साथियो? मैं तहे दिल से आप सबका स्वागत करता हूँ और धन्यवाद करता हूँ कि आप ठण्ड के बावजूद आज इस चुनाव प्रचार के जलसे में हाज़िर हुए।... साथियो, हम अछूतों, दबे-कुचले और पीछे धकेले भाईचारों को समाज में बराबरी का रुतबा और आदर-सम्मान दिलाने के लिए पूरी जद्दोजहद कर रहे हैं। आदि-धर्म चाहता है कि पंजाब में डेढ़ करोड़ एकड़ ज़मीन जो पंजाब सरकार की है और जो बे-आबाद पड़ी है, वहाँ हमारी कालोनियाँ बसा कर हमारे लिए ज़मीन आरक्षित की जाये जैसा कि दूसरे समाजों के लिए है। हम माँग करते हैं कि पुलिस, सिविल, फ़ौज, रेलवे, शिक्षा और चिकित्सा विभागों सहित सारी नौकरियों में हमारा बनने वाला हिस्सा हमें दिया जाये। रिहायशी घरों की किसी भी जायदाद और साझी ज़मीनों के मालिकाना हक़ बराबर हों जैसे दूसरे समाजों के लोग लाभ उठा रहे हैं। परन्तु यह सब कुछ तो हो सकता है, यदि आप अपने हक़ों और हितों को हासिल करने के लिए शेरों की भाँति दहाड़ो, ललकारो कि हम इस धरती के बाशिन्दे अपने हक़ों को लेकर रहेंगे। और बकाया आसामियों में हमारी नौकरियाँ और बढ़ाई जायें। जालन्धर के प्रशिक्षण स्कूल में हमारी लड़कियों को समय से पूरा प्रशिक्षण देकर उन्हें नौकरियाँ दी जायें। हमारी शिक्षा पर पाबन्दी लगाती और अधिकारों पर डाका मारती मनुस्मृति को ज़ब्त किया जाये।"

मंगू राम ने अपने भाषण को रोकते हुए अपने बन्द गले वाले कोट की बायीं जेब में से एक काग़ज़ निकाला और एक ख़ास अन्दाज़ में गरजने लगे–

"समय आ गया है हुशियार हो जाओ,
आज सुने सरकार फ़रियाद वीरो!
सदियाँ गुज़र गयीं हमें सोये हुओं को,
हमारी सुनी ना किसी ने फरियाद वीरो!
फतवे मनू के पढ़ के देख लेना,
आदि नसल का सुनिया जल्लाद वीरो!
कोई वक़्त था हिन्द में राज हमरा,
हम थे राजाओं की औलाद वीरो!
बाशिन्दे असली हिन्द के हम भाइयो,
हमारा बजता था यहाँ नाद वीरो!
मंगू राम और चन्द फ़रियाद करते,
मिट जायेंगे सब फ़साद वीरो!
हिन्दू अपने ताईं ना मूल कहना,
आदि धर्म को रखना याद वीरो!"

काग़ज़ मोड़कर जेब में डालने के बाद उन्होंने कहा, "हम प्रधानमन्त्री सर सिकन्दर हियात ख़ान के हमेशा शुक्रगुज़ार रहेंगे कि उन्होंने हमेशा हमारे हक़-हकूक़ के लिए हिमायत की। उनके इन्तक़ाल के बाद, प्रधानमन्त्री बने मलिक ख़िज़र हियात टिवाणा साहब के धन्यवादी हैं कि वह ख़ुद और उनकी सरकार के वज़ीर हमारी तकलीफ़ों को दूर करने में मदद कर रहे हैं।"

फिर मंगू राम ने यूनियनिस्ट पार्टी के लीडरों की तरफ़ मुँह करके कहा, "मैं ज़मींदारा पार्टी के नेताओं को यक़ीन दिलाता हूँ कि यदि आप इस तरह ही पहाड़ बनकर हमारी हिमायत में खड़े रहे तो हम पहले की तरह दिन-रात आपका साथ देंगे।...मैं आप सबसे एक बार फिर अपील करता हूँ कि जैसे 1937 में आपने आदि-धर्म और ज़मींदारा पार्टी के साझे उम्मीदवारों को जिताया था, वैसे ही अब भी अपना क़ीमती वोट देकर जिताओ।"

आख़िर में उन्होंने ख़ुद ही नारा लगया, "ज़मींदारा पार्टी ज़िन्दाबाद!" "आदि-धर्म मण्डल ज़िन्दाबाद!" जलसे के जन-समूह ने भी 'ज़िन्दाबाद ज़िन्दाबाद' के नारों के साथ वहाँ उपस्थित लीडरों को ठण्ड में गरमाहट का अहसास करा दिया।

और भी भाषण हुए। सबने मंगू राम की ग़रीब-गुरबे पक्षीय सोच और जातिवाद के शिकार लोगों का समर्थन किया। सामाजिक सरोकारों को लेकर कई नये मुद्दों

को पूरा करने के दावे किये। जलसा फिर जुलूस की तरह विसर्जित होने लगा। बाबा ने आगे जाकर मंगू राम को फतह बुलाकर अपनी हाज़िरी लगवाई तो उन्होंने आदि-धर्म के जालन्धर दफ़्तर में आने के लिए कहा। यह सुनकर मेरी आँखों के सामने दमोरिया पुल के निकट वाली वह शानदार इमारत आ गयी जिसके काफ़ी ऊँचे दरवाज़े के ऊपरी हिस्से में गुरु रविदास की मूर्ति लगी हुई है जिसमें वह ज़्यादा बुज़ुर्ग नहीं, बल्कि थोड़े धौले बालों के साथ फ़बती काली दाढ़ी और केशों वाले हैं। वह दायें हाथ बाँह ऊपर उठाकर अँगूठे के साथ वाली उँगली ऊपर करके एक ईश्वर होने का सन्देश दे रहे हैं। उनके दायीं ओर ही मीराबाई और बायीं ओर राजा नागर मल्ल, गुरु जी की तरफ़ चुस्त चेहरों के साथ एकाग्र वृत्ति में उपदेश सुन रहे हैं। सफ़ेद ख़ूबसूरत मोरियों वाली जालियाँ इन दोनों शिष्यों की आभा की ओर अधिक निहारती हैं। इससे थोड़ा ऊपर फूलों-बेलों से सुसज्जित झालरदार छत्र है। इमारत के निचले भोरे (तहखाने) भी मुझे बार-बार दिखते रहे। इमारत के शिखर पर आदि-धर्म का लाल झण्डा 'सोहम' के निशान के साथ झूलता दिखाई दिया।

मैं पता नहीं और कितनी देर इन सोच-विचारों में पड़ा रहता, यदि बाबा मेरे कन्धे पर हाथ रखकर ना कहता, "गोरे, गलाबू के पास रखे दुकान वाले झोले उठा ला।"

अछूत भाईचारों के लोग अपने अन्दर अथाह जोश भर कर जाते हुए अपनी औलादों के बारे में चिन्ता भरी बातें कर रहे थे। मैंने देखा कि कई मर्दों-औरतों के पैरों में जूती नहीं थी। पहने हुए कपड़े मैले और पैबन्द वाले नज़र आये। मगर उनकी फुर्तीली चाल से लगता, जैसे वे सचमुच जंग जीतने जा रहे हों, मानो उन्होंने अपने अन्दर इस धरती के धी-पुत्र होने का आज फिर अहसास हो गया हो। मानो उन्हें अपनी ग़ुलामी की वजह के हथौड़े निरन्तर अपने दिल-दिमाग़ पर ठाँय-ठाँय बजते सुनाई दे रहे हों। रेलू राम की दुकान से झोले लेने जाते समय मुझे भी लोगों के बोल ढोल-नगाड़े की तरह सुनाई दिये–

मज़हबी अत्याचार, मज़हब की सियासत के ज़रिये ग़ुलाम बनाये गये बाशिन्दे लुट-पिट कर बेगार करने योग्य रह गये हैं। इस धरती के टुकड़े के मालिक अब भिखारी बने हुए हैं। उपद्रवी लुटेरे हमारी गर्दन पर घुटना रखकर राज कर रहे हैं। हमारा भाईचारा जिसमें इन्सानियत, नेकनीयती, मेहनती स्वभाव, दरख़्तों जैसा जिगरा है, वह रोज़ धूपों, गरम-सर्द हवाओं, आँधियों, तूफ़ानों और आरी जैसे तीखे दाँतों को झेलता है, आदमी ही आदमी की दवा है, में यक़ीन रखता है। हमारे बड़े-बुज़ुर्गों का धर्म इन्सानी प्रेम-मुहब्बत था, पर जात-पात, ऊँच-नीच और छुआछूत का

नामोनिशान नहीं था। यदि कोई मज़हब था तो वह सिर्फ़ कुदरत के असूल, बराबरी वाले।...जब और आगे जाते देखा तो उनमें खेड़ा गाँव का राम चन्द, इन्दर राम, मुग्गोवाल का हरनाम दास और माहिलपुर का रुलदा राम थे। इन्हें मैंने पहले भी देखा हुआ था। अब जब मुझे इस पतली हुई भीड़ में से थोड़ी राह मिली तो मैं बीच में से पानी की भाँति बह चला।

...और हम भी कुछ देर के लिए भूल गये कि हम कहाँ से आये हैं और घर कब पहुँचना है।...और फिर हम भी माहिलपुर जाने वाले ट्रक में चढ़ गये जो जलसे-जुलूस के लोगों को लेकर आया था।...जब माहिलपुर से अपने गाँव की तरफ़ चले जा रहे थे तो बाबा ने कहा, ''गोरे, वक़्त बड़ा बलवान है। कभी हमारे लोगों के भी दिन बदलेंगे। कभी नीचे वाला भी ऊपर हो जायेगा। बस, हमारे ग़रीब-गुरबे और हक़ों से वंचित लोग मिलकर ज़ोर मारें। दूसरों की झोली में ना पड़ें जैसे गोपाल सिंह खालसा, सेठ किशन दास, हंस राज भगत वग़ैरह इस बार के चुनाव में दूसरे पाले में चले गये हैं। 1937 के चुनाव में ये 'सज्जन' आदि-धर्म मण्डल और यूनियनिस्ट पार्टी के साझे उम्मीदवार थे।''

''पर पैसा, पॉवर और प्यार के आगे उसूलों की बात अहमियत नहीं रखती। यह विचार आज की अख़बार में छपा हुआ है। ...और फिर जैसा कि अपने कंढी इलाक़े में कहा करते हैं, 'खाने-पीने को बाह्मणी-भांडे मांजण नूं चांघणी'। इसका अर्थ हमारे लोगों की समझ में आ जाये तो उच्च जाति के निठल्ले परिवार के हाथ-पाँव फूल जायें।''

जब मैंने यह कहा तो बाबा मेरे मुँह की तरफ़ देखता रहा, ''गोरे, मैं बहुत ख़ुश हूँ तेरी सोच और समझ पर। मैं पिछले कुछ सालों से महसूस करता हूँ कि हमारा गोरा छोटी उम्र से ही समझदार है।...जैसे कभी कहा करते थे कि संगतिया, तूने गोरे को भी अपने साथ मिला लिया? मैं अब पूरे उत्साह में कह सकता हूँ कि हाँ जी, गोरा ग़रीबों का है, ना कि गोरों का, नीली आँखों वालों का।''

''बाबा, इस सबकी घुट्टी तूने ही दी है। तेरे रोज़नामचे, तेरा अछूतों, आदि-धर्म के लिए समर्पण और तेरी संगीत की समझ मेरी हड्डियों में, मेरे लहू में रच-बस गयी है। बचपन से तेरी संगत ने मुझे सयानों के बीच बैठने का सबब दिया। अन्दर से मैं कितना शुक्रगुज़ार हूँ, बता नहीं सकता। नेक इन्सानी गुण मेरे अन्दर दाख़िल हो जायें, जिनके लिए मैं हर वक़्त सोचता हूँ।'' मैंने आज पहली बार बाबा के साथ खुलकर अपनी बात जारी रखी।

"गोरे, अगर अपना मीतू मिल जाये, इलाज से ठीक हो जाये तो हम तुझे अछूतों, मज़लूमों और ग़रीबों की सेवा करने का सोच सकते हैं।" बाबा ने मेरे पर शिखरों का भरोसा किया।

इस तरह हम तर्क के घोड़े दौड़ाते और भविष्य की चिन्ता करते अपने आँगन के किवाड़ तक पहुँच गये। हमें अपनी छन्न के अन्दर दिवाखड़ी पर रखा, जलता चौमुखी दीवा, जिसका प्रकाश दरवाज़े से होकर बाहर तक भी फैला दिखता था। हम दोनों को अकेला देखकर मेरी माँ, दादी या चाचा को ज़्यादा हैरानी ना हुई। मगर बाबा के सिर पर लाल पगड़ी की जगह सफ़ेद साफ़ा देखकर वे एक-दूजे की तरफ़ ज़रूर देखने लगे। चाय-पानी के बाद बाबा ने अपने नये बने धर्म भाई नूरदीन का बड़े धैर्य और गम्भीरता के साथ ब्योरा दिया। मैंने देखा कि उसकी आँखें सजल थीं जिनमें कोई पक्का भरोसा तैर रहा था।

"बचनिए, तेरे और तेरी बहू का अडिग यक़ीन और प्रार्थनाएँ एक दिन बेटे को तेरे सामने ला खड़ा करेंगी। वो बिल्कुल ठीक है। बस, दिमाग़ थोड़ा...हम उसका भी इलाज कराने में कोई कसर नहीं छोड़ेंगे।" थोड़ा रुककर बाबा ने घर के सदस्यों को विश्वास दिलाते हुए मेरी माँ से मुख़ातिब होकर कहा, "बेटी, हमें थोड़ा समय और सहन करना पड़ेगा।"

मेरी माँ यद्यपि कुछ भी हुंकारा नहीं भरती थी, पर बाबा और मेरी 'तलाश' और कोशिशों पर तसल्ली रखती है।

× × ×

जब बाबा को कोई कहता, "भाई संगतिया, कहने की ज़रूरत नहीं कि आदि-धर्म के कारिन्दे के रूप में तेरा कोई तोड़ नहीं। तेरी वफ़ादारी में ज़रा भी फ़र्क़ नहीं पड़ता दिखता। तेरी हिम्मत और लियाकत के आगे हमारा सिर झुक जाता है। अब बेशक तेरे पोते गोरे ने सारा बोझ उठा लिया है, पर तू परिवार से ज़्यादा अपने समाज को तरज़ीह देता है। आदि-धर्म के नेताओं और कारिन्दों में यह जज़्बा उनके लहू में रचा हुआ है।"

इसके साथ ही कोई अन्य लड़ी के संग लड़ी जोड़ता, "हालाँकि ज़मींदारा पार्टी के बीस एम.एल.ए. बने और उनमें से चार आदि मण्डल के हैं, पर मंगू राम और उसके उद्यमी साथियों की सोच शिखरों पर है। चुनाव के इतने महीने बीत जाने के बाद भी।...यह भी हक़ीक़त है कि कांग्रेस और अकाली दल ने खिज़र हियात टिवाणा की खुलकर हिमायत की है कि मज़हब-परस्त मुस्लिम लीग को आगे आने

से रोका जाये। यूनियनिस्ट पार्टी ने ज़मींदारों और पीरों की मज़हब से ऊपर उठकर अपनी नीति को उभारा।''

ऐसी बातें व्यापारी और छोटे कारोबारी बाबा की दुकान पर आकर करते जो अलग-अलग भाईचारे के होते। यह सब सुनकर बाबा जवाब में मुस्कराकर कभी रम्बी या कैंची से अड्डे पर रखा चमड़ा काटने लगता और कभी मोगरे से कूटने।

ये बातें मुझे एकाएक उस समय याद आयीं जब मैं अपनी माँ के कहने पर दो दिन आराम करने की ख़ातिर जैजों ना गया और ना ही कारोबार के सिलसिले में माहिलपुर, ललवाण, अनन्दपुर, फिरोज़पुर या होशियारपुर। अनगिनत सोच-विचारों में पड़ा मैं 'रौंठी' के लिए सीढ़ियाँ चढ़ गया। जहाँ गये मुझे कई महीने हो गये थे। देखा कि बाबा के मोटे-मोटे और लम्बे-चौड़े रंग-बिरंगे चार्ट, रंग और ब्रश बेतरतीब पड़े थे। कुछ अख़बारें और किताबें उसकी बड़ी चारपाई पर बिछी दरी-तलाई पर पड़ी थी। 'फ़ौजी' अख़बार और अन्य अख़बार उठाकर मैं ख़बरें और मज़मून पढ़ने लगा, मगर बाबा के अपने रोज़मानचे में संक्षेप में लिखा हुआ था–

'चमार रेजिमेंट के 42 जवान शहीद।'

'रेजिमेंट के जवान ऊधम सिंह को ब्रेवरी अवार्ड शहीदी के उपरान्त जिसने पिछले साल 24 मई, 1945 को कोहिमा की सरहद पर सिरधड़ की बाज़ी लगाई थी।'

'चमार रेजिमेंट का सूबेदार करनैल सिंह वल्द केसर सिंह (जट्ट, गुरदास नंगल) शहीद और रेजिमेंट मिलिट्री क्रॉस अवार्ड से सम्मानित।'

बाबा का रोज़नामचा पढ़ते हुए मेरे रोयें खड़े हो गये कि इन शहीदों की शहादतों को जात-पात की सोची-समझी संकीर्ण नीति के तहत उभारा नहीं जाता। मैं इन ख़यालों के फेर में शायद और पड़ा रहता, यदि किवाड़ के खुलने की आवाज़ ना आती। मैंने खिड़की खोलकर देखा। बाबा खँखारते हुए आँगन में आ गया। आज उसकी चाल और अधिक फुर्तीली दिखी। मैंने फुर्ती के साथ सीढ़ियाँ उतरकर बाबा के चरण छुए। फिर बाबा ने मेरी दादी को ज़ोर से हाँक लगाई, ''बचनिए, कहाँ है? बेटी प्यारो मेरे पास आओ।''

इतने में दादी खुरे में से निकलकर छन्न के अन्दर आ गयी। बाबा ने सारंगी और झोला चारपाई पर रख दिये। झोले में से बेसन, बरफ़ी के लिफ़ाफ़े और फिर दूसरे लिफ़ाफ़े में से लिफ़ाफ़ा निकाला और दादी के हाथ में थमा दिया।...देखकर दादी ने मुझे और बाबा को बाँहों में घेर लिया और उसके हाथ से लिफ़ाफ़े सहित काग़ज़ नीचे धरती पर गिर पड़ा। मेरी माँ ने उस उलटे गिरे मोटे लिफ़ाफ़े को उठाया। वह ख़ुशी में आगे बढ़कर मुझे बाँहों में भरती कहने लगी, ''गोरे, ये तस्वीर तेरे बापू की है!''

हम पूरा परिवार असीम ख़ुशी में रोते रहे। कुछ देर बाद बाबा ने कहा, "गोरे, अपने मुल्तान वाले बाबा नूरदीन का ख़त पढ़कर सुना।"

मैंने अपने आपको सँभाला।

"भाई संगतिया, सलाम!

आगे समाचार यह है कि मैं एक फ़ोटो भेज रहा हूँ। जैसा मुझे हुलिया बताया गया, उसके मुताबिक़ यह अपना ही पुत्र है। यह तस्वीर मैंने एक मेम से विनती करके ली जो ईदगाह के दर्शन-दीदार करने आयी थी। इसके साथ की एक फ़ोटो मैंने अपने पास रख ली है। तुम बेटे को लेने मुल्तान ना आना। मैं इसे सुलेमान पहाड़ में रहते एक हकीम के पास ले जा रहा हूँ। बताते हैं कि वह दिमाग़ी नुक्स का बड़ा माहिर है। पुत्र के तन्दुरुस्त हो जाने के बाद मैं तुम्हें इत्तला करूँगा।

हमारी तरफ़ से तुम सबको दरजा-बा-दरजा मुहब्बत भरा सलाम। गोरे को प्यार।

–तुम्हारा भाईजान

नूरदीन।"

दादी ने धरती को नमस्कार किया। अब मेरी माँ मिठाई थाली में रख लायी और दादी-बाबा के आगे कर दी। दादी ने मेरी माँ के मुँह में बरफ़ी का टुकड़ा डाला। बाबा जैसे और बातें बताने के लिए उतावला था, "नूरदीन को मैं आदि-धर्म के जालन्धर वाले दफ़्तर का पता देकर आया था। यह चिट्ठी शायद महीना-बीस दिन पहले की आयी हुई थी। ख़ैर, अब चिन्ता-फ़िक्र वाली बात ख़त्म! जैसे कहा करते हैं ना–"आख़िर कभी-न-कभी अच्छे दिन आते ही हैं।"

बाबा बड़े उत्साह में बोलता रहा। हम बाक़ी सदस्य तस्वीर को बार-बार ग़ौर से देखते रहे। पैसे से भी बड़ी पूँजी यह तस्वीर हो गयी। माँ और दादी ने कई बार तस्वीर को माथे और छाती से लगाया। मेरे दिल में भी अपने पिता के लिए मोह-प्यार की ऊँची लहरें उठीं जो समुद्री लहरों की तरह अन्दर-ही-अन्दर समा गयीं। इसी दौरान जीतू चाचा पशुओं के लिए चारा काट लाया।

दादी शीघ्रता से उठी और बाहर जाकर जीतू को फ़ोटो दिखाती कहने लगी, "तेरा भाई मिल गया! जीतू तेरा भाई मिल गया!"

फ़ोटो देखते ही चाचा की आँखों में से पानी छलक उठा और वह मुँह से बोल ना पाया। गयी रात तक मेरे पिता को लेकर बातें होती रहीं...कि गलाबू की जूती में उभरी कील ने मोची नूरदीन से मिलने का सबब बनाया। कैसे नूरदीन ने गोरे की शक्ल-सूरत से मेल खाते मीतू के हुलिये को पहचाना! कैसे नूरदीन हमारे लिए

फ़रिश्ता बनकर हमारी ज़िन्दगी में आया! कैसे उसने धर्म भाई के तौर पर अपने फ़र्ज़ को पहल दी और वह मीतू को इलाज के लिए ले गया जबकि उसकी बेगम उन दिनों तन्दुरुस्त नहीं थी। और फिर, कहाँ मुल्तान शहर और कहाँ सुलेमान पहाड़! पूरा सौ मील! कैसे लेकर घूमता होगा अपना काम छोड़कर!...

''हम कोशिश करेंगे कि नूरदीन बाबा की किसी तरह माली मदद करें।'' मैंने सलाह के तौर पर कहा।

''गोरे, मौक़ा आने दे...फिर देखेंगे, क्या-क्या करना है।'' बाबा ने कहा।

अब माँ और दादी के चेहरे चमकते लगते। दादी ने बताया, ''कल सवेरे-सवेरे प्यारो और मैं गुरुद्वारे माथा टेकने जायेंगी।...फिर तुम अपने कामों पर जैसे मरज़ी चले जाना!''

माँ ने मेरे पास आकर आहिस्ता से कहा, ''गोरे, थोड़े दिनों तक जालन्धर का चक्कर लगा आना, क्या पता कोई चिट्ठी आयी हो।''

''गोरे, परसों को ढोलवाहा-जनौड़ी से आगे चलेट गाँव में मंगू राम का जलसा है। मैं सोचता हूँ, हम बस में चलें। मुझे तेरा बड़ा सहारा रहता है!'' थोड़े से अन्तराल का लाभ उठाते हुए बाबा ने अपना अगला कार्यक्रम बताया।

''बाबा, मैं कई बार अपने मन में सोचता हूँ कि तुमने मुझे कारोबार के भेद और पैसे से मालोमाल कर दिया। पर जो मुझे समाज के ढाँचे के बारे में और देश-दुनिया की समझ दी, मेरे अन्दर जोश के साथ होश भरा, मैं उसके लिए हमेशा कर्ज़दार रहूँगा।''

मुझे भावुक हुआ देख बाबा ने उठकर मेरा सिर सहलाया और थपथपाकर कहा, ''गोरे, जैसा कि लोग मुझे कहते हैं कि तूने अपने पोते को भी अपने साथ चला लिया, गद्दी दे दी है, मुझे गर्व है कि हमने अपने भाईचारों, अपने हम-बाशिन्दों को नाबरी करने के लिए हल्लाशेरी देनी है। मंगू राम ने कई बार बताया है कि काले लोगों ने गोरों के ख़िलाफ़ काफ़िले कैसे बनाये थे। हमें भी ग़ैरत के साथ रहने और ग़ुलामी के जीवन से छुटकारा पाने के लिए पूरा ज़ोर लगाना है, समझ में आया गोरे!''

दादी ने बीच में टोकते हुंए कहा, ''जाओ, लेट जाओ अब। हमें सुबह जल्दी उठना है।''

''सत्य वचन बचनिए!'' बाबा ने ख़ुशी की रौ में जैसे अच्छे सपने लेने के लिए कहा।

अगले दिन बाबा और मैं सवेरे जल्दी उठ गये। नाश्ता-पानी छककर छन्न में से साइकिल बाहर निकाला। जैजों के अपने नित्य के राह पर 'घोड़ा' सरपट दौड़ाने में अपना ही मज़ा था। कई दिनों बाद शिवालिक पहाड़ियों की ओर जाते हुए मेरा उत्साह देखते हुए बाबा ने कहा, "ये दिन, ये पतझड़ की रुत और गुनगुने दिन-रात मन को ताज़गी देने वाले होते हैं। और दीवाली भी है अगले...।"

"किस दिन?"

"23 अक्टूबर 1946, दिन-बुधवार! और बता?"

"बाबा, मैंने तो यूँ ही सरसरी तौर पर पूछा था कि मैं उस हिसाब से उगाही और अन्य लेन-देन ख़त्म कर लूँ। पर बाबा तूने थोड़ा तल्ख़ी में बताया।"

"गोरे, तेरे साथ कैसी तल्ख़ी?"

"फिर दीवाली...!"

"मैं तुझे यह बात बताना चाहता हूँ कि इसके साथ हमारा कोई लेना-देना नहीं। राजाओं की आपस में लड़ाई-भिड़ाई और जीत-हारों का त्योहार है। लड़ने-मरने को हम।...और ग़ुलामों का धर्म हुकूमत के मातहत रहना है। 'इनकार' करने की हवा मंगू राम ने चलायी है जो आने वाले समय में अन्याय के विरुद्ध आँधी-तूफ़ान बन जायेगी। परन्तु इसके लिए धरती पुत्रों का एका और एकजुटता होना बहुत ज़रूरी है।"

"बाबा, चोई (छोटी नदी) आ गयी...।" मैंने अपने घोड़े की लगामें खींचते हुए बताया। बाबा की बात के प्रवाह को ब्रेक लगी और वह सारंगी को अपनी बग़ल में अच्छी प्रकार से लगाकर, मेरे और मेरे साइकिल के आगे-आगे चल दिया। और मैंने स्वच्छ पानी को ओक में भरकर पीने के बाद साइकिल पर सवार हुआ तो बाबा ने उस पर बैठते ही पहला प्रसंग शुरू कर दिया, "गोरे, दीवाली के बाद नरक चतुर शुरू हो जाता है।"

"यह तो मैंने पहले कभी नहीं सुना।"

"सुन फिर...ब्राह्मणों का यह त्योहार है जो हमारे मुल्क के बाशिन्दों और राजा को कृष्ण ने मारा बताते हैं और फिर उसका नरक निवारण किया।...नरक का नया रास्ता ग़रीबों, अनपढ़ों और अज्ञानियों की लूट-खसोट का!"

"ये नक़ली-कल्पित नरक-स्वर्ग की खोज भी हैरान करने वाली है, साधारण ग़रीब आदमी इस चक्कर में से जब तक निकलने की कोशिश करता है, साल बाद फिर फँस जाता है। ये पौराणिक कथाएँ अब तक चले एटम बमों से भी नष्ट नहीं हुईं।"

''गोरे, हमें अपनी दलीलों के हथियार नहीं फेंकने। जहाँ तक हो सके, अपनी इन्सानियत की सोच के दीये के साथ दीया जलाना है!''

अब चढ़ाई प्रारम्भ हो गयी और हम साइकिल से उतरकर पैदल चलने लगे। पहले की भाँति रुदन करने लगे जो सदियों से हमारा पीछा नहीं छोड़ रहे।...जैजों स्टेशन पर हम दम मारने के लिए बैठ गये। कारोबारी, मज़दूर बन्दे, औरतों और साधुओं के टोले इधर-उधर भागते-दौड़ते दिखे। लेकिन, उदासी भरे गीत गाती वह राजपूतन दिखाई ना दी। जब मैं चाय वाले पण्डित को पैसे देने गया तो उसने बताया, ''गोरे जिस पागल जनानी ने स्टैंड पर लगे तेरे साइकिल का पहिया ज़ोर-ज़ोर से घुमाया था, डण्डा मार-मारकर उसकी टाँगें-बाँहें तोड़ गया कोई। एक टाँग की हड्डी टूट गयी थी। बताते हैं, शायद यह कारा उसके घर वाले ने किया!''

''ओह! औरत बेचारी दुखों की मारी!'' मेरे मुँह से सहज ही निकल गया। और जब उस औरत ने पिछली बार मेरे सिर पर हाथ रखा था तो मुझे अपनी माँ और दादी द्वारा मेरा सिर सहलाने का दृश्य आँखों के सामने आ गया था। मैं बाबा को बताये बिना स्टेशन के बरामदे में बैठी उस लाचार औरत को देखकर आ गया।

''गोरे, उधर क्या करने गया था? और तू खीसे (जेब) में हाथ मारे जाता था।'' बाबा ने पूछा।

मेरा मन भरा होने के कारण मैं बोल ना सका और मुझे कितनी ही देर धुँधला-धुँधला दिखता रहा।...और फिर मैंने साइकिल चढ़ती चढ़ाई की तरफ़ बढ़ा ली, जहाँ राह को राह मिलता है और बन्दे को बन्दे! सामान की ढुलाई करते बेज़ुबान, नंगे बदन खाते डण्डे। इसी दौरान, मेरे मन में अपने और आस-पास के गाँवों के हमारी बस्तियों के लोगों के चेहरे उभर आये। हमारे साये जो पहले पीछे की ओर थे, वे थोड़े-से आगे हो गये।

दुकान खुली देखकर कारोबारी, पड़ोसी और शहर के आते-जाते लोग दुआ-सलाम करते रहे। शाम के वक़्त ग़ुलाम क़साई, दो छोटे और एक बड़े बकरे को रंग-बिरंगी परांदियों से सजाये हमारी दुकान के सामने से रस्सी पकड़े गुज़रा। वह आस-पास के दुकानदारों को ऊँची आवाज़ में दुआ-सलाम करता गया ताकि वे उसके पीछे आते बकरों को देख सकें। पलभर बाद मेरी मौसी सरीखी फातिमा ने आते ही चढ़ाई कर दी, ''हद कर दी बाबा, इतने दिन! मुझे अपने घर नहीं ले जाना था, नहीं दिखाना तो साफ़ कह देता कि...।''

''बेटी, बात तो सुन ले पहले।'' बाबा ने बीच में टोका।

''यही बताओगे कि पिछले दिनों हुए जलसे-जुलूसों में हिस्सा लेने गया था। वहाँ सारंगी के साथ ये-वो 'शबद' गाये और बाबू मंगू राम ने ये बातें कहीं!...गोरे, तू भी ईद का चाँद हो गया। बड़ा व्यापारी साहूकार जो हो गया।''

''ईद-उल-फितर तक़रीबन दो महीने पहले बीत गयी जब तू सेवइयाँ देकर गयी थी और बताया था कि आज पीरों का दिन है–वीरवार। उस दिन मैंने अपने कारीगरों को दो हफ़्तों का पैसा दिया था–29 अगस्त को। याद है...।''

''बल्ले-बल्ले ओ तेरे गोरे...और बकरीद भी आयी और दस दिनों में...।'' बाबा ने बीच में बोलते हुए आगे कहा, ''फातिमा साँस ले ले...सुन तो सही...पिछले दिनों, गोरा और मैं मुल्तान गये थे, गोरे के भाइये (पिता) की तलाश में। शुक्र है, वह सही-सलामत है। रब ने चाहा तो जल्दी ही उसकी घर-वापसी हो जायेगी।''

अब फातिमा को जैसे अपनत्व का जोश और चढ़ गया। चिन्ता में भी ख़ुश होकर वह कहने लगी, ''मैं ख़ुशामदीद कहती हूँ गोरे के अब्बा को। अल्ला ख़ैर-मेहर और बरकतें बख़्शे।''

थोड़ी देर रुककर बोली, ''बाबा, कई बार मुझे डर लगता है जब मैं नौआखली फ़सादों, क़त्लेआमों, बलात्कारों और अगवा किये जाने की ख़बरें व्यापारियों, सेठों, साहूकारों के साथ मालकिन की होती बातें सुनती हूँ।''

''बेटी, बंगाल कहाँ और पंजाब कहाँ?''

''बाबा, आँधी का क्या पता किधर का रुख़ अख़्तियार कर ले और लोगों की जान-माल उड़ा ले जाये''

''घबरा मत, हम भी लोगों के साथ ही हैं।''

''पता नहीं, हमारे मुल्क में गरम हवा क्यों बहती रहती है...जो भी ज़ुल्म, जबर-जनाह करता है, उस पर रब का क़हर पड़े।'' पलभर रुककर कहने लगी, ''कई बार सोचती हूँ कि रब है भी? जो ऐसे पापियों का भी नाश नहीं करता।''

''दूर क्या जाना फातिमा! हमारे साथ देख ले रोज़ नया क्लेश रहता। जो बंगाल में हो रहा, वैसा हमारे साथ सारे मुल्क में होता रहता। वहशी-दरिन्दों, साज़िशों के मंसूबे बनाने वालों की हैवानियत चारों तरफ़ है। पता नहीं इन मूर्खों के पास ऐसी करतूतें करने की हिम्मत कहाँ से आती है और अपने आपको सयाना और मोतबर कहलाने वाली ख़ामोशी धार कर बैठे हुए हैं। करें तो क्या करें, कहाँ जाकर मरें! मज़हब परस्तों में थोड़ी-सी भी हया नहीं।''

''बाबा, मैं फिर किसी वक़्त चक्कर लगाऊँगी। अब तुम वो मरासी मुहल्ले की बिना साज़ों की आवाज़ें सुनो।'' फातिमा उठी, होंठों पर बनावटी-सी मुस्कान

लाती चल दी। उसने शायद दीने को आते देख लिया था या उसकी गायकी उसके कानों में पड़ गयी थी–

'बन दिलबर शक़्ल जहान आया।
हर सूरत ऐन इयान आया।
समझ सुआणी गेर ना जाणी।
सब सूरत है ऐन हजूर।'

''चाचा, इधर तवज्जो भी दे कि अड्डे ऊपरी चमड़े पर बलणा या मोगरा ही मारता रहेगा!'' उसने बाबा के किसी जवाब के इन्तज़ार बग़ैर अपना आलाप रखा-

'हर जा ज़ात पुनल दी आशक जान यक़ीन
हर सूरत विच यार दा जलवा, की असमान जमीन
हाकिम हो के हुक्म चलावे, आप बणिया मस्कीन।'

''शाबाश तेरे दीने! लगता है, मुल्तान से ख़्वाज़ा ग़ुलाम फरीद की काफियाँ सीख कर आया है। दीने, बन्दा तू नर है, अगर तेरी नशाखोरी की लत हट जाये।'' बाबा ने जब कहा तो मुझे बजवाड़ा स्कूल की फुटबाल टीम के कप्तान द्वारा बार-बार किये गये गोलों की याद आ गयी।

''चाचा, मैं आया कंजर चौधरी के लिए पान लेकर...'' दीने ने बताया।

बाबा दीने के बारे में बताने लगा, ''दीना खरा सोना है, चौबीस कैरट, आवाज़ सुरीली है और साज़िन्दा भी बढ़िया, सीखने-समझने की इसकी बिरती अच्छी है। इसकी नशे की लत बाक़ी सारे गुणों पर पानी फेर देती है।'' थोड़ा रुककर उसने कहा, ''गोरे, कल सुबह चलने की याद है ना? तू आज अपना लेन-देन निपटा ले... मैं चाहता हूँ कि वक़्त निकालकर तू मेरे साथ चले। बाबू मंगू राम के भाषण हमेशा सुनने वाले होते हैं।''

''वह तो सही है कि देश और दुनिया की हकीक़तें सुनने को मिलती हैं। मुझे परसों रात तक लौटना है और दीवाली से पहले कारीगरों, मज़दूरों का हिसाब करना है।''

''अच्छा, फिर तू डंगोह तक चले चलना। मैं तलवाड़े और दूसरी मीटिंगों में हाज़िरी भी भरूँगा।''

...और अगले दिन हम राह के दोनों ओर की हरी-भरी शीशम, कीकरों, फलाहियों, आमों, जामुनों, खैर और चीलों के दरख़्तों की क़तारों के बीच से साथ-साथ चल दिये। आगे चढ़ाई आरम्भ हुई और पानियों की हलचल सुनाई दी जिसकी चमक कहीं तेज़ और हमसे विपरीत दिशा की ओर थी। यह देखते हुए बाबा ने कहा,

''गोरे, ये बहते पानी लगातार चलते रहने का हरकारा है, हमारी ज़िन्दगी की तरह। आख़िर इस पानी ने किसी दूसरे पानी में मिल जाना है और एकमेक हो जाना है। मैले-घसमैले, चश्मों, बर्फ़ों और बारिशों के पानी भी एकमेक हो जाते हैं। लेकिन काले, पीले और गोरे लोग अमन-चैन से रहने की बजाय एक-दूसरे के लहू के प्यासे हैं। मैं गोरा, मेरी नीली-भूरी आँखें, इसलिए मैं सबसे ऊँचा, सब पर राज करने का मेरा हक़ है! इसी सोच के कारण लाखों-करोड़ों लोग जंगों में मरते हैं।''

मैंने एकदम घबराकर बाबा की बाँह पकड़ते हुए उसे पीछे किया। उसने हैरानी के साथ पूछा, ''क्या हुआ गोरे?''

''बाबा, आगे देख।''

''मुझे तो कुछ नहीं दिखता।''

''वो, देख, हरे रंग का साँप। छोटा-सा फन उठाकर इधर-उधर देख रहा है।''

''दिख गया...दिख गया! हरे घास में हरे साँप और भी ख़तरनाक हैं। पर सयाने लोग कहते हैं कि यदि राह में साँप और तुम्हें नित्य तंग-परेशान करता दुश्मन मिल जाये तो साँप के बजाय पहले उसको मारो जो तुम्हारी जान का शत्रु बना हुआ है। समझ गया, गोरे?''

इतना कहकर बाबा ने अपनी सारंगी और पगड़ी को दोनों हाथों के साथ बारी-बारी से ठीक किया। बहुत सारे ग़रीब दिखते मज़दूर औरतें-मर्द, बच्चे हमसे आगे चले जा रहे थे और कुछ हमारे पीछे आ रहे थे। लड़कों की एक ढाणी से मैंने पूछ ही लिया, ''कहाँ जा रहे हो भाई?''

''हमें चलेट होते हुए डंगोह जाना है। वहाँ मंगू राम का जलसा है।'' मेरी उम्र के एक लड़के ने बताया और उछलता-कूदता आगे बढ़ गया। पीछे आ रहे लोगों की चाल में भी तेज़ी थी। वे शिवालिक की पहली धार की चढ़ाई चढ़ रहे थे। लोगों का चाव, उत्साह और जोश देखकर मेरे मन में ख़याल आया कि मैं भी बाबा की तरह आदि-धर्म का सक्रिय कार्यकर्ता बन जाऊँ।...अब मैंने देखा कि बाबा की चाल पहले से धीमी हो गयी थी, पर उसकी हिम्मत और उसके यक़ीन के कारण जवान और अधेड़ लोग उसके सामने टिकते नहीं थे।...ख़ैर, हम बातें करते-करते चलेट पहुँच गये।

''गोरे, इन शिवालिक पहाड़ियों की न्यारी बातें! पिछले दिनों एक जलसे के लिए यहाँ चलेट आया था। रात में सोने के लिए चारपाइयाँ बिछाई हुई थीं।...और पखेरुओं की डरावनी आवाज़ें, तौबा-तौबा!'' बाबा ने अचानक बात शुरू की।

''हैं...अ! फिर? जल्दी बताओ आवाज़ें कैसी थीं।'' मैंने उतावला पड़ते हुए पूछा।

''गोरे, धर्म से, इतने बेशुमार एक साथ उड़ते पखेरू मैंने अपने जीवन में पहली बार देखे।''

''क्या!''

''और फिर मैं डरता हुआ चारपाई पर बैठ गया और जिस्म को चादर से ढक लिया। जिसके घर रुका था, उसने मुझे बैठे को देख लिया। कहने लगा–चुप होकर पड़ा रह संगतिया। चमगादड़ों के ना ख़त्म होने वाले घने झुण्ड रोज़ ही अँधेरा कर देते हैं, ये ले।''

''चमगादड़!?''

''हाँ,'' उसने बताया कि ''अँधेरे में उड़ते, चिन्तपुरनी के घने जंगलों की ओर जाते हैं और वहाँ के खिन्नू, कांगू, पाकूड़ा और अन्य फलों को खाकर तड़के वापसी वाली आवाज़ें निकालते अपने ठिकानों को लौटते हैं।...बताते हैं, कई तो लहू पीने वाले होते हैं ये।''

''वहाँ अपने वाले जंगल में क्यों नहीं रहते? इतनी दूर क्यों उड़कर आते-जाते हैं?'' मैंने सरसरी तौर पर पूछा।

''ये भी धाड़वी (लुटेरे) हमलावरों जैसे हैं। दूसरे के घर-बार पर डाका मारने वाले! हम नहीं भुगत रहे सज़ा लुटे-पिटे होने की? इनसे बचने की दिन-रात कोशिश कर रहे हैं!''

''रक्तजीवी चमगादड़ों के बारे में तो पहली बार सुना बाबा तेरे मुँह से।'' मैंने शेष बचा सवाल पूछ लिया, नहीं तो इसने रातभर मुझे चमगादड़ की तरह उल्टा लटका कर रखना था और मेरे मन में शोर मचाकर ख़ून पीते रहना था।

''बताते हैं कि इतनी होशियारी से ये पशुओं का लहू पी लेते हैं कि उन्हें पता भी नहीं लगता।'' पलभर रुककर बाबा ने उदास मन के साथ कहा, ''हम भी घोड़े और गऊओं जैसे बन्दे हैं जिनका लहू पीते हैं ये लुटेरे, दिन में ही अँधेरा कर के।...और हाँ, तूने पूछा है कि ये वहीं क्यों नहीं रहते, इतनी दूर आना-जाना करते हैं...गोरे, ये कौन-सा डंगोह वाले तेरे दोस्त सतनाम के बाबा बाबूराम जैसे हाथ से मेहनत करके खाने वाले जीव हैं, जो हर साल गेहूँ और झोना (धान की फ़सल) काटने जाता था। आख़िर वह अपना कुनबा लेकर गुरदासपुर के नज़दीक एक गाँव लाड़ीआं चला गया था और वहीं डेरा लगा लिया था।''

''बाबा, अब बता कि चलेट की फिरनी पर चल रहे हैं, मगर...।''

बाबा ने बात को बीच में पकड़ते हुए कहा–

''यहाँ मंगू राम आता-जाता रुक जाया करता है। इन गाँवों की मेरे साथ बेशुमार यादें हैं।'' बाबा ने अपना प्रसंग छेड़ा, ''गोरे, डंगोह के धल्लू राम के बारे में बताऊँ?''

''बताओ। ऐसे ही वक़्त गुज़रेगा, और अभी राह भी बहुत पड़ा है।''

''धल्लू राम पहलवान बड़ा ताक़तवर बन्दा है। जब प्लेग की बीमारी फैली तो उसके माँ-बाप, भाई-भाभी, चाचा-ताये और चाचियाँ सब इस बीमारी में गुज़र गये। उसके बड़े परिवार के सारे जीवों में थोड़े बच्चे बच गये। उसने ही उन्हें पाला और उनका ब्याह किया, पर ख़ुद विवाह ना किया।''

''अरे! इतना हिम्मती...।''

''गोरे, सुन तो सही। वह अपनी बड़ी-बड़ी मूँछें कानों के गिर्द लपेटकर रखता। जब पटवारी, ठाणेदार या अन्य सरकारी मुलाज़िम गाँव में आता तो उसकी तरफ़ देखता रह जाता।''

''बाबा, इतना बढ़ा-चढ़ाकर ना बता, जैसे कवि और दीने जैसे प्रशंसा करते-करते साँस रोक लेते हैं!''

''गोरे, तू अपनी आँखों से देख लेना। धल्लू राम अपने गाँव की आदि-धर्म मण्डल शाखा का पहला प्रधान है।''

''हैं...अ! ये बातें सुनकर ही लगता है, हवा के साथ चीलों, खैरों और आमों के पत्ते खड़-ख़ड़ बजने शुरू हो गये हैं।''

''गोरे, तुझे मज़ाक़ सूझता है! तुझे बताता हूँ, उसकी जिस्मानी ताक़त के बारे में। चलेट-डंगोह गाँवों के साथ ही लगता गाँव है–पिरथीपुर। वहाँ बहुत बड़ा अखाड़ा लगता है। बताते हैं कि उसने दूसरे पहलवान को इतना कस कर बाँहों में दबोचा कि छोड़ा ही नहीं। आख़िर, उस पहलवान की अखाड़े में से लाश ही उठी।...एक और बात कि जो कुश्ती जीतता है, वह अखाड़े में गड़ा झण्डा उखाड़ता है और अपने कन्धे पर रखकर सिद्ध चानों के मन्दिर में जाकर चढ़ाता है और माथा टेकता है।''

''रूमाली जीतने वाला बेशक किसी भी जात का हो?'' मैंने हैरानी से पूछा।

''बाबा सिद्ध चानो हमारे चमारों और पशु-जानवरों का शक्तिशाली देवता है। बेशक राजपूत, मुसलमान गूजर हो या कोई और, वहाँ उस दिन माथा अवश्य टेकते हैं।''

''यह तो कमाल की हक़ीक़त बतायी।''

''और हाँ, बात चल रही थी धल्लू राम की...।'' बाबा कहकर ख़ुद ही हँस पड़ा और बताने लगा, ''धल्लू होशियारपुर की कचहरी में चल रहे किसी मुक़दमे

में गवाह था। बड़ी बहसें हुईं, सुनी गयीं। बाद में जज ने बताया कि मुलज़िम को छह महीने की सज़ा दे देते हैं। इस पर धल्लू राम ने कहा–जनाब, आप सीधी छह महीने की फाँसी दे दो...। उसकी बात पर जज सहित कचहरी में हाज़िर सभी लोग हँस पड़े।''

''बाबा, बाबू मंगू राम की तरह कनेडा, अमरीका, रूस, ब्रितानिया, जर्मन, जापान, बर्मा और दिल्ली-आगरे के बारे में तुझसे कुछ भी पूछ लो, हर वक़्त पंजाब के दोनों गज़ेटियरों की तरह तेरे पास एकदम तैयार मसाला मिल जाता है।''

''और बातें भी करेंगे, राह ख़तम हो जायेगा; पर मेरे ये क़िस्से ख़त्म नहीं होने वाले।''

''मैं कहाँ कहता हूँ कि तू बातूनी है। तुम तो बिन तनख़्वाह पर रखा आदि-धर्म का कारिन्दा हो...और ग़रीब-गुरबों को सचेत करता है कि उनकी इस हालत के लिए कौन ज़िम्मेदार हैं...और इसके पीछे कौन-सी सच्चाइयाँ हैं।''

''गोरे, साये पीछे की ओर मुड़ गये हैं...वो डंगोह गाँव भी दिख गया। बड़ा भारी गाँव है। यह हिमालय की इस तरफ़ की आख़िरी धार पर है। और बताऊँ! पीछे छूट गये ढोलवाहा और जनौड़ी की पहाड़ी से लाहौर दिखाई देता है, कुल सौ मील तो है यहाँ से! नज़र ने कौन-सा रेलगाड़ी या बस की राहों से जाना होता है। बस, नज़ारा देखना नज़ारा...जो तलवाड़े से शुरू होकर सन्तोखगढ़ तक जाती है। बताते हैं कि इस पहाड़ी धार पर गुरु रविदास ने कुछ समय सन्तोखगढ़ में विश्राम किया था, जब राजा बेन के साथ मुलाक़ात के बाद यहाँ से गुज़रे थे। इसलिए गुरु रविदास नाम-लेवा लोगों ने गुरु जी के पिता के नाम पर इस गाँव को बसा लिया था।''

...रास्ते में अब काफ़ी लोग दिखाई देने लगे। गाँव डंगोह के पश्चिमी ओर लगे पण्डाल के अन्दर वाले लाउडस्पीकरों में आदि-धर्म की चढ़त (प्रभुत्व) के गीत गूँज रहे थे। थकान के बावजूद हमारी चाल में फुर्तीलापन आ गया था। बाबा ने अपनी सारंगी मेरे से लेते हुए कहा, ''गोरे, समय से पहुँच गये हम। यह भी शुक्र है कि राह भरा होने के कारण कोई बाघ, जंगली बकरा, बारहसिंघा, जंगली सूअर या साँप और गोह वग़ैरह नहीं दिखे। ख़ासतौर पर शाम के वक़्त बन्दे का आना-जाना ख़तरे से ख़ाली नहीं।''

मैंने अचानक चौकन्ना होकर पीछे देखा। चार-पाँच लड़के दौड़ते आ रहे थे।

...ख़ैर, बाबा ने समां बाँधने की कोशिश की। हज़ारा राम पिपलांवाला के बाद बाबू मंगू राम भाषण के लिए उठा। लोगों ने नारे-जैकारे गूँजा दिये जैसे मैंने होशियारपुर में देखे-सुने थे–

''बहनो और भाइयो,

आदि-धर्म की तरह से इतनी बड़ी संख्या में पहुँचने के लिए ख़ुशामदीद! साथियो, आज जिस हालात में से हमारा देश गुज़र रहा है, आप भली-भाँति जानते हो। पर हमारी पार्टी हिन्दुस्तान की सैकुलर सोच वाले दलों के साथ खड़ी है। बेशक हमारे लीडरों को लालच दिये गये हैं, मास्टर गुरबन्ता सिंह को लिखी चिट्ठी गवाह है कि वज़ीर पद दिये जायेंगे, पर हम अडिग खड़े हैं। हम असेम्बली में गूँगे पहलवान बनकर नहीं बैठे हुए। हम बराबरी के हक़ों के लिए लड़ रहे हैं। हम तालीम और नौकरियों की लगातार पैरवी कर रहे हैं। बेगारी का सदियों पुराना कलंक हम पहले ही बन्द करा चुके हैं। हमने इन्तकाले इराज़ी ऐक्ट ख़त्म करा दिया और आपको ज़मीन ख़रीदने का अधिकार प्राप्त हुआ। आपको बताते हुए ख़ुशी हो रही है कि वज़ीरे-आज़म टिवाणा साहब के प्रयत्नों से रैयतनामे ख़त्म करने की बात हो गयी है अब समझो कि आप अपने घरों के मालिक बन चुके हो। इससे बड़ी बात यह कि आदि-धर्म ने आपको वोट का हक़ लेकर दिया। यह इतना ताक़तवर हथियार है कि आप किसी को भी गद्दी पर बिठा सकते हो और किसी को भी उतार सकते हो।''

''आदि-धर्म ज़िन्दाबाद-ज़िन्दाबाद!'' लोगों के समूह में से और भी न्यारे नारे गूँजे।

''साथियो, मैं बता रहा था कि मुल्क बहुत ख़तरनाक दौर से गुज़र रहा है। समाज और ज़्यादा टुकड़ों में बँट रहा है। मज़हब-परस्त फिरकू लोग भाई को भाई के साथ लड़ाने-भिड़ाने की ताक में हैं। हम सब भाई-भाई हैं, चाहे कोई मुसलमान है, सिक्ख है या आदि-धर्मी। हम सब इन्सान हैं और इन्सानियत हमारा धर्म है।

''साथियो, अभी कुछ दिन हुए विश्व युद्ध ख़त्म हुआ है, पर उसके मारू असर जल्दी ख़त्म नहीं होंगे। मैं गर्व के साथ आपको बता रहा हूँ कि 'चमार रेजिमेंट' के 42 जवान शहीद हुए और 47 विद्रोही जवान जेलों में बन्द हैं। जेलों में बन्दी बनाये जवानों का कसूर यह है कि वे आज़ाद हिन्द फ़ौज में मिल गये। हमारे कुछ जवान इसलिए परेशान किये जा रहे हैं कि उनका सम्बन्ध कांग्रेस के साथ है। और तो और, जब तक अंग्रेज़ों को हमारी ज़रूरत थी तो 'चमार रेजिमेंट' और जवानों को बहादुरी के तमगे मिलते रहे। अब जब से सरहद पर सुरक्षा की ज़रूरत नहीं रही, तो 'चमार रेजिमेंट' ही ख़त्म कर रहे हैं, बहुत कुछ सुनने में आ रहा है इन दिनों।''

''गोराशाही मुर्दाबाद-मुर्दाबाद!'' हुकूमत के ख़िलाफ़ यह नारा मैंने पहली बार आदि-धर्म की स्टेज से सुना।

मंगू राम ने हाथ के इशारे से जन-समूह को शान्त रहने और आगे कुछ और

सुनने के लिए अनुरोध किया। उसने आगे कहा, "भाइयो, मैं ख़बरदार करना चाहता हूँ कि जैसे हड़प्पा, मोहनजोदड़ो और लोथल शहरों की तहज़ीब को लुटेरों ने उजाड़ा और बर्बाद किया, वैसे ही हवाओं-अफ़वाहों के अन्देसे हो रहे हैं। आप अपनी एकता रखो। एक-दूजे के मददगार बने रहो। आदि-धर्म का लक्ष्य इन्सानियत का सिर ऊँचा करना है। बात ध्यान से सुनो कि कोई व्यक्ति हमारा दुश्मन नहीं; बल्कि उसके मन के अन्दर लगे अन्धकार के जाले उतारने हैं। बेशक वे हमें 'चमार', 'सियार', 'बड़ा होशियार' कहते हैं तो कहते रहें। हमें अपना मानसिक सन्तुलन बनाये रखना है, धैर्य भी। उसकी सोच बदलनी है। हम सबके लिए गर्व भरी सच्चाई है कि जैनी, ब्राह्मण, मुसलमान, आर्य समाजी, सिक्ख और ईसाई लोगों ने बड़ी गिनती में आदि-धर्म की सोच और विचारधारा को माना और 1941 में हुई जनगणना में भी अपना शुमार कराया। सो, हम सब एक हैं। मज़बूती के साथ अपनी एकता बनाये रखें, जैसे अब बैठे हो। इन शब्दों के साथ मैं शुक्रिया अदा करता हूँ कि आप दूर-दूर से उत्साह में भरकर यहाँ पहुँचे हो।"

इसके साथ ही लोग आपस में बातें करने लगे। मंगू राम के भाषण में आयी हक़ीक़तों की तारीफ़ करते हुए धीरे-धीरे खिसकने लगे। मैंने अपने बाबा से अनुमति लेनी चाही। उसने मेरे तन-मन से भाँप लिया कि अब मैं रुकने वाला नहीं।...और फिर बाबा ने स्वयं ही कह दिया, "गोरे, होशियारपुर गलाबू के पास रात रुक जाना। रेलू राम ने भी आज यहीं रहना है। तू इस ट्रक में चढ़ जाना। दूसरे लोग भी क़तार बाँधकर चल पड़े हैं।"

मैं बाबा के घुटनों की ओर झुका तो उसने कहा, "गोरे, मैं थोड़े दिनों में आ जाऊँगा। घबराना नहीं। तलवाड़ा, मुकेरियाँ, भोगपुर और फिर जालन्धर में मंगू राम की तकरीरें हैं, हमारी तकदीरें बदलने के लिए।"

मैंने बाबा के भरोसे भरे चेहरे की ओर देखा और ट्रक की तरफ़ चल दिया।

22

जैजों शहर के मरासी मुहल्ले में से होकर आती बातें चमारों, कुम्हारों, लुहारों के मुहल्लों से होकर उड़ती-उड़ती हमारी छोटी दुकानों वाले बाज़ार में चक्रवात-सा घूमा करतीं। सब बहुत हैरान थे कि यह कैसे और क्यों हुआ कि कंजर मुहल्ले का ख़ानदानी चौधरी अपनी जवान बेटियों को लेकर लाहौर चला गया। कोई बताता कि उसकी औरत यहीं पर है। उसके अनुसार चौधरी अपने नाते-रिश्तेदारों में गये हैं और फिर वहाँ से उन्हें कराची चले जाना है। कोई कहता, उसकी 'मोटो' पर कौन ऐतबार करता है। कोई बताता कि दीने के पास रहस्यमयी बातों का बहीखाता है, पर वह भी महीने-डेढ़ महीने से पता नहीं किधर ग़ायब हो गया है। चौधरी का नौकर जो लहसुन, प्याज, गोश्त, पान और अन्य छोटा-मोटा सामान नित्य ढोता रहता है, वह भी अब झुटपुटे में ही बाहर निकलता। उसका मुँह यूँ उतरा दिखाई देता, मानो उसकी चौधरानी चढ़ाई कर गयी हो।...और फिर, एक दिन दीना और चौधरी का नौकर अकस्मात् चुपचाप आते दिखे। हमारी दुकान पर लालटेन जलती होने के कारण दीने ने पहले की तरह दुआ-सलाम करते हुए पूछा, "गोरे, कई दिनों से तेरा बाबा नहीं देखा। ख़ैर-सुख तो है?"

"बाबा, मंगू राम के साथ पहले की तरह दौरे पर है। अब किसी काम से जालन्धर गया हुआ है।"

"और तेरी मासी फातिमा?" आख़िरी बात उसने मज़ाक़ के लहजे में पूछी।

"चार-पाँच दिन पहले आयी थी।"

"अच्छा! क्या कहती थी?" दीना पता नहीं मेरे से इतनी पूछताछ क्यों कर रहा था।

"कुछ नहीं।"

"अच्छा-अच्छा!" कहकर वे दोनों आगे बढ़ गये। पर मैं समझ गया कि दीवारों को कान होने का क्या मतलब है। क्या फातिमा भी लाहौर जाने की सोच रही है?... ख़ैर, अब याद नहीं कि मैंने कौन-सी अख़बार में पिछले दिनों पढ़ा था–'2 मार्च को सर खिज़र टिवाणा के इस्तीफ़े के बाद हिन्दुस्तान की भाईचारे वाली साँझ के स्तम्भों के उखड़ने की गुंजाइश बढ़ गयी है। अविश्वास से भरी आँधी चलने के आसार बन रहे हैं...मगर किसी को यक़ीन नहीं आता।' यह भी लिखा हुआ पढ़ा था–'गोरों की आपसी विश्व जंग के बाद अब हिन्दुस्तानी कालों की बारी।'

यह सोचते हुए मेरा ध्यान अपने गुमशुदा पिता, कारोबार और मुझे विलैत भेजे जाने की योजनाओं की तरफ़ चला गया। इन्हें लेकर मेरे ज़हन में बार-बार ख़याल आते। जब मैं जूतियाँ और अन्य सामान टिका रहा था, मेरे हाथों में से बाबा के काग़ज़ों का पुलिन्दा नीचे गिर गया। मैं बिखरे काग़ज़ों को एक-एक कर उठाने लगा और तह लगा लगाकर रखने लगा। एक ख़त की लिखावट पहचानते हुए मैं उसे ग़ौर से पढ़ने लगा। ख़त क़रीब एक महीना पहले का था। मैं मन-ही-मन ख़ुश हुआ। नूरदीन बाबा ने लिखा था कि थोड़े दिन बाद वह और ख़त लिखेगा। मैंने वह ख़त अपने कुरते की जेब में डाल लिया। अब मुझे नयी सोचों ने यूँ आ घेरा जैसे मैं छोटी-छोटी मधुमक्खियों का छत्ता हूँ। पर उसके शहद को दूध में डालकर पीने का जब ख़याल आया तो मन प्रसन्न हो उठा।

सोचने लगा कि हो सकता है, बाबा किसी दूसरे ख़त के इन्तज़ार में आदि धर्म के जालन्धर वाले दफ़्तर के चक्कर लगा रहा हो। उसको कहाँ चैन मिलता है। दिल की धड़कन की तरह उसकी टिकटिकी और सोच-विचारों का प्रवाह लहू की भाँति नसों में तेज़ तेज़ बहता होगा। उसके लिए क्या, हम सबके लिए भी नूरदीन ही रब का फ़रिश्ता बना हुआ है। बाबा कई बार मुझसे कहता, "गोरे, दुनिया उम्मीद पर चलती है।" वह नूरदीन की तारीफ़ें करता कि पूरनों पर लिखने के बाद ही लफ़्ज़ गाढ़े होते हैं और फिर लोग बातें किया करते हैं कि फ़लाना पूरने डाल गया।...मैं सोच-सोचकर थक जाता, लेकिन बाबा के गूढ़-ज्ञान की अकथ कथा मेरे मन में निरन्तर चमकती रहती।

इसी दौरान, गलाबू ने बोल कर दस्तक दी, "आते-जाते को शीशे में से ही देखता रहेगा! तू किसी को अपनी सूरत दिखाने के लिए मुँह बाज़ार वाली गली की तरफ़ भी कर लिया कर! क्या पता आँखें दो से चार हो जायें!"

"आज कैसे महक बिखेरी?" कहते हुए मैंने उसे पानी का गिलास पकड़ाया। जब मैं स्टोव जला कर बर्तन में चाय का पानी डालने लगा तो गलाबू कहने लगा, "तू क्यों तकलीफ़ कर रहा है सेठ। मैं रखता हूँ चाय, तू अपने ग्राहकों को जूतियाँ पसन्द करा। वो लाहौरी और पिशौरी दरमियानी ऊँची एड़ी वाली जूतियाँ बड़ी टिकाऊ हैं। हमारी दुकान से ज़्यादातर जनानियाँ यही ख़रीदती हैं।"

यह सुनकर वहाँ खड़ी औरतों ने उसके मुँह की ओर देखा, मानो वह भी किसी दुकान का मालिक हो।

चाय पीते हुए मैंने गलाबू से पूछा, "आज...!" उसने मेरी बात बीच में ही लपकते हुए जल्दी से कहा, "जोगी चढ़ पहाड़ों को आये, गोरे के पास देख गोरियाँ!"

मैं मुस्करा दिया और शुक्र मनाया कि ग्राहक औरतें जा चुकी थीं। तभी, गलाबू ने अपनी गुलेल में से एक और लफ़्जी शुरली छोड़ी, "असीं रब दे पराहुणे आये... लोकीं सानूं छड़े आखदे!"

"मैं तो वीरे पूछता था कि आज कैसे छापा मारा?"

"लाला रेलू राम ने एक तीर से दो निशाने लगाये हैं। एक तो मैं उसके कारोबारियों से मिल लूँ, और दूसरा उसने मेरे हाथ सन्देशा भेजा है कि अगर गोरा दुकान पर हो तो कहना, वह घर चला जाये।"

"वीरे, कल-परसों जाऊँगा। कारीगरों और स्टेशन के काम भी देखने हैं।" मैंने सहज-स्वभाव बताया।

"पर क्यों?" मैंने पूछा।

"मुझे जो कहा गया, मैंने तेरे तक पहुँचा दिया। आगे तू जाने कि क्या करना है और क्या नहीं करना है।" पलभर बाद ख़ुशी में उमँग कर कहने लगा, "गोरे, इस बार इतवार को बैसाखी है, 13 अप्रैल को। पूरे नौ दिन रह गये, तेरे सिर पर मेले की मौज करनी है, समझ गया।" गलाबू ने मेरे साथ योजना बनायी।

थोड़ी देर बाद उसने कहा, "गोरे, मेरा घर जाने को चित्त नहीं करता। मैं अपनी माँ की ख़ातिर वहाँ जाता हूँ, पर कुत्ते जितनी क़दर नहीं और कुत्तेखाणी अलग। जब गाँव जाता हूँ तो कुछ देकर ही आता हूँ। थोड़ा-बहुत सामान भी ले जाता हूँ। मेरा अपना कपड़ा-लत्ता, कभी-कभी नशा-पत्ता, किराया-भाड़ा और दूसरा ख़र्चा...। गोरे, अगर कहे तो आज तेरे पास ही ठहर जाऊँ?"

"वीरे, यह भी कोई पूछने वाली बात है?...वो मंजे-बिस्तरे पड़े हैं। और फिर मेरा भी मन लगा रहेगा। तेरा मन बने तो परसों को तू भी मेरे साथ गाँव को चले

चलना। साइकिल अपने पास है ही।" गलाबू की दुखती रग को समझते हुए मैंने कहा।

"गोरे, पता नहीं आज तेरे साथ दिल की बात कैसे साझी कर ली। तू पच्चीस-छब्बीस साल का, मैं पैंतालीस पार हो गया।"

गलाबू की पल-पल बदलती मनोस्थिति का मुझे पहले से पता है, पर आज उसके अन्दर की दरकन, टूट-फूट और मायूसी गम्भीर शब्दों में बाहर आ गयी। उसकी चितकबरी-सी महीन कतरी हुई खुरदरी दाढ़ी उसके मन के भिन्न-भिन्न ख़यालों की गवाही भरती दिखाई दी।

"गलाबू वीरे, वो बहते पानी की ताक़त देख। वह पत्थरों के साथ टकराकर आगे बढ़ जाता है। जब खड्ड के अन्दर वाले गड्ढों में जा गिरता है तो उनकी बेढंगी-सी शक्ल-सूरत को भी ढक देता है...और जब कोई ज़्यादा ही माथा भिड़ाए तो उसको अपने साथ बहा ले जाता है। इन बर्तनों की तरफ़ देख। इस गिलास में पड़ा पानी गिलास की शक्ल का और जग-मग में डला पानी उनकी शक्ल अख़्तियार कर लेता है।" मैंने बाबा से सुनी-सुनाई बातें, उसके मन की अवस्था को भाँपते हुए कहीं ताकि वह हालात के साथ किसी तरह समझौता कर ले।

"गोरे, अपने बाबा, व्यापारियों-कारोबारियों और यहाँ आते-जाते लोगों के साथ रह कर तू सयाना हो गया है। और गोरे, इन्हीं विचारों के कारण दिन-कटी हो रही है, नहीं तो वन में अकेले वृक्ष की क्या औकात?"

हमने रात में अपनी दुकान के आगे चारपाइयाँ बिछा लीं। गलाबू ने कहा, "गोरे, कल पूर्णिमा है। देख, चाँद की किरणें कैसे जलवे बिखेर रही हैं अपने निखार के।"

"अभी आँधी-गुबार नहीं चढ़े। सारा वातावरण और नीचे से ऊपर आसमान तक रात बिल्कुल साफ़ है।"

"ओ मेरे रब्बा! कहीं मेरी अँधेरी रातों में चाँद चढ़ा होता और उसकी चाँदनी में किरणें नहाती होतीं।" गलाबू ने जैसे धीमे-धीमे बोल कर अपने आपको सुनाते हुए कहा हो।

"गलाबू वीरे, कल शनिवार है। हम सोमवार या मंगलवार को सारे काम निपटा कर तसल्ली से चलेंगे।"

"गोरे, जैसा तू कहे।"

...और फिर हम लम्बी-लम्बी कहानियों, क़िस्सों की बातें करते रहे। इन बातों के साथ अपनों को लेकर अन्य प्रसंग शुरू हो गये। गुरु साहिबान की सोच से लेकर कुरबान हुए अपने शहीदों और गुरु की लाड़ली फ़ौज में मुसलमानों के भरपूर

शामिल होने तक के प्रसंग। गलाबू बातें करते-करते बताने लगा, "गोरे, मुसलमान फिर भी अच्छे हैं, नफ़रत नहीं करते। जात के अंहकारी सिक्खों जिन्होंने गुरु की सिक्ख-शिक्षा नहीं मानी, वे ख़ूब छुआछूत और ऊँच-नीच को हिन्दुओं की तरह मानते हैं।"

"चलो, दिन बदलेंगे एक दिन। मंगू राम, अछूतानन्द और आम्बेडकर जैसे विद्वान लोग दिन रात एक कर रहे हैं, बराबरी के लिए।"

"गोरे, मैं भी सेठ-साहूकारों और सयाने लोगों की बातें सुनता रहता हूँ कि ये जात-पात का क़िला इतना मज़बूत है, इसका ढहना कौन-सा आसान है! फिर भी, ज़मीन-आसमान किसी सच्चाई से बँधकर ही खड़े हैं।" थोड़ा-सा रुककर कहने लगा, "सो जा गोरे! अब रातें छोटी और दिन काफ़ी बड़े हो गये हैं। पर मुझे तो हमेशा दिन छोटे और रातें बड़ी ही लगती रहती हैं।"

मैं 'हूँ-हूँ' करता रहा। अब चाँद हमारे सिर पर आ गया था।

× × ×

हमने माहिलपुर से घर का सामान ख़रीदकर साइकिल पर लादा और अपने गाँव 'छन्नां' जा पहुँचे। आँगन का किवाड़ लाँघ गलाबू कहने लगा, "तुम्हारा भी बनियों जैसा हाल है। रुपये बनाने वाली मशीनें बने हुए हो दादा-पोता, पर...।" मैं कोई जवाब देता, उसने फिर कहा, "गोरे, देख तो, आँगन की बाड़ में घास कैसे चढ़ा हुआ है। धूल-मिट्टी ने सारे फूल-बूटों को ढक रखा है। कई काम औरतों के वश नहीं। पानी-वानी पी कर चल साफ़-सफ़ाई करें। मैं भी समझूँगा भई कि रोटी खाने लायक काम कर लिया।"

गलाबू ने कुछ ही समय में बाड़ यूँ साफ़ कर दी, मानो किसी मुग़ल बाग़ के माली ने अपने हुनर का प्रदर्शन किया हो। गलाबू जब आँगन में गिरे शीशम के पेड़ के आस-पास की जगह साफ़ करने लगा तो मैंने बाड़ के पौधे पानी के छिड़काव से धो दिये। वे यूँ दिख रहे थे जैसे बारिश के बाद निखरे हों। हमने शाम तक खुरा, नाँदें, छन्न और छप्पर को अच्छी तरह सँवार दिया। दादी ने पूछा, "बेटा गलाबू, चाय या दूध और बनाऊँ? इसी तरह मेरे बेटे तू चक्कर लगा जाया कर। जीतू जितने लायक है, बहुत कुछ करता है, पर उसका पशुओं के लिए पट्ठे-चारे का काम ही ख़त्म नहीं होता।"

"चाची, बहुत बार तुम्हारा नमक खाया हुआ है। इस घर से लेकर मुल्तान तक। आते-जाते चक्कर लगाता रहूँगा।"

इस दौरान, जीतू चाचा ने बरसीन और सेंजी (हरा चारा) की भारी-भरकम गाँठ भूसे के अम्बार के पास लाकर फेंकी जिससे मिट्टी का हल्का-सा गुबार उठा।

"ले भई चाची, अब चाहे कल को जीतू का ब्याह कर दे। हर वक़्त मिट्टी के साथ मिट्टी और पशुओं के साथ...।" गलाबू बात की लड़ी के साथ लड़ी जोड़ता गया। परन्तु दादी ने बीच में बोल कर कहा, "तेरा मुँह भागों वाला हो, तेरा जीना दरवेशों वाला है। बातों में तू किसी की बारी नहीं आने देता, पर तू दिल और मन से साफ़ बन्दा है।"

"चाची, तेरे ये बोल सुनकर मुझे अपनी माँ याद आ गयी, जो दो वक़्त की रोटी के लिए भरजाई के हाथों की तरफ़ देखती रहती है...और चाची, घर में मेरी कोई कदर नहीं, तभी तो महीने, बीस दिन में घर जाता हूँ।"

"तूने मेरे मीतू के साथ भी अच्छा वक़्त गुज़ारा। अब तक उसकी तलाश में मदद की। गलाबू फ़िक्र ना कर, दुख-सुख के वक़्त हमारा टब्बर तेरे साथ है।"

...और फिर मैं, जीतू चाचा, गलाबू और अपने लिए थालियों में दाल-चावल और आम की चटनी ले आया। इस अन्न-पानी की महक से मेरे मुँह में पानी भर आया था। दरअसल, माँ और दादी के हाथों की बनी रोटियाँ, दुप्पड़ें (दो तह वाली तली हुई रोटी), बड़े-बड़े फुलके, खमीरे आटे के तन्दूरी बब्बरू, तुख्हार लगाकर बनाया खट्टा और आमों का छिछ्छा (आमों से बनाया खट्टा-मीठा तरल पदार्थ) खाने के लिए मैं कई दिन से तरस रहा था। और गलाबू की बात बार-बार स्मरण हो आ रही थी, "गोरे, पैसे के पीछे भागते आदमी को घर भूल जाता है और सजन प्यारे भी।"

"गोरे, थोड़ा गुड़ ला, अन्दर गयी धूल-गर्द नीचे चली जाये।" गलाबू ने कहा।

खाना खाकर गलाबू बोला, "लो भई अपनी तो निशा हो गयी। मैं तो चला हूँ सोने। आ जा जीतू। गोरे का जब दिल करेगा, सो जायेगा।"

× × ×

अगले दिन सुबह का नाश्ता-पानी करने ही वाले थे कि माँ छन्न से बाहर निकली और अचानक एड़ियाँ उठा-उठाकर बाड़ के ऊपर से बाहर की तरफ़ झाँकने लगी। फिर वह तेज़ी के साथ बाड़ की तरफ़ गयी। पागलों की तरह ज़ोर-ज़ोर से बोलने लगी, "गोरे, दौड़कर आ...माँ भाग कर आ...वो देखो, कौन-कौन आ रहे है! गोरे, दौड़कर आ।"

देखते-देखते माँ ने किवाड़ खोला। नंगे मुँह और नंगे पाँव ही फुर्ती से फिरनी (गाँव का बाहरी वृत्ताकार कच्चा राह) पर चली गयी। वह जाते ही बढ़ी हुई दाढ़ी

वाले व्यक्ति के साथ धाह मारकर जा लिपटी और उसके साथ कितनी ही देर तक चिपटी खड़ी रही। दादी, चाचा और मैं दौड़कर गये, मानो एक अरसे से बिछुड़े घर के सदस्य का स्वागत करना हो। माँ और दादी रो-रोकर पागल हो गयीं। ख़ुशी में रोने का नज़ारा शायद मैं पहली बार देख रहा था। मेरा बाबा और नूरदीन बाबा, यह सब देखते ही आँसू बहाने लगे।

"गोरे, रब की रहमतों और तुम्हारी मेहनतों के सदके तेरा अब्बा अपने दौलतखाने में आ गया है।" नूरदीन बाबा ने ख़ुशी भरे बोल बोले।

...और फिर काहिली के साथ दादी, चाचा और मैं भाइये (बापू) के साथ लिपट गये। यह नज़ारा देखकर कई लड़कियाँ, बूढ़ी स्त्रियाँ, पुरुष, बच्चे और बड़े लोगों का एक छोटा-सा मजमा लग गया जो जुलूस की शक्ल में बदल गया। बापू चुपचाप आगे-आगे चल पड़ा और फिर किवाड़ से होकर अन्दर चला गया। सभी आश्चर्यचकित रह गये यह जान कर कि बापू ने घर सहित सभी को पहचान किया है। जब मेरे बापू की आँखों में से पानी रिस आया तो हमारे चेहरों पर मुस्कान आ गयी। दादी ने धरती को नमस्कार किया। माँ में अब बिजली जैसी चुस्ती पता नहीं कहाँ से आ गयी थी। उसके पैर ज़मीन पर नहीं लग रहे थे। उसने पानी का गिलास मेरे बापू को पकड़ाया तो बापू ने मेरी माँ की तरफ़ देखकर एक ही साँस में गटागट पानी पी लिया। मेरी माँ की आँखों में आँसू छलक आये। इसके साथ ही बापू छन्न के अन्दर जाकर इधर-उधर देखने लगा, मानो नये-पुराने सामान को मन-ही-मन जोड़-घटा रहा हो।

"गोरे, अपने बापू के पास मंजे पर बैठ जा।" जब माँ ने कहा तो बापू ने मेरी तरफ़ देखा और मेरा दायाँ हाथ एक बार फिर पकड़कर मुझे अपनी ओर खींचा और मुझे अपनी बाँहों में कस लिया। मेरी फिर तेज़ रुलाई फूट पड़ी। बापू, माँ और दादी जैसे ना बोल कर भी बोले जा रहे थे।

मैं छन्न से बाहर आया। देखा, लोगों से सारा आँगन भरा हुआ था। बाबा और नूरदीन बाबा एक ही चारपाई पर चुपचाप बैठे थे, मानो उनके पास बातें ख़त्म हो गयी हों। गलाबू उनके पास से पानी वाले गिलास उठाकर चौके की ओर चला गया। तभी, चाचा दूध का गिलास ले आया। देखते ही देखते, एक बदली पहाड़ की ओर से आयी, हल्की-हल्की बूँदों के साथ बरसने लगी। आँगन में से लोग धीरे-धीरे खिसक गये। बाबा और नूरदीन बाबा, दोनों हाथों में गिलास पकड़े छन्न के अन्दर आ गये।

"जीते...ओ गोरे, वो खाकी झोले में से लड्डुओं का डिब्बा ला और पहले अपने नूरदीन बाबा का मुँह मीठा करवा।" बाबा ने आवाज़ लगाई।

"वो भी कर लेंगे, पर गोरे झोले में से हमारे मुल्तान की सौगात निकाल पहले– रेवड़ी मुल्तान सोहन हलवा। दो तरह के डिब्बे हैं।"

मिठाई के चौकोर, ऊँचे और लम्बे दोनों प्रकार के टुकड़ों को मैंने एक थाली में सजाया। इन टुकड़ों के अन्दर और ऊपर सूखे मेवे लगे हुए थे। माँ और दादी ने एक-एक टुकड़ा उठाया। माँ ने बापू के मुँह के पास मिठाई का टुकड़ा किया तो उसने थोड़ा-सा दाँत से काटा। फिर शेष बचा टुकड़ा माँ के मुँह की तरफ़ कर दिया। ऐसा करने पर माँ लजा गयी और उठकर चौके की ओर चली गयी।

"बचनिए, बदली छँट गयी। ठण्डी हवा घर के बाहर बह रही है जिसका इन्तज़ार सालों साल करना पड़ा।" बाबा ने कहा।

"भाई साहब की मुलाक़ात का सबब हमारे लिए रब हो गया।" दादी ने शुक्राना अदा करते हुए कहा।

"कुदरत असीम है औलाद वालो! गलाबू की जूती की कील ने तुम सबके दिलों में रात दिन चुभते कील को निकालने का सबब बना दिया।" नूरदीन बाबा ने बताया, "मीतू ने मौत को मात दे दी। मेरे देखते-देखते इसके ऊपर नीम का मोटा टहना टूटा था। ख़ैर, वक़्त का अपना खेल है।...किसी ने बताया कि मुल्तान सूबे के सुलेमान पहाड़ों में एक हकीम दिमाग़ी नुक्सों का इलाज करता है, चाहे वजह कोई भी हो।"

"और भाई साहब, बोल कब पायेगा ये, कुछ बताया?"

"बहन, कुछ रोज़ पहले मीतू ने 'प्यारो-प्यारो' कहा था। फिर गाड़ी में आते हुए 'माँ' और 'प्यारो' शब्द बोले थे। हकीम कहता था कि तीन-तीन महीने के बाद दो बार दवाई ले जाना। फ़िक्र ना करो, लड़का बिल्कुल चंगा हो जायेगा।"

दादी ने एक बार फिर दोनों हाथ जोड़कर धरती को नमस्कार किया और फिर हाथ माथे से छुआये।

"मीतू की सोच और समझ सुस्त हो गयी है। हकीम बताता था कि माहौल बदलेगा तो उसके अन्दर पहले जैसी चुस्ती लौट आयेगी।"

"भाई साहब, आपका जितना शुक्रिया करें, उतना कम है। आपने हमारे बेजान शरीरों में जान डाल दी।" दादी की आँखें और मन भरे हुए थे।

इस बीच गलाबू ने कहा, "शुक्र है, हमारा भाई घर आ गया। और क्या चाहिए!"

चाचा ने बाबा को मुख़ातिब होकर कहा, "भाइया, तू भी मुल्तान चला गया था? नूरदीन ताया के पास? हम रोज़ तुम्हारी ही बातें करते रहे।"

"हाँ, जालन्धर आदि-धर्म के दफ़्तर में नूरदीन का ख़त आया हुआ था। उसके मुताबिक़ हमने जाने का बन्दोबस्त कर लिया।"

तभी, मेरी माँ घूँघट निकाले आयी और बोली, "रोटी तैयार है।"

"बेटा प्यारो, अब तू पल्ला ना कियाकर। ये दोनों जन तेरे बाप बराबर हैं। और फिर शरम तो आँखों की होती है। गोरे, जा जाकर माँ के साथ रोटी-पानी रख।"

...और मेरे बापू को देखने आने वाली स्त्रियों को माँ शाम तक किवाड़ पर से ही यह कहकर लौटाती रही कि तुम्हारी आशीषों-अरदासों के सदके ही मीतू ठीक है। दो-चार दिन रुककर आना।"

जब काले बुर्कों और हिज़ाब के अन्दर छिपी दो औरतें आयीं तो मैंने थोड़ा-सा पहचानते हुए कहा, "अन्दर आ जाओ।" दादी हैरान हुई कि मैं उन्हें जानता हूँ। उधर बाबा उठकर हमारी तरफ़ बढ़े और बोले, "फातिमा!"

"हाँ बाबा, आदाब।"

"ये तेरा नूरदीन बाबा मुल्तान से आया है, हमारे मीतू को लेकर।"

"सलामालेकम बाबा...।" कहकर उन दोनों ने अपने चेहरों पर से हिज़ाब हटाकर सिर पर कर लिए।

मेरे बापू की आमद की ख़ुशी ज़ाहिर करने और ख़ैर-ख़बर पूछने के पश्चात् फातिमा ने कहा, "बाबा, इतने दिनों से जैजों नहीं आये, सोचा कि पता करें, और...।"

"शुक्रिया फातिमा।" बाबा ने नूरदीन को बताया, "इसे मेरी बेटी समझो।" ज़रा रुककर उसने कहा, "लौटने की उतावली ना करना। आज यहीं रह लो।"

"आज का दिन?...हालात बहुत ख़राब हो रहे हैं। हमें और कहाँ जाना है? अब तो तेरे आसरे हैं, चाहे रखो, चाहे मारो। कई जगहों से हिन्दू-मुसलमानों के बीच आपसी खींचतान की ख़बरें आ रही हैं। हम मौक़ा देखकर और जान बचाने की ख़ातिर तेरे पास पनाह लेने आयी हैं। हमारा ख़ून का रिश्ता किसी के साथ नहीं। ना चाचा-ताये, ना मामा-मामियाँ और ना ही कोई बुआ-फूफी। हम यतीमों को तेरा आसरा है बाबा।"

चाय-पानी का दौर यद्यपि ख़त्म हो गया था, पर दरवाज़े पर हुई दस्तक के साथ दादी और बाबा के चेहरों पर परेशानी गहरी हो गयी। इस बीच, नूरदीन ने मेरे बाबा को बहाने से अन्दर एक तरफ़ आने के लिए इशारा किया। चाय वाले बर्तन उठाती दादी भी उनके पीछे हो ली।

अब माँ हमारे पास आ गयी। मैंने माँ का उन अजनबी औरतों के साथ परिचय कराते हुए कहा, "मेरी मासी जैसी है ना फातिमा। ये बहुत बार कपड़े उसके जैसे ही पहनती है। दूर से देखकर मुझे ऐसा लगता है जैसे मासी आ गयी।...और ये है फातिमा की सहेली।"

वे दोनों चारपाई से उठकर मेरी माँ से गले लगकर मिलीं। उन्होंने मेरे पिता के सालों बाद सही-सलामत लौट आने के बारे में बातें कीं। उधर, चाचा और गलाबू पशुओं के चारा-पानी में लगे बीच-बीच में हमारी तरफ़ देख लेते। अचानक गलाबू ने मुझे इशारा किया। जब मैं उसके पास गया तो वह बोला, "गोरे, हम दोनों चौपायों की टहल-सेवा करते हैं। ये जो पनाह माँगती हैं, इनकी देख-रेख और सेवा की ज़िम्मेदारी भी हमारी। औरत की सेवा का आनन्द ही अलग है, क्यों मीतू?" चाचा हल्का-सा मुस्कराया, पर मुँह से कुछ ना बोला।

गलाबू ने आहिस्ता से कहा, "जीतू, औरत का कोई मज़हब थोड़े होता है। सयाने कहते हैं कि पानी को जिस बर्तन में डाल दो, वैसी ही शक्ल अख़्तियार कर लेता है।" थोड़ी देर रुककर गलाबू ने कहा, "रब करे, जग में हमारा लहू भी मिल जाये। बेशक तू उन्हें कह दे कि वे इधर भी मेहरभरी नज़र कर दें।"

गलाबू के लगातार बोले जाने की तरह क़रीब खड़ी गाय का बछड़ा बार-बार गाय के थनों को मुँह मारे जा रहा था।

दोनों बाबा और दादी छन्न से बाहर निकलकर आँगन में बिछी चारपाइयों पर आ बैठे। मेरा बापू अभी भी अन्दर लेटा हुआ था। नूरदीन बाबा ने बड़ी सहजता से फातिमा से पूछा, "फातिमा बेटी, पनाह से तेरा मतलब विवाह है?"

"कहा जा सकता है। और मेरी सहेली का भी यही मतलब है।"

"तुम किस तरह के खाविंद तसव्वुर करती हो अपने?"

"जिस तरह के भी हों। मेहनत करने वाले हों तो थोड़े में भी गुज़ारा हो जाता है।"

"रुकइया बेटी, तेरा क्या ख़याल है?"

"इज़्ज़त के साथ दो वक़्त की रोटी मिल जाये...।"

"और बेटा, लाहौर तुम जाना नहीं चाहतीं...जात-मज़हब के बारे में तुम्हारा क्या ख़याल है?" अब मेरे बाबा ने बात खोलकर पूछी।

"बाबा, तेरे से हमारा आगा-पीछा छिपा थोड़े हैं!" फातिमा ने धीमे से कहा। वह बताने लगी, "हमारे पास व्यापारी, सेठ-साहूकार, जागीरदार और ज़मींदार आते हैं। कोई किसी मज़हब का तो कोई किसी का। कइयों की तो हमें बोली भी समझ

में नहीं आती, पर हमारे धन्धे में बोली की ज़रूरत ही नहीं होती। मुझे लगता है, औरत-जात के साथ उसका कोई मतलब भी नहीं। मर्द ने अपने हक़-पक्ष में कई अहम फ़ैसले किये हुए हैं।"

वह थोड़ा रुककर भरे मन से बताने लगी, "और मैंने भी अपने आपको जलते कोयलों पर तपा लिया है, बहुत पछताकर देख लिया है। रुकइया की भी मेरी वाली हालत है। कुदरत ने हमें जो भी हालात दिये, उसका कुछ नहीं हो सकता। पर अब हम उस नरक भरी ज़िन्दगी में से बाहर निकल आयी हैं। हम बढ़िया इन्सानी ज़िन्दगी जीना चाहती हैं। पीछे के साथ हमारा पीछा भी गया।...सो, हमने सभी मज़हब बदन पर भोगे-झेले हुए हैं। मज़हबी-फ़रेबी लोग आजमाये हुए हैं। हमारे लिए पाक रसूल की ख़ैरों-मेहरों के साथ बाबा संगतिया और तुम जैसे असली इन्सान से मुलाक़ात होना, बड़ी बात है। तुम हमें अपने लगते हो। हम मुसीबत की मारियों के लिए इन्सानियत का धर्म बहुत ऊँचा है। इसीलिए तुम अक्सर कहते हो–अव्वलि अलह नूर उपाइया, कुदरत के सब बन्दे...।"

इस बीच, बाबा ने दायाँ हाथ ऊपर उठाकर फातिमा को रुकने और अपनी बात कहने के लिए मानो इशारा किया। परन्तु फातिमा अपने वेग में बोलती चली गयी, "चाहे इस्लाम है या सिक्ख धर्म या फिर आदि धर्म, ये सभी एक रब में यक़ीन रखते हैं। हमें कोई फ़र्क़ नहीं पड़ता।"

"फातिमा, बहती हवा की तरह तूने अपना मन खँगाल कर हल्का कर लिया।" फिर, दादी ने फातिमा और रुकईया से कहा, "तुम दोनों अन्दर चलो।"

"तुम्हें लगता है, मैं बेपरवाह होकर बोलती चली गयी हूँ। ख़ैर, अब मुल्क में धर्मों के ठेकेदारों ने हालात ऐसे बना छोड़े हैं कि जायें तो कहाँ जायें।"

"फ़िक्र ना करो तुम फातिमा, अब तुम दोनों हमारी हो गयीं हो।" दादी के यह कहने की देर थी कि उन दोनों ने दादी को अपनी बाँहों में भर लिया। यह देखते ही उन तीनों की तरह बाबा और नूरदीन बाबा की भी आँखें सजल हो उठीं और मैं गवाह बन गया।

"देखो फातिमा, मुहम्मद साहिब ने औरत को आदर-मान देने और सोहबत के लिए कई शादियाँ कीं जिनमें बेवा यानी रंडी औरतें भी थीं। मुझे अब लगता है, मेरे भाईजान संगतिया ने मुहम्मद साहिब के औरत समर्थक ख़यालों को अपनी ज़िन्दगी में ढाल लिया है। मेरी भाभीजान बचनी ने अपने खाविंद के वचन को पूरा करने के लिए हामी भर दी है। तुम बेफ़िक्र हो जाओ। लाहौर, मुल्तान जाने को मन नहीं माना तो ख़ुदा ने तुम्हारा यहाँ घर बसाना मंजूर कर लिया।"

"हालात बन्दे से क्या-क्या नहीं करा देते, फातिमा। मुहम्मद साहिब पच्चीस साल के थे जब उनकी शादी चालीस साल की खादिजा-बिन-खुवेलिद के संग हुई। फिर उन्होंने बहुत कम उम्र की लड़कियों के साथ विवाह किये। जहाँपनाह ने यतीमों और बेसहारा औरतों को आसरा दिया।" नूरदीन बाबा ने औरत के पक्ष में दलीलें दीं।

"बाबा नानक ने औरतों पर होते ज़ुल्मों के ख़िलाफ़ बीड़ा उठाया था और मर्द को उसकी हैसियत बतायी कि तू है तो आख़िर औरत की औलाद ही।" कहकर बाबा ने मानो नूरदीन का पक्ष लिया।

फातिमा और रुकइया ने लगभग एक साथ ही कहा, "हमें पता है कि आप हमारे लिए अच्छा सोचने वाले हैं और हमारे खाविन्द भी सही ही तलाश करोगे।"

"मेरे दिल में एक बात यह आती है कि तुम बुर्के और हिजाब उतारकर अपने आपको इस घर के माहौल के मुताबिक़ आज़ाद महसूस करो।" मेरे बाबा ने सलाह दी।

"अन्दर से तो हम भी यही चाहती हैं।" इस बार रुकइया ने अपनी आज़ादी की सहमति प्रकट की।

"दूसरी बात यह कि हम गुरु ग्रन्थ साहिब की हाज़िरी में विवाह करेंगे और तुम दोनों के नाम बदलेंगे। हमारे इलाक़े में मुसलमान भाईचारे की बहुतायत है।" बाबा ने चिन्ता प्रकट की।

"यह बात तो पहले ही ख़त्म हो गयी थी कि औरत का कोई मज़हब नहीं होता। और फिर हमारी तो वैसे भी कोई शर्त नहीं। हम और कहीं नहीं जाना चाहती हैं।" थोड़ा रुककर फातिमा फिर कहने लगी, "और अब हमें दूध से भरे ताज़े बर्तन मिल गये हैं—ख़ुशबूओं भरे। हम भी कढ़-कढ़कर सुर्ख़ हुए दूध की तरह हैं। फ़िक्र ना करो...हम मक्खन की मुट्ठियाँ भर भरकर तुम्हें देंगी।"

"शाबाश मेरी बेटियो! तुम ख़ुश रहो, आबाद रहो।" नूरदीन बाबा ने कहा।

इस बीच दादी उठी और बड़े हक़ के साथ फातिमा और रुकईया से कहने लगी, "अन्दर चलो और हाथ-मुँह धो लो।" मुझे लगा कि दादी ने फातिमा को बता दिया था या उसे भनक लग गयी थी कि वह जीतू की दुल्हन बनेगी और रुकइया गलाबू की। दरअसल, फातिमा ने जीतू को दो-तीन बार जैजों वाली दुकान पर देख रखा है और गलाबू को भी। जीतू का कम बोलना और संकोची स्वभाव फातिमा को पहले से ही पसन्द है और वह कई बार बाबा के साथ अपने विचार साझे भी कर चुकी है। वैसे भी, उसने अन्दरखाते गोरे की 'मासी और चाची' बनने का इशारा मेरी

दादी को कर दिया था। नूरदीन बाबा ने जीतू और गलाबू को उनका खाविन्द होने का इशारा पहले ही कर दिया था। जब वे पशुओं की नाँद में चारा डाल रहे थे, तब फातिमा और रुकइया भी बीच-बीच में उनको देखती-निहारती रही थीं।

"भाई संगतिया, ज़िन्दगी भी एक झमेला है। आदमी को कुछ समझ में नहीं आता। देखो, जन्मता वह कहीं है, कमाई करने कहीं और जाता है और ना जाने कहाँ कहाँ चुग्गा चुगता है। मोह-मुहब्बत ने सबको बाँधकर रखा हुआ है। दुख भी इसी में से निकलते हैं। कई बार लगता है कि ज़िन्दगी दुखों का पहाड़ है। बाबा फ़रीद ठीक फरमा गये हैं–

"फरीदा मैं जाणिया दुख मुझको, दुख सबाइया जग।
कोठे चढ़ के देखिया, घर घर ऐहो अग्ग।।"

इसी दौरान बाबा ने हाँक मारकर जीतू को पास बुलाया और कहा, "जीतू, तू गलाबू को साथ ले जा। माहिलपुर वाले मकान की साफ़-सफ़ाई करो। परसों को उसकी चट्ठ (गृह-प्रवेश) करेंगे।" फिर गलाबू को नज़दीक आते देख उसने कहा, "तुम दोनों जन कपड़े-लत्ते ले लो। समझ में आया!"

"चाचा...।" गलाबू इतना ही कह सका। उसकी आँखों में पानी छलक आया और इससे आगे वह बोल ना सका।

क़रीब बैठा नूरदीन बाबा उठा और उसने गलाबू को बाँहों में भर लिया और बोला, "फ़िक्र ना कर गलाबू, अब तेरा बाप संगतिया है...सभी के माँ-बाप बैठे थोड़े रहते हैं।"

"जाओ मेरे पुत्त! परसों को सभी कारज पूरे हो जाने हैं, हिम्मत रखो।" बाबा ने कहा।

"मैं 'भाई' (ग्रन्थी) भाई के साथ बात करता हूँ। गोरे, तू साइकिल उठा और मंगू राम को ये रुक्का दे आ।" बाबा ने उर्दू में लिखे थोड़े-से लफ़्ज़ों वाला पुर्जा मेरे हाथ में पकड़ा दिया।

अगले दिन वैसाखी से तीन दिन पहले हमारे परिवार पर मेहरबानी हुई कि मेरा बापू, मेरी माँ के साथ-साथ रहने लगा। वह उसे अपने से दूर नहीं कर पा रहा था। मुझे महसूस हुआ जैसे वह वक़्त द्वारा डाले गये फ़ासले को जल्द से जल्द कम करना चाहता हो। जब उसने 'प्यारो-प्यारो' कहा तो माँ और दादी के चेहरों पर मुस्कान तैर गयी। कुछ देर बाद उसने 'गोरे' कहा तो मैं तुरन्त उसकी छाती से लिपट गया। फातिमा और रुकइया अपनी जगह बैठीं ख़ुश होकर यह नज़ारा देखती रहीं, पर मुँह से कुछ ना बोलीं।

कुछ देर बाद जब मैं दोनों बाबाओं को पानी पिलाकर आया तो दादी और माँ, फातिमा और रुकइया को सिले-सिलाये सूट दिखा रही थीं। माँ ने उन्हें दो-दो सूट पेटी में से निकालकर दिये। दादी ने कहा, "तुम दोनों को ख़ूब फबेंगे। नाप भी तुम तीनों का एक जैसा है।" दादी ने उन तीनों को बराबर-बराबर खड़ी करने के बाद कहा, "शुक्र है रब का कि अब सारे काम सीधे हो रहे हैं। ये मेरे मीतू के आने का प्रताप है।"

मैंने देखा कि अब फातिमा के मुँह में पहले वाली जुबान ना रही। शायद, वह मोहब्बतों और ख़ुशियों के बोझ तले दब गयी है। वह अब दादी को 'अम्मा-अम्मा' कहकर बात करती। रुकइया तो पहले से ही कम बोलती है, पर बातें बड़े ध्यान से सुनती है। ख़ैर, उनके दिल की वही जानें।

दादी को मानो अकस्मात् कुछ याद आ गया हो। बोली, "हम तीनों शाम को माहिलपुर चली जायेंगी। जो छोटा-मोटा कुछ लेना होगा, वो ले लेंगी। यहाँ से जो-जो सामान ले जाने वाला है, वो ले चलेंगी। प्यारो और मीतू अपने आप कल सवेरे-सवेरे आ जायेंगे। गली-मुहल्ले को ज़्यादा इकट्ठा नहीं करना। सादी रस्मों के साथ सब कुछ कर लेंगे हम। बाबू मंगू राम तो ज़ोर ही इन बातों पर देता है।" दादी ने आगे कहा, "इसे कहते हैं, झट मँगनी, पट विवाह! तुम्हारी तो मंगनी भी नहीं हुई। हालात ने तुम्हें मजबूर करना था और ये संजोग बनने थे।...और फिर तुम्हारा नूरदीन बाबा कहता है, ये जो रब ने संजोग बनाया है, इसे पूरा करो और लड़के-लड़कियाँ अपना घर-गृहस्थी का जीवन सुख-चैन से बसायें-चलायें।"

मेरी माँ, फातिमा और रुकइया ख़ामोश थीं, पर उनके चेहरों पर रौनक साफ़ झलक रही थी।

× × ×

"क्या पता, गुरद्वारे वाले गुरु ग्रन्थ साहिब की 'बीड़' दें भी कि ना?" बाबा के हमख़याल रुलदा राम ने शंका प्रकट की, जब कुछ आदि-धर्मी हमारे नये घर के आगे खड़े होकर जाति-धर्म की चिन्ता पर विचार-विमर्श कर रहे थे।

"देंगे, देंगे क्यों नहीं?" एक बुज़ुर्ग ने बड़े भरोसे के साथ कहा। इस बुज़ुर्ग को मैं पहले नहीं जानता था। उसने अपनी दूधिया लम्बी और भरवाँ दाढ़ी पर ऊपर से नीचे की ओर हाथ फेरते हुए कहा, "गुरु ग्रन्थ सब का साझा है जिसमें अलग-अलग ज़बानों के सन्तों-भगतों और गुरुओं की बाणी दर्ज़ है।"

"बात तो सही है, पर जात के अहंकारी हम नीच जात वालों को गुरु ग्रन्थ को माथा तो टेकने नहीं देते।" रुलदा राम ने नुक्ता रखा।

“वे स्वार्थी, धर्मत्यागी, गुरमत से इनकारी लोग हैं। गुरु रविदास, गुरु कबीर और गुरु नानक जी महाराज की बाणी है ही हम जैसे नीच कहे जाने वाले लोगों के लिए।” लम्बी दाढ़ी वाले बुज़ुर्ग ने कहा, जिसे कई लोग ‘ज्ञानी जी’ कहकर बात करते।

“जट्टों, रामगढ़ियों, लुबाणियों के गुरद्वारे अज्ञानता के कारण बने हैं। अछूतों को क़रीब नहीं फटकने दिया तो उन्होंने रविदासी उदासी डेरे बना लिए। गुरुओं ने ‘एक पिता ऐकस के हम बारिक’ उच्चारित कर निपटारा कर दिया, फिर पता नहीं कहाँ से आ गये अलग-अलग जातियों के गुरद्वारे! मुँह में गुरबाणी की तोता रट और असल में, ब्राह्मणों की तरह ऊँच-नीच, जात पात और छुआछूत।” ज्ञानी जी ने अपने ज्ञान का सुर जारी रखा, “और बताऊँ, भाई किहर सिंह रविदासिया ने दो सौ ग्यारह साल पहले गुरु ग्रन्थ की बीड़ का उतारा किया था। पर इन मनमुखी लोगों से कोई पूछने वाला नहीं कि गुरबाणी सब की साझी है।”

“क्या?...अब तो 1947 चल रहा है। इस हिसाब से उतारा 1736 में हुआ?”

“हाँ जी।...और गुरसिक्ख के तौर पर ग्रन्थी को ‘अनन्द कारज’ के लिए बीड़ लाने के लिए मनाही नहीं करनी चाहिए।”

यह विचार-चर्चा चलते समय मैं पहले की भाँति दादी के कमरे में झाँकने गया, जहाँ फातिमा और रुकइया मेहँदी वाले हाथ एक-दूजी को दिखा रही थीं। उनके पास बैठी-खड़ी गाँव की कुछ स्त्रियाँ बातें करती दिखीं।

...और फिर, कुछ देर बाद जीतू चाचा और गलाबू के फातिमा और रुकईया के साथ ‘अनन्द कारज’ पढ़े गये। फेरे हो गये। दोनों लड़कियों ने नाम बदलने के लिए ‘वाक’ लिया तो ‘न’ अक्षर निकला। बाबा, दादी और मेरी माँ नामों के बारे में सलाह-मशविरा करते नज़र आये। आख़िर, फातिमा का नाम निर्लेप बीबा और रुकइया का निर्मल बीबा हो गया।

बाबा ने नूरदीन बाबा का शुक्रिया अदा करते हुए कहा, “नूरदीन, सबाब और पुण्य का यह काम तेरे हाथों होना था। बहुत बहुत मुबारक!”

“भाईजान, मुझे फ़खर महसूस हो रहा है कि अल्लाह ने मुझे बेटी की दात नहीं बख़्शी और आज बाप के तौर पर दो बेटियों के विवाह का पुण्य-कारज कराकर मैं ख़ुशनसीब हुआ हूँ। रब दोनों जोड़ियों को सलामत रखे। तेरी बहुएँ और बेटे आबाद रहें। मीतू और प्यारो सदा ख़ुश रहें।”

इस दौरान, दादी ने मेरी माँ को उत्साह में भर कर बताया, "प्यारो देख, दोनों को कैसा रंग-रूप चढ़ा है। दोनों को सलवारें-कमीज़ें कैसे ठीक आयी हैं, जैसे इन्हीं का नाप लेकर सिली गयी हों।"

"माँ करेवा (चादर-अन्दाज़ी) वाले कपड़े फब गये। मैं तो तेरी जेठी बहू हूँ ही, दो बहुएँ और मिल गयीं। वो भी मेरे करेवा वाले सूटों में।"

अब मेरी माँ के बोलने का लहजा पहले से बिल्कुल अलग था। लगता था, जैसे वह ख़ुश थी कि करेवा वाले कपड़े उसके लिए इस्तेमाल नहीं हुए थे।

"बेटी, जो होना होता है, वह होकर रहता है। तेरे भरोसे के कारण दोनों की क़िस्मत क्या से क्या हो गयी...मेल-जोल कैसे जुड़ा और संजोग ने मेरे जीतू और गलाबू के घर बसा दिये। जो कहती थीं, इस दुनिया में हमारा कोई नहीं, वे अब घरवालियाँ हो गयीं। कुदरत की यह लीला बन्दे की समझ से परे हैं।"

यह वार्तालाप सुनती मेरी नयी चाचियाँ ख़ुश हो रही थीं। चाचा जीतू जो पहले संकोची और शरमालू-सा था, अब गलाबू की तरह इधर-उधर आते-जाते कमरे में झाँक-झाँक कर देखता। इसी बीच, गलाबू की एक बार फिर आँखें भर आयीं, जब वह मेरी दादी के चरण-स्पर्श के लिए झुका। पर दादी ने उसको बाँहों में भरते हुए कहा, "गलाबू, जैसे मेरे मीतू और जीतू हैं, वैसे ही तू है। ये आँगन की तरफ़ खुलता एक कमरा तेरा। निर्मल और तू दोनों मिलकर कमाओ और खाओ-पियो। अब मिलकर रहो। रब तुम्हें ख़ुश रखे।"

इसी दौरान, नूरदीन बाबा ने मेरी दादी को मुबारक देते हुए कहा, "बीबी बचनी, मेरी बेटियों का ख़याल रखना। मैं भी चक्कर लगाता रहूँगा।"

तभी, मेरा बाबा आ गया तो नूरदीन बाबा कहने लगा, "मंगू राम, एम.एल.ए. ने अपनी छोटी-सी तकरीर में बड़ी बात की है। मेरे दिल-दिमाग़ के दरवाज़े खोल दिये हैं कि अछूत, शूद्र, कबाइली, ईसाई और मुसलमान बने लोग हिन्दुस्तान के असली बाशिन्दे हैं। हमारे रंग-रूप, पुश्तैनी पेशे एक जैसे हैं। जात-पात, छुआछूत और ऊँच-नीच का विस्तार करने वाले हमारे बीच से नहीं।" पलभर रुककर नूरदीन बाबा ने कहा, "भाई संगतिया, मंगू राम ने बड़े मार्के की बात की कि हिन्दुस्तान के असली बाशिन्दों के अब जो अलग-अलग फिरके हैं, इसका कोई मसला नहीं है... अलग-अलग पहचान का मसला नहीं है, पर सब मिल-जुलकर एक बड़ा फिरका अपने बाशिन्दों का बना सकते हैं।...और नीली आँखों के भीतरी समुन्दर में उठती नफ़रतों की लहरों पर मुहब्बत की परत चढ़ सकती है। वाकई बहुत ऊँची सोच का मालिक है मंगू राम।"

ग्रन्थी भाई, रुलदा राम और मैं काफ़ी देर से चुपचाप बैठे दोनों बुज़ुर्गों की लहरों जैसी बातें सुन रहे थे।

नूरदीन बाबा शायद अभी और बोलता रहता, यदि मेरा बाबा बीच में यह ना कहता, "नूरदीन, हम अब नीली आँखों वाले समुन्दर में जैजों की पहाड़ियों से भी ऊँचा पहाड़ बनकर खड़े हो गये हैं।"

ये शब्द कहने-सुनने की देर थी कि मेरा बाबा संगतिया, नूरदीन बाबा और ग्रन्थी भाई संगत सिंह फुर्ती के साथ उठे और तीनों ने आपस में कलावा भर लिया। यह देखकर मेरी दादी, मेरी माँ और दोनों नयी चाचियों, रुलदा राम और मेरे चेहरों पर ख़ुशी की लहर दौड़ गयी। मैंने बाहर देखा। अब आसमान में बादल छँट गये थे और सूरज की किरणें चमकने लगी थीं।

□□